MATS STRANDBERG

DIE ÜBERFAHRT

ROMAN

Aus dem Schwedischen
von Antje Rieck-Blankenburg

※ | TOR

Erschienen bei FISCHER Tor
Frankfurt am Main, Mai 2017

Die schwedische Erstausgabe erschien bei Norstedts, Stockholm
© 2015 Mats Strandberg

Für die deutschsprachige Ausgabe:
© 2017 S. Fischer Verlag GmbH,
Hedderichstr. 114, D-60596 Frankfurt am Main

Satz: Pinkuin Satz und Datentechnik, Berlin
Druck und Bindung: CPI books GmbH, Leck
Printed in Germany
ISBN 978-3-596-29599-9

MARIANNE

Noch fast eine Stunde bis zur Abfahrt. Sie könnte es sich immer noch anders überlegen. Könnte ihren Koffer nehmen und ihn den ganzen Weg zurück durchs Terminal rollen, den Kai entlang, sich auf die Rolltreppe hinunter zur U-Bahn stellen, zurück zum Hauptbahnhof und von dort den ganzen Weg nach Hause zurück nach Enköping fahren. Sie könnte versuchen, diese völlig idiotische Idee zu vergessen. Irgendwann wird sie vielleicht sogar über den gestrigen Abend lachen können, als sie zu Hause in ihrer Küche gesessen hatte und die Stimmen aus dem Radio das monotone Ticken der Wanduhr nicht übertönen konnten. Sie hatte ein Glas Rioja zu viel getrunken und beschlossen, dass es ihr jetzt reichte. Woraufhin sie ein weiteres Glas trank und sich entschied, etwas dagegen zu tun. Den Tag zu nutzen. Das Abenteuer zu suchen.

Ja, irgendwann einmal kann sie vielleicht darüber lachen. Doch Marianne bezweifelt das. Es ist schwer, über sich selbst zu lachen, wenn man niemanden hat, der mitlacht.

Wie war sie eigentlich auf diese Schnapsidee gekommen? Am frühen Abend hatte sie diese Werbung im Fernsehen gesehen – mit festlich gekleideten Menschen, die aussahen wie du und ich, nur fröhlicher –, aber das kann wohl kaum der Grund dafür sein. Das hier ist doch ganz und gar nicht ihr Ding.

Sie hatte die Fahrkarte gekauft, bevor sie es sich anders überlegen konnte. Sie war so aufgeregt, dass sie trotz des Weins kaum einschlafen konnte. Das Gefühl hielt den ganzen Vormittag an, während sie sich die Haare färbte, den ganzen Nachmittag, während sie packte, und schließlich den ganzen Weg bis hierher. Als hätte das Abenteuer schon begonnen. Als hätte sie vor sich selbst fliehen können, indem sie vor ihrem Alltag floh. Doch jetzt starrt sie ihr Spiegelbild an, ihr Kopf ist schwer wie Blei, und die Reue packt sie, verstärkt noch den Kater, den sie ohnehin schon hat.

Marianne beugt sich vor und wischt etwas zerlaufene Mascara weg. Im bläulichen Schein der Neonröhren in der Damentoilette des Fährterminals sehen die Tränensäcke unter ihren Augen grotesk aus. Sie weicht zurück und fährt sich mit den Fingern durch die praktische Pagenfrisur. Kann noch immer den Duft des Haarfärbemittels riechen. Sie sucht in ihrer Handtasche nach dem Lippenstift, zieht mit geübten Bewegungen ihre Lippen nach und presst sie dann aufeinander. Schluckt die dunkle Wolke hinunter, die sich in ihrem Inneren breitmacht und sie zu verschlingen droht.

In einer der Toilettenkabinen hinter ihr betätigt jemand die Spülung, und die Tür wird geöffnet. Marianne streckt sich und streicht ihre Bluse glatt. Zusammenreißen, sie muss sich zusammenreißen. Eine dunkelhaarige junge Frau in einer ärmellosen knallrosafarbenen Bluse kommt heraus und stellt sich vor das Waschbecken neben ihr. Marianne betrachtet die weiche Haut an den Armen der jungen Frau. Die Muskeln, die sich darunter abzeichnen, als sie sich die Hände wäscht und nach einem Papierhandtuch streckt. Sie ist zu mager. Ihre Gesichtszüge sind so kantig, dass sie fast maskulin wirken. Doch Marianne nimmt an, dass viele Leute sie als attraktiv bezeichnen würden. Zumindest als sexy. Auf einem ihrer Schneidezähne glitzert ein kleiner Diamant. Rosafarbener Strass auf den Potaschen ihrer Jeans. Marianne merkt selbst, wie sie sie anstarrt, und schaut rasch weg. Doch die junge Frau verschwindet hinaus ins Terminal, ohne sie auch nur eines Blickes zu würdigen.

Marianne ist unsichtbar. Sie fragt sich, ob sie tatsächlich selbst einmal so jung gewesen ist.

Es ist schon so lange her. In einer anderen Zeit, einer anderen Stadt. Damals war sie mit einem Mann verheiratet, der sie liebte, so gut er konnte. Die Kinder waren noch klein und lebten nach wie vor in dem Glauben, dass sie eine Art Halbgöttin wäre. Sie hatte einen Job, bei dem sie jeden Tag Bestätigung und Anerkennung erhielt. Und ihre Nachbarn boten ihr jedes Mal eine Tasse Kaffee an, wenn sie zufällig vorbeikam.

Kaum vorstellbar, dass es Tage gab, an denen Marianne davon träumte, mal allein zu sein. Nur ein paar Stunden, um ihren Gedanken nachzuhängen, was ihr damals wie ein Luxus vorkam.

Was das angeht, schwimmt sie heutzutage geradezu in Luxus. Zeit ist buchstäblich das Einzige, was sie hat.

Marianne kontrolliert, ob auch kein Lippenstift auf ihre Zähne geraten ist. Wirft einen Blick auf den kleinen Rollkoffer, der neben ihr steht, ein Geschenk des Buchklubs, dessen Mitglied sie ist.

Sie hängt sich den Daunenmantel über den Arm, umfasst entschlossen den Griff ihres Rollkoffers und verlässt die Damentoilette.

Im Terminal ist der Geräuschpegel hoch. Einige Leute haben sich schon in die Warteschlange vor der Absperrung gestellt, wo sie anstehen, um an Bord gelassen zu werden. Sie schaut sich um. Stellt fest, dass sie sich mit ihrer rosafarbenen Bluse und dem knielangen Rock viel zu förmlich gekleidet hat. Die meisten Frauen im Alter um die sechzig tragen eher wie Teenager Jeans und Kapuzenjacke oder auch körperbetonte Kleider mit tiefem Ausschnitt – oder aber genau das Gegenteil, indem sie ihre Körper in formlosen Tuniken oder zeltähnlichen Kleidern verstecken. Marianne gehört keiner dieser Gruppen an. Sie sieht aus wie eine zugeknöpfte pensionierte Arzthelferin. Was sie letztlich auch ist. Sie zwingt sich zu der Erkenntnis, dass viele der anderen Frauen älter und auch hässlicher sind als sie selbst. Sie hat ebenfalls ein Recht darauf, hier zu sein.

Marianne steuert die Bar am anderen Ende des Terminals an.

Die Räder ihres Rollkoffers dröhnen so laut, als versuche sie eine Dampfwalze über den Steinfußboden zu manövrieren.

Als sie die Theke erreicht, lässt sie ihren Blick über glänzende Flaschen und Bierzapfhähne schweifen. Die Preise stehen mit Kreide auf schwarze Tafeln geschrieben. Marianne bestellt einen Kaffee mit Baileys und hofft, dass er an Bord etwas günstiger sein wird. Haben die Bars Taxfree-Preise? Das hätte sie vorher nachschauen sollen. Warum hat sie das nicht getan? Sie bekommt ihr Getränk in einem hohen Duralex-Glas von einer jungen Frau mit glitzernden Piercings in Lippen und Augenbrauen gereicht. Auch sie würdigt Marianne keines Blickes, woraufhin deren schlechtes Gewissen, weil sie kein Trinkgeld gegeben hat, ein wenig nachlässt.

Ganz hinten an der Stirnseite des mittels einer Glasfront abgetrennten Bereichs ist ein Tisch frei. Marianne zwängt sich mit ihrem lauten Rollkoffer und dem Mantel, der wie eine aufgeplusterte Daunendecke über ihrem Arm hängt, vorsichtig zwischen den Tischen hindurch. Das heiße Glas brennt in ihren Fingern, und der Riemen ihrer Handtasche rutscht ihr von der Schulter und landet in der Armbeuge. Doch schließlich hat sie den Tisch erreicht. Stellt ihr Glas ab. Schiebt den Riemen ihrer Handtasche wieder über die Schulter hoch. Wie durch ein Wunder ist es ihr gelungen, sich mit dem Mantel und allem anderen durch den schmalen Spalt zwischen den Tischen hindurchzuzwängen, ohne etwas umzustoßen. Als sie auf den Stuhl sinkt, ist sie fix und fertig. Sie nimmt einen prüfenden Schluck, doch das Getränk ist keineswegs so heiß wie das Glas, und trinkt dann gieriger. Spürt, wie sich Alkohol, Zucker und Koffein allmählich in ihrem Körper ausbreiten.

Marianne schaut hinauf ins Spiegelglas an der Decke. Richtet sich ein wenig auf. Aus der Vogelperspektive sind die Falten an ihrem Hals nicht zu erkennen, und die Haut spannt sich über ihren Kieferknochen, so dass diese deutlich hervortreten. Das Spiegelglas ist rauchfarben, womöglich wirken ihre Augen deswegen so wach und ihre Gesichtshaut sonnengebräunt. Sie lässt ihre Finger über den Kieferknochen gleiten, bis ihr bewusst wird, dass sie mitten unter Leuten sitzend Nabelschau betreibt. Sie sackt auf ihrem Stuhl zusammen und nimmt einen weiteren Schluck. Fragt sich, wie weit sie noch davon entfernt ist, um als schrullig bezeichnet werden zu müssen. Eines Morgens hatte sie erst an der Bushaltestelle stehend gemerkt, dass sie immer noch ihre Schlafanzughose trug.

Die schwarze Wolke droht sich erneut in ihr auszubreiten. Marianne schließt die Augen. Hört die Leute um sich herum reden und lachen. Außerdem ein lautes Schlürfen, und als sie hinschaut, sieht sie einen kleinen asiatischen Jungen über ein Glas gebeugt sitzen, in dem sich nur noch Eiswürfel befinden. Sein Vater, der mit hochrotem Kopf ein Handy ans Ohr gepresst hält, scheint die ganze Welt zu hassen.

Marianne wünschte, sie würde noch rauchen. Dann könnte sie jetzt auf den Kai hinausgehen und sich eine Zigarette anzünden, um etwas zu tun zu haben. Aber nun ist sie zumindest hier. Inmitten all dieser Geräusche. Und trifft eine Entscheidung. Nein, das hier ist nicht ihr Ding, das ist nicht sie. Aber sie hat es so satt, immer nur sie selbst zu sein.

Sie kann doch jetzt nicht wieder heimfahren. Den ganzen Sommer lang hat sie in ihrer Wohnung gesessen, wo sie die Stimmen, das Lachen und die Musik aus den Nachbarwohnungen, auf den Balkonen, die zum Innenhof hinausgehen, und auf der Straße vor der Küche gehört hat. Das lebendige Treiben, das überall herrschte. Doch in ihrer Wohnung tickt nur die verdammte Wanduhr, während der Kalender mit den Fotos ihrer Enkel, die sie kaum je gesehen hat, die Tage bis Weihnachten zählt. Wenn sie jetzt heimführe, würde sie für immer in ihrer Einsamkeit gefangen bleiben und nie wieder so etwas wie das hier ausprobieren.

Marianne wird plötzlich bewusst, dass einer der Männer vom Nachbartisch sie freundlich anlächelt und versucht, Blickkontakt mit ihr aufzunehmen. Sie tut so, als suche sie etwas in ihrer Handtasche. Die Augen des Mannes wirken in seinem ausgezehrten, verlebten Gesicht riesengroß. Außerdem sind seine Haare für ihren Geschmack viel zu lang. Sie hätte sich ein Buch mitnehmen sollen. In Ermangelung einer besseren Alternative nimmt sie ihre Bordkarte zur Hand und macht mit ziemlicher Sicherheit zu viel Aufhebens davon, sie eingehend zu betrachten. Ganz oben in der rechten Ecke prangt das Logo der Reederei, ein undefinierbarer weißer Vogel mit einer Pfeife im Mund und einer Kapitänsmütze auf dem Kopf.

»Hej, schöne Frau, ganz allein am Tisch?«

Marianne schaut reflexmäßig auf. Begegnet dem Blick des Mannes. Zwingt sich, nicht wegzusehen.

Ja, er wirkt verlebt. Und seine helle Jeansweste sieht schmuddelig aus. Aber früher war er bestimmt einmal attraktiv. Man sieht es an seinen Gesichtszügen. Genauso wie sie hofft, dass man es ihr auch ansieht.

»Ja«, antwortet sie und räuspert sich. »Eigentlich wollte mich eine Freundin begleiten, aber sie hat sich offenbar im Tag geirrt, wie ich gerade erfahren habe. Sie glaubte, es wäre erst nächsten Donnerstag, und ich … ich dachte, wenn ich schon eine Fahrkarte habe, kann ich ja ebenso gut …«

Sie weiß nicht mehr weiter und beendet den Satz mit einem Achselzucken, von dem sie hofft, dass es nonchalant wirkt. Ihre Stimme klingt belegt, als wären ihre Stimmbänder zusammengeklebt. Sie hat schon mehrere Tage lang nicht mehr gesprochen. Und ihre Lüge, die sie für den Fall, dass eine solche Situation entstehen sollte, in der vergangenen Nacht sorgfältig vorbereitet hat, klingt plötzlich äußerst hanebüchen. Aber der Mann lächelt sie nur an.

»Komm doch zu uns rüber, dann hast du jemanden, mit dem du anstoßen kannst!«

Er wirkt schon leicht beschwipst. Ein flüchtiger Blick in die Runde an seinem Tisch reicht aus, um festzustellen, dass seine Freunde in noch schlechterer Verfassung sind. Früher hätte Marianne nicht einmal in Erwägung gezogen, ein Angebot von einem Kerl wie ihm anzunehmen.

Wenn ich ja sage, bin ich eine von ihnen, denkt sie. Aber ich kann es mir wohl kaum noch leisten, wählerisch zu sein. Und außerdem, ist »wählerisch« letztlich nicht einfach ein anderes Wort für »feige«?

Es ist ja nur für einen Tag, ruft sie sich in Erinnerung. In ziemlich genau vierundzwanzig Stunden legt die Fähre wieder in Stockholm an. Und wenn es sich als Fehler herausstellen sollte, könnte sie die Erinnerung daran genau dorthin verbannen, wo sie schon so vieles andere versteckt hat. In einer Art Schatzkästchen für wertlose Erfahrungen.

»Ja«, sagt sie. »Ja. Gerne. Das wäre nett.«

Als sie aufsteht, um an den Männertisch umzuziehen, schabt ihr Stuhl geräuschvoll über den Fußboden.

»Göran heiße ich«, stellt er sich vor.

»Marianne.«

»Marianne«, wiederholt er und schnalzt ein wenig mit der Zunge. »Ja, das passt zu dir. Du bist genauso süß wie diese Schokominzbonbons, die so heißen.«

Zum Glück braucht sie darauf nichts zu antworten. Er stellt sie den anderen am Tisch vor. Sie nickt einem nach dem anderen zu und vergisst ihre Namen wieder, sobald sie sie gehört hat. Sie ähneln einander zum Verwechseln. Alle haben das gleiche Bäuchlein, das unterm karierten Oberhemd spannt. Sie fragt sich, ob sie sich wohl schon seit ihrer Kindheit kennen. Ob Göran schon immer der Stilvollste von ihnen gewesen ist, der die Mädchen angelockt hat.

Ihr Kaffee ist inzwischen kalt geworden und schmeckt abgestanden, aber noch bevor sie den Versuch unternommen hätte, ihr Glas auszutrinken, kommt einer von Görans Freunden mit einer Runde Bier für alle an den Tisch, sie eingeschlossen. Marianne sagt nicht viel, aber es scheint den anderen nichts auszumachen. Sie trinken, und Marianne hört auf, sich in Grübeleien zu ergehen, und verspürt stattdessen aufs Neue ein erwartungsvolles Ziehen im Körper. Es wird immer stärker, bis sie sich zurückhalten muss, um nicht völlig unangebracht laut loszuprusten. Als einer von Görans Freunden einen schlechten Witz reißt, nutzt

Marianne die Gelegenheit. Ihr Lachen klingt ungestüm und viel zu laut.

Eigentlich ist es natürlich traurig, wie sehr sie etwas so Simples vermisst hat, wie gemeinsam mit anderen Menschen an einem Tisch zu sitzen. Dazuzugehören. Eingeladen zu sein, und zwar nicht nur aus reinem Pflichtgefühl.

Göran beugt sich zu ihr herüber.

»Das mit deiner Freundin ist zwar Pech für dich, aber ein Riesenglück für mich«, flüstert er ihr mit heißem, feuchtem Atem ins Ohr.

ALBIN

Albin sitzt da, den Kopf auf die Hände gestützt, und kaut auf seinem Strohhalm herum. Saugt mit lautem Schlürfen etwas Eiswasser vom Boden seines Glases an. Es schmeckt kaum noch nach Cola. Eher, als würde man die Spucke von jemandem trinken, der vor einer Viertelstunde Cola getrunken hat. Er muss kichern. Lo würde dieser Witz gefallen. Aber Lo ist noch nicht da.

Er schaut durch die Glasfront hindurch auf all die Fremden, die sich durchs Terminal bewegen. Ein Typ in Frauenkleidern mit Lippenstift übers halbe Gesicht verteilt hat ein Pappschild um den Hals hängen, auf dem *KÜSSE ZU VERGEBEN 5,– Kronen* steht. Seine Freunde filmen ihn mit ihren Handys, aber man hört an ihrem Lachen, dass sie nicht wirklich Spaß daran haben. Albin saugt erneut an seinem Strohhalm und gibt Schlürfgeräusche von sich.

»Abbe«, ermahnt ihn seine Mutter. »Bitte.«

Sie sieht ihn mit diesem Blick an, der andeutet, dass sein Vater schon völlig genervt ist. Und er es nicht noch schlimmer machen soll. Albin lehnt sich auf seinem Stuhl zurück. Bemüht sich, still zu sitzen.

Dann hört er ein Lachen, das fast wie Hundegebell klingt. Schaut in die Richtung, aus der es kommt, und erblickt an einem etwas entfernt stehenden Tisch zwei dicke Frauen. Diejenige, die lacht, hat Zöpfe im Haar und eine rosafarbene Federboa um den Hals geschlungen. Sie neigt gerade den Kopf nach hinten und wirft sich eine Handvoll Erdnüsse in den Mund. Ein paar landen zwischen ihren Brüsten, die wohl die größten sind, die er jemals live gesehen hat. Außerdem ist ihr Rock so kurz, dass man ihn nicht mal mehr sieht, wenn sie sitzt.

»Warum hat sie überhaupt ein Handy, wenn sie es nie eingeschaltet hat?«, fragt sein Vater und knallt sein Mobiltelefon auf den Tisch. »Das ist wieder mal typisch für meine Schwester.«

»Beruhig dich doch, Mårten«, sagt seine Mutter sanft. »Wir wissen ja gar nicht, warum sie sich verspätet haben.«

»Das ist es ja gerade. Man könnte meinen, dass Linda vielleicht mal von sich hören lässt, damit wir nicht herumrätseln müssen, wo zum Teufel sie abbleiben. Das ist verdammt respektlos.« Sein Vater wendet sich an Albin. »Bist du sicher, dass du Los Nummer nicht hast?«

»Ja, hab ich doch gesagt.«

Es tut weh, das ein weiteres Mal zuzugeben. Lo hat unter ihrer neuen Nummer noch kein einziges Mal von sich hören lassen. Sie haben jetzt fast ein Jahr lang nicht mehr miteinander telefoniert. Außerdem haben sie sich kaum geschrieben, seit sie und ihre Mutter nach Eskilstuna umgezogen sind. Er befürchtet, dass Lo aus irgendeinem Grund sauer auf ihn ist, was seiner Auffassung nach eigentlich nur auf einem Missverständnis beruhen kann. Seine Mutter meint dagegen, dass Lo höchstwahrscheinlich einfach nur viel für die Schule tun muss, da ihr das Lernen nicht ganz so leichtfällt wie ihm, und es jetzt, wo sie in die Sechste gehen, zudem immer schwerer wird. Seine Mutter sagt das in demselben Tonfall, in dem sie ihm auch weiszumachen versucht, dass seine Klassenkameraden, die ihn in der Schule hänseln, nur neidisch auf ihn sind.

Doch Albin kennt die Wahrheit. Es gibt überhaupt keinen

Grund, neidisch auf ihn zu sein. Vielleicht war er mal ganz süß, als er noch kleiner war, aber das ist lange her. Er ist der Kleinste in der Klasse, und seine Stimme ist noch immer hell und piepsig, und er ist weder gut in Sport noch in sonst irgendeinem Fach, in dem Jungs gut sein müssen, um beliebt zu sein. Das ist eine Tatsache. Ebenso wie es eine Tatsache ist, dass Lo nicht einfach aufgehört hätte, sich bei ihm zu melden, wenn nicht irgendetwas vorgefallen wäre.

Lo ist nicht einfach nur seine Cousine. Als sie noch in Skultuna wohnte, war sie außerdem seine beste Freundin. Aber Tante Linda hatte urplötzlich beschlossen umzuziehen. Und Lo hatte keine andere Wahl, als mitzukommen.

Lo, die ihn wie kein anderer zum Lachen bringen konnte, und zwar so heftig, dass er fast in Panik verfiel, weil er das Gefühl hatte, nie mehr aufhören zu können. Lo, die ihm die Wahrheit über den Tod ihrer Großmutter anvertraut hatte. Sie hatten gemeinsam geweint, weil Selbstmord etwas so Trauriges ist, aber insgeheim gefiel es ihm, gemeinsam mit Lo zu weinen, weil es so schön war, was ihn beschämte. Endlich gab es etwas, das sie miteinander teilen konnten. Im Unterschied zu dieser anderen Sache, über die er nicht einmal mit Lo reden kann.

»Nein, Stella«, rief eine entnervte Männerstimme irgendwo hinter Albin. »Das tut man nicht, Stella. Oder möchtest du gleich ins Bett gebracht werden, sobald wir an Bord kommen? Willst du das, Stella?«

Der Mann erhält ein wütendes Heulen zur Antwort.

»Dann hör jetzt sofort auf. Das ist wirklich nicht lustig. Stella! Nein, hab ich gesagt! Nein, Stella. Das tut man nicht. Stella, bitte.«

Stella heult erneut, und ein Glas zerbricht. Albin merkt, dass sein Vater immer gereizter und seine Mutter immer nervöser reagiert, weil er gleich eine Szene machen wird.

Albin registriert die ihm wohlbekannte Bewegung aus den Augenwinkeln. Wie sein Vater den Kopf mit einem Ruck nach hinten wirft, als er sein Bierglas leert. Und dabei noch etwas röter im Gesicht wird.

14

»Vielleicht stecken sie ja im Stau«, meint seine Mutter. »Es ist schließlich Hauptverkehrszeit.«

Albin fragt sich, warum sie nicht einfach den Mund hält. Wenn sein Vater schlechte Laune hat, lässt er sich einfach nicht beruhigen. Und wenn man es doch versucht, bringt man ihn nur noch mehr auf die Palme.

»Wir hätten sie abholen sollen«, entgegnet er. »Aber dann hätte Linda bestimmt dafür gesorgt, dass wir alle unpünktlich gewesen wären.«

Er dreht sein Bierglas zwischen den Händen. Seine Stimme hört sich schon etwas verwaschen und dunkler an.

»Sie wird es schon noch rechtzeitig schaffen«, sagt seine Mutter und wirft einen Blick auf ihre Armbanduhr. »Sie will Lo doch nicht enttäuschen.«

Sein Vater schnaubt nur verächtlich. Seine Mutter sagt nichts mehr, doch jetzt ist es eh zu spät. Das Schweigen zwischen ihnen wirkt erdrückend, und Albin bekommt kaum noch Luft. Wenn sie zu Hause gewesen wären, würde Albin jetzt in sein Zimmer hochgehen. Er will gerade sagen, dass er zur Toilette muss, als sein Vater seinen Stuhl nach hinten schiebt und aufsteht.

»Abbe, möchtest du noch eine Cola?«, fragt er.

Albin schüttelt den Kopf, und sein Vater verschwindet in Richtung Tresen.

Seine Mutter räuspert sich, als wolle sie etwas sagen. Höchstwahrscheinlich zur vergangenen Nacht. Dass sein Vater nur furchtbar müde war, weil er bei seiner Arbeit viel zu tun hatte. Und sie selbst oftmals seine Hilfe benötigt, so dass er nicht zur Ruhe kommt. Doch Albin will es nicht hören. *Müde*, er hasst das Wort *müde*, das Codewort seiner Eltern für alles Stressige. Sein Vater verhält sich immer so, besonders wenn sie wegfahren oder irgendwas anderes Lustiges unternehmen wollen. Er macht immer alles kaputt.

Albin holt demonstrativ sein Geschichtsbuch aus dem Rucksack, der über seiner Stuhllehne hängt. Schlägt das Kapitel auf, über das sie in der nächsten Woche einen Test schreiben werden.

Runzelt die Stirn. Setzt eine konzentrierte Miene auf, während er sich in die Taktik der verbrannten Erde vertieft, obwohl er schon fast alles darüber auswendig weiß.

»Wie passend, dass ihr gerade Schwedens Großmachtzeit behandelt, wo wir doch über die Ostsee fahren«, meint seine Mutter.

Doch Albin antwortet nicht. Er hat sich unnahbar gemacht, um sie zu bestrafen. Denn eigentlich ist sie diejenige, auf die Albin am meisten sauer ist. Seine Mutter könnte sich schließlich scheiden lassen, damit sie nicht mehr mit seinem Vater zusammenwohnen müssen. Aber das will sie nicht. Und er weiß auch, warum. Sie glaubt nämlich, auf seinen Vater angewiesen zu sein.

Manchmal wünscht er sich, dass sie ihn nie adoptiert hätten. Im Kinderheim in Vietnam hätte er es viel besser gehabt. Oder sonst irgendwo auf der Welt. Bei einer ganz anderen Familie.

»Sieh mal einer an, wen ich aufgegabelt habe«, ruft sein Vater, und Albin schaut auf.

Sein Vater hält ein Bierglas in der Hand, und Albin erkennt an dem weißen Schaum, der an einer Seite nach oben steigt, dass er bereits daraus getrunken hat. Neben ihm steht Tante Linda mit ihren blonden langen Haaren, die offen über die Schulterpartie ihrer Jacke hängen. Die Jacke ist rosafarben und sieht wie ein aufgeblasenes Kaugummi aus. Sie beugt sich zu Albin hinunter und umarmt ihn. Presst ihre kalte Wange gegen seine.

Aber wo ist Lo?

Albin erblickt sie erst, als Linda um den Tisch herumgeht, um seine Mutter zu umarmen. Er hört seine Mutter den immer gleichen abgedroschenen Witz runterleiern – *Sorry, dass ich nicht aufstehe* –, und Linda lacht auf, als hätte sie ihn eben zum ersten Mal gehört. Doch dann verblasst die Welt um Albin herum, und nur noch Lo sticht deutlich hervor.

Es ist zwar Lo, aber sie ist es auch wieder nicht. Jedenfalls nicht die Lo, die er kennt. Er kann nicht aufhören, sie anzustarren. Sie hat Mascara aufgelegt, die ihre Augen größer und heller wirken lässt. Ihre Haare sind länger und etwas dunkler geworden und haben dieselbe Farbe wie Honig. Ihre Beine, die in Turnschuhen

16

mit Leopardenmuster enden, wirken in der enganliegenden Jeans unglaublich lang. Sie nimmt ihr Halstuch ab und zieht ihre Lederjacke aus. Darunter trägt sie einen grauen Pulli, der an einer Seite von ihrer Schulter gerutscht ist und einen schwarzen BH-Träger entblößt.

Lo sieht aus wie all die Mädchen in seiner Schule, die ihn nie auch nur eines Blickes würdigen würden.

Das hier ist noch viel schlimmer als ein Missverständnis. Ein Missverständnis hätte man nämlich aufklären können.

»Hej«, sagt er prüfend und hört selbst bei dem kurzen Wort, wie kindlich seine Stimme klingt.

»Ist ja was völlig Neues, dass du dasitzt und lernst«, meint sie.

Sie hat ein Parfüm aufgelegt, das nach Toffee und warmer Vanille riecht, und wenn sie etwas sagt, stößt ihr Mund den süßen, nach Minze riechenden Atem ihres Kaugummis aus. Als sie Albin flüchtig umarmt, spürt er, wie ihre Brüste gegen seinen Körper gedrückt werden. Als sie sich wieder aufrichtet, traut er sich kaum, sie anzusehen. Doch Lo schaut mit ihrem neuen, erwachsenen Gesicht schon wieder woandershin. Sie streicht sich eine Haarsträhne hinters Ohr. Ihre Fingernägel sind schwarz lackiert.

»Wie groß du geworden bist«, sagt seine Mutter. »Und wie schick du aussiehst.«

»Danke, Tante«, meint Lo und umarmt sie ebenfalls, allerdings viel länger, als sie Albin umarmt hat.

Seine Mutter streckt sich in ihrem Rollstuhl so weit wie möglich vor, damit sie ihre Arme um Los Rücken legen kann.

»Du bist aber verdammt schmal geworden«, merkt sein Vater an.

»Sie wächst ja auch gerade«, wendet seine Mutter ein.

»Man kann nur hoffen, dass es damit zusammenhängt. Die Jungs wollen nämlich etwas in den Händen haben, weißt du?«

Albin wünscht sich nur noch, dass sein Vater auf der Stelle den Mund hält.

»Danke für den Tipp«, meint Lo. »Dass die Jungs auf mich abfahren, ist ja auch mein einziges Lebensziel.«

Es herrscht eine halbe Sekunde zu lange Stille, dann lacht sein Vater.

Linda beginnt einen ausführlichen Monolog über die genaue Streckenführung von Eskilstuna nach Stockholm und die jeweils vorherrschende Verkehrslage. Sein Vater steht schweigend neben ihr und trinkt sein Bier, während seine Mutter ihr Bestes tut, um von Lindas Ausführungen fasziniert zu wirken. Lo verdreht wild die Augen und holt ihr Handy hervor, während Albin den Augenblick nutzt, um sie heimlich zu beobachten. Schließlich kommt Linda auf das Problem der Parkplatzsuche in der Nähe des Terminals zu sprechen, und dann ist sie endlich fertig.

»Was für ein Glück, dass ihr es noch geschafft habt«, sagt seine Mutter und wirft seinem Vater einen vielsagenden Blick zu.

»Vielleicht sollten wir langsam losgehen und uns anstellen«, meint der und leert sein Glas.

Als er es auf den Tisch stellt, folgt Linda seinen Bewegungen mit den Augen. Albin steht auf, steckt sein Geschichtsbuch zurück in den Rucksack und setzt ihn auf.

Die Schlange auf der anderen Seite der Glasfront wächst, und Albin registriert, dass sie sich langsam vorwärtsbewegt. Er schaut auf die Uhr, die an der Wand hängt. Nur noch eine Viertelstunde bis zur Abfahrt. Die Leute an den Nachbartischen beginnen ebenfalls, ihre Sachen zusammenzusuchen und ihre Gläser zu leeren.

Seine Mutter wirft einen Blick über die Schulter und versucht, mit ihrem Rollstuhl rückwärtszufahren, während sie sich entschuldigt. Die Leute hinter ihr müssen ihren Tisch verrücken, damit sie herauskommt. Sie bewegt den kleinen Steuerknüppel auf ihrer Armlehne vor und zurück.

»Das ist fast wie beim Ausparken aus einer Miniparklücke«, sagt sie in diesem aufgekratzten Tonfall, der ihm signalisiert, dass sie gestresst ist.

»Geht's?«, fragt Lo, und seine Mutter antwortet, *Jaja, na klar, meine Süße*, in demselben aufgekratzten Ton.

»Freust du dich schon auf die Fährfahrt?«, fragt Linda und wuschelt Albin mit den Fingern durchs Haar.

18

»Ja«, antwortet er automatisch.

»Schön, dass sich wenigstens einer freut«, meint Linda. »Ich musste Lo fast ans Auto ketten, damit sie mitkommt.«

Lo wendet sich Linda und ihm zu, und Albin bemüht sich, nicht offen zu zeigen, dass ihn ihre Aussage verletzt. Sie hat sich also überhaupt nicht danach gesehnt, ihn zu treffen.

»Willst du nicht mitfahren?«, fragt er.

»Doch, unbedingt. Fährefahren ist echt geilomat.« Sie spricht nicht einmal mehr wie sonst. Ein neuerlicher Stoß Kaugummi-Atem, als sie seufzt. »Mama hat sich geweigert, mich allein zu Hause zu lassen.«

»Nicht schon wieder diese Diskussion, Lo«, wirft Linda ein und schaut seine Mutter und seinen Vater an. »Ihr könnt froh sein, dass Jungs erst später in die Pubertät kommen. Das alles habt ihr also noch vor euch.«

Lo verdreht zwar die Augen, doch in gewisser Weise wirkt sie auch zufrieden.

»Nicht unbedingt«, antwortet sein Vater. »Kinder sind verschieden. Es hängt davon ab, wie sehr sie meinen, sich auflehnen zu müssen.«

Linda entgegnet nichts, schüttelt jedoch, nachdem er sich umgedreht hat, den Kopf.

Sie bewegen sich auf den Ausgang zu. Seine Mutter fährt vor, und Albin hört sie ein paarmal *tut-tut* rufen, wenn die Abstände zwischen den Tischen zu eng sind oder Reisetaschen im Weg stehen. Er schaut weg. Wirft stattdessen einen Blick durch die Glasfront auf die Fahrkartenkontrolle, wo zwei Security-Leute die Menschen in Augenschein nehmen, die die Sperren passieren.

»Zu dumm, dass sie dachte, ein Minirock würde ihr stehen«, flüstert Lo viel zu laut, als sie an der dicken Frau mit der rosa Federboa vorbeigehen.

»Lo«, mahnt Tante Linda.

»Mit ein bisschen Glück sinkt das Schiff vielleicht, wenn die beiden Fetten an Bord gehen. Dann bleibt uns dieser krasse Anblick erspart.«

Die Baltic Charisma wurde 1989 in Split, Kroatien, gebaut. Sie ist 170 Meter lang, 28 Meter breit und bietet Platz für mehr als zweitausend Passagiere. Aber es ist schon lange her, dass die unter schwedischer Flagge fahrende Fähre einmal ausgebucht war. Heute ist Donnerstag, und knapp zwölfhundert Passagiere strömen an Bord. Nur wenige von ihnen sind Kinder. Es ist Anfang November, und die Herbstferien sind bereits vorbei. Im Sommer ist das obere Deck angefüllt mit Liegestühlen, doch jetzt ist es leer bis auf einige Passagiere, die heute Morgen in Finnland an Bord gegangen sind. Sie lassen ihre Blicke über das herbstlich kühle Stockholm schweifen, das die letzten Sonnenstrahlen nicht mehr aufzuwärmen vermögen. Manche von ihnen warten ungeduldig darauf, dass die Charisma aus dem Hafen ausläuft und die Bars wieder öffnen.

Die Frau, die Marianne heißt, ist unter den Letzten in der Menschenmenge, die sich langsam über die verglaste Rampe hoch über dem Asphalt des Parkplatzes vorwärtsbewegt. Der langhaarige Mann hat einen Arm um sie gelegt. Die schräg von oben hereinfallenden goldenen Sonnenstrahlen lassen ihre Gesichtszüge weicher erscheinen. Der Plexiglastunnel macht einen scharfen Knick nach links, dann erblickt Marianne die Fähre. Sie ist angesichts ihrer Größe geschockt. Das Schiff ist höher als das Hochhaus, in dem sie wohnt. Ein Stockwerk über dem anderen aus weiß- und gelbgestrichenem Stahl. *Eigentlich dürfte sie gar nicht schwimmen können.* Marianne sieht, dass sich der Bug geöffnet hat, ein riesiges hungriges Maul, das mit Fahrzeugen gefüttert wird. Sie fragt sich, ob es wohl das Bugvisier ist, und unter ihren Füßen beginnt es zu schwanken, als befände sie sich bereits draußen auf dem Meer. Sie muss an die Kabine denken, die sie gebucht hat. Die billigste Variante unterhalb des Autodecks. Unter der Wasseroberfläche. Ohne Fenster. Die Fähre scheint mit jedem von Mariannes Schritten zu wachsen. BALTIC CHARISMA steht in verschnörkelten Lettern darauf, die mehrere Meter hoch sind. Der riesige, Pfeife rauchende Vogel grinst sie an. Am liebsten will sie umkehren. Zurücklaufen ins Terminal. Doch dann meint sie das Ticken der Wanduhr in einer leeren Wohnung zu hören und geht weiter. Bemüht darum, das Gefühl zu ignorieren, dass sie alle Tiere sind, die durch einen Pferch zur Schlachtbank geführt werden. Andreas, der Manager der Reederei, steht am Eingang und informiert die Passagiere über den Karaoke-Abend und die Sonderangebote im Taxfree-Shop und lächelt dabei, so breit er nur kann. Eigentlich ist das der Job des Kreuzfahrtstewards, doch der hat heute Morgen angerufen und sich krankgemeldet. Es ist bereits das zweite Mal in diesem Herbst. Andreas weiß, dass er Alkoholprobleme hat, seitdem er hier arbeitet.

Auf der Kommandobrücke steht der Befehlshaber der Charisma, Kapitän Berggren, mit seinem Personal zusammen und geht die Checkliste vor der Abfahrt durch. Gleich werden sie die Fähre vom Kai aufs Meer hinausmanövrieren. Sie kennen sich bestens aus mit den Tausenden von Schären, all den Untiefen und kleinen Inseln vor Stockholm und Åbo. Nachdem die Charisma den Hafen verlassen hat, wird sie mit Autopilot fahren, und der Kapitän übergibt dem Ersten Steuermann das Kommando.

In den Personalräumen herrscht fieberhafte Aktivität. Die Angestellten, deren Zehntagedienst mit dieser Fahrt beginnt, haben sich ihre Arbeitsuniformen abgeholt und sich umgezogen. Von der Kombüse aus – dem von Dämpfen erfüllten Küchenbereich, in dem die Speisen für die Restaurants zubereitet werden – läuft das Servicepersonal mit großen Servierplatten in den Händen zu den Büfetttischen. Einige von ihnen haben nach dem nächtlichen Gelage noch immer einen Kater. Unter den Angestellten wird getratscht, wer von ihnen diesmal zum morgendlichen Pusten in die Krankenstation beordert worden ist, um seinen Promillegehalt überprüfen zu lassen, und wen sie drangekriegt haben. Im Taxfree-Shop macht Antti gerade einen Durchgang mit seinem Personal. Wenn der Shop eine halbe Stunde nach der Abfahrt wieder öffnet, wird bereits eine ungeduldige Schlange von Kunden davorstehen und warten.

Das Wasser im runden Whirlpool im Spa-Bereich bewegt sich nicht. In der glatten Oberfläche spiegeln sich die Wolken am Himmel draußen vor den Panoramafenstern. Die Massageliegen sind noch leer. Der Elektroofen der Sauna tickt leise vor sich hin.

Unten im Maschinenraum werden die Motoren ein letztes Mal gewartet. Wenn man die Kommandobrücke als Gehirn der Fähre bezeichnen möchte, ist der Maschinenraum ihr pochendes Herz. Der Erste Maschinist Wiklund hat gerade auf der Kommandobrücke angerufen und mitgeteilt, dass das Fahrzeug neu aufgetankt wurde und die Schläuche wieder entfernt worden sind. Er beobachtet seine Maschinisten durch die Glasscheibe des Kontrollraums hindurch. Leert seinen Kaffeebecher, stellt ihn ab und wirft einen Blick auf die orangefarben gestrichenen Türen des Personalaufzugs. Sobald die Charisma das Hafengebiet verlassen und ihre gewohnte Route in Richtung Åbo eingeschlagen hat, übernimmt der Erste Maschinist die Wacht, und Wiklund kann hinauf zu seiner Kabine fahren. Er braucht nicht wieder zurückzukehren, bevor sie Åland erreicht haben, und hat vor, sich ein ausgiebiges Schläfchen zu gönnen.

Die Charisma hat bereits fast alles gesehen. Im Niemandsland der Ostsee werden jegliche Hemmungen in einer Art und Weise fallengelassen, die nicht nur auf den preisgünstigen Alkohol zurückzuführen ist. Es ist, als veränderten sich auf der Fähre Zeit und Raum. Als hörten soziale Codes und Regeln auf zu existieren. All das ereignet sich unter der Aufsicht von vier Wachleuten, die sich in unterschiedlicher Weise auf den Abend vorbereiten. Vier Personen, die in dem Chaos für Ordnung sorgen sollen, das entstehen kann, wenn sich zwölfhundert Passagiere – die meisten davon betrunken – an einem Ort drängen, den man nicht verlassen kann.

Alles verläuft routinemäßig. Die Baltic Charisma fährt Tag für Tag, jahrein, jahraus dieselbe Route. Sie legt kurz vor Mitternacht auf Åland an. Erreicht gegen sieben Uhr morgens Åbo in Finnland, während die meisten schwedischen Passagiere noch im Bett liegen und schlafen. In dreiundzwanzig Stunden wird die Charisma wieder zurück am Kai in Stockholm sein. Doch auf dieser Fahrt befinden sich zwei Passagiere an Bord, die niemandem ähneln, die sie je zuvor an Bord gehabt hat.

Auf dem Autodeck, das an den Maschinenraum grenzt, erteilt das Personal Anweisungen auf Schwedisch, Finnisch und Englisch. Sie haben bereits diverse Sattelzüge, Pkw, Wohnmobile und zwei große Reisebusse hereingelotst. Alles ist genau ausgerechnet, um die Stabilität des Schiffes zu gewährleisten. Hier unten, wo kein Sonnenstrahl hinunterreicht, ist es kühl und riecht stark nach Benzin und Abgasen. Erschöpfte Lastwagenfahrer und Familien, die mit dem Auto unterwegs sind, bewegen sich auf die Aufzüge und Treppenhäuser zu. Bald wird das Autodeck für alle Passagiere geschlossen und erst kurz vor der Ankunft auf Åland wieder geöffnet werden. Die großen Sattelschlepper, die mit Ketten im Stahlboden verankert sind, harren bewegungslos wie schlafende Raubtiere im Dunkeln aus. Ein kleiner blonder Junge im Alter um die fünf Jahre und eine dunkelhaarige, stark geschminkte Frau haben gerade ihr Wohnmobil verlassen. Sie wirken müde. Werfen sehnsuchtsvolle Blicke in Richtung des hellerleuchteten Aufzugs, betreten aber stattdessen das enge Treppenhaus. Beide schauen zu Boden und begegnen nicht den Blicken der anderen Passagiere. Der Junge hat sich die Kapuze seines Pullis über den Kopf gezogen. Hält die Riemen seines Rucksacks mit einem Motiv von Pu der Bär fest umschlossen. Die dicke Schicht Schminke, die die Frau aufgelegt hat, kann nicht verbergen, dass mit ihrem zerfurchten Gesicht etwas nicht stimmt. Beide riechen nach Flieder und Menthol und noch etwas anderem, Undefinierbarem, aber dennoch Wohlbekanntem, und einige Mitreisende scheinen es wahrzunehmen, denn sie linsen verstohlen zu den beiden rüber. Die Frau befingert das ovale

Medaillon aus Gold, das an einer feingliedrigen Kette um ihren Hals hängt. Außer der Kette und einem Goldring um ihren linken Ringfinger trägt sie keinen weiteren Schmuck. Ihre rechte Hand hat sie in die Tasche ihres Mantels geschoben. Sie betrachtet die kleine Gestalt neben sich. Die Sohlen seiner kleinen Schuhe prallen hart gegen das PVC, das auf den Stufen liegt. Die Treppe ist für seine kurzen Beine viel steiler. In ihrem Blick liegt Liebe und Trauer. Aber sie hat auch Angst um ihn. Angst, ihn zu verlieren. Angst, dass er kurz davor steht, eine Grenze zu überschreiten, und Angst vor dem, was passiert, wenn er es tut.

Oben auf der verglasten Rampe gehen Marianne und der Mann, der Göran heißt, durch ein Portal aus Sperrholz mit einem buntgemalten Blumenmuster darauf. Eine Frau mit dunklem krausen Haar hält eine Kamera auf sie gerichtet, und Göran lächelt in die Linse. Es macht Klick, und Marianne möchte sie bitten, noch ein Foto zu machen, da sie nicht darauf vorbereitet war, aber die Frau hat ihre Kamera bereits auf Görans Freunde hinter ihnen gerichtet. Dann gehen sie an Bord. Dunkelrote Auslegware unter ihren Füßen. Die indirekte Beleuchtung lässt die Messinggeländer, die Holzpaneele, den künstlichen Marmor an den Wänden und das rauchfarbene Glas der Aufzugtüren glänzen. Eine Putzkolonne in grauen Uniformen verlässt das Schiff. Darunter kein einziges hellhäutiges Gesicht. Marianne hört kaum die Ausführungen des Reedereimanagers zu den Angeboten des Abends, und auch der Name des Promis, der das Karaoke-Singen moderiert, sagt ihr nichts. So viele Eindrücke stürmen auf sie ein, dass sich ihre Unruhe allmählich legt, ohne irgendwelche Spuren zu hinterlassen. Nur die Vorfreude ist geblieben. *Wie soll man denn all das mitnehmen, was einen hier an einem einzigen Tag erwartet?* Jetzt ist sie hier. Und Görans Griff um ihre Schultern wird fester. *Das Abenteuer kann beginnen.*

DAN

Dan Appelgren läuft und läuft, aber er kommt nirgends an. Das ist eine perfekte Metapher für sein ganzes verdammtes Scheißleben. Hinzu kommt, dass er auf einer Fähre läuft, die immer hin- und wieder zurückfährt, hin und her. Er kommt sich vor wie der mythische Fährmann, der dazu verurteilt ist, bis in alle Ewigkeit über dasselbe trostlose Gewässer zu fahren.

Er hört das Signal für das Auslaufen der Baltic Charisma. Eine Warnung an alle kleineren Schiffe, sich vor dem Ungeheuer in Acht zu nehmen. Dan erhöht die Geschwindigkeit auf dem Laufband des Fitnessstudios fürs Personal. Das jaulende Geräusch wird lauter. Seine Füße schlagen härter und schneller auf dem verschlissenen Gummi auf. Der Schweiß rinnt von seinem Körper herab und brennt ihm in den Augen. Er riecht säuerlich. Reste chemischer Substanzen, die aus seinen Poren drängen. Der Blutgeschmack in seiner Kehle nimmt zu, und der Pulsschlag dröhnt ihm in den Ohren. Wenn er jetzt einen Herzinfarkt erlitte, würden die Schlagzeilen verdammt niederträchtig lauten. **SCHLAGERSTAR AUF FINNLANDFÄHRE TOT UMGEFALLEN.**

Er legt prüfend eine Hand auf seinen Bauch unter dem durchnässten Trainingsshirt. Gar nicht so übel für einen Fünfundvierzigjährigen, aber er kann nicht umhin, sich in die dünne Schicht Unterhautfett über dem, was einmal sein Waschbrettbauch gewesen ist, zu zwicken. Er läuft noch schneller. Nur weil er ein verdammter Loser ist, gibt es noch lange keinen Grund, auch wie einer auszusehen.

Das Aufprallen seiner Schuhsohlen auf dem Laufband ist der einzige Rhythmus, nach dem er sich richtet. Er hält es schon lange nicht mehr aus, dabei Musik über Kopfhörer zu hören. Die Abende und Nächte auf der Charisma verpassen ihm immer wieder aufs Neue eine Überdosis Musik. Stunde um Stunde in

der Karaoke-Bar, wo er die Besoffenen durch ihr falsches Ge-
krächze manövriert, sie ermuntert und so tut, als fände er ihren
Auftritt gelungen, und ihnen dabei vorgaukelt, den ganzen Mist
nicht schon tausendmal mit angesehen und -gehört zu haben.
Immer dieselben Songs. Dieselben Menschen, nur mit anderen
Gesichtern. Er muss sich jedes Mal vorher eine ganze Ladung
Koks reinziehen, um das Ganze einigermaßen zu überstehen.
Und um schließlich einschlafen zu können, kippt er sich hinter-
her in einem der Clubs einiges an Alkohol hinter die Binde. Die
Musik ist überall gegenwärtig. Ein ohrenbetäubendes, dröhnen-
des Inferno, das die Seele abtötet. Der Vorhof zur Hölle, in dem
dieselbe Band und dieselben DJs ein ums andere Mal dieselben
Songs spielen. Und der Meute geben, was sie haben will.

Dieses verfluchte Schiff.

Die Charisma hat ihn fest in ihrem Griff. Es gibt nichts, was
ihn an Land erwartet. Selbst die Schwulenclubs buchen ihn inzwischen nicht mehr. Er hat kein Zuhause, und die Freunde, die
noch willens sind, ihm eine Bleibe anzubieten, werden immer
weniger. Was soll er nur machen, wenn er nirgendwo mehr willkommen ist? Woher soll er das Geld nehmen? Er hat ja nichts
anderes gelernt, und um keinen Preis will er sich irgendwann bei
McDonald's an die Kasse stellen. Hier auf der Fähre wohnt und
isst er umsonst, aber das Geld, das er hier verdient, gibt er gleich
wieder aus, um zu verdrängen, was aus seinem Leben geworden
ist. Es ist teuer, die Dinge zu verdrängen, also wird er wohl hierbleiben müssen, bis er stirbt oder bis die Fähre verschrottet wird.
Was auch immer zuerst passieren wird. Es wird eine Art Wettlauf
werden. Die Charisma ist ein pathetisches altes Monster aus den
späten Achtzigern, und er hat bereits diverse Gerüchte gehört,
weiß um die unterschwellige Angst des Personals davor, arbeitslos zu werden.

Dan wird schwindelig, als hätte er den gesamten Sauerstoff
in dem fensterlosen Studio aufgebraucht. Er schaltet die Geschwindigkeit des Laufbands herunter auf Gehen. Der Schweiß
strömt ihm in Wellen aus dem Körper und tropft von seiner auf-

geheizten Haut oder verdunstet. Schließlich schaltet er das Band ab und steigt hinunter auf den Fußboden. Seine Beine zittern. Erneut erfasst ihn ein Schwindelgefühl, während sein Körper zu verstehen versucht, dass sich der Boden unter seinen Füßen nicht bewegt. Dabei steht er natürlich nie ganz still. Die Vibrationen der Motoren sind immer zu spüren. Sie bleiben im Körper gegenwärtig, selbst wenn er an freien Tagen an Land geht. Dann wacht er nachts auf und glaubt, er wäre noch immer auf dem Schiff, da er die Vibrationen wie Phantomschmerzen mit jeder Faser seines Körpers spürt.

Sein durchnässtes Shirt ist kalt geworden. Es klebt ihm an der Haut. Dan trinkt aus seiner Wasserflasche und zieht sich seinen Collegepulli über. Er geht raschen Schrittes hinaus in den Korridor und passiert den Aufenthaltsraum und die Mannschaftsmesse, in der sich das Personal aus reiner Gewohnheit in säuberlich voneinander getrennten Grüppchen zum Essen trifft. Es ist fast so wie in der Schule. Blumentöpfe mit Plastikpflanzen und karierte Decken auf verschrammten altmodischen Holztischen. Brot, Aufschnitt und Obst stehen auf einer Anrichte sowie Körbe mit Ketchuptütchen und HP Sauce. Er sieht Jenny und die Fettwanste aus ihrer lächerlichen kleinen Band dort sitzen. Sie wendet sich ab, als sie ihn erblickt. In ihm kommen unangenehme Erinnerungen an seine erste Nacht auf der Fähre hoch, und in seinem Inneren breitet sich Wut aus. Jenny hat recht. Er ist in der Tat ein *Hasbeen*. Aber sie ist ein *Wannabe*, die ihre Zeit mit *Nevergonnabes* verschwendet. Aber das ist noch lange kein Grund zu glauben, etwas Besseres als er zu sein. Oder so zu tun, als besäße sie Integrität, nur weil sie auf einer verdammten Finnlandfähre arbeitet. Was für ein verfluchter Unsinn! Er weiß wenigstens, was er ist.

Die Fähre ist voll von Leuten, die an Land ein Niemand wären, aber sich hier aufführen, als gehöre ihnen die Welt. Wie beispielsweise dieser Security-Fatzke Henke, der so heftig in seine Uniform verliebt ist, dass er im realen Leben ganz offenbar schikaniert wird, vermutlich von einer frigiden Ehefrau und pott-hässlichen Kindern. Oder der Kapitän selbst, Berggren, und sein verdammtes Pack. Sie verfügen sogar über eine eigene Offiziers-messe, damit sie nicht mit dem übrigen Personal zusammen essen müssen. Die allerdings nicht einmal hochwertiger einge-richtet und sogar noch kleiner ist. Wenn auch mit echten Grün-pflanzen in den Töpfen. Alle auf der Fähre sind besessen von einer Hackordnung, davon, wie viele Streifen sie auf den Schul-tern ihrer Uniformen haben. Berggren ist selbstverständlich der Herr auf diesem fliegenden Teppich, und alle behandeln ihn wie einen König. Aber ein König mit einem lächerlich kleinen König-reich wie der Charisma ist keiner, vor dem Dan beabsichtigt zu buckeln.

Er steigt eine Treppe hinunter bis Deck neun und geht den Korridor entlang zu seiner Kabine. Sie ist zwar klein, aber sie hat zumindest ein Fenster. Im Unterschied zu den Personalkabinen auf Deck zehn, wie zum Beispiel Jennys.

Vor zwanzig Jahren noch hätte er die einzige Luxuskabine an Bord haben können. Damals hätte er abends umsonst in den öf-fentlichen Restaurants essen und sogar Gäste mit auf seine Rei-sen nehmen können. Und doch hätte er vermutlich abgelehnt. *Wie Fieber in meinem Herzen* stand damals auf Platz eins der Hitparade, und es wäre schlicht und einfach unter seiner Würde gewesen.

Dan zieht seinen Pulli aus. Reißt sich das Shirt vom Leib, das mit einem Klatschen auf dem Fußboden landet. Er streift sich die Laufschuhe ab und zieht die Socken aus. Der blaue Boden-belag aus PVC fühlt sich unter seinen Fußsohlen kalt an. Als er seine Trainingsshorts auszieht, breitet sich in seinem Schritt der abgestandene Geruch von Sex aus. Wie hieß sie noch gleich? Alle Mädels, die er hier auf der Charisma fickt, scheinen Anna, Maria, Marie, Linda, Petra oder Åsa zu heißen. Doch das letz-te Mädel war jünger als die anderen. Elsa? Sie meinte, dass sie *Wie Fieber in meinem Herzen* geliebt hatte, als sie noch in den Kindergarten ging. Was ihn zum einen beschämte, zum anderen aber seinen Schwanz so steif werden ließ, dass ihm im Prinzip sofort der Lusttropfen abging. Sie wusste genau, was sie mit ihm machen musste. Manche Mädels, die in den Neunzigern geboren wurden, sind regelrecht pornogestört. Verwandeln das Bett in einen ADHS-Zirkus. Keine Stellung taugt länger als für ein paar Minuten. Sie wollen festgehalten, an den Haaren gezogen und gefesselt werden. Er hat nie den Eindruck, dass sie irgendetwas anderes genießen als Aufmerksamkeit und die Hoffnung, einen bleibenden Eindruck bei ihm zu hinterlassen.

Er spült alle Spuren von Elsa in der Dusche weg. Bekommt halbwegs einen Steifen, als er sich im Intimbereich rasiert. Sein Schwanz fühlt sich groß und schwer an. Er fragt sich, was Elsa wohl den restlichen Tag über unternommen hat, nachdem er ihre Kabine verlassen hatte, die sie mit einer Freundin teilte, der er nie begegnet war. Hat sie auf der Suche nach ihm die Fähre durchstreift? Oder ihrer Freundin umgehend alle intimen Einzelheiten über ihr Sexerlebnis mit Dan Appelgren anvertraut? Vielleicht ist sie ja auch schon wieder zu Hause, wo auch immer sie wohnt. Und die Fähre hat sie längst wieder ausgespuckt. Und neue Lustobjekte an Bord in Empfang genommen. Damit in Kürze alles wieder von vorn beginnen kann.

FILIP

Sein Kaffee ist kalt geworden, während er die Kasse vorbereitet hat, aber er kippt den Rest aus dem Duralex-Glas in einem einzigen großen Schluck hinunter, in der Hoffnung, dass ihm das Koffein helfen wird, den verwaschenen Nebel in seinem Kopf zu lichten. Die Motoren der Fähre lassen die Gläser, die oberhalb des Bartresens hängen, leicht gegeneinanderklirren. Er überlegt, ob er sich einen Shot Fernet genehmigen soll, nimmt jedoch stattdessen ein Tuch zur Hand und wischt den Tresen trocken.

Filip hat mittlerweile den achten Tag in Folge Dienst hinter der Bar im Club Charisma Starlight, in dem eine Liveband spielt, und ist völlig erschöpft. Er fühlt sich regelrecht ausgepowert, als hätte man seinen Körper in alle Richtungen auseinandergezogen, bis jeder einzelne Muskel gerissen ist. Vermutlich müsste er sich mehr Sorgen darüber machen, wie lange sein Körper noch in der Lage ist durchzuhalten. Während die Fähre im Hafen lag, konnte er für eine Weile schlafen. Als er sich ins Bett legte, war sein Rücken so steif und taub, dass er kaum die Matratze unter sich spürte. In einer halben Stunde öffnet die Bar wieder, und er wird bis fünf Uhr morgens hierbleiben.

In ein paar Tagen kommt er wieder nach Hause. Dann wird er endlich ausschlafen. Manchmal bleibt er mehrere Tage lang wie ein geprügelter Hund im Bett liegen. Steht nur auf, um sich aufs Sofa zu fläzen und Fernsehen zu glotzen. Im Augenblick erscheint ihm diese Vorstellung wie das Himmelreich. Und dennoch wird er die Charisma vermissen, sobald er eine Woche freigehabt hat. Rastlos die Tage zählen, bis er endlich wieder an Bord gehen kann.

Marisol erscheint hinter ihm, streckt sich nach seinem leeren Kaffeeglas und verschwindet im Personalbereich. Als Filip sich streckt, knackt es in seinem Rückgrat. Von der Decke vor dem Tresen leuchtet eine Konstellation aus gedimmten kleinen Spots, die der Charisma Starlight ihren Namen gegeben haben. Als er sich umdreht, ist Marisol wieder zurückgekommen. Sie schaut hinunter aufs Display ihres Handys. Der blasse Schein erleuchtet ihr Gesicht. Sie grinst, während sich ihre Daumen über die Tastatur bewegen.

Filip geht auf den Stapel mit Kästen zu und füllt die Kühlschränke mit Bacardi Breezer.

»Wann hörst du eigentlich endlich auf, so abartig frisch verliebt zu sein?«, fragt er und lacht. »Das macht einen ja wahnsinnig.«

Marisol lässt ihr Handy in die Tasche ihrer Schürze gleiten und rafft ihre dunklen Haare zu einem Pferdeschwanz zusammen.

Als sie das Haargummi darüberstreift, gibt es ein leises Schnalzen von sich.

»Da ich die Hälfte der Zeit nicht zu Hause bin, müsste der Zustand bei uns ja mindestens doppelt so lang andauern wie bei anderen, oder?«

Sie wohnt schon ihr Leben lang in Schweden, aber in ihrer Sprachmelodie finden sich Anklänge ihrer chilenischen Wurzeln. »Vielleicht verzeih ich es dir, wenn du irgendwann mal mit mir feiern gehst«, meint er. »Du bist 'ne verdammte Langweilerin geworden, seit ihr zusammen seid.«

Marisol grinst zurück.

Er fragt sich, wie sie es schafft, dass es mit ihrem neuen Freund funktioniert. Während all seiner Jahre auf der Charisma ist es ihm nie gelungen, eine Beziehung zu einer Frau an Land aufzubauen. Auf lange Sicht war das immer unmöglich. Die gestressten Telefonate zwischen den verschiedenen Arbeitsschichten und der viel zu kurze Schlaf. Der Versuch, Geschichten zu sammeln, alles in Erinnerung zu behalten, was an Bord geschehen war, so dass er etwas zu erzählen hätte, wenn er nach Hause käme. Doch wenn er dann an Land ging, kamen ihm all diese Geschichten so belanglos vor. Hatten ihren Glanz verloren. Es war schwierig, die beiden Welten miteinander zu vereinbaren. Viele der Angestellten leben ein Doppelleben. Haben ein Verhältnis an Land und eines auf See.

Filip und Marisol arbeiten eine Weile lang in angenehmer Ruhe. Ihm gefällt die tägliche Routine vor dem erneuten Öffnen der Bar. Es ist ruhig, aber man hat dennoch etwas zu tun. Er schließt die Kühlschranktüren und trägt die leeren Kästen in den Lagerraum.

»Apropos Turteltäubchen«, sagt er, als er zurückkommt. »Ich frag mich, wie es bei Calle wohl läuft.«

»Hast du noch nichts gehört?«

Marisol schneidet mit mechanischen Bewegungen Zitronen in Scheiben und legt sie in eine der Plastikschalen unter dem Tresen.

»Nein, noch nicht«, antwortet er, wäscht sich die Hände und legt eine Handvoll Limetten auf sein Schneidebrett.

Die Geräusche der Messer, die die Früchte zerteilen, verdoppeln sich. Die Gläser klirren.

»Es kommt mir vor, als hätte Calle erst vor kurzem hier gearbeitet«, meint er. »Meine Güte, wie die Zeit vergeht. Nicht zu fassen.«

»Ja, das hört man öfter von alten Kerlen«, entgegnet Marisol und schenkt ihm ein charmantes Lächeln.

Es schmerzt ihn mehr, als er zugeben will.

»Wart's nur ab, in ein paar Jahren bist du ebenfalls jenseits der vierzig.«

»Willst du mich wirklich jetzt daran erinnern, wo ich ein Messer in der Hand habe?«, fragt sie. »Hast du seinen Freund eigentlich schon kennengelernt?«

»Nein, ich habe ja selbst Calle kaum getroffen, seit er hier aufgehört hat. Er ist nach Südschweden gezogen, um zu studieren. Ich hätte öfter von mir hören lassen sollen, aber … du weißt ja, wie es ist.«

Marisol nickt zustimmend, und Filip kommt der Gedanke, dass er vielleicht eines schönen Tages etwas Ähnliches über sie äußern wird. Für sie ist die Charisma nur ein Job. Aber für ihn ist die Fähre sein Leben, seine Bleibe. Der einzige Ort, an dem er sich wirklich zu Hause fühlt. Er kann sich gar nicht mehr vorstellen, wie es wäre, woanders zu arbeiten. Ein weiteres Thema, über das er sich eigentlich Sorgen machen müsste. Insbesondere jetzt, wo das Gerücht kursiert, dass die Tage der Charisma gezählt sind.

»Was ist denn eigentlich aus ihm geworden?«, fragt sie. »Ich meine, was hat er studiert?«

»Landschaftsarchitektur«, antwortet Filip. »Oder so etwas in der Art. Verdammt, ich müsste es doch eigentlich wissen, oder?«

»Vermutlich schon.«

Er hofft, dass Pia es weiß, so dass er Calle nicht selbst fragen muss.

Marisol will gerade etwas sagen, als das Stahlgitter am Eingang zu klappern beginnt. Sie wechseln einen Blick.

»Du bist dran«, sagt sie.

Doch als Filip aufs Gitter zugeht, sieht er, dass kein ungeduldiger Passagier davorsteht, der in die Bar hineingelassen werden will, sondern Pia, die eine Papiertüte in der Hand hält und auf den Sohlen ihrer Stiefel vor und zurück wippt.

»Ich habe eben eine SMS von Calle bekommen«, sagt sie. »Sie sind gerade ins Poseidon gegangen.«

»Gib mir eine Minute«, bittet er sie und geht zurück an die Bar, wo er sich die Schürze abnimmt. »Es dürfte zwar relativ schnell gehen. Aber vielleicht schaffe ich es nicht, zurück zu sein, bevor wir öffnen.«

»Ich werde schon eine Viertel- oder halbe Stunde allein zurechtkommen«, antwortet Marisol.

Es prasselt laut, als Filip einen Sektkühler aus Plexiglas mit Eiswürfeln füllt. Marisol nimmt zwei Champagnergläser aus den Halterungen überm Tresen und reicht sie ihm, nachdem er die Flasche ins Eis gebohrt hat.

Sie folgt ihm zum Gitter. Es bleibt wie gewöhnlich einen Meter über dem Boden hängen. Pia und Marisol lachen auf, als er flucht. Jeden verdammten Tag steht er hier und zerrt an dem verfluchten Gitter. Er rüttelt daran, versucht, es zu bewegen, versetzt ihm einen Stoß mit der Hüfte, während er daran zieht, und endlich lässt es sich mit einem ohrenbetäubenden Lärm bis ganz nach oben rollen.

ALBIN

Draußen vor dem Fenster gleitet, hinter seiner Mutter und seinem Vater, langsam der Stockholmer Schärengarten vorbei. Die letzten Sonnenstrahlen lassen die Baumwipfel erglühen. Albin betrachtet die Villen aus Holz, die zwischen den Bäumen hervorlugen, sowie die Pavillons unten am Ufer. Er fragt sich, wie es wohl sein muss, auf einem der Bootsstege zu sitzen und zu beobachten, wie die große Fähre vorbeifährt. Sein Vater hat gemeint, dass diese Häuser hier mindestens zehnmal so viel kosten wie das Reihenhaus, in dem sie wohnen.

Seine Mutter meint, dass Geld nicht glücklich macht, doch Albin kann sich nicht vorstellen, dass er in einem dieser Häuser unglücklich sein würde. Am wenigsten, wenn es auf einer Insel läge, die einem ganz allein gehört und die niemand ohne seine Erlaubnis betreten dürfte.

»Diese Idioten in der Einkaufsabteilung haben aber auch überhaupt keinen Durchblick«, flucht sein Vater. »Da weiß die eine Hand nicht, was die andere tut. Ich bin es allmählich leid, immer derjenige sein zu müssen, der es hinterher ausbaden muss.«

Er behauptet zwar, dass er seine Arbeit liebt, aber wenn er darüber redet, wirkt es keinesfalls so. Es gibt immer nur Probleme. Probleme, die die anderen verursachen. Er selbst ist immer unschuldig, und alle anderen sind dumm oder faul.

Als Albin noch klein war, glaubte er, dass sein Vater in allem der Beste war. Er hat ihm Märchen erzählt, in denen die Welt von feuerspeienden Drachen und verheerenden Erdbeben heimgesucht wurde, bis er selbst auf der Bildfläche erschien und alle rettete. Aber die besten Geschichten waren die, die davon handelten, wie er und seine Mutter Albin aus dem Kinderheim in Vietnam geholt hatten. Wie sein Vater sofort wusste, dass Albin ihr kleiner Junge war, und sie mehrere Monate lang blieben, damit Albin sie kennenlernen konnte, bevor sie ihn mit zu sich nach Schweden nahmen. Albin glaubte damals, dass sein Vater alles konnte und alles wusste. Aber mittlerweile weiß er es besser. Alles, was sein Vater von sich gibt, sind bloß Märchen.

In der vergangenen Nacht hat er wieder von Oma gesprochen. Diese Nächte sind immer die schlimmsten.

Ich sollte es wirklich so machen wie Mutter. Dann wären doch alle froh, oder?

Seine Stimme war ziemlich verwaschen und abstoßend.

Wie konnte ich nur so dumm sein zu denken, dass ich es wert bin, geliebt zu werden?

Du hättest mich schon längst verlassen sollen, wenn du der Meinung bist, dass ein anderer dich haben will. Ihr beide wollt mich doch nur loswerden, Abbe und du.

Albin lag wach und horchte den Schritten seines Vaters im Erdgeschoss nach. Er wollte gewappnet sein, wenn er sie die Treppe hochkommen hörte. Die Schritte seines Vaters auf der Treppe sind wie eine eigene Sprache. Man hört, ob er gerade wütend ist oder weinend die Treppe hinaufsteigt. Es ist, als wären es zwei völlig verschiedene Väter, auch wenn sie fast dasselbe von sich geben. Und beide Väter jagen ihm gleich viel Angst ein, da keiner von ihnen versteht oder auch nur zuhört, was man sagt. Manchmal verschwindet er mitten in der Nacht. Dann sagt er vorher, dass er *es* tun wird und dass er keine Kraft mehr hat.

Du musst wissen, dass es nicht dein Fehler ist, wenn ich keine Kraft mehr habe, Abbe. Das darfst du niemals denken.

Draußen vor dem Fenster fliegen einige Sturmmöwen vorbei. Ihre Schnäbel öffnen und schließen sich wieder, doch ihre Schreie sind drinnen im Selbstbedienungsrestaurant Charisma Buffet nicht zu hören. Hier hört man nur das Klappern von Besteck gegen Porzellan und lautes Stimmengewirr. Wenn Lo hier gewesen und noch die Alte wäre, hätte er ihr erzählt, dass die Leute früher glaubten, die Fischmöwen wären die Seelen verstorbener Seeleute. Er hätte ihr auch erzählt, dass es massenweise Wracks auf dem Grund der gesamten Ostsee gibt. Jede Menge toter Seeleute, die niemals gefunden worden sind.

Aber Lo ist noch nicht da. Sie haben ohne sie angefangen zu essen.

Lo, die eigentlich gar nicht mitfahren wollte.

Albin starrt auf seinen Teller. Kartoffelgratin, Köttbullar, Cocktailwürstchen, Graved Lachs, halbe Eier mit Krabben darauf. Er hat Hunger, doch in seinem Magen ist kein Platz fürs Essen. Seine Gedanken liegen darin wie ein großer Klumpen Zement.

Das letzte Mal hatte er Lo vorigen Sommer getroffen. Seine Eltern und Linda hatten für eine Woche ein Ferienhaus in Grisslehamn an der Küste gemietet. In der Zeit regnete es fast jeden Tag, und Lo und er hatten im Etagenbett gelegen und gelesen. Er schlief oben und konnte manchmal nicht umhin, über die Bettkante zu linsen und in Los Gesicht zu schauen, das sich unbewusst bewegte, so dass er an ihrer Miene erkennen konnte, was gerade in ihrem Buch passierte. Jeden Abend aßen sie trotz des Regens unten im Hafen Softeis mit Zuckerstreuseln. Lo hatte bereits haufenweise Horrorfilme gesehen und erzählte ihm in den Nächten das Schrecklichste daraus. Manchmal bekamen sie beide solche Angst, dass sie zusammen in ihrem Bett schlafen mussten. Dann lagen sie nebeneinander wach und betrachteten die Schatten in den Ecken und die Bäume, die sich vor dem Fenster im Wind wiegten. Es war, als lüfteten sie eine unsichtbare Gardine, hinter der sie eine andere, ihnen unbekannte Welt sehen konnten. Eine abgrundtiefe Welt, in der sich alles Mögliche verbarg. Albin hatte so große Angst, dass diese Angst für ihn wie zu einem Magneten wurde, der genau das anzog, wovor er Angst hatte. Und dennoch waren dies die Stunden, die ihm in den gesamten Ferien am meisten gefielen. Zusammen mit Lo unter einer Decke zu liegen, während ihnen der Schreck in die Glieder fuhr und ihr hysterisches Lachen kein Ende zu nehmen schien.

»Und wie ist es so in der sechsten Klasse, Albin?«, fragt Linda und schiebt sich ein glänzendes Stück Hering in den Mund.

»Ganz okay«, antwortet Albin.

»Bist du immer noch so gut in der Schule?«

»Klassenbester«, antwortet sein Vater. »Er bekommt sogar Zusatzaufgaben von den Lehrern, damit er sich nicht langweilt.«

Albin legt sein Besteck zur Seite. »Aber nicht in Mathe. In Mathe sind viele andere besser als ich.«

»Ich habe Mathe gehasst, als ich zur Schule gegangen bin«, sagt Linda. »Deswegen hab ich auch alles wieder vergessen. Ich kann Lo kaum noch bei den Hausaufgaben helfen.«

»Abbe muss eigentlich nur lernen, wie man paukt«, erklärt sein Vater. »Er hat sich bislang nie anstrengen müssen.«

»Und welches Fach gefällt dir am meisten?«, fragt Linda.

Albin schaut Linda an. Überlegt. Seine Tante ist nett. Aber sie gehört zu der Sorte Erwachsener, die immer dieselben langweiligen Fragen stellen, nur um etwas zu fragen.

»Englisch und Schwedisch, glaube ich«, antwortet er.

»Aha«, meint Linda. »Ja, du hast ja schon immer gern gelesen und Geschichten erfunden. Lo war ganz ähnlich, aber jetzt hat sie nur noch Schminke und Jungs im Kopf.«

Der Zementklumpen in seinem Magen wächst.

»Und weißt du schon, was du werden willst, wenn du groß bist?«, fährt Linda fort, genau wie Albin es erwartet hat.

Er spürt, wie ihn sein Vater erwartungsvoll anschaut, presst aber stur die Lippen aufeinander.

»Er will Programmierer werden. Darin liegt die Zukunft«, antwortet sein Vater. »Er hat mindestens genauso viel Phantasie wie diese Typen, die Spotify oder Minecraft erfunden haben. Nicht wahr, Abbe?«

Albin hasst ihn. Das entspricht eigentlich eher dem Wunsch seines Vaters, aber er bildet sich ein, dass Albin es selbst auch will. Doch Albin hat keine Ahnung, was er will, außer dass er sich danach sehnt, endlich die Mittelstufe hinter sich zu bringen, um dann die Schule zu wechseln.

»Wie spannend«, sagt Linda. »Aber vergiss uns nur nicht, wenn du Multimillionär bist.«

Albin bemüht sich zu lächeln. »Und Lo?«, fragt seine Mutter.

»Sie will unbedingt Schauspielerin werden«, antwortet Linda und lacht auf. »Ist doch klar, sie ist schließlich die Drama Queen schlechthin.«

Es klingt wie auswendig gelernt, und Albin wird klar, dass Linda es nicht zum ersten Mal sagt. Es ist gemein gegenüber Lo, aber seine Mutter nickt nur und lächelt.

»Ich wundere mich, dass du es zulässt, wie sie sich kleidet«, sagt sein Vater.

»Wieso, wie meinst du das?«

»Sie sieht ja mit der Schminke und allem schon ziemlich erwachsen aus. Ich weiß nicht recht, ob das die richtigen Signale sendet.«

Seine Mutter wirft ihm einen nervösen Blick zu. »Ich finde, dass Lo sehr hübsch aussieht«, sagt sie. »So kleiden sich die Mädchen doch heutzutage.«

»Hast du denn keine Angst, dass Lo zu früh erwachsen wird?«, fragt sein Vater, ohne Linda aus den Augen zu lassen. »Sie hat ja schließlich zu Hause kein männliches Vorbild.«

Am Tisch wird es absolut still. All das Unausgesprochene drückt Albin zu Boden, so dass er kaum noch aufrecht auf seinem Stuhl sitzen kann. Er wirft erneut einen Blick aus dem Fenster. Inzwischen ist es draußen um einige Nuancen dunkler geworden.

»Ich will ja nur sagen, dass die Welt voller Verrückter ist«, erklärt sein Vater.

»Danke«, meint Linda. »Das weiß ich selbst.«

Seine Mutter räuspert sich. »Wie lustig sie neuerdings spricht«, sagt sie. »Hat das irgendetwas mit Eskilstuna zu tun, oder …?«

»Nein«, antwortet Linda und verdreht die Augen, so dass sie fast wie Lo aussieht. »Sie macht es einfach nur ihren Freundinnen nach. Irgendwann treibt es mich noch in den Wahnsinn.«

Sein Vater steht auf, und Albin folgt ihm mit dem Blick. Unter einem der Zapfhähne auf dem Büfett füllt er sein Weinglas bis zum Rand.

»Wie geht es ihm?«, fragt Linda.

»Gut«, antwortet seine Mutter und wirft einen Blick auf Albin. Als wäre es wichtig, bestimmte Dinge vor ihm geheim zu halten. Als wüsste er nicht schon alles.

Linda seufzt und wirft einen Blick auf ihre Armbanduhr, während sein Vater sich wieder hinsetzt.

»Nein, jetzt werde ich Lo aber anrufen«, sagt sie. »Sie muss mal langsam herkommen, wenn sie noch etwas essen will.«

»Ihre Mutter hat ihr doch beigebracht, die Uhr zu lesen, oder?«, sagt sein Vater mit dieser Miene, die er immer aufsetzt, wenn er vorgibt, einen Scherz zu machen, es in Wirklichkeit aber ernst meint.

»Ich kann sie holen«, sagt Albin und springt auf, bevor irgendwer widersprechen kann.

Er muss von hier weg.

DAN

Er läuft die weißgestrichene Stahltreppe im Personalbereich hinunter zu Deck sieben. Nimmt den Weg durch das deprimierende fensterlose Büro des Reedereimanagers. Mit alten Seekarten an den Wänden und reihenweise Aktenordnern in den Regalen. Der Manager selbst, Andreas, sieht auch nicht viel fröhlicher aus. Er schaut kaum auf, als Dan vorbeigeht und die Tür zum öffentlichen Bereich öffnet. Der hohe Geräuschpegel und die Musik schlagen ihm entgegen. Er richtet seinen Blick auf den dunkelroten Teppichboden und gibt sich geschäftig und gestresst, während er die wenigen Schritte zur Rezeption zurücklegt. *Bitte nicht stören.*

Jemand fasst ihn am Ellenbogen.

»Sind Sie nicht Dan Appelgren?«

Er zaubert ein breites Lächeln auf seine Lippen und wendet sich einer Frau mit Kurzhaarfrisur und blauweiß geringeltem Pulli zu. Fragt sich, ob all diese Weiber immer in blauweiß geringelten Pullis herumlaufen oder nur hier auf der Fähre. Glauben sie etwa, sie hätten maritimen Chic?

»Erwischt«, sagte er mit einem gewinnenden Lachen.

»Ich wusste es!«, ruft die Frau aus, als verdiene sie dafür stehende Ovationen.

Sie ist vermutlich in seinem Alter, wirkt aber bereits ziemlich verlebt. Mit kleinen Fältchen vom Rauchen auf der Oberlippe. Grauem herausgewachsenen Haaransatz. Ihr Pulli liegt eng an, so dass er die Fettwülste an den Seiten oberhalb ihres BHs erkennen lässt.

»Mein Mann und ich haben uns damals zu *Wie Fieber in meinem Herzen* ineinander verliebt«, erklärt sie.

»Das freut mich«, meint Dan.

»Tja, mittlerweile ist er allerdings mein Exmann. Aber ich finde den Song immer noch super.«

Er lacht höflich. Ist überzeugt davon, dass ihr Exmann die Scheidung keinen Tag lang bereut hat.

»Der Song hätte bei der Vorentscheidung zum ESC einfach gewinnen müssen«, fährt sie fort. »Aber das bekommen Sie bestimmt andauernd zu hören.«

»Man hört es immer wieder gern«, entgegnet Dan und zwinkert ihr zu.

Nein, denkt er. Es macht mir ganz und gar nichts aus, immer wieder an meine Niederlage erinnert zu werden. Daran, dass ich sogar auf dem Höhepunkt meiner Karriere ein Verlierer war.

»Das wollte ich Ihnen nur sagen«, meint die Frau.

Aber sie bleibt stehen. Es ist offensichtlich, dass sie noch etwas von ihm hören will. »Danke«, sagt Dan. »Das bedeutet mir viel.«

Schließlich nickt sie und geht weiter in Richtung Taxfree-Shop. Dan stellt sich an die Rezeption, und Mika reicht ihm ohne ein Wort das Mikrophon. Er wirkt wie immer leidend. Er ist der Einzige, der die Charisma ebenso zu hassen scheint wie Dan.

Dan räuspert sich und schaltet das Mikro ein.

»Liebe Passagiere! Hier spricht Dan Appelgren, und ich hoffe, heute Abend so viele wie möglich von Ihnen in der Karaoke-Bar zu sehen!«

Einige Passagiere bleiben stehen und betrachten ihn neugierig. Ein kleiner asiatisch aussehender Junge hält sein Handy in seine Richtung, und Dan feuert ein Lachen ab, bis er das Klicken der Handykamera hört.

Er spricht weiter ins Mikrophon und bietet seine gesamte Energie auf, um seinen üblichen Vers mit Ausrufezeichen am Ende jeden Satzes aufzusagen.

»Wir haben alles hier, von klassischen Liedern bis hin zu den aktuellen Charts! Für jeden ist etwas dabei, und denken Sie daran: Jeder von Ihnen kann singen! Und natürlich haben wir absolute Sonderpreise auf Bier, Wein und Drinks! Um einundzwanzig Uhr beginnt die Party in der Karaoke-Bar, die auf Deck sieben der Fähre ganz vorne liegt! Wir sehen uns dort!«

BALTIC CHARISMA

Die Fähre gleitet im gemächlichen Tempo von fünfzehn Knoten durch den Schärengarten. Das Licht aus den vielen Fenstern und der Schein der Laternen glitzern im dunklen Wasser.

Oben auf der Brücke ist alles im grünen Bereich. Befehlshaber Berggren ist gegangen und hat sich in seiner Kapitänskabine schlafen gelegt. Die Wache hält Ausschau nach kleinen Booten, die nicht auf dem Radar zu erkennen sind, und der wachhabende Steuermann achtet darauf, dass die Fähre die Geschwindigkeitsbegrenzungen einhält.

In der Kombüse auf Deck acht herrscht zu dieser Stunde Hochbetrieb. Die Köche und das Servicepersonal brüllen sich gegenseitig Kommandos zu. An den Herden und Fritteusen zischt und dampft es, und in den großen Körben mit Geschirr, die in die Spülmaschinen hineingeschoben und wieder herausgezogen werden, klirrt und klappert es. Die raschen Bewegungen der Messer auf den Schneidebrettern klingen wie ein Schwarm Buntspechte.

Im Spa-Bereich sitzt ein Pärchen mittleren Alters im Whirlpool. Sie halten unter der Wasseroberfläche Händchen und schauen durch die großflächigen gewölbten Fensterscheiben hinaus. Schräg unter ihnen liegt das Außendeck am Bug der Fähre, auf dem sich einige Leute versammelt haben, um den Anblick der letzten kleinen Schäreninseln und Klippen in der Abenddämmerung zu genießen, bevor die Fähre aufs offene Meer hinauskommt. Die Sonne ist schon untergegangen, aber der Himmel ist noch nicht ganz dunkel.

Pia und Filip haben gerade einen Eiskübel mit Champagner in die Etagensuite im Obergeschoss gestellt und hängen nun gemeinsam ein riesiges Plakat an der Wand über dem Doppelbett auf.

Der Manager der Reederei, Andreas, sitzt an seinem Schreibtisch und schaut kurz auf, als Dan Appelgren vorbeigeht. Er öffnet einen Aktenordner. Ein Gefühl der Hoffnungslosigkeit befällt ihn, als er einen Blick auf all die Rechnungen wirft, die zu bezahlen sind, und an die Reederei denkt, die ihn beauftragt hat, Personal einzusparen.

Der Junge namens Albin steht an der Treppe auf Deck sechs. Wirft einen Blick auf den Übersichtsplan mit den verschiedenen Stockwerken und entdeckt den roten Punkt, der ihm signalisiert, wo er sich befindet. Sucht mit seinem Blick die Reihen der kleinen Rechtecke mit den Kabinennummern ab. Es sind extrem viele. Dazwischen gibt es ein paar blinde Flecken, die ihn an ein Puzzle erinnern, das noch nicht vollständig zusammengesetzt ist. Albin fragt sich, was sich wohl hinter diesen weißen Flecken verbirgt. Er findet die Nummern 6512 und 6510 ganz weit hinten am anderen Ende der Fähre. Er biegt in den Korridor auf der Backbordseite ein, der auf dem Plan schon ziemlich lang aussah. Doch in Wirklichkeit kommt er ihm unendlich vor. Zwei ältere Damen schauen ihm, als er an ihnen vorbeiläuft, mit freundlichen Blicken nach.

In mehreren Kabinen wird mit den Einkäufen aus dem Taxfree-Shop schon ordentlich vorgeglüht. Die Erwartungen schrauben sich mit dem Ansteigen von Temperatur und Lautstärke hoch. In einer Kabine auf Deck fünf wird ein Junggesellenabschied gefeiert. Der Bräutigam trägt einen weißen Schleier auf dem Kopf. Die Männer grölen ein Trinklied.

Die dunkelhaarige Frau mit dem stark geschminkten Gesicht hört das Gegröle. Sie steht nur wenige Meter entfernt vor dem

Spiegel in einer anderen Kabine und legt eine weitere dicke Schicht Puder auf. Sie zieht sich eine dunkle Strickjacke über ihr schwarzes Kleid, die sie bis zum Hals zuknöpft. Darunter hängen ihre Brüste wie leere lederne Beutel herunter. Sie stellt sich den Tag vor, an dem sie für immer so aussehen wird. An dem sie eine der *Alten* sein wird. Der bloße Gedanke daran erfüllt sie mit Schrecken, doch die Alternative, nicht lange genug am Leben zu bleiben, flößt ihr ebenfalls Angst ein. Sie schaut aus dem Fenster. Reibt die Hände aneinander, wie um sie aufzuwärmen. Das Muskelfleisch unter ihrer Haut bewegt sich auf seltsame Weise, als hinge es lose zwischen den Knochen und Sehnen. An ihrer rechten Hand fehlen zwei Finger. Sie sind oberhalb des untersten Fingergelenks gekappt. *Es wird gleich dunkel*, sagt sie und wendet sich dem Jungen zu, der zugedeckt im Doppelbett liegt. Er erwidert ihren Blick nicht. *Ich beeil mich*, sagt sie und streicht sich ein Pflegeöl mit Fliederduft auf die Haut an ihrem Hals. Sie lässt den unverletzten Zeigefinger ihrer rechten Hand entlang der Kette um ihren Hals gleiten und am Medaillon innehalten. Lächelt prüfend. Ihre Zähne sind gelblich verfärbt. An einigen von ihnen fehlen bereits Teile des Zahnschmelzes. Der Junge entgegnet nichts, und das Lächeln der Frau erlischt. Sie richtet ihren Blick auf den Boden und geht in den Korridor hinaus. Steckt ihre Hände in die Taschen der Strickjacke. Wirft einen besorgten Blick in Richtung der hellen Deckenbeleuchtung und beschleunigt ihre Schritte. Ihre Schuhe verursachen auf dem dunkelroten Teppichboden ein leises Schlurfen, während sie eine Tür nach der anderen passiert. Alle sehen gleich aus. Hinter einigen von ihnen hört sie Stimmen. Eine Gruppe junger Männer, die irgendwelche Anfeuerungsrufe brüllen und höchstwahrscheinlich ein Fußballspiel im Fernsehen angucken. Das Lachen einer Frau. Laute Musik und eine Stimme, die den Song *Herzklopfen* mitsingt. Die Frau ist nervös. Sie findet es eigentlich zu riskant, es hier an Bord zu machen, wird es aber sonst kaum schaffen, gemeinsam mit ihrem Sohn ihr Ziel in Finnland zu erreichen. Aufgrund ihrer Erschöpfung fühlt sich jeder einzelne Knochen in ihrem Körper bleischwer und wie versteinert an. Sie lässt ihre Muskeln übersäuern. Ist bis in ihre Seele hinein zu spüren. *Falls ich überhaupt noch eine habe.* Vor ihr wird eine Tür aufgerissen, und eine Gruppe junger Männer im Alter um die zwanzig kommen herausgestolpert, so dass sie sich rasch der nächstbesten Tür zuwendet und so tut, als suche sie in den Taschen ihrer Jacke nach ihrer Schlüsselkarte. Als sie weit genug entfernt sind, geht sie weiter. Schnuppert diskret in der Luft. Die Gerüche der Männer sind in dem schmalen Korridor extrem stark. Nach billigem Rasierwasser, erhitzter und frisch geduschter Haut, nassen Haaren, Lutschpastillen mit Teergeschmack, Zahnpasta. Doch am stärksten von allem sind die Ausdünstungen ihrer Körper, ihre Vorfreude und ihre aufgekratzte Trunkenheit. Ihre Empfindungen lassen ihr Herz schneller und deutlich spürbar schlagen. Die Gerüche sind so stark, dass sie fast ihren Geschmack auf der Zunge spüren kann. Sie muss um ihre Selbstbeherrschung ringen. Schließlich erreicht sie einen Seitenkorridor, der zum Treppenhaus führt. Hier sind noch mehr Leute. Während sie dem Strom der Menschen nach oben folgt, senkt sie den Blick in Richtung Teppichboden. Bemüht, fokussiert zu bleiben und die hundertfach auf sie einströmenden synthetischen Duftstoffe abzuwehren, die ihre Nase attackieren. Unter ihnen sind auch die Gerüche nach Schweiß, Blut, Hormonen und Urin. Ebenso strenge metallische Anklänge an eingetrocknetes Sperma auf der Haut. Talg am Haaransatz. Ihr Hunger wird immer stärker. Verdrängt zunehmend den Zweifel.

Der Sohn der Frau verlässt das Bett und öffnet die Tür der Kabine einen Spaltbreit. Er blinzelt hinaus in den Korridor. Das Licht erhellt sein ausgetrocknetes, faltiges Gesicht, das an Krepppapier erinnert. Er fragt sich, wie viel Zeit ihm wohl bleibt, bis sie wieder zurückkommt.

Als sich hinter ihm eine Tür mit einem lauten Knall öffnet, zuckt er zusammen. Er dreht sich um. Ein Paar im Alter seiner Eltern kommt aus der Kabine heraus. Die Frau stützt sich auf den Mann, während er die Tür schließt, und Albin sieht, dass sein Oberhemd zwischen den Schulterblättern einen Schweißrand aufweist.

»Verdammt, wie ich mich auf das Büfett freue«, sagt der Mann viel zu laut, als stünde die Frau weit entfernt und nicht unmittelbar neben ihm. »Ich habe verdammt nochmal schon eine ganze Woche lang davon geträumt.«

Die Frau nickt. Ihre Augenlider sind schwer. Sie erinnert Albin an eine Puppe, die Lo früher einmal hatte. Sie hätte eigentlich die Augen schließen sollen, wenn man sie auf den Rücken legte, doch ihre Augenlider waren irgendwo in der Mitte hängen geblieben, so dass sie weder wach noch schlafend aussah.

Keiner von beiden nimmt Albin wahr. Sie schlagen die Richtung ein, aus der er gerade gekommen ist. Er geht weiter den Korridor entlang. Versucht herauszufinden, wo sich die auf dem Plan nicht nummerierten Zwischenräume befinden, kann sie jedoch nirgends entdecken. Als er an einem der Seitenkorridore vorbeikommt, wird eine weitere Tür geöffnet. Zwei magere Frauen in Glitzerkleidern treten heraus. Beide haben längliche Gesichter mit dunkelrotem Lippenstift auf extrem dünnen Lippen, so dass es aussieht, als wären ihre Gesichtszüge in Holz geschnitzt.

»Heute Abend werden wir Spaß haben, Mama«, sagt die eine. »Verdammt viel Spaß!«

»Achtung, Jungs, jetzt kommen wir!«

Sie lachen so laut, dass es hinter Albin widerhallt.

Als er endlich fast am Ende des Korridors die Tür mit der Nummer 6510 erreicht, klopft er vorsichtig an. Wartet. Spürt, wie der Boden unter ihm vibriert. Hört, wie andere Türen geöffnet und wieder geschlossen werden. Er klopft noch einmal.

»Echt nice, wenn man gestört wird!«, ruft Lo von drinnen, und dann wird die Tür vor seiner Nase aufgerissen.

Lo hat ihre Haare hochgesteckt, und ihr Gesicht hat sich schon wieder verändert. Ihre Haut sieht künstlich und maskenhaft aus. Ihre Lippen glänzen, und auf ihren Augenlidern liegt ein leichter Schimmer. Sie scheint erleichtert zu sein, als sie sieht, dass er es ist. Sie geht zurück in die Kabine, und er zögert einen Augenblick, bevor er ihr folgt.

»Ich habe Dan Appelgren gesehen«, sagt Albin und hält ihr stolz sein Handy hin. »Ich hab ein Foto gemacht.«

»Nice«, sagt Lo, ohne sich umzudrehen. »Mein Lieblingssänger.«

Albin antwortet nicht. Bereut es, überhaupt etwas gesagt zu haben. Lo geht vor dem Doppelbett auf alle viere. Der Duft ihres Parfüms erfüllt die gesamte Kabine. Auf dem Bett liegen jede Menge Kleidung und ein rosafarbenes Necessaire. Auf dem kleinen Schreibtisch vor dem Spiegel sind Schminkutensilien und Schmuck ausgebreitet. Eine große Rundbürste und ein Föhn liegen auf dem Fußboden. Der Stecker steckt noch in der Steckdose. Es ist, als wäre ein Tsunami über die Kabine hinweggefegt und hätte dabei einen Haufen Strandgut in Form von Mädchenkram aller Art hinterlassen.

»Sind sie sauer, dass ich zu spät bin?«

»Du bekommst nichts mehr zu essen, wenn du dich nicht beeilst«, antwortet Albin und setzt sich auf die Bettkante.

»Wie schade«, meint Lo und hockt sich mit dem Po auf die Fersen. »Wo mir doch von all den Bazillen hier sowieso schon schlecht ist.«

Sie hat unterm Bett ein Mini-Wodkafläschchen hervorgeholt, dessen Etikett ihm bekannt vorkommt. Hätte die Flasche die normale Größe gehabt, wäre Lo im Verhältnis dazu ein Riese gewesen. Sie schraubt die Verschlusskappe ab, schließt ihre glänzenden Lippen um den dünnen Flaschenhals und trinkt. Ein Würgereiz treibt ihr die Tränen in die Augen, doch Lo kichert nur und streckt ihm die Flasche hin.

»Möchtest du?«, fragt sie und grinst, als er den Kopf schüttelt.
»Ich hab noch ein paar, falls du es dir anders überlegst.«

»Aber wenn Linda sie findet?«

»Dann sag ich einfach, dass die Putzfrau sie wohl übersehen haben muss«, meint sie und steht auf.

»Du hast doch mal gemeint, dass du nie im Leben anfangen würdest zu trinken.«

Lo wirft ihm einen fast mitleidsvollen Blick zu. »Damals waren wir gerade mal zehn«, erklärt sie. »Bist du das etwa immer noch?«

»Nein, bin ich nicht.«

Seine Stimme klingt so kindisch. Er sollte besser den Mund halten. Denn er weiß nicht, wie er mit dieser neuen Lo reden soll. Weiß ja nicht mal, wer sie ist.

»Woher hast du die Fläschchen denn?«, fragt er.

»Sie haben den Taxfree-Shop gerade erst geöffnet. Deswegen bin ich so spät dran.«

»Aber Kinder dürfen doch gar keinen Alkohol kaufen.«

In dem Moment, als er es sagt, begreift er es selbst. Lo hat den Wodka mitgehen lassen. Sie kippt den Rest aus dem Fläschchen hinunter und lässt es dann unters Bett rollen.

»Danke für die Info«, sagt sie, nimmt ein Kaugummi aus der Tasche ihrer Lederjacke und schiebt es sich in den Mund. »Komm, gehen wir.«

MADDE

Das enge Bad ist erfüllt von feuchtheißem Dunst, der süß und fruchtig riecht. Sie hat sich die Haare gewaschen, sich von Kopf bis Fuß eingeseift und das Gesicht geschrubbt. Jetzt steht sie unter dem heißen Strahl und lässt das Wasser auf Schultern und Rücken prasseln, um ihre Muskeln zu lockern. Das matte Alltagsgefühl wegzuspülen. Die sogenannte Wirklichkeit. Sie schaut hinunter auf den Abfluss zu ihren Füßen und stellt sich vor, dass alles Wasser, das dort hineinläuft, geradewegs in der Ostsee verschwindet.

Madde hat im Terminal weder zu viele noch zu wenige Drinks getrunken. Gleich wird sie mit ihrer besten Freundin ins Buffet gehen, danach wird sie tanzen, und wer weiß, was dann geschieht? Auf der Fähre kann alles passieren. Hier kann sie diejenige sein, die sie sein möchte. Oder besser gesagt, sie kann ganz sie selbst sein.

Sie hat sich den morgigen Tag freigenommen. Wenn ihre Kollegen morgen früh in der U-Bahn nach Kista sitzen, werden Zandra und sie den Tag mit einem Sektfrühstück beginnen.

Schon bald wird sie verdammt nochmal ganz freihaben, vermutlich sogar verflucht lange. Doch das ist das Letzte, woran sie heute Abend denken will. Sie wird nicht an ihren Chef denken, der den Kopf schräg gelegt und sie mit bedauerndem Blick angeschaut hat. Als wüsste sie nicht, dass er einen fetten Bonus für das Gehalt bekommt, das er einspart, indem er eine seiner Buchhaltungsassistentinnen feuert.

Sie ist froh, dass sie diese Fahrt nicht gecancelt hat. Das hier ist nämlich genau das, was sie jetzt braucht.

»Bist du weggespült worden oder was?«, ruft Zandra von der anderen Seite der Tür. »Hier ist ja 'ne Luft wie im Gewächshaus!«

»Ich komme!«

Madde dreht widerwillig das heiße Wasser ab und zieht den weißen Duschvorhang zur Seite. Wickelt sich ein Handtuch wie einen Turban um den Kopf. Wischt den Spiegel über dem Waschbecken trocken, erblickt aber nur flüchtig ihr rotgeflecktes Gesicht, bevor sich erneut Dunst auf den Spiegel legt.

Sie nimmt sich ein weiteres Handtuch und reibt ihren Körper damit trocken, das Frottee ist angenehm, weder zu hart noch zu weich. Nebenan im Schlafzimmer der Kabine läuft gerade das Intro zu *Livin' on a Prayer*. Madde muss lächeln und wirft das Handtuch weg. Wie oft haben Zandra und sie diesen Song schon gehört? Es war eine der ersten Singles, die sich Madde gekauft hatte. Damals wohnten sie noch in der Soldatgata in Boden. Sie waren gerade in die vierte Klasse gekommen und hatten das Schminken für sich entdeckt. Zandra buchstabierte ihren Namen noch mit S, beide waren verliebt in Jon Bon Jovi, und beide glaubten, dass der Song davon handelte, in der Prärie zu leben.

Jetzt öffnet Zandra, ohne anzuklopfen, die Tür und reicht ihr eine Flasche Elephant Beer hinein.

»Ich hab übrigens die vier Italiener wiedergesehen«, sagt sie. »Im Taxfree. Shit, die sehen so geil aus, obwohl sie so klein sind.«

»Wenn sie so klein sind, muss man halt zwei nehmen«, entgegnet Madde und nimmt einen Schluck aus der Flasche.

Nach den süßlichen Erdbeerdrinks im Terminal schmeckt das Elephant Beer bitter und stark alkoholisch.

»Hauptsache, gewisse Körperteile sind nicht zu klein«, meint Zandra und hält ihr die eigene Flasche hin. »Prost, du alte Schlampe.«

»Prost, du alte Nutte.«

Ihre Flaschen klirren gegeneinander, und Madde genehmigt sich einen weiteren Schluck.

»Ich bin schon fast betrunken«, sagt Zandra und lehnt sich gegen den Türrahmen.

»Dann mach mal halblang. Wir wollen doch die ganze Nacht durchmachen.«

»Klar wollen wir das. So alt sind wir ja nun auch wieder nicht.«

»Nein, aber du weißt ja, wie es gehen kann«, erklärt Madde und trägt Deo unter den Achseln auf. »Wir dürfen nicht zu früh schlappmachen.«

»Ja, Mutti«, entgegnet Zandra grinsend.

»Mein Gott, ich muss heute Abend wirklich mal ein bisschen Spaß haben. Sonst werde ich noch verrückt.«

»Klar wollen wir Spaß haben. Und das haben wir doch auch immer.«

Madde cremt sich mit Bodylotion ein. Sie enthält winzig kleine goldfarbene Partikel, die ihre Haut leicht glitzern lassen.

Zandra verschwindet aus dem Türrahmen, und Madde dreht

sich zum Spiegel um. Langsam beginnen sich ihre Konturen im Spiegelglas abzuzeichnen wie ein Gespenst, das aus dem Nebel auftaucht. Sie nimmt noch ein paar Schlucke Bier. In der Flasche gluckert es wohltuend. Das heulende Geräusch des Föhns übertönt die Musik, doch sie singt trotzdem mit – *take my hand, and we'll make it I swear* –, während der Duft von Haarbalsam und erhitzten Haarsträhnen den engen Raum erfüllt. Sie sprüht ihre blonden Locken in Form. Nimmt zum Abschluss ein anderes Spray, das ebenfalls Glitter enthält, bis ihr Haar aussieht wie gesponnenes Gold. Dann schminkt sie sich so schnell, wie sie kann. Nachdem sie Lidschatten aufgetragen hat, nimmt sie einen letzten Schluck aus der Flasche. Sie beginnt schon nachzuschwitzen.

»Ich muss unbedingt eine rauchen«, ruft Zandra.

»Ich auch«, pflichtet Madde ihr bei. »Ich bin sofort fertig.«

»Beeil dich. Sonst werde ich noch verrückt, wenn ich hier sitze und die Wände anstarre.«

Madde erspart es sich, Zandra darauf hinzuweisen, dass sie es war, die eine Kabine ohne Fenster gebucht hat. Sie liegt im Mittelgang auf Deck neun. Nur ein kleiner Schuhkarton, eingeklemmt zwischen anderen Schuhkartons. Zandra hatte sie daran erinnert, dass sie sich sowieso nur zum Schlafen in der Kabine aufhalten würden, wenn überhaupt. Und Madde hatte sich in Erinnerung gerufen, dass sie aufgrund der Tatsache, an die sie heute Abend lieber nicht denken will, in Zukunft etwas mehr sparen müsste.

»Du hättest ja schon mal losgehen können, wenn es dir zu lange dauert«, ruft Madde und inspiziert das Ergebnis im Spiegel.

Überall an ihr funkelt und glitzert es. Die in Kürze arbeitslose Buchhaltungsassistentin ist verschwunden.

Als sie ins Zimmer kommt, muss sie lachen. Zandra hat eine Girlande mit bunten Plastikblumen über den Spiegel am Schreibtisch gehängt. In den Blütenkelchen leuchten kleine Lämpchen.

»O mein Gott, wie süß von dir«, ruft sie aus.

Zandra schaltet den Fernseher ein. Wechselt den Kanal, bis sie die Tanzfläche im Club Charisma einsehen können. Sie ist leer. Aber nicht mehr lange. Madde wird von Vorfreude erfasst.

»Hier«, sagt Zandra und hält ihr einen Shot Pfefferminz-schnaps hin.

Der erfrischende Duft nach Minze steigt Madde in die Nase.

»Prost auf den heutigen Abend«, sagt Zandra feierlich. »Wie immer er auch enden mag.«

»Ja genau, lassen wir uns überraschen«, erwidert Madde und kippt ihren Shot runter.

Jetzt hat die Fahrt offiziell begonnen.

Sie geht neben ihrer Reisetasche in die Hocke und wühlt in ihrer Kleidung. Zieht schließlich das kleine Schwarze heraus, das äußerst durchscheinend ist, praktisch ein Hauch von Nichts.

Nachdem sie sich angezogen und sich die großen Goldringe in die Ohren gesteckt hat, sprüht sie eine große Parfümwolke vor sich in die Luft und dreht eine kleine Pirouette, so dass sich der Duft überall auf ihrem Körper verteilt. Zandra hustet theatralisch.

»Wie sehe ich aus?«, fragt Madde.

»Feist, aber heiß«, antwortet Zandra und schaltet den Lautsprecher ihres Handys aus. »Genau wie ich. Komm jetzt.«

Madde verstaut die wichtigsten Schminkutensilien in ihrer Handtasche. Zandra wirft sich wieder ihre Boa aus künstlichen Schwanendaunen um den Hals und richtet ihren Busen im BH. Sie gehen hinaus in den Korridor. Die Tür klemmt und fällt erst ins Schloss, als sie sie mit einem lauten Knall zuziehen. Ein älterer Typ, der gerade die Tür seiner eigenen Kabine verriegelt, beobachtet sie amüsiert. Er lässt seinen Blick über ihre Körper schweifen.

»Habt ihr etwa vergessen, euch anzuziehen, Mädels?«, fragt er anzüglich.

»Nee«, antwortet Madde. »Wir haben vergessen, uns auszuziehen.«

Zandra kichert und ergreift ihre Hand.

MARIANNE

Marianne kommt hinauf auf Deck acht. Geht einen breiten Gang mit bodentiefen Fenstern auf der linken Seite entlang. Die Beleuchtung ist warm und gedämpft. Schmeichelt jedem, der sich hier bewegt. Ein junges Pärchen geht Hand in Hand an ihr vorbei, die beiden wirken frisch verliebt. Lautes Gelächter ist von einer Gruppe Frauen in ihrem eigenen Alter zu hören. Marianne geht weiter. Passiert das Poseidon, ein Restaurant mit weißen gestärkten Decken auf den Tischen. Dann kommt sie an einem Café und einem Pub vorbei. Dreht sich um und erblickt erst dann ganz hinten am Ende des Ganges das Restaurant Charisma Buffet, das sie gesucht hat, direkt neben der Treppe, die sie hinaufgekommen ist. Die großflächigen rauchfarbenen Glastüren des Restaurants stehen offen. Doch Göran ist nirgends zu sehen. Sie wollten sich doch vorm Eingang treffen, oder?

Marianne stellt sich vor die Fensterfront. Die Dämmerung hat mittlerweile auch das letzte Tageslicht verschluckt. Sie tut so, als schaue sie hinaus aufs Wasser, doch stattdessen betrachtet sie ihr durchscheinendes Spiegelbild. Sie sehnt sich nach einem Glas Wein. Fährt sich mit den Fingern durchs Haar. Schnuppert diskret an ihrem Handgelenk und überlegt, ob sie womöglich zu viel Parfüm aufgelegt hat, bevor sie ihre Kabine verließ.

Hinter ihr gehen Menschen vorbei, die sie im Fensterglas beobachtet. Alle scheinen ein genaues Ziel vor Augen zu haben und zu wissen, wohin sie wollen. Sie selbst hat keine Ahnung.

Sie fährt sich erneut mit den Fingern durchs Haar. Nimmt plötzlich ein kribbelndes Unbehagen wahr. Wie Ameisen, die unter der Haut ihren Rücken hinaufkrabbeln. Sie fühlt sich beobachtet. Marianne schaut sich verstohlen um. Göran ist nirgends zu sehen. Das unangenehme Gefühl wird stärker. Jetzt nimmt sie die dezente Klaviermusik aus dem Poseidon wahr. Und vereinzelte Klänge der Rockmusik aus dem Irish Pub.

Weiter hinten im Gang sitzen mehrere nachlässig gekleidete Männer vor diversen Spielautomaten mit großen Bildschirmen. An einem kleinen Stand dahinter steht die Frau, die Göran und sie fotografiert hat, als sie an Bord gingen. Marianne dreht sich um. Wirft einen Blick in den Pub. Im Lokal ist es ziemlich düster. Vierblättrige Kleeblätter auf den Spiegeln hinter der Bar. Werbeplakate für jene dunklen Biersorten, die irgendwie nach matschigem Schwarzbrot schmecken. Ein grünes Neonschild verrät den Namen des Pubs: McCharisma. Darin sitzen überwiegend Männer, aber keiner von ihnen ist Göran. Die einzige Frau sitzt ganz hinten. Ihre Haare sind dunkel und stumpf. Sie hat ihre dunkle Strickjacke eng um ihren Oberkörper gezogen und scheint zu frieren. Trotz der Dunkelheit sieht man, dass die Falten in ihrem stark geschminkten Gesicht tief sind. Ihre Augen liegen völlig im Schatten. Vor ihr auf dem Tisch steht ein Bierglas, das unberührt zu sein scheint.

Das Kribbeln unter Mariannes Haut wird stärker. Pflanzt sich bis hinauf in ihren Haaransatz fort. Sie ist sich sicher, von dieser Frau beobachtet zu werden. Irgendetwas an ihrem Gesicht ist merkwürdig. *Da stimmt etwas nicht.*

Wahrscheinlich bilde ich es mir nur ein, denkt sie. Ein ungeschickt aufgetragenes Make-up, das sie an diesen alten Film mit Bette Davis denken lässt. Warum sollte sie hier sitzen und ausgerechnet Marianne beobachten?

Zwei Männer mit Babys in Tragetüchern vor dem Bauch gehen im Gang an ihr vorbei. Marianne wirft einen Blick auf die Kleinen mit ihren runden Gesichtern, den entzückenden zahnlosen Mündern und den strampelnden kurzen Beinchen.

»Da bist du ja! Mein kleines Bonbon!«

Göran kommt raschen Schrittes auf sie zu. Er hakt sich bei ihr unter, als wäre es die natürlichste Sache der Welt. Geleitet sie zum Buffet-Restaurant. Sie wirft einen letzten Blick in den McCharisma-Pub. Die Frau starrt auf die Tischplatte. Ihre Haare verdecken ihr Gesicht. Jetzt sieht Marianne in ihr nur noch eine traurige, einsame Person. Ihr selbst nicht ganz unähnlich.

Görans Freunde stehen bereits vor dem Charisma Buffet und warten. Der Mann hinter dem kleinen Pult am Eingang des Restaurants lächelt sie unpersönlich an und zeigt ihnen auf einer Kopie des Übersichtsplans, wo ihr Tisch steht.

»Hast du Hunger?«, fragt Göran, als sie weiter in den Raum hineingehen.

Der Geräuschpegel aus Stimmen und Besteckgeklapper ist so überwältigend, dass sie glaubt, sich jeden Moment in Atome aufzulösen und darin zu verschwinden. Dann wird ihr bewusst, dass sie auf Görans Frage antworten muss. Der Duft von warmem Essen steigt ihr in die Nase. Sie nickt. Dann erblickt sie das Büfett. Die langen Tischreihen mit den diversen Gerichten darauf.

»Hast du Töne!«, hört sie sich selbst sagen. »Wo soll man denn da anfangen?«

Göran lacht und scheint sich über ihre verblüffte Reaktion zu freuen. Sie schaut ihn an und hat das bizarre Gefühl, dass sie ihn womöglich lieben könnte, wenn sie wieder an Land gehen.

CALLE

Im Restaurant Poseidon rieseln die sanften Klänge der Klavierversionen von bekannten Frank-Sinatra-Songs aus den Lautsprechern. Es sind erst wenige Gäste da, denn es ist noch früh am Abend, und die meisten Leute unterhalten sich leise.

Calle und Vincent schauen sich über die ausladende Platte mit Krustentieren hinweg an, die gerade auf die weiße Tischdecke gestellt wurde. Zwischen ihnen liegen bergeweise Hummer, Meereskrebse, Seekrebse, frische Krabben, geräucherte Garnelen, Muscheln und Krebsscheren auf schimmerndem Eis.

»Lassen Sie es sich schmecken«, sagt die Bedienung mit den sorgfältig gegelten Haaren, die in alle möglichen Richtungen von ihrem Kopf abstehen.

»Das ist ja der absolute Wahnsinn«, ruft Vincent aus und lacht, als sie wieder allein am Tisch sind.

»Hab ich doch gesagt«, entgegnet Calle und erhebt sein Champagnerglas. »Prost.«

»Ja«, meint Vincent. »Ein Prosit darauf, dass ich nun endlich diesen Teil deines Lebens zu Gesicht bekomme.«

Sie trinken jeder einen Schluck. Calle ist so nervös, dass er ihn kaum hinunterbringt. Er schaut auf seine Hand und ist erstaunt, dass sie nicht zittert.

Als sie sich vorhin zum Essen umgezogen hatten, war er fast in Panik verfallen. Starrte unentschlossen auf die zweite Garnitur Kleidung, die er eingepackt hatte. Wie auch immer es ausgehen mag, sie werden sich beide an diesen Abend zurückerinnern, und er möchte in Vincents Erinnerung so gut wie möglich aussehen. Also hat er sich für ein schwarzes Jackett, ein weißes T-Shirt und seine dunkelroten Doc Martens entschieden.

»Und wie ist es, wieder hier zu sein?«, fragt Vincent. »Alles noch beim Alten?«

Calle nickt. Als sie an Bord gingen, schlugen ihm die wohlbekannten Gerüche entgegen, die die Charisma wohl nie ganz verlassen werden. Der eklig süßliche Gestank von abgestandenem Alkohol und das Reinigungsmittel im Teppichboden, das an Essig erinnert. Es war, als wäre er acht Jahre in der Zeit zurückkatapultiert worden. Doch er wurde nicht nur mit den Erinnerungen an die Charisma konfrontiert, sondern auch damit, wie er damals war – womit er nicht gerechnet hatte. Ihm wurde bewusst, dass das hier vielleicht keine so gute Idee war.

»Allerdings ist der Kahn um einiges gealtert«, antwortet er. »Und befördert viel weniger Passagiere als früher. Die Charisma hat mittlerweile jede Menge Konkurrenz bekommen. Die neuen Fähren sind weitaus größer und luxuriöser.«

Er bemüht sich, unberührt zu klingen, doch es stimmt ihn wehmütig zu sehen, wie stark die Charisma heruntergekommen ist. Aber vielleicht sieht er sie heute auch einfach nur mit anderen Augen.

55

»Unsere Suite ist jedenfalls verdammt luxuriös«, meint Vincent und grinst.

»Deswegen steht sie ja auch fast immer leer«, erklärt Calle. »Nicht viele sind bereit, für einen Tag auf einer Finnlandfähre so viel auszugeben.«

»Was kostet sie denn?«

»Keine Ahnung. Filip hat einen Sonderpreis ausgehandelt.« Filip, der sich höchstwahrscheinlich gerade zusammen mit Pia in der Suite aufhält.

Calle schaut Vincent an, der sich nach einer Krebsschere streckt und sie aufbricht.

»Willst du nichts essen?«, fragt er und dippt das Fleisch in Aioli, bevor er es sich in den Mund schiebt.

»Doch«, antwortet Calle und versucht, so zu tun wie jemand, der nicht so nervös ist, dass er kurz davor steht, eine Psychose zu entwickeln. »Ich habe nur nicht so großen Hunger.«

»Du kannst mich mit alldem hier doch nicht alleinlassen.«

Calle nimmt sich eine Garnele. Schält sie mit ungeschickten Bewegungen. Sie schmeckt wie Gummi, und er kaut mechanisch.

»Es kommt einem ja schon fast kitschig vor, wie schön es draußen ist«, sagt Vincent und schaut in Richtung Fenster. »Wir müssen nachher unbedingt an Deck gehen und es uns angucken.«

Die Inseln haben in der blauschwarzen Abendluft mittlerweile eine kompaktere dunkle Farbe angenommen. Hier und dort schimmern Lichter zwischen den Bäumen hindurch, die sich tanzend auf der Wasseroberfläche spiegeln. Calle pflichtet ihm murmelnd bei. Beobachtet Vincent im Profil. Seine leicht gebogene Nase. Sein dunkles Haar. Das geradezu superheldenmäßige markante Kinn. Der Schnauzbart, der die füllige Partie in der Mitte seiner Lippen betont. Das Blau seiner Augen, das genau wie Wasser die jeweiligen Lichtnuancen seiner Umgebung annimmt. Sein Gesicht ist so lebendig. Wie oft hat er Vincent schon angeschaut und gemeint, ihn gerade zum ersten Mal zu sehen?

»Schwer zu glauben, dass die Ostsee so verunreinigt ist, wenn man sie so sieht«, mein Vincent. »Kannst du dich noch an diese Doku erinnern, die wir uns letztens angeschaut haben?«

»Ja«, antwortet Calle und betrachtet die Schalentiere, von denen keines aus dem Wasser draußen vor dem Fenster stammt.

In dem Dokumentarfilm, auf den Vincent anspielt, wurde gezeigt, wie russische Fähren täglich die Fäkalien Tausender Passagiere direkt ins Meer leiten.

»Wenn es Poseidon wirklich gegeben hätte, hätte er sich bestimmt lieber woanders niedergelassen«, meint Calle.

Vincent lacht, greift sich eine Garnele und schält sie.

Es ist fünf Jahre her, seit sie ihr erstes Date hatten, und es hat lange gedauert, bis Calle das Gefühl überwunden hatte, Vincent oder jedenfalls so viel Glück nicht verdient zu haben. Jetzt haben sie die neue Wohnung endlich fertigrenoviert, und jeden Morgen wacht Calle im Schlafzimmer mit den hohen weißen Wänden auf und kann sein Glück kaum fassen. Mitunter fällt es ihm immer noch schwer zu glauben, dass Vincent und er letztlich zueinandergefunden haben.

Und jetzt wird er um noch mehr Glück bitten.

»Wo bist du denn mit deinen Gedanken?«, fragt Vincent, doch Calle schüttelt den Kopf.

»Es ist einfach nur so bizarr, wieder auf der Charisma zu sein.«

Dann erblickt er die Frau in der Security-Uniform, die sich ihrem Tisch nähert. Sie hat ihr dunkles Haar hochgesteckt, genau an derselben Stelle wie früher. Doch am Haaransatz ist sie inzwischen grau geworden, so dass ihr Haar lichter wirkt. Ihre Uniform ist mittlerweile ein paar Größen größer als beim letzten Mal, als sie sich gesehen hatten. Außerdem wirkt sie trotz ihres breiten Lächelns müde.

»Calle!«, ruft sie aus. »Ich hab gerüchteweise gehört, dass du heute mit uns fährst! Wie schön, dich zu sehen!«

Ihre Stimme ist noch immer dieselbe. Heiser und warmherzig und immer kurz davor zu lachen. Diese Stimme, die die magische Fähigkeit besitzt, betrunkene und gewalttätige Passagiere zu beruhigen. Eine Stimme, die aber auch knallhart sein kann, wenn es nötig ist. Wie viele Male sind sie beide damals an Deck spazieren gegangen und haben ohne Ende geredet?

»Ja Mensch, hej«, ruft er und steht auf. »Du hast dich kein bisschen verändert.«

»Und du bist immer noch ein schlechter Lügner«, entgegnet sie und schließt ihn liebevoll in die Arme. »Wie elegant du geworden bist!«

Pia tritt einen Schritt zurück, betrachtet ihn eingehend von oben bis unten, fährt mit einer Hand über seinen kahlrasierten Schädel und grinst.

»Dein Erfolg steht dir gut zu Gesicht«, sagt sie. »Und der Bart auch.«

»Das ist Vincent«, meint Calle. »Mein Partner.«

Vincent steht auf und schüttelt Pia die Hand. Sie schauen einander neugierig an.

»Schicke Tattoos«, sagt sie und nickt in Richtung der Tätowierungen auf seinen Armen. Sie sind im klassischen japanischen Stil gehalten, jedoch mit schwedischen Motiven. Moltebeeren und Elche. Lachse anstelle von Kois.

»Nett, Sie kennenzulernen«, sagt er und setzt sich wieder. »Sie können mir bestimmt beschreiben, wie Calle vor acht Jahren so war, oder?«

»Unsicher und ein bisschen verloren«, antwortet Calle etwas zu schnell mit einem zu breiten Lächeln.

»So verloren war er gar nicht«, wendet Pia ein. »Er wäre zum Chef des Taxfree-Shops ernannt worden, wenn er nicht aufgehört hätte.«

Sie wirkt fast stolz, als sie es sagt.

»Pia ist eine unserer Sicherheitskräfte an Bord«, erklärt Calle.

»Das hab ich schon an der Uniform gesehen«, meint Vincent und lächelt. »Und wie ist dieser Job so?«

»Tja«, sagt sie. »Irgendetwas scheint mich jedenfalls hier zu halten. Hauptsächlich wohl die Kollegen, mit denen ich zusammenarbeite. Die meisten zumindest. Wir sind bei jeder Fahrt fast zweihundert Angestellte an Bord.«

Vincent pfeift durch die Zähne.

»Aber mitunter können einem die Passagiere ganz schön auf die Nerven gehen«, fährt Pia fort. »Manchmal kommt es mir vor, als würde ich in einer großen Kita für Erwachsene arbeiten.«

Vincent lacht.

»Ich finde es erstaunlich ruhig hier an Bord«, sagt er. »Obwohl diese Schiffe zweifellos ziemlich berüchtigt sind.«

»Warten Sie ab, bis es auf Mitternacht zugeht«, meint Pia und schaut Calle an. »Aber heute Abend könnte es durchaus recht ruhig bleiben. Es steht nämlich ungefähr fifty-fifty.«

»Fifty-fifty?«, fragt Vincent. »In welcher Hinsicht?«

»Es gibt hier ziemlich oft einen Überschuss an Männern«, erklärt Calle. »Und dann gibt es fast immer jede Menge Schlägereien.«

»Tja, wenn sie keinen Sex bekommen, müssen sie sich eben auf andere Art und Weise austoben«, sagt Pia und legt Calle eine Hand auf die Schulter. »Aber erzähl mal, als was arbeitest du eigentlich mittlerweile?«

Calle schaut sie an. Findet, dass sie ihre Rolle gut spielt. Doch dann wird ihm klar, dass sie es wirklich nicht weiß. Bei ihrem Telefonat letztens waren sie gar nicht darauf zu sprechen gekommen. Da hatten sie sich nur über Vincent und über Calles Vorhaben hier auf der Fähre unterhalten.

»Ich bin jetzt Landschaftsarchitekt.«

Er zögert kurz vor dem Begriff. Hat sich noch immer nicht daran gewöhnt. Jeden Morgen, wenn er sein luxuriöses Büro in der Nähe der U-Bahn-Haltestelle Skanstull betritt, kommt ihm das Ganze wie ein riesiger Bluff vor.

»Das heißt, du hast mit Blumenbeeten und so zu tun?«, fragt Pia.

»Nein, nicht ganz. Man kann sagen, dass ein Landschaftsarchitekt genau dasselbe macht wie ein herkömmlicher Architekt, außer Häuser zu bauen.«

Irgendetwas an seinem Tonfall erscheint ihm unangemessen. Er klingt doch nicht etwa arrogant, oder?

»Aha«, meint sie zögerlich.

»Man entwirft Landschaften«, fährt er fort. »Alles, angefangen von der Frage, welche Bäume in einem Park angepflanzt werden sollen, bis hin zu der Überlegung, wie man einen öffentlichen Platz anlegt …«

»Ich habe noch nie darüber nachgedacht, dass man für so etwas ja auch Leute braucht«, gibt Pia zu.

»Nein, kein Wunder, normalerweise macht man sich ja auch nicht unbedingt Gedanken darüber«, pflichtet Calle ihr bei. »Es ist eher so eine Arbeit wie, na ja, wenn ein Landschaftsarchitekt seinen Job gut macht, fällt es keinem auf.«

Er fragt sich, ob das, was er da sagt, überhaupt begreiflich ist. Es kommt ihm jedenfalls vor, als hätte er völlig wirres Zeug von sich gegeben.

»Klingt ziemlich cool«, meint Pia. »Ich wusste schon immer, dass aus dir mal etwas werden würde.«

»Und du? Wie geht es dir?«, fragt er, um das Thema zu wechseln. »Deine Kinder sind inzwischen bestimmt erwachsen.«

»Zwanzig und einundzwanzig«, antwortet sie.

Calle schüttelt ungläubig den Kopf. Er ist einmal bei ihnen gewesen und hat für ein paar Nächte in Pias Haus auf Åland übernachtet. Beide Kinder waren damals in der Pubertät, und es kam ihm vor, als wäre er angesichts von Türenknallen, wütendem Gestampfe auf den Boden und schrillen Schreikrämpfen in einem mittelmäßigen Remake des *Exorzisten* gelandet. Pia war gerade frisch geschieden. Und dennoch hatte sie Energie dafür übrig gehabt, sich seine Probleme anzuhören. Großer Gott, damals war er noch so jung gewesen.

»Habt ihr eigentlich etwas Besonderes vor an Bord?«, fragt Pia.

»Ich rechne heute Abend mit einer geführten Tour«, antwortet Vincent. »Und Calle hat für morgen Wellnessbehandlungen im Spa gebucht.«

»Wie schön«, sagt Pia und wendet sich an Calle. »Aber wenn du Vincent wirklich etwas zeigen willst, dann müssen wir ihn nach dem Essen mit auf die Kommandobrücke raufnehmen.«

Aus ihrem Mund klingt es so selbstverständlich, als wäre es ihr gerade eben erst eingefallen. Calle wirft ihr einen dankbaren Blick zu.

»Glaubst du, dass das geht?«, fragt er.

»Bestimmt. Heute Abend steuert Berggren den Kahn, und den kennst du ja«, antwortet sie und schaut wieder Vincent an. »Seit dem 11. September darf man eigentlich keine Passagiere mehr mit auf die Brücke nehmen, aber der Kapitän macht sicher eine Ausnahme für euch.«

»Das wäre verdammt cool«, meint Vincent. »Aber nur, wenn wir nicht stören.«

»Kein Problem«, entgegnet Pia. »Ich komm und hol euch ab, wenn ihr mit dem Essen fertig seid.«

»Vielen Dank«, sagt Calle.

»Keine Ursache«, meint Pia. »Übrigens, Filip lässt schön grüßen.«

Nachdem sie gegangen ist, leert Calle sein Champagnerglas, und Vincent schenkt ihnen beiden nach.

»Sie scheint nett zu sein«, meint er.

»Ist sie auch«, bestätigt Calle. »Sie war es auch, die mich darin bestärkt hat, das Wagnis einzugehen, hier zu kündigen und mit dem Abendgymnasium anzufangen.«

Und ich hab ihr damit gedankt, indem ich einfach aus ihrem Leben verschwunden bin, denkt er.

»Was meinst du eigentlich damit, dass du unsicher und verloren warst?«, fragt Vincent und nimmt sich einen Salzwasserkrebs. »Hast du damals viel gefeiert?«

»Ja, das kann man wohl sagen. Ich war fast jeden Abend nach der Arbeit besoffen.«

Ein paarmal war er am Tag danach mit zu viel Promille im Blut erwischt worden. Die Krankenschwester Raili, die sich um die Alkoholkontrollen gekümmert hatte, meinte bedauernd, dass sie ihn leider melden müsste, so dass er zu einem Gespräch mit Kapitän Berggren und dem Reedereimanager einbestellt wurde. Die beiden gaben ihm noch eine letzte Chance. Er musste ihnen versprechen, in Zukunft keinen Alkohol mehr zu trinken. Was er auch tat, aber letztlich nicht einhielt.

»Aber es war nicht nur das«, fügt er hinzu. »Es ist schwierig zu erklären.«

»Versuch es. Ich bin neugierig.«

»Also, damals bin ich davon ausgegangen, dass ich den Job hier an Bord nur vorübergehend machen würde. Doch dann verging die Zeit. Es war, na ja … Ich hab mehr Geld verdient, als ich je zu träumen gewagt hätte in dem Alter. Mit allen Zulagen kam ich auf fast fünfundzwanzigtausend Kronen im Monat. Und man gibt hier ja kaum etwas aus, außer für Alkohol. Und den haben wir ebenfalls günstig einkaufen können. Es gibt da so 'nen Schein, den sie Lätzchen nennen, eine Art Rabattcoupon, den man für 'n Appel und 'n Ei erstehen kann. Und in der Bar wurde ich immer von meinem Kumpel Filip eingeladen, der dort arbeitete.«

Er verstummt, um nachzudenken. Wie soll er Vincent erklären, wie es damals abgelaufen ist?

»Diese merkwürdige Welt ist fast wie eine Seifenblase, und nach einer Weile kommt einem alles außerhalb dieser Blase ziemlich unwirklich vor.«

»Hast du deine Kollegen denn nie vermisst?«, fragt Vincent.

Calle denkt nach. Pult etwas Fleisch aus seinem Hummerschwanz, um Zeit zu gewinnen. Er kann sich nicht erinnern, je irgendwo so viel Spaß gehabt zu haben wie auf der Fähre. Pia und Filip waren die besten Freunde, die er je gehabt hatte. Und dennoch hatte er die ganze Zeit gewusst, dass er irgendwann noch etwas anderes anfangen müsste, bevor er für immer hier hängenblieb. Er wusste nur nicht, wie er es anstellen sollte.

Außerdem gab es einige Dinge an Bord, die er nicht ausstehen konnte. Dennoch begriff er erst hinterher, nachdem er in die normale Welt zurückgekehrt war, wie sehr er sich schon an das Leben auf der Fähre gewöhnt hatte. Beispielsweise an die extreme Machokultur. An die Finnen, die behaupteten, dass alle Schweden schwul wären. Und die Schweden, die alles taten, um den Finnen zu beweisen, dass sie unrecht hatten. An den unterschwelligen

Rassismus, beispielsweise vom Chef des Taxfree-Shops, der mit einem vielsagenden Blick schon mal die Äußerung fallenlassen konnte, dass *es heute auf der Gangway ziemlich dunkel war.* Oder von der für die Parfümabteilung zuständigen Lill, die sich ungeniert darüber beklagte, dass es *äußerst schwierig* wäre, *den Afrikanern dabei zu helfen, einen Duft für sie zu finden,* da sie ja so *anders röchen.* Oder auch die Existenz des unerschütterlichen Mythos, dass Araber grundsätzlich einen Gaskocher mit auf die Fähre nähmen und sich darauf ihr eigenes Essen kochten, weil sie zu geizig wären, im Restaurant zu essen. Calle hasste sich selbst, weil er nicht öfter dagegen aufbegehrt, nicht energischer widersprochen hatte. Niemals nachfragte, wer denn all diese Araber mit ihren Gaskochern gesehen hätte. Aber er war zu jung gewesen, zu feige.

Stattdessen spielte er »den lustigen Schwulen«. Nutzte jede Chance, um sich mit Schwulenwitzen läppische Punkte zu sichern, bevor ihm jemand anders zuvorkam. Machte sich damit für alle Machos unangreifbar. Schlüpfte in die Rolle des fingerschnalzenden flatterhaften schwulen Freunds der Mädels. Es war so leicht. Viel zu leicht. Bis er schließlich nicht mehr wusste, wer er hinter dieser Fassade eigentlich wirklich war. Nur Pia und Filip gegenüber hatte er auch seine anderen Seiten offenbart.

Und schließlich war da noch der ihm eigene Zynismus, der immer mehr zunahm, je länger er blieb. All die Betrunkenen um ihn herum. Den Menschen tagein, tagaus in ihren primitivsten Zuständen begegnen zu müssen. Am schlimmsten waren die Passagiere, die die Fährfahrt als eine Art Svensson-Safari betrachteten. Die mit dem Finger auf andere Leute zeigten und sich über sie lustig machten.

Wenn er geblieben wäre, hätte er irgendwann den Glauben an die Menschheit verloren.

Während er daran denkt, wie sehr Pia sich gefreut hat, ihn hier zu sehen, wird der Hummer in seinem Mund immer unappetitlicher. Warum hat er nur aufgehört, sich bei ihr zu melden?

Es begann mit den Jahren an der Uni in Alnarp. Das war fast

eine neue Seifenblase, und immer wenn er nach Stockholm kam, wollte er ausschließlich mit Vincent zusammen sein. Fernbeziehungen waren nun einmal anstrengend, da bildeten auch sie keine Ausnahme, das hatten sie irgendwann feststellen müssen. Dann folgte die erste Zeit im Büro. Wieder eine neue Seifenblase. Es war so leicht, Pia und Filip einfach zu vergessen und sich einzubilden, dass es nur der gemeinsame Job war, der sie miteinander verbunden hatte. Die Arbeit und die Feierei.

Ihm wird bewusst, dass Vincent auf eine Antwort wartet. Hat er sie nie vermisst?

»Wir haben über Facebook sporadischen Kontakt gehalten«, antwortet er und kaut weiter. »Aber es ist schwierig. Du weißt ja, wie es ist.«

Sein Handy gibt ein Surren von sich, und Calle wischt sich sorgfältig die Finger an der Stoffserviette auf seinem Schoß ab. Bemüht sich, sein Handy so zu halten, dass Vincent das Display nicht einsehen kann, während er die SMS liest.

ER IST EIN SUPERTYP! ☺ ALLES KLAR IN DER SUITE, WIR SEHEN UNS / PIA.

MADDE

Dan Appelgren schaut Madde von dem gerahmten Plakat neben der Treppe aus an. Er trägt einen schicken Mafiaanzug und lacht, während er eine Hand im Nacken hält. Dabei macht er fast den Eindruck, als geniere er sich ein wenig vor der Kamera, obwohl er so verdammt attraktiv ist. Er ist unglaublich *sexy*. Dan sieht ganz klar so aus, als wäre er eine echte Kanone im Bett. Als wisse er genau, was er will und wie man es bekommt.

»Mama vermisst dich auch«, sagt Zandra in ihr Handy. »Ganz doll.«

Dan müsste jetzt irgendwo hier auf der Fähre sein. Allein schon der Gedanke daran verursacht Madde ein Kribbeln am ganzen Körper. Sie wirft über die Schulter hinweg einen Blick in den Korridor, den sie gerade entlanggekommen sind. Weiß, dass es hier oben auf Deck neun eine Etagensuite gibt. Vielleicht wohnt er ja dort. Womöglich stand er sogar zur selben Zeit wie sie unter der Dusche, nur ein paar Meter entfernt. Madde betrachtet ein letztes Mal sein Konterfei, bevor sie die Treppe hinuntergeht.

»Und morgen Abend um diese Zeit komm ich und hol dich bei Papa ab«, sagt Zandra.

Madde hatte gehofft, dass Zandra morgen Abend mit ihr ausgehen würde. Sie hätten auf dem Rückweg von Finnland schon ein wenig feiern und danach direkt in die Stadt weiterziehen können. Zandra behauptet, dass ihr Ex seine Besuchstage nicht verschieben will, aber Madde ist sich nicht sicher, ob Zandra sich wirklich bemüht hat, ihn zu überreden. All ihre Freunde sind so alt und träge geworden. Manchmal können sie sich nicht mal mehr aufraffen auszugehen, obwohl sie Zeit hätten. Als wären sie bereits Rentner. Madde fragt sich, wie es wohl werden wird, wenn sie erst arbeitslos ist und dann nicht mal mehr tagsüber soziale Kontakte pflegen kann.

Nicht daran denken, ermahnt sie sich. Nicht den Abend kaputtmachen, noch bevor er angefangen hat. Den heutigen Abend verbringen sie ja wenigstens gemeinsam.

»Ihr werdet es euch bestimmt ganz gemütlich machen«, gurrt Zandra, und Madde wünscht sich, dass sie das Telefonat möglichst bald beendet.

Sie kommen hinunter auf Deck acht und stehen unmittelbar vor dem Eingang des Charisma Buffet.

»Grüß Papa von mir«, sagt Zandra. »Ich kann mich später nicht noch mal melden, aber ich verspreche dir, an dich zu denken, wenn ich ins Bett gehe. Ja, meine Süße. Nicht traurig sein. Küsschen, Küsschen. Ich hab dich lieb. Tschüss. Küsschen, Küsschen, alles wird gut. Kuss, hej.«

»Was ist denn los?«, fragt Madde, als sie durch die geöffneten Türen des Restaurants treten.

»Ich glaub, ich hab sie einigermaßen wieder beruhigen können«, antwortet Zandra. »Sie hat einen Albtraum gehabt, in dem ich vorgekommen bin.«

Madde hört nur mit halbem Ohr hin. Ein blonder hagerer Typ mit Glubschaugen begrüßt sie beide. Madde hat ihn noch nie zuvor gesehen.

»Sie sind spät dran«, sagt er tadelnd, während er sie auf seiner Liste abhakt. »Ihnen bleiben nur eineinviertel Stunden, bis die nächsten Gäste kommen.«

»Aha«, entgegnet Madde. »Und? Was geht Sie das an?«

»Tisch Nummer fünfundzwanzig«, sagt er und deutet auf seinen Übersichtsplan. »Das ist einer der Tische auf der rechten Seite in der Nähe der Fensterfront.«

»Ich weiß«, entgegnet Madde ungeduldig. »Wir sind Stammgäste.«

»Mein Gott, was für ein Miesepeter«, meint Zandra, während sie sich einen Weg zwischen den Tischen hindurchbahnen.

»Das kannst du laut sagen! Es ist ja nicht gerade so, dass wir zu spät zum Nobelbankett kommen.«

Doch sie pfeift auf den Typen mit den Glubschaugen. Von den langen Buffettischen her duftet es köstlich, und das Restaurant ist voll besetzt. Vorfreude breitet sich in ihr aus wie die Kohlensäurebläschen in einem Glas Sekt.

Madde nimmt sich ein Tablett und einen Teller und tut sich mit gewohnten Bewegungen diverse Gratins, Salate und Schinken auf, nimmt sich halbe Eier, Graved Lachs und Krabben und nutzt die Fläche ihres Tellers dabei so effektiv aus, als würde sie mit dem Essen Tetris spielen. Sie verzichtet auf Kartoffeln, Brot und alles andere, was sättigt. Dann gehen sie zu den Zapfhähnen. Nehmen sich jeder zwei Gläser und füllen sie bis zum Rand mit Weißwein. Stoßen an, sobald sie sich hingesetzt haben. Der Wein schmeckt süßlich und ist angenehm kühl. Sie macht ein Foto vom Essen, und nach dem zweiten Anlauf gelingt es ihr, es hochzuladen. Dann beginnen sie zu essen. Es schmeckt wie immer verdammt lecker.

Madde ist im Lauf der Jahre bestimmt schon zwanzigmal mit der Charisma gefahren. Zum ersten Mal als Kind. Damals hatten sie mit der Familie Ferien in Stockholm gemacht und als krönenden Abschluss noch eine Fährfahrt unternommen. Madde fand es großartig. Sie hatte hier im Charisma Buffet gesessen und sich vorgestellt, dass es sich genauso anfühlen müsste, so reich zu sein wie die in *Falcon Crest*. Hier hatte sie zum ersten Mal erlebt, dass außerhalb der Stadtgrenzen von Boden noch eine andere Welt existierte und sie dieser ebenfalls angehören könnte, wenn sie sie nur aufsuchte. In gewisser Weise hat sie es also der Charisma zu verdanken, dass sie später nach Stockholm umzog. Zum Glück ist Zandra mitgekommen.

Mittlerweile weiß Madde natürlich, dass die wirklich Reichen niemals auch nur einen Fuß auf eine Finnlandfähre setzen würden. Aber das ist ihr egal. Sie wird immer noch jedes Mal von diesem kindlichen Rausch erfüllt, wenn sie mitfährt. Es ist wie eine Auszeit vom Alltag. Als befände sie sich für einen Tag und eine Nacht in einem Paralleluniversum.

Zandra sieht heute Abend extrem schick aus. Sie hat ihre Haare zu Zöpfen geflochten und mit den gleichen rosafarbenen Federn hochgesteckt, aus denen auch ihre Boa besteht – wie die Zandra, die Madde vor fast dreißig Jahren kennengelernt hat. Zandra, die gemobbt wurde, weil sie lispelte und überbehütende Eltern hatte. Eltern, die damals schon der Meinung waren, dass Madde einen schlechten Einfluss auf ihre Tochter ausübte.

»Ich möchte noch mal mit dir anstoßen«, sagt Madde und stellt erstaunt fest, dass sie schon leicht lallt. »Auf uns. Weil wir so super sind.«

Zandra erhebt ihr Glas. »Skål, verdammt«, sagt sie und leert es.

Madde folgt ihrem Beispiel. »Du bist immer noch meine beste Freundin, das weißt du doch, oder?«

»Natürlich weiß ich das«, entgegnet Zandra und kichert. »Wer sollte es denn auch sonst mit dir aushalten?«

»Bitch«, ruft Madde aus und nimmt einen Schluck Wein aus ihrem zweiten Glas.

Zandra kichert erneut. Einer ihrer Schneidezähne steht schräg über dem anderen, und Madde liebt diesen Zahn. Wenn sie bereits jetzt sentimental wird, muss sie wirklich schon ziemlich angesäuselt sein.

»Übrigens das mit deinem Job«, meint Zandra. »Du weißt ja, alles wird wieder gut, nicht wahr?«

Madde nimmt einen weiteren Schluck. »Wir müssen nachher unbedingt einen Abstecher in die Karaoke-Bar machen«, entgegnet sie.

»Klar«, pflichtet Zandra ihr bei. »Ich hätte nicht übel Lust, bei Dan Groupie zu sein.«

»Tut mir leid, der ist schon für mich reserviert. Du kannst ja stattdessen mit den vier Italienern rummachen.«

»Warum eigentlich nicht? Ich hätte schon Bock auf eine Quattro stagioni«, meint Zandra.

»Aber hoffentlich ohne Pilze.«

Zandra lacht, wie nur sie lachen kann. Wirft dabei den Kopf in den Nacken. Ihre großen Brüste wogen in ihrem Ausschnitt auf und ab. Ihre Zungenspitze schiebt sich leicht aus ihrem offenen Mund heraus. Es ist unmöglich, sich von diesem Lachen nicht anstecken zu lassen.

Auf unerklärliche Weise ist auch Maddes zweites Weinglas plötzlich leer. Aber es gibt ja jede Menge. Noch fast eine Stunde lang können sie weiteressen und -trinken, so viel sie wollen. Madde ist eigentlich schon satt, aber es gibt noch so viel zu probieren. Sie schiebt ihren leeren Teller beiseite. Lässt ihn auf dem Tisch zurück, als sie aufsteht, um sich nachzunehmen. Mit den Tellern ist es wie mit den Handtüchern. Man kann sich jederzeit einen neuen nehmen. Irgendjemand kümmert sich schon um die benutzten.

ALBIN

Albins Vater erzählt gerade von Irma, einer der Assistentinnen, die sich um seine Mutter kümmern, während sein Vater bei der Arbeit ist. Anstatt zu arbeiten, sitzt sie die ganze Zeit rauchend am Küchentisch, liest Zeitschriften und ereifert sich über ihren Hund oder ihren Liebeskummer. Die Geschichten über sie stimmen seinen Vater sonst eher missmutig, aber heute hat er gute Laune, so dass sie ziemlich lustig klingen und seine Mutter und auch Tante Linda herzhaft lachen.

Im Augenblick ist sein Vater richtig gut drauf. Er ahmt die Assistentin treffend nach und schildert alles so anschaulich, dass man es regelrecht vor sich sehen kann. Doch zwischendurch steht er immer wieder auf und holt sich neuen Wein aus dem Zapfhahn. Scheint nicht zu merken, dass seine Mutter und Linda ihre Gläser kaum angerührt haben.

Warum trinkt er immer weiter? Er müsste doch wissen, wie es endet.

Und warum sagen seine Mutter und Linda es ihm nie geradeheraus, sondern ermuntern ihn erst mit ihrem Lachen, um ihn dann, wenn es bereits zu spät ist, mit Seitenhieben zu traktieren und sich gegenseitig genervte Blicke zuzuwerfen?

»Das erinnert mich irgendwie an diese Nachbarin, die wir hatten, als wir klein waren«, sagt Linda. »Diese Frau Jonsson oder Johansson.«

»Wer soll das denn gewesen sein?«, fragt sein Vater.

»Ach, du weißt schon. Die, deren Sohn in meine Klasse ging. Der Junge, der immer dieselbe Kleidung trug. Ich glaub, er hat Hockey gespielt.«

»Ich kann mir doch nicht alle merken, mit denen du damals zur Schule gegangen bist, ich erinnere mich ja kaum noch an meine eigenen Klassenkameraden.«

»Nein, ich weiß«, pflichtet Linda ihm bei. »Ich will dir ja auch nur von dieser älteren Nachbarsfrau erzählen. Na ja, alt war sie vielleicht nicht gerade, wohl eher ungefähr so alt wie wir jetzt.«

Sie unternimmt einen Versuch, über sich selbst zu lachen, doch sein Vater starrt sie nur ungeduldig an. Albin tut sie leid.

»Ihr Hund hat sich irgendwann mal am Hinterlauf verletzt, und da hat sie ihn den ganzen Sommer lang im Kinderwagen herumgefahren«, fährt Linda fort.

»Ach so, die«, meint sein Vater. »Daran erinnere ich mich natürlich. Vielleicht hättest du damit anfangen sollen, dann hätte ich sofort gewusst, wen du meinst.«

Linda wirkt resigniert.

»Und was war nun mit ihr?«, fragt sein Vater.

»Na ja, eben genau das« antwortet Linda. »Dass sie mit ihrem Hund rumfuhr, als wäre er ein Baby. Auf so eine Idee hätte diese Assistentin wahrscheinlich auch kommen können.«

Sein Vater trinkt einen großen Schluck Wein. Verzieht keine Miene.

»Ja, mein Gott«, sagt seine Mutter. »Manche Leute sind wirklich vernarrt in ihre Haustiere. Aber klar, irgendwann werden sie zu einem Teil der Familie.«

Sie räuspert sich und schiebt sich ein Stück von ihrem Brownie in den Mund.

Albin nimmt ebenfalls ein Stück von seinem und stippt es in die Schlagsahne auf seinem Teller. Der Kuchen ist genauso saftig, wie er es gern mag.

»Nice!«, ruft Lo aus und schüttelt ihr Handy. »Der Empfang hier ist wirklich geil!«

Ein Paar am Nebentisch dreht sich um und schaut sie an.

»Dann leg es doch einfach mal weg«, zischt Linda. »Du kannst dich ja stattdessen ein wenig mit uns unterhalten.«

Lo schaut Linda mit zusammengekniffenen Augen an. Doch dann legt sie ihr Handy beiseite. »Mir bleibt wohl nichts anderes übrig«, sagt sie.

Linda seufzt und wendet sich wieder seiner Mutter und seinem Vater zu. »Manchmal hab ich das Gefühl, als sei Lo das Handy an der Hand festgewachsen. Sie ist total abhängig von den sozialen Medien.«

»Tja, wir haben Albin verboten, bei diesem ganzen Zeug mitzumachen«, entgegnet sein Vater. »Er muss warten, bis er fünfzehn ist.«

»Na ja, ich bin manchmal auch nicht besser, aber dennoch«, meint Linda. »Es kommt mir vor, als kommunizieren wir immer weniger, je mehr Kommunikationsmittel wir haben.«

»Nice, Mama, deine originellen Ansichten sind echt der Hammer.« Lo verdreht die Augen so weit nach oben, dass Albin den Eindruck hat, sie könnten ganz verschwinden.

»Aber so ist es doch«, verteidigt sich Linda. »Du sitzt die ganze Zeit nur da und daddelst auf deinem Handy herum.«

»*Daddelst*?« Lo gibt ein kurzes, lautloses Kichern von sich.

»Ja!«, sagt Linda mit Nachdruck. »Du scheinst an nichts anderem interessiert zu sein.«

»Sorry, dass ich zu all den ultraspannenden Dingen, die du erzählst, nichts sage.«

»Jetzt reicht es aber, Lo!«, ruft Linda erbost aus. »Ich hab echt die Nase voll von deinen Unverschämtheiten! Wenn du nicht sofort aufhörst, nehme ich dir das Handy weg!«

»Ich hab es ja schon weggelegt«, murmelt sie.

Das Paar vom Nachbartisch beobachtet die Auseinandersetzung und scheint sie äußerst amüsant zu finden.

»Wie lecker dieser Schokokuchen schmeckt«, sagt Albins Mutter und schaut ihn hilfesuchend an. »Kannst du dich noch an den Sommer erinnern, als ihr andauernd Brownies gebacken habt, du und Lo?«

Albin nickt. Da waren sie gerade mal acht. Sie haben so viel gegessen, bis ihr ganzer Mund nach Schokolade schmeckte, während sie Kopf an Fuß nebeneinander auf dem Sofa lagen und sich einen Film nach dem anderen auf dem Laptop anschauten.

Damals konnte seine Mutter noch laufen. Sie hatte lange Haare, die sie jeden Abend bürstete, bevor sie zu Bett ging. Die Haare seines Vaters waren eher blond als grau. Und ihre Oma lebte noch, auch wenn Albin sie nie kennengelernt hatte. Erst als sie starb, hat sein Vater von ihr erzählt, aber auch nur, wenn er getrunken hatte.

»Ihr wart unglaublich«, meint Linda. »Ihr konntet zusammen ein ganzes Blech Brownies verdrücken. Und wie viel Milch ihr damals getrunken habt!«

»Milch zu trinken ist das Geilste, was es gibt. Man muss sich nur mal vorstellen, dass es eine *Körperflüssigkeit* ist.«

Während Lo das sagt, schaut sie Albin geradewegs ins Gesicht, und zum ersten Mal erkennt er die alte Lo annähernd wieder.

Er muss kichern. Fährt mit den Zinken der Gabel durch die Schlagsahne und schiebt sie sich in den Mund. Schmatzt leicht. Lo kichert ebenfalls.

»Von der kotverschmierten Zitze eines alten Rindviehs«, fügt sie hinzu.

»Ultralecker«, sagt Albin.

Seine Mutter wirkt enttäuscht.

Wenn die Erwachsenen nicht mit am Tisch sitzen würden, hätte Albin Lo jetzt daran erinnert, dass sie einmal an den Nippeln ihrer Mutter gesaugt hat, als sie noch klein war. Er lacht laut auf, während ihm ein Schauer des Ekels über den Rücken läuft.

»Oder Eier«, sagt Lo und deutet mit dem Kopf auf die Reste auf Lindas Teller. »Das ist doch so eine Art Menstruation, nur aus dem Arsch.«

»Hört auf jetzt«, ruft sein Vater aus.

»Ja, bitte«, pflichtet Linda ihm bei.

Wenn Lo wüsste, dass seine Mutter immer einen Eimer neben dem Bett stehen hat. Wenn sie es nachts nicht bis zur Toilette schafft, hockt sie sich darüber.

Manchmal musste Albin ihr auch schon beim Toilettengang helfen. Ihr Klosett spült ihr allerdings den Hintern sauber, so dass er sie da unten nicht anfassen muss, aber sie braucht jemanden, an dem sie sich festhalten kann, wenn sie die wenigen Schritte bis zu ihrem Rollstuhl zurücklegt.

Ein paar Tische entfernt hört er wieder das Lachen der beiden Frauen aus dem Terminal, und Lo wirft einen Blick in ihre Richtung.

»Erwachsene Frauen mit Zöpfen sind echt der Hammer«, sagt sie. »Schade nur, dass sie wie eine fette Fünfjährige aussieht.«

Albin muss erneut kichern, aber seine Eltern und Linda tun so, als hätten sie es nicht gehört.

»Aber vielleicht bezweckt sie ja genau das«, fährt Lo fort. »Vielleicht war das ihr Lebensziel. Dann ist es kein bisschen schade. Dann hat sie es ja erreicht …«

»Jetzt langt's aber«, sagt Linda streng. »Warte nur, bis du älter bist, dann wirst du sehen, dass es nicht immer so leicht ist, perfekt zu sein.«

»Jedenfalls hat sie eine nette Lache«, meint Lo und grinst. »Ich bin fertig mit dem Essen. Können Albin und ich nicht gehen und uns ein wenig umschauen?«

Sein Vater öffnet den Mund, um zu protestieren, als sie ihren Stuhl nach hinten schiebt.

»Bitte«, ruft Albin rasch. »Lo und ich haben uns so lange nicht mehr gesehen.«

»Ich weiß nicht, ob das eine so gute Idee ist«, wendet sein Vater in einem Tonfall ein, der Albin signalisiert, dass er es ganz genau weiß.

»Wenn es für euch okay ist, bin ich einverstanden«, sagt Linda und wirft Lo einen genervten Blick zu. »Es wäre wahrscheinlich am angenehmsten für alle Beteiligten.«

Sein Vater schaut seine Mutter flehend an, aber er ist bereits überstimmt. Albin muss sich zwingen, nicht ungeduldig auf seinem Stuhl herumzurutschen.

»Aber spätestens um elf Uhr haut ihr euch aufs Ohr«, sagt Linda, und Lo kichert erneut. »Ich möchte nicht, dass ihr hier allein rumlauft, wenn die Leute so viel getrunken haben.«

»Einer von uns kommt nachher runter in die Kabine und schaut nach euch«, sagt sein Vater. »Um Punkt elf.«

»Versprochen«, sagt Albin.

»Und lasst euch nicht von Erwachsenen ansprechen, die ihr nicht kennt ...«

»Mensch, Papa«, versucht Albin ihn zu unterbrechen. »Das wissen wir doch.«

»Und wenn ihr uns braucht und eure Handys keinen Empfang haben, bittet jemanden vom Personal um Hilfe. Oder geht zur Rezeption und lasst uns über Lautsprecher ausrufen. Und beugt euch ja nicht über die Reling, wenn ihr rausgeht, denn wenn ihr im Wasser landet –«

»Jetzt mach aber mal einen Punkt, Mårten«, unterbricht seine Mutter ihn und lacht auf. »Wir schicken die Kinder ja nicht in den Krieg. Sie wollen sich doch nur ein wenig auf eigene Faust amüsieren.«

»Es sind schon Leute von diesen Schiffen verschwunden.«

»Ich weiß«, pflichtet Lo ihm bei und schaut ihn an. »Die Mutter meiner Freundin hat auf einer Fähre gearbeitet. Aber da verschwinden nur Leute, die so besoffen sind, dass sie nicht wissen, was sie tun, oder irgendwelche Typen, die sich das Leben nehmen wollen. Aber wir werden ja wohl kaum Alkohol trinken, und außerdem sind wir nicht wie Oma ...«

Albin spürt eher, als dass er sieht, wie sein Vater erstarrt.

»Lo!«, ruft Linda aus.

»Entschuldigung«, sagt Lo rasch, ohne seinen Vater aus den Augen zu lassen. »Ich wollte nur sagen, dass keine Gefahr besteht. Wir passen schon auf. Ich möchte nur kurz in den Taxfree-Shop und ein paar Süßigkeiten kaufen, und dann gehen wir runter in die Kabine und gucken einen Film. Okay, Abbe?«

Er nickt eifrig.

»Mach dir keine Sorgen, Mårten«, sagt Linda. »Es fällt vielleicht schwer, das zu glauben, aber wenn es darauf ankommt, ist Lo tatsächlich sehr reif.«

»Elf Uhr«, sagt sein Vater. »Spätestens.«

Albin und Lo stehen vom Tisch auf.

»Ich bin eigentlich auch fertig«, meint Linda. »Was meint ihr? Sollen wir uns auch etwas umsehen?«

Seine Mutter nimmt die Serviette, die auf ihrem Schoß lag, und legt sie auf ihren schokoverschmierten Teller. Sein Vater steht leicht schwankend auf. Bittet eine Familie am Tisch hinter ihnen, Platz zu machen, damit seine Mutter mit ihrem Rollstuhl daran vorbeikommt. Ein kleines blondes Mädchen schaut seine Mutter neugierig an.

»Bist du ein Baby?«, fragt die Kleine.

»Findest du, dass ich so aussehe?«, fragt seine Mutter lachend zurück.

»Nein. Aber du sitzt ja in einem Wagen.«

Die Eltern des Mädchens wirken wie von Panik ergriffen.

»Stella, lass die Leute jetzt in Ruhe«, fordert der Vater sie auf, und Albin erkennt seine Stimme aus dem Terminal wieder.

»Aber sie ist ein komisches Baby«, sagt Stella und ist offenbar erstaunt darüber, dass es ihrem Papa nicht auch auffällt.

Seine Mutter gibt erneut ein Lachen von sich, das vollkommen echt wirkt.

»Wie süß sie in dem Alter noch sind. Wenn sie doch nur immer so bleiben könnten«, meint Linda.

»War das etwa eine Spitze gegen mich?«, fragt Lo, doch als Linda reagiert, als fühle sie sich ertappt, kichert sie nur.

»Stella, jetzt hör auf, sie anzustarren«, mahnt der Vater.

»Keine Sorge«, entgegnet seine Mutter und manövriert ihren Rollstuhl hinaus. »Ist doch klar, dass sie neugierig ist.«

Sie lächelt Stella und ihre Eltern an, um ihnen zu versichern, dass alles in Ordnung ist, während sie mit dem Steuerknüppel ihres Rollstuhls kämpft. Für einen Augenblick kommt es Albin vor, als würde ihm das Herz brechen. Er liebt sie so sehr. Manchmal vergisst er es, aber in diesem Moment ist das Gefühl so stark, dass es ihn ohne Vorwarnung überfällt und er kurz davor steht, in Tränen auszubrechen.

»Komm jetzt«, ruft Lo.

Calle und Vincent sind gerade von ihrem Tisch aufgestanden, als eine Gruppe von Männern in schlechtsitzenden Anzügen ins Poseidon hineinstürmt. Calle kann Konferenzgäste mit Firmenkarte schon von weitem erkennen. Einer der Männer hat die Krawatte abgenommen und klatscht sie gerade der einzigen Frau in der Gruppe auf den Hintern. Er ist zweifellos am betrunkensten von allen, aber die anderen sind auch nicht viel nüchterner. Er lacht nur, als die Frau die Krawatte an sich reißt und ihn wütend auf Finnisch anfaucht. Die anderen lachen ebenfalls. Vielleicht ist er der Chef.

Vincent macht Anstalten, Calles Hand zu ergreifen, doch Calle tut so, als merke er es nicht, und schaut sich nach Pia um. Wie paradox ist das denn? Er plant, in wenigen Augenblicken um Vincents Hand anzuhalten, ziert sich aber, mit ihm Händchen zu halten. Will unbedingt vermeiden, jemanden damit zu provozieren. Denn er weiß, wie schnell es auf der Charisma Trouble geben kann.

Sie erreichen den langen Gang, der sich über die gesamte Länge der Fähre erstreckt. Am anderen Ende, im Heck, liegt das Starlight. Höchstwahrscheinlich steht Filip jetzt hinter der Bar. Calle erblickt den kleinen Stand, an dem die Fotos verkauft werden, die von allen Passagieren gemacht wurden, als sie an Bord gingen. Er ist erstaunt, dass er immer noch existiert. Wer kauft solche Bilder denn heutzutage noch, wo alle Handykameras besitzen?

Es herrscht eine erwartungsvolle Stimmung an Bord. Er hört lautes Lachen und betrunkene Stimmen. Viele Passagiere haben sich schon lange auf diese Reise gefreut. Gut essen und trinken, und dann im Niemandsland der Ostsee tanzen. Plötzlich hat er das Bedürfnis, sie beide vor gewissen Augen zu schützen.

Für viele seiner Kollegen im Büro wäre so eine Reise vermutlich das Exotischste, was sie je erlebt hätten. Aber hatte er nicht genau auf diesen Effekt gesetzt, als er ihnen von seiner Arbeit auf der Charisma erzählte und manch krasse Geschichten so oft zum Besten gab, bis sie zu Klassikern wurden? Beispielsweise die von der alten Dame, die eine ganze Lachsseite vom Büfett genommen und in ihre Handtasche gepackt hatte. Oder die von dem jungen Mann mit dem Tribal-Tattoo, der einen Wutanfall bekam, weil es kein McDonald's an Bord gab. Oder die ältere Frau mit starker Solariumbräune, die einer Gruppe junger Männer in ihrer Kabine einen geblasen hatte, woraufhin diese nur in Unterwäsche bekleidet den Club Charisma stürmten und ihre Kumpels mit einem Victory-Zeichen begrüßten. Oder der Typ, der versuchte, in einen Schornstein hineinzuklettern. Das Mädel, das sich HÄRTER auf den Steiß hatte tätowieren lassen. Die Frau, die jahrein, jahraus mindestens dreimal in der Woche mitfuhr und behauptete, am liebsten für immer auf der Charisma leben zu wollen. Und nicht zuletzt all die Leute, die Sex in den Korridoren, auf dem Außendeck, auf der Tanzfläche oder im Bällebad des Kinderparadieses hatten, ohne sich bewusst zu sein, dass es überall Überwachungskameras gibt.

Heute hatte er all das hinter sich gelassen, als sei dieser Abschnitt seines Lebens lediglich eine anthropologische Studie gewesen.

»Da ist sie ja«, sagt Vincent und deutet in Richtung Treppe.

Pia hat sie ebenfalls erblickt. Sie sagt etwas zu ihrem Kollegen Jarno, dem Calle kaum je begegnet ist. Er ist relativ klein und auf eine nichtssagende Art und Weise attraktiv. Wirkt nett, aber schüchtern. Das Einzige, was Calle über ihn weiß, ist die Tatsache, dass er mit der Krankenschwester Raili verheiratet ist, die ebenfalls auf der Fähre arbeitet. Er winkt Calle flüchtig zu, bevor er die Treppe hinauf verschwindet.

Pia bleibt im Gang stehen und kassiert von zwei Frauen mit punkigen Kurzhaarfrisuren eine türkisfarbene Aludose mit Gin Tonic ein.

»Sie müssen in eine der Bars gehen, wenn Sie Alkohol trinken wollen«, erklärt sie.

»Was soll das denn?«, protestiert eine der Frauen lauthals. Sie stemmt ihre Hände in die Seiten und starrt Pia vorwurfsvoll an. Auf der Vorderseite ihres Kapuzenpullis steht in Strassbuchstaben SEXY BITCH.

»Sorry, leider lauten die Regeln so«, sagt Pia.

»Dann scheißen Sie doch einfach darauf. Was geht Sie das überhaupt an?«

»Tut mir leid, Mädels. Ich mache nur meinen Job.«

»Das haben die Nazis auch gesagt.«

Die Stimme der Frau ist um eine ganze Oktave gestiegen. Die vorbeigehenden Passagiere beäugen das Geschehen neugierig.

»Verdammte Nazifotze«, murmelt ihre Freundin, und Pia lacht auf.

»Danke vielmals«, sagt sie. »So hat mich noch niemand genannt. Jedenfalls nicht auf dieser Fahrt.«

»Könnte ich meinen Drink zurückbekommen, damit ich ihn wenigstens in der Kabine trinken kann?«

Pia schüttelt ruhig den Kopf.

»Dann ist es im Prinzip Diebstahl«, poltert die Frau drohend. »Wir könnten Sie verdammt nochmal anzeigen. Sie wollen das ja nur selber trinken.«

»Wenn Sie mich anzeigen wollen, dann gehen Sie bitte zur Rezeption vorm Taxfree-Shop. Ich muss jetzt los, aber ich denke, dass Sie zwischendurch lieber mal ein paar Gläser Wasser trinken sollten. Der Abend hat schließlich gerade erst angefangen.«

»Was für eine verfluchte Bevormundungsgesellschaft«, ruft die Frau und zieht ihre Freundin mit sich von Pia weg.

»Ein ganz gewöhnlicher Arbeitstag, was?«, fragt Calle, als Pia auf ihn zukommt.

»Ich wette, dass du die Charisma beim Anblick dieser Mädels nicht allzu sehr vermisst hast«, sagt sie mit einem Augenzwinkern. »Sollen wir gehen?«

Calle wird von einer weiteren Welle der Nervosität erfasst. Gleich ist es so weit. Die kleine Schatulle in der Innentasche seines Jacketts fühlt sich plötzlich bleischwer an.

Aber Vincent wird ja sagen. Das wird er. Sie hatten bereits darüber gesprochen, dass sie irgendwann heiraten werden.

»Was für Idioten«, meint Vincent.

»Aber man muss sich immer wieder in Erinnerung rufen, dass die meisten eigentlich richtig nett sind«, sagt Pia und geht vor ihnen auf die Aufzüge zu.

»Und diejenigen, die richtig unangenehm sind? Was machen Sie mit denen?«

»Oft kann man mit ihnen reden, bis sie sich wieder beruhigt haben«, antwortet Pia und drückt auf den Aufzugknopf. »Und wenn sie zu betrunken sind, stecken wir sie in die Ausnüchterungszellen. Aber wenn es hart auf hart kommt, setzen wir sie bei der nächsten Gelegenheit an Land ab, so dass sich die Polizei um sie kümmern kann.«

Der Aufzug gibt einen dezenten Klingelton von sich, und die Türen öffnen sich. Eine große, burschikose Frau in einem karierten Holzfällerhemd kommt heraus. Sie grinst, als sie Pias Security-Uniform erblickt.

»Was habt ihr denn verbrochen, Jungs?«, fragt sie mit heiserer Whiskystimme und lächelt Vincent aufreizend zu.

»Das wollen Sie lieber nicht wissen«, antwortet Pia fröhlich und betritt den Aufzug.

»Ich könnte Ihnen helfen, den beiden Handschellen anzulegen«, ruft die Frau ihnen nach, und Vincent lacht.

»Haben Sie denn nie Angst?«, fragt er, als sich die Türen schließen.

»Klar hab ich das. Aber hier auf der Fähre sind wir insgesamt vier Wachleute und eigentlich nie allein unterwegs. Ich treffe meinen Kollegen wieder, sobald ich euch auf die Brücke hochbegleitet habe.«

»Tragen Sie eigentlich eine Waffe bei sich?«

Der Aufzug fährt hinauf bis Deck zehn. Calles Achselschweiß ist bereits durch den Stoff seines Jacketts gedrungen. Er schaut Vincent und Pia an, und es kommt ihm absolut unwirklich vor, dass seine beiden Welten hier aufeinandertreffen.

»Nur den Schlagstock«, antwortet Pia. »Wir wollen hier auf dem Schiff lieber keine Schusswaffen mitführen. Das könnte sonst richtig übel enden.«

Sie verlässt vor ihnen den Aufzug. Hier ist es ruhig und still. Es gibt nur Treppen nach unten. Unbeleuchtete Konferenzräume mit Glaswänden, die an Terrarien erinnern. Türen, die zum Promenadendeck hinausführen. Und eine mit Holzpaneelen verkleidete Wand. Pia zieht ihre Karte durch den Scanner an der Wand und gibt den Code ein. Vier schrille Pieptöne, und dann stößt sie eine unscheinbare Tür auf.

Calles Herz schlägt wie verrückt. Er kann es kaum fassen, dass es nun tatsächlich so weit ist. Er hat es so lange geplant, es sich so oft vorgestellt, dass es ihm jetzt wie ein Déjà-vu vorkommt. Sie sind auf dem Weg. Kapitän Berggren wartet auf sie.

TOMAS

»Was willst du eigentlich?«, fragt Åse. »Weißt du überhaupt, warum du anrufst?«

Ihm fällt auf, wie er die Augen zusammenkneift, als würde er sie dadurch besser hören können. Sie ist zu Hause in Norrköping, aber sie könnte sich auch ebenso gut auf der anderen Seite der Erdhalbkugel befinden.

Tomas nimmt das Handy vom Ohr und blickt aufs Display. Nur noch eine Balkenstärke Empfang.

»Ich wollte nur hören, wie es dir geht«, erklärt er.

Vor ihm öffnen sich die Aufzugtüren, und er geht hinein. Er drückt auf den Knopf. Erblickt sich im rauchfarbenen Spiegelglas der vier Wände des Aufzugs, die sein Konterfei endlos reproduzieren. Sein rotes Haar ist wuschelig und feucht geworden.

Warum sagt Åse nichts?

»Ich vermisse dich, das weißt du hoffentlich«, fügt er mit einer bereits verwaschenen Stimme hinzu, die ihm zuwider ist. »Alle fragen nach dir. Kapierst du eigentlich, wie es sich anfühlt, Stefans Junggesellenabschied zu feiern und den anderen nicht sagen zu können, dass wir uns scheiden lassen?«

Die Aufzugtüren öffnen sich wieder, und er geht hinaus auf Deck fünf. Bleibt stehen. Hat keine Ahnung, wo seine Kabine liegt. Wo sind denn nur die Schilder?

Åse lacht heiser auf. »Wieder mal typisch für dich, so zu tun, als wolltest du fragen, wie es mir geht, während du eigentlich nur anrufst, um zu erzählen, wie es *dir* geht.«

Tomas umfasst das Handy fester. Sie klingt so abweisend, so verdammt kalt. Als könnte sie die gesamte Ostsee bis auf den Grund mit ihrer Stimme einfrieren.

Es war ein Fehler, sie anzurufen. Ein großer, dummer Fehler. Aber das wusste er ja bereits. Dennoch hat er darauf gepfiffen.

»Sorry, dass mir das Ganze etwas ausmacht«, brummt er.

Zwei Frauen, die die Treppe hinunterkommen, kichern über ihn.

»Sorry, dass ich Gefühle habe«, sagt er ebenso zu ihnen wie zu Åse.

Er biegt in einen der Korridore ab. Will sich nur kurz ein Päckchen Zigaretten aus der Kabine holen. Wenn er mit dem Anruf doch nur gewartet hätte, bis er einen Glimmstängel im Mund hat, dann könnte er viel klarer denken. Aber er will nicht, dass Åse hört, wie er den Rauch ausatmet. Ihm ist es immer noch wichtig, was sie denkt, obwohl sie überhaupt kein Recht mehr darauf hat, sich eine Meinung über sein Tun und Lassen zu bilden. Die Zigarettenstangen im Taxfree waren einfach so verdammt günstig, und außerdem hat er jetzt verflucht nochmal einen triftigen Grund, um wieder mit dem Rauchen anzufangen.

Wenn alles wie immer gewesen wäre, hätte er ihr erzählt, dass sie Stefan schon im Bus von Norrköping aus besoffen gemacht hatten, und dass Peo und Lasse hier jede White-Trash-Braut aufreißen, die ihnen in den Weg kommt. Er will Åse lachen hören.

Herzhaft lachen. Am liebsten würde er ihr anvertrauen, wie sehr es ihn nervt, dass Peo und Lasse von ihm erwarten, die Drinks für all die Bräute mitzubezahlen, und er will hören, wie Åse ihm beipflichtet. Er will ihr klarmachen, dass er selbst keine Mädels aufreißt. Dass sich keine andere Frau mit ihr messen kann.

»Sag doch was«, fleht er. »Bitte. Du weißt überhaupt nicht, wie sehr ich dich vermisse.«

»Doch«, antwortet sie. »Das weiß ich.«

»Vermisst du mich denn gar nicht?«

Er verzieht das Gesicht, als er selbst hört, wie jämmerlich er klingt. Holt die Bierflasche hervor, die er in der Innentasche seines Jacketts versteckt hat. Nimmt einen großen Schluck von dem lauwarmen, abgestandenen Getränk. Schaut sich um. Wo befindet er sich eigentlich? Und wo zum Teufel liegt die Kabine Nummer 5314?

5134 … 5136 … 5138 … Er befindet sich ja nicht einmal im richtigen Korridor. Wie zum Teufel soll man sich hier zurechtfinden, wenn es überall gleich aussieht? Dieselbe Auslegware in allen Gängen und dieselben verdammten Türen mit winzigen silberfarbenen Ziffern darauf.

Er kommt sich vor wie eine Ratte in einem Labyrinth, aus dem er nie wieder herausfinden wird. Noch dazu wie eine verdammt besoffene Ratte.

»Doch, ich vermisse dich«, antwortet sie. »Aber das spielt keine Rolle mehr.«

Er bleibt abrupt stehen. In ihm keimt eine vage Hoffnung auf. Sie vermisst ihn. Wenn ihm jetzt genau die richtigen Worte einfallen, kann er vielleicht alles noch retten.

»Aber du«, sagt er. »Wenn wir einander vermissen, dann ist das doch das Einzige, was zählt, dann …«

»Nein«, unterbricht sie ihn. »Es spielt keine Rolle. Es ist zu spät.«

Ihre Stimme ist wieder eiskalt.

»Verdammte Scheiße«, entfährt es ihm. »Was für eine dämliche Schlampe du bist.«

Es tut ihm gut, das auszusprechen, aber er bereut es sofort.

»Ich bin schließlich nicht diejenige, die untreu gewesen ist«, sagt sie.

Er wird sauer. Wie gut es sich anfühlen muss, moralisch so überlegen zu sein und ihm das jederzeit um die Ohren hauen zu können.

»Vielleicht wäre ich ja nicht untreu gewesen, wenn du nicht so eine Schlampe wärst«, hört er sich selbst fauchen.

Nach diesem Satz ist seine Reue bedeutend größer, und sie setzt unmittelbar ein. Er macht kehrt und geht den Korridor wieder zurück. Wartet auf eine Antwort, aber es kommt keine. Er schaut erneut aufs Display. Der einzig verbliebene Balken ist noch da. Die Sekunden ticken in aufreizend großen Zahlen auf der beleuchteten Fläche weiter. Das Gespräch dauert jetzt drei Minuten und siebenundzwanzig Sekunden. Als er einen schmalen kurzen Korridor erreicht, der nach rechts abbiegt, bleibt er stehen. Er muss gerade eben schon mal hier vorbeigekommen sein, erinnert sich aber nicht mehr daran.

»Bist du noch dran?«, fragt er. »Hörst du mich?«

»... noch nicht einmal neun Uhr abends«, sagt Åse. »Wie viel ... eigentlich getrunken?«

Sie sagt noch mehr, doch ihre Worte klingen abgehackt, so dass er nicht alles versteht. Er ist stinksauer auf sie, als wäre die schlechte Verbindung ihre Schuld.

»Scheiß drauf«, entgegnet er. »Außerdem geht es dich gar nichts mehr an, seit du Schluss gemacht hast.«

»Ich würde liebend gern darauf scheißen«, entgegnet Åse. »Aber du konfrontierst mich ... anrufst ... gebeten, es sein zu lassen.«

Die Verbindung wird unterbrochen, und einen Augenblick lang glaubt er, sie hätte einfach aufgelegt. Doch als er aufs Display schaut, ist der Empfang weg. Er flucht lauthals. Nimmt einen weiteren großen Schluck von seinem lauwarmen Bier. Biegt in einen anderen kurzen Korridor ab und wirft einen Blick auf die Kabinentüren, während er sie passiert. 5139 ... 5137 ... Plötzlich machen die Nummern einen Sprung zu 5327 … 5329 … Der Korridor vor ihm teilt sich erneut. Aber jetzt sagen ihm die Zahlen wenigstens etwas.

Dieser Korridor gleicht dem, den er anfänglich entlanggegangen war, aufs Haar. Lang, schmal und mit niedriger Deckenhöhe. Für einen Augenblick scheint seine Perspektive radikal zu wechseln, als starre er hinunter in einen tiefen viereckigen Brunnen und wäre kurz davor, geradewegs hineinzufallen. Tomas' Eingeweide krampfen sich zusammen. Er stützt sich an der Wand ab, bis der Schwindel nachlässt und der Korridor wieder wie ein Korridor aussieht.

Tomas sieht auf dem Display seines Handys, dass er wieder Empfang hat. Er ruft die zuletzt gewählte Nummer an. Hört kein Freizeichen, sieht aber plötzlich, wie die Gesprächszeit sekundenweise tickt.

»Hallo?«, ruft er. »Hörst du mich?«

Stille. Kein Ton zu hören, doch die großen Ziffern ticken weiter. Zwei Mädels kommen aus einer Kabine. Er hält sie für Syrerinnen. Sie sind so attraktiv, dass er nicht anders kann, als sie anzustarren. Aber sie nehmen ihn nicht einmal wahr.

»Hallo?«, ruft er in sein Handy. »Bist du noch dran? Ich kann dich nicht hören, aber … aber wenn du mich hörst, dann …«

Er schaut den Mädels nach, die gerade um die Ecke verschwinden.

Die Erkenntnis trifft ihn mit voller Wucht. Er ist Single. Er ist allein. Er weiß genau, wie Åse tickt. Wenn sie einmal eine Entscheidung getroffen hat, gibt es für sie kein Zurück mehr.

»Bitte«, schnieft er. »Bitte. Es tut mir so verdammt leid, dass alles so gekommen ist.«

Jetzt ist er wieder an der Treppe, die er vorhin heruntergekommen war. Wirft einen Blick auf die Kabinennummern. 5318 … 5316 … und dann erblickt er endlich die Tür der Kabine, die er sich mit Peo teilt.

»Ich bin so verdammt einsam«, klagt er. »Ich will nicht allein sein, und ich will mich nicht so beschissen fühlen.«

Tomas zieht die Schlüsselkarte aus der Gesäßtasche seiner Jeans. Wirft einen Blick auf sein Handy. Das Gespräch wurde unterbrochen. Kein Empfang. Er schiebt es zurück in die Hosentasche. Steckt die Schlüsselkarte in den Schlitz an der Tür, als eine andere Tür am Ende des Korridors geöffnet wird.

»Hallo?«, ruft eine dünne Stimme.

Ein Kind. Tomas schaut sich im Korridor um, aber außer ihm ist niemand zu sehen.

»Ich brauche Hilfe«, sagt die Kinderstimme. »Bitte, können Sie mir helfen?«

Die Stimme ist melodisch und kristallklar. Ungewöhnlich altmodisch klingt sie, wie ein Hundewelpe in einem Disneyfilm aus seiner Kindheit oder eines der Kinder von Saltkrokan.

Tomas zieht sein Kärtchen wieder heraus, und das Schloss piept. Er zögert. Legt seine Hand auf den Türgriff. Will eigentlich nur seine Zigaretten holen und dann zu den anderen zurückgehen, sich sinnlos besaufen und alles andere vergessen.

»Ich habe Angst«, sagt das Kind.

Tomas lässt seufzend den Türgriff los und geht auf die offene Tür zu.

CALLE

»Wow«, ruft Vincent aus, als sie die Kommandobrücke betreten.

Calle kann ihm nur zustimmen. Er war bloß ein paarmal hier gewesen, aber jedes Mal hat es ihm den Atem verschlagen.

Von ihrer Suite aus haben sie zwar fast dieselbe Aussicht, aber es ist etwas völlig anderes, sie von dem Ort aus zu bewundern, an dem die Charisma gesteuert wird. Die vielen Bildschirme leuchten im Halbdunkel. Elektronische Seekarten. Der Radar mit seiner grünen Farbe. Hier scheint es Tausende von Knöpfen und Rädchen zu geben.

Draußen vor den großflächigen Fenstern ist der Halbmond am Himmel kreideweiß. Er bildet einen langen Streifen im Meer. Es ist wunderschön. Es ist perfekt.

»Ich habe hohen Besuch mitgebracht«, sagt Pia.

Kapitän Berggren steht auf. Normalerweise wäre er um diese Zeit längst nicht mehr auf der Brücke. Aber das weiß Vincent nicht.

»Hallo, Calle. Lange nicht gesehen.«

In Berggrens Augen blitzt es amüsiert auf. Man sieht ihm an, dass er sich auf diesen Augenblick gefreut hat. Der Erste Steuermann nimmt die Besucher neugierig in Augenschein.

»Ziemlich lange«, entgegnet Calle, streckt seine Hand vor und bittet innerlich um Verzeihung, weil sie schweißnass ist.

Berggren sieht in seiner Uniform breitschultrig aus, und sein Handschlag ist genauso warm und fest, wie man ihn von einem Kapitän erwartet. Aber er ist auch gealtert. Sein Kinn ist fast verschwunden und nur noch als kleine Erhebung zwischen seinem Gesicht und dem breiten Hals zu erkennen. Sie kennen einander nicht besonders gut. Das längste Gespräch, das sie miteinander geführt hatten, war vermutlich das, als Calle beim zweiten Alkoholtest durchgefallen war. Aber Berggren ist bei den Angestellten an Bord beliebt und genießt großen Respekt, da er nie gezögert hat, sich in Konflikten mit der Reederei auf die Seite der Besatzung zu stellen.

»Das ist ja der helle Wahnsinn«, ruft Vincent aus, während er allen die Hand gibt. »Danke, dass wir herkommen durften.«

Er stellt Fragen, und Berggren beantwortet sie enthusiastisch. Calle bekommt zwar jedes Wort mit, aber er hört nicht richtig zu, würde höchstwahrscheinlich sowieso nichts begreifen, auch wenn er sich bemühte, denn er konzentriert sich ausschließlich darauf, die Schatulle hervorzukramen, die sich im Futter seiner Innentasche verfangen hat.

Pia lächelt ihn an und hält ihre Handykamera hoch. Nickt ihm dezent zu.

Schließlich hält er die Schatulle in der Hand, doch das Ta-

86

schenfutter stülpt sich nach außen. Es hängt wie eine hechelnde Zunge heraus, und er zerrt daran herum, um es wieder hineinzuschieben.

»Ich freu mich so, dass du mich mit hierhergenommen hast«, sagt Vincent mit dem Rücken zu ihm gewandt.

»Und ich freu mich, dass du mitgekommen bist«, entgegnet Calle. »Ich freu mich, dass es dich gibt, Vincent. Das weißt du doch, oder?«

Jetzt ist es so weit. Er umfasst die Schatulle mit festem Griff und sinkt auf die Knie. Hört das Klicken von Pias Handykamera. Vincent dreht sich um.

TOMAS

Tomas steht im hell erleuchteten Korridor vor der offenen Kabinentür und späht in den dunklen Raum hinein. Da drinnen riecht es merkwürdig nach Menthol, Flieder und irgendetwas Muffigem, Verfaultem.

Eine Gruppe junger Männer zwängt sich hinter ihm im Korridor vorbei.

»Was ist denn passiert?«, fragt Tomas zögerlich und macht einen Schritt in die Kabine hinein.

»Ich habe Angst«, antwortet das Kind schniefend. »Ich bin krank, und meine Mama wollte mir etwas zu essen holen, aber jetzt ist sie schon ziemlich lange weg.«

Die Stimme erinnert Tomas erneut an alte Zeichentrickserien.

Als er die Tür hinter sich schließt, steht er im Halbdunkel. Der Geruch wird stärker. Anscheinend ist der Abfluss verstopft. Unmittelbar links von ihm ist die Toilettentür angelehnt. Doch als er daran vorbeigeht, stellt er fest, dass der Geruch nicht von dort kommt.

Nur eine Nachttischlampe ist eingeschaltet. Sie ist der Wand zugedreht. Der Lichtkegel reicht fast bis zur Decke. Das Kind liegt mit dem Rücken zu Tomas auf der anderen Seite des Doppelbetts. Auf dem Schreibtisch am Fußende des Bettes steht ein kleiner Rucksack. Das Motiv auf dem Stoff zeigt einen lächelnden Pu der Bär, der mit seiner Tatze in einen Eimer mit Honig langt. Unter dem Schreibtisch steht ein schwarzer Rollkoffer. Daneben ein Paar hochhackige Stiefel.

Fast wäre es besser, wenn die Nachttischlampe nicht eingeschaltet gewesen wäre. Der nach oben gerichtete Lichtkegel lässt alle Schatten im Raum nach unten streben. Der Effekt ist deprimierend. Als wäre die Erdanziehungskraft hier drinnen so stark, dass sie selbst die Schatten nach unten zieht. In Tomas' Inneren macht sich Unbehagen breit. Sein Sack zieht sich zusammen.

»Ist es okay, wenn ich das Deckenlicht einschalte?«, fragt er und streckt sich nach dem Lichtschalter.

»Nein«, ruft das Kind rasch. »Ich bin krank, das Licht brennt mir in den Augen.«

Tomas lässt seine Hand wieder sinken. Macht widerwillig einen weiteren Schritt in den Raum hinein. Sieht aus den Augenwinkeln eine Bewegung und zuckt zusammen. Stellt fest, dass es sein Spiegelbild über dem Schreibtisch ist. Es kommt ihm lächerlich vor, doch das Gefühl der Angst lässt seinen Puls noch immer höherschlagen. Als er sich der Seite des Bettes nähert, auf der das Kind liegt, nimmt der merkwürdige Geruch zu.

»Wie heißt du denn?«, fragt er und hört selbst, dass er lallt.

Das Kind antwortet nicht. Es scheint ein Junge zu sein. Sein weißblondes glattes Haar fällt ihm ins Gesicht. Tomas sieht, dass er nicht einmal ein Schlafanzugoberteil trägt. Seine schmalen knochigen Schultern lugen nackt unterm Rand der Bettdecke hervor. Was muss das nur für eine Rabenmutter sein, die ihr Kind einfach so allein lässt? Noch dazu ein krankes Kind. Und hat sie ihm denn nicht eingeschärft, keinen Fremden in die Kabine zu lassen? Bei dem Gedanken daran, was ihm hier in der Kabine alles hätte passieren können, fährt Tomas ein Schauer über den Rücken.

Er setzt sich neben dem kleinen Jungenkörper auf die Bettkante. »Möchtest du, dass ich deine Mutter über Lautsprecher ausrufen lasse?«, fragt er und konzentriert sich darauf, dass ihm seine Zunge diesmal gehorcht.

»Nein. Dann wird sie wahrscheinlich böse. Kannst du nicht einfach bei mir bleiben, bis sie kommt?«

Tomas linst in Richtung der hochhackigen Stiefel. Möchte der Frau, der sie gehören, nicht unbedingt begegnen. Wahrscheinlich ist sie eine völlig durchgeknallte Type und fragt sich, was zum Teufel nochmal er hier drinnen auf dem Bett zu suchen hat, in dem ihr Sohn liegt.

Aber kann er denn den ängstlichen Jungen einfach allein hier zurücklassen?

Der üble Geruch steigt ihm in die Nasennebenhöhlen.

»Wie heißt du?«, fragt er erneut.

»Wenn du vorhast, sie ausrufen zu lassen, sag ich es dir nicht. Mama würde nur böse werden. Sie wird immer gleich böse.«

Tomas streckt seine Hand nach der Schulter des Jungen aus. Seine Haut ist kalt. Sie fühlt sich unter Tomas' Fingern an wie Gummi. Er fragt sich, ob der Junge wohl ansteckend ist, und muss dem Drang widerstehen, seine Hand zurückzuziehen.

»Ich denke aber, dass es das Beste wäre«, entgegnet Tomas.

»Ich bin mir sicher, dass sie nicht böse wird. Und ich kann hier bei dir warten, bis sie …«

»Du darfst nicht gehen«, sagt der Junge.

Die Haut auf seiner Schulter hat sich unter der Berührung von Tomas' Hand eingedellt. Als säßen seine Muskeln lose darunter.

Tomas' Haarwurzeln richten sich auf. Auf dem Schreibtisch steht ein Haustelefon. Er könnte es benutzen, um bei der Rezeption anzurufen. Aber er will hier weg.

»Ich bin gleich wieder da«, sagt er. »Öffne niemandem außer deiner Mama oder mir die Tür.«

Er steht auf und ist erleichtert, keinen Hautkontakt mehr mit dem Jungen zu haben. Er muss sich dringend die Hände waschen.

Im Spiegel sieht er, wie sich der Junge im Bett hinter ihm aufsetzt. Die Nachttischlampe erleuchtet das Haar des Jungen von hinten. Es strahlt wie ein Heiligenschein über seinem Kopf.

Irgendetwas stimmt nicht mit ihm, irgendetwas ist verdammt faul.

»Warte hier«, sagt Tomas.

Er hat die Tür fast erreicht, als er spürt, wie eine kleine Hand an seinem Jackett zerrt.

»Bleib hier«, ruft der Junge. »Ich brauche dich.«

»Ich komme ja zurück«, sagt Tomas und wird sich plötzlich bewusst, dass er lügt.

Er hat nämlich keineswegs vor zurückzukommen.

Der Junge lässt sein Jackett los, und hinter Tomas wird es mucksmäuschenstill.

Tomas verspürt ein unangenehmes Ziehen im Steißbein, seine gesamte Haut scheint zu schrumpfen und am Körper zu spannen.

Er greift nach der Türklinke.

Plötzlich spürt er, wie sich zwei Arme um seinen Hals schlingen. Kniescheiben, die sich ihm zwischen die Schulterblätter pressen. Der Junge ist ihm auf den Rücken gesprungen und klammert sich nun wie ein Affe an ihm fest.

Seine kleinen Ärmchen pressen sich gegen Tomas' Kehlkopf. Tomas bekommt keine Luft mehr. Zerrt an den Ellenbogen des Jungen und versucht, seinen Klammergriff zu lösen. Seine Fingerspitzen bohren sich in die Arme des Jungen. Die Muskeln verschieben sich unter der Haut, so dass er die Knochen darunter spüren kann.

Der Junge schlingt ihm seine mageren Beine um die Taille.

»Lass mich los«, keucht Tomas.

Ihm wird leicht schwarz vor Augen. Direkt neben seinem Ohr hört er das Klappern von Zähnen. Er beugt sich vor und versucht, den Griff der verdammten kleinen Ärmchen des Jungen zu lösen und ihn abzuwerfen. Doch es gelingt ihm nicht; der Junge muss verrückt sein, womöglich bezieht er daraus seine Kraft, und es schmerzt, schmerzt, schmerzt in seinem Hals; es fühlt sich an, als würde sein Kopf jeden Moment explodieren, und was hat dieses verfluchte Klappern zu bedeuten, wie von einer großen Schere, einer verfluchten Gartenschere ...

Tomas stemmt sich mit aller Kraft rücklings gegen die Wand. Als der Junge zwischen der Wand und Tomas' Körper eingeklemmt wird, lockert sich sein Griff. Tomas reißt seine Arme auseinander, drückt seine Beine seitlich weg und hört, wie der Junge hinter ihm auf den Boden fällt.

Sein Adamsapfel schmerzt. Er ringt gierig nach Luft, was entsetzlich weh tut. Zwingt sich, noch einmal tief einzuatmen. Die schwarze Wolke in seinem Blickfeld beginnt sich langsam aufzulösen.

Flinke kleine Schritte, und der Junge steht plötzlich zwischen ihm und der Kabinentür. Blockiert den Weg nach draußen mit seinem mageren Körper, der so bleich ist, dass er im Dunkel der Kabine fast von selbst leuchtet.

Tomas streckt sich nach dem Lichtschalter, woraufhin es in der Kabine taghell wird. Der Junge hält sich rasch eine Hand vor die Augen und schreit auf.

Tomas kommt ein unfreiwilliges Stöhnen über die Lippen.

Der Junge ist nicht größer als ein Fünfjähriger. Doch das Fleisch auf seinem Brustkorb hängt wie bei einem alten Mann schlaff herunter. Seine Haut sitzt lose, als sei sie ein paar Nummern zu groß für seinen Körper. Und sein Gesicht. Die knochigen Wangen. Die graue Haut. Die Muskeln, die sich unnatürlich eindellen, als er angesichts des grellen Lichts das Gesicht verzieht.

Hat er diese Krankheit, die Kinder vorzeitig altern lässt, wie heißt die noch, kann das auch das Gehirn befallen?

»Du darfst nicht gehen«, sagt der Junge und lässt seine Hand wieder sinken.

Seine viel zu großen Augen blinzeln im Gegenlicht. Der Junge
das Wesen
sieht so klein aus, so erbärmlich und zerbrechlich, und dennoch hat Tomas Angst vor ihm.

Tomas linst in Richtung der Toilettentür zu seiner Rechten. Versucht, klar zu denken und zu überlegen, was er als Nächstes tun soll. Von der Toilette aus kann er nirgendwohin fliehen. Aber dort könnte er sich einschließen. Der Handyempfang wird früher oder später schon wieder zurückkommen, oder? Außerdem könnte er gegen die Wand hämmern. Irgendwer, der draußen vorbeigeht, wird ihn schon hören. Vielleicht kommt ja auch irgendwann die Mutter des Jungen wieder zurück.

wo bleibt die eigentlich?

Plötzlich fällt ihm ein, dass die Frau, der die Stiefel gehören, dort drinnen sein und die ganze Zeit dort gewartet haben könnte, während der Junge nur seine Rolle in ihrer kranken Inszenierung gespielt hat.

Tomas streckt eine Hand vor und schiebt die Toilettentür auf. Das Licht fällt auf den gleichen apricotfarbenen Badezimmervorleger aus Kunststoff, der auch in Peos und seiner Kabine liegt, auf den gleichen weißen Duschvorhang. Er ist zur Hälfte zugezogen, aber Tomas kann sehen, dass dahinter niemand steht.

Er stürzt ins Bad. Doch der Junge kommt ihm zuvor. Kleine Hände, die sich an seinen Hemdkragen klammern. Beine, die sich erneut um Tomas' Taille schlingen, diesmal von vorn. Das fürchterliche Gesicht des Jungen ist seinem nun ganz nahe. Ein saurer, fauler Gestank dringt aus seinem kleinen Mund. Tomas weicht stolpernd zurück in den Raum. Fällt rücklings auf den Boden. Sein Kopf verfehlt die Bettkante nur um Haaresbreite. Der Junge springt rittlings auf seinen Bauch. Ergreift seine Arme und presst sie auf den Fußboden. Beugt sich vor.

In der Bierflasche in Tomas' Jackettasche gluckert es. Seine Armbeuge wird feuchtwarm. Doch er merkt es kaum. Die Synapsen in seinem Hirn glühen förmlich und leiten die Informationen über das, was er sieht, rasend schnell weiter. Er sieht jedes kleine Detail absolut kristallklar. Es ist, als wäre die Zeit stehengeblieben.

Die Augen des Jungen funkeln wie blaue Feuer, doch die dünne Haut, die sie umrandet, ist schlaff und leblos. Er öffnet den Mund

und zieht seine gesprungenen, mit losen Hautfetzen bedeckten Lippen zurück. Zeigt Tomas seine gelben Zähne und das graue, mit dunkleren Flecken übersäte Zahnfleisch.

Was ist nur los mit ihm? Was für eine Krankheit hat er bloß, die ihn so entstellt? Kann es sich um Tollwut handeln? Nein, das ist ein völlig idiotischer Gedanke, oder?

Die Zunge des Jungen gleitet wie eine fette graue Schnecke zwischen seinen Zahnreihen hindurch. Sein Mund nähert sich ihm.

das kann nicht sein, das kann nicht sein, das kann nicht sein

Tomas versucht sich wegzudrehen, den Oberkörper mit einem Ruck nach hinten zu reißen, um ihn abzuschütteln.

so stark dürfte er doch gar nicht sein, das ist doch unmöglich

Die trockenen Hautfetzen auf den Lippen des Jungen berühren die Haut an der Seite von Tomas' Hals. Kitzeln die hyperaktiven Nervenenden. Dann spürt er die kleinen scharfen Zähne. Er schüttelt heftig den Kopf und versucht, ihnen zu entkommen.

Die Zähne durchbeißen seine Haut. Der Schmerz bewirkt, dass ihm erneut schwarz vor Augen wird. Und das Geräusch, *das Geräusch*. Er spürt, wie die Zunge des Jungen über die Wundränder gleitet. Sie leckt vorsichtig, fast aufreizend. Wird glatt und feucht von seinem Blut.

MADDE

Sie begegnet ihrem eigenen Blick auf dem Display ihres Handys und versucht, ihren Arm so lang wie möglich zu machen und ihren Kopf im richtigen Winkel zu halten. Der Wind auf dem Achterdeck zerrt an ihren Haaren. Zandra und sie lachen und erheben ihre Gläser zu einem Skål auf alle, die das Foto zu sehen bekommen werden. Hinter ihnen sind die enormen Wellen des Kielwassers der Fähre zu erkennen, ein weißer Fächer auf schwarzem

Hintergrund. Sie klickt mit dem Daumen auf das Kamerasymbol und probiert nach jedem Klick unterschiedliche Posen aus.

Ein Stück entfernt stehen mehrere junge Männer auf dem Achterdeck. Einer von ihnen hat einen Brautschleier auf dem Kopf, und es ist offensichtlich, dass sie einen Junggesellenabschied feiern. Madde spürt, wie die Männer Zandra und sie beobachten, und legt sich besonders ins Zeug. Will ihnen eine richtige Show bieten.

Zandra zündet für sie beide jeweils eine Zigarette an, während Madde das Ergebnis studiert und rasch alle Fotos löscht, auf denen sie nicht gut getroffen ist, bevor Zandra sie überreden kann, sie zu speichern, weil sie selbst darauf gut aussieht. Doch dann kommt das Foto, das alle anderen in den Schatten stellt, und Madde weiß, dass es keinerlei Diskussion geben wird. Auf dem Foto lächelt Zandra mit halbgeöffnetem Mund und einem Blick, als hätte sie gerade einen supersexy Typen entdeckt, während das eine Ende ihrer Federboa vom Wind angehoben wurde und nun in der Dunkelheit hinter ihr schwebt. Madde hat ihren Kopf zurückgeneigt, die Augen halb geschlossen und den Mund zu einem Kuss geformt.

Sie wählt einen Filter, der alles weicher zeichnet und goldener färbt. Steigert den Kontrast, damit ihre Augen und die Wangenknochen stärker hervortreten. Zandra reicht ihr eine Zigarette, und als sie das Foto sieht, nickt sie zufrieden.

»Ich frag mich, ob die Typen sich wohl irgendwann mal sattgesehen haben«, sagt sie.

Madde nimmt mehrere tiefe Züge und tanzt ein wenig zur Musik, die vom Club Charisma nach draußen dringt, während sie das Foto raufzuladen versucht. Kein Empfang. An Bord sollte es eigentlich WLAN geben, aber es funktioniert nie durchgängig.

Sie steckt ihr Handy in die Handtasche und nimmt einen großen Schluck Wodka Red Bull. Lehnt sich mit dem Rücken gegen die Reling und zieht genüsslich an ihrer Zigarette. Tut so, als merke sie nicht, dass die Männer vom Junggesellenabschied sie beide anstarren. Gibt vor, den Schlager mitzusingen, der gerade läuft. *Mal ganz ehrlich, willst du Sex mit mir, willst du Sex mit mir?*

Zandra grinst. Kapiert natürlich genau, was sie da macht.

Doch eigentlich pfeift Madde auf die Jungs. Sie stellen für sie nur Testobjekte dar. Heute Abend wird sie alles daransetzen, die Aufmerksamkeit von Dan Appelgren auf sich zu ziehen.

DAN

Dan sitzt auf dem ungemachten Bett in seiner Kabine und schaut auf die vier säuberlich aufgereihten Lines auf dem Wandspiegel, den er sich auf die Oberschenkel gelegt hat. Dieses Ritual vermittelt ihm so viel Sicherheit, dass es ihm gleich bessergeht. Er beugt seinen Kopf hinunter, schiebt sich einen abgeschnittenen Strohhalm ins Nasenloch und begegnet seinem eigenen Blick im Spiegelglas. Zieht eine Line. Wechselt das Nasenloch. Snifft die andere Line. Kneift die Nasenlöcher zusammen. Spürt den chemischen Geschmack ganz hinten im Gaumen. Räuspert sich. Schluckt. Wiederholt die Prozedur. Dann fährt er mit dem Zeigefinger über die letzten Reste des weißen Pulvers auf dem Glas und reibt ihn sich ins Zahnfleisch. Schiebt den vom Speichel feuchten Finger ins Plastiktütchen, um auch ja alles aus den Ecken zu kratzen.

Sein Zahnfleisch wird umgehend taub. Das Zeug ist gut. Er steckt sich zusammen mit einigen Xanor-Tabletten ein weiteres Tütchen in die Tasche und hängt den Spiegel wieder an die Wand. Betrachtet sich eingehend darin. Neigt den Kopf nach hinten, um zu kontrollieren, ob auch keine verräterischen kleinen Schneeflocken mehr in seinen Nasenlöchern hängen.

Dan dreht den Kopf. Sein Haar ist frisch gefärbt, so dass keine grauen Haaransätze an den Schläfen zu sehen sind. Er zieht sein Hemd hoch. Schlägt sich mit der flachen Hand fest auf den

Bauch. Nichts schwabbelt. Die meisten Jungs um die zwanzig können nur davon träumen, so gut auszusehen.

Die Sohlen seiner Lackschuhe klackern laut gegen den Fußboden, als er beginnt, leichtfüßig auf der Stelle zu hüpfen. Er boxt ein wenig in die Luft gegen sein eigenes Spiegelbild.

Dann steckt er sich seine Silberringe an die Finger. Jetzt ist er startklar.

TOMAS

Es gelingt ihm, den Jungen abzuwerfen und sich rasch aufzusetzen. Sie kommen gleichzeitig auf die Füße.

In seinem Hals pocht es. Das Geräusch aufeinanderschlagender Zähne hallt in seinem Kopf wider.

Er schaut in das furchteinflößende Gesicht des Jungen. Sieht das Blut an seinem Kinn. Die schlaffe Haut seines Körpers, den fast konkaven Brustkorb.

Jede einzelne Zelle in Tomas' Körper schreit danach, wegzurennen. Doch der Junge versperrt ihm erneut den Weg.

Tomas zieht die Bierflasche aus seiner Innentasche und sieht aus den Augenwinkeln, wie sein Spiegelbild seinen Bewegungen folgt. Aus Angst, dass ihm der Flaschenhals aus den schweißnassen Händen rutschen könnte, hält er ihn krampfartig umschlossen. Er schlägt die Flasche gegen die Schreibtischkante. Nichts geschieht. Er schlägt sie erneut dagegen, diesmal fester, und das Glas zersplittert.

Die scharfen Kanten glänzen.

Tomas schwingt den abgebrochenen Flaschenhals vor seinem Körper hin und her. Eine Scherbe löst sich und fällt auf die Auslegware auf dem Fußboden. Er bewegt sich auf den Jungen zu. Er muss hier weg. Alles andere ist ihm egal.

»Ich will dir nicht weh tun«, sagt er.

Sein Herz schlägt schneller und schneller, und die Schmerzen in der Wunde an seinem Hals pochen im selben Rhythmus. Der Junge antwortet nicht. Tomas kann ihn noch nicht einmal atmen hören.

Die Gedanken wirbeln nur so durch seinen Kopf. Peo und die anderen müssten jetzt im Club Charisma sein. Sie haben keine Ahnung, wo er ist. Wahrscheinlich nehmen sie an, dass er irgendwo eingedöst ist oder einen Fick aufgetan hat. Erst morgen werden sie sich ernsthaft Sorgen machen.

Tomas tritt einen weiteren Schritt vor, bis der Abstand zwischen ihnen kaum noch einen Meter beträgt.

»Bitte«, fleht er ihn an. »Ich werde deiner Mutter oder wem auch immer kein Wort sagen, wenn du mich jetzt gehen lässt.«

Der Mund des Jungen öffnet und schließt sich wieder. Dieses Zähneklappern.

»Aber wenn du nicht vorsichtig bist, kann ich auch …«

Der Junge stürzt mit ausgestreckten Armen auf ihn los. Seine Zähne schnappen in der Luft zu. Tomas fuchtelt wie verrückt mit der kaputten Flasche vor sich herum. Sieht mit Schrecken, wie die scharfkantigen Glasscherben in die Haut unmittelbar unter dem Schlüsselbein des Jungen eindringen und sich weiter ins Fleisch hineinbohren. Es geht so leicht. Zu leicht. Die Haut ist zu weich.

Er zieht abrupt die Hand zurück und lässt den Flaschenhals fallen.

»Sorry«, wimmert er. »Sorry, ich wollte nicht …«

Der Junge sieht ihn an. Vorwurfsvoll. Er betastet misstrauisch die ungleichmäßig aufklaffenden Wundränder. Tomas kann sehen, wie tief sie sind, aber es fließt kein Blut. Darunter ist nur graues Fleisch zu sehen. Es schimmert in kränklichen Farben. Wie Hackfleisch, das zu lange im Kühlschrank gelegen hat. Jetzt ist der Geruch so stark, dass er die ganze Kabine erfüllt. Er erinnert an Ammoniak und süßes verfaultes Obst.

das ist unmöglich, das ist unmöglich, wahrscheinlich träume ich nur und muss endlich aufwachen

Der Junge klettert erneut an ihm hoch und klammert sich an

ihm fest. Wie eine Parodie auf ein verängstigtes Kind, das Trost bei einem Erwachsenen sucht. Seine Zähne bohren sich in Tomas' Hals, er presst seinen Mund auf die Wunde und saugt das Blut heraus, als würde es nicht schnell genug an Ort und Stelle gepumpt werden.

Tomas stolpert rückwärts und legt nur wenige Schritte zurück, bevor seine Beine nachgeben. Er lässt sich zwischen Bett und Schreibtisch schwer zu Boden fallen. Versucht, den Jungen wegzustoßen, doch sein Schock ist so stark, dass er völlig geschwächt ist.

Die Haut auf dem Rücken des Jungen verliert allmählich seine graue Farbe und wirkt wieder frisch und rosig, als das Blut ihn ausfüllt. Tomas sieht es, ohne es zu begreifen. Dann rammt das Kind erneut seine Zähne in Tomas' Hals. Wirft ihn auf den Rücken. Die Scherbe auf dem Fußboden schneidet durch sein Jackett und sein Hemd hindurch in seine Haut. Aus der Wunde am Brustkorb des Jungen beginnt Blut zu rinnen. Somit tropft Tomas' eigenes Blut in einem perversen Kreislauf zurück auf seinen Körper.

In seinem Blickfeld bilden sich schwarze Wolken, die sich zusammenschieben.

Wenn er jetzt ohnmächtig wird, überlebt er es nicht. Doch ein Teil von ihm will es am liebsten hinnehmen. Es ist so verlockend, sich von der Dunkelheit umschließen zu lassen, die ihm vor Augen flackert. Sich ins Unbekannte hineinfallen zu lassen. Den Schmerz loszuwerden. Es wäre ebenso leicht, wie zu Hause auf dem Sofa vorm Fernseher einzuschlafen.

Aber er will nicht sterben.

Jetzt saugt der Junge langsamer. Wie ein gestilltes Kind, das allmählich satt wird.

Das darf nicht so weitergehen.

Es darf nicht so enden.

Er muss es wenigstens versuchen.

Tomas hebt die rechte Hand an. Holt mehrfach Luft. Schlägt mit der flachen Hand auf die Schläfe des Jungen, so dass sein Kopf gegen die Schreibtischkante knallt.

Der Junge faucht ihn wie ein wildes Tier an. Blut

mein Blut

läuft ihm über die Zähne, seine Lippen und sein Kinn glänzen, und es rinnt langsam aus der Wunde unterhalb seines Schlüsselbeins. Jetzt sieht das Fleisch dort gesund und rosafarben aus. Und sein Gesicht ähnelt dem eines ganz normalen Jungen. Seine Zähne klappern in der Luft, und Tomas schlägt ihm erneut mit der Hand gegen den Kopf. Die Augen des Jungen rollen nach hinten. Sein kleiner Körper sackt über ihm zusammen. Tomas' Schreie hallen von den Wänden der Kabine wider. Der Körper auf seinem ist so klein. So leicht. Tomas ist kurz davor, sich zu übergeben, während er darum kämpft, auf die Beine zu kommen. Die Kabine scheint zu schwanken, als befände sich die Fähre plötzlich in stürmischer See, und vielleicht ist sie das ja auch. Er weiß es nicht; er kann nicht mehr logisch denken. Der Raum dreht sich immer schneller. Reißt ihn schließlich hinunter in die Dunkelheit.

ALBIN

In den Regalen, die Albin auf dem Weg zur Kasse passiert, klirrt das Glas der Flaschen gegeneinander. Der Taxfree-Shop badet in weißem Licht. Die Parfümflakons und die Flaschen mit den Spirituosen glitzern, und die goldenen Banderolen auf den Stangen der Marlboro-Zigaretten und den überdimensionalen Toblerone-Packungen glänzen. Albin hat eine Dose Lakritze und eine große Plastikfigur mit M&M-Dragees in seinen Einkaufskorb gelegt. Er hat von seinen Eltern zweihundert Kronen bekommen, die er auf der Fähre ausgeben darf, aber die Entscheidung fällt ihm nicht leicht, da die Auswahl so groß ist. Als er sich in die Schlange vor der Kasse stellt, beobachtet ihn eine Frau mit aalglatten apricotfarbenen Haaren und roten Lippen von der Parfümabteilung aus. Er wird nervös und fragt sich, ob sie wohl gesehen hat, dass Lo und er zusammengehören, und weiß, dass Lo hier war und etwas hat mitgehen lassen.

Aber nichts geschieht. Als er aus dem Laden kommt, steht Lo davor und wartet, während sie ungeduldig auf ihrem Kaugummi herumkaut.

»Du warst ja echt ultraschnell«, sagt sie und geht los, noch bevor er sie erreicht hat.

Er folgt ihr. Wirft einen Blick auf den Rezeptionstresen und den Mann dahinter, der gelangweilt dreinblickt. Sie nehmen die Treppe und landen erneut vor dem Charisma Buffet. Gehen dann in Richtung Heck, kommen unterwegs an einem Restaurant, einem Café und einem Pub namens McCharisma vorbei, in dem einige ältere Männer in Outdoor-Jacken sitzen und Bier trinken. Sie passieren große Spielautomaten, an denen ein paar Kleinkinder wahllos auf irgendwelche Knöpfe drücken, ohne zu verstehen, wie das Ganze funktioniert. Draußen vor den Fenstern ist es jetzt völlig dunkel, und Albin kann nur Los und sein eigenes Spiegelbild in den Scheiben sehen.

»Abbe!«, ruft Lo.

Sie ist auf dem Weg zu dem kleinen Stand mit Hochglanzfotos, die auf eine mit schwarzem Stoff bespannte Fläche geheftet sind. Als Albin den Stand erreicht, erkennt er die junge Frau dahinter wieder, die alle Passagiere fotografiert hat, als sie an Bord gegangen sind.

»Das da ist nur Werbung«, sagt sie in breitem Värmland-Schwedisch, als sich ihre Blicke begegnen. »Hierdrauf könnt ihr euch die Fotos von heute ansehen. Neunundvierzig Kronen für einen Abzug auf Papier, den ihr in einer Stunde abholen könnt.«

Sie hält ihnen einen iPad hin. Lo reißt ihn an sich und blättert zügig die Fotos durch, während sie frenetisch auf ihrem Kaugummi kaut. Manchmal hält sie inne und kommentiert etwas – *diese Hochsteckfrisur, wie schick. Ich liebe Jeans, die bis unter die Achseln gehen. Diese Kleiderfarbe gefällt mir am allerbesten. Mann, seine Eltern müssen Geschwister sein* – und Albin wird beim Anblick all der unbekannten Gesichter, die auf dem Bildschirm vorbeifliegen, fast schwindelig. Er sucht nach etwas, das er auch kommentieren könnte, doch Lo ist jedes Mal schneller als er.

»Schau, da sind wir«, ruft sie aus.

Das Foto ist so plötzlich aufgetaucht, dass es ihm vorkommt, als betrachte er eine weitere Gruppe fremder Menschen. Alle sind so blond. Alle außer ihm.

Er hatte die Kamera gerade entdeckt und versucht zu lachen, doch jetzt sieht er, dass das Lächeln seine Lippen noch nicht ganz erreicht hat und eher einer merkwürdigen Grimasse gleicht. Seine weißen Turnschuhe sind schmutzig. Seine Jeans ist an den Knien ausgebeult. Er fragt sich, was Lo wohl über ihn gesagt hätte, wenn er einer von all den Fremden gewesen wäre.

»Mann, da sehe ich ja aus wie eine zurückgebliebene Schlafwandlerin«, sagt Lo.

Die Lo auf dem Foto blinzelt mitten zwischen zwei Schritten, aber sie sieht dennoch gut aus. Linda hat einen Arm um ihre Schulter gelegt und lächelt routiniert. Das Gesicht seines Vaters glänzt ein wenig, aber er lächelt ebenfalls in die Kamera. Es sieht fast so aus, als wären Linda und er verheiratet. Seine Mutter sitzt in ihrem Rollstuhl und schaut unsicher in Richtung Kamera hoch. Albin weiß, wie sehr sie es hasst, fotografiert zu werden. Sie verkrampft sich und setzt einen merkwürdigen Gesichtsausdruck auf, sobald irgendwer sein Handy hochhält. Bittet immer darum, nicht fotografiert zu werden, oder dreht ihren Kopf weg, wenn man gerade abdrücken will. Albin ist es noch nie gelungen, ein schönes Foto von ihr zu machen. Er wünschte, sie wäre auf diesem hier schön. Dann hätte er es gekauft und es ihr gezeigt.

Er betrachtet erneut seinen Vater. Versucht, sich vorzustellen, dass der Mann mit dem selbstsicheren Lächeln derselbe Mann ist wie in der vergangenen Nacht.

Ich sollte es wirklich so machen wie Mutter. Dann wären doch alle froh, oder?

»Was für eine nette Familie«, sagt die junge Frau.

»Tja, könnte man meinen«, entgegnet Lo und zieht Albin mit sich vom Stand weg.

Sie kommen an einem Raum mit dunklen Wänden und einem Schild vorbei, auf dem CASINO steht. Eine junge Frau steht hinter einem mit grünem Filz ausgekleideten Spieltisch. Einige Leute sitzen zusammengesunken auf hohen Hockern vor blinkenden Spielautomaten, wo sie an Hebeln ziehen und Knöpfe drücken. Lo und er gehen weiter, bis der Gang endet. Ziemlich laute Schlagermusik dringt zu ihnen heraus. Los Zopf schwingt bei jedem Schritt wie ein Pendel hin und her. Streicht über ihre Schulterblätter. Albin würde ihn gern berühren und spüren, wie sich ihre Haare zwischen seinen Fingern anfühlen.

Sie kommen in eine Bar mit einer großen Tanzfläche. Oberhalb des Tresens steht in schnörkeligen Buchstaben CHARISMA STARLIGHT, und die Decke ist voller kleiner weißer Lämpchen, die Sternbilder darstellen sollen. Auf der Tanzfläche blinkt Licht in unterschiedlichen Farben, das auf dem Parkett und dem roten zugezogenen Vorhang auf der Bühne Muster hinterlässt. Ein altes Ehepaar hält einander umfasst und bewegt sich ungeachtet des Taktes der Musik mit kleinen Trippelschritten seitwärts sowie vor und zurück. Es ist, als befänden sich die beiden in ihrer eigenen Welt. Sie wirken verliebt. Neben ihnen hüpft eine Frau barfuß herum und klatscht mit einem ekstatischen Lächeln im Gesicht laut den Takt mit.

»So aufgekratzt und überdreht wollte ich auch schon immer mal sein«, sagt Lo mit ernster Miene. »Man hat nur so viel Spaß, wie man sich selber macht.«

Sie bahnen sich einen Weg zwischen dem Tresen und der Tanzfläche hindurch zu den Tischen. Lo streckt sich nach einer halbvollen stehengebliebenen Bierflasche. Der hellhaarige Barmann schüttelt den Kopf. Er sieht keineswegs sauer aus, er grinst sogar, aber Albin würde trotzdem lieber wieder gehen.

»Zu schade, dass er sich eine Ampel zum Vorbild genommen hat«, sagt Lo und nickt in Richtung eines glatzköpfigen Kerls, der ein Stück entfernt von ihnen steht.

Der Mann trägt ein rotes Oberhemd, das in eine grüne Jeans gesteckt ist. Sein Bauch wölbt sich oberhalb des Gürtels geradewegs vor und scheint der Erdanziehung zu trotzen. Sein Anblick erinnert tatsächlich an eine Ampel. Albin muss lachen.

Ich möchte dir gehören, Isabell. Nur dir gehören, Isabell.

Die barfüßige Frau kreist um das alte Ehepaar, während sie im Einklang mit dem Rhythmus Tanzschritte macht.

Mein Herz schlägt so schnell. Fühlst du wie ich, Isabell?

Sie stehen eine Weile da und schauen zu. Einige durchtrainierte junge Typen in hautengen T-Shirts stellen sich an die Stirnseite der Tanzfläche. Einer von ihnen linst zu Lo und Albin rüber, während er einen großen Schluck aus seiner Bierflasche nimmt. Albin fragt sich, ob es nach außen hin wohl so aussieht, als wären Lo und er zusammen. Er rückt etwas dichter an sie heran.

»Stimmt es eigentlich, dass du ein Mädchen kennst, dessen Mutter auf der Fähre arbeitet?«, fragt er.

»Mmm«, antwortet Lo. »Meine Freundin hat mir ziemlich unappetitliche Dinge erzählt. Die Putzleute haben den ekligsten Job der Welt. Aber sie bekommen immerhin fünfhundert Kröten als Bonus für jedes Erbrochene, das sie wegwischen. Und hier auf der Fähre gibt es unzählige Leute, die kotzen müssen, besonders in den Kabinen. Sie können also mit Kotze richtig reich werden.«

Albin schaut sich um. Hier sieht alles so sauber aus. Das Messinggeländer an den rauchfarbenen Glaswänden, die die Tanzfläche einrahmen. Die glänzenden Oberflächen der Tische und des Tresens. Er schaut hinunter auf die dunkelrote Auslegware. Kann keine Flecken darauf ausmachen, aber hier drinnen ist es auch dunkel.

»Das Beste ist, wenn jemand in ein Pissoir gekotzt hat. Da brauchen sie die Kotze nur wegzuspülen. Fünfhundert Kröten, einfach so.«

Lo schnippt mit den Fingern. Albin versucht, sich vorzustellen, wie es wäre, jeden Tag beruflich die Kotze anderer Leute wegwischen zu müssen.

»Aber es gibt noch viel ekligere Sachen«, meint Lo und senkt ihre Stimme. »In den Kabinen werden nämlich massenweise Mädchen vergewaltigt. Doch die Polizei kann nichts dagegen machen. Sie können kein Beweismaterial einsammeln, weil es in den Kabinen nur so wimmelt von unterschiedlicher DNA.«

Sie schaut Albin erwartungsvoll an, als hätte sie ihm schon die Pointe geliefert. Aber er steht offensichtlich auf dem Schlauch.

»Kapierst du denn nicht?«, fragt Lo. »Das Sperma. Überall an den Wänden und auf dem Boden wimmelt es nur so von alten Spermien, weil alle überall rumficken. Das ist doch echt widerlich.«

Lo macht Würgegeräusche und wedelt mit den Händen, als wären sie voll mit klebrigem Sperma. Ihre Augen sind vor Abscheu weit aufgerissen.

Albin weiß nicht, was er darauf sagen soll. Er schaut wieder auf die Tanzfläche. Dieser junge Typ starrt Lo immer noch an, aber sie scheint es entweder nicht zu merken, oder es ist ihr egal. Sie legt ihren Pferdeschwanz über eine Schulter. Kämmt ihn mit den Fingern.

»Haben deine Eltern noch Sex?«, fragt sie. »Kann deine Mutter das überhaupt?«

»Hör auf«, sagt Albin.

Er will nicht daran denken. Die Rippen seiner Mutter fühlen sich so zerbrechlich an, wenn er sie umarmt. Sein Vater würde sie ihr ohne Probleme brechen können. Oder ihr ein Gelenk auskugeln, auch wenn er sich bemühte, vorsichtig zu sein.

»Und Tante Linda?«

Eigentlich will er es gar nicht wissen, aber solange es nicht um seine eigene Mutter und seinen Vater geht, ist ihm jedes Gesprächsthema recht.

»Ich hab sie einmal gehört«, antwortet Lo. »Zusammen mit ihrem letzten Freund. Aber hauptsächlich hat man ihn gehört.«

Sie steckt sich einen Finger in den Hals und tut so, als müsse sie sich übergeben. Albin ist sich jedenfalls ziemlich sicher, dass sie es nur vortäuscht.

»Ich glaub, sie ist verdammt langweilig im Bett. Sie ist ja auch sonst der langweiligste Mensch auf der Welt. Sie weiß bestimmt nicht mal, was ein Blowjob ist.«

Lo verdreht die Augen. Albin weiß schon wieder nichts zu entgegnen. Der Begriff Blowjob hängt noch immer in der Luft. Wenn Lo wüsste, wie oft er mittlerweile an Sex denkt. Wenn sie wüsste, was er sich manchmal im Internet anguckt. Und welche Wirkung es auf ihn hat. Es macht ihm zwar Angst und ekelt ihn an, aber gleichzeitig erregt es ihn auch.

Sex ist wie ein paralleles Universum, in dem Menschen, die ganz gewöhnlich zu sein scheinen, plötzlich ganz andere Seiten von sich offenbaren. Fast wie die Monster in seinen Albträumen. Sie sehen aus wie x-beliebige Leute, die in der realen Welt zu Hause sind, bis man zufällig einen Blick hinter ihre Fassade wirft.

Ist Lo mittlerweile eine von ihnen? Hat sie es schon mal mit jemandem gemacht?

»Sollen wir gehen?«, fragt Albin und versucht zu lächeln.

»Ja«, antwortet Lo. »Aber du hast da was zwischen den Zähnen, das ich nicht länger mit ansehen kann.«

Albin bleibt stehen, während Lo schon auf den Ausgang zusteuert. Schiebt sich den Nagel seines Zeigefingers zwischen die Schneidezähne. Klaubt ein kleines grünes Fitzelchen heraus. Als es auf seiner Zunge landet, schmeckt es würzig und nach Kräutern.

Er wischt den Finger an seiner Jeans ab und läuft hinter Lo her.

MADDE

Madde hüpft, eine Hand über dem Kopf zur Faust geballt, auf der Stelle und spürt kaum, dass ihr die Füße in den High Heels weh tun. Der Schweiß rinnt ihr in Strömen übers Gesicht und zwischen den Brüsten hinunter, die jeden Moment aus dem Ausschnitt herauszuhüpfen drohen. Die winzig kleinen Goldpartikel auf ihrer Haut glitzern wie Tausende von Sternen im Licht des Stroboskops im Club Charisma. Mit ihrer Faust schlägt sie den Takt, bis es sich anfühlt, als wäre sie diejenige, die die Musik steuert. In der anderen Hand hält sie das Glas mit ihrem Drink, und der Wodka Red Bull schwappt über den Rand und hinterlässt süße, klebrige Flecken auf ihrer Haut.

Noch sind nicht viele Leute hier, aber die Anwesenden starren Zandra und sie an. Das genießt Madde in vollen Zügen. Ihre Blicke laden sie auf wie einen verdammten Akku. Solange sie gucken, wird sie nicht müde. Sie vermittelt ihnen Gesprächsstoff. Zandra empfindet das ebenso. Madde weiß es, sieht es an ihrem Blick. Zandra kommt auf sie zu und lässt die Schwanendaunenboa wie eine Stripperin von ihren Schultern gleiten. Sie wirft die Boa um Maddes Nacken und zieht ihre Freundin zu sich heran, als würde sie sie einfangen. Die Federn fühlen sich in Maddes Nacken warm und feucht an. Madde kichert und nimmt einen tiefen Schluck aus ihrem Glas. Zandras Griff um die Boa wird fester, und sie beginnt, sich in den Hüften zu wiegen. Dabei geht sie ganz tief in die Hocke, so dass ihr Minirock über die Hüften hochrutscht und ihr weißer Spitzenslip sichtbar wird, der wie von selbst leuchtet.

Doch dann gerät Zandra aus dem Gleichgewicht und landet auf dem Hintern, ohne die Boa loszulassen. Maddes Kopf wird ruckartig nach vorn geschleudert, so dass auch sie fast zu Boden gerissen wird und ihr das Glas aus der Hand rutscht. Endlich lässt Zandra die Boa los und legt sich rücklings auf den Boden, wo sie mit den Füßen strampelt und mit den Armen in der Luft wirbelt. Ihr Lachen übertönt die Musik. Madde muss ebenfalls lachen, bis ihr die Luft wegbleibt, was ihren Muskeln sämtliche Energie fürs Tanzen raubt, so dass sie sich kaum noch auf den Beinen halten kann. Mit Zandras Gekreische in den Ohren beugt sie ihren Oberkörper vor und ringt nach Luft. Ihr tropft der Speichel aus dem Mund, und als sie das sieht, muss sie noch mehr lachen.

FILIP

An der Bar im Starlight herrscht ein dauerhaftes Halbdunkel, so dass man schnell das Zeitgefühl verlieren kann. Doch Filip muss nicht auf die Uhr schauen, um zu wissen, dass es kurz vor einundzwanzig Uhr ist. Das Gros der Gäste, die nach den ersten Belegungen der Tische in den Restaurants hergekommen sind, ist gerade beim zweiten Drink. Filip und Marisol mischen Gin Tonics, schenken Bier, Wein und Jägermeister aus, öffnen Flaschen mit Cider und Alkopops sowie Prosecco zum Sonderpreis. Gerade haben sie ein Auge auf zwei ältere Kerle, die sich schwerfällig gegen den Tresen lehnen und lauthals miteinander diskutieren.

»Aber du kannst doch verdammt nochmal nicht behaupten, dass es eine Auslandsreise ist«, sagt der eine. »Wir sind ja nur für eine Stunde in Finnland.«

»Ja, aber liegt Finnland denn nicht im Ausland? Gehört das etwa zu Schweden, oder was?«, fragt der andere in einer starrköpfigen Art und Weise, die jeden in den Wahnsinn treiben würde.

»Na ja, gerade so.«

Filip lässt seinen Blick über das Lokal schweifen, während er mehrere Biere aus den Hähnen zapft. Die barfüßige Frau auf der Tanzfläche weist keinerlei Anzeichen von Müdigkeit auf. Mittlerweile hat sie Gesellschaft von mehreren tanzenden Paaren bekommen. Eine magere Frau, die im Dunkeln neben der Tanzfläche steht, vermittelt Filip ein unangenehmes Gefühl, obwohl er sie nur als Silhouette gegen die blinkenden Lichter wahrnehmen kann. Sie steht reglos da. Viel zu reglos. Fast so, als wäre sie keine reale Person. Eine schlechte Fotomontage. Von Zeit zu Zeit huschen die Lichter flüchtig über ihr Gesicht und lassen ihn erkennen, dass sie ausgemergelt aussieht, voller Falten und viel zu stark geschminkt.

»Wenn es nicht im Ausland läge, wie könnten sie dann hier einen Taxfree-Shop betreiben?«, meint der eine der beiden älteren Männer und sieht zufrieden aus.

»Das ist doch nicht der Punkt. Wir sind ja kein einziges Mal an Land.«

»Ja, genau. Aber wir sind auch nicht in Schweden. Also befinden wir uns im Ausland.«

Filip beobachtet die anderen Gäste. Die Sitzgruppen zwischen der Bar und der Tanzfläche füllen sich langsam. In einer von ihnen hat sich eine Familie niedergelassen. Die beiden jüngeren Kinder klettern über die Sofalehnen und werfen sich auf die gepolsterten Sessel. Aber die Älteste, ein Mädchen im Alter um die sieben mit dicken Brillengläsern, beobachtet ihre Eltern, die schweigend ihr Bier trinken. Sie scheinen auf dem besten Weg zu sein, sich zu betrinken. Auf der Charisma herrscht hinsichtlich der Trinkgewohnheiten eine Zielstrebigkeit, die er früher nicht allzu oft gesehen hat. Er weiß nicht mehr, wann es angefangen hat, aber es scheint sich um eine Art Spirale zu handeln, die unmöglich aufzuhalten ist. Die Passagiere, die eher eine ruhigere, familienfreundlichere Schiffsreise bevorzugen, müssen nur einen Blick ins Internet werfen, um festzustellen, dass sie sich eine andere Fähre aussuchen sollten. Filip hat sich die Kommentarfelder angeschaut. Andere Fähren locken ihre Gäste mit Themenkreuzfahrten, bekannten DJs und bedeutend berühmteren Gastkünstlern als Dan Appelgren. Die Charisma ist die Fähre, die übrig geblieben ist. Die ihre Gäste mit nicht viel mehr als günstigem Alkohol lockt. Manchmal stimmt ihn das traurig. Filip hasst es, Kinder in Gesellschaft ihrer Eltern zu sehen, die sich kaum noch auf den Beinen halten können. Er erinnert sich noch allzu gut an das Geräusch der klirrenden Schnapsflaschen in den Plastiktüten, die seine Eltern regelmäßig nach Hause trugen. Er muss oft daran denken, wie paradox es ist, dass er selbst nun den ganzen Tag beruflich mit Alkohol zu tun hat.

Er gibt dem Kunden mit dem Bier das Wechselgeld zurück und nimmt die nächste Bestellung entgegen. Und die nächste. Und noch eine. Kommt allmählich in den Modus, in dem er wie eine Maschine agiert. Bestellungen ausführen. Sprüche klopfen, hier und da ein Lächeln aufsetzen oder den Leuten zuzwinkern, wenn er merkt, dass bei ihnen etwas mehr Trinkgeld herausspringen könnte. Aber er denkt nicht nach. In seinem Kopf ist es absolut leer.

Marisol hat versucht, ihn zum Meditieren zu überreden. Aber er kann sich nichts Stressigeres vorstellen, als tatenlos dazusitzen. Dennoch erinnert ihn das, was Marisol ihm beschrieben hat – die Gedanken im Kopf, die langsam verstummen, das Gefühl, sich ganz im Hier und Jetzt zu befinden – an genau das, was er in dieser Situation erlebt. Seine Arbeit ist letztlich seine Meditation.

»Vier Cosmopolitan«, sagt eine junge Frau, und er nickt ihr zu. Er merkt sich ihre stark nachgezogenen Augenbrauen.

Es gibt immer irgendeinen Anhaltspunkt, der ihm hilft, sich zu merken, welcher Gast was bestellt hat.

Filip schaufelt Eis in Martinigläser, um sie herunterzukühlen. Dann gibt er Wodka, Cointreau, Eis und Cranberrysaft in den silberfarbenen Shaker. Schließlich erblickt er Jenny, die sich in Marisols Teil der Bar gesetzt hat. Sie trägt ihr rotes Bühnenkleid und hat ein Glas Wodka mit Sodawasser vor sich stehen, jeden Abend denselben Drink. Roter Lippenstift am Glasrand. Mit ihren glänzenden blondgelockten Haaren sieht sie aus wie ein Star aus der guten alten Zeit. Gleich wird sie die Bühne betreten. Er hat sie im Prinzip das ganze Jahr über jeden Abend dasselbe Repertoire durchgehen hören. Dennoch wird er ihre heisere, rauchige Stimme vermissen, die ihn irgendwie an die albernen Schlagertexte glauben lässt. Übermorgen ist ihr letzter Abend an Bord, und wenn er ganz ehrlich ist, dann ist es nicht nur ihre Stimme, die er vermissen wird.

Filip stellt die Drinks vor der jungen Frau mit den dunklen Augenbrauen auf den Tresen, nimmt ihre Kreditkarte entgegen und zieht sie durch das Kartenlesegerät.

»Alles okay?«, ruft er Jenny zu, die aufschaut und ihn anlächelt.

»Ja«, ruft sie zurück. »Außer dass wir noch immer keinen Moderator haben.«

Er lächelt ihr aufmunternd zu. Weiß, wie sehr sie es hasst, selbst die Ständchen für Leute aus dem Publikum anzukündigen, die Geburtstag haben, was sonst zu den Aufgaben des Moderators gehört. Auf diese Weise Kontakt zum Publikum aufzunehmen ist ihr äußerst unangenehm.

Plötzlich hört er Schreie. Die älteren Typen an der Bar haben eine Schlägerei angefangen. Marisol hat bereits den Telefonhörer in der Hand, um bei der Rezeption anzurufen und Wachpersonal anzufordern.

Filip geht um den Tresen herum, stellt sich zwischen die beiden Männer und hält sie mit jeweils einer Hand auf ihrem Brustkorb voneinander fern. Zum Glück sind sie so betrunken, dass sie sich nicht ernsthaft wehren. Beide scheinen vollauf damit beschäftigt, sich auf den Beinen zu halten.

Pia und Jarno sind weniger als eine halbe Minute später vor Ort.

»Soso, Jungs«, sagt Pia, und Filip tritt einen Schritt zurück, um ihr Platz zu machen. »Was geht hier ab?«

»Also, ich heiße Hans-Jörgen, und ich möchte diesen Schweinehund wegen Misshandlung anzeigen«, sagt der ältere Mann mit der trotzigen Stimme, wobei es ihm gelingt, beim Sprechen so viel Spucke zu versprühen, als wären seine feuchten Lippen ein Rasensprenger.

»Dann werde ich dich ebenfalls anzeigen!«, brüllt der andere. »Ich hab ja wohl nicht angefangen, das kann jeder hier im Raum bezeugen.«

»Ich glaube, das Beste ist, wenn Sie beide erst mal ein kleines Nickerchen bei uns machen«, sagt Pia. »Und wenn Sie dann ein wenig nüchterner sind, unterhalten wir uns weiter darüber.«

Erstaunlicherweise protestiert keiner von beiden. Sie starren einander nur wütend an.

»Wie ist es denn für Calle gelaufen?«, fragt Filip, während Pia und Jarno den Männern Handschellen anlegen.

»Antrag angenommen«, antwortet Pia. »Ich sag dir, sein Freund hatte keinen Schimmer. Er war ziemlich bleich um die Nase.«

Filip lacht. »Ich hoffe, dass sie noch hier vorbeikommen«, sagt er. »Diesen Wunderburschen will ich schließlich auch gern kennenlernen.«

»Ich würde nicht unbedingt damit rechnen, dass sie ihre Suite heute Abend noch verlassen«, meint Pia lächelnd. Die Handschellen rasten mit einem Klick ein. »Ich dachte, wir könnten vielleicht morgen früh, bevor deine Schicht beginnt, ein wenig mit ihnen übers Promenadendeck schlendern.«

»Gute Idee«, stimmt Filip zu.

Ungeduldige Blicke an der Bar aus mehreren Richtungen. Zeit, seinen Platz wieder einzunehmen.

»Ansonsten ist dir nichts Besonderes aufgefallen, auf das ich ein Auge haben sollte?«, fragt Pia.

Filip hatte die ausgemergelte Frau neben der Tanzfläche schon fast vergessen, doch jetzt wirft er automatisch einen Blick in ihre Richtung. Aber die Silhouette ist verschwunden. Aus irgendeinem Grund verstärkt sich das unangenehme Gefühl noch, das er empfindet.

Er schüttelt verneinend den Kopf und versucht, das Gefühl abzuschütteln.

»Nichts weiter als zwei Jugendliche, die sich Reste aus Bierflaschen reinziehen wollten. Ein Mädchen und ein Junge. Er war um die zwölf, ich glaube, aus Thailand oder so. Sie war blond und kann alles zwischen zwölf und siebzehn gewesen sein.«

»Okay«, meint Pia. »Wir sehen uns.«

Sie und Jarno legen jeweils einem der Männer einen Arm um die Schultern und führen die beiden zum Ausgang.

Filip begibt sich wieder hinter den Tresen und denkt nicht zum ersten Mal, was für ein Glück es doch für alle Beteiligten ist, dass Pia hier arbeitet. Denn er weiß, dass sich das Security-Personal auf vielen anderen Fähren nur um das Allernotwendigste kümmert und vor dem Rest die Augen verschließt. Dort lassen sie die Leute, die zusammengeklappt sind, einfach auf den Korridoren liegen oder schauen weg, wenn schon weit nach Mitternacht betrunkene Eltern ihre Dreijährigen auf der Tanzfläche mit sich rumschleppen. Dank Kolleginnen wie Pia geschieht hier nichts wirklich Schlimmes. Filip weiß, dass sie um einiges mehr Umsatz in der Bar machen würden, wenn es nach dem Willen der Reederei ginge. Und nicht reagieren würden, wenn die Leute schon viel zu besoffen sind, um ihre Bestellung aufzugeben. Auf den Fähren müssen nicht dieselben Gesetze und Regeln befolgt werden wie in den Kneipen an Land, und die Charisma müsste eigentlich mehr Umsatz erwirtschaften, um ihre Zukunft zu sichern. Aber Pia würde das nicht zulassen. Sie hat großen Einfluss auf die anderen Security-Bediensteten, und auch das Personal in den Bars sieht sich die Gäste mittlerweile genauer an.

Filip nimmt die nächste Bestellung entgegen. Fünf Pils. Für einen Mann mit blonden Dreads und dem Logo der Umweltpartei auf dem Kragen seiner Jeansjacke.

»Ist es für deinen Kumpel gut gelaufen?«, ruft Marisol ihm fragend zu, und Filip nickt froh und reckt den Daumen nach oben.

Die nächste Bestellung lautet zwei Gläser Rotwein und einmal Erdnüsse. Für ein älteres Paar. Der Mann hat eine Ansammlung von Pigmentflecken am Haaransatz. Dann zwei große Helle. Für zwei junge Männer in gestreiften Poloshirts.

CALLE

Sie gehen den Korridor auf Deck neun entlang in Richtung ihrer Suite, und Calles Körper fühlt sich ganz leicht an. Seine Seele hat sich geweitet wie ein ganzes Universum. Sie quillt fast über, wenn er Vincent anschaut und sieht, wie benommen er ist.

»Vergiss nicht zu atmen«, fordert er ihn lachend auf.

»Ich glaube, ich brauche erst mal einen Drink«, meint Vincent mit belegter Stimme. »Können wir nicht in die Bar gehen, in der dein Kumpel arbeitet?«

»Erst möchte ich kurz mit dir allein sein.«

Calle gelingt es, sich zurückzuhalten und nicht zu verraten, dass noch eine letzte Überraschung auf Vincent wartet. Sie erreichen die Tür ihrer Kabine am Ende des Korridors. Calle schiebt seine Schlüsselkarte hinein und gibt Vincent einen flüchtigen Kuss, bevor er die Tür öffnet und hineingeht.

Vincent bleibt in der Tür stehen. Starrt hinunter auf die Rosenblätter, die auf dem Teppichboden im Flur ausgestreut liegen. Calle schaltet das Licht ein, und Vincents Augen werden immer größer.

»Wie …«, beginnt er. »Wie hast du denn … Wir waren doch vorhin noch hier?«

Calle nimmt seine Hand. Betrachtet den glänzenden Ring aus gehämmertem Weißgold an Vincents Finger. Genau der gleiche, der auch an seinem Finger steckt. Sogar in derselben Größe.

Sie betreten den unteren Raum der Suite und zertreten dabei die Rosenblätter auf dem Fußboden. Auf dem Couchtisch steht ein Schälchen mit rosafarbenen Geleeherzen. Dicke Girlanden hängen entlang des Treppengeländers, das nach oben ins Schlafzimmer führt. Ein sanfter Regen prasselt leise gegen die Panoramafenster. Als sie daran vorbeikommen, wirft Calle einen Blick hinunter auf den Bug. Die weiße Reling, die vor dem dunklen Wasser stark erleuchtet ist, formt sich zu einer gerundeten Spitze. Zu einem Pfeil, der geradewegs aufs Meer hinausweist. Das Außendeck ist trotz des Nieselregens voller Menschen.

Sie gehen hinauf ins Obergeschoss. Auf einem der Nachttische wartet ein Eiskübel mit Champagner. Pia und Filip haben auch auf dem gesamten Bett Rosenblätter verteilt. An der Wand über dem Kopfende prangt ein riesiges Plakat. GLÜCKWUNSCH!, steht mit hellroten und kirschroten Filzstiften darauf geschrieben.

»Shit, die sind ja verrückt«, meint Calle und lacht auf. »Fehlen nur noch rosafarbene Teddybären oder etwas in der Art.«

Doch eigentlich ist er gerührt. Er setzt sich aufs Bett. Nimmt eines der Rosenblätter in die Hand. Es fühlt sich unter seinen Fingerspitzen weich und zart an.

»Komm«, sagt er.

Aber Vincent bleibt auf der obersten Stufe stehen. Lässt seinen Blick über das Plakat schweifen, als verstünde er nicht, was darauf geschrieben steht.

»Du musst das Ganze ja richtig lange geplant haben«, sagt er. »Hast du wirklich nichts gemerkt?«

Vincent schüttelt den Kopf.

»Sicher? Ich war so verdammt nervös …«, beginnt Calle, verstummt jedoch, als sich ihre Blicke begegnen.

Irgendetwas stimmt nicht. Vincent ist nicht nur benommen. Er sieht auch irgendwie *traurig* aus.

»Alles okay?«, fragt Calle.

»Ich muss nur kurz auf die Toilette«, entgegnet Vincent und geht die Treppe wieder runter.

Nachdem er die Tür hinter sich geschlossen hat, hört man Wasserrauschen. Calle klopft sich auf die Oberschenkel und trommelt nervös darauf herum. Er bildet es sich nur ein. Er muss aufhören, sich Dinge einzubilden.

Vincent hat ja gesagt. Sie werden heiraten. Vincent und er werden heiraten! Klar, dass man das nicht so leicht verdauen kann. Er selbst hat schließlich Monate damit zugebracht, darüber nachzudenken und alles zu planen.

Calle betrachtet den Ring an seinem Finger. Schiebt ihn vor und zurück. Er steht auf. Sein Jackett fühlt sich plötzlich zu eng an. Er zieht es aus. Weitet den Halsausschnitt seines T-Shirts ein wenig, da es ihm ebenfalls zu eng vorkommt.

Er geht zum Treppengeländer. Schaut hinunter in den unteren Raum. Von hier aus kann er die Badezimmertür nicht sehen, aber er hört, dass noch immer Wasser läuft.

Calle nimmt die Champagnerflasche aus dem Kübel, und das Eis darin klirrt geräuschvoll. Schmelzwasser tropft vom Flaschenboden. Er zieht die Folie ab und dreht den Korken, bis er sich mit einem Knall löst. Hätte er warten sollen, bis Vincent wieder hochkommt? Zu spät. Er schenkt Champagner in die beiden Gläser. Wartet, bis sich der Schaum gelegt hat, und füllt sie auf. Wirft einen Blick ins Untergeschoss. Zögert nur kurz, bevor er ein paar große Schlucke nimmt. Füllt sein Glas erneut. Wünschte, er hätte Kerzen gehabt, die er anzünden könnte, doch aus brandschutztechnischen Gründen sind sie auf der gesamten Fähre verboten.

Unten wird die Badezimmertür geöffnet. Calle nimmt ein Glas in jede Hand und setzt sich aufs Bett. Wartet. Vincents Kopf taucht auf.

Er bleibt mitten auf der Treppe stehen.

»Ich kann nicht. Es tut mir verdammt leid, aber ich kann nicht.«

»Was meinst du damit?«, fragt Calle.

Obwohl er es bereits weiß. Es genau weiß.

»Ich kann dich nicht heiraten«, erklärt Vincent.

Calle verspürt einen Sog, der so stark ist, dass er die gesamte Charisma mit sich in die Tiefe reißen könnte.

»Aber du hast doch … du hast ja gesagt« ist das Einzige, was Calle hervorbringt.

»Was sollte ich denn vor allen anderen da oben auch sagen? Was sollte ich machen?«

Vincent klingt fast anklagend. Calle steht vom Bett auf. Ein paar Rosenblätter segeln zu Boden.

»Ich verstehe es nur nicht.«

»Tut mir leid«, sagt Vincent. »Ich meinte es nicht … Ich wusste nur nicht, was ich machen sollte … Was das Beste wäre …«

Er sieht jetzt so traurig aus wie ein geprügelter Hund. Als hätte Calle ihm etwas Schreckliches angetan. Calle hat keine Ahnung, was er jetzt tun soll. Er streckt Vincent ein Champagnerglas hin, doch Vincent schüttelt nur den Kopf.

Die Lettern auf dem Plakat leuchten sie höhnisch an. Calle leert sein Champagnerglas in einem Zug. Die Flüssigkeit schäumt in seinem Mund. Er muss sich abwenden und schlucken, bevor er sein Glas abstellt.

»Aber warum?«, fragt er, ohne Vincent anzuschauen. »Wir haben doch darüber geredet, dass wir heiraten wollen.«

»Ich weiß«, entgegnet Vincent. »Aber das ist lange her und …«

»Lange her?«, fragt Calle. »Wir haben an Mittsommer darüber

geredet … dass wir es irgendwann machen wollen, wenn wir den Umzug überstanden haben …«

»Ich weiß.«

»Ja. Und was zum Teufel ist seitdem passiert?«

»Ich weiß es nicht. Ich wünschte, ich könnte darauf antworten.«

Calle dreht sich um. Vincent sieht unglücklicher denn je aus.

»Ich weiß nicht, warum ich nicht will«, sagt er. »Es erscheint mir irgendwie nicht richtig.«

»Hast du jemand anderen getroffen?«

Vincent schüttelt entschieden den Kopf.

»Aber was ist es dann?«, fragt Calle.

Stille.

»Willst du überhaupt noch mit mir zusammen sein?«

Vincent zögert einen Moment zu lange.

»Ja«, antwortet er.

Aber er schaut bereits weg.

Calle würde ihn am liebsten hassen. Dafür, dass er ihm das antut. Dass er alles zerstört hat.

»Und seit wann empfindest du schon so?«

»Was heißt hier *empfindest du schon so*? Ich weiß ja nicht einmal, was ich empfinde.«

»Zweifel«, erklärt Calle. »So nennt man dieses Gefühl doch wohl.«

Seine Stimme klingt eiskalt. Gut so.

»War es schon so, als wir die Wohnung gekauft haben? Als wir diese Wahnsinnskredite aufgenommen haben?«

»Sorry«, sagt Vincent. »Sorry. Ich dachte, dass es vorbeigeht. Ich hab geglaubt, dass es so ein Gefühl ist, das kommt und wieder geht …«

»*Kommt und wieder geht?*«

»Ja! So was passiert. Hast du denn nie Zweifel gehabt?«

»Nein«, antwortet Calle. »Habe ich nicht.«

Sie schauen einander an. Der Abstand zwischen ihnen fühlt sich größer an als die Ausmaße der gesamten Ostsee.

Vielleicht ist unsere Beziehung wie das Meer da draußen, denkt Calle. Oberflächlich betrachtet schön und glitzernd, aber voller toter Abgründe, so zerstört, dass niemand darin leben kann. Und ich habe es nicht einmal geahnt.

Er muss an ihre gemeinsame Wohnung denken. Den frisch abgeschliffenen Holzfußboden. Die Bilder, die endlich an Ort und Stelle hängen. Zweihunderttausend Kronen zusätzlicher Kredit nur für die Renovierung der Küche. Der Wahnsinnsaufwand, den ein Umzug in Stockholm mit sich bringt. Die nervliche Anspannung vor dem Wohnungskauf, die Homestyling-Odyssee, die Phantasiesummen, mit denen sie kalkulieren mussten, bevor sie ihre Seelen an die Bank verkauft hatten.

Wusste Vincent da schon, dass er Zweifel hatte?

»Ich weiß, dass es eine Weile ziemlich stressig war«, räumt Calle ein. »Oder besser gesagt, länger. Aber das ist jetzt vorbei. Vielleicht bist du nur nervös, weil es jetzt ernst wird ...«

Er verstummt. Kann sich nicht selbst erniedrigen, indem er versucht, Vincent zu überzeugen, obwohl er genau das tun möchte. *Wir beide gehören schließlich zusammen. Du und ich. Ich kann doch nicht alles missverstanden haben, oder?*

»Ich weiß nicht, was geschehen ist«, sagt Vincent. »Aber ich kann dich nicht heiraten, bevor ich das nicht herausgefunden habe.«

»Und wie willst du es herausfinden?«, fragt Calle. »Indem du ein bisschen rumvögelst und schaust, ob du was Besseres findest?«

Er weiß nicht mehr, was er sagt. Findet keinen Halt mehr in seinen Gedanken und Gefühlen.

»Hör auf«, entgegnet Vincent. »Darum geht es nicht.«

Aber worum geht es dann?, will Calle herausschreien.

»Und was machen wir jetzt?«, fragt er. »Was zum Teufel sollen wir jetzt machen?«

Vincent antwortet nicht.

»Ich kann nicht mit dir zusammen sein, wenn du nicht weißt, was du für mich empfindest«, sagt Calle. »Das ist dir doch wohl klar, oder? Es geht nicht. Ich kann keine Show für dich abziehen, nach dem Motto, sieh doch mal, wie super es ist, mit mir zusammen zu sein.«

»Ich weiß, dass ich das auch nicht von dir verlangen kann«, entgegnet Vincent.

»Dann ist es jetzt also vorbei, oder? So wird es wohl sein.«

In seinem Inneren herrscht plötzlich absolute Stille. Die widerstreitenden Gefühle sind verstummt. Völlig verschwunden. Und die Gedanken in seinem Kopf rauschen nicht mehr wild durcheinander. Sie sind jetzt scharf wie ein Laserstrahl. Beginnen, eine To-do-Liste zusammenzustellen.

Sie müssen wieder umziehen. Keiner von ihnen kann es sich leisten, allein in der Wohnung zu wohnen. Sie müssen einen Makler zu Rate ziehen und die Wohnung neu schätzen lassen. Erneut mit der Frau von der Bank mit der Hochsteckfrisur reden, die sich so für sie beide gefreut hatte. Er muss sich nach einer neuen Wohnung umsehen. All seine Habseligkeiten in die Umzugskartons packen, die noch immer zusammengefaltet auf dem Dachboden stehen.

Aber zuerst muss er runter von dieser verdammten Fähre. Und vorher irgendwie die Nacht und den morgigen Tag überstehen. Sich überlegen, wohin er fahren soll, wenn sie wieder an Land gehen.

Er stellt fest, dass Vincent an der Treppe steht und anfängt zu weinen. Sein erster Impuls ist, ihn zu trösten.

»Ich muss hier raus«, sagt Calle.

»Wir können irgendwo hingehen und reden.«

»Nein«, entgegnet Calle. »Ich will nicht reden. Bleib du hier. Oder mach, was du willst. Aber ich kann im Augenblick nicht in deiner Nähe sein.«

Er drängt sich auf der Treppe an Vincent vorbei. Bemüht, nicht das Plakat und auch nicht die Rosenblätter auf dem Fußboden anzusehen. Die Papiergirlanden am Geländer rascheln leise im Luftzug, als er die Treppe hinunterstürmt. Endlich erreicht er die Kabinentür und gelangt hinaus auf den Korridor. Schließt die Kabinentür hinter sich. Atmet tief durch.

Zum Glück ist niemand in der Nähe. Er unterdrückt die Tränen, die in ihm aufsteigen. Muss einen kühlen Kopf bewahren. Er hört, wie sich Vincent im Flur bewegt, und eilt im Laufschritt durch den Korridor auf die Treppen zu.

TOMAS

Er starrt an die helle Zimmerdecke. Schaut sich verwirrt um, bevor ihm wieder einfällt, wo er sich befindet. Riecht den Gestank in der engen Kabine. Sieht den blutverschmierten

mein Blut

kleinen Körper, der neben ihm auf der Seite liegt. Versucht zu begreifen, was gerade geschehen ist.

Er muss sich an der Bettkante abstützen, um aufstehen zu können. Das Adrenalin, das eben noch wie Benzin durch seine Adern geschossen ist, ist verdampft, und jetzt schlottert er am ganzen Körper.

Das ist zu simpel, denkt er. Der Junge war so stark. Er spielt seine Rolle gut. Jeden Moment wird er die Augen öffnen. Seine Hand, die jetzt so schlaff daliegt, wird gleich nach Tomas schnappen, schnell wie eine Kobra. Gleich wird er die Augen öffnen, und alles beginnt wieder von vorn …

Der Körper des Jungen ist straffer geworden. Seine blasse Haut hat durch das durchblutete Fleisch darunter eine frischere Farbe angenommen, und seine Wangen sind rosig.

Plötzlich wechselt die Perspektive. Tomas betrachtet die Szene von außen. Er sieht, was andere sehen würden. Und beginnt zu weinen.

Wie soll er jemandem erklären, dass dieser kleine Junge ihm Angst eingejagt hat? Entsetzliche Angst, so dass er kaum wusste, was er tat, als er

ihn getötet hat, ich habe ihn getötet, mein Gott

119

Die Wunde an seinem Hals pocht dumpf. Er dreht sich zum Spiegel über dem Schreibtisch um. Begegnet seinem eigenen wilden Blick, den stierenden Augen eines Verrückten. Aus den kleinen Wunden, den Einschnitten, die den perfekten Abdruck der Zähne des Jungen widerspiegeln, rinnt nun kein Blut mehr.

Notwehr. Man wird glauben, dass der Junge ihn in Notwehr gebissen hat.

Aber das Blut? Das Blut im Körper des Jungen ist seines; der Junge hatte gar kein eigenes. Das muss sich doch beweisen lassen … mittels Proben …

Tomas versucht sich vorzustellen, wie er es dem Wachpersonal an Bord erklären soll. Er kann es ja selbst kaum glauben.

Er stürzt ins Bad, beugt sich übers Waschbecken und übergibt sich; klares Erbrochenes bestehend aus saurem Bier, Schnaps und Magensäften. Der Speichel rinnt weiter aus seinen Mundwinkeln, während ihm aufgeht, wie verrückt die ganze Situation ist.

so verrückt, dass es eigentlich gar nicht wahr sein kann, so verrückt, dass ich mir höchstwahrscheinlich alles nur eingebildet habe, denn ICH bin der Verrückte, ich hatte Halluzinationen, war betrunken und hatte Angst, und meine Psyche ist mit mir durchgegangen, und jetzt habe ich ein unschuldiges KIND ermordet und sitze auf diesem Schiff fest

Der Junge war ganz offensichtlich nicht gesund, aber es müsste doch irgendeine Möglichkeit gegeben haben, ihm zu helfen.

anstatt ihn zu töten

Tomas spuckt aus, doch der Speichelstrang ist so zäh, dass er ihn mit den Fingern durchtrennen muss. Er sieht ihn langsam den Abfluss hinunterlaufen und verschwinden. Er weiß, dass er keineswegs verrückt ist. Er weiß genau, was er gesehen hat.

Aber glauben das nicht alle Verrückten?

Er zwingt sich, einen Blick aus dem Bad ins Zimmer zu werfen.

Der Körper auf dem Fußboden liegt vollkommen reglos da. Sein blondes Haar glänzt.

Niemand hat gesehen, wie ich diese Kabine betreten habe. Ich

kann sie also wieder verlassen und so tun, als wäre nichts ge-
schehen. Aber nein, es gibt ja überall Überwachungskameras. Sie
werden die Aufnahme irgendwann finden.

Er muss hier raus. In seinem Kopf dreht sich alles, und er muss
sich auf dem Waschbecken abstützen, bis der Schwindel nachlässt. Er wäscht sich die Hände, doch das Blut hat sich unter
seinen Fingernägeln festgesetzt. Tomas kühlt sein Gesicht mit
eiskaltem Wasser und bemüht sich, Klarheit in seine Gedanken
zu bringen.

Das Blut auf seinem schwarzen Oberhemd und dem Jackett
ist kaum zu erkennen. Er befeuchtet ein Handtuch und wischt
damit einen klebrigen Fleck auf seinem Brustkorb weg. Das Blut,
das aus der Wunde des Jungen getropft war. Die Wunde, die er
ihm mit einer kaputten Flasche zugefügt hat.

Tomas ist kurz davor, sich erneut zu übergeben. Er holt sein
Handy hervor. Kein Empfang, doch er weiß ohnehin nicht, wen
er anrufen soll. Es ist erst kurz nach einundzwanzig Uhr. Wie ist
das nur möglich? Wie können innerhalb so kurzer Zeit so un-
geheure Dinge geschehen, Dinge, die alles verändern?

Plötzlich fallen ihm die hochhackigen Stiefel wieder ein. Irgendwo auf der Fähre befindet sich eine Frau, die jeden Moment
hier auftauchen könnte.

Ich habe ihr Kind ermordet.

Tomas wischt den Wasserhahn und das Waschbecken mit Toilettenpapier ab und stolpert aus dem Bad heraus. Hebt den Flaschenhals vom Fußboden auf und wischt ihn mit einem Zipfel
seines Oberhemds ab. Wo hat er noch Fingerabdrücke hinterlassen?

Der Körper des Jungen liegt noch immer reglos da.

Er geht auf die Kabinentür zu. Holt tief Luft. Öffnet sie. Im Korridor ist niemand zu sehen.

Er hat vor, sich auf die Suche nach einem seiner Kumpels zu
machen. Am besten Peo. Er muss mit jemandem reden, dem er
vertrauen kann, bevor er zum Wachpersonal geht.

Oder du hältst die Klappe, bis die Fähre auf Åland anlegt, sug-

geriert ihm eine innere Stimme. Steigst dort aus und haust ab. Fliehst mit einer anderen Fähre.

Der Gedanke ist verlockend. Aber das hier ist kein verdammter amerikanischer Actionthriller. Hier gibt es keine Grenze nach Mexiko, hinter die man sich retten könnte. Er kann nirgendwohin. Hat auch nicht zufälligerweise jede Menge Bargeld dabei.

Die Wunde an seinem Hals pocht und brennt. Sein Rücken ist vom Schweiß klatschnass. Während er den Korridor entlangtaumelt, muss er sich zwischendurch immer wieder an die Wand lehnen. Zwei langhaarige junge Typen kommen aus einer Kabine und werfen ihm einen flüchtigen Blick zu, bevor sie weitergehen. Tomas schaut ihnen nach. Fragt sich, ob er nur wie ein stinknormaler Besoffener aussieht oder ob man ihm ansieht, was passiert ist, und die beiden jetzt womöglich geradewegs zum Wachpersonal gehen, um Alarm zu schlagen. Vielleicht haben sie ja etwas durch die Wände gehört?

Er muss schnellstmöglich diesen Korridor verlassen. Muss einen Ort finden, an dem er ungestört nachdenken kann.

DAN

»Meine Damen und Herren, herzlich willkommen zum Charisma-Karaoke! Ich heiße Dan Appelgren, und ich bin heute Abend Ihr Gastgeber!«

Spärlicher Applaus. Es ist noch früh am Abend. In den Sitzgruppen haben sich hauptsächlich ältere Leute niedergelassen. Ein alter Mann ist mit einem Bierglas auf seinem ausladenden Bauch eingeschlafen.

Dan schwitzt im Scheinwerferlicht. Das Koks schärft seine Sinne. Macht ihn präsenter und schützt ihn zugleich vor all der Hässlichkeit, die ihn umgibt. Er sieht alles, aber er lässt es nicht an sich heran.

»Wer weiß, vielleicht wird ja heute Abend ein neuer Star geboren!«, ruft er.

Einige kichern. Eine alte Frau stößt ihren Mann spielerisch mit dem Arm an. Dan sieht den Leuten an, wer von ihnen gern singen würde, sich aber nicht traut. Es sind diejenigen, die am häufigsten zu allen anderen rüberlinsen. Und dann letztlich kein Ende finden. Die von der Bühne kommend geradewegs Johans kleinen Stand ansteuern, um sich für einen weiteren Song eintragen zu lassen.

»Ich denke, wir sollten uns mit einem Song aufwärmen, den Sie bestimmt wiedererkennen«, sagt Dan mit einem Augenzwinkern. »Singen Sie alle mit! Und wenn Sie Hilfe mit dem Text brauchen, können Sie ihn dort mitlesen!«

Er deutet auf einen riesigen Flachbildschirm, der an der Wand festgeschraubt ist. Er leuchtet mattblau. Färbt die Gesichter der Alten, die am nächsten dransitzen, so dass sie wie runzlige Schlümpfe aussehen.

»Sind Sie bereit?«, ruft er, wirft das Mikrophon hoch und lässt es ein paarmal in der Luft kreisen, bevor er es wieder auffängt. Er schaut Johan an. »Dann legen wir los!«

Das Scheinwerferlicht wird stärker. Heißer. Er schließt die Augen. Stellt sich breitbeinig hin. Dreht den Kopf zur Seite. Seine Hand hält das Mikrophon fest umschlossen.

Dann sind die einleitenden Streicher des Songs zu hören, den er mindestens zweimal an jedem Abend auf der Charisma zum Besten gibt. Der Song, den er einmal beim großen Finale der Vorentscheidung zur Eurovision in der vollbesetzten Globen Arena vor Millionen von Zuschauern im ganzen Land gesungen hatte.

Einer der Alten im Publikum hustet feucht und schleimig. Der Barmann lässt versehentlich eine Flasche auf den Boden fallen. Das Schlagzeug setzt ein. Jemand beginnt, den Takt mitzuklatschen. Ein anderer stimmt ein. Die Streicher nähern sich dem Crescendo. Dan führt das Mikro zum Mund. Öffnet die Augen und schaut geradewegs nach vorn. Lässt sich vom Scheinwerferlicht blenden.

Für ein paar Augenblicke sieht er nur Licht.

Wie Fieber in meinem Herzen, so heiß ist deine Liebe. Du machst mich krank, doch ohne Schmerzen, sorgst dafür, dass ich auf Fieberwolken liege.

Ein paar ältere Damen lächeln ihn an. Andere tuscheln miteinander und kichern. Der alte Mann mit dem dicken Bauch bewegt ruckartig seinen Nacken und schaut sich schlaftrunken um.

Ich will dich spüren. Dein Lächeln steckt mich an, fährt Dan fort und arbeitet sich weiter zum Refrain vor. *Dieses Fieber zieht mich in deinen Bann.*

Der Text wird in goldenen Lettern über diversen Bildsequenzen auf den Bildschirm projiziert. Paare, die sich an einem Strand gegenseitig mit Wasser bespritzen, auf einem sonnigen Spielplatz auf einer Schaukel hin- und herschwingen oder auf einem Flohmarkt diverse witzige Hüte anprobieren.

»Auf geht's! Singen Sie alle mit! Ich weiß, dass Sie es können!«

Ein paar der runzligen Gesichter folgen seiner Aufforderung und brummen den Text mit, der dem Blödmann, der ihn geschrieben hat, Millionen an Tantiemen eingebracht hat. Der glatzköpfige kleine Idiot prahlt immer noch damit, dass er *Wie Fieber in meinem Herzen* in nur einer Viertelstunde runtergeschrieben hat. Dan selbst tourt nun schon seit zwanzig Jahren mit diesem Song herum, hat ihn Tausende und Abertausende Male auf Firmenfesten, in Schwulenklubs und auf Marktplätzen in Kleinstädten gesungen, und dennoch besitzt er nicht mal mehr ein Sparkonto.

Ich brauch keinen Doktor, brauch keine Kur. Will nicht geheilt werden, will deine Liebe pur. Wie Fieber in meinem Herzen setzt du mich in Brand. Ich brenne lichterloh, doch du hältst meine Hand!

Neue Strophe, Refrain, Tonarterhöhung und wieder Refrain, bis der Song endlich vorbei ist und Dan übers ganze Gesicht ins Publikum strahlt und sich tief verbeugt. Die Alten applaudieren höflich.

»Super, vielen Dank! Für diejenigen, die mehr davon wollen,

gibt es meine letzte CD hier an der Bar und im Taxfree-Shop zu kaufen!«

Noch fünf Stunden, bis seine Schicht vorbei ist. Er wirft Johan einen kurzen Blick zu, der matt zurücknickt.

»Ich glaube, Johan hat schon die erste Anfrage des heutigen Abends erhalten!«, ruft Dan. »Wer ist die mutige Person, die sich als Erstes auf die Bühne traut?«

Eine uralte aufgedunsene Frau in einem hautengen Kleid kommt wie ein Dinosaurier aus *Jurassic Park* auf die Bühne zugewankt. Sie lächelt Dan nervös an, der ihr stützend seinen Arm reicht, als sie auf die Bühne hinaufsteigt.

»Hallo!«, ruft Dan mit allem Enthusiasmus, den er aufbringen kann. »Und wie heißt die junge Dame?«

Vereinzelte Lacher.

»Birgitta«, antwortet die Frau in singendem Dalarna-Dialekt. »Birgitta Gudmundsson.«

»Und woher kommen Sie, Birgitta?«

Sie windet sich leicht. Es ist offensichtlich, dass sie äußerst nervös ist und ihn deshalb kaum hört. Er will seine Frage gerade wiederholen, als sie den Mund öffnet.

»Grycksbo.«

»Aha, das soll ja ein reizendes Fleckchen sein, wie ich gehört habe.«

Es grenzt geradezu an ein Wunder, dass sie die Ironie in seinen Worten offenbar nicht mitbekommen hat. Wo zum Teufel liegt Grycksbo?

Ihr Gesicht hat jetzt passend zu ihrem Kleid eine dunkelrote Farbe angenommen. Dan kann die Hitze ihrer glühenden Wangen förmlich spüren.

»Ja, doch«, sagt Birgitta. »Wir fühlen uns wohl dort. Das tun wir.«

»Möchten Sie heute Abend für jemand Bestimmten singen?«

»Ja, für meine bessere Hälfte.«

Birgittas Gesicht entspannt sich ein wenig, als sie zu einem zusammengesunkenen, ausgetrockneten Knirps in Oberhemd und

Pullunder rüberschaut. Der kleine Mann strahlt sie förmlich an. Kein Wunder, dass er so unterernährt aussieht, wenn Birgitta zu Hause alles Essbare in sich hineinschaufelt.

»Und was haben Sie vor, für ihn zu singen?«, fragt Dan.

»Also, ich möchte Fred Åkerströms *Ich gebe dir meinen Morgen* singen. Daran haben wir viele schöne Erinnerungen.«

»Sind Sie beide schon lange verheiratet?«

»Vierzig Jahre«, antwortet Birgitta stolz. »Wir sind hier, um unsere Rubinhochzeit zu feiern.«

»Tatsächlich? Ja, da meine ich doch, dass sich Birgitta und ihr sich glücklich schätzender Ehemann dort hinten einen herzlichen Applaus verdient haben«, ruft Dan.

Birgitta lacht nervös, während Applaus aufbrandet. Dan kann nicht umhin festzustellen, dass er bedeutend enthusiastischer klingt als der nach seinem Song.

MARIANNE

Es ist schon nach zehn Uhr abends, und sie tanzen Swing im Schein der blinkenden Lichtorgel im Charisma Starlight. Die Luft ist stickig und verbraucht, und sie stoßen immer wieder gegen andere Tanzende, die ebenso schwitzen wie sie selbst. Mariannes Körper ist mit einer dünnen Schweißschicht bedeckt, die ihre Bluse an der Haut kleben lässt. An den Schläfen rinnt der Schweiß aus ihren feuchten Haaren hinunter. Sie weiß nicht mehr, wie viel Weißwein sie am Büfett getrunken hat. Man konnte sich an den Hähnen ja immer wieder neuen zapfen, und sie hat ihn wie Limonade getrunken, ohne dass er ihren Durst gestillt hätte. Eigentlich war er ihr viel zu süß, aber sie wollte nicht zu Rotwein übergehen, um hinterher womöglich feststellen zu müssen, dass er ihre Zähne blau gefärbt hat.

Göran hält ihre Hände fest umschlossen und lässt sie nicht aus den Augen. Sie fühlt sich nicht mehr unwohl. Im Gegenteil. Es ist, als würde sein Blick bewirken, dass sie sich realer vorkommt. Mit klaren Konturen. Fast hübsch.

Zum ersten Mal seit Jahren fühlt sie sich frei. Befreit von der anderen Marianne. Die immer von oben auf sie herabschaut und sich in Selbstkritik ergeht.

Göran scheint über die Grundschritte hinaus kaum mehr zu beherrschen, aber er führt sie dennoch selbstsicher übers Parkett. Ab und an improvisieren sie auch gemeinsam. Und wenn Marianne ins Stolpern gerät, sorgt er dafür, dass sie nicht fällt.

Denn heute Nacht sind wir beide ein Paar, heute Nacht sind die Sterne zum Greifen nah.

Der Refrain wird so oft wiederholt, bis er für sie zu einer Art Mantra wird. Die Sängerin der Band ist hübsch in ihrem roten Kleid. Der schwere rote Samtvorhang hinter ihr hängt in opulenten Falten herunter.

Im Himmel mit der Nummer sieben werden wir uns zärtlich lieben.

Marianne bewegt sich im Rhythmus vor und zurück, während sie Momentaufnahmen der anderen Paare wahrnimmt, die von den bunten Lichtkegeln eingefangen werden. Hände, die auf Rücken ruhen, die über Taillen und Pos streichen, die um den Nacken des Tanzpartners gelegt sind. Geschlossene Augen, die genießen, und Augen, die sich hektisch umschauen, als wollten sie am liebsten fliehen. Münder, die einander ungeniert küssen, lachen und ihrem Gegenüber etwas ins Ohr schreien. Jede Menge Leben um sie herum. Und Marianne ist mittendrin.

Göran zieht sie näher zu sich heran. Plötzlich stehen sie in einer Umarmung da. Sein Hals fühlt sich an ihrer Wange feucht an. Der Song ist vorbei und ein neuer beginnt, aber sie bleiben ganz still stehen. Die Frau auf der Bühne singt: *Hinter der Dunkelheit wartet die Ewigkeit, alle Sterne am Himmel erleuchten die Nacht.* Alles ist so überwältigend. Marianne kommt es vor, als erahne sie eine bedeutsame Wahrheit hinter dem banalen Text.

»Ich weiß, was du jetzt am liebsten willst«, flüstert er.

Marianne möchte gerade entgegnen, dass er es gar nicht wissen könne, da sie es selbst nicht weiß. Was allerdings eine Lüge wäre, noch dazu eine nicht besonders überzeugende.

»Und was ist das?«, fragt sie.

Sie hält den Atem an, während sie auf seine Antwort wartet.

»Ein Bierchen natürlich.« Er hält sie ein wenig auf Abstand, so dass er sie ansehen kann, und grinst aufreizend. »Was hast du denn gedacht?«

Marianne schaut peinlich berührt weg.

Göran hat einen Hang zum Vulgären. Aber es gefällt ihr, dass er alles so unkompliziert erscheinen lässt. Er geleitet sie durch ein Spiel, dessen Regeln sie vergessen hat.

»Komm«, fordert er sie auf.

Sie überqueren Hand in Hand die Tanzfläche. Von allen Seiten werden sie von betrunkenen Paaren angerempelt. Ein Ellenbogen trifft Marianne so hart zwischen den Schulterblättern, dass ihr fast die Luft wegbleibt.

Sie stellt sich neben die Tanzfläche, während Göran weitergeht, um Bier für sie beide zu holen. Sie betrachtet die Menge erhitzter Tänzer. Ein Mann mittleren Alters mit Cowboyhut wiegt sich mit geschlossenen Augen und zur Decke gereckten Armen allein im Takt vor und zurück.

An einem der Tische seitlich von Marianne sitzt eine große Gruppe wild durcheinanderredender Finnen. Sie linst zu ihnen rüber. Kann aufgrund ihrer eigentümlichen Sprache unmöglich ihre Gemütslage ausmachen. Sie muss an den alten Industrieort denken, in dem sie aufgewachsen ist, und an all die Finnen, die in den sechziger Jahren dorthin kamen, um zu arbeiten. Sie waren die einzigen Einwanderer, die die Stadt je gesehen hatte, und das Gerede darüber, wie merkwürdig sich die Finnen benahmen, wie laut sie auftraten und wie hässlich ihre Sprache klang, wie viel sie soffen und wie wenig Interesse sie daran hatten, ihre schwedischen Mitbürger kennenzulernen, nahm kein Ende. Damals kursierte das Gerücht, dass sich die Finnen jedes Mal neue Autos kauften, bevor sie zurück nach Finnland fuhren, um ihrer Verwandtschaft zu Hause zu imponieren. Heute kommt ihr das Ganze so lange her vor, dass es ihr fast drollig erscheint. Und dennoch scheinen sich die Leute seit damals keinen Deut verändert zu haben.

Marianne wird bewusst, dass die Sängerin auf der Bühne mittlerweile einen neuen Song angestimmt hat, und sie fragt sich, warum Göran noch nicht wieder zurück ist. Sie dreht sich um. Ist erleichtert, als sie seinen Rücken erblickt. Er steht entspannt vor dem Tresen. Hält mehrere Hundertkronenscheine hoch, um zu zeigen, dass er sowohl liquide als auch bereit ist zu bezahlen.

Ein Kerl in einem nach Schweiß riechenden Anzug stellt sich neben sie. Sie linst widerwillig zu ihm rüber. Sein rundes Gesicht wird von Pausbacken dominiert, während sein Kopf von einem dünnen Flaum an Haaren gekrönt wird. Er kommt ihr vor wie ein Riesenbaby. Ein Baby, das immer näher an sie heranrückt, bis sich sein Körper gegen ihren schiebt. Sie macht einen Schritt zur Seite. Starrt unbeirrt auf die Tanzfläche. Will ihn möglichst schnell wieder loswerden. Begreift er das denn nicht?

Offenbar nicht. Er presst seinen Körper erneut gegen ihren. Bewegt aufreizend seinen Unterleib.

»Entschuldigen Sie mich«, sagt sie, macht auf dem Absatz kehrt und geht auf Göran zu.

»Lauter frigide Fotzen hier heute Abend«, ruft der Mann ihr nach.

Sie zuckt zusammen.

»Tanzen Sie mit mir!«, fordert der Typ sie auf, der sie nun eingeholt hat und antatscht.

Marianne schüttelt den Kopf und blickt starr zu Boden.

Endlich steht Göran neben ihr. Das Riesenbaby brummt irgendwas vor sich hin und verschwindet.

»Hast du dir etwa schon einen Neuen angelacht?«, fragt er amüsiert. »Was hat er denn gesagt?«

»Ach, egal.«

Ihre Stimme zittert. Doch Göran zuckt nur mit den Achseln,

reicht ihr ein Bier und deutet auf eine Sitzgruppe neben der Bar, die gerade frei geworden ist.

»Ich muss erst mal ein wenig durchschnaufen«, erklärt er. »Man ist ja weiß Gott kein Teenager mehr.«

»Nein«, meint Marianne. »Weiß Gott nicht.«

Auf dem Weg zur Sitzgruppe schaut sie sich um. Der Mann ist nicht mehr zu sehen. Sie setzen sich jeder in einen gepolsterten Sessel, und sie trinkt ihr Bier in großen Schlucken. Es ist angenehm kühl. Die Kohlensäure erfrischt ihre trockene Kehle. Göran hatte recht. Ein Bier ist genau das, was sie wollte.

»Hast du deine Freunde schon irgendwo gesehen?«, ruft sie, um eine Gruppe von Mädels zu übertönen, die mit den Armen um die Schultern der anderen gelegt zur Musik mitkreischen.

Oh, oh, oh, es tut so weh! Oh, oh, oh, seit du mich verlassen hast!

»Nein, aber wen kümmert's?«, meint Göran. »Jetzt bin ich schließlich mit dir hier.«

FILIP

Die Mädels in der Gruppe sorgen noch dafür, dass er irgendwann einen Hörsturz erleidet. Filip muss sich weit über den Tresen beugen, um die Bestellungen der anderen Gäste hören zu können. Er wischt sich mit einer Serviette den Schweiß aus der Stirn. Ein paar Tropfen sind ihm in die Augen gelaufen und brennen jetzt unangenehm. In Situationen wie dieser fragt er sich, wie er es damals auf seiner ersten Stelle als Barmann überhaupt ausgehalten hatte, als man in den Kneipen noch qualmen durfte und sich der Rauch nicht nur in den Haaren und der Kleidung festsetzte, sondern auch in Augen und Lungen brannte.

Er nimmt Blickkontakt zu einer Frau mit einem roten Brillengestell aus Metall auf der anderen Seite des Tresens auf. Zwei Cola Light mit Malibu. Er serviert ihr die Drinks. Wischt sich erneut über die Stirn und nimmt die nächste Bestellung auf. Von einem älteren Mann mit so buschigen Augenbrauen, dass ihm dicke Haarsträhnen bis über die Augen hinunterhängen. Er bezahlt seine Biere mit zerknitterten Zwanzigern. Ein Mädel aus der kreischenden Gruppe bestellt eine Flasche Prosecco mit fünf Gläsern.

Oh, oh, oh, ich denk nur noch an dich. Oh, oh, oh, dich vergess ich nicht.

Ein bärtiger junger Mann in weißem T-Shirt steht neben der Bar und schaut Filip durchdringend an. Als sich ihre Blicke begegnen, bekommt er fast einen Schock.

Kaum zu glauben, dass er es ist. Er wirkt so verändert.

Calle.

Plötzlich wird ihm bewusst, wie lange es schon her ist, dass sie sich zuletzt gesehen haben. Und wie sehr Filip ihn vermisst hat.

Er umarmt ihn. Calle riecht nach frischer Luft und Meer. Sein Bart ist weich, aber kühl. Er steht wie erstarrt da.

»Glückwunsch, Mann!«, ruft Filip. »Ich hab von Pia gehört, dass es super gelaufen ist! Verdammt, was freu ich mich für dich!«

CALLE

Calle lässt sich umarmen und auf die Schulter klopfen. Doch nicht einmal das vermag ihn aus seiner Trance zu reißen.

»Wie es aussieht, seid ihr also doch zum Feiern unterwegs«, sagt Filip und lässt ihn wieder los.

Er schaut sich um, offenbar auf der Suche nach Calles zukünftigem Ehemann.

Filips Arbeitskleidung ist die gleiche geblieben, weißes Hemd unter roter Weste mit einem kleinen Messingschild auf der Brust. Die Frisur ebenfalls, auch wenn sein hellbraunes wuscheliges Haar dünner geworden zu sein scheint.

131

Die dunkelhaarige junge Frau, die weiter hinten in der Bar arbeitet, winkt ihm fröhlich zu. »Glückwunsch!«, formt sie mit den Lippen.

Filip schaut Calle erneut an und lächelt breit.

Calle erwägt allen Ernstes, es ihm zu verschweigen. Damit er selbst es nicht hören muss, wenn er die Worte ausspricht.

»Wo ist denn dein Zukünftiger?«, fragt Filip.

Calle schüttelt den Kopf.

»Ich glaub, er ist noch in der Kabine«, antwortet er. »Shit, hier hat sich ja gar nichts verändert.«

»Bis auf uns«, entgegnet Filip.

Calle bemüht sich zu grinsen.

Die Sängerin auf der Bühne singt, *you can dance, you can jive, having the time of your life,* und die Mädels aus der Gruppe an der Bar kreischen im Chor mit, füllen ihre Gläser auf und stürmen in Richtung Tanzfläche. Calle folgt ihnen mit dem Blick.

»Alles in Ordnung?«, fragt Filip.

»Ich weiß nicht«, antwortet Calle. »Nein.«

»Was ist denn passiert?«

»Ich weiß nicht. Ich weiß überhaupt nichts mehr.«

Filip nickt. Wirkt betroffen. Calle wird sich plötzlich der Hitze, des Gedränges, der Blicke ungeduldiger Gäste und der Lautstärke bewusst, die ihn zwingt, extrem laut zu sprechen, um sich verständlich zu machen.

»Ich kann nicht zurück in die Kabine«, erklärt er. »Ich weiß nicht, was ich machen soll.«

»Du kannst bei mir schlafen, wenn du willst«, entgegnet Filip.

»Danke.«

»Willst du so lange meine Zugangskarte haben, und ich komme hoch, sobald ich kann? Dann können wir reden.«

Calle schüttelt den Kopf. Oben in den Personalräumen haben sie bestimmt schon angefangen, Party zu machen. Er will nicht allein hochgehen. Noch nicht. Und schon gar nicht nüchtern. Aber seine Exkollegen können natürlich auch jederzeit hier auftauchen. Eigentlich kann er nirgendwohin.

»Sie sind weitaus strenger geworden, seit du aufgehört hast. Es kommt nur noch selten vor, dass jemand vom Personal zusammen mit den Passagieren feiert«, erklärt Filip, als hätte er Calles Gedanken gelesen.

Calle muss erneut mit den Tränen kämpfen.

»Ich brauch was zu trinken«, sagt er. »Irgendwas Starkes.«

»Davon haben wir zumindest jede Menge. Das Gleiche wie früher?«

Calle nickt. Ja. Das Gleiche wie früher.

TOMAS

Er friert.

Er ist bis Deck zehn hochgefahren, so weit nach oben, wie man mit dem Aufzug kommen kann, und dann aufs Promenadendeck hinausgestolpert. Wollte eigentlich aufs oberste Deck gelangen, das sich über die gesamte Fähre erstreckt, doch er ist nur ein paar Meter weit gekommen.

Jetzt liegt er schlotternd auf einer Bank. Dort hat er zwar ein Dach überm Kopf, doch der Wind weht die Regentropfen zu ihm rüber. Er hat sich zur Wand gedreht. Hört die Leute vorbeigehen, hört, wie sie in Grüppchen zusammenstehen und lachen und in ihrer Trunkenheit viel zu laut brüllen. Zu viele Eindrücke stürmen auf ihn ein, so dass er sie nicht sortieren kann. Und es wird immer schlimmer. Er weiß nicht, wo er noch hingehen soll. Er kann nicht zurück ins Innere der Fähre mit dem lauten Stimmengewirr, der dröhnenden Musik, den vielen aufblitzenden Lichtern und klingelnden Spielautomaten und nicht zuletzt den vielfältigen Gerüchen, die ihn mehr als alles andere überwältigen. Nach Reinigungsmittel, Parfüm, Essen, Seife, Körperausdünstungen, Hautcremes, Alkohol und Tabakrauch. Vorhin meinte er sogar den Geruch körperwarmer Münzen in den Hosentaschen der

Leute wahrzunehmen. Doch der stärkste Geruch von allen hat alle anderen verblassen lassen und in seinem Schädel ein regelrechtes Tosen erzeugt. Der Geruch nach Menstruationsblut. Er hing vor dem Aufzug in der Luft. Tomas hat ihn wahrgenommen wie ein Hai, der unter Wasser in kilometerweiter Entfernung Blut wahrnehmen kann, und das heftige Verlangen verspürt, die Frau zu finden. Sein Gesicht zwischen ihren Beinen zu vergraben. Direkt die Quelle anzuzapfen. Ihr das Fleisch aufzuschlitzen, um so schnell wie möglich mehr zu bekommen.

Er dreht den Kopf und übergibt sich, erbricht das Essen vom Büfett. Es ist dickflüssig und brennt ihm in der Kehle. Zum Glück hat er nicht besonders viel gegessen.

Åse. Er musste an Åse denken, deshalb hat er kaum etwas runtergebracht. Das ist ihm klar. Doch wenn er jetzt an den Namen Åse denkt, sind für ihn kaum noch irgendwelche Gefühle damit verbunden. Einzig die Erinnerung an den Geruch von Blut lässt ihn noch etwas empfinden.

Er ist kurz davor, verrückt zu werden, und zwar wirklich verrückt. Außerdem hat er Schmerzen im Gaumen, die bis hinauf in seine Nasennebenhöhlen ausstrahlen. Wenn er mit der Zungenspitze über den oberen Teil seiner Mundhöhle fährt, fühlt sie sich hart und fest an.

Das Einzige, was er tun kann, ist zu versuchen, sich auf das dumpfe, monotone Brummen der Motoren der Fähre zu konzentrieren. Die fast unmerklichen Vibrationen der Bank, auf der er liegt. Die Baltic Charisma singt für ihn. Beruhigt ihn mit ihrer tiefen Bassstimme. Hilft ihm dabei, alles andere auszublenden.

Am liebsten würde er weinen, aber es kommen keine Tränen.

»Super!«, ruft eine kindliche Stimme in seiner Nähe.

Er wimmert vor Schreck. Ist sich sicher, dass es der Junge aus der Kabine ist. Er hat ihn also aufgespürt. Ist hergekommen, um sich zu rächen. Tomas dreht widerwillig den Kopf. Sieht zwei Kinder vor sich stehen, die ihn anstarren.

Sie riechen extrem stark. Er kann den Geruchsschleier, der sie umgibt, förmlich vor sich sehen. Das Mädchen hat sich mit einer Hautcreme eingerieben, die süßlich und nach Chemie riecht. Unter ihrer Haut pulsiert das Blut, ihr junges, starkes Blut, das frisch und warm durch ihre Adern fließt.

Sein Gaumen spannt. Er spürt, wie sich sein Gesicht zu einer Grimasse verzieht, und als die beiden Kinder vor ihm zurückweichen, begreift er, dass er furchteinflößend aussehen muss.

Wie ein Kindermörder.

»Sorry«, ruft er. »Keine Angst. Ich muss mich nur ein wenig ausruhen.«

Seine Stimme klingt belegt und irgendwie merkwürdig. Er will, dass die beiden so schnell wie möglich verschwinden. Hat Angst vor dem, was passieren könnte, wenn sie bleiben. Das Mädchen hat eine gelangweilte, weltgewandte Miene aufgesetzt. Er riecht an ihrem Atem, dass sie Alkohol getrunken hat.

Das Blut der beiden riecht unfassbar stark. Sein Magen krampft sich zusammen, während sich sein Körper in Embryonalhaltung zusammenrollt. Diesmal kommt nur noch Galle hoch.

»Super, wirklich super!«, ruft das Mädel und zieht den Jungen mit sich weg.

Ein paar Sekunden später hört er sie angeekelt kichern.

Er dreht den Kopf wieder zurück zur Wand. Sein Schädel schmerzt und spannt und ist kurz davor zu bersten, doch sein Körper fühlt sich jetzt reiner an. Sein Magen ist nur noch ein einziges leeres schwarzes Loch.

Ein weiterer aufblitzender Schmerz schießt von seinem Gaumen durch die Nase geradewegs in seinen Schädel hinauf, und diesmal kommen ihm die Tränen.

»Das ist ja wohl das Ekligste, was ich je gesehen habe«, sagt Lo, als sie die weißgestrichene Treppe zum obersten Deck erreichen.

Albin nickt und muss sich bei dem Gedanken an den Mann auf der Bank schütteln. Sein ganzer Körper hat sich zusammengekrümmt, als er sich übergeben musste.

»Wir sollten vielleicht jemandem Bescheid geben«, meint er. »Er hatte ja nicht mal eine Jacke an.«

»Selber schuld. Erwachsene Leute sollten irgendwann mal gelernt haben, sich beim Trinken ein bisschen zurückzuhalten.«

Albin muss an seinen Vater denken.

»Aber trotzdem«, entgegnet er. »Ihm schien es wirklich nicht gutzugehen.«

Sie erreichen das oberste Decke der Fähre. Es ist riesig groß, und der Boden ist mit grüner Antirutschbeschichtung versehen, so dass es an einen Fußballplatz erinnert. An den Längsseiten neben der Reling befinden sich kleine Hebekräne über runden, grau angestrichenen Containern, von denen er weiß, dass sie die Rettungsboote beinhalten.

»Es ist doch nur gut zu kotzen, wenn man zu viel getrunken hat«, meint Lo. »Deshalb wird allen Alkoholika in Schweden auch Brechmittel zugesetzt. Damit die Leute nicht so schnell eine Alkoholvergiftung bekommen.«

Albin schaut sich um. Einige der Leute, die er hier oben sieht, haben eindeutig zu viel getrunken. Sie bewegen sich merkwürdig, und ihre Blicke sind leer wie die von Zombies.

»Echt nice, das Argument«, sagt Lo und nickt in Richtung eines dicken Typen.

Auf seinem Pulli steht **WARUM DARF MAN NICHT NEGERKUSS SAGEN, WENN MAN ZIGEUNERSCHNITZEL SAGEN DARF?**

Eine weitere Treppe führt hinauf zu einer Aussichtsplattform am Bug. Albin folgt Lo dorthin. Als er oben ankommt, schlingt er wegen des starken Windes die Arme um seinen Oberkörper. Jetzt befinden sie sich auf dem höchsten Punkt der Fähre. Als sie sich an die Reling stellen, wird Albin fast schwindelig. Mehrere Stockwerke schräg unter ihnen befindet sich der Bug. Vor ihnen gibt es nur Meer und schwarzen Himmel. Nirgendwo Lichter in Sicht. Keine Sterne. Der feine Nieselregen legt sich wie ein dünner feuchter Film auf sein Gesicht. Irgendwo dort vor ihnen liegt Finnland, und sie müssten sich jetzt ganz in der Nähe von Åland befinden. Auf der Landkarte sieht die Ostsee winzig aus, aber von hier oben hat er den Eindruck, dass sie unendlich ist.

Sein Schwindel legt sich und geht in ein angenehmes Kribbeln im Bauch über. Es ist, als flöge er. Er streckt die Arme aus. Schließt angesichts des Windes und Regens die Augen. Zögert. Falls Lo den Film nicht gesehen hat, wird sie ihn bestimmt für gestört halten.

»I'm the king of the world!«, ruft er, jedoch ziemlich leise.

»Du weißt, dass die Titanic gesunken ist, oder? Ich will nicht unbedingt gerade hier oben daran erinnert werden.«

Aber sie kichert trotzdem.

»Komm«, fordert sie ihn auf und geht die Treppe wieder hinunter. »Wir suchen uns einen Platz, wo wir unsere Ruhe haben.«

Unten angekommen, schaut Lo sich um, bevor sie unter die Treppe schlüpft. Albin steuert auf die Reling zu. Schaut hinunter aufs Meer weit unter ihnen. Er meint fast, das Donnern der Wellen gegen den Schiffsrumpf zu hören. Die Gischt ist vor dem Hintergrund des schwarzen und wie Öl glänzenden Wassers grellweiß. Er schlüpft ebenfalls unter die Treppe und setzt sich neben Lo. Sie hat eines der winzig kleinen Wodkafläschchen geöffnet. Nimmt einen Schluck und reicht es ihm.

Er nippt vorsichtig daran. Bemüht sich, nicht das Gesicht zu verziehen. Es schmeckt eklig, so ungefähr wie Benzin schmecken muss. Lo kichert. Er reicht ihr das Fläschchen zurück. Legt seine Hand auf den kalten Stahlfußboden zwischen ihnen. Spürt die Vibrationen des Schiffs unter seiner Handfläche.

»Willst du nicht mehr trinken?«, fragt sie.

Er schüttelt den Kopf.

Lo zuckt mit den Achseln. Sie hat sich ihren Schal über den Kopf geworfen, um sich gegen den Regen zu schützen. Er zieht die Kapuze seines Pullis unter dem Kragen seiner Daunenjacke hervor.

Die Leute gehen vorbei, doch keiner von ihnen schaut in ihre Richtung. Es ist, als wären sie unsichtbar.

»Bist du schon mal verliebt gewesen?«, fragt Lo und wendet sich ihm zu.

»Ich glaube nicht.«

»Wenn, dann hättest du es schon gemerkt.«

»Es gibt da ein paar Mädels, die ich gern mag«, entgegnet er.

Es ist keine direkte Lüge, aber auch nicht ganz wahr. Es gibt Mädchen in seiner Klasse, die hübscher sind als die anderen, aber mag er sie wirklich? Er kann sich nicht vorstellen, einen Versuch zu unternehmen, mit einer von ihnen zusammenzukommen. Albin weiß nicht einmal, was er tun sollte, wenn es ihm gelänge. Was sie von ihm erwarten würden.

»Aber die haben kein Interesse, oder?«, fragt Lo.

Albin zuckt mit den Achseln. Zieht die Bündchen an den Ärmeln seiner Jacke über die Hände hinunter, die vom Wind kalt geworden sind. Er kommt sich kindischer vor denn je. Denkt darüber nach, was er antworten soll, ohne preiszugeben, wie unerfahren er ist. Aber Lo kommt ihm zuvor.

»Es wäre völlig in Ordnung, wenn du schwul bist, das weißt du, oder? Also, mir könntest du es jedenfalls sagen.«

Er fragt sich, ob sie mit ihren alten Klassenkameraden gesprochen hat, die noch immer in dieselbe Schule gehen wie er. Er weiß, dass dort Gerüchte darüber kursieren, dass er schwul sei. Ihm ist es nie gelungen, so wie andere Jungs zu sein, zumindest nicht wie die beliebten und vorlauten Typen, die nur aus Spaß fiese Sachen sagen und den Mädchen in die Brustwarzen kneifen, bis sie schreien.

Aber wenn Lo mit Leuten aus ihrer alten Klasse spricht, warum spricht sie dann nie mit ihm?

Ein Stück entfernt von Lo und ihm haben sich vier junge Männer an die Reling gestellt. Sie rauchen und sprechen laut in einer Sprache, die Albin als Italienisch identifiziert.

»Du wärst ziemlich attraktiv, wenn du mehr Selbstvertrauen hättest«, sagt Lo.

Albin zuckt mit den Achseln. »Kann schon sein«, meint er. Er will nicht, dass Lo sieht, wie sehr er sich freut.

Lo findet ihn zumindest schon mal nicht hässlich. Dann gibt es ja vielleicht noch mehr Leute, die das ebenfalls finden. Aber wie gewinnt man mehr Selbstvertrauen? Die Leute sagen, dass man einfach nur zu sich selbst stehen muss, dann wird alles gut. Aber das ist eine Lüge. Manchmal malt er sich in seiner Phantasie aus, eines Morgens in die Schule zu kommen und festzustellen, dass sich alles verändert hat. Er wäre zwar immer noch anders als die anderen, aber auf eine gute Weise, die ihn geheimnisvoll und spannend erscheinen ließe. Und alle würden begreifen, dass sie ihn die ganze Zeit unterschätzt hatten.

»Und du?«, fragt er. »Bist du in jemanden verliebt?«

Lo nickt. Ihre Lippen geben ein schmatzendes Geräusch von sich, als sie das Fläschchen leert.

»Und, seid ihr zusammen?«, fragt Albin.

»Nein, er weiß leider nicht, dass es mich gibt.«

Sie schweigt lange, und Albin linst zu ihr rüber. Wie kann es jemanden geben, der nicht merkt, dass Lo existiert? Wie kann man sie nur übersehen?

»Er geht in die Siebte; wir sind also nicht mal mehr an derselben Schule. Früher konnte ich ihn zumindest jeden Tag sehen.«

Albin hört an ihrer Stimme, dass sie kurz davor steht zu weinen. Er zögert einen Moment, bis er näher zu ihr heranrutscht und ihr vorsichtig einen Arm um die Schultern legt. Ihr Körper beginnt unkontrolliert zu zucken.

»Und wie heißt er?«

»Soran«, antwortet Lo und putzt sich die Nase.

»Sieht er gut aus?«

»Nein, er sieht *phantastisch* aus. Obwohl ihm das selbst gar nicht bewusst ist. Und das merkt man ihm auch an. Das ist es ja, was ihn so attraktiv macht.«

»Aber er hat nicht zu wenig Selbstvertrauen?«

»Das ist nicht dasselbe«, entgegnet Lo.

Er traut sich nicht, sie zu fragen, was sie damit meint.

»Wenn ich auf diesem verdammten Schiff endlich mal Netz hätte, könnte ich dir auf Facebook ein Foto von ihm zeigen«, erklärt Lo und wischt sich die Tränen von den Wangen. »Und außerdem ist er ein echt korrekter Mensch. Er postet immer Links zum Thema Menschenrechte und Umweltfragen. Setzt sich mit wichtigen Problemen auseinander.«

Albin linst in Richtung Reling. Die Italiener schnippen ihre glühenden Kippen in die Dunkelheit und gehen wieder.

»Kannst du ihm denn nicht einfach sagen, was du für ihn empfindest?«

»Na klar, nice!«, ruft Lo aus.

»Ich glaube, er wird sich freuen. Ich würde mich jedenfalls freuen.«

»Würdest du?«, fragt Lo und räuspert sich. »Im Ernst? Wenn ich es täte? Also, wenn ich nicht deine Cousine wäre?«

Es kommt ihm so unwirklich vor, dass sie ausgerechnet ihn um Rat fragt. Als wüsste er irgendetwas über Jungs wie Soran oder Mädchen wie Lo.

»Ja«, antwortet Albin und bemüht sich, einen so selbstsicheren Eindruck wie möglich zu erwecken.

Lo tupft sich die Augen trocken und holt eine Puderdose aus ihrer Handtasche. Sie betrachtet sich im Spiegel auf der Innenseite des Deckels.

»Wir müssen bald in unsere Kabine zurück«, sagt Albin.

»Mmm«, stimmt Lo ihm zu. »Und *uns aufs Ohr hauen.*«

Sie verdreht die Augen, als sie Lindas Worte nachahmt.

»Ich frag mich, wer sich diesen Begriff ausgedacht hat. Ist doch total absurd«, sagt sie.

»Man muss sich das nur mal bildlich vorstellen«, meint Albin. »Sich volle Kanne aufs Ohr zu hauen.«

Lo lässt ihre Puderdose sinken und beginnt zu lachen. Es kommt so überraschend, dass Albin völlig überrumpelt ist. Dann beginnt er ebenfalls zu lachen. Er sieht deutlich vor sich, wie sich jemand ins Bett legt und sich aufs Ohr haut, bevor er die Augen schließt.

Sie bekommen einen richtigen Lachflash, und als es vorbei ist, fühlt sich Albin absolut matt. Sein Kopf ist völlig leer, und er ist innerlich ganz ruhig.

»Ich krieg Kopfschmerzen«, ruft Lo.

»Und mir tut vor Lachen der Bauch weh«, entgegnet Albin.

»Stell dir nur vor, wie sehr es weh tun würde, wenn du dich noch zusätzlich aufs Ohr gehauen hättest.«

Albin kichert.

»Ich will nur noch kurz dafür sorgen, wieder wie ein Mensch auszusehen«, sagt Lo und nimmt erneut ihre Puderdose zur Hand. »Kommt nicht so gut, mit so einem Gesicht unter die Leute zu treten.«

Albin betrachtet sie, während sie eine neue Schicht Puder aufträgt, und ihm kommt die Idee, dass die Schminke und alles andere wie ein Panzer funktionieren. Eine harte Schale, die alles Weiche und Empfindliche umschließt, das sich in Los Innerem befindet, und es verbirgt, so dass niemand darankommt.

Aber jetzt weiß er, dass es da ist.

Wenn er doch nur ebenfalls einen Panzer besäße, in dem er sich verstecken könnte, wenn er es bräuchte.

MADDE

Lasse hat eine so ausgeprägte Himmelfahrtsnase, dass Madde ein ganzes Stück weit in seine Nasenlöcher hineinsehen kann, obwohl sie und er ungefähr gleich groß sind. Die Tatsache, dass seine Gesichtshaut nach einem Sonnenbrand leicht gerötet ist, lässt ihn noch mehr einem Schweinchen ähneln. Um die Nase herum pellt sich seine Haut in kleinen Fetzen. Madde fühlt sich verdammt gedemütigt. Warum muss es ausgerechnet der Hässlichste aus der Gruppe vom Junggesellenabschied sein, der sie anbaggert? Sie ist zwar selbst nicht gerade eine Schönheitskönigin, aber wie zum Teufel kann ein Mann, der so aussieht wie er, auch nur annehmen, eine Chance bei ihr zu haben? Und sein Norrköping-Dialekt macht die Sache auch nicht gerade besser.

Jetzt hat er zumindest aufgehört, über seinen Job und seinen letzten Urlaub auf Sri Lanka zu reden, was offenbar *das neue Thailand* ist und *wo du unbedingt hinfahren musst, bevor der Massentourismus kommt*. Als wäre er überall, wohin er gereist ist, ein Einheimischer gewesen.

»Armer Stefan«, sagt er und nickt in Richtung seines Kumpels.

Der schmuddelige Schleier auf dem Kopf des zukünftigen Bräutigams sitzt völlig schief. Aus dem einen Luftballon im BH unter seinem geblümten Kleid ist die Luft entwichen. Er hängt über den Armen seiner Kumpels und könnte höchstwahrscheinlich selbst dann nicht mehr aufrecht stehen, wenn er keine hochhackigen Schuhe trüge. Ein Wunder, dass er sich noch nicht die Knöchel gebrochen hat. Madde hat es irgendwie im Gefühl, dass Stefan den Weg zum Altar auf Krücken zurücklegen wird.

»Es war nicht meine Idee, mit der Fähre zu fahren«, erklärt Lasse.

Madde beugt sich widerwillig näher zu ihm, um seine Worte bei der dröhnenden Musik im Club Charisma hören zu können. Der Boden unter ihren Füßen schwankt, und sie ist sich nicht sicher, ob es vom Schaukeln der Fähre oder von ihrem betrunkenen Zustand herrührt.

»Ich hätte gedacht, wir würden etwas machen, woran alle Spaß haben«, fährt er fort. »Vielleicht erst so 'n Abenteuerevent und danach ein Abendessen im Riche. Bist du da öfter mal?«

Madde schüttelt den Kopf und schaut sich nach Zandra um. Sie hofft wider besseres Wissen, dass sie jeden Moment von der

Tanzfläche zurückkommt, wo sie mit einem von Lasses Kumpels rummacht. Peo, oder wie er heißt.

»Aber ich bin von den anderen Jungs überstimmt worden«, fährt Lasse fort, und als sie sich wieder zu ihm umdreht, hat er eine theatralische Trauermiene aufgesetzt. »Wir haben nicht mehr so engen Kontakt. Haben uns wohl etwas auseinandergelebt. So ist es, traurig, aber wahr.«

Madde trinkt den letzten Rest ihres Gin Tonic aus. Schüttet sich ein paar Eiswürfel in den Mund und zerkaut sie mit den Zähnen, so dass es in ihrem Kopf laut knirscht. Wie eine Steinmühle im Takt der Musik.

»Möchtest du tanzen?«, fragt er.

»Zandra und ich wollen gleich runter in die Karaoke-Bar.«

Als er zu strahlen beginnt, bereut sie ihre Worte umgehend.

»Verdammt, wie geil«, ruft er aus.

»Mmm.«

»Es gibt da ein paar Songs von den Spice Girls, die hab ich voll drauf«, erklärt Lasse und schaut sie erwartungsvoll an, als hoffe er auf eine entsprechende Reaktion.

Er ist wirklich verdammt hässlich.

»Cool«, sagt sie.

»Möchtest du vorher noch einen Drink? Also, wenn du es mir nicht verübelst, dass ich frage. Ich will nicht, dass du glaubst, ich erwarte im Gegenzug irgendwas dafür.«

Sie zögert. Zandra soll verdammt nochmal endlich auftauchen. Nur noch einen Drink, danach geht sie ohne sie los.

»Okay«, antwortet sie. »Dann noch einen Gin Tonic.«

Lasse nickt und dreht sich zum Tresen um. Ihre Füße sind in den hohen Schuhen taub geworden. Sie lehnt sich mit dem Rücken an den Tresen. Erblickt einen attraktiven Typen, doch der schaut sie nicht einmal an. Niemand wird sie auch nur eines Blickes würdigen, solange das Schweinsgesicht hier ist und so tut, als hätte er sie erobert.

»Hier«, sagt er und reicht ihr ein beschlagenes Glas.

»Oh«, entfährt es ihr, »das ging aber schnell.«

»Bei der ersten Bestellung gebe ich immer reichlich Trinkgeld«, erklärt er selbstzufrieden. »Dann wird man für den Rest des Abends gut bedient.«

Sie muss kichern. Das kleine Schweinchen legt es wirklich darauf an, ihr zu imponieren.

»Worüber lachst du?«, fragt er lächelnd.

»Ach, über nichts.«

Jemand stößt gegen ihren Arm, und sie schaut sich irritiert um. Ein nach Schweiß riechender Mann im Anzug mit einem spärlichen Flaum auf der Glatze starrt zurück.

»Könnten Sie vielleicht mal Ihre Titten einziehen, damit man vorbeikommt?«, ruft er.

»Jetzt machen Sie aber mal halblang«, entgegnet Madde.

»Ja, machen Sie halblang, Mann«, pflichtet Lasse ihr bei.

»Es ist ja wohl nicht meine Schuld, dass sie so verdammt fett ist und ihre Titten die halbe Bar einnehmen«, brüllt der Mann.

Madde beginnt zu lachen, so dass ihr Drink überschwappt. »Warum sind Sie eigentlich so wahnsinnig auf meine Titten fixiert? Vielleicht, weil Sie wissen, dass Sie sie niemals angrapschen dürfen?«

Sie ahnt Lasses nervösen Blick aus den Augenwinkeln.

»Wollen Sie eins aufs Maul, oder was?«, fragt der Mann, während der Schweißgeruch seines Jacketts sie fast erstickt.

»Ich will gar nichts von Ihnen«, entgegnet sie.

»Wollen Sie es etwa wagen, eine Frau zu schlagen?«, stößt Lasse hinter ihr hervor.

Die Augen des Mannes verengen sich, und Madde bekommt es plötzlich mit der Angst zu tun. Lasse bemüht sich zwar, so zu klingen, als hätte er vor, ihre Ehre zu verteidigen, aber sie hat das Gefühl, dass er nicht zögern würde, sie als menschlichen Schutzschild zu benutzen.

»Sie ist es doch verdammt nochmal gar nicht wert«, spuckt der Mann verächtlich aus.

Madde zuckt mit den Achseln. »So etwas sagen nur Feiglinge wie Sie«, ruft sie ihm nach, als er von dannen schlurft.

Sie lehnt sich wieder an den Tresen und saugt heftig an ihrem Strohhalm.

»Ich hoffe, er hat dir nicht die Laune verdorben«, flüstert Lasse ihr sanft ins Ohr.

»Warum sollte er?«

Er zögert. »Weil er dich als … fett bezeichnet hat.«

Madde fährt sich mit einer Hand durchs Haar. »Bin ich ja auch«, entgegnet sie, ohne ihn anzuschauen.

»Aber nur dem zufolge, was die Leute als Norm ansehen«, erklärt er. »Was meiner Ansicht nach auf einem völlig kranken Schönheitsideal beruht.«

Sie nimmt einen weiteren Schluck. Spürt sein Zögern. Das kleine Schweinchen ringt verzweifelt nach Worten.

»Du bist wirklich … wow«, sagt er schließlich. »Du stehst dazu, wie du bist.«

»Und wie bin ich?«, fragt sie und schaut ihn an. »Deiner Meinung nach?«

Er fährt sich mit der Zunge über die Schneidezähne. »Du bist irgendwie du selbst. Hast dich für nichts zu entschuldigen. Kleidest dich sexy und forderst dennoch Respekt, nach dem Motto: *Nimm mich, wie ich bin, oder zieh Leine.* Du bist in deinem Körper zu Hause. Kapierst du, was ich meine? Du hast dich für nichts zu entschuldigen.«

Er sieht aus, als hätte er ihr gerade ein phantastisches Geschenk gemacht und verstünde nicht, warum sie nicht überglücklich ist. Aber sie braucht keine Bestätigung von diesem Schweinsgesicht. Sie will einfach nur Spaß haben, den sie im Augenblick aber verdammt nochmal nicht mehr hat. Madde stellt ihr Glas ab und schiebt die Riemen ihrer Handtasche über die Schulter hoch.

Sie will ihm gerade sagen, dass sie jetzt vorhat zu gehen, als Zandra mit ihrer neuesten Eroberung im Schlepptau auftaucht.

»Jetzt stürmen wir alle zusammen die Karaoke-Bar!«, ruft sie.

Die gesamte Junggesellengang grölt zustimmend. Auch das Schweinsgesicht. Madde sieht ein, dass sie ihn wohl kaum loswerden wird, wenn sie Dan Appelgren heute Abend noch sehen will.

Er merkt, dass die Leute einen so großen Bogen wie möglich um die Bank machen, auf der er liegt, und sich dabei fast an der Reling entlangquetschen. Er schaut sie nicht an. Will nicht gesehen werden. Hört lediglich ihre Schritte. Hört, wie ihre Gespräche verstummen, wenn sie vorbeigehen.

Er kann sich nicht bewegen. Kann nicht mal mehr rufen. Sein Körper hat sich gewissermaßen abgeschaltet. Nur sein Herz schlägt laut gegen die harte Bank unter seinem Brustkorb, während ein geräuschvolles Knirschen seinen Kopf erfüllt. Wie eine harte Schale, die zerspringt, während sich andere harte Dinge irgendwohin ihren Weg bahnen. Weichteile, die mit einem feuchten Schmatzen zerrissen werden. Es tut weh. So weh. Wie Nadelstiche, nein, wie Stifte, die seinen Schädel durchbohren. Er fährt sich mit der Zunge über den Gaumen, dessen Oberfläche hart wie Knorpel geworden ist.

Wenn er seine Zähne mit der Zungenspitze berührt, geben sie nach. Bewegen sich leicht im Kiefer. Es schmeckt nach Blut. Er kann nicht umhin, erneut mit der Zungenspitze nachzufühlen. Ein Schneidezahn lockert sich. Ein Rinnsal warmen Blutes läuft aus dem Loch im Zahnfleisch hinunter in seinen Hals.

Weitere Zähne werden locker, einige von ihnen zerbrechen. Sie füllen seine Mundhöhle wie klebrige Kiesel. Er saugt das Blut und das Zahnmark in sich auf, bevor er seinen Mund öffnet und die Zähne herausfallen lässt. Mit einem hohlen Klicken landen sie auf den Brettern der Bank. Einige fallen durch die breiten Zwischenräume hindurch auf den Boden.

Seine Backenzähne lösen sich zuletzt. An ihnen bleiben kleine Klümpchen von zerfetztem Zahnfleisch hängen, das er zusammen mit dem Blut hinunterschluckt. Als er sie ausspuckt, klingt es, als hätte er eine Handvoll Würfel geworfen.

Blut, so viel Blut. Sein Mund droht fast überzulaufen, obwohl er schluckt und schluckt. Seine Zungenspitze fährt übers Zahnfleisch und spürt die gleichmäßigen Reihen mit tiefen Löchern. Er saugt heftiger. Saugt alles Blut aus ihnen heraus.

In einem der Löcher schneidet etwas Scharfkantiges eine tiefe Wunde in seine Zungenspitze. Ein abgesplittertes Stück, der Rest eines Zahns? Nein. Das Scharfkantige bewegt sich. Dringt nach oben. Jetzt spürt er es an mehreren Stellen. Neue Zähne, die die alten ersetzen. In seinem Kopf knirscht es immer noch überall, doch jetzt hat die Lautstärke abgenommen. Der Weg ist frei für das, was da kommt. Dann wird alles still.

In einiger Entfernung kann er noch immer Leute hören. Auch das dumpfe Dröhnen von den Motoren der Fähre ist allgegenwärtig und fühlt sich jetzt wie ein Teil von ihm an. Doch in seinem Inneren ist es still, so still, wie er es noch nie erlebt hat!

Er schluckt, aber nun kommt kaum noch Blut nach.

Plötzlich wird ihm bewusst, weshalb diese Stille herrscht. Er hört seinen eigenen Puls nicht mehr. Das Blut in seinen Adern hat aufgehört zu fließen.

Sein Herz schlägt nicht mehr.

Welch eine Leere das Ausbleiben seiner Herzschläge in seinem Brustkorb hinterlassen hat.

Der Gedanke daran ist geradezu beruhigend. Wenngleich auch sonderbar.

Doch dann überrollt ihn die nächste Schmerzwelle, die seinen Körper sterben lässt.

CALLE

Die leichten Vibrationen des Fußbodens, das vertraute Ziehen im Magen, wenn die Charisma ihre Richtung ändert. Alles Erinnerungen daran, dass sie keinen festen Boden unter den Füßen haben. Bald erreichen sie Åland.

Der Whisky hat aufgehört, in Calles Kehle zu brennen. Er gleitet hinunter wie weicher, fließender Samt. Er schließt die Augen. Konzentriert sich auf die Geräusche, um nicht daran denken zu müssen, was Vincent irgendwo hier an Bord gerade macht. Er hört ein Glas zerspringen, das Lachen weiter hinten auf der Tanzfläche, die Sängerin, die *Lächelnde goldbraune Augen* trotz des flotten Tempos wie einen Song aus einem Film noir klingen lässt, das Klirren von Glas, als eine Bedienung den Tisch abräumt.

Calle öffnet die Augen und trinkt den letzten Schluck Whisky. Die Lichtkegel gleiten noch immer auf dieselbe Art und Weise über die Tanzfläche wie früher. Selbst die Stimmen um ihn herum scheinen dieselben zu sein. Und hinter der Bar steht Filip und zapft mit Bewegungen Bier, die Calle zutiefst vertraut sind.

Es ist, als hätte er sich nur eingebildet, seinen Job hier auf der Fähre aufgegeben zu haben. Als wäre alles, was seitdem geschehen ist, nur ein Traum gewesen. Ihn befällt das irre Gefühl, dass die Charisma ihn in sein altes Leben zurückgesaugt hat. Einmal war es ihm gelungen, sich ihr zu entziehen, doch dann hat die Fähre ihn mit der idiotischen Idee gelockt, Vincent hier an Bord einen Heiratsantrag zu machen, und er war geradewegs in die Falle getappt. Die Fähre hat alles zerstört. Hat ihn wieder fest im Griff.

Calle führt sein Glas erneut zum Mund, bevor er merkt, dass es bereits leer ist. Es ist schon sein zweiter Drink, und Filip hat ihm jedes Mal ordentlich eingeschenkt.

Er schaut auf die Tanzfläche. Die Mädels, die zuvor an der Bar standen, haben nun einen Kreis gebildet und singen den Text beseelt mit. Ein Paar knutscht wild herum, während beide intensiv den Po des anderen kneten. Ein Mann mit Cowboyhut steht allein mit erhobenen Armen da und wankt vor und zurück wie ein Kind, das gerade gelernt hat, alleine zu stehen. Calle hat zwar keinen der Anwesenden je zuvor gesehen, doch irgendwie kommen ihm alle bekannt vor.

»Warum sitzen Sie denn ganz alleine hier?«, hört er plötzlich eine Stimme mit finnischem Akzent in sein Ohr brüllen, woraufhin er zusammenzuckt.

Als er aufschaut, steht eine Frau dicht neben ihm. Sie trägt ein kurzes Glitzershirt, das oberhalb ihres Bauchnabels endet. Ihr Haar ist weißblond und fällt in stumpfen Locken um ein niedliches Gesicht mit einer kleinen spitzen Nase. Sie sieht ausgezehrt aus, wie jemand, der ein hartes Leben hinter sich hat, aber sie strahlt auch etwas Majestätisches aus. Es ist dieselbe Frau, die damals immer gesagt hat, sie würde am liebsten für immer auf der Charisma leben. Hier steht sie nun, die Protagonistin aus einer seiner klassischen Storys vom Leben an Bord.

Doch sie erkennt ihn nicht wieder.

»Kommen Sie, wir tanzen!«, ruft sie und ergreift zielstrebig seine Hand. »Ich liebe diesen Song!«

»Nein danke«, lehnt Calle ab. »Nicht heute Abend.«

»Was soll das heißen, nicht heute Abend? Wir haben doch nur diesen Abend hier!«

Sie grinst, doch er weiß, dass ihre Stimmung jeden Moment in Aggressivität umschlagen kann. Er schüttelt den Kopf.

»Ich kann nicht«, erklärt er.

»Natürlich können Sie«, entgegnet sie und zerrt so heftig an seinem Arm, dass er fast vom Sessel fällt. Sie beginnt zu lachen. »Upps! Kommen Sie schon!«

»Würden Sie mich bitte in Ruhe lassen?«, bittet Calle sie und bereut es umgehend. »Sorry, aber …«

»Was zum Teufel machen Sie denn hier, wenn Sie nicht tanzen wollen?«

»Ich habe einen richtig beschissenen Abend hinter mir«, erklärt er und bemüht sich, entschuldigend zu lächeln.

»Ich kann Sie wieder aufmuntern, versprochen.«

Ihr Griff wird fester. Ihre Fingernägel sind abgekaut, und die Ränder enden tief im Nagelbett.

»Vielen Dank«, sagt Calle. »Aber ich möchte nicht.«

»Nun kommen Sie schon, seien Sie doch nicht so verdammt steif!«

Er zieht seine Hand zurück, die in ihrem Griff zu schwitzen begonnen hat.

»Heute ist nicht mein Tag«, erklärt er. »Es ist besser, wenn Sie jetzt gehen.«

Es folgt eine lange Tirade auf Finnisch, in deren Verlauf er einige Begriffe als Schimpfworte ausmachen kann.

»Sie halten sich wohl für etwas Besseres, oder?«, beendet sie ihren Wortschwall.

Ihm fehlt die Kraft, es ihr ein weiteres Mal verständlich zu machen. Sie ist so betrunken, dass sie völlig die Kontrolle über ihre Gefühle verloren hat. Sie sinkt schwer in den Sessel neben seinem, und er ist sich nicht ganz sicher, ob sie hineingefallen ist oder sich bewusst hingesetzt hat.

»Nein«, entgegnet Calle matt. »Glauben Sie mir. Im Augenblick halte ich mich bestimmt nicht für etwas Besseres.«

»Was habe ich denn falsch gemacht?«, fragt sie anklagend und wirft den Kopf in den Nacken. »Sie können es mir gern sagen, ich verkrafte das.«

Calle weiß nicht, was er antworten soll. Was spielt es auch für eine Rolle? Morgen wird sie sich sowieso nicht mehr daran erinnern. Er hebt hilflos die Arme.

»Na, dann eben nicht. Selber schuld«, sagt sie. »Sie wissen ja nicht, was Sie verpassen.«

Sie schüttelt verächtlich den Kopf und schaut weg. Calle will sich gerade aus dem Staub machen, als er Vincent in der Bar erblickt.

Calle sieht nur seinen Nacken und eine seiner Schultern, aber das genügt ihm.

Vincent stellt Filip gerade eine Frage, doch der schüttelt bedauernd den Kopf. Genau wie er es Calle versprochen hat.

Calle steht auf und stellt fest, dass er betrunkener ist, als er angenommen hat. Er stellt sich hinter einen achteckigen Pfeiler, der mit rauchfarbenem Spiegelglas verkleidet ist und die Lichtkegel von der Tanzfläche reflektiert. Ein lächerliches Versteck. Er macht sich lächerlich. Steht hier und versteckt sich vor dem Mann, den er vor ein paar Stunden noch hat heiraten wollen.

Die Frau, die an Bord der Charisma leben möchte, ist in ihrem Sessel eingeschlafen.

MADDE

»Wie sieht's aus, Mädels?«, ruft Dan Appelgren. »Habt ihr euch hier an Bord bislang gut amüsiert?«

Das Scheinwerferlicht auf Maddes Gesicht fühlt sich heiß an. Der Raum hinter ihnen ist in dunstiges Dunkel gehüllt. Dan hat seinen Arm um sie gelegt. Seine Hand ruht auf ihrer Schulter. Er riecht verdammt gut. Genau, wie sie es sich ausgemalt hat. Nach herbem Aftershave und warmer Haut. Mit einer dezenten Schweißnote. Er riecht nach Sex. Wie am Morgen danach. Und vor neuem Sex. Sein Körper fühlt sich an ihren weichen Kurven so fest an. Seine Muskeln sitzen wie festgeschraubt, genau an den richtigen Stellen. Die oberen Knöpfe seines Hemds sind geöffnet, und in seinem Ausschnitt erblickt sie kurze weiche Haarsträhnen, die sich auf seinem Brustkorb nach oben hin ausbreiten. Sie würde sie am liebsten mit ihren Fingerspitzen berühren. An seiner Halsbeuge schnuppern.

»Sehr gut«, antwortet Zandra.

Wie immer, wenn sie gestresst ist, wird ihr Dialekt stärker.

»Prima, prima«, sagt Dan. »Und wo kommt ihr her?«

»Ursprünglich aus Boden«, antwortet Zandra und erntet johlenden Beifall von jemandem aus dem Dunkel vor ihnen. »Aber jetzt wohne ich in Gubbängen, und Madde wohnt in Sundbyberg.«

»Super. Und was wollt ihr heute Abend für uns singen, Mädels?«

»*You're the one that I want*«, antwortet Madde.

»Okay«, sagt Dan und zwinkert ihr zu. »Da steht ihr also hier und macht mir ein unmoralisches Angebot?«

Madde hört Lacher aus dem Publikum, und es dauert ein wenig, bis sie den Gag kapiert. Zandra kichert schrill und ist kurz davor, sich in eine johlende Lachmöwe zu verwandeln.

»Schon möglich«, antwortet Madde.

Dan schenkt ihr ein warmes Lächeln.

»Wer von euch wird denn Sandy singen? Und wer Danny?«

Zandra schaut Madde unsicher an. Sie haben den Song schon unzählige Male gesungen, seit *Grease* damals eine Art Revival erlebt hat und sie beide in die Oberstufe gingen. Aber sie haben den Song nie unter sich aufgeteilt. Beide haben immer alles gesungen.

»Zandra kann von mir aus Sandy sein«, erklärt Madde. »Sie ist die *Bravere* von uns beiden.«

Lachen im Hintergrund. Vereinzelte Pfiffe.

Es ist so einfach, mit Dan zu reden. Es fühlt sich völlig natürlich an. Nicht nur, dass *er* witzig ist. Auch sie selbst blüht in seiner Gesellschaft auf.

»Also dann«, ruft Dan, und sie sieht ihm an, dass er dasselbe empfindet. »Legen wir los!«

Das Publikum geht von Beginn an mit. Klatscht im Takt, sobald die Musik einsetzt. Madde holt tief Luft. Heftet ihren Blick auf die ersten Textzeilen auf dem Bildschirm. Wartet darauf, dass die Farbe wechselt. Sie kommt sich vor wie eine Sprinterin im Startblock.

Zandra kichert erneut.

Und dann beginnt sie zu singen.

I got chills, they're multiplyin'

Die letzte Nervosität fällt von ihr ab. Madde kann gut singen. Das kann ihr keiner nehmen. Sie ist eine Sprinterin, die raumgreifende Schritte macht. Ihre ganze Kraft zum Einsatz bringt. Sie merkt, wie sich positive Energie im Raum ausbreitet.

and I'm losin' control

Gejohle und anerkennende Pfiffe.

Unterhalb der Bühne steht Dan und schaut sie überrascht an.

Marianne und Göran gehen auf den Gang hinaus und lassen das Charisma Starlight und die Schlagermusik hinter sich. Sie kommen am Casino vorbei. Am Pub. Am Café. Das Restaurant Poseidon hat mittlerweile geschlossen, und die Tische sind bereits für den morgigen Tag hübsch eingedeckt. Sie gehen weiter in Richtung Bug, bis sie wieder am inzwischen dunklen Buffetrestaurant ankommen, wo sie zu Abend gegessen haben. Betreten einen der Aufzüge neben dem Treppenhaus, und Göran drückt den Knopf für Deck Nummer fünf.

An einer der Spiegelwände hängt ein gerahmtes Plakat mit einer Frau im Bademantel. Sie hat Gurkenscheiben auf den Augen und neben sich ein hellgrünes Getränk stehen. *Gönnen Sie sich eine Luxusbehandlung im Charisma Spa & Beauty*, fordert sie der romantische Schriftzug auf. Marianne betrachtet sich im Spiegelglas und ist bestürzt. Sie ist ganz rot im Gesicht, ihre Haut glänzt, und ihre Haare stehen in alle Richtungen ab. Sie fährt sich mit den Fingern durch die wirren Strähnen.

»Du siehst gut aus, so wie du bist«, sagt Göran.

Sie lässt die Hand sinken. Schaut ihn an. Er beugt sich vor und gibt ihr einen flüchtigen Kuss. Der Bartansatz über seiner Oberlippe kitzelt sie leicht am Mund. Ihr entfährt ein leiser, überraschter Seufzer, und sie spürt, dass sich seine Lippen zu einem Lächeln weiten, bevor sie sich von ihren lösen.

Sie vermisst sie bereits.

Der Aufzug hält an, und sie schaut zu Boden. Merkt, dass sie mit den Schuhspitzen in Erbrochenem steht. Sie blickt rasch wieder auf. Göran hakt sie unter und scheint nichts gemerkt zu haben. Sie betreten die fünfte Etage. Unmittelbar vor ihnen befindet sich die Stahltür, durch die sie am frühen Abend an Bord gegangen sind. Göran führt sie nach links, doch Marianne bleibt stehen, als sie eine junge Frau erblickt, die völlig fertig auf dem

Boden neben dem Aufzug kauert. Eine Strähne ihrer blonden Haare klebt an ihrer Wange, und es herrscht kein Zweifel daran, dass das Erbrochene unter Mariannes Schuhsohlen von ihr stammt.

»Geht es Ihnen nicht gut?«, fragt Marianne prüfend, doch die Frau reagiert nicht.

»Komm jetzt«, fordert Göran sie auf.

»Sollten wir ihr nicht helfen?«

»Sie hat nur ein wenig zu viel intus. So wie es aussieht, schläft sie doch gut.«

»Aber ...«

»Das Wachpersonal wird sich schon um sie kümmern.«

Marianne nickt unsicher. Göran führt sie weiter. Sie erreichen einen langen Korridor, den sie weiter in Richtung Bug gehen. Marianne bemüht sich diskret zu schlurfen, damit so viel wie möglich vom Erbrochenen im Teppichboden hängen bleibt.

Sie passieren reihenweise Kabinentüren. Hinter vielen von ihnen ist Musik zu hören. Außerdem Lachen, Schreie und unmissverständliches Stöhnen. Am Ende des Korridors befindet sich eine große Glastür. Als Göran sie öffnet, wird Marianne von einem eiskalten Windstoß erfasst, der die Haut unter ihrer feuchten Bluse augenblicklich erzittern lässt. Zumindest hat es aufgehört zu regnen.

Sie folgt ihm hinaus auf ein großes Außendeck und passiert die giftigen Schwaden einer kleinen Gruppe von Leuten, die draußen stehen und rauchen. Sie gehen auf die Reling am Bug zu. Göran wölbt seine Hände um eine Zigarette. Der Wind zerrt an ihren Haaren, und dankbar atmet sie die frische Luft mehrmals tief ein. Als Göran einen genüsslichen Zug nimmt und ihr fragend die Zigarettenschachtel hinhält, schüttelt sie den Kopf. Weit vor sich können sie glitzernde Lichter erkennen. Sie schaut aufs Wasser. Ist wie hypnotisiert von der weißen Gischt, die am Schiffsrumpf entlangströmt, und der Wucht der Wellen sowie dem monotonen Dröhnen. Irgendwo unter der Wasseroberfläche liegt ihre fensterlose Kabine, in der sie sich vor dem Abendessen umgezogen hat. Sie fröstelt im kalten Wind, und Göran zieht sie näher zu sich heran.

Das Dröhnen der Motoren verändert sich. Die Vibrationen unter ihren Füßen werden stärker.

»Spürst du, dass wir langsamer werden?«, fragt er und deutet auf die Lichter vor ihnen. »Gleich erreichen wir Åland.«

»Aber die Fähre fährt doch nach Åbo«, wendet sie ein. »Liegt Åbo denn nicht in Finnland?«

Marianne beißt sich auf die Lippe. Kommt sich vor wie eine Idiotin.

»Sie müssen kurz auf Åland anlegen, um steuerfreien Verkauf anbieten zu können. Es hat mit der EU und ihren Bestimmungen zu tun«, erklärt Göran und nimmt einen weiteren tiefen Zug, so dass die Glut knistert. »Aber für die Åländer ist es gut. Sie verdienen einiges daran, wenn mehrere tausend Fähren im Jahr bei ihnen anlegen. Außerdem arbeiten sehr viele von denen auf den Schiffen. Ich glaube kaum, dass irgendwer auf den Inseln arbeitslos ist.«

Marianne schweigt. Stellt fest, wie wenig sie über die Åland-Inseln weiß. Sie hat nie über diese Inselgruppe nachgedacht. Bislang war sie ihr immer wie ein Phantasiegebilde vorgekommen.

»Schon erstaunlich«, sagt sie schließlich. »Dass man die Vorschriften immer irgendwie umgehen kann, wenn man nur erfinderisch genug ist.«

»Ja. Aber durch die Fähren bekommen die Åländer nicht nur Geld. Wenn die Leute an Bord Mist bauen, werden sie kurzerhand der Polizei auf Åland übergeben. Sie müssen sich also auch mit solchem Kram auseinandersetzen.«

Er lacht auf.

»Ein Kumpel von mir ist ein Jahr nach dem Estonia-Unglück mal hier rausgeschmissen worden. Er wollte sich 'nen Scherz erlauben ... Hat sich in voller Montur unter die Dusche gestellt und ist danach völlig durchnässt in einem der Nachtclubs aufgetaucht, wo er geschrien hat, dass das Bugvisier offen steht. Die Leute haben Todesangst bekommen.«

Er lacht erneut und schüttelt den Kopf. Marianne starrt ihn nur an und fühlt sich plötzlich viel nüchterner, als sie sein möchte.

»Das ist ja wohl das Geschmackloseste, was ich je gehört habe«, sagt sie.

»Er war besoffen«, meint Göran, als würde das alles erklären. In Mariannes Kehle steigt wie ein bitterer Beigeschmack Enttäuschung auf. Der Zauber zwischen ihnen hat sich verflüchtigt. Sie sieht ihm an, dass er es auch merkt.

Sie steht schweigend da und betrachtet erneut die Gischt. Ist froh, dass sie nicht weiß, wo genau die Estonia und ihre Passagiere auf dem Meeresgrund liegen und ob die Charisma womöglich geradewegs über den Unglücksort hinwegfährt. Ihr kommt erneut der Gedanke, dass diese riesige Metallkonstruktion doch eigentlich gar nicht in der Lage sein dürfte zu schwimmen, und sie wird von der kindischen Vorstellung übermannt, dass die Fähre dies irgendwann selbst einsehen und wie ein Stein sinken wird. Marianne merkt, dass sie die Charisma in Gedanken als lebendiges Wesen betrachtet und nicht als ein Schiff, das von ganz normalen Menschen gesteuert wird. Es scheint ihr unmöglich, diese Abertausende von Tonnen unter Kontrolle zu halten, egal, wie ausgefeilt die Technik ist, die dem Kapitän zur Verfügung steht.

»Alles okay?«, fragt Göran.

»Ich finde, man sollte über die Estonia keine Witze machen.«

»Ich weiß. Es war absolut dumm von ihm. Und ich hätte es lieber nicht erzählen sollen.« Er klingt aufrichtig bedauernd.

»Nein, in der Tat. Du hättest zumindest nicht darüber lachen dürfen. Das ist weiß Gott nicht lustig. Es ist respektlos.«

Göran wirft seine Kippe über Bord. Marianne folgt der Glut mit ihrem Blick.

»Hin und wieder bin ich wohl ziemlich gedankenlos«, meint er. »Die Jungs und ich, wir sind, na ja … wir benehmen uns manchmal etwas ungehobelt. Aber ich habe auch noch nie eine Frau wie dich getroffen.«

Er schweigt so lange, bis sie ihn gerade fragen will, was er damit meint, als er sich räuspert.

»Du hast Klasse, Marianne. Ich mag es, wenn du deine Meinung sagst. Entschuldigung.«

Sie verzeiht ihm. Seine Worte rühren sie, und sie will nicht länger mit der lähmenden Enttäuschung allein sein, die ihr bestätigt, dass diese Reise ein Fehler war. Sie möchte viel lieber ein Abenteuer erleben.

»Ich muss mich ebenfalls entschuldigen. Ich habe etwas überreagiert«, erklärt Marianne. »Wahrscheinlich, weil ich eine Freundin hatte, die auf der Estonia umgekommen ist.«

Die Lüge rutscht ihr einfach so heraus, bevor sie es überhaupt bemerkt, und sie bereut es sofort.

Sie wendet sich ab, um nicht seinem Blick begegnen zu müssen. Hinter ihnen türmen sich die oberen Etagen der Charisma auf. Ganz oben, oberhalb der Kapitänsbrücke, sieht sie mehrere Menschen an der Reling stehen.

»Es tut mir wirklich leid«, sagt er. »Stand sie dir sehr nahe?«

»Ich möchte lieber nicht darüber reden. Ich … jetzt hätte ich doch gern eine Zigarette.«

Göran lässt sie los, und ihr Herz pocht wie verrückt. Sie hört das Klicken des Feuerzeugs in seiner gewölbten Hand.

»Das muss wirklich schrecklich sein. Und ich bin geradewegs ins Fettnäpfchen getreten«, sagt er und reicht ihr die Zigarette.

»Ich mit meiner großen Klappe.«

Sie nimmt einen Zug. Atmet prüfend den Rauch ein. Erstaunt darüber, wie gut es ihr immer noch schmeckt. Sie hat schon lange nicht mehr geraucht. Seit wann eigentlich? Irgendwann in den Achtzigern des vergangenen Jahrhunderts. Nicht mal während der Scheidung hat sie wieder angefangen.

»Ach, Schwamm drüber«, meint sie. »Ich will heute Abend nicht daran denken. Es ist lange her, dass ich so viel Spaß hatte.«

»Du hast also Spaß? Mit mir?«

Marianne nickt und schaut ihn schließlich an.

»Gut«, sagt er. »Die Nacht hat schließlich gerade erst angefangen.«

Ebenfalls auf Deck fünf, nur knappe hundert Meter entfernt, sitzt Bosse in seinem Büro. Er trinkt Kaffee aus einem weißen Porzellanbecher mit der Aufschrift BESTER OPA DER WELT. Schaut grinsend auf einen der Bildschirme vor sich. Ein junges Pärchen steht ungeachtet der Sicherheitskameras in einem der kurzen Korridore zwei Stockwerke über ihm an die Wand gepresst. Der Rock des Mädchens ist über die Hüften hochgeschoben. Hin und wieder nimmt sie einen Schluck aus ihrer Flasche. Die Stöße lassen sie mitunter den Flaschenhals mit dem Mund verfehlen, und sie lacht. Auf dem unscharfen Film des Bildschirms wirkt ihr glasiger Blick leer. Bosse schlürft seinen Kaffee. Noch ist er der Einzige, der die beiden aus seiner göttergleichen Perspektive entdeckt hat. Der Mann rammelt jetzt immer härter. Dem Mädchen fällt die Flasche aus der Hand. Dann ist es vorbei. Der Mann knöpft sich die Hose zu, das Mädchen schiebt ihren Rock wieder runter und bekommt noch einen Kuss auf die Wange. Sie bleibt stehen, während er weiter hinten im Korridor verschwindet. Dann dreht sie sich um und betritt eine der Kabinen. Bosse gluckst vor Lachen und schüttelt den Kopf. Sucht auf den anderen Bildschirmen weiter. Erblickt ein blondes junges Mädchen, das hier auf Deck fünf neben den Aufzügen eingeschlafen ist. Eine dunkelhaarige Frau ist mit dem Rücken zur Kamera neben ihr in die Hocke gegangen und rüttelt vorsichtig an ihrer Schulter. Bosse schaut genauer hin, um zu sehen, was geschieht. Das blonde Mädel wacht auf und scheint sich anstrengen zu müssen, um mit ihrem Blick die Frau zu fixieren, die sie anspricht. Das Mädchen nickt. Scheint in ihrer Handtasche nach etwas zu suchen und zieht schließlich eine Schlüsselkarte hervor. Die Dunkelhaarige greift ihr unter die Arme und hilft ihr auf die Beine. Bosse kann einen Blick auf ihr Gesicht erhaschen. Es ist stark geschminkt. Irgendetwas an ihr weckt Unbehagen in ihm. Er zögert. Wirft einen Blick auf das Telefon auf seinem Schreibtisch. Betrachtet erneut die beiden Gestalten auf dem Bildschirm. Jetzt befinden sie sich auf dem Weg in den langen Korridor auf der Backbordseite. Er wechselt die Kamera. Versucht, die beiden weiterhin im Blick zu behalten. Schüttelt das unangenehme Gefühl ab. Ist der Meinung, dass sich das Wachpersonal auf Wichtigeres zu konzentrieren hat.

Die junge Frau heißt Elvira. Sie ist so betrunken, wie sie es noch nie zuvor gewesen ist, und die Frau, die sie aufrecht hält, riecht merkwürdig nach Minze und etwas Süßlichem, Muffigem. Elvira findet die Frau zumindest nett. Sie redet altertümlich und mit einer ruhigen, sanften Stimme. Elvira hätte gern ein Dankeschön hervorgebracht und ihr erklärt, wie sie in diese Situation geraten ist. Ihr gesagt: *Ich wusste, dass ich zu viel getrunken habe, aber ich war es so leid, immer die Langweilerin zu sein, diejenige, die sich nicht gehenlassen kann, und ich wollte wenigstens ein Mal so sein wie sie, wir sind gemeinsam in den Club Charisma gegangen, und danach kann ich mich an nichts mehr erinnern. Es ist so ungerecht, wie oft habe ich den anderen nicht schon geholfen, als sie betrunken waren? Wahrscheinlich durfte ich deswegen überhaupt mitkommen. Aber wenn ich einmal Hilfe benötige, hauen sie einfach ab.* All das würde sie gern zu der fremden Frau sagen, aber ihr Mund gehorcht ihr nicht. Sie bringt nur ein Stöhnen hervor. Sie halten vor einer Tür an, und die Frau schiebt eine Schlüsselkarte in den Schlitz. An ihrer Hand fehlen zwei Finger. Elvira betrachtet sie nur mit einem Auge, während sie das andere geschlossen lässt. Sie versucht, die Frau mit dem Blick zu fixieren, doch das Auge gehorcht ihr nicht. Versucht es mit dem anderen. *Wie beim Optiker. Welches von beiden ist das bessere? Rechts oder links? Kein Unterschied.* Doch sie sieht genügend, um festzustellen, dass die Frau krank ist. Irgendetwas stimmt nicht mit ihrem Gesicht. *Und der Geruch.* Elvira wird erneut von einem Brechreiz übermannt. Sie lässt sich in die Kabine führen. Nachdem die Tür hinter ihr geschlossen wird, schaut sie sich um. *Wir hatten doch beide ein Einzelbett ... warum steht denn hier jetzt ein Doppelbett?* Elvira versucht zu protestieren, aber sie befürchtet, sich erneut übergeben zu müssen. Sie hasst es, sich zu übergeben. Die Frau setzt sie behutsam aufs Bett. Es ist ungemacht. Am Fußende befindet sich ein großer dunkler Fleck auf dem Teppich sowie eine glitzernde Glasscherbe. Elvira vermutet, dass irgendwer hier drinnen gefeiert hat und die Frau deswegen plötzlich so erbost wirkt. Doch dann kann Elvira nicht mehr klar denken. Sie lässt ihren Kopf auf die Brust sinken. Er fühlt sich so schwer an, als würde sie ihn nie wieder anheben können. Die Frau legt sie behutsam auf die Seite. Streicht ihr mit den drei verbliebenen Fingern ihrer rechten Hand übers Haar. Als Elvira versucht, etwas zu sagen, bedeutet ihr die Frau sanft zu schweigen. Elvira schließt die Augen. Sie ist froh, nicht allein zu sein. *Ich ruh mich nur ein wenig aus. Danach frage ich sie, warum wir hier sind.*

Die dunkelhaarige Frau hat Angst. Aus dem Fleck auf dem Teppich dringt noch immer der Geruch von Blut. Sie fragt sich, wie ihr Sohn nur ein derart großes Risiko eingehen konnte. Offenbar war er verzweifelt. Es hat viel zu lange gedauert, dieses Mädchen zu finden. Die Frau muss an die ältere Dame denken, die ihr schon zu Beginn des Abends von ihrem Tisch im McCharisma aus aufgefallen war. Sie hatte eine große Einsamkeit ausgestrahlt, doch dann hat sie Freunde gefunden. Die dunkelhaarige Frau täuscht sich normalerweise nicht. Ihre ungezügelt aufflammende Hoffnung hat einen Hunger hinterlassen, der noch stärker war als zuvor. Sie betrachtet erneut den Blutfleck auf dem Teppich. Fragt sich, wo die Leiche jetzt wohl ist. Wo ihr Sohn sich aufhält. Und ob er es womöglich getan hat, um sie zu bestrafen. Sie weiß, wie sauer er auf sie ist. In Stockholm hatten sie es gutgehabt. Die Stadt, in der alles anfing, war das einzige richtige Zuhause, das sie je hatten. Doch sie konnten nicht bleiben. Sie können nirgends bleiben. Sie muss an das Wohnmobil auf dem Autodeck denken. Alles, was sie besitzen, hat Platz darin. Nach einem so langen gemeinsamen Leben ist nur ein so lächerlicher Rest übrig geblieben. Sie dreht sich zu Elvira um. Legt ihr eine Hand in den Nacken. Ertastet mit ihren Fingern ihre Rückenwirbel. Zählt sie von oben nach unten durch. Elvira murmelt etwas vor sich hin, öffnet jedoch nicht die Augen.

Einer der Lastwagen auf dem Lkw-Deck ist von einem Mann namens Olli an Bord gefahren worden. Er schläft tief und traumlos in seiner Kabine unter der Wasseroberfläche. Auf dem Boden unterhalb seines Bettes steht eine halbleere Flasche russischer Wodka aus dem Taxfree-Shop. Als es an seiner Tür klopft, dauert es eine Weile, bis er aufwacht. Er tastet nach der Nachttischlampe und blinzelt im Gegenlicht. Olli ist betrunken. Er ist überzeugt davon, dass man ihn eines Tages bei einer Alkoholkontrolle festnehmen und er es wahrscheinlich als Erleichterung empfinden wird. Er braucht den Alkohol, um im Schlaf den Stress und die ständigen Rücken- und Schulterschmerzen abzuschütteln. Er denkt an die vielen Stunden, die er morgen noch fahren muss. Viel zu viele. Die Spedition verstößt regelmäßig gegen die Vorschriften. Sie betrügt so oft. Häufig erfährt er gar nicht, was er transportiert, und er hat den Verdacht, dass es gute Gründe dafür gibt. Es klopft erneut. *Minä tulen, minä tulen, ota helvetissä iisisti*, brummt Olli und wirft ein Auge auf sein Handy. Stellt fest, dass er erst ein paar Stunden geschlafen hat. Kratzt sich in den buschigen Haaren auf seiner Brust. Erst als er die Türklinke hinunterdrückt, wird ihm bewusst, dass er bloß mit einer Unterhose bekleidet ist. Er öffnet die Tür nur einen Spaltbreit. Ein kleiner blonder Junge, der aussieht, als sei er um die fünf Jahre alt, steht im Korridor. Schaut ihn mit großen, von Tränen glänzenden Augen an. Mit einem herzförmigen Gesicht und einer kleinen, geraden Nase. Er zieht nervös an den Bändern seines roten Kapuzenpullis. *Ich kann meine Mama nicht wiederfinden*, sagt er. Olli erblickt auf seinem Körper mehrere kleine zickzackförmige Narben, die unter dem Halsausschnitt seines T-Shirts hervorlugen. Sie sind rosafarben und glänzen, sehen frisch verheilt aus. Er fragt sich, woher der Junge wohl diese Narben hat. Ihn durchfährt ein Schauder. Er öffnet die Tür ganz.

Auf der schmalen Treppe hinunter zu ihrem Deck liegt kein Teppichboden. Sie kommen an Türen vorbei, die hinaus aufs Autodeck der Fähre oder noch weiter nach unten führen. Erreichen eine Stahltür. Als sie sie öffnen, schlägt ihnen Toilettengestank entgegen, und das Dröhnen der Motoren wird lauter.

»Ich hätte nie eine Kabine hier unten gebucht, wenn ich gewusst hätte, wie es hier aussieht«, sagt Marianne und steigt die letzten Stufen hinunter.

Das Licht im Korridor von Deck zwei ist kalt und unbarmherzig. Der Bodenbelag ist gröber und verschlissener.

Alles schreit förmlich nach Unterschicht, denkt Marianne. Buchstäblich die unterste Kaste. Es riecht sogar nach Kloake.

Wenn sie doch nur in Görans Kabine hätten gehen können! Doch er teilt sie mit drei Freunden, und Marianne hat keine Lust darauf, dass die womöglich mitten im Geschlechtsakt hereinpoltern.

Sie spürt, wie sie errötet. Sosehr sie auch versucht, sich selbst vorzugaukeln, dass sie nicht wüsste, was geschehen wird und was sie selbst will, ertappt sie sich bei Gedanken wie dem gerade eben.

Ihre Verwirrung nimmt zu, während Göran und sie in den klaustrophobischen Gängen nach ihrer Kabine suchen. Sie sind eine andere Treppe hinuntergekommen als die, die sie zuvor alleine hinaufgegangen war, und sie kapiert die Nummernabfolge im Korridor nicht. Durch ihre Nervosität wird ihr Orientierungssinn auch nicht gerade besser, doch schließlich stehen sie ganz hinten in einem kurzen Korridor vor der Kabine mit der Nummer 2015. Sie geht vor ihm hinein. Setzt sich auf das Einzelbett und schaltet die kleine Leselampe ein. Streift sich die Schuhe ab, was unglaublich wohltuend ist. Zieht die Beine aufs Bett hoch und setzt sich in den Schneidersitz. Das fast unmerkliche Schwanken des Schiffes verursacht ihr ein leichtes Schwindelgefühl. Hinzu kommt die Wirkung des Alkohols, die sie nicht leugnen kann, obwohl sie sich erstaunlich nüchtern fühlt. Präsent. All ihre Sinne sind hellwach.

Göran schließt die Tür hinter ihnen, und als sie ihn so groß und breitschultrig mitten in ihrer Kabine stehen sieht, wird ihr bewusst, wie winzig der Raum tatsächlich ist.

»Und du wolltest dir diese Kabine mit deiner Freundin teilen?«, fragt er.

Marianne schüttelt den Kopf.

»Nein, natürlich nicht. Sie hatte die Kabine nebenan«, antwortet sie und bereut ihre Worte umgehend, denn wie würde sie es ihm erklären, falls sie da drinnen jemanden hören sollten? »Oder ein paar Türen weiter, ich weiß nicht mehr, was sie gesagt hat.«

Die Wand am Kopfende des Bettes knarrt. Von der anderen Seite her presst sich das eiskalte Wasser der Ostsee mit seiner ganzen Wucht gegen den Schiffsrumpf.

Göran setzt sich neben sie. Seine Haare sind zu einem Pferdeschwanz zusammengebunden. Es gefällt ihr. Er hat eine schöne Kopfform.

»Bist du sicher, dass deine Freunde es dir nicht übelnehmen, dass du einfach gegangen bist?«, fragt sie.

»Sie kommen schon allein zurecht«, antwortet Göran und zwinkert ihr zu. »Außerdem hätten sie dasselbe gemacht, wenn sie die Gelegenheit dazu gehabt hätten.«

Marianne lächelt. Fragt sich, ob er meint, dass seine Freunde mit jeder x-beliebigen Frau weggegangen wären oder einzig und allein mit ihr, weil sie sie ebenfalls attraktiv finden. Sie ertappt sich dabei, Letzteres zu hoffen. Es ist schon fast lächerlich, wie sehr sie nach Anerkennung lechzt.

»Was ich vorhin gesagt habe, meine ich übrigens ernst … Es ist wirklich lange her, dass ich so viel Spaß hatte«, sagt sie. »Ich dachte schon, ich hätte vergessen, wie es ist.«

Er lacht auf. »Das kann ich kaum glauben.«

Ihr Rock ist über die Knie hochgerutscht, und sie zieht leicht am Stoff und ändert ihre Sitzposition, bis sie wieder bedeckt sind.

»Wenn du wüsstest«, sagt sie.

Die Sekunden verrinnen.

»Merkst du auch, wie still es geworden ist?«, fragt Göran, und Marianne nickt.

Dann begreift sie, dass er das Schiff meint. Die Vibrationen haben nachgelassen. Man hört nur noch ein leises Brummen.

»Wir haben auf Åland angelegt«, erklärt er.

Marianne nickt nur, denn ihr fällt kein passender Kommentar dazu ein. Auf dem Weg hierher hat Göran ihr von all den Wracks erzählt, die um die Inseln herum auf dem Meeresgrund verstreut liegen. Von dem Champagner, der von einem französischen Schiff geborgen wurde, das Anfang des neunzehnten Jahrhunderts auf der Fahrt nach Russland in der Nähe gesunken war. Die Flaschen waren vor ein paar Jahren für Hunderttausende von Kronen pro Stück verkauft worden. *So gut kann kein Champagner sein, wie viel Geld man auch immer haben mag*, hatte sie entgegnet. *Leute, die so etwas kaufen, müssen wirklich ganz schön arm dran sein.* Damit hatte sie Göran zum Lachen gebracht.

Er mag sie. Definitiv. Sie sieht es an seinem Blick.

»Es ist übrigens auch ziemlich lange her, dass ich so etwas gemacht habe«, erklärt sie.

»Was meinst du?«, fragt Göran, und diesmal merkt sie zum Glück, dass er sie neckt, bevor sie sich vor ihm erniedrigt, indem sie ihre Äußerung weiter ausführt.

»Es ist irgendwie komisch«, sagt sie. »Wir kennen einander kaum, und jetzt … jetzt sind wir hier. Aber ich weiß überhaupt nichts über dich.«

»Du weißt, dass ich alleine in einer Wohnung in Huddinge lebe. Und dass die Jungs und ich früher zusammen beim Televerk gearbeitet haben.«

»Das ist nicht gerade viel.«

»Da gibt es auch nicht viel zu erzählen«, sagt er und lehnt sich mit dem Rücken an die Wand. »Aber wenn du etwas wissen willst, frag nur.«

Wie er so dasitzt, breitbeinig, die Hände vorm Bauch gefaltet und die Füße fest auf dem Boden stehend, sieht er völlig entspannt aus. So unbekümmert. Es gibt vieles, was Marianne wissen möchte, doch keine der Fragen, die in ihrem Kopf auftauchen, erscheint ihr im Augenblick angebracht.

Was machst du, wenn du allein bist? Hast du dich schon mal richtig einsam gefühlt? Wie waren deine Eltern? Glaubst du an Gott? Bist du schon mal ernsthaft krank gewesen? Glaubst du, dass das hier womöglich der Beginn von Liebe sein könnte? Kannst du dir vorstellen, mich wirklich zu mögen? Würdest du es auf Dauer mit mir aushalten?

»Ich weiß ja nicht einmal, ob du verheiratet warst«, sagt sie. »Oder ob du Kinder hast.«

»Verheiratet ja«, antwortet er. »Kinder nein.«

Wie war deine Frau? Wollte sie Kinder und du nicht? Habt ihr euch deswegen scheiden lassen? Wie war es zwischen euch? Wenn aus uns etwas wird und wir zusammenkommen, was muss ich dann tun, um es nicht kaputtzumachen?

»Gibt es denn nichts, was du über mich wissen möchtest?«, fragt sie.

»Nein«, sagt er und legt ihr eine Hand auf den Oberschenkel. Er fährt spielerisch mit den Fingern über den Stoff ihres Rockes. »Mir gefällt es, dass du ein Mysterium bist.«

Marianne überrascht sich selbst mit einem Lachen. »Ich habe mich nie als besonders mystisch angesehen.«

Sie holt tief Luft. Beschließt, alle Versuche aufzugeben, die entscheidende Frage zu finden, die es ihr in gewisser Weise erleichtern würde, mit einem Fremden ins Bett zu gehen.

Die Situation ist zu zerbrechlich für Worte. Wenn sie das jetzt nicht kaputtmachen will, muss sie den Mund halten.

Göran legt sich auf die Seite und stützt seinen Kopf auf eine Hand. Die Finger seiner anderen Hand verschwinden unter ihrem Rock. Bahnen sich einen Weg an der Innenseite ihrer mit Nylonstrümpfen bedeckten Oberschenkel hinauf. Die Berührung verursacht ihr eine Gänsehaut, die in Wellen an ihrem Rückgrat entlang hinauf- und hinunterströmt, um sich weiter über ihre

Arme auszubreiten und in die tiefsten Ecken und Winkel ihres Körpers zu dringen.

Göran kommt ihr überhaupt nicht wie ein Fremder vor. Sie weiß alles, was sie im Augenblick über ihn wissen muss. Später wird noch genügend Zeit für Fragen sein.

»Leg dich hin«, fordert er sie auf.

Marianne gehorcht, legt sich neben ihn und streckt ihren Arm nach der Lampe aus.

»Lass sie eingeschaltet«, sagt er.

Doch diesmal hört sie nicht auf ihn. Der Lichtschalter klickt, und alles Licht verschwindet, als hätte die Dunkelheit es verschluckt. Sie bildet sich ein, unmittelbar vor ihren Augen die schwarzen Schatten abstrakter Formen vor einem schwarzen Hintergrund vorbeihuschen zu sehen, doch es sind nur Hirngespinste. Göran fingert an ihrem Rock herum, und Marianne hebt ihre Hüften an, so dass er ihn mitsamt ihrer Strumpfhose herunterziehen kann. Und schließlich auch ihren Slip. Er streichelt sie, und ihre Haut ist so überempfindlich, dass sie meint, die Fingerabdrücke zu spüren, die seine Berührungen darauf hinterlassen.

Sie muss weinen und ist dankbar dafür, dass es dunkel ist und sie ihr Schniefen als dezentes erwartungsvolles Stöhnen kaschieren kann. Als Göran seinen Gürtel öffnet, klirrt die Schnalle metallisch. Er streift seine Jeans ab und legt sich der Länge nach auf sie. Presst seine Lippen auf ihr Kinn und sucht nach ihrem Mund.

Sie küssen einander in der Dunkelheit tief unten im Bauch der Fähre, und nun macht ihr das Meer draußen nicht länger Angst.

Islands in the stream, that is what we are.
Lasse mit dem Schweinsgesicht steht gemeinsam mit Stefan auf der Bühne und grölt laut. Der mittlerweile mit Bier getränkte und von Zigarettenasche verschmierte Brautschleier liegt zwischen ihnen auf dem Fußboden. Das Publikum johlt mit ihnen. Sie sind begeistert.

Doch Madde kann nicht hinschauen. Wenn sie versucht, mit ihrem Blick die Bühne zu fixieren, ist es, als würden sich alle Lichter immer weiter nach oben bewegen und die ganze Welt hintenüberkippen. Als würde sie selbst, wenn sie nach hinten fiele, wie in einer Endlosschleife Purzelbäume rückwärts schlagen. Sie muss sich krampfhaft an der gepolsterten Sesselkante festhalten. Sie kann auch nicht die Augen schließen, denn das macht alles nur noch schlimmer. Außerdem ist es so heiß hier drinnen. Dennoch ist ihre Gesichtshaut eiskalt.

Ihr ist so verdammt übel, dass sie befürchtet, bei dem Versuch aufzustehen sofort ohnmächtig zu werden. Warum ist sie nur zu Bier übergegangen? Ihr ganzer Mund schmeckt metallisch und bitter, als hätte sie an einem Eisenrohr geleckt.

Zandra merkt nichts, denn sie ist mit Peo beschäftigt. Die beiden knutschen wild.

Sail away with me, to another world, and we rely on each other, ah-ah
Sie muss sich jeden Moment übergeben. Benötigt Hilfe. Sie lässt die Sesselkante los. Streckt ihre Hand aus und legt sie auf Zandras Oberschenkel. Zandra schaut auf. Um ihren Mund herum glänzt es von Speichel.

»Alles okay, Süße?«, fragt sie.

Zumindest glaubt Madde, dass sie es tut. Sie sieht nur, wie sich Zandras feuchte Lippen bewegen. Hört nichts außer dem Grölen, das den Raum erfüllt.

Madde muss irgendeine Antwort gemurmelt haben, oder Zandra hat sie auch so verstanden, denn sie steht von Peos Schoß auf und nimmt ihre Hand. Madde erhebt sich rasch von ihrem Sessel, bevor sie es sich anders überlegen kann. Jetzt wird ihr richtig übel, so dass Eile geboten ist. Irgendetwas verstärkt ihren Brechreiz. Als wären all der Lachs und die Heringe, die sie heute Abend gegessen hat, wieder lebendig geworden und zappelten und schlügen jetzt mit ihren Schwanzflossen von innen gegen ihre Kehle.

Ihr Gesicht fühlt sich ganz kalt an, obwohl ihr der Schweiß nur so runterläuft.

Zandra zwängt sich zwischen all den verschwitzten Leuten hindurch und führt sie durch den Raum. Madde folgt ihr. Erhascht einen flüchtigen Blick auf Dan Appelgren, der unterhalb der Bühne steht.

Die Fische zappeln jetzt stärker in ihrer Kehle. Sie schwimmen so ungestüm in ihrem Magen herum, dass es schon schäumt. Madde richtet ihren Blick hinunter auf den Boden. Sie verlassen die Karaoke-Bar, und Zandra zieht sie mit sich nach rechts. Plötzlich geht der Teppichboden in Fliesen über, und dann befinden sie sich in einer Toilettenkabine. Madde beugt sich vor und reißt den Klodeckel hoch, während Zandra hinter ihnen die Tür abschließt.

Madde erblickt an der Unterseite der Klobrille diverse Kotflecken. Starrt sie an. Dann quillt der gesamte Inhalt ihres Magens aus ihrem Mund heraus, zuerst nur jede Menge Bier, dann bitterer Gin Tonic, bis das halbverdaute Essen als breiige Masse wieder hochkommt und sich an ihrem Gaumen festsetzt, so dass sie sich räuspern und husten muss. Heiße Tränen rinnen ihr über die kalten Wangen.

Zandra hält ihr die Haare hoch und streicht ihr mit der Hand über den Rücken.

»Scheiße«, bringt Madde hervor. »Scheiße aber auch.«

»Fühlst du dich jetzt besser?«

Madde reißt jede Menge Toilettenpapier ab und knüllt es zu einem Knäuel zusammen. Wischt sich den Mund ab. Betupft sich die Haut um ihre Augen herum.

»Scheiße«, sagt sie noch einmal.

Dann richtet sie sich wieder auf. Bleibt in der Erwartung stehen, von einer weiteren Welle der Übelkeit erfasst zu werden, die jedoch ausbleibt. Sie vergewissert sich, dass nichts auf ihre Kleidung gespritzt ist. Wirft den Papierball in die Toilette und betätigt die Spülung.

»Ja«, antwortet sie. »Jetzt ist es besser.«

Doch ihre Übelkeit ist inzwischen von hämmernden Kopfschmerzen abgelöst worden. Als hätte sie bereits einen Kater. Sie fährt sich mit dem Zeigefinger unter den Augen entlang, der vom Mascara ganz schwarz wird.

»Gut«, sagt Zandra und streicht ihr erneut über den Rücken.

Sie bedenkt Madde mit demselben mütterlichen Gesichtsausdruck, den sie auch aufsetzt, wenn sie ihre Tochter tröstet. Mit sanftem, wohlwollendem und mitleidsvollem Blick.

»Ist es für dich in Ordnung, wenn ich mit Peo in seine Kabine gehe?«, fragt sie.

Es dauert ein paar Sekunden, bis die Botschaft bei Madde ankommt.

»Jetzt?«, fragt sie. »Aber wir wollen doch Party machen.«

»Er ist so dermaßen blau, dass er schon jetzt kaum noch einen hochkriegt«, entgegnet Zandra. »Und wenn er so weitersäuft, muss ich ihn noch selbst reinschieben.«

»Aber … Aber was soll ich dann machen?«

»Du kannst doch bei den anderen bleiben«, meint Zandra. »Dieser Typ, wie auch immer er nun heißt, mag dich doch.«

»Scheiße nochmal, Zandra«, entgegnet Madde und gerät rückwärts ins Stolpern, wo sie sich an der gefliesten Wand abstützt. »Ich dachte, wir wollten heute Abend Spaß haben. So hatten wir es doch ausgemacht, oder?«

»Aber wir haben doch Spaß«, wendet Zandra ein und lacht völlig unbekümmert auf.

»Das ist wieder mal typisch. Sobald du 'nen Typen aufgabelst, wird alles andere für dich uninteressant. Vor allem ich.«

»Hör doch auf. Du bist ja nur sauer, weil ich vor dir jemanden getroffen habe. Du hättest es doch genauso gemacht, und ich hätte es völlig okay gefunden.«

Ihr Blick ist ausdruckslos geworden.

»Aha«, braust Madde auf, während ihre Wut sie mit jeder Menge neuer Energie erfüllt. »Wie verdammt großzügig du bist. Aber ich finde es ziemlich übel, wenn du einfach auf mich pfeifst, sobald du einen Schwanz entdeckst.«

Zandra schaut sie an. Noch bevor sie den Mund öffnet, weiß Madde, dass sie gleich etwas verdammt Scheinheiliges sagen wird.

»Ich weiß ja, dass du gerade Stress hast, wegen dem Job und so, aber lass ihn nicht an mir aus, denn das hab ich nicht verdient.«

Zandra schließt die Toilettenkabine auf und stürmt hinaus. Madde starrt auf die Tür, die zwischen ihnen zuschlägt.

»Halt bloß die Klappe!«, schreit sie, ohne zu wissen, ob Zandra noch dahinter steht. »Du verdammte egoistische Fotze!«

Wie zum Teufel ist es nur so weit gekommen? Wie konnte es so schnell ausarten?

Ihre Kopfschmerzen sind jetzt wie Eisenklauen, die sich langsam durch ihren Schädelknochen hindurchgraben. Sie verlässt die Kabine. Keine Zandra zu sehen.

Madde trinkt Wasser aus dem Hahn über einem der Waschbecken. Pfeift darauf, dass ein Mädel, das gerade aus einer anderen Kabine herauskommt, sie beim Händewaschen anstarrt. Madde richtet sich auf. Im Spiegel sieht sie erstaunlich okay aus. Nur ihre Augen sind etwas gerötet.

Sie versucht, ihre Gedanken zu sortieren. Versucht zu kapieren, was eben in sie gefahren war.

Du hättest es genauso gemacht.

Zandra hat recht.

Madde verlässt die Damentoilette im Laufschritt. Begibt sich wieder in die feuchte Hitze der Karaoke-Bar. Mittlerweile steht Dan wieder auf der Bühne und singt *Wie Fieber in meinem Herzen*, und sie zwängt sich zwischen allen Leuten hindurch, die davorstehen und mitgrölen.

Zandra sitzt nicht an ihrem Tisch. Ein paar rosafarbene Federn sind die einzigen Spuren, die sie hinterlassen hat. Ihr Typ ist ebenfalls verschwunden. Doch das Schweinsgesicht strahlt, als er Madde erblickt. Winkt sie zu sich heran. Der Tisch ist voller Gläser mit Shots darin.

»Komm«, ruft er, und sie sinkt in den Sessel neben ihm, da sie nicht weiß, was sie sonst machen soll.

Er reicht ihr eines der Gläser. In der Dunkelheit kann sie nicht erkennen, welche Farbe der Inhalt hat, aber innen wirkt das Glas leicht ölig. Sie schnuppert vorsichtig daran. Es riecht nach Himbeerbonbons.

»Hoch die Tassen!«, ruft einer der Jungs.

Madde nickt. Runter damit. Das ist die einzig mögliche Herangehensweise, um die Kopfschmerzen wieder loszuwerden. Wenn sie jetzt nichts trinkt, wird sie nie wieder etwas trinken.

Der Shot gleitet ihr mühelos die Kehle hinunter. Sie braucht kaum zu schlucken. Das Schweinsgesicht schiebt ihr ein weiteres Shotglas hin.

»Deine Freundin ist mit Peo in seine Kabine gegangen«, erklärt er. »Du kannst ihren auch haben.«

Madde wirft einen Blick auf Dan oben auf der Bühne. Sein Oberhemd liegt eng am Brustkorb an. Darunter hat er bestimmt ein ausgeprägtes Sixpack mit Muskeln, die in der Leistengegend wie ein Pfeil in Richtung des Schwanzes in seiner Hose verschwinden.

Sie hat keineswegs vor, schon zu gehen und sich schlafen zu legen.

Nachdem sie auch den zweiten Shot geleert hat, lehnt sich Lasse zu ihr rüber. Beginnt mit seinen Fingern in ihren Haaren zu spielen.

»Eure Kabine ist frei«, sagt er. »Wir könnten doch dort einen kleinen Schlummertrunk zu uns nehmen.«

Sie schüttelt den Kopf. Hat nicht einmal die Kraft, um zu antworten. Seine Finger halten inne.

»Doch. Los, komm schon.«

»Nein«, sagt sie und schaut ihn mit Nachdruck an, froh darüber, mit ihrem Blick wieder etwas erkennen zu können.

Zuerst das mit Zandra, und dann das hier. Für heute hat sie die Nase voll.

»Was heißt hier nein?«, fragt er.

»Bist du etwa schwer von Kapee, oder was? Kannst du kein Schwedisch?«

Er fährt sich mit der Zunge über die Schneidezähne und hat einen düsteren Blick aufgesetzt. Das Schweinchen ist sauer. Stinksauer. Madde muss lachen.

Er zieht seine Hand zurück, und es fühlt sich an wie kleine Nadelstiche in der Kopfhaut, als ein paar ihrer Haare ausreißen. Sie lacht noch immer, obwohl es nicht mehr lustig ist.

»Ich hab's ja gewusst«, schnaubt er. »Du bist nur darauf aus, auf 'n paar Drinks eingeladen zu werden, um dann weiterzuziehen. Und, zufrieden, du Schnapsdrossel?«

Seine Kumpels linsen zu ihnen rüber. Scheinen zu merken, dass die Stimmung gekippt ist.

»Du meinst also, dass ich dir jetzt einen Fick schuldig bin?«, fragt sie. »Das kannst du vergessen. Du bist überhaupt nicht mein Typ.«

Sein Blick verdüstert sich noch mehr.

»Nein, ich weiß schon, wer dein Typ ist. Ich hab ja gesehen, wie du ihn anschmachtest«, schnaubt er und deutet mit der Hand fuchtelnd in Richtung Bühne. »Appelgren ist ein verdammter Loser. In Stockholm wissen alle Bescheid, wie er seine Bräute behandelt. Er schlägt sie nämlich. Und er macht noch schlimmere Sachen mit ihnen. Aber du findest es bestimmt supercool mit gefährlichen Jungs.«

Die letzten Worte spuckt er regelrecht aus. Wovon zum Teufel spricht er? Glaubt er etwa, sie würde ihm das über Dan abnehmen? Es gibt wohl kaum einen Promi, über den keine Gerüchte dieser Art in Umlauf sind. Aber sie hat nicht vor, es laut zu sagen, denn das wäre nur Wasser auf seine Mühlen.

»Das ist so was von typisch für euch Tussen«, brummt er weiter. »Wenn's drauf ankommt, seid ihr nur an Typen interessiert, die euch scheiße behandeln. Ich dagegen bin 'n Supertyp, aber was kann ich mir schon dafür kaufen? Niemand will 'nen Supertypen, egal, was sie sagen.«

»Vielleicht ist das gar nicht der Punkt«, entgegnet Madde. »Das Problem liegt wohl eher darin, dass du so hässlich und voller Selbstmitleid bist. Das ist nicht gerade sexy.«

»Du bist ja auch nicht gerade die Attraktivität in Person«, schnaubt er. »Aber du wirst es trotzdem nie kapieren. Die Mädels brauchen nur ihre Titten zu zeigen und ihren Rock ein wenig hochzuziehen, dann kriegen sie jeden, den sie wollen.«

»Du klingst ja fast neidisch. Vielleicht bist du ja sogar schwul?«

»Und du bist so hässlich, dass man das fast sein möchte.«

»Aha. Und warum wolltest du dann mit mir in meine Kabine gehen?«

»Weil man euch schon von weitem ansieht, wie primitiv ihr seid, du und deine Freundin, und ich hatte keine Lust, mich anzustrengen.«

Ihre Hand schnellt in weitem Bogen durch die Luft, doch sie verfehlt seinen Kopf um mehrere Zentimeter. Er wirft ihr einen hämischen Blick zu. Seine Freunde stehen vom Tisch auf.

»Sorry«, flüstert Stefan ihr zu und rückt seinen Brautschleier zurecht. »Er rastet ziemlich leicht aus, wenn er was getrunken hat. Wir kümmern uns um ihn.«

Sie antwortet nicht. Schaut ihnen nicht einmal nach, als sie verschwinden.

Auf der Bühne hat jemand begonnen, *Offene Landschaften* von Ulf Lundell zu singen.

Kapitän Berggren ist wieder zurück auf der Brücke. Er hat sich erst ein ausgiebiges Nickerchen gegönnt und danach in der Offiziersmesse von den Resten des Büfetts gegessen. Jetzt schaut er hinaus auf das Hafengebiet von Åland. Die wenigen Passagiere, die von Bord der Fähre gegangen sind, befinden sich jetzt in den erleuchteten Plexiglastunneln, die sich vom Terminal aus wie Tentakel erstrecken.

Die meisten Familien mit Kindern und viele ältere Passagiere sind bereits schlafen gegangen. Für andere hat die Party gerade erst richtig begonnen. Auf den Tanzflächen und in den Bars herrscht Hochbetrieb.

Das Personal des Taxfree-Shops und des Spa-Bereichs hat seine Schicht beendet. Einige von ihnen schlafen bereits. Die anderen sitzen im Aufenthaltsraum und spielen Karten oder schauen sich einen Film an. Eine kleine Gruppe drängt sich in einer Personalkabine zusammen. Sie haben sich umgezogen und tragen nun legere Kleidung. Tratschen und klatschen über Passagiere und Kollegen. Der Verkauf im Taxfree-Shop ist heute gut gelaufen, und der Chef des Shops, Antti, hat nach Dienstschluss Champagner ausgegeben. In der Kombüse ist das Küchenpersonal mit dem Aufräumen nach dem Abendessen beschäftigt. Tausende benutzter Teller und noch mehr Gläser sind innerhalb von wenigen Stunden gespült worden. Jede Woche wird tonnenweise Essen weggeworfen, weil sich die Passagiere oftmals mehr vom Büfett auffüllen, als sie essen können.

In der Karaoke-Bar ist eine Frau, die allein an einem Tisch sitzt, eingeschlafen. Sie hat ein Shot-Glas in der Hand. Ein paar rosafarbene Federn bewegen sich schwach im Luftstrom ihrer tiefen Atemzüge.

In einer Kabine auf dem untersten Deck lieben sich eine ältere Frau und ein Mann, die sich gerade erst kennengelernt haben.

Zwei Kinder, Cousine und Cousin, liegen in einem Doppelbett und lachen über das, was sie auf einem Fernsehbildschirm sehen, der die Tanzfläche des Club Charisma zeigt. In einem anderen Doppelbett in der Etage darunter liegt Elvira. Ihr vierter Halswirbel ist zertrümmert. Sie ist vom Hals an abwärts gelähmt. Gefangen in einem Körper, den sie nicht mehr spüren kann. Eingeschlossen mit einer Panik, die das Blut durch ihren Körper schießen lässt, ihre Haut zum Glühen bringt und ihren Köpergeruch verstärkt. Die dunkelhaarige Frau, die neben ihr auf der Bettkante sitzt, hat ihr einen Knebel aus Stoff in den Mund geschoben. Elvira versucht trotzdem, sie anzuflehen, und formt die Worte inmitten ihres Schmerzes. *Ich will nach Hause. Ich will nach Hause. Ich will zu Mama und Papa, ich will nach Hause, ich will nach Hause.* Eine Träne rinnt an ihrer Schläfe entlang und ins Ohr hinunter. Das Licht des Terminals fällt durchs Kabinenfenster herein und erleuchtet die Frau auf der Bettkante. Ihre Augen glänzen dunkel in ihrem stark geschminkten Gesicht. Sie streicht mit einem ihrer ausgetrockneten Finger über Elviras Wange. Wischt ihr die Tränen ab. Legt den Kopf schräg, als bedaure sie, was sie gleich tun wird.

Die Frau hat sich entschieden. Sie will nicht länger warten. Sie kann einfach nicht klar denken, wenn sie nicht gleich etwas zu essen bekommt.

Die Vibrationen des Fußbodens verändern sich, während die Charisma langsam aus dem Hafen von Åland hinausmanövriert wird. Sie wecken den Mann namens Tomas, der auf einer Bank auf dem Promenadendeck von Deck zehn liegt. Er besitzt kein Denkvermögen mehr. Nur noch einen Heißhunger, der so weh tut, dass er innerlich brennt, während er äußerlich vor Kälte schlottert. Wie Eis und Magma zugleich in jeder Zelle, jeder Synapse seines Körpers. Sein Hunger und die Panik, die er in ihm auslöst, bringen ihn dazu, sich trotz der Schmerzen von der Bank aufzurichten. Seine Beine sind schwer und taub. Er legt den Kopf schräg. Schnuppert in der Luft. Sein Herz hat wieder zu schlagen begonnen. Mit langsamen, mühsamen Kontraktionen, die das leblose Blut in seinem Körper verteilen. Tomas geht auf die offene Tür zu und betritt das Innere der Fähre. Gelangt ins Helle. Die Gerüche hier drinnen sind warm. So viel intensiver als draußen. Die Leute starren ihn angeekelt an, als er an ihnen vorbeiwankt. Einige lachen über ihn. Manche lassen halbherzige Bemerkungen über ihn fallen. *Nicht jeder kann mit Alkohol umgehen. Irgendwer müsste dem armen Mann doch helfen. Kerle wie der bringen den Fähren ihren schlechten Ruf ein.* Doch im nächsten Augenblick haben sie ihn bereits wieder vergessen. Er ist nur ein Passagier unter vielen, die mehr getrunken haben, als sie vertragen. Außerdem gibt es noch so viele andere Gesprächsthemen. So viel mehr zu sehen. So viele Möglichkeiten, so viel Hoffnung und ebenso viele Sorgen. Tomas muss sich an den Wänden abstützen, während er die breiten Treppen hinuntersteigt. Im rauchfarbenen Glas der diversen Spiegel erblickt er flüchtig sich selbst und kommt sich dabei vor wie in einem fast vergessenen Traum. Dumpfe, wummernde Bässe dringen von den beiden Tanzflächen und der Karaoke-Bar zu ihm hinauf. Sie gehen ihm durch Mark und Bein wie der vibrierende Puls mehrerer Herzen zugleich. Die Gerüche der Leute sind so verlockend, doch am allermeisten locken ihn diejenigen, deren Blut durch Gefühle in Wallung gebracht wurde. Er schlägt prüfend die Zähne aufeinander.

In der Kabine in der fünften Etage hat die dunkelhaarige Frau gerade ihre Mahlzeit beendet. Sie hält den Kopf des toten jungen Mädchens in der Hand, bricht ihm das Genick. Sorgt dabei peinlich genau dafür, dass sich die Wirbelknochen vollständig voneinander lösen, so dass alle Verbindungen zwischen dem Gehirn und dem restlichen Körper gekappt sind. Jetzt ist die Frau mit Elviras Blut angefüllt, das bis in die feinsten Verästelungen ihrer Gefäße dringt. In ihren Fingern und Waden sticht es, als wären sie eingeschlafen. Sie kneift sich ins Fleisch ihrer Hand. Und noch einmal, diesmal etwas fester. Doch sie hat jetzt keine Zeit, das zu genießen, wonach sie so lange getrachtet hat. Geht ins Bad. Drückt einen großen Klecks Flüssigseife aus dem Behälter an der

Wand. Beginnt, ihr Gesicht über dem Waschbecken zu reinigen. Die dicke Schicht Schminke, die sie nun nicht länger braucht, rinnt zusammen mit dem Seifenschaum in den Abfluss. Sie versucht sich einzureden, dass schon alles gutgehen wird. Sie hat eine Hin- und Rückfahrkarte gekauft. Vielleicht wird niemand das junge Mädchen vermissen, bis die Baltic Charisma wieder in Stockholm ist. Wenn die Putzkräfte ihre Leiche entdecken, werden sie und ihr Sohn sich bereits tief in den Wäldern Finnlands befinden, wo sie sich in ihrem neuen Heim verstecken. Die Frau betrachtet ihr Spiegelbild. Streicht sich über die Wangen. Ihre Haut wird glatter, wärmer. Sie geht in Richtung Tür. Muss ihren Sohn finden, und zwar schnell.

CALLE

Calle schleppt sich die schmale Treppe im Personalbereich der Charisma hinauf. Jede Stufe kommt ihm wie ein kleiner Berg vor, den er besteigen muss. Er muss sich am weißgestrichenen Stahlgeländer festhalten. Schließlich erreicht er den vorletzten Absatz. Ein quadratisches Schild mit der Ziffer Neun darauf informiert ihn darüber, in welchem Stockwerk er sich befindet. Er wirft einen Blick über die Schulter zurück. Die Stufen winden sich innerhalb des rechteckigen Treppenhauses abwärts.

Er zieht die Zugangskarte, die er sich von Filip geliehen hat, durch den Kartenleser. Es piept, und er zieht die Stahltür auf. Wirft einen Blick in den Korridor mit den Personalkabinen. Hinter einer der geschlossenen Türen wird offenbar Party gemacht. Mit House-Musik in voller Laustärke. Außerdem hört er Lachen und Stimmengewirr. Er muss an der Kabine vorbei, um zu der von Filip zu gelangen. Zögert. Betritt den Korridor. Plötzlich verstummt die Musik. Dann ist Michael Jackson zu hören. Lautstarke Proteste. Zustimmendes Johlen. Calle geht schneller. Irgendetwas stößt von innen gegen die Tür, als er sie gerade passiert. Erneute Lachsalven.

Plötzlich wird die Tür aufgerissen, und Sophia stolpert hinaus in den Korridor. Seine Exkollegin aus dem Taxfree-Shop verliert auf ihren High Heels das Gleichgewicht und stützt sich an der gegenüberliegenden Wand ab. Sie trägt noch dieselbe glatte Pagenfrisur wie damals, nun allerdings mit fast apricotfarbenen Haaren. Sie kichert, streicht sich eine Strähne aus dem Gesicht und schaut auf. Bis auf die Haarfarbe sieht Sophia genauso aus wie früher. Ihre seidige, fast durchscheinende Haut glänzt von all den Peelings und Fruchtsäurebehandlungen, denen sie sich im Spa-Bereich aussetzt. Als sie Calle entdeckt, wird ihr Blick klar.

»Mensch, hej«, ruft sie mit Nachdruck und betrachtet ihn eingehend von oben bis unten. »Antti, schau mal, wer hier ist!«

Calle setzt ein gezwungenes Lächeln auf, als Antti aus der Kabine lugt. Antti, der zur selben Zeit im Taxfree-Shop angefangen hat wie er selbst in der Bar. Blond mit fast weißen Augenbrauen und definitiv ein Verfechter des geradezu lächerlichen Machokults, der hier an Bord herrscht. Er legt eine Haltung an den Tag, als gehöre ihm die Welt und als wolle er es allen zeigen.

»Hallo«, ruft er. »Wir haben schon gehört, dass hoher Besuch eingetroffen ist.«

Zwei Frauen und ein Mann, die Calle noch nie zuvor gesehen hat, treten in den Korridor hinaus. Sie mustern ihn neugierig.

Sophia trippelt auf ihn zu und umarmt ihn, wobei sie ihn in eine Wolke aus Zigarettenrauch und Parfüm einhüllt, das nach Zitrusfrüchten duftet. Antti stellt ihn den unbekannten Leuten vor. Er nennt sie seine »Angestellten«, und Calle begreift, dass er zwischenzeitlich zum Chef des Shops ernannt worden ist. Was ihn nicht weiter erstaunt, auch wenn eigentlich Sophia den Posten hätte bekommen müssen.

»Glückwunsch, Darling! Ich hab von Pia gehört, dass du heiratest!«, ruft sie.

Calle lächelt, bis es sich anfühlt, als zerbröckele die Maske in seinem Gesicht.

»Dein Verlobter war übrigens kurz vor Ladenschluss im Shop und hat nach dir gefragt«, sagt Antti. »Der Typ sieht ja aus wie 'n verdammter Filmstar. Wo hast du denn den hergezaubert?«

Sophia lacht nervös auf.

»Hör auf. Calle sieht doch auch super aus, oder?«, entgegnet sie und wendet sich wieder Calle zu. »Ich freu mich so wahnsinnig für dich. Wie schön, wenn netten Leuten auch nette Sachen passieren.«

»Und wer von euch trägt dann das Brautkleid?«, fragt Antti grinsend.

»Mensch, Antti«, kichert Sophia und knufft ihn in den Brustkorb.

Calle fragt sich, was Vincent eigentlich genau gesagt hat. Weiß Antti bereits, was geschehen ist? Will er ihn reinlegen? Schauen die drei ihn nicht irgendwie merkwürdig an? Nein. Er ist paranoid. Warum sollte Vincent etwas gesagt haben? Und außerdem würde Antti bestimmt nicht die Klappe halten können, wenn er etwas gewusst hätte.

»Habt ihr nicht Lust, zusammen mit uns in den Club zu gehen und Party zu machen?«, fragt Sophia. »Sie sind mittlerweile zwar strenger geworden, was das Feiern des Personals im Gästebereich anbelangt, aber heute ist Andreas diensthabender Manager, der wird uns schon nicht verpfeifen.«

Calle schüttelt den Kopf. »Es wäre echt nett gewesen, aber ...«

»Was machst du eigentlich hier oben?«, unterbricht Antti ihn.

»Ich wollte nur kurz was für Filip holen.«

Sophia öffnet den Mund, um etwas zu sagen.

»Aber vielleicht kommen wir nach«, fügt Calle rasch hinzu, bevor sie ihm noch anbietet zu warten, bis er dieses *Etwas* geholt hat, und womöglich nachfragt, was es ist.

»Gut«, sagt Sophia. »Ihr müsst schließlich 'ne ordentliche Sause machen. Ich schmeiß 'ne Runde Schampus. Versprich mir, dass ihr kommt, versprich es.«

»Versprochen«, beteuert Calle.

»Echt schön, dich zu sehen«, sagt Antti, ohne auch nur einen

Versuch zu unternehmen, den Eindruck zu erwecken, dass er es ernst meint.

Sophia drückt Calle einen Kuss auf die Wange und fordert damit seine letzten Kraftreserven heraus, sein Lächeln aufrechtzuerhalten und den anderen ein höfliches Nicken zuzuwerfen. Dann geht er wie in Trance auf Filips Tür zu. Schließt sie hinter sich, sobald er drinnen ist.

Er lässt die ihm vertrauten Eindrücke auf sich wirken. Der blaue Bodenbelag aus PVC. Das ungemachte Bett. Der Kleiderschrank. Der kleine Schreibtisch mit dem Spiegel darüber. Die Dunkelheit, die sich draußen vor dem Fenster fast unmerklich bewegt. Es hat wieder angefangen zu regnen.

Auf dem Schreibtisch steht eine Wodkaflasche. Er geht darauf zu. Betrachtet die Fotos, die im Spiegelrahmen stecken. Erblickt sich selbst darauf, nur jünger. Das Bild stammt von seinem Abschiedsfest in einem der Konferenzräume auf Deck zehn. Im Hintergrund lacht Pia übers ganze Gesicht. Calle starrt sein jüngeres Ich an. Ist gerührt und zugleich erstaunt darüber, dass Filip ein Foto von sich und ihm aufgehängt hat. Er lässt seinen Blick über die anderen Fotos schweifen. Erkennt auf mehreren von ihnen das neue Mädel an der Bar und die Sängerin aus dem Starlight.

Calle greift nach der Wodkaflasche. Legt sich aufs Bett. Lauscht dem sanften Prasseln des Regens gegen das Fenster. Schraubt den Verschluss ab. Er hat keineswegs vor, diese Kabine wieder zu verlassen, bevor sie nicht wieder in Stockholm sind.

ALBIN

»Schau mal, die Säufertussi da«, ruft Lo und deutet auf den Fernsehbildschirm. »Die klappt jeden Moment zusammen.«

Sie liegen auf dem Doppelbett in Los und Lindas Zimmer und

schauen auf die Tanzfläche des Club Charisma. Sie ist voll mit Leuten, die sich im Gewühl drängeln. Albin muss eine Weile suchen, bis er sieht, wen Lo meint. Eine blonde Frau wird hin und her gestoßen. Albin kann ihr Gesicht nicht genau erkennen, aber es ist offensichtlich, dass sie kurz davor steht, das Bewusstsein zu verlieren. Es ist bereits nach Mitternacht. Sein Vater ist noch immer nicht gekommen, um zu kontrollieren, ob Lo und er sich aufs Ohr gehauen haben.

»Sie heißt Anneli und ist Friseuse in Tranås«, sagt er.

»Ja«, pflichtet Lo ihm bei. »Ihr Salon heißt Schneidige Anneli.«

Albin schiebt sich eine Handvoll Lakritze in den Mund, um ein Kichern zu unterdrücken. Sie haben sich einen Sport daraus gemacht, nicht loszulachen. Es soll klingen, als würden sie einander ernstzunehmende Tatsachen mitteilen.

»Annelis größtes Ziel im Leben besteht darin, Fähre zu fahren«, sagt er.

»Ihr allergrößtes Ziel«, pflichtet Lo ihm bei.

Ihm wird richtig warm ums Herz. Allmählich eignet er sich ihre Sprache an, und es ist, als würden sie eine Art Schutzhülle um sich herum aufbauen, je länger sie so reden.

»Anneli will nie wieder zurück nach Tranås«, sagt er.

»Nein, denn sie hat einen Langweiler zum Mann, der sich heimlich sein eigenes Ohrenschmalz in den Mund steckt.«

»O Gott«, ruft Albin und beißt sich auf die Innenseite der Wange. »Arme Anneli.«

»Nein, man muss kein Mitleid mit ihr haben«, sagt Lo. »Sie hat schließlich noch nie im Leben so viel Spaß gehabt wie heute.«

Plötzlich verschwindet der Kopf der Frau. Sie ist tatsächlich zusammengeklappt. Die Leute um sie herum drehen sich zu ihr um. Ein paar gehen neben ihr in die Hocke, andere tanzen ungerührt weiter.

»Anneli macht nur ein kleines Nickerchen«, sagt Albin. »Weil der Boden so angenehm weich ist.«

Zwei Leute vom Wachpersonal bahnen sich einen Weg durch die Menge.

»Können sie Anneli denn nicht in Ruhe schlafen lassen?«, meint Lo in gespielt aufgebrachtem Tonfall.

Die Wachleute heben die Frau hoch. Ihr Körper wirkt völlig schlaff, als besäße sie keine Gelenke, die die Knochen in ihrem Körper zusammenhalten.

»Hoffentlich wecken sie sie nicht«, meint Lo und streckt sich nach der Fernbedienung.

Sie wechselt den Kanal und beobachtet das Treiben auf der anderen Tanzfläche, wo die Frau mit dem roten Kleid auf der Bühne vor einem ebenfalls roten Vorhang singt. Albin fragt sich, wie sie wohl klingt und ob sie hübsch ist. Das Licht auf der Bühne ist nämlich so grell, dass ihr Gesicht auf dem Bildschirm wie ausradiert erscheint.

Auf der Fläche unterhalb der Bühne tanzen massenweise Paare. Männer mit Frauen und auch Frauen mit Frauen. Albin wird langsam müde. Aber er will nicht vor Lo einschlafen.

»O Gott!«, schreit sie so unvermittelt auf, dass Albin beinahe die Plastikdose mit den Lakritzen aus der Hand fällt.

Sie wechselt erneut den Kanal.

»Was war denn?«, fragt Albin, und Lo wimmert angeekelt.

»Ich habe Mama gesehen! Zusammen mit einem ultrahässlichen Typen in einem noch hässlicheren Jackett!«

»Lass sehen!«, ruft Albin und streckt sich nach der Fernbedienung.

»Nein!«, schreit Lo, wirft sich auf die Seite und rollt sich zusammen, um die Fernbedienung mit ihrem Körper zu schützen.

»Bitte.«

»Nie im Leben!«

»Doch! Ich will deinen neuen Papa sehen!«

»Hör auf!«, schreit Lo. Allerdings mit einem Lachen in der Stimme.

Albin klettert auf sie. Sie heult wie eine Sirene, während er versucht, ihr die Fernbedienung aus den Fingern zu winden.

Plötzlich wird die Tür zu ihrer Kabine aufgeschoben, und Albin von einer blitzartigen Panik erfasst. Als er sich umdreht, sieht er seinen Vater in der Tür stehen. Er schwankt leicht. Der Korridor hinter ihm ist hell erleuchtet.

Albin klettert von Lo herunter. Setzt sich auf der anderen Seite des Doppelbettes in den Schneidersitz. Ihm ist plötzlich ganz heiß.

Geh, denkt er. Bitte, geh.

»Störe ich?«

Die Stimme seines Vaters klingt belegt und tief. Als würde er langsam, aber sicher ersticken. Lo setzt sich im Bett auf.

»Nein, natürlich nicht«, antwortet sie und fährt sich mit den Fingern durch ihren Pferdeschwanz.

Sein Vater kommt ganz herein und schließt die Tür hinter sich. In der Kabine wird es wieder dunkler. Er bewegt sich langsam aufs Bett zu. Ächzt leise, als er sich viel zu dicht neben Albin auf die Bettkante sinken lässt.

»Ich wollte nur mal kurz zu euch reingucken, bevor ich ins Bett gehe«, erklärt er. Er klingt, als wäre seine Zunge belegt oder betäubt wie nach einer Spritze.

»Und wo ist Mama?«, fragt Albin.

»Sie ist mit Linda noch oben.«

Albin muss an seine Mutter in ihrem Rollstuhl denken. Was sie wohl macht, während Linda mit diesem Typen in dem hässlichen Jackett tanzt? Unterhält sie sich mit jemandem, oder sitzt sie ganz allein irgendwo herum? Könnte sie überhaupt ohne Hilfe bis runter in die Kabine gelangen, wenn sie es wollte?

Er sieht seine Mutter vor sich, so wie sie sich immer gibt, wenn sie unter Leuten ist und nervös wird. Mit ihrem gezwungenen Lächeln. Und Augen, die umherblicken, ohne etwas zu sehen, als wolle sie demonstrieren, dass sie alles um sich herum mitbekommt, genau wie jeder andere Nichtbehinderte auch.

Seine Mutter, die sagt, sie hätte aufgehört zu träumen, fliegen zu können, so wie es Albin oftmals passiert. Jetzt träumt sie stattdessen, dass sie laufen kann. Doch für sie ist das ebenso unerreichbar. Wie muss es sich da wohl anfühlen, von lauter tanzenden Leuten umgeben zu sein?

Plötzlich will er nichts lieber als sie finden und ganz fest umarmen.

»Schön, dass ihr euch so gut versteht«, sagt sein Vater und tätschelt Albins Knie. »Es ist wichtig, eine Familie zu haben.«

Er richtet seinen Blick auf Lo. Seine Augen sehen im Schein des Fernsehers glasig aus. Geh, denkt Albin.

Bitte geh einfach wieder, Papa. Geh.

»Linda und ich haben einander geschworen, dass sich unsere Kinder niemals ungeliebt fühlen sollen. Kinder müssen wissen, dass sie bedingungslos geliebt werden.«

Mårten streckt sich über Albin hinweg und streicht Lo über die Wange. Albin sieht ihr an, dass sie sich ihm am liebsten entziehen würde. Wie kann das seinem Vater nur nicht auffallen?

»Dich habe ich auch lieb, Lo. Fast so, als wärst du mein eigenes Kind. Und ich möchte, dass du es weißt.«

Sie lächelt steif. Schlingt die Arme um ihre Knie.

»Gute Nacht, Papa«, sagt Albin, doch er scheint es nicht zu hören.

Er blinzelt sogar in Zeitlupe.

»Ich möchte, dass ihr immer füreinander da seid«, sagt er. »Versprecht ihr mir das?«

»Wir versprechen es«, antwortet Albin, und Lo nickt.

»Nein!«, ruft sein Vater und klingt plötzlich böse. »Ihr müsst es mir verdammt nochmal so versprechen, dass ich höre, dass ihr es ernst meint! Nicht so lasch, verdammt nochmal! Man muss wissen, dass man sich auf seine Familie verlassen kann!«

Lo rutscht noch ein Stück weiter zurück in Richtung Kopfende. Albin war so beschäftigt damit, sich für seinen Vater zu schämen, dass er erst jetzt begreift, dass Lo Angst hat.

»Wir versprechen es«, wiederholt Albin rasch, rutscht ans Fußende des Bettes und steht auf. »Geh jetzt und leg dich hin, Papa. Du siehst müde aus.«

Wenn er sich doch nur trauen würde, seinem Vater die Wahrheit zu sagen. Dass er ein widerlicher Säufer ist. Albin ist so außer sich vor Wut, dass er meint, gleich platzen zu müssen.

Sein Vater dreht den Kopf und schaut Albin an. Auf seiner blassen Haut zeichnet sich ein Bartansatz aus kleinen schwarzen Pünktchen ab.

»Ja, ich bin müde«, murmelt er. »Ich bin diesen ganzen Scheiß so verdammt leid. Ich müh mich ab und müh mich ab, aber … Alles, was ich tue, ist sowieso falsch, egal, was ich mache.«

Er steht auf. Gerät ins Wanken und ist kurz davor, aufs Bett zu fallen. Doch er fängt sich wieder.

»Ja, ich werde jetzt wirklich gehen, damit du dich nicht länger für mich schämen musst«, sagt er und schaut Albin an.

»So hab ich das doch nicht gemeint«, entgegnet Albin, ohne nachzudenken.

Obwohl es genau darum ging. Genau so hatte er es gemeint. Doch sein Vater ist gerade dabei, sich in den weinerlichen Papa zu verwandeln. Und dieser Papa hat keineswegs vor zu gehen.

»Ich hab geglaubt, dass wir als Familie zusammenhalten, deswegen haben wir diese Fährfahrt gemeinsam geplant, aber das scheint ja wohl keinen von euch weiter zu interessieren. Nicht einmal einen verdammten Abend lang habt ihr es geschafft, wenigstens den Anschein zu erwecken.«

Er lacht auf und schüttelt resigniert den Kopf. »Wir sehen uns morgen«, brummt er.

Doch er bleibt mitten im Raum stehen. Atmet tief durch die Nase ein.

»Gute Nacht, Mårten«, sagt Lo leise.

»Gute Nacht, meine Kleine«, erwidert sein Vater.

Schließlich geht er auf Albin zu und küsst ihn auf die Stirn. Sein Bartansatz kratzt Albin an der Nase.

»So ein schlechter Vater bin ich doch nun auch wieder nicht, oder? Oder meinst du, wir hätten dich lieber in Vietnam lassen sollen?«

Albin merkt Lo an, dass sie geschockt ist, aber es ist nicht das erste Mal, dass sein Vater dies äußert.

»Nein, natürlich nicht«, antwortet Albin. »Gute Nacht.«

Sie schauen seinem Vater schweigend nach, als er endlich das

Zimmer verlässt. Hören, wie er die Nachbarkabine betritt. Hören seine Schuhe gegen die Wand knallen, als er sie abschüttelt. Und dann hören sie leises Schniefen. Sein Vater weint auf der anderen Seite der Wand.

Wenn er nun wieder zurückkommt?

Albin bleibt regungslos stehen und spürt, wie Lo ihn anschaut. Er weiß nicht, was er tun soll. Kann weder Lo in die Augen schauen noch sich in die Nachbarkabine verziehen, in der sich sein Vater befindet. Kann auch nicht nach oben gehen, wo sich Kinder um diese Uhrzeit nicht mehr allein aufhalten dürfen.

»Alles okay?«, fragt Lo.

»Ja«, antwortet Albin und setzt sich wieder aufs Bett.

Er starrt auf den Bildschirm. Seine Ohren horchen intensiv.

»Du kannst heute Nacht hier schlafen, wenn du möchtest«, sagt Lo.

»Okay.«

Lo legt ihm eine Hand auf die Schulter. Er will nicht, dass sie Mitleid mit ihm hat. Hätte es viel lieber, dass sie irgendjemand auf der Tanzfläche kommentierte und alles wieder so wird, wie es war, bevor sein Vater reinkam.

Neuerliche Geräusche aus der Nachbarkabine. Die Toilettenspülung.

»Du?«, fragt Lo.

»Mm.«

»Wenn ich dir etwas anvertraue, versprichst du mir, es nicht deinen Eltern zu erzählen?«

Albin schaut sie schließlich an. Nickt.

»Versprich es mir«, fordert sie, und ihre Augen verengen sich.

»Versprochen.«

»Mama glaubt, dass Mårten Borderline hat. Und dass Oma es auch hatte.«

Albin schluckt.

Er hatte gehofft, dass Lo ihm etwas über sich selbst anvertrauen würde, irgendetwas x-Beliebiges, das nichts mit seinem Vater zu tun hat.

»Wie, Borderline?«, fragt er. »Was ist das?«

»Eine Art psychische Krankheit.«

Albin rührt sich nicht vom Fleck. Wenn er sich nicht bewegt, bleibt die Zeit vielleicht stehen, so dass dieses Gespräch womöglich gar nicht stattfindet.

»Sie hat mit einigen ihrer Exkollegen im Krankenhaus gesprochen«, fährt Lo fort.

»Papa hat kein Borderline.«

»Du weißt ja nicht einmal, was das ist.«

Darauf weiß Albin nichts zu entgegnen.

»Sie hat sich übrigens auch im Internet informiert. Ziemlich viele der dort aufgeführten Symptome treffen auch auf Mårten zu.«

Linda spricht also mit anderen Leuten über seinen Vater. Sie spricht über das, worüber Albin noch nie mit jemandem gesprochen hat, nicht einmal mit seiner Mutter.

»Tut mir leid«, meint sie. »Vielleicht hätte ich lieber nichts sagen sollen. Ich dachte nur, dass es leichter wäre, es zu wissen …«

»Papa ist zwar manchmal traurig, aber ihm fehlt nichts«, unterbricht Albin sie. »Er hat einfach nur an Omas Tod zu knapsen.«

»Aber er benimmt sich schon viel länger so. Du warst wahrscheinlich noch zu klein, um es zu merken, oder erinnerst dich nicht mehr daran …«

»Aber du schon, oder wie?«

»Nein«, entgegnet Lo. »Aber Mama hat mir erzählt, dass er schon immer so war, bloß sieht es jetzt so aus, als würde es immer schlimmer werden.«

Sie hat unrecht. Das kann gar nicht sein.

»Linda weiß doch gar nichts über Papa. Wir haben euch schließlich über ein Jahr lang nicht mehr gesehen.«

»Nein, im Gegenteil«, meint Lo. »Mama weiß genau, wie er ist. Deswegen haben wir euch ja nicht mehr besucht. Weil sie es nicht über sich bringt.«

Albin stellt fest, dass es in der Kabine seines Vaters inzwischen ruhig ist. Wenn er sie jetzt hören würde? Was würde er dann tun?

Er würde zu ihnen rüberkommen. Herumbrüllen. Lo beschuldigen, dass sie Albin gegen ihn aufhetzt, so wie er seine Mutter immer beschuldigt, es zu tun. Er würde ohne Ende herumschreien und niemanden an sich heranlassen, und Lo würde sich für immer weigern, sich wieder mit ihnen zu treffen.

»Mårten ruft uns nachts an, wenn er getrunken hat«, erklärt Lo. »Manchmal ruft er an, um Mama die Schuld zu geben, und manchmal behauptet er, dass er sich umbringen will.«

Albin weiß nicht, was er sagen soll. Ihm fehlen die Worte.

Aber ich würde es niemals zu Hause tun, so dass Mama oder du mich finden müsstet, das verspreche ich.

Du musst wissen, dass es nicht dein Fehler ist, wenn ich es tue, das darfst du niemals denken. Du bist das Beste in meinem Leben. Es ist nur so, dass ich keine Kraft mehr habe.

»Mama glaubt allerdings nicht, dass er es tun wird«, sagt Lo rasch. »Aber es belastet sie ziemlich, wenn er anruft. Obwohl es für dich und Cilla noch tausendmal anstrengender sein muss, weil ihr mit ihm zusammenlebt.«

Sie drückt seine Schulter. Die Berührung fühlt sich an, als käme sie von weit her. Denn er ist tief im Inneren seines Körpers zu einem kleinen Punkt implodiert.

»Deshalb sind wir auch nach Eskilstuna gezogen«, erklärt sie. »Da kann er wenigstens nur bei uns anrufen. Früher ist er nachts bei uns aufgekreuzt. Manchmal hat Mama sich geweigert, ihn reinzulassen, doch dann hat er bei ihren Freundinnen angerufen und ihnen gesagt, dass sie eine falsche Schlange ist und gar keine Freundinnen verdient hätte, sie würde sich ja nicht mal um ihren eigenen Bruder kümmern. Und Mama ist so verdammt feige, dass sie nie etwas sagen wird. Wir sind also umgezogen, damit sie ihn nicht mit der Wahrheit konfrontieren muss.«

Aus Los Mund klingt es so, als sei sein Vater wirklich ernsthaft krank.

Ist er tatsächlich krank?

Und wie lange weiß Lo das schon?

Plötzlich gerät sein ganzes Weltbild ins Wanken. Nichts ist mehr so, wie es einmal war.

Er muss hier raus.

Er muss aus dieser Kabine raus, weg von Lo, weg von der Wand, hinter der sich sein Vater befindet.

»Du weißt gar nichts«, sagt er. »Du glaubst es vielleicht, weil du mit Linda darüber gesprochen hast, aber du weißt überhaupt nicht, wie es wirklich ist.«

»Wohin willst du?«, fragt Lo, als er auf die Tür zusteuert.

»Ich versuche, Mama zu finden«, antwortet er.

»Aber sag Cilla nichts. Bitte. Ich hab Mama versprochen, es dir nicht zu erzählen.«

Er antwortet nicht. Öffnet die Tür zum Korridor.

»Warte auf mich«, ruft Lo.

MADDE

Sie schläft tief und fest, doch die Hand, die sanft an ihrer Schulter rüttelt, ist gemein. Sie versucht, sie zu ignorieren und wieder in Tiefschlaf zu versinken, aber die Hand rüttelt weiter.

Jetzt hört sie auch die Musik. Jemand singt *nothing's fine I'm torn*. Eine Stimme unmittelbar an ihrem Ohr sagt: *Sie müssen jetzt aufwachen.*

Madde öffnet widerwillig die Augen. Erblickt eine Frau mit dunklem Haar, das hochgesteckt ist. Hinter ihr steht ein ziemlich gutaussehender Typ und lächelt. Sie erkennt die beiden vage wieder. Sie tragen Uniformen.

»Sie können hier nicht sitzen und schlafen«, erklärt die Frau.

Madde blinzelt mehrere Male. Schaut hinunter in ihren Schoß. In ihrer schlaffen Hand hält sie ein leeres Shotglas. Klebrige Reste von Zucker und Alkohol sind ihr über Finger und Oberschenkel gelaufen.

Im Raum befinden sich jede Menge Leute, doch an ihrem Tisch sitzt keiner mehr. Alle sind gegangen. Und das Mädel, das oben auf der Bühne singt, trifft keinen einzigen Ton.

In Maddes Kopf bewegt sich alles äußerst langsam. Sie kann all die Eindrücke nur einen nach dem anderen verarbeiten. Nimmt einen schlechten Geschmack auf ihrer Zunge wahr. Fährt sich damit über ihre Schneidezähne und spürt einen Belag darauf, der sich so dick anfühlt wie ein Wollteppich.

»Ich schlafe gar nicht«, entgegnet sie. »Ich hab nur meine Augen ein wenig ausgeruht.«

»Ich verstehe«, sagt die Frau und wechselt einen amüsierten Blick mit ihrem Kollegen.

Madde müsste allein wegen dieses Blickes eigentlich sauer auf sie sein, aber sie kann es nicht. Die Frau sieht einfach zu nett aus.

»Sie können Ihre Augen ja in Ihrer Kabine ausruhen«, schlägt der Mann vor.

»Nein«, entgegnet Madde. »Es geht schon. Jetzt bin ich wieder hellwach.«

»Kommen Sie«, sagt die Frau. »Wir begleiten Sie und sorgen dafür, dass Sie wohlbehalten ins Bett kommen. Wäre es nicht schön, sich ein wenig hinzulegen?«

Das wäre es in der Tat. Madde hat keine Kraft zu protestieren.

»Ich wollte doch nur ein bisschen Spaß haben«, erklärt sie. »Schauen Sie, ich habe Gold auf den Titten. Absolute Gala-Titten. Finden Sie nicht?«

Der Mann nickt peinlich berührt. Madde beginnt zu lachen, und die nette Frau lacht ebenfalls.

»Glauben Sie, dass Sie selbst gehen können?«

»Na klar kann ich das«, antwortet Madde und steht auf.

Sie will das Shotglas abstellen, doch es klebt an ihren Fingern fest, und sie beginnt erneut zu lachen. Wedelt mit der Hand, bis sich das Glas löst. Dabei verliert sie das Gleichgewicht. Der Wachmann ist rasch zur Stelle und fängt sie auf.

Sie führen sie aus der Bar. Ihr Griff ist sanft, aber dennoch bestimmt, und es kommt ihr vor, als schwebe sie dahin. Sie schließt die Augen.

»Sie sind so nett zu mir.«

»Glaubst du, dass sie allein zurechtkommt?«, fragt die Frau, und Madde muss lächeln.

»Sie müssen Dan von mir grüßen. Und ihm unbedingt sagen, wo meine Kabine liegt.«

»Dann müssen Sie es uns aber erst mal verraten«, entgegnet die Frau. »Wissen Sie noch, welche Nummer Sie haben?«

»Sie ist irgendwo oben in der Mitte. Wir haben kein Fenster.«

Es ist so angenehm, die Augen zu schließen, während man von zwei starken Armen gehalten wird. Sie hört, wie die Frau den Mann auffordert, in ihrer Handtasche nach der Schlüsselkarte zu suchen, und Madde begreift, dass sie daran gedacht haben, ihre Handtasche mitzunehmen. Sie ist zu Tränen gerührt, weil die beiden so gut für sie sorgen. Es ist fast so wie früher, als sie noch klein war und ihre Eltern ein Fest gaben, bei dem sie auf dem Sofa eingeschlafen ist. Damals hatten Mama und Papa sie ganz behutsam hochgehoben und den ganzen Weg bis zu ihrem Bett getragen, und auch jetzt hört sie von überall her Juchzen, Lachen und Musik, weil ja ein Fest stattfindet und sie dabei ist, aber sie muss nicht unbedingt mitfeiern, sie kann auch einfach die Augen schließen, weil sie weiß, dass sie umsorgt wird, während die Leute Spaß haben und alles so ist, wie es sein soll.

MARIANNE

Marianne ist in der gleichförmig vibrierenden Dunkelheit mit dem dumpfen Dröhnen unter der Wasseroberfläche fast eingeschlafen. Sie liegt mit dem Kopf auf Görans Schulter. Seine Haut fühlt sich weich und warm an, während ihre eigene sie zu täuschen versucht, und Marianne hat das Gefühl, noch immer die

Berührungen seiner Finger und Lippen darauf zu spüren. Die Erinnerungen ihres Körpers lassen ihre Kniekehlen, ihre Brüste und ihren Unterleib ganz heiß werden.

Göran beugt sich vor und küsst sie auf die Stirn.

»Ich dachte, du wärst eingeschlafen«, sagt sie.

»Viel hat auch nicht mehr gefehlt.«

Göran stützt sich auf den Ellenbogen, so dass sie ihren Kopf anheben muss. Sie vernimmt ein schabendes Geräusch, als er sich im Nacken kratzt, sowie ein Knacken in seinen Kiefergelenken, als er ausgiebig gähnt. Er legt sich auf sie. Gibt ihr einen sanften Kuss auf den Mund.

Dann hört sie das Klicken des Lichtschalters und wird geblendet. Sie hält sich schützend eine Hand vor die Augen, nicht zuletzt, um ihr schlaftrunkenes Blinzeln und ihr faltiges Gesicht vor ihm zu verbergen.

»Oh, wie spät es schon ist«, sagt er und gähnt erneut. »Wir müssen über eine Stunde lang zugange gewesen sein.«

Er klingt so zufrieden, dass sie kichern muss.

»Verdammt, was ich für einen Druck auf der Blase habe«, fährt er fort.

»Die Toiletten sind draußen auf dem Korridor«, erklärt sie.

Er setzt einen Fuß auf den Boden und steigt aus dem Bett. Marianne zieht die Decke über sich. Sieht zum ersten Mal seinen nackten Körper. Sein Pferdeschwanz hängt bis hinunter auf seinen blassen, mit Sommersprossen bedeckten Rücken. Er ist so mager, dass sich seine Rippen deutlich abzeichnen, und dennoch hat er ein kleines Bäuchlein. Sie erhascht einen flüchtigen Blick auf seinen Penis, der schlaff herunterhängt wie ein Ballon, aus dem jegliche Luft entwichen ist. Der Anblick hat etwas Rührendes. Marianne hält sich die Hände vors Gesicht und unterdrückt ein Lachen. Es ist jetzt fast genau vierundzwanzig Stunden her, dass sie beschlossen hat, mit der Fähre zu fahren.

Es war so einfach. Warum hat sie es eigentlich nicht schon eher gemacht?

Doch dann wäre sie ihm vielleicht nie begegnet.

Göran schaut sich um. Beugt sich mit dem Hintern zu ihr gewandt hinunter, angelt sich seine Jeans vom Fußboden und zieht die Unterhose heraus.

Er beginnt sich anzuziehen.

Marianne legt sich auf die ihm zugewandte Seite. Streicht die Bettdecke um ihren Körper herum glatt und bemüht sich, ihren Kopf so zu halten, dass ihr Doppelkinn nicht zu sehen ist.

»Willst du nicht mitkommen?«, fragt er.

Einen Augenblick lang ist sie verwirrt.

»Auf die Toilette?«, fragt sie dann. »Nein, ich muss nicht.«

»Aber danach gehen wir doch wieder nach oben, oder?«, fragt er, während er sein Oberhemd über den Kopf streift und die Knöpfe schließt.

Marianne setzt sich im Bett auf, wobei sie die Decke auf Höhe ihrer Schlüsselbeine umfasst.

»Aber …«

Sie verstummt. Weiß nicht, wie sie es sagen soll.

»Aber warum denn?«, bringt sie schließlich hervor.

Göran zieht sich die Jeansweste über und sinkt auf die Bettkante.

»Willst du denn nicht mitkommen?«, fragt er.

Marianne schüttelt den Kopf, noch bevor sie nachgedacht hat.

»Ich bin müde. Ich hab geglaubt, der Abend sei zu Ende.«

»Das muss er aber nicht sein«, entgegnet Göran und lächelt.

Aber ich hab geglaubt, dass wir zusammen einschlafen. Vorher den Wecker stellen, damit wir das Frühstücksbüfett nicht verpassen. Uns morgen einen netten ruhigen Tag machen und an Deck flanieren, wenn das Wetter es zulässt. Einander besser kennenlernen. Warum willst du denn schon weg? Was glaubst du denn zu verpassen, wenn du hierbleibst?

Warum willst du nicht hier bei mir bleiben?

»Jetzt, wo ich endlich mal auf so einer Fahrt bin, habe ich keine Lust, die ganze Nacht zu verschlafen«, erklärt Göran. »Ich glaub, ich mach mich auf die Suche nach den Jungs und trink noch 'n paar Bierchen mit ihnen.«

Jetzt sind also die »Jungs« plötzlich wichtiger, ja? Jetzt, wo du bekommen hast, was du haben wolltest? Ich finde es übrigens ziemlich lächerlich, sich mit knapp siebzig immer noch für »Jungs« zu halten.

»Aha«, meint sie und legt sich wieder hin.

Es kommt ihr vor, als schöben sich die Wände der Kabine näher aufeinander zu. Als würden sie jeden Augenblick dem enormen Druck von außen nachgeben.

»Kannst du denn nicht doch mitkommen?«, fragt er und streicht ihr über den Arm. »Willst du wirklich allein hier liegen bleiben?«

Nein, das will ich nicht. Ich will, dass du hierbleiben möchtest.

»Ja.«

»Komm schon. Man lebt nur einmal.« Er lächelt sie an.

»Zum Glück.«

Er lacht auf, beugt sich hinunter und zieht sich die Schuhe an.

»Falls du es dir doch noch anders überlegen solltest, komm hoch ins Starlight. Wo wir getanzt haben. Ich versuche, sie dorthin zu lotsen, wenn sie nicht schon da sind.«

Sie traut sich nicht zu antworten, da sie weiß, dass er die Bitterkeit aus ihren Worten heraushören würde. Sie war noch nie gut darin, fröhlich und unbekümmert zu tun. Konnte ihre Enttäuschung nie gut verbergen, wie sehr sie sich auch bemüht hat. Und im Lauf der Jahre hat sie weiß Gott genügend Gelegenheiten gehabt, Übung darin zu bekommen.

Als er ihr einen Kuss auf die Wange drückt und vom Bett aufsteht, ist sie kurz davor zu sagen, dass sie es sich anders überlegt hat. Doch der Gedanke daran, sich wieder in den Tumult zu stürzen, behagt ihr ebenso wenig. Es ist zu spät. Es ist vorbei.

Er zieht einen Stift aus der Tasche und schreibt etwas auf eine der Werbebroschüren aus dem Taxfree-Shop, die auf dem Schreibtisch liegen.

»Hier ist meine Handynummer, falls du mich erreichen möchtest«, erklärt er. »Auch wenn der Empfang hier draußen auf dem Meer nicht immer der beste ist.«

»Schon klar«, sagt sie. »Viel Spaß.«

»Wir sehen uns dann spätestens morgen, oder?«, fragt er und öffnet die Tür.

»Das wäre schön.«

Marianne schaltet das Licht aus. Göran hält inne und zeichnet sich vor dem erleuchteten Korridor als schwarze Silhouette ab. Er scheint einen Augenblick lang zu zögern, und in ihr keimt leise Hoffnung auf.

Doch dann ist er verschwunden. Die Tür wird geschlossen, und in der Kabine ist es wieder vollständig dunkel.

ALBIN

»Abbe, warte!«, ruft Lo ihm hinterher. »Sorry, dass ich was gesagt habe!«

Sie klingt atemlos. Albin antwortet nicht. Er versucht, sich an all den Betrunkenen im Charisma Starlight vorbeizudrängeln. Sie sind viel größer als er und verschwitzt, taumeln unbeholfen herum, machen Krach und stehen überall im Weg. Eine Frau übersieht ihn und rempelt ihn an. Ihr Bierglas schwappt über und hinterlässt einen feuchten Fleck auf seinem Pulli.

»Pass doch auf, du kleiner Scheißer!«, schreit sie ihn an.

»Abbe! Warte!« Los Stimme klingt jetzt weiter entfernt und wird fast vollständig von der Musik geschluckt. »Abbe, Mensch, im Ernst!«

Er wirft einen Blick über die Schulter. Atmet den ekligen Geruch des Biers auf seinem Pulli ein. Erblickt unmittelbar darauf eine Frau und einen Mann in Uniform. Die Leute treten zur Seite, um ihnen Platz zu machen, und jetzt sieht er auch Lo. Sie geht zwischen den beiden Wachleuten her auf ihn zu und wirkt sauer.

»Hej«, sagt die Frau, als sie näher kommen. »Tut mir leid, aber für euch ist es Zeit, ins Bett zu gehen. Wir bringen euch jetzt in eure Kabine.«

Das Namensschild aus glänzendem Messing verrät ihm, dass sie PIA heißt.

»Wir wollten gerade zu meiner Mutter«, erklärt Albin. »Sie muss irgendwo hier sein.«

»Ich hab es ihnen schon gesagt«, erklärt Lo.

»Ist es nicht besser, wenn ihr jetzt schlafen geht?«, fragt der Mann, der JARNO heißt.

»Ich geh nicht wieder zurück in die Kabine!«

Seine Stimme klingt schrill und verzweifelt. Die beiden Wachleute wechseln einen Blick.

»Wir machen es folgendermaßen«, erklärt Pia. »Wir begleiten euch und machen uns zusammen auf die Suche nach deiner Mutter.«

»Das ist nicht nötig«, entgegnet Lo.

»Doch«, insistiert Pia. »Das ist nötig.«

»Kommt, los geht's«, sagt Jarno etwas zu forsch.

»Echt nice«, mault Lo.

Als Pia ihnen einen Weg durch die Menge bahnt, ist Albin insgeheim erleichtert. Sie bittet die Leute, die im Weg stehen, freundlich, aber bestimmt, zur Seite zu gehen. Einige werfen ihr irritierte Blicke zu, bis ihnen ihre Uniform auffällt.

»Da sind sie ja«, ruft Lo und deutet mit dem Finger.

Als Albin hinschaut, erblickt er seine Mutter und Linda hinter einer mit Spiegelglas verkleideten Säule. Einen Typen in einem hässlichen Jackett kann er hingegen nirgends entdecken. Linda sitzt in einem Sessel, der so niedrig ist, dass seine Mutter sich in ihrem Rollstuhl vorbeugen muss, damit sie sich unterhalten können. Lindas Haut glänzt nach dem Tanzen vor Schweiß, und die Haare an ihren Schläfen sind um einige Nuancen dunkler als sonst. Die blinkenden Lichter von der Tanzfläche tauchen ihre Köpfe in wechselnde Farben.

Seine Mutter ist zumindest nicht allein, so wie er befürchtet hatte.

Linda wird zuerst auf sie aufmerksam. Sie sagt etwas zu seiner Mutter, die daraufhin ihren Steuerknüppel betätigt, mit ihrem Rollstuhl zurücksetzt und ihn dreht, so dass sie Albin und Lo ebenfalls sehen kann.

»Was macht ihr denn hier?«, fragt sie mit lauter Stimme, um die Musik zu übertönen.

Sie wirft einen Seitenblick auf die beiden Wachleute. Lächelt nervös. Pia beugt sich zu ihr und Linda hinunter.

»Die Kinder haben nach Ihnen gesucht«, erklärt sie. »Wir möchten nicht, dass sie noch so spät allein hier herumlaufen.«

»Ich hatte keine Ahnung«, entgegnet seine Mutter in Richtung von Pias Gesicht. »Mein Mann ist schon zurück in die Kabine gegangen, und ...« Ihre Stimme erstirbt. Sie wendet sich Albin zu. »Ist etwas passiert, mein Kleiner?«

Albin weiß nicht, was er antworten soll. Er kann ja wohl schlecht hier stehen und etwas herausschreien, worüber sie noch nie gemeinsam geredet haben. Und ganz bestimmt nicht jetzt, wo die Wachleute daneben stehen.

»Alles okay?«, fragt Linda. »Lo?«

Lo zuckt mit den Achseln.

»Danke, dass Sie die Kinder herbegleitet haben«, ruft seine Mutter und schaut die Wachleute an. »Wir nehmen sie jetzt mit runter in die Kabine.«

»Nein! Ich will nicht!«

Seine Mutter wirft ihm einen verdutzten Blick zu. Er spürt, wie die Wachleute ihn beobachten.

»Das Café hat noch eine Zeitlang geöffnet«, erklärt Pia. »Dort können Sie sich hinsetzen und reden, wenn Sie möchten.«

Seine Mutter nickt. Dann ist plötzlich ein Rauschen zu hören, und Jarno zieht sein Funkgerät aus dem Gürtel.

Die knisternde Stimme erwähnt etwas von einem Mann vor dem Eingang der Karaoke-Bar, und Jarnos Gesichtsausdruck wird plötzlich ernst.

»Wir müssen los«, erklärt er den beiden Frauen und schaut Pia an.

Sie nickt ihm zu und beugt sich zu Albin hinunter.

»Ist es okay, wenn wir euch hier zurücklassen?«

Er nickt.

»Wenn ihr uns braucht, geht einfach zur Rezeption, dann rufen sie uns von dort aus an. Oder bittet einfach den Mann, der hier hinter der Bar arbeitet. Er heißt Filip und ist supernett. Okay?«

Albin nickt erneut, auch wenn er bereits weiß, dass das nicht passieren wird. Er wünschte, es gäbe jemanden, der ihm jetzt helfen könnte, aber er muss wohl irgendwie allein mit der Situation klarkommen.

DAN

Dan hat gerade vier weitere Lines gezogen und sofort gemerkt, dass es ein Fehler war. In seinem überhitzten Hirn unterm Schädeldach sprüht es fast Funken. Um ihn herum geht alles etwas zu schnell, und dennoch ist sein Auffassungsvermögen fatalerweise messerscharf. Diese Hitze. All die vom Alkohol geröteten Gesichter. Zwei Mädels im Alter um die zwanzig stehen gerade auf der Bühne und schreien mit starkem finnischen Akzent den Text von *Total Eclipse of the Heart* heraus.

Die Security-Leute haben wenigstens die fette Tussi, die vorhin den *Grease*-Song gesungen hat, aus dem Verkehr gezogen. Am Schluss hat sie ganz allein am Tisch gesessen und ihn keine Sekunde mehr aus den Augen gelassen, so dass er kurz davor war, total auszuflippen. Dort, wo sie eingeschlafen ist, sitzt jetzt eine russische Nutte auf dem Schoß eines Typen und legt von Zeit zu Zeit eine Hand auf den Oberschenkel seines Kumpels. Dan bezieht manchmal sein Koks von ihrem Zuhälter. Sie sieht gut aus, und wenn sie zehn Jahre jünger gewesen wäre, hätte sie Fotomodell werden können. Er fragt sich, ob die Männer schon kapiert haben, dass sie dafür bezahlt werden will. Vermutlich wird sie den beiden erlauben, alles mit ihr zu machen, auch zu dritt. Sein Gehirn erzeugt eine Sturzflut an aufblitzenden Phantasien, so dass eins zum anderen kommt und sein Schwanz in seinem Slip zum Leben erwacht.

Dann ist der Song zu Ende. Applaus. Pfiffe. Dan klatscht, bis ihm die Handflächen weh tun. Lächelt, so breit er kann, ins Publikum. Die Mädels steigen von der Bühne herunter und bekommen High Fives von ihren Freundinnen.

»Danke, Mädels, für diesen Klassiker zahlloser Schulpartys«, ruft Dan, woraufhin einige Gäste im Publikum lachen und zustimmend nicken.

Dann steigt eine schlanke junge Frau mit einer Stupsnase und einem ärmellosen knallrosafarbenen Top auf die Bühne. Ihr Haar ist so dunkel gefärbt, dass es im Scheinwerferlicht blau aussieht.

»Hallo, hallo«, ruft Dan. »Wen haben wir denn hier?«

»Alexandra.«

Als sie nervös lächelt, blitzt ein kleiner Diamant auf einem ihrer Schneidezähne auf. Sie sieht nicht viel älter als dreißig aus und ist ganz hübsch.

»Hej, Alexandra! Hört ihr, liebes Publikum, sollen wir Alexandra einen richtig herzlichen Applaus geben?«

Die Leute gehorchen. Irgendjemand pfeift auf den Fingern, und Dan legt einen Arm um das Mädel. Drückt mit seiner Hand ihre knochige Schulter.

»Und was werden Sie für uns singen, Alexandra?«

Sie schaut zu ihm auf.

»Zuerst ... zuerst möchte ich nur sagen, dass ... dass ich Ihr größter Fan bin.«

»Ich bin mir sicher, dass ich auch bald ein großer Fan von Ihnen sein werde.« Dan grinst ins Publikum. »Was werden Sie singen?«

»Ich werde *Paradiso Tropical* singen«, antwortet sie, und Dans Lächeln gefriert, so dass seine Lippen wie in Totenstarre verfallen.

»Wie schön.«

Das Lied stammt aus dem Jahr, als er mit *Gegen den Wind* ein

Comeback bei der Vorentscheidung zum ESC versucht hat. Eine Ballade, zu der er den Text selbst geschrieben hatte. Sie handelt vom Tod seines Vaters. Er hat sich vor dem gesamten schwedischen Volk nackt ausgezogen, aber es dennoch nicht einmal bis in die zweite Runde geschafft. Millan und Miranda gewannen dieses Halbfinale letztlich mit *Paradiso Tropical*, einer hirnrissigen Calypso-Disco-Schnulze, die der reinste Schmarren war. Aber genau das, was das schwedische Volk hören wollte. Der Song, der auch seine letzten Illusionen zerstört hat, war den ganzen Sommer lang überall gespielt worden.

Die Hitze in der Bar wird noch unerträglicher. Ihm wird bewusst, wie niedrig die Decke hier eigentlich ist. Außerdem schlägt es in seinem Hirn unterm Schädelknochen nun endgültig Funken, und sein Herz rast wie verrückt.

Soll das hier so was wie ein Test sein? Filmen sie ihn womöglich für irgendein neues dämliches Fernsehformat, das nur darauf abzielt, die Teilnehmer zu blamieren? Wie viele Treffer würde er wohl bei Youtube erzielen, wenn er Alexandras Gesicht mit dem Mikrophon einfach zu Brei schlagen würde? Auf sie eindreschen, immer und immer wieder?

Dan befeuchtet sich mit der Zunge die Lippen. Seine Oberlippe schmeckt salzig, und er fährt sich rasch mit dem Finger unter der Nase entlang und betrachtet ihn dann, weil er befürchtet, entlarvendes Nasenbluten zu entdecken. Doch es ist nur Schweiß.

Warum ist es im Publikum nur so still? Wie viel Zeit ist vergangen?

»Dann legen wir los!«, ruft er und reicht Alexandra das Mikrophon. »Break a leg!«

»Danke«, sagt sie.

Johan beginnt auf seiner Steel Pan mit dem verhassten Intro. Alexandra schließt die Augen und beginnt, einfühlsam und mit Vibrato in der Stimme zu singen. Sie lässt den Song wie in einer Freikirche klingen, als handele er vom christlichen Paradies und nicht von einer Schwulendisco an einem Billigreiseziel. Dan lächelt breit, während sich sein Herz fast überschlägt und mit dem Blut all seinen Hass in seinen Leib hinauspumpt. Darin zischt es wie Kohlensäure, während ihm der Schädel dröhnt.

Plötzlich ertönt ein Schrei in der Dunkelheit der Bar. Ein Glas zerspringt. Alexandra gerät aus dem Takt, verhaspelt sich und fährt dann mit neuerlichem Vibrato in der Stimme fort.

Die Stimmung im Raum verändert sich. Die Leute drehen sich um. Ein paar durchtrainierte junge Typen in enganliegenden Muskelshirts lachen sich schlapp. Der Barmann hat bereits den Hörer des Wandtelefons in der Hand.

Dan folgt seinem Blick. Entdeckt den Mann, der sich durch den Raum bewegt und die Leute zurückweichen lässt. Die Bodybuilder-Typen lachen jetzt noch lauter.

Der Winter ist kalt, und hier ist es still, singt Alexandra. *Doch es gibt Hoffnung auf das, was ich will, ich folge dir ins Paradiso Tropical.*

Der Mann ist um die vierzig. Sein Blick ist leer, und er führt Selbstgespräche. Sein Jackett ist gesprenkelt mit Flecken von Erbrochenem. Sein rotblondes Haar steht in alle Richtungen ab. An seinem Hemdkragen sind Tupfer, die aussehen wie getrocknetes Blut. Alexandra verstummt abrupt, doch die Musik spielt weiter.

»Scheiße nochmal«, entfährt es Dan, und die Worte werden durchs Mikrophon verstärkt.

Der Mann schnuppert in der Luft.

Er muss vom Alkohol völlig neben der Spur sein. Nur noch triebgesteuert.

Dann dreht er seinen Kopf in Dans Richtung, und sein leerer Blick scheint klarer zu werden. Er fokussiert ihn. Jetzt erkennt Dan, dass er keine Selbstgespräche führt, sondern mit den Kieferknochen malt, als kaue er etwas.

Was für ein verdammter Psychopath. Nicht zu fassen, dass Leute wie er einfach frei herumlaufen.

Eine ältere Dame kommt dem Mann zufällig in den Weg. Er stößt sie zur Seite, so dass ihr die Brille von der Nase fliegt. Die Leute springen von ihren Sesseln auf und hasten zum Ausgang.

Der Typ kommt mit dem Blick eines Wahnsinnigen auf die Bühne zu, und seine Augen wirken wie abgrundtiefe Brunnen.

Komm schon, denkt Dan, während das Koks ihm durch die Adern rauscht. Versuch es nur.

Er ballt die Hände zu Fäusten, als der Mann auf die Bühne hochsteigt. Alexandra schreit auf und wirft das Mikrophon weg. Als es auf dem Boden aufschlägt, hört es sich an, als würde eine Kanone abgefeuert werden, gefolgt von einer akustischen Rückkopplung aus den Lautsprechern.

Der Mann stürzt sich ohne Vorwarnung auf Dan. Als er zu Boden geht, bleibt ihm die Luft weg. Der Typ schlägt immer wieder die Zähne aufeinander, als wäre er ein verfluchter tollwütiger Köter. Er versucht, ihn zu beißen.

Endlich wird es still in den Lautsprechern. Im Publikum schreien ein paar Leute auf. Andere halten ihre Handys hoch. In der Dunkelheit vor der Bühne klicken ihre Kameras.

Dan gelingt es nur mit Mühe, die Zähne des Mannes von sich fernzuhalten. Er stinkt aus dem Mund, und irgendetwas an diesem Gestank jagt Dan Angst ein. Er versucht, den Mann von sich zu stoßen, doch dieser Teufel klammert sich an ihm fest.

»Helft mir doch, verdammt nochmal!«, schreit Dan.

Aber niemand eilt ihm zu Hilfe. Er kann die Angst und das Zögern der Leute in der Dunkelheit außerhalb der Scheinwerfer förmlich spüren. Alle warten darauf, dass jemand anderes den Anfang macht.

»Ihr blöden Arschlöcher!«, brüllt er und bezieht neue Kraft aus seiner Wut.

Dan rammt dem Mann die Faust ins Gesicht. Die Schmerzen strahlen von seiner Hand bis in den Arm hinauf, während Blut von seinen Fingerknöcheln spritzt. Er hat sie sich an den Zähnen des Mannes aufgerissen, als hätte er seine Faust geradewegs in einen Stapel Rasierklingen gestoßen. Der Mann schnalzt mit der Zunge, sein Blick ist völlig auf Dan fixiert, und dennoch scheinen seine Augen ihn nicht richtig zu sehen. Dan schlägt erneut zu, doch die Hand des Mannes schnellt vor und umklammert Dans geballte Faust. Der Psychopath presst seine Lippen darauf und schließt sie um die Wunde, als wolle er sich festsaugen, und Dan spürt eine schleimige Zunge über seine blutigen Fingerknöchel gleiten.

Der Ekel, der ihn befällt, ist so stark, dass er unvermittelt losbrüllt. Er zieht und zerrt an seiner Hand. Der Kontakt seiner Haut mit diesem intensiv saugenden Mund ist für ihn zum Mittelpunkt des Universums geworden und so abstoßend, dass alles andere um ihn herum verblasst.

Doch plötzlich fällt das schwere Gewicht von Dans Körper ab. Es geschieht so abrupt, dass er völlig die Orientierung verliert. Zwei Security-Bedienstete, Henke und Pär, diese alte Memme, die seiner Auffassung nach schon längst in Rente hätte gehen sollen, haben den Mann von hinten hochgezogen. Doch der weigert sich standhaft, Dans Hand loszulassen, und Dan hat das Gefühl, als würde ihm jeden Moment der Arm auskugeln.

Schließlich gelingt es den Wachleuten, Dans Hand von dem Psycho zu befreien. Dan kommt auf die Ellenbogen hoch und setzt sich auf den Bühnenrand. Inspiziert seine Hand. Aus den kleinen Wunden rinnt noch immer frisches Blut nach, das rosafarben und durchsichtig wird, als es sich mit dem Speichel des Mannes vermischt. Er schaut auf.

Der Psychopath windet sich im Griff der Security-Leute und tritt wild um sich, während er mit seinem Gebiss in der Luft klappert. Pia und Jarno sind ebenfalls eingetroffen. Der Mann versucht gerade, ein Stück aus Pias Wange herauszubeißen, doch es gelingt ihr gerade noch, ihren Kopf wegzudrehen.

»Alles okay?«, ruft Pär Dan zu.

Jetzt wird sich Dan der Blicke der umstehenden Leute bewusst. All die feigen Teufel, die nur dagestanden und geglotzt haben.

»Den müsst ihr verdammt nochmal einbuchten«, entgegnet er. »Der ist mit Sicherheit total auf Speed, verfluchte Scheiße.«

Dan betrachtet seine speichelfeuchten Wunden. Er hat wahrlich keine Lust, sich von irgendeinem verrückten Junkie Aids zu holen.

Als er wieder aufschaut, haben die Security-Leute dem Mann die Hände auf den Rücken gefesselt und ihm Handschellen angelegt. Dan hört durch das angestrengte Keuchen der beiden Security-Leute hindurch das Klappern der Zähne des Mannes, die so laut aufeinanderschlagen, dass sie eigentlich zerbrechen müssten.

»Sollen wir dich ins Krankenzimmer bringen, damit Raili es sich mal anschauen kann?«, fragt Jarno.

»Ich kann schon selbst hingehen«, antwortet Dan. »Bringt ihr den da erst mal hinter Gitter. Oder werft ihn gleich über Bord. Solche Verrückten haben verdammt nochmal nichts Besseres verdient.«

ALBIN

Linda und Lo sind zum Tresen gegangen, um Kaffee zu holen, während sich Albin und seine Mutter an einen der Tische ganz hinten im Café Charisma gesetzt haben. Außer ihnen sind kaum noch andere Gäste da. Das Personal wirkt gelangweilt, und man merkt ihnen an, dass sie froh sind, bald schließen zu können.

»Was ist denn passiert?«, fragt seine Mutter.

»Papa ist in die Kabine gekommen. Aber ich glaube, jetzt ist er zu Bett gegangen.«

»Ja, er war etwas müde«, erklärt seine Mutter. »Er wollte sich hinlegen, damit er morgen ausgeruht ist.«

Albin schaut hinunter auf den Tisch und schiebt einige liegen gebliebene Kuchenkrümel zu einem kleinen Häufchen zusammen.

»Gestern Abend war er auch schon müde«, entgegnet er.

Er kann ihr nicht in die Augen schauen und weiß nicht, wie er weiterreden soll.

»Abbe«, sagt seine Mutter. »Ist irgendwas passiert?«

Er zuckt mit den Achseln.

Es fällt ihm so schwer, die richtigen Worte zu finden. Und wenn er es versucht, kommt es ihm vor, als würde sich in seinem Kopf ein Schalter umlegen, woraufhin es absolut dunkel wird.

»Tut mir leid, Cilla, aber ich habe vergessen, ob du Milch in deinen Kaffee haben möchtest«, erklärt Linda und stellt ein Tablett auf dem Tisch ab, so dass die darauf stehenden Gläser und Becher klirren.

»Ist schon gut so«, entgegnet seine Mutter.

»Sicher? Ich kann dir welche holen, wenn du …«

»Es geht auch wunderbar ohne.«

Linda bleibt dennoch einen kurzen Moment zögernd stehen, bevor sie sich auf den Platz neben Lo setzt. Die Leute verhalten sich gegenüber seiner Mutter oft so – selbst ihre Assistentinnen fragen ständig nach, ob sie auch wirklich alles richtig machen. Und weil sie seiner Mutter so vieles abnehmen müssen, geht unheimlich viel Zeit für all ihre Fragerei drauf. Natürlich wollen die Leute ihr damit entgegenkommen, doch Albin fragt sich, wie sie es nur aushält. Sein Vater ist der Einzige, der es nicht so macht. Vielleicht verlässt sie ihn ja deswegen nicht.

Kinder haben sich eigentlich nicht zu wünschen, dass ihre Eltern sich scheiden lassen, doch Albin will nichts lieber als das. Dann würde er seine Mutter unterstützen können. Sie braucht seinen Vater eigentlich gar nicht. Das, was Lo ihm anvertraut hat, ist womöglich der Vorwand, den er benötigt, um offen über seinen Vater sprechen zu können und darüber, wie er in Wirklichkeit ist.

Mitten auf dem Meer, weit weg von zu Hause, nur von einer tiefen Dunkelheit vor den Fenstern umgeben, erscheint es ihm plötzlich möglich. »Ist Papa krank?«, fragt Albin und presst das kleine Häufchen mit den Krümeln zusammen, so dass es zu einer weichen Masse wird.

»Was meinst du damit, mein Schatz?«, fragt seine Mutter.

»Ist er krank?«, fragt Albin noch einmal und schaut auf. »Lo sagt, dass Linda es jedenfalls glaubt.«

Seine Mutter blinzelt. So. Jetzt ist es raus. Jetzt gibt es kein Zurück mehr. Lo sinkt auf ihrem Stuhl in sich zusammen, als hätte sie lange die Luft angehalten und ließe nun alles auf einmal raus.

»Lo«, sagt Linda und wendet sich ihr zu. »Was hast du Abbe erzählt?«

»Er hat es ja gerade gesagt.«

»Das ist eine Sache, über die wir im Vertrauen gesprochen haben.«

»Es geht schließlich um seinen Vater«, entgegnet Lo. »Und er sollte es vielleicht wissen.«

»Das hast nicht du zu entscheiden.«

»Aber du, oder was? Immer geht es nach dir. Was 'ne Riesenüberraschung, dass du nicht darüber reden willst. In dieser Familie sagt ja keiner, wie es wirklich ist. Aber Albin und ich wollen vielleicht nicht so sein wie ihr.«

Lo hat die Arme vor der Brust verschränkt und schaut Albin geradewegs an. Sie strahlt Entschlossenheit aus, und das gibt ihm Kraft.

»Es tut mir leid, Cilla«, sagt Linda. »Lo hat das mitbekommen, als ich mit einer Freundin gesprochen habe, und … ich hab versucht, es ihr zu erklären … Ich hab geglaubt, dass ich mich auf sie verlassen kann.«

»Ist schon okay«, meint seine Mutter völlig tonlos.

»Voll korrekt, dass du findest, ich sollte meinen Cousin *anlügen*, um *verlässlich* zu sein«, sagt Lo langsam und wendet sich erneut an Linda. »An dieser Logik erscheint dir rein gar nichts falsch?«

Einen Augenblick lang sieht es so aus, als würde Linda Lo eine Ohrfeige verpassen.

»Unglaublich, wie sehr dir dein Cousin plötzlich am Herzen liegt«, entgegnet sie stattdessen.

Los Augen werden zu schmalen Schlitzen.

»Abbe«, sagt Linda leise und beugt sich vor. »Es ist schwer für dich, das alles zu verstehen, es ist selbst für uns schwer … Aber deine Mutter und ich versuchen nur zu helfen …«

»Linda«, unterbricht seine Mutter sie, und Linda verstummt abrupt.

Dann holt seine Mutter Luft. Sie hat ihre Hände auf dem Schoß gefaltet. Ihren Kaffee hat sie noch nicht angerührt.

»Wir reden in Ruhe darüber, wenn wir nach Hause kommen«, sagt sie.

»Nein«, entgegnet Albin. »Wir reden jetzt darüber.«

»Bitte, Abbe«, fleht seine Mutter ihn an, und er kann hören, dass sie kurz davor steht, in Tränen auszubrechen.

Fast bereut er es. Aber er weiß, dass sie nie mehr darüber reden werden, wenn sie es jetzt nicht tun. Wenn sie erst wieder zu Hause sind, wird er selbst das Thema bestimmt nie wieder aufgreifen können. Und sie wird es freiwillig bestimmt nicht tun.

»Wir müssen einfach«, sagt er. »Lo hat recht. Wir reden nie Klartext. Du behauptest beispielsweise immer, dass Papa müde ist, aber in Wahrheit ist er *besoffen*. Warum sagst du nicht einfach, wie es ist?«

Seine Mutter hat ihren Kopf geneigt. Stille Tränen tropfen hinunter auf ihren Schoß. Sie wischt sich mit der Hand übers Gesicht.

»Papa hat es nicht leicht«, sagt sie. »Bei mir sieht man sofort, dass ich krank bin, aber nicht jedem sieht man es an …«

Ihre Stimme erstirbt.

»Er ist also tatsächlich krank?«, fragt Albin. »Du glaubst es auch?«

»Ich weiß es nicht«, antwortet seine Mutter. »Aber wenn es ihm schlechtgeht, trinkt er.«

»Dadurch scheint es ihm aber auch nicht besserzugehen«, entgegnet Albin.

»Nein«, pflichtet seine Mutter ihm bei und trocknet erneut ihre Tränen. »Es ist schwer für ihn. Ein richtiger Teufelskreis.«

Albin schaut Lo an. Schöpft neue Energie.

»Aber warum sagst du mir nicht die Wahrheit?«, fragt er. »Glaubst du etwa, dass ich es nicht auch merke?«

Seine Mutter öffnet den Mund und schließt ihn wieder.

»Manchmal vergesse ich einfach, wie groß du geworden bist«, sagt sie dann.

»Wichtig ist nur, sich klarzumachen, dass es nicht Mårtens Schuld ist, krank zu sein«, erklärt Linda. »Es ist genauso wie mit Cillas Krankheit, oder als hätte man sich ein Bein gebrochen.«

»Ich weiß«, entgegnet Albin ungeduldig, denn er will, dass sie den Mund hält und seine Mutter reden lässt.

Dass sie endlich mal die Wahrheit sagt.

Doch seine Mutter schweigt.

»Nur dass niemand Albin etwas vormacht und so tut, als säße Cilla nicht im Rollstuhl«, meint Lo. »Es besteht also offenbar doch ein Unterschied.«

Sie wirft Linda einen triumphierenden Blick zu. Albin ist froh, dass sie hier ist. Er hätte sich nie getraut, das alles selbst anzusprechen. Zumindest nicht, bevor er zu Bett gegangen wäre und alles noch tausendmal im Kopf durchgespielt hätte wie eine Filmszene, bis es vermutlich viel zu spät gewesen wäre.

Seine Mutter stößt ein heiseres Geräusch aus, und Albin schaut sie erschrocken an. Denn sie weint nicht. Im Gegenteil, sie lacht.

»Tja, lieber Abbe«, sagt sie. »An was für Montagsmodelle von Eltern bist du da nur geraten.«

Er weiß zwar nicht genau, was ein Montagsmodell ist, versteht jedoch, was es bedeutet. Es ähnelt viel zu sehr dem, was sein Vater immer zu sagen pflegt.

»Sag nicht so was.«

»Nein, Entschuldigung.« Seine Mutter wischt sich erneut über die Augen. »Ich fühl mich nur so …«

Sie schüttelt den Kopf. Bemüht, ein Schniefen zu unterdrücken.

»Cilla wollte dich nicht beunruhigen«, erklärt Linda.

Albin schaut die beiden an. Glauben sie etwa, dass er nicht schon längst beunruhigt ist? Kapieren sie denn nicht, dass es viel leichter ist, die Dinge beim Namen zu nennen? Wenn sein Vater krank ist und es einen Namen für die Krankheit gibt, unter der er leidet, dann wird es ja wohl auch Leute geben, die wissen, was man dagegen tun kann.

»Könnt ihr ihn nicht dazu bewegen, zu einem Arzt zu gehen?«, fragt er.

»Zuerst muss Mårten selbst einsehen, dass er Hilfe benötigt«, entgegnet Linda. »Sonst funktioniert es nicht.«

»Aber wir werden ihn dazu bringen, dass er es einsieht«, erklärt seine Mutter rasch und wirft Linda einen vielsagenden Blick zu.

Offenbar will sie Albin gegenüber jeden Zweifel daran ausräumen, dass sie womöglich nicht willens ist, Klarheit in die Sache zu bringen. Sie lügt ihn also noch immer an und versucht, das Ganze zu verharmlosen.

Am Tisch wird es still. Linda hat ihren Kaffee mit Milch ebenfalls noch nicht angerührt. Auf der Oberfläche haben sich inzwischen winzige Fettaugen abgesetzt.

»Könnt ihr euch nicht erst scheiden lassen?«, fragt Albin leise. »Dann müssen wir zumindest nicht mehr mit ihm zusammenwohnen.«

Seine Mutter schüttelt den Kopf.

»Wir werden uns nicht scheiden lassen. Wir lieben uns doch. Und du wirst ihm von diesem Gespräch nichts erzählen. Es würde ihn nur grämen, wenn er erfährt, dass wir mit dir geredet haben, und dann wird es noch schwieriger, an ihn heranzukommen. Lo hat zwar recht, man soll nicht lügen und so tun, als läge nichts im Argen. Aber für eine kleine Weile müsst ihr es noch tun. Ihm zuliebe.«

Je mehr sie sagt, desto stärker wird Albins Gefühl, gleich platzen zu müssen. Es ist so ungerecht. Alle müssen sich immer seinem Vater unterordnen, während Albin nie irgendetwas zu sagen hat. Obwohl es auch sein Leben ist.

»Ich will aber nicht länger mit Papa zusammenwohnen«, erklärt Albin und steht nun selbst kurz davor, in Tränen auszubrechen. »*Ich* liebe ihn jedenfalls nicht. Ich hasse ihn.«

»Natürlich tust du das nicht«, sagt seine Mutter. »Wir werden ihm helfen, und dann wird alles besser.«

Albin kann die Tränen nicht länger zurückhalten. »Und dich hasse ich auch!«, ruft er.

Dann springt er vom Tisch auf und rennt weg, bevor ihn irgendjemand aufhalten kann.

Er weiß nicht, ob ihm irgendwer folgt. Er rennt einfach los, ohne sich umzuschauen.

BALTIC CHARISMA

Der Mann, über den sie sich gerade im Café unterhalten, schläft in seinem Bett. Er schwitzt so stark, dass ihm sein Pyjamaoberteil am Oberkörper klebt. Im Traum läuft er eine Treppe hinauf. *Mårten! Mårten! Mårten!* Die Rufe klingen ängstlich und einsam, aber zugleich erbost, und sie treffen ihn geradewegs ins Mark. Er betrachtet die Bilder, die dicht an dicht an den Wänden im Treppenhaus hängen. Die Frau, die gerade ruft, hat sie früher einmal gemalt. Auf den Leinwänden sind dicke Schichten Ölfarbe aufgetragen, die in unregelmäßigen Klumpen getrocknet ist. Im Stockwerk oberhalb der Treppe steht eine Tür angelehnt. Von drinnen dringt Zigarettenrauch aus dem Dunkel. *Mårten!* Er betritt den Raum. Seine Mutter liegt in ihrem Bett auf einem Berg von Kissen. Sie zieht an ihrer Zigarette, und ihre Silhouette zeichnet sich durch die leuchtende Glut deutlicher in der Dunkelheit ab, als die Glut aufglimmt. Über den Rand ihrer Bettdecke hinweg breiten sich ihre Brüste fließend in Richtung ihrer Achselhöhlen aus. *Hallo, mein Lieber*, sagt sie. Als sie ihre Zigarette im Aschenbecher ausdrückt, gibt sie einen zischenden Laut von sich. *Ist es schön, nicht in die Schule gehen zu müssen?* Er nickt automatisch. Seine Mutter hat ihn krankgemeldet. Sie will heute nicht allein zu Hause sein. Seine Schwester Linda ist neidisch. Linda weiß jedoch nicht, dass Mårten wiederum neidisch auf sie ist. Er würde nämlich lieber zur Schule gehen, um von hier wegzukommen. *Kannst du nicht herkommen und dich kurz zu mir legen, damit ich dich ein wenig im Arm halten kann?*, fragt seine Mutter und schlägt die Bettdecke zurück. Mårten gehorcht, und sie zieht die Decke über sie beide. Darunter ist es warm. *Was sollte ich nur ohne dich machen?*, fragt sie. Er streicht über die Luftbläschen in der Strukturtapete an der Wand neben ihrem Bett. An einer Stelle befindet sich ein kahler Fleck. *Du liebst mich doch, oder?*, fragt sie, und er verspricht es. *Du weißt ja, dass wir diesmal alles richtig machen müssen. Sonst beginnt im nächsten Leben alles noch einmal von vorn, bis wir endlich miteinander im Reinen sind.* Mårten nickt, und seine Mutter erzählt ihm ein weiteres Mal von allen ihren vorherigen Leben. Manchmal sind sie und Mårten miteinander verheiratet, manchmal ist Mårten aber auch ihr Vater. Mitunter sind sie Freunde und manchmal auch Krieger in derselben Armee. *Wir beide gegen den Rest der Welt, so war es schon immer*, sagt seine Mutter. *Wenn du nicht gewesen wärst, hätte ich dieses Leben nicht leben wollen.* Der erwachsene Mårten, der im Bett seiner Kabine liegt, schnappt nach Luft. Sein Traum endet immer gleich. Er will ihm entfliehen, doch es gelingt ihm nicht. *Wir sollten unser nächstes Leben gemeinsam antreten*, sagt seine Mutter. *Wie die Brüder Löwenherz.* Sein Bett ist völlig durchnässt. Es tropft von der Matratze. *Mårten! Ich warte auf dich.* Er dreht sich um. In den Locken seiner Mutter glitzern Wassertropfen. Ihre Haut ist leicht grünlich verfärbt. In ihrem Gesicht fehlen kleine Partien, die die Fische und Krebse gefressen haben. Ihre Augen sind mit einer milchigen Schicht überzogen, aber er weiß, dass sie ihn geradewegs anschaut. Er versucht, aus dem Bett zu steigen, doch die feuchte Matratze saugt sich an ihm fest. Als seine Mutter ihn anlächelt, rinnt schmutziges Wasser aus ihrem Mund. *Du und ich, wir gehören zusammen, Mårten.* Ihre Brüste ruhen schwer auf ihrem Bauch. Der wölbt sich gewaltig vor, als wäre sie schwanger. Mårten weiß, dass er voller Aale ist. Inzwischen ist es ein paar Jahre her, seit sie in den Mälarsee gegangen ist. *Es ist nur ein Traum*, denkt er. *Ich bin ihr entkommen.* Hinter ihren milchigen Augen zieht ein Schatten vorbei, etwas Feuchtes, Glibberiges, das sich bewegt. Er kann ihren Zorn förmlich spüren. In seinen Träumen entkommt er ihr nie. *Du hast es mir versprochen*, sagt sie. *Du hast gesagt, dass du und ich für immer zusammengehören.*

Es klopft laut an der Tür zu einer Kabine auf Deck neun. Die vierzehnjährige Lyra schaltet den Film auf ihrem Laptop aus und nimmt ihre Kopfhörer ab. Rückt den schwarzen Stirnreifen zurecht, der ihren Pony zurückhält, den sie wachsen lassen will. Erneutes lautstarkes und ungeduldiges Klopfen. Sie nimmt an, dass es ihre Mutter oder ihr Vater sind, die ihre Schlüsselkarte vergessen haben. Fragt sich, ob sie wohl schon lange vor der Tür stehen und klopfen, denn sie hatte die Lautstärke ziemlich aufgedreht. Die Hosenbeine ihres weißen Seidenpyjamas sind so lang, dass sie ihre Füße nicht sehen kann, als sie aus dem Bett aufsteht. Sie hofft, dass ihre Eltern nicht mit ihr schimpfen, weil sie eigentlich längst schlafen müsste. Morgen müssen sie nämlich früh aufstehen, da sie vorhaben, mit dem Auto weiter bis nach Kaarina zu Oma und Opa zu fahren. Lyra drückt die Türklinke hinunter. Hält jedoch plötzlich inne. *Und wenn es nun doch nicht Mama und Papa sind? Wenn es irgendein Übeltäter ist?* Sie lässt die Türklinke los. *Hallo?*, ruft sie. *Hallo*, antwortet eine piepsige Kinderstimme. Lyra zieht die Tür auf. Im Korridor steht ein kleiner Junge im T-Shirt mit einer roten Kapuzenjacke darüber. Er schaut sie unter einem weißblonden Haarschopf mit blauen Augen an. Er wirkt fröhlich. Fast aufgekratzt. *Hej*, ruft er. *Wie heißt du?* Sie antwortet zögerlich, dass sie Lyra heißt. Schaut hinaus in den Korridor. Niemand zu sehen. Aus dem Treppenhaus dringen entfernte Stimmen vom Deck unter ihnen hinauf. *Was für ein merkwürdiger Name*, meint der Junge mit einem Lachen in der Stimme. Sie seufzt innerlich. Manchmal kann sie ihren Namen selbst nicht leiden, auch wenn ihr die Lyra gefällt, nach der sie getauft wurde. *Er stammt aus einem Buch, das mein Vater gerade las, als meine Mutter mit mir schwanger war*, erklärt sie. *Und wovon handelt es?*, fragt der Junge. Sie antwortet wie gewohnt. *Von Magie und allen möglichen unterschiedlichen Wesen. Schwer zu erklären.* Der Junge runzelt die Stirn und blickt skeptisch drein. *Handelt es etwa von niedlichen Vampiren, die in der Sonne glitzern?*, fragt er, und Lyra muss lachen. *Nein.* Er nickt entschieden. *Gut. Ich finde nämlich, dass Vampire gefährlich sein müssen.* Sie lacht erneut, denn der Junge ist süß, auch wenn er ein bisschen altklug erscheint. *Nein, nicht nur altklug*, denkt sie. *Er ist irgendwie altmodisch, wie ein kleiner alter Mann.* Sie fragt ihn, wo seine Eltern sind, und er zuckt mit den Achseln. Bittet sie, reinkommen und ihre Toilette benutzen zu dürfen. *Ich weiß nicht*, meint sie. Der Junge presst die Oberschenkel zusammen. Wirkt plötzlich unruhig. *Bitte. Ich will nicht in die Hose machen.* Also lässt sie ihn rein. Kaum hat sie die Kabinentür geschlossen, stellt der Junge sich mit dem Rücken davor. Als er sie anlächelt, sieht sie, dass seine Zähne ganz gelb sind.

Das dumpfe Surren des Haustelefons auf dem Schreibtisch weckt Mårten aus seinem Albtraum. Er setzt sich auf. Spürt auf der Matratze unter sich die Vibrationen der Motoren. Schaut sich verwirrt in der Kabine um, bevor er sich daran erinnert, wo er sich befindet. Sein Bettlaken ist feucht, und er fasst sich reflexartig in den Schritt. Nein, er hat sich nicht eingenässt. Als das Telefon erneut klingelt, springt er aus dem Bett und hebt den Hörer ab. Die Angst aus seinem Traum ist noch immer gegenwärtig. Er hört lachende Stimmen im Hintergrund, während seine Frau ihm erzählt, was gerade passiert ist. Dass die Kinder verschwunden sind. Und dass sie selbst mehrfach in Los und Lindas Kabine angerufen hat, dort jedoch niemand ranging. *Ich ruf dich in Kürze wieder an*, sagt sie. *Bleib dort, falls sie zurückkommen.* Mårten hört, dass sie von Panik ergriffen ist. Sie legt auf, bevor er etwas erwidern kann. Mårten reißt sich das durchgeschwitzte Pyjamaoberteil vom Leib und fröstelt. Wirft einen Blick auf die Wand zur Nachbarkabine. Greift sich eine Flasche Cognac aus der Plastiktüte vom Taxfree-Shop, die neben der Tür steht.

An der Rezeption hat Mika das Mikrophon in die Hand genommen. Die Lautsprecher auf der gesamten Fähre erwachen mit einem sanften Signal zum Leben. *Dies ist ein persönlicher Aufruf,* sagt er, und seine Stimme hallt in den Korridoren wider. *Albin und Lo Sandén möchten bitte zur Rezeption kommen. Albin und Lo Sandén möchten bitte zur Rezeption kommen.*

Auf Deck neun schaut der blonde Junge irritiert hoch zu den Lautsprechern. Die Narben auf Höhe seiner Schlüsselbeine sind mittlerweile fast ganz verschwunden. Ihm ist übel. Es ist schwer, rechtzeitig mit dem Essen aufzuhören. Zu viel Blut für seinen kleinen Körper. Er muss sich irgendwo ein Versteck suchen. Wo er auf das warten kann, was bald geschieht. Das, was alles verändern wird. Er muss lächeln. Kann es kaum erwarten.

DAN

»Nun denn«, sagt Raili und zieht sich die weißen Einmalhandschuhe mit einem klatschenden Geräusch von den Fingern. »Jetzt musst du nur darauf achten, die Wunde sauber zu halten. Und sobald sich Schorf gebildet hat, nachts Luft ranlassen.«

Dan hält seine rechte Hand hoch und betrachtet sie. Einzig seine Fingerspitzen lugen aus dem Paket aus Mullbinden hervor. Darunter pocht es dumpf. Sein Oberarm spannt an der Stelle, wo Raili ihm eine Tetanusspritze verpasst hat.

Sie schnurrt auf ihrem Hocker herum und wirft die Handschuhe in einen Mülleimer.

»Was für ein Pech, dass du ausgerechnet diesem Verrückten in die Quere gekommen bist«, sagt sie, als sie sich ihm wieder zuwendet.

Er wirft einen Blick auf ihr rundes, ungeschminktes Gesicht.

»Das war kein Pech«, entgegnet Dan bedächtig. »Er hatte es auf mich abgesehen, das macht einen verdammt großen Unterschied.«

»Ja, das stimmt wohl.«

»Man kann nur hoffen, dass niemand der Boulevardpresse

einen Tipp gibt. Ich hab nämlich gehört, wie einige mit ihren Handys Fotos gemacht haben.«

Er schaut erneut auf seine Hand. Dieser Psycho hat ihm womöglich sogar einen Gefallen getan.

»Die Gefahr besteht wohl kaum«, entgegnet Raili. »Die haben genügend andere Dinge, über die sie schreiben können.«

Als wüsste ausgerechnet sie das. Als hätte sie auch nur die geringste Ahnung.

Er hat vor, sobald sie zurück in Stockholm sind, von Bord zu gehen, um einen Arzt zu konsultieren. Wie kann es nur sein, dass sie keinen richtigen Arzt hier auf dem Schiff haben? Zur Krankenschwester kann sich schließlich selbst das letzte Dummchen ausbilden lassen.

Das Telefon auf Railis Schreibtisch klingelt. Sie meldet sich und beginnt, finnisch zu reden. Ihre Stimme verändert sich, wenn sie ihre Muttersprache spricht. Sogar ihre Mimik ist eine andere, wenn sie die ihm fremden Wortmelodien formt. Wie kann eine Sprache, die augenscheinlich fast nur aus Konsonanten besteht, so melodisch klingen? Sie verstummt und nickt ernst, während sie weiterlauscht.

»Jarno hat angerufen«, erklärt sie. »Der Kerl sitzt jetzt hinter Schloss und Riegel.«

Sie scheint ungeheuer stolz darauf zu sein, dass ihr Mann seinen Job gemacht hat.

Zusätzlich zum Pochen in Dans Hand beginnt es in seinem Kopf nun ebenfalls zu hämmern, allerdings in einem anderen Rhythmus. Die Schmerzen nehmen mit jedem Pulsschlag zu. Als würde jemand stetig die Lautstärke aufdrehen.

»Hättest du vielleicht ein paar Schmerztabletten für mich?«, fragt er.

»Klar«, antwortet Raili. »Ich habe Paracetamol hier und Ibuprofen …«

»Nichts Stärkeres?«, unterbricht er sie ungeduldig.

Inzwischen befallen ihn weitere kleinere Schmerzattacken, die sich bis hinunter ins Zahnfleisch erstrecken.

»Mit denen solltest du eigentlich zurechtkommen«, entgegnet sie und reicht ihm einen Tablettenstreifen.

Er reißt ihn irritiert an sich. Drückt drei Tabletten heraus und spült sie umgehend mit Wasser aus dem Hahn herunter.

Als er sich wieder aufrichtet, fühlt es sich an, als würde ihm das Wasser geradewegs wieder hochkommen. Er atmet tief durch, nickt Raili zum Abschied zu, ohne sie anzusehen, und verlässt das Krankenzimmer.

Die Frau von vorhin steht im Korridor und wartet auf ihn. Das kleine Fräulein *Paradiso Tropical*. Sein größter Fan. Alexandra. Sie beginnt zu strahlen, als sie ihn erblickt. Der Diamant auf ihrem Schneidezahn blitzt auf. Er stellt fest, wie erleichtert er ist. Denn er will heute Abend nicht allein sein, aber auch nicht mehr auf der Fähre auf die Jagd gehen müssen.

Stattdessen kommt die Beute von selbst zu ihm.

»Ich wollte nur sichergehen, dass alles okay ist. Es sah ja ziemlich übel aus. Wie geht es Ihrer Hand?«

Dan hält sie hoch. Wedelt ein wenig mit den Fingerspitzen, die aus dem Verband herauslugen.

»Zumindest ist noch alles dran«, antwortet er lächelnd.

Sie kichert übertrieben eifrig. »Müssen Sie wieder zurück auf die Bühne?«, fragt sie.

»Ich glaube, für heute habe ich genug Publikumskontakt gehabt.«

Erneutes Kichern. »Und wie werden Sie dann den restlichen Abend verbringen?«, fragt sie.

Er schaut sie an und lächelt. »Ich werde dich vögeln«, antwortet er ohne große Empathie. »Und dann werde ich dich noch mal vögeln. Und wenn du deine Kabine mit einer Freundin teilst, musst du sie entweder rausschmeißen oder bitten mitzumachen. Du hast die Wahl.«

Alexandra sieht ihn bestürzt an. Als wäre es nicht genau das, worauf sie aus war. Sie linst hinunter auf einen Ring an ihrem linken Ringfinger.

Er bekommt einen Steifen. Eine weitere Stelle in seinem Körper, die pocht, und zwar so stark, dass er die anderen vergisst. Seine Vorhaut gleitet zurück, und als seine Eichel am Stoff seines Slips entlangreibt, fühlt sie sich so empfindlich an, dass seine Haut fast brennt.

»Sie ist nicht da«, entgegnet Alexandra. »Sie ist im Club.«

»Aha«, meint Dan. »Hast du was zu trinken in deiner Kabine?«

Sie nickt.

»Zeig mir den Weg«, fordert er sie auf.

PIA

Pia beobachtet den Mann durch die Luke in der Tür hindurch. Er hat sich mit dem Rücken zu ihr auf den Boden gesetzt und bewegt sich nicht.

Sie drückt einen weiteren Klecks Wundgel aus der Flasche und verstreicht ihn auf dem kleinen Kratzer an ihrem Handgelenk, die sie sich im Tumult in der Karaoke-Bar zugezogen hat. Sie merkt, wie die Hand, die die Plastikflasche hält, zittert.

Tja, meine Liebe, was für ein Glück, dass du nicht Polizistin geworden bist, wo du doch so ein Angsthase bist.

Die Stimme gehört ihrem Exmann. Sich von ihm scheiden zu lassen hat auch nicht verhindert, dass er noch immer in ihrem Kopf herumspukt und sich bei jeder Gelegenheit bemerkbar zu machen scheint.

»Dan hatte recht. Er muss irgendetwas eingeworfen haben und davon völlig high geworden sein«, sagt Jarno.

»Oder er ist einfach nur total ausgerastet«, meint Pia.

Seinem Personalausweis zufolge heißt er Tomas Thunman. Auf dem Foto schaut er mit einem angedeuteten Lächeln direkt in die Kamera. Er sieht auf eine nette Art und Weise völlig harmlos aus.

»Sollen wir die Polizei rufen?«, fragt Jarno.

Sie würde am liebsten mit Ja antworten, um diesen Tomas Thunman von der Charisma runterzubekommen. Doch sie schüttelt den Kopf.

»Extra wegen ihm einen Hubschrauber anzufordern ist die Mühe nicht wert«, erklärt sie. »Wir lassen ihn hier sitzen. Pär und Henke müssen uns halt unterstützen und hin und wieder zu ihm reinschauen.«

Eigentlich müssten sie ihn der finnischen Polizei übergeben, sobald sie Åbo erreichen, aber da er schwedischer Staatsbürger ist, bleibt er an Bord, bis sie Stockholm erreichen. Tomas Thunman an die Polizei in Finnland auszuliefern würde die Sache für alle Beteiligten nur komplizierter machen.

Pia und Jarno gehen hinaus in das kleine Büro der Security-Bediensteten und werfen einen Blick auf die vier Überwachungsmonitore an der Wand. Einer für jede Ausnüchterungszelle. Die beiden Männer, die im Starlight miteinander in Streit geraten waren, schlafen nun tief und fest auf der Pritsche ihrer jeweiligen Zelle. In der dritten liegt die Frau, die Pär und Henke davor bewahrt hatten, auf der Tanzfläche niedergetrampelt zu werden. Zum Dank dafür hat sie versucht, ihnen einen Tritt in den Unterleib zu verpassen, und anschließend hat sie sich noch zweimal übergeben.

Tomas Thunman sitzt nach wie vor auf dem Fußboden in der vierten Zelle. Das Bild ist grobkörnig und schwarzweiß. Er bewegt sich noch immer nicht. Hält sich die Hände vor die Augen, als wolle er sich gegen das grelle Licht im Raum abschirmen. Pia steht so dicht vor dem Bildschirm, dass sie die Wärme auf der Oberfläche spürt, die er abstrahlt. Die statische Aufladung bewirkt, dass sich die Härchen auf ihren Unterarmen aufrichten.

»Sollen wir Raili herholen, was glaubst du?«, fragt Jarno.

»Jetzt scheint er sich ja ruhig zu verhalten«, entgegnet Pia. »Ich will sie lieber nicht zu ihm reinlassen.«

Jarno wirkt maßlos erleichtert.

»Ich weiß ja nicht, wie es dir geht, aber ich würde gerne eine Pause machen«, erklärt sie.

»Ja, ich auch«, pflichtet ihr Jarno bei, ohne den Bildschirm aus den Augen zu lassen. »Ich kann hierbleiben und einen Kaffee trinken, wenn du hochgehen und mit Calle reden willst.«

Pia klopft ihm dankbar auf die Schulter. Sie muss daran denken, wie glücklich Calle oben auf der Kommandobrücke ausgesehen hatte. Sie kann es kaum ertragen, dass er jetzt allein in Filips Kabine hockt.

»Melde dich über Funk, wenn irgendetwas sein sollte«, sagt sie. »Ansonsten sehen wir uns in ungefähr einer halben Stunde.«

Sie schaut erneut auf die Bildschirme. Alle Zellen sind belegt. Sobald die beiden Streithähne ihren Rausch halbwegs ausgeschlafen haben, werden sie entlassen. Doch wenn vorher etwas passieren sollte, müssen sie zu einer Notlösung greifen, die sie keineswegs gern praktizieren; nämlich die betrunkenen Passagiere mittels Handschellen am Geländer im Personaltreppenhaus festketten.

Sie betet im Stillen, dass der restliche Abend auf der Charisma ruhiger verläuft, doch sie arbeitet schon lange genug hier, um ihrem Instinkt vertrauen zu können. Und der sagt ihr, besser die Zähne zusammenzubeißen. Denn ihnen steht eine lange Nacht bevor.

MARIANNE

Die Stimmung auf dem Schiff ist jetzt völlig verändert. Sie geht am Rand der Tanzfläche des Club Charisma entlang. Erblickt ganz hinten im Raum eine offene Tür in der hohen Glaswand. Steuert darauf zu. Muss raus an die frische Luft.

Die verrückte Musik ist so laut, dass sie sich die Ohren zuhält. Überall betrunkene Leute. Aggressionen liegen in der Luft wie ein unsichtbarer, aber dennoch deutlich spürbarer Nebelschleier.

Gerade eben hat sie gesehen, wie sich zwei Teenager mit nacktem Oberkörper aus dem Griff ihrer Freunde befreit haben, um sich weiter prügeln zu können. Ihre Blicke hatten etwas Animalisches. Einer der Wachleute kam mit der Hand am Schlagstock angelaufen, doch Marianne ist rasch weitergegangen, um das Elend nicht mit ansehen zu müssen. Selbst diejenigen, die euphorisch grölen und johlen, jagen ihr Angst ein. Sie hat den Eindruck, als könnte die Stimmung jeden Moment umschlagen. Ein Missverständnis, ein einziger fehlgedeuteter Blick, und die Situation eskaliert.

Marianne bemüht sich, niemandem in die Augen zu schauen, was allerdings schwierig ist, da sie zugleich nach Göran Ausschau hält.

Nachdem er gegangen war, konnte sie nicht einschlafen. Schließlich war sie aufgestanden, hatte sich mithilfe von Feuchttüchern etwas frisch gemacht und den blauweiß gestreiften Pulli angezogen, den sie sich eigentlich für morgen aufheben wollte. Danach hatte sie neuen Lippenstift aufgetragen und ihre Frisur mit der Bürste, so gut es ging, wieder in Form gebracht. Die ganze Zeit hatte sie darauf gehofft, ein behutsames Klopfen an ihrer Tür zu hören – Göran, der es sich anders überlegt hat.

Doch er hatte es sich nicht anders überlegt. Also hat letztlich sie nachgegeben.

Als ein Mann unmittelbar vor ihr stolpert und zu Fall kommt, reißt Marianne die Arme hoch. Dann macht sie einen resoluten Schritt über ihn hinweg. Spürt den ersten frischen Windhauch von der offenen Tür her.

Die Leute stehen in Grüppchen davor, und sie merkt, dass es keinen Sinn hat, noch länger höflich zu sein. Sie zwängt sich an ihnen vorbei, hört jemanden *immer mit der Ruhe, Oma* rufen und schiebt sich weiter vor. Gelangt schließlich hinaus aufs Achterdeck. Hier stehen ebenfalls viele Leute, aber zumindest ist die Luft frischer und die Musik nicht mehr so laut. Sie stellt sich an die Reling. Betrachtet den breiten Streifen schäumenden Kielwassers, den die Baltic Charisma im Meer hinterlässt, und holt mehrfach tief Luft. Ganz hinten am Horizont erblickt sie eine andere Fähre. Unfassbar, dass dort womöglich ebenso viele Leute an Bord sind. Genauso viele Erwartungen und Enttäuschungen.

Sie sollte wieder in ihre Kabine zurückgehen und sich schlafen legen, anstatt hier wie eine Geisteskranke im eiskalten Nieselregen herumzustehen.

Außerdem besteht immer noch eine wenn auch geringe Chance, dass Göran wieder zu ihrer Kabine hinunterkommt.

Marianne schiebt sich weiter durch die Menschenmenge hindurch bis zur Längsseite der Fähre. Hier stehen bedeutend weniger Leute, und hier hat sie ein Dach über dem Kopf.

Sie spaziert ein wenig umher. Fährt mit der Hand am feuchten Metallgeländer der Reling entlang. An der Wand stehen zwei Sitzbänke, und auf der einen sitzt ein Mann in einem dünnen Oberhemd, während unter der anderen eine Lache mit dunklem Erbrochenen den Boden bedeckt. Daneben meint sie etwas auszumachen, das im Dunkeln an kleine weiße Glitzersteinchen erinnert. Marianne schüttelt sich angeekelt. Schlingt im Gegenwind schützend die Arme um ihren Oberkörper, bevor sie stehen bleibt und aufs Wasser hinausschaut.

Sie versucht sich zu erinnern, was sie eigentlich zu Göran gesagt hat, bevor er gegangen ist. Bemüht sich, ihre Worte möglichst objektiv zu beurteilen. War sie womöglich so damit beschäftigt, sich unabhängig zu geben, dass sie abweisend oder kühl auf ihn gewirkt hat? Oder war es eher umgekehrt, dass sie so leicht zu durchschauen war wie sonst auch und ihn mit ihrer armseligen, verzweifelten Einsamkeit vertrieben hat?

So, wie ihr Sohn ihr einmal vorgeworfen hat, ihn zu vertreiben. *Du musst dir ein eigenes Leben aufbauen, Mama.*

Allerdings hat Göran ihr seine Handynummer aufgeschrieben, was er nicht unbedingt hätte tun müssen.

Wäre er bei ihr geblieben, wenn sie ihn einfach darum gebeten hätte?

Marianne hat sich selber so satt. Sie verhält sich immer noch genauso kindisch wie früher. Hat in all den einsamen Jahren nichts dazugelernt. Nichts wird je besser werden. Sie wird sich nie zum Positiven verändern.

Wie lächerlich zu glauben, dass sie vor sich selbst fliehen könnte. Dumme, feige Marianne. Göran hat bestimmt nicht lange gebraucht, um zu durchschauen, wie sie gestrickt ist. Wahrscheinlich hatte er das schon begriffen, bevor sie miteinander geschlafen haben, und wollte nur nicht gehen, ohne auf seine Kosten zu kommen.

Warum muss sie sich nur immer wieder mit dieser schwarzen Wolke der Hoffnungslosigkeit herumschlagen? Wieso verspürt sie ein ums andere Mal diese große Leere, die nichts und niemand auszufüllen vermag? Am Schlimmsten setzt ihr allerdings die Tatsache zu, dass man es ihr schon von weitem ansieht. Kein Wunder, dass alle Abstand halten.

Marianne betrachtet die Wellen, die sich am Schiffsrumpf weit unter ihr brechen und daran entlangströmen. Das Meer ist so kalt und tief.

Wer würde sie vermissen, wenn sie heute Nacht verschwände? Morgen, wenn die Fähre Stockholm erreicht, würde das Reinigungspersonal bestimmt Bescheid geben, dass sich in einer Kabine noch persönliche Gegenstände befänden. Aber wenn sie jetzt hinunter in ihre Kabine geht und all ihre Sachen in die Reisetasche packt und diese über Bord wirft, bevor sie selbst über die Reling klettert? Bis zum Beginn der Adventszeit würde sie mehrere Wochen lang niemand vermissen. Dann würden höchstwahrscheinlich polizeiliche Untersuchungen eingeleitet werden, und irgendwer würde auf ihren Kontoauszügen sehen, dass das Letzte, was sie je gekauft hatte, zwei Gläser Bier auf einer Finnlandfähre gewesen waren.

Marianne tritt, peinlich berührt von ihren morbiden Phantasien, einen Schritt von der Reling zurück und ist zugleich beschämt vom Genuss, den sie ihr verschaffen. In der letzten Zeit hat sie sich dergleichen viel zu oft hingegeben. Sie sollte stattdessen lieber Sudokus lösen.

Plötzlich nimmt sie aus den Augenwinkeln eine Bewegung

wahr, und Marianne zuckt zusammen. Der Mann im Oberhemd ist von der Bank aufgestanden und kommt auf sie zu.

»Sorry, wenn ich Ihnen Angst eingejagt habe«, sagt er. »Ich wollte mich nur erkundigen, ob es Ihnen gutgeht.«

Seine Stimme ist tief und melodisch. Er klingt relativ jung. Als er ins Licht tritt, sieht sie, dass er tatsächlich nicht viel älter als dreißig sein kann. So dünn bekleidet muss er hier draußen noch weitaus mehr frieren als sie.

»Ja, danke«, antwortet sie und fährt sich entschlossen mit dem Finger unter den Augen entlang. »Ich habe nur einen etwas merkwürdigen Abend hinter mir.«

Bildet sie es sich nur ein, oder wirkt er traurig?

»Ich habe gerade einen Heiratsantrag abgelehnt«, sagt er. »Und Sie?«

DAN

Dan steht neben dem Bett und stößt seinen Schwanz in Alexandras Mund. Als er nicht mehr weiter hineinkommt und sie zu würgen beginnt, wartet er ein paar Sekunden. Dann entspannen sich ihre Halsmuskeln, und er kann sich bis ganz nach hinten in ihre Kehle hineinschieben. Vorher hat er sie lange und heftig gevögelt, während sie ihn, völlig benommen vom süßen Birnenlikör aus einer ihrer Tüten vom Taxfree-Shop und einer Xanor-Tablette, die sie auf seine Empfehlung hin geschluckt hatte, hat machen lassen. Er selbst hat nichts eingeworfen, doch das ist auch nicht nötig. Er ist so high wie nie zuvor. Gleich ist es Zeit fürs Finale, doch er will es noch ein wenig hinauszögern, denn es kommt ihm vor, als könne er unbegrenzt so weitermachen, bis in den Tod. Als wäre sein Schwanz eine Rakete, die ihn geradewegs in die Ewigkeit katapultiert.

Aber was ist das denn?

Hin und wieder wirft er einen Blick in den Spiegel am Fußende des Bettes. Dreht sich ein wenig, um eine möglichst schicke Pose einzunehmen.

Mit seiner unverletzten linken Hand gibt er ihr immer wieder einen aufreizenden Klaps auf die Wangen. Streicht ihr übers Gesicht und hält ihr kurz die Nase zu. Am liebsten würde er sie mit seinem Schwanz ersticken.

In seinem Kopf schmerzt es so stark, dass er es regelrecht hören kann. Es knirscht und knarrt irgendwo da drinnen oberhalb seines Gaumens. Sein Herz schlägt so rasch, dass es jeden Moment zu explodieren droht. Die Euphorie, die er verspürt, ist stärker als je zuvor. Er befindet sich ganz im Hier und Jetzt. Alles ist genauso, wie es sein soll. Alles ist bestens. Selbst der Schmerz in seinem Kopf ist ein Genuss. Seine Synapsen machen keinen Unterschied mehr zwischen den verschiedenen Reizen. Sie fließen ineinander und verstärken sich gegenseitig. Sein gesamter verfluchter Körper ist eine einzige Wunderkerze. Als würde jede einzelne Zelle kurz vor dem Orgasmus stehen.

Als sein Schwanz wieder aus ihrem Mund herausgleitet, ist er mit dicken Speichelsträngen überzogen, während Alexandra angestrengt keucht.

»Schmeckst du deine eigene Fotze?«, flüstert er. »Gefällt dir das?«

Sie murmelt irgendetwas, während er sich über sie beugt und ihre Arme über ihrem Kopf festhält. Als er mit seiner verletzten Hand zudrückt, tut es weh, doch es ist ein unglaublich angenehmer Schmerz. Er beißt sie spielerisch ins Ohrläppchen.

Plötzlich geben die Schneidezähne in seinem Oberkiefer nach. Lösen sich von ihren Wurzeln und fallen heraus. Verschwinden in Alexandras Haaren.

Dan lässt ihre Arme los und gräbt mit den Fingern in ihren schwarzen Locken. Alexandra schaut ihn verwirrt an. Er klaubt seine Zähne heraus und hält sie unter der Nachttischlampe ins Licht. Einer von ihnen ist der Länge nach gesprungen. Der Schmerz schießt in immer neuen Wellen in seinen Schädel, und jetzt schmeckt er Blut auf der Zunge. Sein Herz rast wie verrückt.

Dan läuft zum Spiegel und muss die Hose, die ihm um die Fußknöchel hinunterhängt, hochziehen, um nicht zu stolpern. Er öffnet den Mund. Erkennt sein Gesicht ohne die beiden Schneidezähne kaum wieder. Nun lockern sich weitere Zähne im Kiefer. Er schließt den Mund wieder und wartet, bis er sich mit Blut gefüllt hat, bevor er schluckt. Ist kurz vorm Orgasmus, als das warme Blut durch seine Kehle hinuntergleitet.

»Was machst du da?«, fragt Alexandra lallend vom Bett her.

Der Schmerz ist jetzt fast unerträglich. Ein Schauder nach dem anderen durchfährt seinen Körper. Die Grenze zwischen Euphorie und Panik ist extrem dünn.

Hat er je so viel gespürt wie in diesem Augenblick?

Alexandra ist vom Bett aufgestanden und nähert sich ihm wankend von hinten. Er schiebt sich den linken Zeigefinger in den Mund und tastet vorsichtig seine Zähne ab. Sie lösen sich und landen auf der Zunge. Er saugt das Blut um sie herum auf, wölbt seine Hand vor dem Mund und spuckt sie aus. Alexandra sagt etwas, doch er kann sie nicht verstehen. Die Geräusche im Inneren seines Schädels übertönen alles.

Noch etwas anderes ist verstummt. Ein Geräusch, über das er nie nachgedacht hat, weil es immer da gewesen ist.

Sein Herz hat aufgehört zu schlagen. Hat einfach aufgegeben.

Dan schließt in Erwartung der allumfassenden Dunkelheit, die ihn gleich verschlingen wird, die Augen.

»Was ist das denn?«, ruft Alexandra schrill.

Dan öffnet die Augen wieder. Sie steht jetzt neben ihm. Ihr Blick, der inzwischen klarer geworden ist, richtet sich auf seine gewölbte Hand. Wandert wieder hinauf in sein Gesicht. Dann schreit sie auf.

Dass ausgerechnet sie das Letzte sein wird, was ich im Leben sehe, denkt er.

Doch die Dunkelheit übermannt ihn nicht.

»Hast du dich gestoßen …? Du brauchst Hilfe …«

Sie zieht ihren Slip an. Streift sich ihr knallrosafarbenes Top über den Kopf.

»Wir müssen jemanden holen«, ruft sie.

Er will ihr antworten. *Es ist zu spät. Mein Herz hat schon aufgehört zu schlagen.* Doch ohne Zähne bringt er nur Vokale und Zischlaute hervor.

Er muss lachen. Sein Spiegelbild sieht so komisch aus. Der gesamte untere Teil seines Gesichts ist eingefallen.

Neuerliche Geräusche in seinem Kopf. In der blutigen Masse in seinem Mund blitzt jetzt etwas Weißes auf, so dass er noch näher ans Spiegelglas heranrückt.

Neue Zähne.

Alexandras Verwirrung und Angst haben ihren Körper aufgeheizt. Er strahlt eine Hitze aus, die seinen Rücken wie die Sonne an einem kalten Frühlingstag wärmt. Er betrachtet sie im Spiegel.

Das, was er jetzt verspürt, ist keine Geilheit mehr. Es ist ein ganz anderes Gefühl.

Er will sie zerreißen. Ihren Körper aufschlitzen. Sein Gesicht in ihren Eingeweiden vergraben. Jeden Tropfen Blut aus ihr heraussaugen.

MÅRTEN

Mårten sitzt auf seinem Bett und schaut auf den Bildschirm des altmodischen kleinen Röhrenfernsehers. Zappt zwischen den beiden Tanzflächen hin und her in der Hoffnung, Albin irgendwo zu erblicken. Seine Ohren lauschen angestrengt. Ab und an meint er irgendwo in der Nähe eine Frau schreien zu hören.

Er trinkt Cognac aus einem der Pappbecher aus dem Bad, doch die Betäubung will sich nicht einstellen. Die Gardinen sind zugezogen. Er konnte nicht aufhören, in Richtung Fenster zu linsen aus Angst davor, ihr von außen gegen die Scheibe gepresstes Gesicht zu erblicken.

Mama.

Dieser verfluchte Traum lässt ihn einfach nicht los. Die Angst lauert wie ein matter dunkler Schatten tief in seinem Brustkorb.

Außerdem ist Albin verschwunden.

Mårten nimmt einen weiteren Schluck. Ein paar Tropfen rinnen hinunter auf seinen Bauch, und er wischt sie irritiert weg, während er einen Blick auf den Becher wirft. Im Plastik befindet sich ein dünner, senkrecht verlaufender Riss.

Was ist Abbe nur zugestoßen?

Er hätte nicht mit Lo alleine bleiben dürfen.

Mårten ist sich sicher, dass die beiden über ihn geredet haben. Lo glaubt natürlich alles, was Linda ihr weismacht. Und Abbe ist so beeindruckt von seiner Cousine, dass er ihr alles abnimmt.

Mårten selbst bekommt natürlich keine Chance, sich zu verteidigen.

Alles, was er bislang versucht hatte unter Kontrolle zu halten, droht ihn jetzt zu übermannen. Viel länger ist er dazu nicht mehr in der Lage. Wie lange schafft er es noch zu kämpfen? Wann wird er womöglich aufgeben müssen? Er kann sich nur noch auf sich selbst verlassen. Alle anderen haben ihn verraten. Glauben Cilla und Linda denn allen Ernstes, dass er die vielsagenden Blicke, die sie austauschen, nicht bemerkt hat? Sie haben doch bestimmt den ganzen Rest des Abends zusammengehockt und sind über ihn hergezogen. Haben den Kindern ihr Leid geklagt. Er merkt doch, dass Albin sich ihm immer mehr entzieht.

Er dreht den Becher, bis sich der Riss auf der von ihm abgewandten Seite befindet, und nimmt einen weiteren Schluck. Er würde alles für Abbe tun, doch die beiden Frauen versuchen, seinen Sohn gegen ihn aufzuhetzen.

Schließlich kann Mårten die Tränen nicht mehr zurückhalten. Er klingt wie ein winselnder Hund. Er ist es so leid, sich immer wieder abzumühen, ohne dass es je reicht.

Allen Leuten tut immer nur Cilla leid, die in ihrem Rollstuhl sitzt, aber er? Niemand fragt, wie es ihm damit geht. Niemand sagt zu ihm: *Verdammt, was für ein feiner Kerl du bist, Mårten.*

Dass du die Kraft aufbringst. Dass du bei ihr bleibst, obwohl Cilla nicht mehr die Frau ist, die du einmal geheiratet hast.

Er ist gefangen. Wenn er sie verließe, würde er allen nur die Bestätigung dafür liefern, was für ein Schwein er ist.

Mårten linst in Richtung der Gardinen, die unbewegt herunterhängen. Lauscht dem Regen, der dahinter gegen die Scheiben prasselt. Die Schreie, wenn sie denn tatsächlich real waren, sind inzwischen verstummt.

Doch jetzt hört er ein anderes Geräusch. Auf der anderen Seite der Wand. Eine Tür, die geöffnet wird.

Er geht hinaus in den Korridor. Die Tür zur Kabine nebenan ist angelehnt. Er leert seinen Becher und betritt sie.

Lo kniet vor dem Bett und scheint darunter etwas zu suchen. Mårten räuspert sich, und ihr schmächtiger Körper zuckt zusammen.

»Wo ist Abbe?«, fragt er, als sie erschrocken aufschaut.

»Upps«, ruft Lo und versucht zu lächeln. »Mann, hast du mich erschreckt.«

Vielleicht mag es ihr ja gelingen, Abbe weiszumachen, dass sie schon verdammt erwachsen ist, aber letztlich ist sie noch immer ein Kind. Ein Kind, das nie eine vernünftige Erziehung genossen hat.

»Wo ist Abbe?«, fragt er erneut.

»Ich weiß es nicht.«

»Ich glaube, dass du es ganz genau weißt«, entgegnet Mårten und macht einen weiteren Schritt in den Raum hinein.

Los Augen verengen sich. »Selbst wenn ich es wüsste, würde ich es nicht sagen. Könnte gut sein, dass er dich im Moment echt nicht sehen will.«

Mårten wirft den leeren Becher weg und geht auf sie zu. Packt sie an den Schultern und zieht sie vom Fußboden hoch.

Ihre aufmüpfige Art fällt sofort von ihr ab.

»Und warum sollte er es nicht wollen?«, fragt Mårten und beginnt, sie zu schütteln. »Was hast du ihm eingetrichtert?«

»Nichts«, antwortet Lo und windet sich aus seinem Griff.

»Ich glaube dir nicht.«

»Na, dann eben nicht.«

Als sie versucht, an ihm vorbeizugehen, stellt er sich ihr in den Weg. »Als ich vorhin zu euch reingekommen bin, habe ich euch angesehen, dass ihr heimlich etwas besprochen habt.«

»Und jetzt hast du Angst, dass ich ihm etwas erzählt habe?« Die Verachtung in ihrer Stimme ist nicht mehr zu überhören.

»Verdammt«, ruft er aus, während ihm die Tränen in den Augenwinkeln brennen. »Hab ich's doch gewusst.«

Er wischt sich über die Augen, damit er Lo wieder deutlich sehen kann. Sie starrt ihn an. Scheint sich nicht wohl in ihrer Haut zu fühlen.

»Was für ein Glück, dass ich von lauter Menschen ohne Fehl und Tadel umgeben bin. Aber wie wäre es, wenn es mich nicht gäbe? Wem würdet ihr dann die Schuld in die Schuhe schieben?«

Lo schüttelt den Kopf und zwängt sich an ihm vorbei. Zerrt eine Jacke von einem Bügel an der Innenseite der Tür. Auf der Schwelle dreht sie sich noch einmal um.

»Niemand muss Abbe etwas vorlügen«, erklärt sie. »Die Wahrheit reicht doch bei weitem aus. Du kapierst ja nicht einmal, dass wir umziehen mussten, um dich loszuwerden.«

In ihm breitet sich erneut Wut aus, und jetzt schießen ihm die Tränen in die Augen. »Was zum Teufel sagst du da?«

»Such dir Hilfe«, ruft sie.

»Vielleicht hätte ich es ja machen sollen wie dein Vater?«, schreit er zurück. »Mein Kind einfach im Stich lassen?«

»Ja!«, schreit Lo. »Ich hab jedenfalls tausendmal lieber einen Vater, den ich nicht kenne, als einen wie dich!«

Sie knallt die Tür zu, und das Geräusch dringt ihm durch Mark und Bein. Als hätte sie ihn angeschossen.

Dan hört ganz in der Nähe eine Tür zuknallen. Die lauten Stimmen sind mittlerweile verstummt. Er hockt auf allen vieren in Alexandras Kabine und streicht mit der Hand über den Teppichboden. Unter seinen Fingerspitzen kann er jede einzelne Faser spüren. Hin und wieder bewegt er seine bandagierte Hand auf Alexandras blassen Körper zu. Gräbt darin. Leckt das Blut von seinen Fingern ab. Doch jetzt hat es nicht mehr dieselbe Wirkung auf ihn wie zuvor. Es ekelt ihn eher an. Von dem Blut geht keine Kraft mehr aus, keine lebendige Energie.

Dan verharrt bewegungslos. Unter seinem Verband, der von Alexandras Körperflüssigkeiten durchnässt ist, juckt es. Er holt tief Luft, obwohl es nicht länger nötig ist. Tut es nur aus einem noch verbliebenen Reflex seiner Atemmuskeln heraus. Mit jeder Kontraktion seines Herzmuskels kann er spüren, wie sich Alexandras Blut in seinem Körper ausbreitet. Jetzt ist sie ein Teil von ihm. Sie sind miteinander verschmolzen, wie es ihm noch nie zuvor mit einem anderen Menschen gelungen ist. Genau das hatte er immer gesucht, aber nie gefunden. Und jetzt war es so einfach. Die Instinkte waren bereits in ihm angelegt. Sie haben ihn dazu gebracht, ihr die Kehle aufzuschlitzen, um sie zum Verstummen zu bringen.

Es muss mit dem Mann angefangen haben, der ihn gebissen hatte. Der wollte ebenfalls Blut. Doch diese neue Kraft war offenbar zu stark für ihn. Und er selbst zu schwach. Konnte nicht damit umgehen. Nicht so wie Dan.

Dan reißt sich den Verband von der Hand. Leckt das angetrocknete Blut von seinen Fingerknöcheln. Die Wunden von den Bissen des Mannes sind inzwischen verheilt. Sichtbar sind nur noch kleine, glänzende rosafarbene Narben. Er nickt.

Er ist unverwundbar. Vielleicht sogar unsterblich.

Jetzt ist er mehr als ein Mensch. Er ist etwas Besseres.

Dan betrachtet die Regentropfen auf dem Fenster. Sie sind so schön, dass er darauf zugehen muss. Er streckt eine Hand in Richtung der Scheibe aus. Sie fühlt sich unter seinen Fingerspitzen kalt an. Er legt ein Ohr dagegen und lauscht dem gleichmäßigen Prasseln. Jetzt kann er sein Hörvermögen auch so sehr differenzieren, dass er jeden einzelnen Tropfen hört, genauso wie er sie in einzelnen Rinnsalen am Glas hinunterlaufen sehen kann. Selbst die Vibrationen der Fähre, die ihm sonst so verhasst waren, klingen in seinem Körper nun wie lieblicher Gesang. Als wären sie eins mit ihm geworden.

Er dreht sich um. Ist neugierig darauf, wozu seine neuen Sinne noch alles fähig sind. Als er auf die Tür zugeht, reiben unter seinen Schuhsohlen ein paar von seinen alten Zähnen gegeneinander und werden tiefer in den Teppich gedrückt, der vom Blut durchtränkt ist.

Dan verlässt die Kabine. Blinzelt im grellen Licht des Korridors. Diese Gerüche. Die Geräusche. Der Korridor auf Deck sechs ist einer der längsten auf der gesamten Charisma. Die Luft ist voller Duftspuren von all den Leuten, die hier entlanggegangen sind, und seine Sinne vereinigen sich, so dass er fast meint, sie als Duftschleier sehen zu können. In einem davon nimmt er die Gerüche eines jungen Menschen wahr. Eines Mädchens. Sie war gerade eben erst hier.

Er folgt ihrer Spur. Mit jedem weiteren Schritt steigen neue Düfte aus dem Teppichboden auf. In einer der Kabinen hört er einen Mann schluchzen. Hinter einer Tür weiter hinten hört er Musik. Und noch etwas weiter entfernt das Lachen eines alten Opas, das sich zu einem Hustenanfall steigert. All diese verschiedenen Leben.

Einige Männer im Anzug kommen um die Ecke gebogen. Sie schauen Dan merkwürdig an, als sie vorbeigehen. Er ist versucht, sich auf sie zu stürzen, doch er kann warten. Weil sie dehydriert sind, bewegt sich das Blut in ihren Adern zu langsam, ist dickflüssig und träge. Er geht weiter den Korridor entlang und biegt um dieselbe Ecke, um die auch die Männer gekommen waren.

In seiner rechten Hand juckt und brennt es. Er betrachtet sie. Die Narben sind inzwischen fast völlig verblasst.

Im Treppenhaus kommt er an einer laut grölenden Gruppe von Teenagern vorbei. Sie riechen nach frischer Luft und Zigarettenrauch. Genau wie bei den Regentropfen auf der Fensterscheibe kann er ihre jeweiligen Gerüche voneinander unterscheiden, wenn er sich konzentriert. Er kann riechen, was sie gegessen und getrunken haben. Sie riechen völlig unterschiedlich. Haben so unterschiedliche Emotionen. Nervosität. Freude. Geilheit. Ihre Gefühle durchdringen ihre Muskeln und drängen förmlich durch ihre Poren heraus, um auf ihrer Haut haften zu bleiben. Dan nimmt Gerüche wahr, die an Essig, Seife, feuchtes Moos, Honig und Hefe erinnern.

Er erreicht Deck sieben, wo er irgendwo in den Korridoren hinter sich den frischen Geruch nach Sex und vergossenem Bier wahrnimmt. Geht weiter in Richtung Bug des Schiffes. Im geschlossenen Taxfree-Shop ist alles dunkel. Die synthetischen Parfüms dringen durch die Glaswände hindurch und kitzeln ihn so stark in der Nase, dass er die Duftspur des jungen Mädchens verliert. Er flucht laut. Die Bildschirme der Spielautomaten blinken. Er ist wie hypnotisiert von den Farben und bleibt eine Weile lang im Gang stehen und betrachtet sie.

Ein Paar mittleren Alters geht an ihm vorbei. Sie schreit ihren Mann wütend auf Finnisch an. Der schweigt und gibt sich äußerlich unberührt, doch sein Blut schießt weitaus schneller durch seine Adern als ihres.

Dan geht weiter. Vor dem Tresen der Rezeption sitzt eine Frau im Rollstuhl. Mika steht dahinter und spricht mit wichtigtuerischer Miene ins Telefon. Schaut sie nicht an. Dan kann ihre Angst schon von weitem riechen. Jetzt begreift er, warum sich der Mann in der Karaoke-Bar ausgerechnet auf ihn gestürzt hat. Es hatte nichts damit zu tun, dass er Dan Appelgren ist. Es waren vielmehr sein Hass, sein Frust und nicht zuletzt das Koks, das in seinen Adern fast übergeschäumt ist. Er muss unwiderstehlich gerochen haben.

So viele Gefühle überall. Dan möchte sie am liebsten einfangen. Sie sich einverleiben. Sie zu seinen eigenen Gefühlen machen. Dieser Heißhunger, den er verspürt, wird sich womöglich niemals stillen lassen. Er kommt ihm abgrundtief vor, als würde er nie satt werden können. Und dennoch ist er zufriedener, als er es je zuvor gewesen ist.

Dan geht noch weiter. Jetzt wird ihm klar, wohin er unterwegs ist. Vor ihm endet der Gang an den Türen zur Karaoke-Bar.

BALTIC CHARISMA

Der Mann an der Rezeption ist völlig genervt von der Frau im Rollstuhl. Er erklärt ihr zum wiederholten Mal, dass er Wachleute losgeschickt hat, um nach den beiden Kindern zu suchen. Und dass man außerdem mit Hilfe der Überwachungskameras nach ihnen Ausschau hält. *Mehr können wir wirklich nicht tun*, erklärt er.

Henke und Pär schauen sich in der Karaoke-Bar um. Doch die Kinder, die sie suchen, sind nicht dort. Sie befinden sich nicht einmal in der Nähe. Dan Appelgren hingegen schon. Er steht mit geschlossenen Augen in einer dunklen Ecke neben einem der Fenster. Aus den Hähnen an der Bar wird Bier gezapft. Gläser klirren gegeneinander. Der Boden unter seinen Füßen schwankt unmerklich, aber konstant. Er nimmt Gerüche von Parfüm, Ammoniak und Schweiß sowie Mundgeruch wahr. Salz, Leder, süßer Wein, entzündetes Körpergewebe. Öl, Puder und süßliche Milch. Dan ist ganz berauscht von all den Sinneseindrücken. All dem Unerklärlichen, das ihm widerfahren ist.

Einer der Aufzüge hält auf Deck sieben. Der Junge, der kein Junge mehr ist, schaut vorsichtig hinaus, bevor er aussteigt. Will nicht gesehen werden. Will nicht, dass die Leute sich fragen, was ein kleines Kind ohne seine Eltern hier an Bord zu suchen hat. Aber er beherrscht die Kunst, nicht gesehen zu werden, und natürlich kommt es ihm zugute, dass die meisten Gäste, die noch wach sind, betrunken sind. Alles auf dem Schiff ekelt ihn an. All die synthetischen Gerüche. Die künstliche Musik. Die Holz-, Leder- und Marmorimitate. Das Einzige, was echt ist, ist die Völlerei. Die Gier. Die Maßlosigkeit. Die Menschen sind dabei, den gesamten Planeten zu zerstören, indem sie ihn wie Parasiten aussaugen. Sie bringen sich selbst und ihre Mitmenschen auf Hunderte verschiedene Arten und aus Tausenden von lächerlichen Gründen um. Würden ihn aber als Ungeheuer bezeichnen, wenn sie wüssten, wer er in Wahrheit ist. Wenn sie es glauben würden. Er wird sie dazu bringen, es zu glauben. *Es hat bereits begonnen.* Die Vorfreude lässt sein Gesicht noch kindlicher erscheinen. Er geht in den Gang hinaus, wo er die Türen zur Karaoke-Bar erblickt, und lässt seinen Blick weiterschweifen, bis er an dem kleinen verglasten Raum mit den hintereinander aufgereihten Sitzbänken hängenbleibt. Die Leute, die keine Kabine gebucht haben, sitzen hier und schlafen. Er schleicht sich hinein. Legt sich unter eine der Bänke. Ein perfektes Versteck. Und falls man ihn doch entdecken sollte, kann er immer noch sagen, dass er mit einem Freund Verstecken gespielt hat und dabei eingeschlafen ist. Er lauscht dem gedämpften Schnarchen. Fragt sich, ob seine Mutter wohl schon in ihrer Kabine war. Und ob sie begriffen hat, was Sache ist.

Die dunkelhaarige Frau sucht auf dem zweiten Deck nach ihm. Nimmt den Geruch von Blut und Tod wahr. Sie hat es begriffen. Musste einsehen, dass ihrem Sohn kein Unglück widerfahren ist. Im Gegenteil. Er hat alle Hemmungen fallenlassen. Ihr graut vor den Folgen. Vor dem Zorn der *Alten.* Sie muss eine Katastrophe verhindern. Die Frau spürt im ganzen Körper, wie sie sich nähert. Überall an Bord gegenwärtig ist. *All die Menschen, die noch nichts davon ahnen ...* Die Frau ist jetzt für sie verantwortlich. Muss sie retten. Und damit auch sich selbst und ihren Sohn. Sonst wird die Strafe der *Alten* fürchterlich ausfallen, und sie wird ihn nicht länger schützen können.

In einer der Kabinen, die sie passiert, liegt der Lastwagenfahrer Olli auf dem Fußboden. Er vergeht innerlich vor Schmerzen. Er ist eingeschlossen. Nur Blut kann seinen Durst löschen.

ALBIN

Er sitzt unter der Stahltreppe, die zur Aussichtsplattform hinaufführt, und drückt sich gegen die Wand. Hier dringt kein Wind herein, aber die Luft ist voller winziger nasser Tropfen. Sein Kapuzenpulli ist schon ganz feucht, und obwohl er die Bündchen über seine Hände gezogen hat, sind sie von der Kälte rot gefleckt. Er hat sich auch die Kapuze aufgesetzt und die Bänder so fest zusammengezogen, dass nur noch sein Gesicht aus einem runden Guckloch herauslugt.

Albin fragt sich, wie lange er wohl noch hier ausharren kann. Und wohin er danach gehen soll.

Er hofft, dass sie sich Sorgen machen. Hofft, dass sie glauben, er sei tot. Hofft, dass sie es bereuen.

»Na, immerhin ist es hier ja schön warm und gemütlich.«

Er schaut auf.

»Darf ich mich setzen?«

Lo hält ihm einen schwarzen Strickpulli hin. Albin war noch nie so froh, genau zum richtigen Zeitpunkt von jemandem überrascht zu werden. Auch wenn er innerlich gehofft hatte, dass Lo es kapieren und ihr Versteck von vorhin aufsuchen würde. Er nickt nur.

»Du siehst aus wie der eine Typ in *South Park*«, sagt sie und kichert.

Sie schaut sich rasch um, bevor sie in die Hocke geht und zu ihm hineinkriecht. Albin streift sich schnell den Wollpullover über seinen Kapuzenpulli. Er riecht stark nach Los Parfüm, ist jedoch so weit geschnitten, dass man ihn nicht als Mädchenpulli identifizieren kann.

235

Lo zieht ein Wodkafläschchen aus dem Ärmel ihrer Jacke.

»Möchtest du immer noch nichts?«, fragt sie und schraubt den Verschluss ab. »Das hier ist das letzte, das ich habe.«

»Nein.«

Lo lehnt sich ebenfalls gegen die Wand. Nimmt einen Schluck und schüttelt mit angewiderter Miene den Kopf. Ihre Zunge reicht fast bis hinunter zum Kinn.

»Na, immerhin ist das Zeug ja richtig lecker«, meint Albin.

Sie kichert und wischt sich den Mund ab.

Schweigend sitzen sie da. Beobachten die Leute, die sich auf dem obersten Deck bewegen. Ein Mann führt seinen kleinen Hund aus, der wie ein Wischmopp aussieht. Spricht mit ihm in Babysprache. Albin wundert sich, dass Lo keinen Kommentar zu ihm abgibt.

»Als ich eben in der Kabine war, ist dein Vater gekommen«, sagt sie stattdessen.

Es fühlt sich an, als würde eine Kanonenkugel in Zeitlupe in seinen Bauch einschlagen. Lo wirkt zögerlich. Sie streicht sich eine Strähne hinters Ohr, die sich aus ihrem Zopf gelöst hat und ihr ins Gesicht geweht ist.

»Und, hat er sich wieder merkwürdig benommen?«, fragt Albin. »So wie vorhin?«

Es ist ungewohnt, es einfach auszusprechen.

»Ich denke schon«, antwortet sie. »Ja, das hat er. Ich glaube, er hat mitbekommen, dass etwas geschehen ist. Obwohl er nicht wusste, was. Du musst dich also nicht verstellen, wenn er dich fragt. Ich meine, wenn du nicht willst. Mir ist es egal.«

Albin schaut sie an. Er denkt über seinen Vater nach. Und über seine Mutter und Linda. Jetzt ist es zu spät, zu lügen. Jetzt, nachdem es einmal ausgesprochen wurde, kann es keiner mehr leugnen. Seine Mutter wird in Zukunft nicht mehr sagen können, dass sein Vater »müde« sei, ohne davon auszugehen, dass Albin weiß, was sie damit meint.

Was auch immer geschehen mag, irgendetwas wird sich ändern.

Er schaut durch die Lücken zwischen den Treppenstufen hinauf in den dunklen Himmel. Blinzelt im Nieselregen.

»Stimmt es, dass du Schauspielerin werden willst, wenn du groß bist?«

Lo stöhnt auf. »Hat Mama das etwa gesagt? Nice, dass man wenigstens mal ein Geheimnis für sich behalten darf.«

»Es stimmt also?«

»Ja. Aber ich weiß, wie es klingt, wenn sie es sagt. Als wäre es absolut kindisch von mir, überhaupt zu glauben, dass es möglich ist. Nur weil sie sich nie getraut hat, was aus ihrem Leben zu machen.«

»Und warum willst du das?«, fragt er. »Schauspielerin werden?«

»Warum denn nicht?«

Albin zuckt mit den Achseln. Für ihn wäre es der reinste Albtraum, auf einer Bühne oder vor einer Kamera zu stehen und von massenweise Leuten angestarrt zu werden, die jede seiner Bewegungen registrieren.

»Willst du berühmt werden?«

Lo nimmt einen weiteren Schluck. »Nein. Aber es muss einfach schön sein, nicht immer man selbst zu sein.«

Sie schaut ihn mit ernster Miene an. Er nickt. Doch er versteht nicht, warum Lo so gern eine andere Person sein möchte. Es gibt doch niemanden, der so ist wie sie.

»Ich will auf jeden Fall nicht so werden wie Mama«, sagt Lo nach einer Weile. »Sie ist so verdammt feige. Sie traut sich irgendwie nicht zu leben. Jedenfalls nicht richtig. Sie funktioniert nur. Kapierst du, was ich meine?«

»Ich glaube schon.«

»Sie ist irgendwie so passiv. Klar, dass irgendwelche Dinge passieren, aber sie treibt sie nie aktiv voran. Ich glaube, dass sie nicht mal richtig verliebt gewesen ist, eher so nach dem Motto, *ach hoppla, da gibt es also jemanden, der mich mag, dann ist es wohl das Beste, wenn wir uns zusammentun,* und wenn er dann nach einer Weile Schluss macht, sagt sie wieder, *ach hoppla,* und funktioniert weiter.«

Los Miene ist völlig grotesk, wenn sie Linda nachahmt. Sie schiebt ihr Kinn vor, als hätte sie einen Unterbiss, und setzt einen völlig leeren Blick auf. Albin weiß nicht genau, ob es angebracht ist zu kichern, ist sich jedoch auch nicht sicher, ob er es unterdrücken kann.

»Als ich unterwegs war, muss es genauso gewesen sein«, erklärt Lo. »Sie wieder nach dem Motto *oh, hoppla, mein Bauch wird immer runder, vielleicht ist da ja ein Baby drin, na ja, dann funktioniere ich mal weiter.* O Gott, ich will wirklich nie so werden wie sie. Da könnte ich genauso gut hier über die Reling springen. Sie lebt gar nicht richtig. So wie es aussieht, hat sie nicht mal Gefühle.«

Lo nimmt einen weiteren Schluck. Rutscht dichter an ihn heran, bis ihre Oberarme sich berühren.

»Wenn Soran nicht wäre, würde ich nach Los Angeles abhauen.«

Sie wirkt so entschlossen, dass er es ihr abnimmt. Lo wäre es jedenfalls zuzutrauen, sich ganz allein und ohne Schiss zu bekommen bis in die USA durchzuschlagen.

»Kannst du mich nicht mitnehmen?«, fragt er. »Ich will nämlich auch nicht hierbleiben.«

Nicht ohne dich. Doch das kann er natürlich nicht laut sagen.

»Okay«, meint Lo.

»Aber bist du dir sicher, dass du wirklich da hinwillst? Da drüben soll es nämlich nicht ganz so kalt sein wie hier.«

Lo lacht. »Ich weiß. Echt schade.«

»Ja. Dunkelheit und Kälte sind doch total geil.«

»Stell dir vor, wir würden es tatsächlich machen«, sagt sie. »Einfach abhauen. Was Mama wohl sagen würde.«

»*Ach hoppla*«, meint Albin, und Lo prustet laut los.

Dan steht noch immer am Fenster der Karaoke-Bar. Bislang hat ihn noch niemand entdeckt. Nicht einmal Pär und Henke, die eben hier waren und offenbar nach jemandem suchen. Womöglich nach ihm. Vielleicht ist Alexandras Freundin in die Kabine zurückgekommen und hat ihre Leiche entdeckt. Und sie haben gemerkt, dass er der Täter ist. Auf den Überwachungsfilmen gesehen, dass er ihre Kabine erst vor kurzem verlassen hat. Doch der Gedanke flößt ihm keinerlei Angst ein. Im Gegenteil, er erheitert ihn. Dan ist bemüht, sich ruhig zu verhalten, doch er kann nicht stillstehen. Jeder einzelne Muskel seines Körpers strotzt nur so vor Energie.

Während Dans Abwesenheit musste Johan als Moderator der Karaoke einspringen. Er steht in seinem sackigen verschlissenen T-Shirt auf der Bühne und wirkt gehemmt, während er eine solariumgebräunte angetrunkene Amazone nach ihrem Namen fragt. Fredrika. Sie kommt aus Sala. Ja, sie hat eine supertolle Fahrt gehabt. Das Essen an Bord schmeckt so lecker. Und außerdem ist das Meer so schön. Und sie wird ihren Lieblingssong von Whitney Houston singen.

Johan steigt von der Bühne, und Dan stößt am Mischpult zu ihm.

»Schon zurück?«, fragt Johan und wirkt erleichtert.

»Ja«, antwortet Dan.

»Alles in Ordnung?«

»Könnte nicht besser sein.«

Johan nickt und startet mit *I wanna dance with somebody*. Die Frau auf der Bühne dreht eine Pirouette. Wackelt mit ihrem platten Hinterteil.

Dan merkt, dass Johan auf seine Hand schaut und die glatte Haut an den Fingerknöcheln erblickt.

Die Frau beginnt zu singen, wenn man es denn so nennen

kann. Dan schließt die Augen. Lässt all die Sinneseindrücke auf sich wirken. So viele Gefühle hier im Raum. Konzentriert auf einer kleinen Fläche. Es erscheint ihm, als würden sie aneinanderprallen und zusammenwachsen beziehungsweise schrumpfen.

»Dan?«

Er öffnet die Augen. Begegnet Johans forschendem Blick.

»Hast du eigentlich irgendwas genommen?«

Dan grinst. Johan muss es nach all den gemeinsamen Abenden hier geahnt haben, aber er hat ihn noch nie direkt danach gefragt.

»Tja, ich glaub nicht, dass ich es noch länger brauche«, entgegnet Dan und steuert auf die Bühne zu.

Yeah, I wanna dance with somebody. I wanna feel the heat with somebody.

Das Publikum klatscht im Takt mit, während sich Dan einen Weg durch die Menge bahnt. Er verachtet die Leute hier schon so lange. War immer abhängig von ihnen. Doch was auch immer mit ihm geschehen sein mag, jetzt hat er sich endlich von ihnen befreit.

Dan steigt hinauf ins Rampenlicht, und es brennt ihm in den Augen, als würde er geradewegs in die Sonne schauen. Doch er lächelt, und zum ersten Mal auf dieser Bühne ist sein Lächeln wirklich echt.

Fredrika singt weiter und lächelt ihn schüchtern an. Dann reißt er ihr das Mikrophon aus der Hand.

»Tja, Fredrika, nun denke ich, dass wir Whitney in Frieden ruhen lassen sollten.«

Einige Leute im Publikum halten die Luft an. Andere recken schlaftrunken die Köpfe. Die Bodybuilder-Typen in ihren hautengen Muskelshirts lachen laut auf. Fredrika schaut ihn unsicher an.

»Seht ihr diese Hand hier?«, fragt Dan und ballt sie vor seinem Körper zur Faust. »Kapiert ihr?«

Niemand antwortet. Einzig das Klicken der Handykameras unten im Dunkeln hinter den Scheinwerfern ist zu hören.

»Nein«, erklärt Dan. »Natürlich nicht. Ihr könnt gar nicht kapieren, was hier gerade passiert. Ich kapiere es ja nicht einmal selbst.«

Es kommt ihm vor, als würde er im Rampenlicht mehrere Meter wachsen. Die Gedanken rauschen nur so durch seinen Kopf. Es gelingt ihm nicht, sie alle einzufangen.

»Am liebsten würde ich euch alle umbringen«, erklärt er. »Jeden Einzelnen von euch. Ihr seid so verdammt einfältig, und ihr seid so viele ... Damit würde ich der Welt sogar einen Dienst erweisen ... Denn ohne euch wäre die Welt eine weitaus bessere. Ihr habt keine Macht mehr über mich. Wisst ihr eigentlich, wie es sich anfühlt, von ...«

In den Lautsprechern wird es abrupt still. Johan hat das Mikro ausgeschaltet. Doch Dan benötigt es gar nicht. Seine Stimme ist deutlicher und klarer denn je und lässt seinen Brustkorb vibrieren.

»... von Leuten abhängig zu sein, die man verachtet? Idioten wie euch ausgeliefert zu sein? Ihr seid so jämmerlich mit eurem schlechten Geschmack, eurem selbstsüchtigen bedeutungslosen Leben, euren belanglosen kleinen Träumen ...«

Aus dem Publikum ertönen Buhrufe. Dan lächelt nur.

»Komm runter, Dan«, sagt Johan. »Es reicht jetzt.«

»Und tief in eurem Inneren wisst ihr das auch«, fährt Dan fort. »Deswegen kommt ihr ja her. Nämlich um noch einfältiger zu werden und zu saufen, bis ihr zu Höhlenmenschen geworden seid ...«

»Halt doch die Klappe«, brüllt ein Mann ganz hinten, der aufgesprungen ist. »Sonst hau ich dir eine rein, darauf kannst du Gift nehmen! Nur dass du's weißt!«

Mit seinen neuen Sinnen kann Dan trotz des Scheinwerferlichts die Konturen des Mannes genau erkennen. Seinen Geruch wahrnehmen. Seine Ausstrahlung spüren.

»Niemand wird dich in Erinnerung behalten«, sagt Dan und deutet mit dem Finger auf ihn. »Deine Enkel oder Urenkel werden irgendwann ein altes Foto von dir finden und sich fragen, wer derjenige darauf wohl ist, doch dann existiert längst niemand mehr, der das beantworten kann.«

Plötzlich kommt eine Bierflasche durch die Luft gesaust. Er duckt sich einfach, und sie zerschellt an der Wand hinter ihm.

»Ihr versucht, in eurem nichtssagenden Leben einen Sinn zu entdecken, aber dabei habt ihr das Wesentliche übersehen, nämlich dass es gar keinen Sinn gibt ...«

Plötzlich verändert sich etwas im Raum, und Dan verliert den Faden. Er schirmt mit einer Hand seine Augen ab. Erblickt einen weißblonden kleinen Jungen in der Dunkelheit neben dem Eingang. Der Junge betrachtet ihn fasziniert. Dan begreift sofort, dass er etwas Besonderes an sich hat.

Er erkennt sich selbst in ihm wieder.

CALLE

Calle liegt vollständig angezogen in Filips Bett und starrt an die Decke. Höchstwahrscheinlich könnte er sich in Alkohol ertränken, ohne dass seine Gedanken zur Ruhe kommen würden. Jetzt, wo er mit ihnen allein ist, sind sie viel zu laut, und seine aufgewühlten Gefühle sind weitaus stärker als seine Vernunft. Es gibt nichts, womit er sich ablenken könnte. Filip hat nicht mal eine alte Zeitung in seiner Kabine herumliegen. Ab und an wirft er einen Blick auf das Haustelefon auf Filips Schreibtisch. Es wäre ein Leichtes, in seiner eigenen Suite anzurufen. Er bräuchte nur die Nummer 9318 zu wählen.

Doch was soll er sagen, wenn Vincent rangeht?

Er nimmt einen weiteren Schluck Wodka direkt aus der Flasche. Betrachtet den schweren Ring aus Weißgold, der auf der Haut seines Ringfingers förmlich brennt. Muss daran denken, wie er ihn heute Morgen in die Tasche gesteckt hat und wie nervös er dabei gewesen ist.

War das nicht weiter verwunderlich, weil Lampenfieber dazugehörte? Oder wusste er tief in seinem Inneren womöglich schon, dass Vincent nein sagen würde? Dass sich irgendetwas zwischen sie geschoben hat? Hatte er sich deshalb dafür entschieden, seinen Heiratsantrag so öffentlich in Szene zu setzen, vor Publikum und auf einer Bühne, was ganz und gar nicht Vincents Ding war?

»Was sollte ich denn vor allen anderen da oben auch sagen? Was sollte ich machen?«

Plötzlich holt ihn eine Kaskade von Erinnerungen an all das ein, was seit Mittsommer geschehen ist. Sie kommen ihm wild durcheinander in den Sinn, ohne dass sich in seinen Assoziationen ein Muster erkennen ließe. Er geht sie alle nacheinander durch, dreht und wendet sie im neuen Licht und versucht, einen Anhaltspunkt dafür zu finden, ab wann alles schiefgelaufen ist. Die Ursache für Vincents Zweifel. Er muss sie finden, muss nach einer Lösung suchen und sie dann Vincent unterbreiten. Er wird alles wieder in Ordnung bringen, für sie beide.

Die Gedanken in seinem Kopf drehen sich immer schneller, und Calle fragt sich, ob dies wohl die ersten Anzeichen von Wahnsinn sind.

Plötzlich klopft es an der Tür. Hat Filip Vincent etwa verraten, wo er sich aufhält? Nein, ganz bestimmt nicht. Wahrscheinlich ist es Sophia. *Was machst du denn hier? Komm jetzt und feier mit uns! Wir müssen unbedingt anstoßen!*

Calle bleibt reglos liegen.

»Ich bin's«, ruft eine ihm vertraute Stimme von der anderen Seite der Tür aus.

Er stellt die Flasche auf den Fußboden und kippt sie dabei fast um, kann sie jedoch in letzter Sekunde noch am Flaschenhals festhalten. Dann öffnet er die Tür, vor der Pia in ihrer Uniform steht. Er sieht ihr sofort an, dass sie weiß, was geschehen ist.

Pia umarmt ihn, und obwohl sie kleiner ist als er, fühlt es sich an, als würde er vollständig in ihren Armen versinken.

»Was ist denn passiert?«, fragt sie.

»Ich weiß es nicht.«

Sie setzen sich aufs Bett. Pia sieht im Schein der Nachttischlampe mitgenommen aus. Sie ist blass, und die Ringe unter ihren Augen scheinen seit ihrem Treffen auf der Kommandobrücke noch dunkler geworden zu sein. Dort, wo er Vincent den Heiratsantrag gemacht und sie ihn weinend umarmt hat, während sie beteuerte, wie unglaublich sie sich für ihn freue.

Wenn er selbst doch nur weinen könnte. Wenn seine Gedanken zur Ruhe kämen und Platz für seine Gefühle machten.

»Und wie geht's dir?«, fragt er.

»Ich glaub, ich bekomme eine Grippe«, antwortet Pia und presst die Fingerspitzen gegen ihre Schläfen, während sie prüfend ihren Unterkiefer hin und her bewegt. »Hoffentlich sind es nur Spannungskopfschmerzen.«

»Anstrengender Abend?«

»Ganz bestimmt nicht so schlimm wie deiner«, entgegnet Pia.

Calle versucht zu grinsen, doch es gelingt ihm nicht sonderlich gut. Er greift nach der Wodkaflasche auf dem Fußboden und nimmt einen Schluck.

»Erzähl«, fordert er sie auf.

»Sollen wir nicht lieber über dich reden?«

Er schüttelt den Kopf. »Ich möchte lieber an andere Dinge denken, die nichts mit mir zu tun haben.«

»Okay«, sagt Pia. »Tja, beispielsweise ist Dan Appelgren auf der Bühne von irgendeinem durchgeknallten Typen angegriffen worden. Stell dir vor, er hat ihn *gebissen*, in die Hand.«

»Krass«, meint Calle. »Und wie ist es ausgegangen?«

»Wir haben den Kerl in die Ausnüchterungszelle gebracht. Und zwar mit vier Mann, aber trotzdem konnten wir ihn kaum überwältigen.«

Pia schüttelt sich. Er sieht ihr an, dass der Vorfall ihr mehr zugesetzt hat, als sie sich eingestehen möchte. Im Gegensatz zu ihm selbst zeigt Pia nur selten Schwäche. Jetzt, wo er etwas mehr Erfahrung und zudem einigen Abstand zur Charisma gewonnen hat, wird ihm klar, dass sie es sich in diesem Job und an einem Arbeitsplatz wie diesem als Frau einfach nicht leisten kann.

»Krass«, sagt er noch einmal, da ihm nichts Besseres einfällt.

»Appelgren wird sich schon erholen«, meint sie. »Er war bei Raili drinnen und hat sich verpflastern lassen.«

»Mir fällt es ziemlich schwer, auch nur annähernd Sympathie für ihn zu empfinden«, sagt Calle. »Jedenfalls wenn man all den Geschichten über ihn Glauben schenken darf.«

»Ich weiß«, meint Pia. »Wir haben schon so einige weinende junge Frauen erlebt. Aber keine von ihnen wollte Anzeige erstatten. Was wirklich beschissen ist, aber in gewisser Weise kann ich sie auch verstehen.«

Er betrachtet sie und fragt sich, was sie wohl denkt. Er weiß kaum etwas über Pias Exmann, außer ein paar Dingen, die er hier und da mal aufgeschnappt hat. Allein die Tatsache, dass sie sich konsequent weigerte, über ihn zu reden, sprach Bände.

»Auf einem Personalfest ist er Jenny gegenüber mal ziemlich übergriffig geworden«, fährt sie fort.

»Jenny?«

»Die Frau, die unten im Starlight singt. Bis Filip schließlich dazwischengegangen ist. Wir haben versucht, sie zu einem Gespräch mit den Managern zu überreden, aber sie hatte Angst, ihren Job zu verlieren.«

Calle murmelt etwas vor sich hin und genehmigt sich einen weiteren Schluck Wodka, so dass der Inhalt in der Flasche herumwirbelt.

»Bist du sicher, dass du noch mehr trinken willst?«

»Ja. Ich versuche, mir heute die Kante zu geben.«

»Ich glaube, du hast jetzt schon mehr als reichlich getankt.«

»Nee, noch lange nicht.«

Sie nickt. »Ich kann es dir kaum verdenken«, sagt sie.

Sie betrachten einander schweigend. Pia streicht gedankenverloren mit dem Finger über einen kleinen Kratzer an ihrem Handgelenk.

»Ich hätte Vincent niemals hier auf der Fähre den Antrag machen dürfen«, sagt Calle. »Ich hätte es überhaupt nicht tun dürfen.«

»Glaubst du nicht, dass ihr eine Lösung finden könnt? Vielleicht braucht er nur etwas Bedenkzeit.«

Calle reibt sich die Augen. »Ich weiß ja nicht mal mehr, ob wir überhaupt noch zusammen sind. Und außerdem weiß ich verflucht nochmal nicht, was ich jetzt tun soll.«

»Dir fällt schon was ein«, sagt sie. »Vielleicht nicht gerade heute Abend oder morgen, aber irgendwann weißt du es ganz bestimmt.«

»Ich wünschte, ich könnte dir glauben.«

»Ich auch.«

Sie legt einen Arm um ihn. Er muss fast weinen und spürt einen Kloß im Hals.

»Ich bin froh, dass du hergekommen bist«, sagt er. »Ich hatte schon das Gefühl, hier oben noch verrückt zu werden.«

»Klar bin ich hergekommen.«

»Ja«, sagt er mit belegter Stimme und ist nun kurz davor, in Tränen auszubrechen, was einer wahren Befreiung gleichkommen würde. »Klar, dass du gekommen bist.«

An ihrem Gürtel rauscht es. Wer auch immer es sein mag, der gerade versucht, Pia zu erreichen, aber diese Person hasst er jetzt schon.

»Wer ist das denn nun schon wieder?«, murmelt sie genervt, greift nach ihrem Funkgerät und drückt auf den Knopf. »Hier Pia!«

»Auf Deck sieben ist hinten bei den Spielautomaten 'ne Schlägerei im Gange«, hört sie Mikas Stimme, die in der engen, stillen Kabine viel zu laut dröhnt. »Jarno ist schon unterwegs. Kannst du auch kommen?«

»Ich komme sofort«, antwortet Pia und wirft Calle einen resignierten Blick zu.

»Und halt unterwegs Ausschau nach Dan Appelgren«, sagt Mika. »Er ist eben auf der Bühne völlig ausgeflippt. Vielleicht steht er nach dem Vorfall vorhin noch unter Schock, aber ehrlich·gesagt, glaub ich eher, dass er sich mit irgendwelchem Zeug zugedröhnt hat. Der Kapitän möchte ihn unbedingt sprechen.«

Pia drückt Calle noch etwas fester mit dem Arm, der noch immer seinen Rücken umfasst hält.

»Eine weitere arbeitsreiche Nacht auf der Charisma?«, fragt er.

»Ja, leider. Und alle Ausnüchterungszellen sind schon belegt. Vermisst du deinen Job hier an Bord nicht doch ein kleines bisschen?«

PIA

Pia läuft den Korridor entlang und öffnet die Stahltür zum Treppenhaus des Personalbereichs. Sie hofft inständig, dass Calle in dieser Nacht Schlaf findet. Morgen wird er zwar zusätzlich zu allem Übel mit einem Wahnsinnsbrummschädel aufwachen, aber dann kann sie sich zumindest ein wenig um ihn kümmern.

Wenn sie morgen nicht selbst daniederliegt. Sie verspürt einen dumpfen Kopfschmerz, selbst der Gaumen spannt, und ihr ist schwindelig.

Pia bleibt in der Tür stehen. Sie ist total fertig. Mit einer weiteren Schlägerei konfrontiert zu werden oder allein schon die Treppen zu Deck sieben runterzulaufen, um dort hinzugelangen, kostet sie große Überwindung. Sie umschließt die Türklinke fest mit der Hand und bekommt plötzlich Angst. Diese Müdigkeit kennt sie nur allzu gut; sie ist eindeutig kein Vorbote einer gewöhnlichen Grippe. Es handelt sich eher um eine Mattheit, die alles sinnlos erscheinen lässt. Bislang ist es ihr immer gelungen, sie abzuwehren, solange sie Dienst hat und an Bord ist. Doch wenn sie danach allein zu Hause ist, holt sie sie wieder ein. Tief in ihrem Inneren gibt es einen Ort, den sie in Gedanken als eine Art Keller bezeichnet, in dem sie allen Müll deponiert, mit dem sie nichts zu tun haben will. Dort stopft sie alle verbotenen Gedanken hinein und verschließt ihn. Nagelt die Tür zu und hofft, dass sie zubleibt. Was sie auch tut. Meistens jedenfalls. Mitunter gleitet sie an dienstfreien Tagen jedoch einen Spaltbreit auf. Dann schafft Pia es nicht einmal, aus dem Bett aufzustehen.

Sie schüttelt die Gedanken ab. Überwindet auf dem Weg nach unten zwei Treppen und erblickt unerwartet Dan Appelgren, der gerade den Lastenaufzug betritt. Er hat einen kleinen Jungen in einem roten Kapuzenpulli auf dem Arm. Dan fährt erschrocken zusammen, doch das Kind schaut sie mit ruhigem Blick neugierig an. Es sieht ziemlich süß aus, fast unwirklich. Wie aus einer altmodischen Seifenwerbung.

»Hej«, sagt der Junge. »Arbeitest du hier?«

»Ja«, antwortet Pia. »Ich sorge dafür, dass die Leute an Bord der Fähre keinen Ärger machen.«

Sie betrachtet Dan eingehend. Seine Pupillen sind riesengroß und schwarz.

»Was macht ihr beiden denn hier?«, fragt sie.

»Mein Neffe ist zu Besuch«, antwortet Dan. »Ich möchte ihm nur ein wenig das Schiff zeigen.«

»Wenn ich einmal groß bin, will ich auch auf einer Fähre arbeiten«, sagt der Junge altklug. »Aber als Kapitän.«

»Gute Idee. Von tüchtigen Kapitänen kann es nicht genug geben«, entgegnet Pia, ohne Dan aus den Augen zu lassen.

Sie überlegt, wie sie ihm gegenüber auftreten soll, ohne das Kind zu verängstigen.

»Wie geht es dir nach … nach dem, was passiert ist?«, fragt sie.

»Prima«, antwortet Dan. »Mir ist es noch nie besser gegangen.«

Er hält ihr seine Hand hin. Sie betrachtet sie verwirrt. Keine Wunden mehr zu sehen. Nicht einmal Narben.

»Gute Wundheilung«, erklärt er und kommt ihr zuvor.

Sie linst zu dem Jungen rüber und meint für einen Augenblick, in seinem Lächeln einen ungewöhnlichen Ausdruck auszumachen. Einen, der nicht in ein Kindergesicht gehört.

Es kommt ihr vor, als wolle er sie foppen. Als wäre er ihr gedanklich um einiges voraus.

Erneut wird ihr das dumpfe Hämmern in ihrem Kopf bewusst. Jetzt hat es sich schon bis zu den Nasennebenhöhlen ausgebreitet.

»Kapitän Berggren möchte dich sprechen«, sagt sie. »Es wäre gut, wenn du so schnell wie möglich auf die Brücke hochgehen könntest.«

»Mach ich sofort«, antwortet Dan.

»Ich muss auch gleich wieder zurück zu Mama«, sagt der Junge.

»Natürlich«, meint Pia und fährt ihm spielerisch mit der Hand durchs Haar.

Irgendwie fühlt sich das seltsam an. Der Junge betrachtet sie forschend mit einem fast unmerklichen Schmunzeln. Sie zieht ihre Hand rasch wieder zurück.

»Pia?«

Sie zuckt zusammen, als sie Mikas Stimme über Funk hört.

»Hier«, ruft sie zurück, nachdem sie den Knopf gedrückt hat.

»Du musst dich beeilen. Jarno ist schon da. Hier geht es inzwischen richtig zur Sache.«

»Ich komme. Ich hab nur gerade Dan getroffen.«

»Sag ihm, dass er sofort zu Berggren hochkommen soll.«

»Er ist schon unterwegs. Will seinem Neffen nur noch kurz seine Kabine zeigen. Danach macht er sich umgehend auf den Weg.« Sie schaut Dan fragend an. »Oder?«

Dan nickt ungeduldig. Doch der Junge lächelt höflich und winkt ihr zum Abschied. »Sei vorsichtig«, sagt er.

GÖRAN

Göran hält sich am Geländer fest, während er die steile Treppe hinuntersteigt, die an den Autodecks vorbeiführt. Auf einen Sturz, bei dem er sich womöglich noch das Genick bricht, kann er gut verzichten.

Er stemmt die Tür auf, die zu Deck zwei führt, und stellt mit einer angeekelten Grimasse fest, dass der Toilettengestank hier unten noch schlimmer geworden ist. Er geht weiter nach unten und atmet ausschließlich durch den Mund, während er nach rechts abbiegt und den kurzen Korridor ansteuert, in dem Mariannes Kabine liegt. Zum Glück hat er sich die Nummer gemerkt. Am Anfang des Korridors steht eine Kabinentür ein wenig offen. Im Türspalt ist es dunkel, und er überlegt, ob er sie schließen soll. Vielleicht liegt ja jemand da drinnen und schläft oder ist rausgegangen und hat vergessen, hinter sich abzuschließen. Doch er lässt den Gedanken rasch wieder fallen. Nicht sein Problem.

Er geht auf Mariannes Tür ganz hinten im Korridor zu und klopft vorsichtig an. Rückt seinen Pferdeschwanz zurecht. Merkt selbst, dass er dasteht und wie ein nervöser Schuljunge das Gewicht von einem auf den anderen Fuß verlagert.

»Marianne?«, ruft er. »Ich bin's, Göran.«

Er wartet und horcht gespannt. Doch aus Kabine 2015 ist kein Laut zu hören. Er zögert einen Augenblick. Soll er sie wirklich wecken? Ja, er will es. Er möchte Marianne wiedersehen und sich neben sie ins Bett legen, in dem sie sich vorhin geliebt haben. Er klopft erneut. Diesmal etwas lauter.

Ist sie überhaupt noch wach? Oder ist sie womöglich sauer auf ihn? Als er ihr vorhin vorschlug hochzugehen, wirkte sie so enttäuscht, aber er war schließlich davon ausgegangen, dass sie ihn begleiten würde. Hat es für selbstverständlich gehalten. Und als er merkte, dass er es verbockt hatte, war es schon zu spät. Da schien es, als wollte sie ihn so schnell wie möglich loswerden. Vielleicht will sie ihn gar nicht wiedersehen.

Er klopft zum dritten Mal und hört ein schlurfendes Geräusch. Doch es kommt nicht aus Mariannes Kabine.

Göran dreht sich um, kann aber im Korridor niemanden erblicken. Allerdings scheint die angelehnte Tür noch ein wenig weiter aufgeglitten zu sein.

Plötzlich ist er sich sicher, dass jemand da drinnen im Dunkeln steht und ihn beobachtet, was ja nicht weiter schlimm wäre. Doch Göran wird plötzlich bewusst, dass er in einer Sackgasse steht und niemand anderes in der Nähe ist.

Er dreht sich wieder zu Mariannes Tür um und klopft laut dagegen.

Auf den Decks über ihm sind jede Menge Leute unterwegs. Dort herrscht reges Treiben, die Musik ist laut, und draußen auf dem Promenadendeck kann man frische Luft schnappen. Er versucht, sich dies vor Augen zu führen, doch hier unten scheint das alles kaum vorstellbar.

Die Dunkelheit im schmalen Türspalt scheint sich bis in den Korridor hinaus zu erstrecken. Er horcht angespannt.

Das Ganze ist eigentlich lächerlich. Höchstwahrscheinlich steht nur irgendein neugieriger Typ in seiner dunklen Kabine und glotzt ihn von dort aus an. Na und? Eigentlich müsste er die Tür von außen aufstoßen und zurückglotzen.

Stattdessen macht er im Korridor kehrt, ohne den Türspalt aus den Augen zu lassen. Sein Herz beginnt zu rasen, als er aus den Augenwinkeln eine Bewegung in der Kabine erahnt.

Nachdem er um die Ecke gebogen ist, empfindet er Erleichterung. Unmittelbar vor sich erblickt er eine Treppe, doch es ist eine andere als die, die er heruntergekommen ist. Egal, Hauptsache er kommt möglichst schnell von hier weg. Er widersteht dem überwältigenden Drang loszurennen.

So etwas ist ihm nicht mehr widerfahren, seit er klein war und seine Mutter ihn bat, etwas aus dem Keller zu holen. Der Keller war für ihn eine fremde Welt, unheimlich und voller eigenartiger Gerüche. Das Dunkel flößte ihm Angst ein. Nachdem er endlich gefunden hatte, was er holen sollte, rannte er die Treppe wie ein Verrückter wieder hoch und war sich sicher, dass zwischen den Stufen jeden Moment die verweste Hand irgendeiner Mumie auftauchen und nach ihm greifen oder die scharfen Krallen eines Wolfes ihm den Rücken aufschlitzen würden …

Göran stellt seinen Fuß auf die erste Treppenstufe und hört, wie die Tür in Mariannes Korridor ganz aufgleitet.

Nein, natürlich ist hier kein Monster, aber es gibt ja genügend Menschen, die einem Angst einjagen können, und wer weiß, ob es sich nicht um irgendeinen durchgeknallten Typen handelt?

Er wirft einen Blick über die Schulter zurück. Ein Mann im fortgeschrittenen mittleren Alter steht nur in Unterhose bekleidet da und starrt ihn hasserfüllt an. Sein Körper ist schwer und unförmig, der Bauch behaart, und auf seinen Schultern wachsen ebenfalls zerzauste Haarbüschel. Die Haare auf seiner Brust sind von blutigem Erbrochenen verklebt. Doch der Anblick seiner Augen ist am furchteinflößendsten.

Es kommt ihm vor, als würde alles, wovor er als Kind Angst hatte, plötzlich geballt wieder auf ihn einstürmen. Ausgerechnet jetzt und hier.

Schnell läuft er die Treppe hinauf. Der Mann folgt ihm. Plötzlich schnellt sein Arm vor und reißt Göran den Boden unter den Füßen weg. Göran stürzt und landet auf dem Rücken. Er versucht, den Mann mit Tritten von sich fernzuhalten, doch der wirft sich mit seinem schweren Körper auf ihn, presst ihn gegen die scharfen Kanten der Treppenstufen. Göran kann hören, wie seine eigenen Rippen brechen. Er bekommt nicht genug Luft, um zu schreien.

Oberhalb seines Gesichts schlägt der Mann klappernd die Zähne aufeinander. Dann verspürt Göran einen brennenden Schmerz. Blut läuft in seine Kehle hinunter, und er sieht, wie der Mann etwas ausspuckt. Er erkennt, dass es seine eigene Nase ist.

Meine Nase ist weg.

Der Mann fährt mit seiner Zunge über den Krater mitten in Görans Gesicht und beißt ihn erneut. In einem geistesgegenwärtigen Augenblick registriert Göran, wie die Zähne des Mannes ohne jede Anstrengung durch Haut und Gewebe hindurchdringen. Er wagt nicht, sich zu bewegen. Hat Angst, dass sich sein gesamtes Gesicht auflösen könnte. Das Blut rinnt jetzt in Strömen seine Kehle hinunter, und er muss husten. Es kommt ihm vor, als würde er daran ertrinken. Dann schaben die Zähne des Mannes an seinem Jochbein entlang. Seine gebrochenen Rippen bohren sich in seine Eingeweide, die sie eigentlich hätten schützen sollen.

Görans Blickfeld beginnt zu verschwimmen, und die Deckenlampen werden zu weit entfernten Sternen. Die Zähne bohren sich ihm abermals in den Hals.

Doch Göran ist nicht mehr anwesend und nimmt alles wie aus einer großen Entfernung wahr. Sein Körper und sein Geist gehören nicht mehr zusammen. Beide Hälften entfernen sich zunehmend voneinander. Er merkt, wie sein schmerzender Körper in die dunkle Kabine geschleift wird, doch er selbst braucht ihm nicht dorthin zu folgen, denn er ist nicht mehr in seinem Körper gefangen. Alles, was ihn ausmacht, ist unterwegs zu einem anderen Ort, weit weg von hier.

DAN

Dan hat den Jungen mit in den Lastenaufzug genommen und zwischen zwei Etagen auf den Stopp-Knopf gedrückt. Zu dieser nächtlichen Uhrzeit wird er nur selten benutzt, da der Taxfree-Shop und die Küche geschlossen sind. Dies war der einzige Ort, der ihm eingefallen ist, wo sie für eine Weile ihre Ruhe haben können, ohne irgendwelchen Leuten zu begegnen oder von Überwachungskameras gefilmt zu werden. Von dem Jungen gehen die Gerüche mindestens dreier verschiedener Personen und noch weitere Düfte aus. Nach verwelkenden Blumen und nach irgendeiner Salbe.

»Du bist noch so neu«, sagt der Junge und schaut zu ihm auf. »Und trotzdem so vollkommen. Ich hab noch nie jemanden wie dich gesehen.«

Dan findet seinen Anblick faszinierend, das Jungengesicht mit den Pausbäckchen, dem weißblonden Haar, das man nur bei kleinen Kindern sieht, und zugleich einem so altertümlichen

Blick aus glasklaren Augen. Hinzu kommt seine Art zu sprechen. Wie in alten Schwarzweißfilmen, die im Nachmittagsprogramm ausgestrahlt werden.

»Du bist also der Mann auf den Plakaten«, sagt der Junge.

Dan nickt.

»Und du hast schon gegessen«, stellt der Junge fest und nähert sich seinem Gesicht. »Eine Frau in deinem Alter. Du hast dich verwandelt, während du … mit ihr zusammen warst.« Sein Blick ist nun eindeutig nicht mehr der eines Kindes.

Dan kann nur erneut nicken.

»Es hat dir gefallen«, fährt der Junge fort. »Dir gefällt es mehr als alles andere, und du würdest am liebsten noch mehr bekommen.«

»Ja«, bestätigt Dan. Er hört selbst, wie atemlos er klingt. Atemlos und beinahe ehrfürchtig. »Wer bist du eigentlich?«, fragt er.

»Ich heiße Adam. So nenne ich mich zumindest jetzt. Es kam mir angemessen vor.«

Er lächelt schief. Zwischen den Lippen seines kleinen rosenknospenförmigen Mundes werden gelbe Zähne sichtbar. Ihr Anblick ekelt Dan wider Willen an.

»Dein Körper ist für immer verwandelt … Er ist tot«, erklärt Adam. »Aber zugleich bist du lebendiger denn je. Du merkst es selbst, nicht wahr? Du spürst viel mehr, als du je zuvor gespürt hast. Deine Sinne haben sich weit geöffnet. Du kannst Schmerzen und Genuss in einer Art und Weise erleben, wie du es nie zuvor getan hast.«

Dan nickt. Ja. Genauso ist es.

»Und was bin ich?«, fragt Dan. »Was sind wir?«

»Wir haben schon viele Namen gehabt. Über Wesen, die Blut trinken, spricht man schließlich schon seit Menschengedenken. Doch heute nennt man uns hier in eurer Welt Vampire.«

Da ist es. Das Wort. Sobald Dan es hört, weiß er, dass er nur darauf gewartet hat.

»Wir sind zu Figuren aus Mythen und Märchen geworden. Zu etwas Lächerlichem verkommen. Die moderne Welt hat uns verbannt. Und wir haben es geschehen lassen, da man uns gesagt hat, dass es sicherer für uns wäre.«

Der Junge verschränkt die Arme vor der Brust. Seine Zähne werden erneut sichtbar, sie scheinen etwas zu groß für seinen Mund. Dan geht in die Hocke, um mit dem Jungen auf Augenhöhe reden zu können.

Er hat so viele Fragen, die er ihm stellen möchte, doch eine erscheint ihm am dringlichsten.

»Bin ich unsterblich?«, fragt er. »Ich fühle mich nämlich unsterblich.«

Der letzte Satz klingt fast wie ein Flehen. Doch Adam schüttelt den Kopf.

»Nein. Aber du wirst über einen sehr langen Zeitraum nicht altern. Und du bist fast unverwundbar.«

Dan gefällt das Wort »fast« ganz und gar nicht.

»Du brauchst keine Angst davor zu haben, in der Sonne zu Asche zu verbrennen«, erklärt Adam und lächelt. »Du kannst über Türschwellen gehen, ohne eingeladen zu werden, und brauchst keine Angst vor Kreuzen, Weihwasser und anderem Aberglauben zu haben. In Hunderten und Aberhunderten von Jahren wirst du immer noch genauso aussehen wie heute. Jedenfalls mehr oder weniger. Und außerdem wirst du genauso stark sein wie jetzt und ebenso lebenshungrig, in Bezug auf dein eigenes wie auch das Leben anderer.« Adams Blick hat nun etwas Feierliches. »Du hast eine phantastische Gabe erhalten«, sagt er.

Dan schaut hinunter auf seine Hände. Seine erwachsenen, starken Hände. Die Adern, die sich unter seiner Haut hervorwölben, gefüllt mit Alexandras Blut. Unwillkürlich muss er an die Hände seines Vaters denken, so, wie sie kurz vor dessen Tod aussahen. Bedeckt mit Leberflecken. Die Finger zu Klauen zusammengekrümmt. Dann betrachtet er Adams Hände, die kindlich drall sind. Statt Knöcheln sind kleine Vertiefungen zu sehen, die an Lachgrübchen erinnern.

»Wie alt bist du eigentlich?«, fragt er.

Über das Jungengesicht legt sich ein Schatten. »Ich bin um

1900 herum geboren worden und seitdem in diesem Körper gefangen.«

Es hört sich so absurd an, dass Dan fast lachen muss.

»Zuerst habe ich in Stockholm gewohnt«, erklärt Adam mit ernster Miene. »Zusammen mit meiner Mutter. Doch dann sind wir mehr als hundert Jahre lang in Europa und Nordafrika umhergestreift. Sind ständig umgezogen, um keinen Verdacht zu erregen. Nicht, dass es irgendwer kapiert hätte … Aber sie hätten irgendwann Fragen stellen können angesichts eines Kindes, das nicht wächst und sich nie weiterzuentwickeln scheint. Wir haben uns immer am Stadtrand aufgehalten und sind nie unter Leute gegangen. Waren immer übervorsichtig. Haben nur einmal im Monat gegessen, wenn es absolut notwendig war. Das war wirklich kein Leben. Es kam mir eher wie eine lange Strafe vor. Und zwar länger als lebenslänglich.«

Er lehnt sich gegen die orangefarbenen Aufzugtüren. Sein Lächeln ist verbittert. Weit entfernt von dem eines richtigen Kindes.

»Meine Mutter glaubte, mich gerettet zu haben. Ich hatte nämlich früher einmal die Schwindsucht. Ihr nennt es heute Tuberkulose. Ich erinnere mich zwar nicht mehr daran, aber im Nachhinein hab ich mir oft gewünscht, ich wäre daran gestorben. Worin soll denn der Sinn eines langen Lebens als hochentwickeltes Geschöpf bestehen, wenn man wie ein schreckhaftes Tier leben muss?«

Dan nickt. Er weiß, wie es ist, in ein unwürdiges Dasein gezwungen zu werden. Und er weiß auch, wie stark dies den Wunsch nach Genugtuung weckt.

»Und alles nur wegen irgendwelcher uralter Regeln, die aufgestellt wurden, als die Welt noch ganz anders aussah«, fährt Adam fort. »Man hat uns eingeprägt, vorsichtig zu sein, da es bald keine Menschen mehr auf der Welt geben würde, wenn wir uns weiter ausbreiteten. Und wir dann nichts mehr zu essen hätten. Aber schau dir doch die Menschheit an. Es ist sowieso nur eine Frage der Zeit, bis sie sich selbst ausrotten und diesen Planeten zerstören. Sie haben diese Welt doch gar nicht verdient.«

»Nein«, pflichtet Dan ihm mit einer Inbrunst bei, die ihn selbst fast zu Tränen rührt.

»Ich werde die Regeln der Alten in Zukunft nicht mehr befolgen. Ich habe nämlich vor, neue aufzustellen. Und ich sterbe lieber heute Nacht, als Hunderte oder vielleicht sogar Tausende von Jahren in Angst zu leben.«

»*Better to burn out than to fade away*«, sagt Dan und spürt, wie sich der Rausch in seinem Körper ausbreitet wie bei einem wilden Hengst.

»Morgen wird die ganze Welt über uns sprechen«, sagt Adam. »Dann werden sie uns wieder fürchten und respektieren.«

Dans Körper wird von einem Kribbeln erfasst. »Wie das?«

»Ich habe heute Nacht hier an Bord mehrere von unserer Spezies erschaffen. Ich glaube, der Erste von ihnen hat dich gebissen.«

»Ja. Ich dachte zuerst, das wäre irgendein verfluchter Psychopath.«

Der Junge schaut ihn an, als hätte er etwas Unverzeihliches gesagt, doch dann glätten sich seine Gesichtszüge wieder ein wenig.

»Es hat schon begonnen, sich zu verbreiten. Ist dir denn an der Sicherheitsbeamtin, die wir gerade getroffen haben, nichts aufgefallen?«

Pia. Dan sieht sie vor seinem geistigem Auge. Wie sich ihr prüfender Blick auf Adam und ihn selbst gerichtet hat.

»Nein, wieso? Außer vielleicht der Tatsache, dass sie uns einfach nicht gehen lassen wollte«, meint Dan.

Das war der Versuch, einen Witz zu reißen, doch Adam lacht nicht. Dan nimmt sich zusammen und versucht zu ergründen, worauf Adam hinauswill. Er hatte diesem Mannweib nicht allzu viel Beachtung geschenkt und wollte einfach nur, dass sie so schnell wie möglich wieder verschwand. Aber irgendetwas war mit ihr.

»Sie hatte Angst«, sagt er.

»Ja«, pflichtet der Junge ihm bei. »Sie ist auch gerade dabei, eine von uns zu werden, aber sie weiß es noch nicht. Sie ist noch nicht so weit. Wahrscheinlich hat sie nur einen kleinen Kratzer abbekommen. Sie merkt nur, dass irgendetwas mit ihr nicht stimmt, und versucht, sich noch dagegen zu wehren.«

»Dann hat er sie also auch gebissen«, sagt Dan. »Der Mann, der mich gebissen hat.«

Er muss daran denken, wie die Security-Leute den Mann aus der Karaoke-Bar herausgeschleift haben, und muss beinahe lachen. Sind Pia und er damit so etwas wie Vampirgeschwister, oder was?

»Schon möglich. Aber an Bord gibt es noch mehr außer ihm«, erklärt Adam. »Im Augenblick kann man sie noch mit Neugeborenen vergleichen. Sie sind ausschließlich von Gefühlen und Instinkten gesteuert. Sie sind hungrig und benötigen Blut. Es kann Stunden oder auch mehrere Monate dauern, bis sie wieder zu denkenden Wesen werden.«

Dan schaut Adam an und lässt dessen Worte auf sich wirken.

»Dann wird hier aber das reinste Chaos ausbrechen«, meint er schließlich und sieht das Szenario bereits vor sich.

Hunderte von ihrer Spezies an einem Ort versammelt. Die Schreie. Die Panik. Das Aufeinanderschlagen von Zähnen.

»Genau«, pflichtet Adam ihm bei, und sein Lächeln wird immer breiter. Er wirkt geradezu euphorisch und aufgekratzt. »Aber du bist anders. Du bist über das Neugeborenenstadium schon hinaus. Und außerdem wie gemacht für das hier.«

Dan nickt. Und er weiß tief in seinem Herzen, das nicht mehr schlägt, warum er es geschafft hat.

Im Unterschied zu Pia und dem Typen, der ihn gebissen hat, freute er sich über seine Verwandlung. Er hatte keine Angst und hat sich nicht dagegen gewehrt. Ist einfach auf der Welle mitgeritten.

»Ich hätte nie zu hoffen gewagt, jemandem wie dir zu begegnen«, sagt Adam. »Wenn du mir hilfst, können wir heute Nacht eine neue Weltordnung erschaffen, so dass wir wieder zu einer stolzen Spezies werden. Wir werden aufrecht und mit hocherhobenem Kopf der Asche entsteigen.«

»Und was kann ich dafür tun?«, fragt Dan, ohne zu zögern.

»Du weißt schließlich, wie alles auf dem Schiff funktioniert. Ich will, dass es uns sicher in den nächsten Hafen bringt. Wie damals, als die Demeter England erreicht hat … Das wäre doch poetisch, nicht wahr? Wenn die Realität die Dichtung in den Schatten stellt.«

Adam lacht und entblößt dabei seine über hundert Jahre alten Zähne, während Dan den Eindruck zu erwecken versucht, er verstünde die Anspielung.

»Und dann wird innerhalb weniger Wochen das Chaos über die Welt hereinbrechen«, sagt Adam.

Dan nickt und listet vor seinem inneren Auge alle Personen hier an Bord auf, die er hasst: Filip, Jenny, Kapitän Berggren, Birgitta aus Grycksbo, die Security-Leute.

Eine ganze Armee von Neugeborenen. Lebende Tote. Ängstliche. Verzweifelte. Hungrige.

Er selbst und dieser Junge hier, der gar kein Junge ist, sie werden diese Armee gemeinsam anführen.

Und eine neue Weltordnung errichten.

Sein Leben lang hat er gewusst, dass er zu etwas Besonderem bestimmt ist. Und jetzt ist es endlich so weit.

Dan hat wie alle anderen Angestellten auf der Charisma auch sämtliche Sicherheitstrainings absolviert. Er kennt sich mit den Abläufen in Notsituationen aus. Wenn irgendetwas Schwerwiegendes geschieht, wird der Kapitän einen Notruf absetzen und im nächsten Hafen Unterstützung anfordern.

Wenn sie unbehelligt bleiben wollen, ist also Eile geboten. Dann werden sie in den Hafen von Åbo einlaufen wie eine verfluchte gigantische Bombe.

Es kommt ein Schiff geladen.

Adam schaut ihn mit seinen großen Augen an.

»Ich weiß, was wir als Erstes tun müssen«, sagt Dan.

In einer Kabine auf Deck neun steht die junge Lyra mit dem Oberkörper übers Waschbecken gebeugt und hält sich krampfhaft daran fest. Sie weint, aber es kommen keine Tränen. Sie spuckt etwas aus, und ein paar blutige Backenzähne landen mitsamt Wurzeln und allem Drum und Dran auf den anderen Zähnen, die schon im Becken liegen. Sie fährt vorsichtig mit der Zunge über die weißen Spitzen, die aus ihrem Zahnfleisch herausdrängen. Sie sind so scharfkantig, dass sie ihre Zunge aufschneiden. Das Blut schmeckt süß und metallisch, und sie weiß, dass dieser Geschmack sie eigentlich anekeln müsste, doch das tut er nicht. *Es schmeckt nach Leben*, denkt sie, doch dann nimmt die Panik in ihr überhand. *Wer war dieser Junge eigentlich? Was für ein seltsames Wesen?* Sie versucht sich an ihr Bewusstsein zu klammern und einen Gedanken an den anderen zu fügen. Doch es fällt ihr immer schwerer. *Er kam herein. Er war so süß. Seine Augen. Sie waren so groß. Er war ein Kind. Und doch wieder nicht. Er hat meine Hand genommen. Und mich gebissen. Nicht besonders fest. Nicht so fest, wie er es gekonnt hätte. Er hätte ihr glatt die Hand durchbeißen können. Doch das hat er nicht getan.* Ihr Herzschlag wird immer langsamer. Sie fühlt sich wie in einer Achterbahn. Zwischen den Schlägen saust sie hinunter in ein tiefes Tal. *Er wollte mich nicht töten. Doch was wollte er dann? Das hier. Er wollte. Genau das.* Sie sinkt hinunter auf die Knie und lehnt ihre Stirn gegen das Waschbecken. *Angenehm. Kühl.* Die Schmerzen in ihrem Kopf sind jetzt fast verschwunden. Lyra wartet auf den nächsten Herzschlag, doch er kommt nicht. In ihrem Körper ist es ganz ruhig. Still. Plötzlich wird die Tür zu ihrer Kabine geöffnet. *Mama. Papa.* Lyra kann ihre Gerüche wahrnehmen, sie vermischen sich miteinander. Wie wenn man alle möglichen Farben mischt und am Ende nur ein dreckiges Braun herauskommt. Sie möchte, dass die beiden sie festhalten. Zugleich will sie, dass sie

wieder gehen. *Gleich wird etwas Schlimmes passieren. Muss. Sie.*
Warnen.

Lyras Mutter öffnet die Toilettentür und stößt einen Schrei aus,
als sie all das Blut, die Zähne im Waschbecken und ihre bleiche
Tochter auf dem Fußboden erblickt.

Nicht weit entfernt von der Kabine schließt Dan eine Tür hinter Adam und sich und betritt einen Korridor, von dem aus die
beiden die Kommandobrücke ansteuern. Der Junge hat seine
kleinen Kinderärmchen fest um Dans Hals geschlungen. Sein
Körper ist leicht und wirkt schwach. Doch Dan hat gerade eben
mit eigenen Augen gesehen, wozu Adam in der Lage ist. Jeder
einzelne Tropfen Blut, der die Wände unten im Maschinenraum
herunterläuft, ist ein Beweis dafür. Die Schreie hallen noch immer in Dans Kopf wider, sie singen förmlich in seinem Blut, ihr
Blut, das nun seines ist, ihn ausfüllt und ihm Kraft verleiht. Jedes
Mal, wenn sich sein Herz zu einem Schlag zusammenzieht, spürt
er, wie all das Blut weitergepumpt wird und seinen Körper mit
Wellen von neuem Leben versorgt. Adam befürchtet, dass seine
Mutter versuchen wird, ihnen Einhalt zu gebieten, sobald sie
etwas mitbekommt. *Dann gebieten wir eben ihr Einhalt*, flüstert
Dan und hebt ihn auf seiner Hüfte ein Stück höher. *Du darfst ihr*
aber nichts tun, wendet Adam ein. Dan antwortet nicht. Er steigt
die schmale Treppe zur Brücke hoch. Die Offiziere drehen sich
um, als die beiden den Raum betreten. Adam schaut neugierig
auf all die Bildschirme, blinkenden Lämpchen und leuchtenden
Knöpfe auf der Brücke. *Berggren wollte mich sprechen*, sagt Dan.
Ich kann jetzt mit ihm reden, wenn ihn jemand holt.

Auf Deck zwei liegt der Lastwagenfahrer Olli reglos in seiner
Kabine. Göran liegt neben ihm. Man sieht nur ein fast unmerk-
liches Zucken in seiner Hand. Seine Augen, die Marianne so sehr
gefallen haben, sind geschlossen.

Endlich hat er aufgehört, sie eingehend zu mustern, so dass sie sich allmählich traut, ihn aus den Augenwinkeln heraus näher zu betrachten. Er sieht gut aus. Schnittig, geradezu geleckt. So wie die Schauspieler in Filmklassikern. Abgesehen natürlich von seinen Tätowierungen. Sie fragt sich, wie sie wohl aussehen werden, wenn seine Haut irgendwann einmal faltig ist. Wobei Männer ja nicht so unvorteilhaft altern wie Frauen. Eine weitere kleine Ungerechtigkeit des Lebens.

Sie haben sich in den McCharisma-Pub gesetzt, wo es verhältnismäßig ruhig ist. Die richtig Feierwütigen sind tanzen gegangen. Auf dem Gang vor dem Pub wankt ein reger Strom von Menschen hin zum Charisma Starlight beziehungsweise von dort wieder zurück.

»Was haben Sie da draußen an Deck eigentlich gemacht?«, fragt er.

Sie schluckt und überlegt, was sie auf seine Frage antworten soll.

»Sie sahen aus, als ob … als ob Sie tief in Gedanken versunken wären«, fährt er fort. »Ich hatte fast den Eindruck, dass Sie … dass Sie etwas Dummes vorhatten.«

Jetzt begreift sie plötzlich, warum er unbedingt ein Glas mit ihr trinken wollte. Die Scham lässt ihre Wangen erglühen.

Sie muss sich ziemlich anstrengen, um einigermaßen gelassen zu wirken. Sie hat sich zwar so danach gesehnt, wahrgenommen zu werden, aber dabei völlig vergessen, wie unangenehm es sein kann, wenn man dazu gezwungen wird, sich selbst mit anderen Augen zu sehen.

»Ich hatte nicht vor zu springen, falls Sie das meinen«, entgegnet sie kurz angebunden.

Aber sie hat mit dem Gedanken gespielt. Was sagt das über sie aus? Genug, um darüber besser Stillschweigen zu bewahren.

»Ich wollte nur ein wenig Klarheit in meine Gedanken bringen«, fährt sie fort. »Hauptsächlich über mich selbst.«

»Genau wie ich auch, nehme ich an«, sagt er und lächelt bitter. Sie nimmt einen Schluck von ihrem Rioja. »Und, ist es Ihnen gelungen?«, fragt sie. »Ich selbst habe nämlich keinen blassen Schimmer, was gerade mit mir los ist.«

Sein Lächeln wird breiter. Wenn sie dreißig, vierzig Jahre jünger gewesen wäre, hätte dieses Lächeln ihr Schmetterlinge im Bauch bereitet.

»Ich dachte, man wird mit den Jahren weiser«, sagt er. »Das Einzige, was wirklich passiert, ist, dass man mehr Entscheidungen zu bereuen hat.«

Die Heftigkeit seines Lachens überrascht sie. Und sie ertappt sich selbst dabei, zurückzulächeln.

»Vincent«, stellt er sich vor und streckt ihr seine Hand hin.

»Marianne«, sagt sie und ergreift sie.

Dabei fällt ihr der Ring an seinem linken Ringfinger auf. Er ist aus Silber oder Weißgold gehämmert, den Unterschied kann sie nicht ausmachen. Er wirkt recht massiv und muss ziemlich teuer gewesen sein.

Vincent scheint ihren Blick bemerkt zu haben, denn er streckt seine Hand vor sich aus und betrachtet ebenfalls den Ring.

»Erst habe ich ja gesagt. Ich wusste einfach nicht, wie ich nein sagen sollte.«

Sie nimmt einen Schluck Wein und wartet ab.

»Es waren so viele Leute dort, und ich wollte nicht verletzend sein. Aber irgendwann ließ es sich dann leider doch nicht vermeiden.«

»Wahrscheinlich ist es auf lange Sicht betrachtet verletzender, jemanden nur aus Nettigkeit zu heiraten«, meint sie. »Und für Selbstaufopferung bekommt man auch keine Tapferkeitsmedaille. Das kann ich aus eigener Erfahrung sagen.«

Sie hält inne und fragt sich, warum sie ihm unbedingt ihre Verbitterung aufzwingen muss. Doch Vincent nickt nur und schaut nachdenklich drein.

»Eigentlich hätte ich mir ein wenig Bedenkzeit erbitten sollen, bevor ich ja gesagt habe … Aber ich war einfach völlig baff.«

»Ich verstehe«, sagt Marianne und zögert, bevor sie weiterspricht. »Wahrscheinlich bin ich ziemlich altmodisch, aber ich finde, der Antrag sollte eher die Sache des Mannes sein.«

Vincent schaut sie verwirrt an. Sie muss uralt geklungen haben. Klar, dass die Jugend von heute andere Gepflogenheiten hat, auch wenn Marianne sie nicht unbedingt nachvollziehen kann.

»Aber natürlich ist es gut, dass heutzutage zwischen den Geschlechtern mehr Gleichberechtigung herrscht«, beeilt sie sich hinzuzufügen.

»Na ja, es war ein Mann, der mir den Antrag gemacht hat«, erklärt Vincent.

Sie zögert, da sie sich nicht ganz sicher ist, ob sie ihn richtig verstanden hat.

»Ein Mann?«

»Ja.«

Diesmal muss sie sich noch ein wenig mehr anstrengen, um gelassen zu wirken. »Und Sie beide … Sie sind Freunde?«

Marianne fällt kein passenderes Wort dafür ein.

Vincents Lächeln ist Antwort genug.

Sie räuspert sich. Ihre Wangen glühen erneut, und unter ihrer Haut pulsiert das Blut. Sie mag gar nicht daran denken, was zwei Männer im Bett miteinander treiben. Ist sich nicht einmal sicher, ob sie genau weiß, wie es funktioniert. Dann schaut sie Vincent an, und ihr zurückgebliebenes Hirn versucht sich vorzustellen, wie es wohl sein muss, doch es erscheint ihr irgendwie so absurd. Sie wendet rasch den Blick ab.

»Entschuldigung«, sagt sie. »Es hat mich nur so überrascht. Sie sehen gar nicht aus wie einer … von denen.«

»Wie einer von denen? Sie meinen, wie ein Schwuler?«

»Ja«, antwortet Marianne und schaut ihn unsicher an. »Oder wie auch immer man es heutzutage nennt. Bei all den Begriffen kommt man ja gar nicht mehr hinterher …«

»Ist schon okay.«

»Ich möchte nur nicht den Anschein erwecken, voreingenommen zu sein«, beteuert sie. »Ich erlaube mir lieber kein Urteil über das Leben anderer Leute. Ich habe nämlich weiß Gott keinen Grund, überheblich zu sein.«

»Ist schon okay«, sagt er noch einmal.

Sie atmet erleichtert aus. Nimmt einen weiteren tiefen Schluck aus ihrem Glas und stellt daraufhin fest, dass es schon leer ist.

Zwischen ihnen breitet sich Schweigen aus, doch es kommt ihr nicht so unangenehm vor, wie sie es eigentlich erwartet hätte.

»Ich hatte gerade zum ersten Mal Sex mit einem neuen Mann seit … tja, ich frage mich gerade, ob Sie da wohl schon geboren waren«, hört sie sich selbst sagen, als ihr plötzlich etwas einfällt. »Ich weiß nicht einmal seinen Nachnamen. Das ist doch unglaublich, oder?«

Warum kann sie sich nicht zurückhalten? Weshalb muss sie diesen armen jungen Mann mit ihren belanglosen Geschichten behelligen?

»Nun bin ich wohl eher derjenige, der keinen Grund hat, überheblich zu sein«, meint Vincent. »Möchten Sie noch ein Glas?«

Marianne ertappt sich dabei zu nicken.

»Und wo ist er jetzt?«, fragt Vincent, als er wieder zurück an ihrem Tisch ist. »Der Mann ohne Nachnamen?«

»Ich weiß es nicht.«

Dann sprudelt die ganze Geschichte aus ihr heraus. Natürlich ohne all die intimen Details, die zwischen ihnen geschehen sind, nachdem sie das Licht gelöscht hatten, doch angesichts dessen, was sie alles von sich preisgibt, fühlt sie sich ihm mindestens ebenso ausgeliefert. Vincent schaut sie nur aufmerksam an und scheint sie keineswegs für verrückt zu halten. Vielleicht schließt sie ihren Monolog auch deswegen damit ab, ihm das Persönlichste von allem anzuvertrauen.

»Ich bin so einsam gewesen. Manchmal komme ich mir ganz unwirklich vor. Ich habe es nie für möglich gehalten, einmal eine dieser alten Schachteln zu werden, von denen man manchmal hört, aber ...« Sie hebt hilflos die Arme. »Es geht so schnell, dass man vereinsamt«, beendet sie ihre Ausführungen.

»Vielleicht hätte ich doch lieber ja sagen sollen«, meint Vincent und versucht zu lächeln.

Sie schüttelt heftig den Kopf. »Aber doch bitte schön nicht, weil Sie es als eine sichere Investition für die Zukunft betrachten«, wendet sie ein. »Ich war schließlich verheiratet und weiß, wovon ich rede. Nein, ich glaube, man sollte sich eher an Freunde halten. Ich habe sie leider im Lauf der Jahre einfach aufgegeben. Die Familie ging immer vor. Und eines Tages waren die Kinder aus dem Haus und der Mann verschwunden.«

Sie unterbricht ihren Wortschwall, indem sie einen großen Schluck Wein trinkt. In dieser Form hat sie noch nie darüber nachgedacht. Vielleicht bewirkt erst der räumliche Abstand, dass sie klarsehen kann.

»Und warum haben Sie eigentlich nein gesagt?«, fragt sie. »Also zum Antrag?«

Vincent seufzt und presst sich die Fingerspitzen gegen die Stirn. Ihr fällt auf, dass er seinen Wein kaum angerührt hat, und sie zwingt sich, ihr halbleeres Glas ebenfalls stehenzulassen.

»Ich weiß es nicht«, antwortet er in einem Ton, der ihr signalisiert, dass er es schon weiß, sich aber selbst erst eingestehen muss.

Sie wartet und fingert am Fuß ihres Glases herum.

»Ich hätte vielleicht ja gesagt, wenn sich irgendetwas Persönliches von mir oder von uns gemeinsam in ... in der Art des Antrags widergespiegelt hätte. Ich liebe ihn. Das tue ich wirklich. Aber seit wir zusammenwohnen, kommt es mir vor, als ... hätte ich keinen Platz in unserer Beziehung. Er, na ja ... Er übernimmt alles. Kümmert sich um alles. Denkt an alles. Sorgt dafür, dass wir über alles reden. Und ich fühle mich so ... Ich komme einfach nicht ganz hinterher.« Er stöhnt auf und reibt sich die Augen. »Ich kann es nicht besser erklären. Er ist perfekt. Das ist er wirklich. Sie hören es ja selbst. Ich beklage mich über Dinge, für die ich eigentlich dankbar sein müsste. Aber es ist, als müsste ich die ganze Zeit versuchen, mit ihm Schritt zu halten. Ich bin gefühlsmäßig ... nicht der Allerschnellste. Ich brauche Zeit, um die Dinge erst mal sacken zu lassen. Zu überdenken. Und wenn mir mal was einfällt, hat es sich auch schon wieder erledigt, weil er sich längst damit auseinandergesetzt hat. Und ... dieser Antrag war vielleicht der Tropfen, der das Fass zum Überlaufen gebracht hat. Es war phantastisch, aber ... aber ich musste einfach die Notbremse ziehen. Ich wollte wenigstens einmal in Ruhe über alles nachdenken. Ich kann doch nicht einfach heiraten, ohne genau zu wissen, was ich will.«

Marianne kann sich nicht länger zurückhalten und nippt an ihrem Wein.

»Genau das sollten Sie ihm vielleicht sagen. Er wird es bestimmt verstehen.«

»Ich hab schon überall nach ihm gesucht. Und Handyempfang hat man hier ja leider nicht. Aber er würde höchstwahrscheinlich sowieso nicht rangehen.«

Vincent sieht unglücklich aus, und Marianne wünschte, sie könnte irgendetwas für ihn tun. Es ist lange her, seit sie so viel Sympathie für jemanden empfunden hat, und es dauert eine Weile, bis sie das, was da in ihrem Inneren zum Leben erwacht, in Worte fassen kann. Muttergefühle.

Sie betrachten beide den Menschenstrom, der sich durch den Gang vor dem Pub schiebt.

Und beide suchen unter all den Fremden nach einem ganz bestimmten vertrauten Gesicht.

DAN

»Dan«, sagt Kapitän Berggren. »Gut, dass Sie gekommen sind.«

Er sieht schlaftrunken aus, hat es nicht einmal geschafft, sich die Uniformjacke mit all den Rangabzeichen überzuziehen, und Dan kann das Netzunterhemd unter seinem Hemd erahnen.

Er fragt sich, wie Berggren wohl an Bord wohnt. Die Kabinen der Vorgesetzten sind bedeutend hochwertiger ausgestattet als die des übrigen Personals, doch am komfortabelsten dürfte die des obersten Befehlshabers sein.

Berggren schaut Adam an, der noch immer auf Dans Hüfte sitzt, die Arme um seinen Hals geschlungen.

»Und wen haben wir da?«, fragt er.

»Meinen Neffen Adam.«

Adam blickt den Kapitän aus seinen großen blauen Augen an. Mit den Pausbäckchen sieht er aus wie ein kleiner Engel, und als er noch einmal erzählt, dass er Kapitän werden will, wenn er einmal groß ist, wirkt er wie die Unschuld in Person. Während er vor Berggren seine Rolle spielt, kann man sich unmöglich vorstellen, dass er weitaus älter ist als der Kapitän.

»Sie wollten mit mir sprechen?«, fragt Dan.

»Ja, ich habe gehört, dass es unten in der Karaoke-Bar heute Abend Probleme gegeben hat. Aber ich würde lieber unter vier Augen mit Ihnen reden. Vielleicht können Sie ja wiederkommen, wenn der Junge …«

»Wir können gern jetzt reden«, unterbricht Dan ihn.

»Ich denke, das wäre nicht ganz angemessen. Und der Junge müsste doch eigentlich längst im Bett liegen.«

Berggren betrachtet Dan prüfend. Dan lächelt und fragt sich, ob er wohl die Gerüche von Blut und Tod wahrnimmt, die von ihnen beiden ausgehen.

Er fragt sich auch, ob Berggren irgendwo in seinem Unterbewusstsein erfasst hat, dass er gleich sterben wird.

»Ich mache mir ein wenig Sorgen angesichts dessen, was heute Abend hier an Bord vorgefallen ist«, sagt der Kapitän.

Dan nickt.

»Das sollten Sie auch«, entgegnet er und setzt Adam auf dem Fußboden ab.

BALTIC CHARISMA

Bosses Finger gleiten tanzend über die Tastatur, während er mit geübtem Blick die unterschiedlichen Kameraperspektiven auf den Bildschirmen verfolgt. Das Haustelefon auf seinem Schreibtisch klingelt scheppernd. Er hofft, dass Mika anruft, um ihm zu sagen, dass er die vermissten Gören endlich gefunden hat. Ihm wird bewusst, wie leid er diese Eltern ist, die nicht vernünftig auf ihre Kinder aufpassen, aber gleich hysterisch reagieren, wenn sie plötzlich verschwinden. *Wir haben mehrere Anrufe von Deck sechs bekommen*, sagt Mika. *Die Kabinen 6502 und 6507 beschweren sich darüber, dass es draußen im Korridor verdammt laut ist, weil irgendwelche Leute gegen die Türen hämmern und herumpoltern. Siehst du dort vielleicht jemanden, der ausgerastet ist?* Bosse drückt ein paar Tasten und scannt die Monitore. Der Korridor auf der Backbordseite, der zum Heck führt, ist bis auf einen Mann mit einem Handtuch um die Hüften, der gerade aus Kabine 6507 hinausschaut, leer. *Ich sehe bislang nichts*, sagt Bosse. *Oder … doch. Hier haben wir in der Tat etwas.* Seine Finger schweben in der Luft. Jetzt sucht er den Bildschirm ab, der den Mittelkorridor zeigt. Dort ist der Rücken einer Frau mit dunklem Haar zu erkennen, das in feuchten Strähnen von ihrem Kopf herunterhängt. Sie heißt Alexandra, was Bosse allerdings nicht weiß. Er wechselt die Kamera und sieht die Frau jetzt von vorn. Schiebt die metallene Brillenfassung auf seiner Nase hoch. Kneift zusätzlich die Augen zusammen, um das Schwarzweißbild auf dem Monitor genau inspizieren zu können. *Verdammt*, ruft er. *Da läuft eine halbnackte Tussi herum und klopft an jede Tür. Sie sieht aus, als hätte sie eine ganze Box Rotwein über ihren Oberkörper erbrochen.* Mika bittet ihn, sich mit allzu blumigen Schilderungen zurückzuhalten, und verspricht, die anderen Wachleute dort hinzubeordern. Bosse führt seinen Kaffeebecher zum Mund und betrachtet weiter den Bildschirm. Plötzlich wirkt es, als sei der Körper der Frau blutüberströmt. Er versucht, sich einzureden, dass es nur Einbildung ist. Im Lauf der Jahre hat er schon Tausende solcher Mädels gesehen. *Nichts Außergewöhnliches an dieser hier.* Eine der Türen, an denen die junge Frau geklopft hat, wird geöffnet. Die 6805. Ein älterer Mann wirft einen Blick hinaus. Bosse kann sein Gesicht nicht genau erkennen, aber seine Körpersprache ist überdeutlich. Innerhalb einer Zehntelsekunde wechselt sie von Schlaftrunkenheit hin zu völligem Entsetzen. Bosse fährt ein eiskalter Schauer über den Rücken. Als es plötzlich direkt hinter ihm an der Tür klopft, zuckt er zusammen. Lauwarmer Kaffee schwappt über den Rand seines Bechers und durchnässt den Stoff seiner Uniformhose auf Höhe seines Oberschenkels. Einige Tropfen landen auch auf seiner Zeitschrift mit dem Kreuzworträtsel und lösen seine mit Füller hingekritzelten Buchstaben auf. Er fährt mit seinem Drehstuhl herum und öffnet im Sitzen die Tür. Davor steht Dan Appelgren. *Dieser jämmerliche kleine Hurensohn.* Bosse findet, dass er irgendwie aufgedunsen aussieht, und schreibt es all dem Alkohol zu, den er sich an Bord reinpfeift. *Und dem anderen Zeug, wenn man den Gerüchten glauben darf.* Dan hält ein Kind an der Hand. Der Junge erinnert Bosse an seinen Enkelsohn zu Hause auf Åland. *Schau mal*, ruft das Kind Dan zu und deutet auf die Bildschirme. Bosse dreht sich um und verfolgt das Geschehen, kann es aber nicht recht fassen. Er stürzt sich auf die Tastatur. *Ein Kind sollte so etwas nicht zu sehen bekommen. Niemand sollte so etwas zu sehen bekommen.* Hinter ihm betreten Dan und der Junge sein Büro und schließen die Tür.

In Kabine Nummer 6805 wacht Ros-Marie mit einem aufgeschlagenen Krimi überm Gesicht auf. Irgendein Geräusch hat sie geweckt, und sie blinzelt schlaftrunken in der Dunkelheit. Ihr Körper fühlt sich angenehm schwer an. Sie muss lächeln und reckt sich wohlig, während sie an die Massage im Spa-Bereich und den leckeren Wein zum Abendessen denkt, und nicht zuletzt daran, wie Lennart und sie sich bis weit nach Mitternacht geliebt haben. Sie legt ihr Buch auf den Nachttisch und schaltet die Lampe ein. Sieht, dass das Bett neben ihr leer ist. Die Bettdecke hängt halb auf den Fußboden herunter, und die Kissen sind zerwühlt. Ros-Marie schlägt ihre eigene Decke zur Seite und geht auf die Badezimmertür zu. *Lennart?*, ruft sie und klopft an die Tür, wobei sich ihre Stimme in ihrem eigenen Kopf viel zu laut anhört, als hätte sie Watte in den Ohren. Dann fällt ihr ein, dass sie tatsächlich Ohrstöpsel benutzt hat, und zieht die knallgelben kleinen Pfropfen heraus. Sie klopft erneut und drückt die Klinke hinunter. Öffnet die Tür und tastet nach dem Lichtschalter, während sie an all das Cholesterin im Essen vom Büfett denken muss. *Hoffentlich ist Lennart nicht übel geworden. Oder er hat womöglich einen Herzinf...* Sie verdrängt den Gedanken. In ihrem Magen breitet sich eine Unruhe aus, die ihr nur allzu vertraut ist. Jetzt hat sie endlich den Schalter gefunden und macht Licht, aber das Bad ist leer. Lennart ist nirgends zu sehen. *Weder tot noch lebendig. Mensch, jetzt mach aber mal halblang, Ros-Marie. Sobald du etwas Spaß hast, glaubst du auch schon, dass es sich rächen wird. Was überhaupt nicht stimmt. Dann würde es ja nicht einen einzigen Lottogewinner geben, der mit dem Leben davonkommt. Lennart würde dich auslachen, wenn er wüsste, wie du dich aufführst, nur weil er sich ein wenig die Füße vertritt. Wahrscheinlich konnte er nicht einschlafen.* Ros-Marie versucht, ihre Vorahnung einer herannahenden Katastrophe zu ignorieren, doch es gelingt ihr nicht. Dann sieht sie Lennarts braune Stiefel auf dem Boden vor dem Bad stehen. *Er hätte die Kabine niemals nur auf Socken verlassen. Aber hier drinnen ist er schließlich auch nicht.* Ihre Nacken- und Rückenmuskeln, die sich nach der Massage weich wie Butter anfühlten, beginnen sich zu verkrampfen. *Vielleicht hat jemand an die Tür geklopft, irgendein*

Verrückter, und hat ihn ausgeraubt und mit einem Messer erstochen, bevor er ihn über Bord geworfen hat. Und ich hab wegen *dieser verdammten Ohrstöpsel nichts gehört* ... Sie versucht, über sich selbst zu lachen, wie Lennart es auch getan hätte. *Du solltest vorm Schlafengehen lieber keine Krimis lesen, Ros-Marie.* Sie zieht den Träger ihres Nachthemds wieder hoch, der ihr über die Schulter gerutscht ist, und öffnet die Tür zum Korridor.

Jetzt taucht sie auf einem der Bildschirme in Bosses Büro auf. Bosse sitzt zurückgelehnt auf seinem Drehstuhl. Seine Augen sind weit aufgerissen, aber sie sehen nichts. Dan und Adam sind schon wieder gegangen.

Ros-Marie hält im kurzen Mittelkorridor nach beiden Seiten Ausschau und überlegt, in welche Richtung sie gehen soll. Sie verflucht ihren schlechten Orientierungssinn. Doch dann hört sie irgendwo rechts von sich ein schmatzendes Grunzen. *Lennart.* Der Teppichboden vor ihrer Tür ist rutschig und fühlt sich unter ihren Füßen schwammig an. Zwischen ihren nackten Zehen quillt Blut hervor. Aus den Augenwinkeln sieht sie, dass ihre Tür mit roten Spritzern übersät ist, aber sie weigert sich, es zu begreifen. Sie läuft dem Geräusch nach und zwingt sich, den Schrei zu unterdrücken, der in ihrer Kehle aufsteigt. *Lennart wird mich bestimmt dazu bringen, darüber zu lachen. Ros-Marie mit ihrer blühenden Phantasie, malt immer gleich den Teufel an die Wand. Ja, irgendwann werden wir beide darüber lachen können. Aber zuerst mal muss ich ihn finden.* Sie erreicht die T-Kreuzung des Korridors im Heck des Schiffes. Hört rechter Hand ein Geräusch und läuft ihm nach, bis sie schließlich den langen Korridor erreicht, der sich bis ganz nach vorn zum Bug erstreckt. Eine der ersten Kabinentüren steht offen. Ros-Marie geht wie eine Schlafwandlerin darauf zu. Aus dem Raum hört sie ein gurgelndes Geräusch. *Das hier ist ein Albtraum, der wirklichkeitsgetreueste Albtraum, den ich je geträumt habe. Davon muss ich unbedingt Lennart erzählen* ... Als Ros-Marie an die Tür klopft, gleitet sie vor ihr auf. Drinnen erblickt sie Blut. Nichts als Blut. Auf Alexandras Zähnen und ihrem durchtränkten Top. Auf Lennarts kreideweißem Gesicht. Ein Gurgeln dringt aus seiner Kehle, die nur noch eine einzige fleischige, klebrige Masse ist. Alexandra schaut zu ihr auf, und als sie ihren Mund öffnet, entblößt sie weitere rotgefärbte Zähne. Schließlich stößt Ros-Marie den bis eben unterdrückten Schrei aus. Er verlässt ihre Kehle, erfüllt den Raum, setzt sich bis in den Korridor hinaus fort und scheint endlos zu dauern.

PIA

»Das können Sie doch verdammt nochmal nicht machen«, lallt der Mann, den Pia mit Handschellen an das weißgestrichene Metallgeländer gekettet hat.

»Wir werden kommen und nach Ihnen sehen«, versichert Pia ihm. »Ich verspreche Ihnen, dass Sie hier keine Not leiden müssen.«

»Aber wenn … es plötzlich brennt …«

Der Rest seines halbherzigen Protests wird zu einem unverständlichen Strom aus Vokalen und genuschelten Konsonanten. Er zerrt an seinen Handschellen. Das laute Klappern hallt durchs Personaltreppenhaus und lässt ihr beinahe das Trommelfell platzen.

Sie richtet sich auf und versucht, ihre Kopfschmerzen zu ignorieren. In gewisser Weise kann sie die Proteste des Mannes nachvollziehen. Sie hat ebenfalls kein gutes Gefühl dabei, die Leute hier anzuketten. Aber sie weiß auch, dass sie keine andere Wahl hat. Sonst würde es nicht mehr als ein paar Minuten dauern, bis sie sich wieder auf der Fähre rumtreiben und die nächste Schlägerei anzetteln. Oder womöglich auf dem Außendeck herumtorkeln und ins Wasser fallen.

Die Passagiere daran hindern, zu einer Gefahr für sich selbst oder andere zu werden. Das ist die einzige Regel an Bord, die sich nicht flexibel auslegen lässt. Außerdem sind alle Ausnüchterungszellen belegt. Die Jungs, die im Club Charisma eine Schlägerei angefangen hatten, mussten die Zellen übernehmen, in der die alten Männer aus dem Starlight gelegen hatten.

»Kommt ihr da oben zurecht?«, ruft sie.

Es fühlt sich an, als würde ihr jeden Moment der Gaumen platzen. Sie presst ihre Zunge gegen das angespannte Dach ihrer Mundhöhle und meint fast spüren zu können, wie sich darin unter der Haut etwas bewegt.

Jarno kommt die Treppe herunter. Seine Stiefel poltern gegen die Stufen, so dass die Stahlkonstruktion klappert und vibriert. Es klingt wie eine ganze Horde Nashörner, und sie versucht, ihre Gereiztheit darüber zu verbergen. Es ist ja nicht seine Schuld, dass sie Kopfschmerzen hat.

»Meinem Kerl fallen jeden Moment die Augen zu«, sagt er. »Und deiner ist, wie ich sehe, auch kurz davor, einzupennen.«

Pia betrachtet den Mann zu ihren Füßen. Sein Kinn ist auf die Schulter hinabgesunken, und auf dem hellroten Stoff seines Pullis breitet sich ein Speichelfleck aus. Doch er brummelt noch immer irgendwelche Flüche vor sich hin.

Soll er sich doch totsaufen, denkt sie, bevor sie sich bremsen kann. Sollen sie sich doch alle gegenseitig umbringen. Ich geh jetzt zurück zu Calle. Oder vielleicht doch eher in meine eigene Kabine. Ich scheiß auf diese Typen. Zieh mir lieber die Decke über den Kopf und verschwinde darunter.

All den kleinen menschlichen Katastrophen, die sich Nacht für Nacht hier an Bord ereignen, kann sie sowieso nie gerecht werden. Vier Sicherheitsleute für eine ganze Kleinstadt, die von der Umwelt abgeschirmt ist und deren Einwohner sich in Alkohol und völlig überzogenen Erwartungen geradezu mariniert haben.

»Wenn diese Nacht doch nur bald vorbei wäre«, stöhnt sie. »Ich glaub, ich werde langsam zu alt für diesen Mist.«

Jarno grinst. Er hat diese Worte schon öfter von ihr gehört. Aber noch nie hat Pia sie so ernst gemeint wie heute. Sie wirft einen Blick die Treppe hinauf und hört Schnarchgeräusche. Gut so. Dann geben sie wenigstens für eine Weile Ruhe.

An ihren Gürteln beginnt es zu rauschen.

»Pia? Jarno?«, hört sie Mika rufen. »Wir haben hier eine vollgekotzte dunkelhaarige Frau, die auf Deck sechs in Richtung Heck herumirrt.«

Pia verdreht die Augen, bereut die Bewegung jedoch sofort, da sie ihren Kopfschmerz nur noch verschlimmert.

»Können nicht Henke und Pär übernehmen?«, fragt sie.

»Nein, die sind gerade anderweitig beschäftigt.«

Mikas Stimme klingt irgendwie eigenartig. Allerdings klingt er meistens irgendwie eigenartig.

»Ist irgendwas passiert?«

»Ich ... Ich kann nichts Genaues sagen, bevor ich nicht noch mehr in Erfahrung gebracht habe. Es ist wahrscheinlich nichts weiter, aber ...«

In Mikas Stimme schwingt jede Menge unterdrückte Panik mit.

»Was ist los?«, fragt sie in scharfem Ton.

»Auf der Brücke ist niemand zu erreichen«, antwortet Mika.

»Was meinst du damit? Wie zum Teufel kann es sein, dass auf der Brücke niemand zu erreichen ist?«

»Ich weiß es auch nicht. Pär und Henke sind schon auf dem Weg nach oben, um nachzusehen.«

Pia bedankt sich mechanisch und steckt ihr Funkgerät wieder zurück in den Gürtel. Sie wechselt einen Blick mit Jarno und sieht, wie sich ihre eigene Unruhe in seinem Gesicht widerspiegelt.

ALBIN

Lo hat ihren Kopf an seine Schulter gelehnt. Sie atmet langsam und regelmäßig. Er hat den Eindruck, dass sie eingeschlafen ist, doch wenn er sich vergewissern wollte, würde er sie vermutlich wecken.

Sie haben sich über all das unterhalten, was sie später in Los

Angeles unternehmen wollen. Albin weiß zwar, dass sie nie hinfahren werden, jedenfalls nicht jetzt, doch das macht nichts. Allein schon darüber zu phantasieren ist fast genauso schön, wie dort zu sein. Es ist sogar noch besser als in der Realität. In seiner Phantasie braucht er sich nicht den Kopf darüber zu zerbrechen, was aus seiner Mutter wird. Seine Mutter, die er nicht allein zurücklassen möchte, da er sie viel zu sehr vermissen und sich Sorgen um sie machen würde.

»Abbe«, murmelt Lo verschlafen. »Es ist doch nicht so kalt hier, dass wir erfrieren können, oder? Ich schlaf nämlich jeden Moment ein. Schläft man beim Erfrieren nicht auch einfach ein?«

»Ja«, antwortet er. »Aber du brauchst keine Angst zu haben.«

»Du lässt mich hier nicht allein, oder?«

»Natürlich nicht.«

Sie nickt. »Ich glaub, ich bin ein bisschen angeschickert.«

Eine Windböe fährt in die Ecke unter der Treppe, und er schnürt die Bänder seines Kapuzenpullis etwas enger. Dabei muss er an Kenny aus *South Park* denken und kichert, als er sich vorstellt, wie es wohl sein muss, andauernd zu sterben.

»Abbe?«, fragt Lo erneut. »Sorry, dass ich mich so lange nicht gemeldet hab.«

»Du hattest ja auch 'ne Menge für die Schule zu tun.«

Sie schüttelt den Kopf und schnieft. »Ich bin 'ne echt miese Cousine gewesen«, erklärt sie. »Das mit Mårten und meiner Mutter war einfach so nervig, aber das ist natürlich kein Grund.«

»Ist schon okay«, sagt er.

Er ist froh, dass sie ihn jetzt gerade nicht anschaut.

»Versprich mir, dass wir nicht irgendwann so werden wie die«, fordert sie ihn auf.

»Versprochen.«

»Du hast zumindest schon mal nicht ihre Gene. Aber stell dir vor, wenn ich so werde wie Oma und Mårten.« Sie klingt plötzlich ängstlich. »Wenn das nun erblich ist. Dann musst du es mir sagen. Wir müssen ehrlich zueinander sein. Das musst du mir versprechen.«

»Versprochen«, sagt er noch einmal. »Im Ernst.«

Denn hier und jetzt spürt er, dass es sich um ein Versprechen handelt, das sie beide halten können. In sechs Jahren sind sie endlich erwachsen. Es kommt ihm vor wie eine kleine Ewigkeit. Immerhin die Hälfte seines bisherigen Lebens. Doch für einen Augenblick erscheint es ihm, als könne er einen Blick in die Zukunft erhaschen und sähe sie beide irgendwo, wo sie ihr Leben selbst bestimmen können und nicht nur derselben Familie angehören, sondern darüber hinaus auch Freunde sind.

BALTIC CHARISMA

Auf der Kommandobrücke steht der Erste Steuermann und starrt auf die Tür. Von außen hämmern die Wachleute dagegen, während sie laut rufen. Doch er hat versprochen, niemanden reinzulassen. Er hat entsprechend Dans und Adams Forderung die Tür von innen verriegelt und den Türgriff abgeschlagen, damit sie ihn im Gegenzug am Leben lassen. Hinter ihm liegt die gesamte Kommandobrücke in Trümmern. Seine blutüberströmten Kollegen sind im ganzen Raum über den Boden verteilt. Er bringt es nicht über sich, hinzuschauen.

Die beiden Kinder, die sich auf dem obersten Deck versteckt halten, sind eingeschlafen und reagieren nicht auf die Anwesenheit von Dan und Adam, die ihre Vorbereitungen jetzt fast abgeschlossen haben. Sie sind gerade dabei, die Funkausrüstung in den Rettungsbooten und -inseln zu zerstören und die Notraketen über Bord zu werfen, damit niemand mehr fliehen oder Kontakt zum Festland aufnehmen kann. Die Charisma wird die gesamte Strecke bis in den Hafen von Åbo per Autopilot zurücklegen. Bis dahin sind alle Passagiere an Bord entweder tot oder neugeboren, und kein Außenstehender wird irgendetwas ahnen, bevor es zu spät ist. Dan saugt den Geruch von Meer, Öl und feuchtem

Metall ein. Er muss an Berggren und die anderen auf der Brücke denken. Wie sehr sie es wohl bereuten, ihm nicht etwas mehr Respekt gezollt zu haben. Der Wind zerrt an seinen Haaren. Er fragt sich, ob sie wohl weiterhin wachsen werden. *Wachsen Haare und Nägel nicht nach dem Tod weiter?* Er betrachtet seine Hände und lächelt. Noch bevor die Nacht vorüber ist, werden Hunderte von Handys und Kameras voll mit Fotos und Videoclips sein. Und er wird dafür sorgen, dass sie über die ganze Welt verbreitet werden. *The revolution will be televised.*

Pia und Jarno betreten Deck sieben im Rumpf der Fähre. Sie nicken einander zu, bevor sie sich aufteilen. Pia sucht den Korridor auf der Backbordseite ab, während Jarno den Bereich auf der Steuerbordseite übernimmt. Beiden fällt nichts Ungewöhnliches auf. Sie bewegen sich weiter in Richtung Heck.

Auf der Brücke nimmt der Erste Steuermann hinter sich plötzlich eine Bewegung wahr und dreht sich um. Er sieht, dass Berggren die Augen geöffnet hat. Er eilt auf den Kapitän zu und sinkt neben ihm auf die Knie. Berggren blinzelt und führt eine Hand zum Gesicht. Versucht, seine Lippen zu bewegen, und stöhnt vor Schmerzen. Es tut weh, neu geboren zu werden.

PIA

In dem langen Korridor lugen aus mehreren Kabinen neugierige Gesichter heraus.

»Hier herrschte wirklich ein Wahnsinnsradau«, sagt ein Mann mit einem üppigen Schnurrbart.

»Ich hab schon davon gehört«, erklärt Pia über die Schulter hinweg. »Wir kümmern uns drum.«

Manchmal wundert sie sich selbst darüber, wie sicher sie nach außen hin klingt.

Als sie auf einen Seitenkorridor stößt, wirft sie einen Blick hinein. Schaut in kurzen Abständen auf ihr Funkgerät, da sie händeringend darauf wartet, dass Mika wieder von sich hören lässt und ihr sagt, dass ... Ja, was eigentlich? Dass die gesamte Belegschaft oben auf der Brücke zufällig gleichzeitig Kaffee trinken gegangen ist?

Pia erreicht einen weiteren Seitenkorridor. Dieser ist etwas länger und wird zur Mitte hin breiter, um für eine der beiden längsten Treppen auf der Charisma Platz zu machen. Von hier aus kann sie quer über die ganze Fähre bis hin zum Korridor auf der Steuerbordseite blicken, der identisch ist mit dem, in dem sie selbst steht. Sie wartet, bis Jarno in ihrem Blickfeld auftaucht. Er winkt ihr kurz zu und verschwindet wieder außer Sichtweite. Beide gehen in ihrem jeweiligen Korridor in Richtung Heck weiter.

Ihre Kopfschmerzen sind inzwischen noch schlimmer geworden. So heftig hat es ihre Nebenhöhlen noch nie erwischt. Doch sie weigert sich, Gedanken an eine Hirnblutung oder einen Tumor zuzulassen.

Plötzlich wird unmittelbar neben ihr eine Tür aufgerissen. Die junge Frau, die den Korridor betritt, ist dunkelhaarig und hübsch. Sie ist ungefähr im Alter von Pias ältester Tochter. Bis auf einen türkisfarbenen Spitzentanga ist sie nackt, auf ihrem Oberarm ist ein Tattoo von Minnie Maus zu sehen. In ihrem Haar erblickt Pia einige Spritzer von Erbrochenem.

»Hier muss unbedingt jemand zum Putzen kommen«, lallt sie. »Irgendwer war hier drinnen und hat meine Kabine vollgekotzt.«

Pia muss lächeln. »Aha, was Sie nicht sagen. Das ist aber nicht gerade die feine Art, in fremde Kabinen zu gehen und sie einfach vollzukotzen.«

»Was ist? Glauben Sie etwa, dass ich das selbst war?«, fragt das Mädel und zieht herausfordernd ihre schmalen, mit Kajal nachgezogenen Augenbrauen hoch.

»Eigentlich ist es mir ziemlich egal«, antwortet Pia. »Ich will nur ...«

»Glauben Sie ja nicht, dass Sie was Besseres sind, nur weil Sie so 'ne Scheißuniform tragen.«

Im Augenwinkel sieht sie Jarno ganz hinten im Korridor auftauchen und winkt ihn zu sich.

»Ich kann mich darum kümmern, dass eine Putzkraft zu Ihnen kommt«, sagt sie. »Doch zuerst würde ich Sie gern fragen, ob Sie diejenige waren, die hier von Kabine zu Kabine gegangen ist und gegen die Türen geklopft hat. Wir haben nämlich mehrere Beschwerden erhalten.«

»*WirhabennämlichmehrereBeschwerdenerhalten*«, äfft das Mädel sie mit geifernder Stimme nach. »Über mich jedenfalls nicht. Ich hab nichts verbrochen.«

»Sie meinen, genauso wenig, wie Sie Ihre Kabine vollgekotzt haben?«

Die Augen des Mädels verengen sich zu schmalen Schlitzen.

»Was denken Sie eigentlich von mir? Sie haben wohl lange keinen Schwanz mehr in der Möse gehabt, was? Rennen Sie deswegen hier herum und spielen sich auf wie 'ne Übermutter?«

Pia kommt es vor, als existiere in dem Keller in ihrer Gedankenwelt eine Falltür, von der sie nichts geahnt hat. Ein unendlicher schwarzer Abgrund in der Dunkelheit, in den sie geradewegs hinunterstürzt.

Vor ihrem geistigen Auge sieht sie, wie sie das Mädel umbringt und in Stücke reißt. Das höhnische Grinsen in ihrem hübschen Gesicht auslöscht, indem sie es zu Brei schlägt. In ihrem Schädel dröhnt es, als wäre ihr jegliches Blut in den Kopf geschossen und hätte ihn zum Bersten gefüllt, so dass er jeden Moment zu platzen droht, zu *explodieren* …

Pia beginnt zu schwanken. Ihr wird schwarz vor Augen. Als der Schwindelanfall vorüber ist, sieht sie, dass die junge Frau in ihre Kabine zurückgewichen ist und sie mit ängstlichem Blick fixiert.

»Was ist mit Ihnen?«, fragt sie.

Ich weiß es nicht.

»Pia!«, schreit Jarno. »Pi-i-a-a!«

Seine Stimme klingt panisch. Doch als sie den Korridor hinunterschaut, ist er verschwunden.

Die Härchen in ihrem Nacken richten sich auf. Sie ruft seinen

Namen ins Funkgerät, erhält jedoch nur ein Rauschen zur Antwort.

»Was zum Teufel ist hier los?«, fragt das Mädel.

Pia schüttelt ratlos den Kopf. »Gehen Sie rein und schließen Sie hinter sich ab.«

Das Mädel wirkt zögerlich. »Aber da drinnen stinkt es so«, jammert sie.

»Schließen Sie die Tür, und verriegeln Sie sie. Und zwar sofort.«

Dann läuft sie los in Richtung Heck. Ihre Schritte poltern dumpf auf dem Teppichboden, der Schlüsselbund an ihrem Gürtel rasselt geräuschvoll. Einige Türen werden von innen geöffnet, und schlaftrunkene Gestalten werfen einen Blick hinaus.

»Hier herrscht ja immer noch ein Wahnsinnsradau!«, ruft der Mann mit dem üppigen Schnurrbart nun ein ganzes Stück hinter ihr.

»Gehen Sie alle in Ihre Kabinen!«, ruft Pia. »Und schließen Sie die Türen ab!«

Ihre vom Schweiß feuchte Hand hält krampfhaft das Funkgerät umschlossen. Sie drückt den Knopf.

»Mika«, ruft sie flehend. »Hat Bosse irgendetwas gesehen?«

Keine Antwort. Sie versucht es erneut, und ihre Stimme klingt wie das leise Zischen eines Luftballons, aus dem der letzte Rest Luft entweicht.

Sie zuckt zusammen, als es im Funkgerät irrsinnig laut zu knistern beginnt. Sie schaltet den Ton leiser und schaut sich um.

»Ja, ich höre dich«, sagt Mika. »Bosse hat sich schon seit mehreren Minuten nicht mehr gemeldet. Und von der Brücke habe ich auch immer noch nichts gehört.«

Was zum Teufel ist hier nur los?

Sie bemüht sich, ruhig zu bleiben. Es ist schließlich nicht das erste Mal, dass Bosse spurlos verschwindet.

Verfluchter Mistkerl, denkt sie. Höchstwahrscheinlich sitzt er mit seinem verdammten Kreuzworträtsel auf dem Klo und scheißt erst mal in aller Ruhe. Oder holt sich einen runter, geilt sich an irgendeiner pikanten Szene auf, die er auf seinen Bildschirmen gesehen hat. Kapiert er denn nicht, dass er ihr aller Leben aufs Spiel setzt?

Ihre unbändige Wut auf Bosse und dessen trägen Blick durch die ständig verschmierten Brillengläser verleiht ihr Kraft und lässt die vertraute innere Stimme verstummen, die ihr suggeriert, nutzlos zu sein, und dass es ja wohl eher ein Witz sein soll, ausgerechnet sie für die Sicherheit anderer Leute einzusetzen.

»Ich weiß nicht, was mit Jarno los ist, aber ich habe ihn gerade eben schreien gehört«, flüstert sie. »Zuletzt stand er in einem Korridor in Richtung Heck auf der Backbordseite, aber jetzt ist er verschwunden. Ich bin schon auf dem Weg dorthin.«

»Soll ich Henke und Pär auch dort hinbeordern?«, fragt Mika.

Pia verlangsamt ihre Schritte. Gleich hat sie das Ende des Korridors erreicht. Nur noch zehn, zwölf Meter, bevor er am Heck nach links abknickt. Hier hat sie Jarno zuletzt gesehen.

Die Tür von Kabine 6518 steht angelehnt.

»Nein«, sagt sie leise. »Wir müssen erst wissen, was auf der Brücke los ist.«

»Okay«, meint Mika. »Melde dich, wenn du Unterstützung brauchst.«

Pias Blick eilt zwischen der angelehnten Tür und dem scharfen Knick des Korridors hin und her. Sie zögert nur eine Zehntelsekunde, doch das reicht aus, damit ihre innere Stimme wieder die Oberhand gewinnt.

Verdammt, was bist du doch unfähig! Nur gut, dass du nicht Polizistin geworden bist.

Sie drückt den Knopf ihres Funkgeräts und ruft nach Jarno. Ihre eigene Stimme hallt knisternd und krächzend wider. Und zwar aus dem Raum hinter der angelehnten Tür.

Pia nähert sich ihr und meint, aus der 6518 einen Geruch wahrzunehmen, der sie anekelt, aber zugleich lockt.

Es ist ungewöhnlich still. Sie wirft im Korridor einen Blick zurück. Alle Passagiere scheinen ihrer Aufforderung nachgekommen zu sein.

»Piii-i-a-aahhh ... Kommm ... nichchchhh ... heeeer.«

Das gurgelnde Stöhnen dringt aus Kabine 6518 und hallt in ihrem Funkgerät wider.

Pia. Komm nicht her.

Plötzlich fallen ihre Angst und alle warnenden inneren Stimmen von ihr ab, denn es geht schließlich um Jarno.

Sie schiebt die Tür ganz auf.

DAN

Die Musik auf der Tanzfläche im Club Charisma dröhnt in Dans Körper. Die Bässe vibrieren in seinen Knochen und den neuen Zähnen. Das Stroboskop sendet Lichtblitze aus, die die Bewegungen der Tanzenden ruckartig anmuten lassen. Er merkt, wie einige von ihnen ihn anstarren und miteinander tuscheln.

Sie glauben zu wissen, wer er ist. Doch sie haben keine Ahnung. Noch nicht. Aber bald.

Seine Euphorie nimmt zu, es fühlt sich an, als hätte jemand Helium in seinen Körper gepumpt, so dass sich der Mythos, dass Vampire fliegen können, bewahrheiten könnte. Im Augenblick kommt es ihm vor, als müsse er nur seine Arme ausbreiten und sich vom Boden abstoßen.

Endlich ist er frei. All seine verzweifelten Bedürfnisse, die ihn innerlich fast zerrissen haben, sind auf einen Schlag verschwunden. Er hat nur noch einen einzigen Wunsch, der sich hell und klar vor seinem geistigen Auge abzeichnet. Eine Sache, um die sich von jetzt an alles drehen wird.

Auf das hier hat er sein ganzes Leben lang gewartet. Das hier ist das einzig Richtige. Etwas, das seinem Charakter entspricht. Die Zeit bis jetzt war ein langes Warten, das er durchstehen musste. Doch alles, was er bisher erlebt hat, jede Entscheidung, jeder vermeintliche Zufall, hat ihn genau an diesen Punkt geführt. Was für ein naiver Gedanke es doch war, mit ein paar lächerlichen

Schlagern unsterblich zu werden. Seine Musik war unweigerlich dazu verurteilt, in Vergessenheit zu geraten. Aber das, was Adam und er gleich in die Tat umsetzen werden, *hier und jetzt*, wird definitiv eine Spur in der Welt hinterlassen.

PIA

Jarno liegt auf dem Rücken. Er starrt sie aus Augen an, die in seinem blutüberströmten Gesicht unwirklich hell erscheinen. Sein Mund öffnet und schließt sich, doch es kommen keine Geräusche mehr heraus. Seine Uniformjacke ist geöffnet und sein Hemd zerrissen.

Eine Frau in einem knallrosafarbenen Top hockt über ihm. Ihr schwarzes Haar hängt in verklebten Strähnen über Jarnos Brustkorb und verbirgt ihr Gesicht. Hinter der Frau liegen zwei weitere leblose Menschen übereinandergeworfen auf dem Fußboden. Ein älterer Mann und eine Frau. So erscheint es Pia zumindest, aber sie kann es nur schwer ausmachen.

So viel Blut überall. Es ist übers ganze Bett gespritzt und hat auf dem Teppichboden Lachen gebildet, die an Kontinente erinnern.

Pias Mund füllt sich mit Speichel, und sie weiß nicht, ob es damit zusammenhängt, dass sie sich jeden Moment übergeben muss, oder weil sie am liebsten

neben der Frau auf die Knie fallen und ihre Zähne in Jarnos Kehle bohren will und

Nein. Sie versucht, den Gedanken daran wegzuschieben und stattdessen Ekel zu empfinden.

das Blut von den Wänden lecken will

Jarnos vor sich hin starrende Augen blinzeln ein paarmal.

Pia macht einen Schritt in die Kabine hinein und tritt dabei auf etwas Weiches, was sie angewidert den Fuß heben lässt. Sie muss sich zwingen, genauer hinzuschauen, um zu sehen, was es ist.

Unter ihrer Schuhsohle ist ein benutzter Verband kleben geblieben. Sie schabt mit dem Fuß über den Teppichboden, bis er sich löst.

Als Pia wieder aufschaut, begegnet sie dem Blick der Frau. Doch er ist nicht mehr der eines Menschen, sondern der eines hungrigen, verzweifelten Tieres. Einige klebrige Haarsträhnen fallen schwer über ihre Schultern hinab, als sie den Kopf schräg legt. Ihre Finger haben sich tief in Jarnos Brustkorb gegraben.

Sie fletscht die Zähne. Jetzt erkennt Pia sie wieder.

aber woher nur, woher, woher

Sie hat diese Frau heute Abend irgendwo schon einmal gesehen.

In der Karaoke-Bar. Als Dan Appelgren von dem rothaarigen Mann angegriffen wurde, der jetzt in einer der Ausnüchterungszellen sitzt.

Der Typ, der das Blut aus Dans Faust gesaugt hat.

das Blut

Der Mann, der laut Personalausweis Tomas Thunman heißt.

Der mit den klappernden Zähnen und dem brennenden Blick, in dem kein menschlicher Gedanke mehr zu erkennen war. Nur noch

Hunger

Instinkte.

Er war ebenfalls wie ein Tier

Verletzt, ausgehungert, durstig, verrückt, tollwütig

und er hat versucht, mich zu beißen

Sie betrachtet ihr Handgelenk und erblickt einen kleinen roten Kratzer in der weichen Haut unterhalb ihres Daumens. Kaum zu erkennen. Als sie ihn betastet, spürt sie ihn nicht einmal. Sie hat sich doch direkt danach die Hände gewaschen und sogar Wundgel benutzt.

Aber dann bin ich krank geworden

Sie betrachtet den blutigen Verband auf dem Fußboden und weiß, dass er von Dan Appelgren stammt.

Die Frau scheint Witterung aufzunehmen, widmet Pia dann

jedoch keine weitere Aufmerksamkeit. Offenbar reizt sie an ihr nichts.

Weil ich bin wie sie, jeden Augenblick kann ich genauso werden wie sie

Die Frau jagt Pia Angst ein, doch nichts ängstigt sie mehr als das, woran sie nicht denken kann, auf keinen Fall denken darf.

Das, was das Unerklärliche erklären würde.

Und was die Konsequenzen wären.

Raschen Schrittes geht sie auf die Frau zu und schlägt ihr mit dem Schlagstock so heftig auf den Kopf, dass die ganze Wucht in ihrem eigenen Arm bis hinauf in die Schulter zu spüren ist. Die Frau fletscht noch ein wenig mehr die Zähne, und ganz tief in ihrer Kehle ertönt ein Gurgeln.

Pia lässt den Schlagstock ein weiteres Mal auf sie niedersausen. Diesmal hält die Frau schützend ihre Arme über den Kopf. Der Stock trifft ihr Handgelenk. Irgendetwas darin zerbricht. Die Frau stößt ein Fauchen aus und steht auf unsicheren Beinen auf. Als sie mit wackeligen Schritten über Jarno hinwegsteigt, verliert sie kurz das Gleichgewicht. Pia erblickt mehrere große glänzende Narben auf ihrem Oberschenkel. Sie sehen wie Bisswunden aus, die schon vor langer Zeit verheilt sind.

Bisswunden von einem menschlichen Gebiss.

Jarnos Lippen versuchen, ein Wort zu bilden, doch seine Mundmuskeln mühen sich vergebens. Pia meint zu wissen, was er sagen will. Sie sieht es ihm an. *Lauf weg. Lauf weg. Lauf weg.* Doch sie kann sich nicht länger gegen das wehren, was sie letztlich schon begriffen hat. Sie ist bereits verloren. Genau wie er.

Es gelingt ihr nicht, mit ihrem Schlagstock ein weiteres Mal auszuholen, denn die Hand der Frau schießt blitzschnell vor, reißt ihn an sich und wirft ihn weg.

In ihren leeren Augen funkelt Hass. Wie ein wildes Tier in seiner Höhle, ein Tier, das seine Beute bewacht und sie nicht mit einem Rivalen teilen will. Sie nähert sich Pia. Ihre Zähne schlagen aufeinander. Doch Pia kann sich nicht von der Stelle rühren. Die Angst hat ihr jegliche Kraft geraubt.

Was hat es noch für einen Sinn zu kämpfen? Wozu soll das noch gut sein?

Die Frau vergräbt die blutigen Fingerspitzen ihrer Hand in Pias Haar und rammt ihren Kopf ein ums andere Mal gegen die Innenseite der Tür, bis ihr schwarz vor Augen wird. Es ist, als sähe sie die schwarzen Löcher im Universum vor sich, die zu einem einzigen zusammenschmelzen und für einen Augenblick alles verschlingen.

Mit ihrer anderen Hand zerrt die Frau am Kragen von Pias Uniformbluse. Der Stoff reißt geräuschvoll, und einer der Knöpfe springt weg, so dass sich der Kragen an ihrem Hals sofort lockerer anfühlt. Die Frau grunzt und zerrt noch stärker an ihrer Bluse, bis sich ein weiterer Knopf löst und Pias Hals ganz freigibt.

Sie hört, wie Jarno Luft holt. Schwach, röchelnd und stockend. Und begreift, dass sie kämpfen muss. Sie muss dafür sorgen, dass es nicht noch weitere Leute trifft.

Sie versucht, die Frau von sich wegzuschieben, doch ihre Arme zittern vor Anstrengung. Sie hat kaum noch Kraft, was die Frau zu merken scheint, da sie erneut die Zähne aufeinanderschlägt und ihr entstelltes Gesicht mit den brennenden Augen zu Pias Hals hinunterneigt.

Pia spürt, wie die Lippen der Frau ihre Haut berühren. Sie tastet mit den Fingern über das Gesicht der Frau und findet schließlich ihre Augen. Wappnet sich innerlich und presst dann beide Daumen fest darauf. Die weichen gewölbten Augäpfel sind erstaunlich widerstandsfähig, doch sie können in ihren Höhlen nirgendwohin ausweichen.

Nicht daran denken, was ich gerade tue, nicht denken, nicht denken, einfach machen

Sie drückt noch etwas stärker zu, und ihre Daumen gleiten in die Augenhöhlen hinein

Eier, deren Schale zerplatzt, es ist nur warmes Eigelb, das an meinen Handgelenken hinunterrinnt

und bohren sich tiefer in den Schädel der Frau.

Die Frau heult auf und sinkt auf die Knie. Dabei hält sie sich krampfhaft an Pias Kragen fest, so dass Pia beinahe mitgezogen wird, bevor sie sich endlich losreißen kann. Ihre Daumen lösen sich mit einem schmatzenden Geräusch, das sie niemals vergessen wird, falls sie das hier überleben sollte. So viel ist klar.

Sie wirft einen Blick auf Jarno. Seine Augen stehen noch immer offen, sind aber mittlerweile blind.

Die Frau hat sich jetzt auf Hüfthöhe an Pias Hose geklammert und zieht sich hoch. Pia rammt ihr das Knie unters Kinn, so dass ihre Kieferknochen mit einem lauten Knall aufeinanderschlagen. Sie wiederholt die Bewegung und landet einen Treffer auf ihrem Brustkorb, der die Frau nach hinten taumeln und mit dem Kopf gegen Jarnos Schulter prallen lässt. Doch die Frau versucht erneut aufzustehen, während die Augensubstanz an ihren Wangen hinunterrinnt. Sie wird sich nie geschlagen geben.

Sie verhält sich wie ein angeschossenes Tier. Ich darf sie nicht mehr als Menschen betrachten.

Und wie verfährt man am humansten mit verletzten Tieren? Man tötet sie.

Pia schaut sich in der Kabine um. Das gesamte Inventar ist an den Wänden oder am Boden festgeschraubt. Die Lampen haben Kabel. Würde sie es schaffen, eines davon herauszureißen und die Frau damit zu erdrosseln? Plötzlich fällt ihr auf, dass sie noch kein einziges Mal geatmet hat.

Sie hat nicht geatmet

schon nicht mehr, seit sie hier in der Kabine ist.

nicht ein einziges Mal

Als ihr das bewusst wird, befällt sie Schwindel.

Sie wirft einen Blick auf den Stuhl vorm Schreibtisch. Doch der ist viel zu leicht, um jemanden damit zu verletzen, aber mit ihm könnte sie den Spiegel zertrümmern und dann versuchen, die Frau mit einer Glasscherbe zu attackieren.

Nein, eher nicht. Angesichts dessen, wozu die Frau fähig zu sein scheint, ist ihr ein Nahkampf zu riskant.

Du bist so feige, so verdammt schwächlich, du schaffst es ja nicht einmal, das zu Ende zu bringen, was du angefangen hast.

Die Frau stolpert auf sie zu und faucht sie erneut an. Sie hat ihre Arme vor dem Körper ausgestreckt und fuchtelt mit ihren Händen wild in der Luft herum. Dabei gibt sie ein Schniefen von sich und dreht ihren Kopf in Pias Richtung, so als könne sie mit ihren leeren Augenhöhlen etwas sehen. Sie folgt ihr bis in die Ecke, wo ein altmodischer Fernseher an der Wand hängt.

Pia zieht und zerrt an seinem Gestell. Hängt sich mit ihrem ganzen Gewicht daran. Schließlich gibt die Wand nach, und die maroden Verankerungen brechen mit einem lauten Krachen heraus. Sie fängt das Fernsehgerät im Fallen auf und hält es schließlich samt Gestell und allem Drum und Dran in den Händen.

Es ist ziemlich schwer. Ihre Arme zittern, als sie es über ihren Kopf hochstemmt. Sie weiß, dass sie gerade ihre allerletzten Kräfte mobilisiert.

Und wittert ihre Chance. Sie hat nur diese einzige Chance.

BALTIC CHARISMA

Das Wummern der Bässe von der Tanzfläche im Club Charisma ist bis hinaus aufs Achterdeck zu hören. Draußen rauchen die Leute, lachen, küssen sich und machen mit ihren Handys Fotos. Niemand bemerkt den kleinen Jungen im roten Kapuzenpulli, der sich ein Stück entfernt auf dem Promenadendeck versteckt hat. Er wartet geduldig. Bereit, so viele Leute wie möglich abzufangen, falls sie von der Tanzfläche hier hinausfliehen sollten. Was jeden Augenblick passieren kann. Er spürt bereits ein erwartungsvolles Kribbeln im ganzen Körper.

Seine Mutter spürt ebenfalls, dass die Katastrophe eingetreten ist. Sie steht mit dem Rücken zum Wasser auf einem der Decks am Bug; die Baltic Charisma ragt hoch vor ihr auf. Die Radarantenne schnurrt ein ums andere Mal auf ihrem Mast herum und erzeugt ein Flüstern im Wind. Die Frau nimmt ihre Kette ab und schiebt ihren Daumennagel in den winzigen Spalt des Medaillons, das sich mit einem Klicken öffnet. Zwei ernst dreinblickende Augenpaare schauen sie unvermittelt an. Die Fotos sind in einem Studio aufgenommen worden. Das Licht fällt sanft auf ihre Gesichter, die starr wirken, weil sie durch die lange Belichtungszeit, die man damals noch benötigte, nicht verschwimmen sollten. Ein erwachsener Mann mit hohen Wangenknochen und durchdringendem Blick und ein kleiner Junge mit blondem, wassergekämmtem Haar. Ihr Sohn. Er sieht zwar heute noch genauso aus wie damals, aber dennoch hat sie ihn für immer verloren. Sie hat ihn schon vor langer Zeit verloren, obwohl sie in all den Jahren unzertrennlich waren. Sie betrachtet den Mann und erinnert sich an seinen schockierten Blick, als sein eigener Sohn ihm den Hals aufschlitzte. Seitdem hat sie vor der Wahrheit über ihren Sohn die Augen verschlossen. Die Alten hatten sie gewarnt, da sie befürchteten, dass er noch zu jung sei für eine Verwandlung und zu schnell vergessen würde, wie es ist, ein Mensch zu sein. Doch sie stellte sich ihren Warnungen gegenüber taub. Und als sie einsah, dass sie besser auf die Alten hätte hören sollen, war es bereits zu spät. Jetzt muss sie den Preis dafür bezahlen. Heute Nacht wird massenweise Blut vergossen werden. Und jeder einzelne Tropfen davon klebt an ihren Händen.

Die andere Frau, die nach ihrem Sohn sucht, sitzt noch immer in ihrem Rollstuhl an der Rezeption. Auch sie macht sich Vorwürfe wegen dem, was geschehen ist. Ihr hätte viel eher bewusst werden müssen, dass es unausweichlich war. Der Mann hinterm Rezeptionstresen ist zusammen mit zwei Security-Leuten in seinem Büro verschwunden. Sie wirkten besorgt und baten sie, in ihre Kabine zurückzukehren. Zwar gaben sie vor, weiter nach Albin zu suchen, aber sie traut ihnen nicht. Denn ihr ist klargeworden, dass irgendetwas passiert sein muss, das für das Personal Priorität gegenüber dem Verschwinden ihres geliebten Sohnes hat.

Der rothaarige Mann in der Ausnüchterungszelle hält seinen Hunger nicht länger aus und führt seine Lippen zu einem seiner

Handgelenke. Seine Zähne bohren sich in Muskelfleisch und Sehnen. Das leblose Blut in seinen Adern ist zwar bereits geronnen, doch es füllt zumindest seinen Magen.

PIA

»Kommt nicht her«, sagt Pia ins Funkgerät und erkennt ihre eigene raue Stimme kaum wieder. »Ich lasse euch sowieso nicht rein.«

Pia hat die Tür der Kabine mit dem Schreibtischstuhl verbarrikadiert und sitzt jetzt auf einem der beiden Betten, von wo aus sie den Nieselregen betrachtet, der sich auf die Fensterscheibe legt. Sie hat alle Lampen in der Kabine gelöscht, was angenehm ist und ihren Augen guttut.

Sie muss sich ein wenig ausruhen, bevor sie wieder einsatzbereit ist.

»Was ist denn passiert?«, fragt Mika. »Pia, du musst mir sagen, was los ist. Ich weiß nicht, was ich tun soll.«

Er redet schnell. Viel zu schnell. Sie legt die Hand, in der sie das Funkgerät hält, mit dem Rücken an die Stirn und versucht zu überlegen, wie sie es ihm erklären soll. Bemüht sich, trotz der Schmerzen klar zu denken.

Sie blickt verstohlen zu den dunklen Schatten auf dem Bett nebenan hinüber. Sie hat sie selbst dort hingelegt. Jarno, das alte Ehepaar und die Frau, die alle drei getötet hat. Opfer und Täter. Oder sind alle vier Opfer?

Das Fernsehgerät liegt mit zerbrochenem Bildschirm auf dem Fußboden. Blut und Haare kleben an den Glasscherben, die in der Dunkelheit schwach glänzen.

Sie hat gesehen, wie die Finger des alten Mannes sich bewegten, obwohl er eben noch tot war und seine Kehle aufgeschlitzt ist.

Das Beste für alle Beteiligten ist, sie bleibt hier und bewacht alle vier, damit keiner von ihnen aufsteht. Und falls sie es doch tun, muss sie sie irgendwie daran hindern. Von draußen aus dem Korridor hat sie einen schweren Feuerlöscher geholt, mit dem sie die Frau ohne Augen endgültig bezwingen konnte. Als sie schließlich das Ergebnis betrachtete, musste sie sich fast übergeben. Doch seitdem regt sich die Frau nicht mehr.

»An Bord ist irgendeine Seuche ausgebrochen«, erklärt sie. »Die die Leute gewalttätig werden lässt. Und zwar richtig aggressiv.«

Sie werden zu Monstern.

»Sie beißen die anderen Passagiere und stecken sie damit an. Erst wirken sie wie tot, doch das sind sie nicht.« Plötzlich wird sie von Schüttelfrost befallen. »Na ja, sie sind es schon, aber sie erwachen wieder zu neuem Leben.«

»Pia, hast du dich irgendwo verletzt? Du hörst dich ja an wie weggetreten. Pär und Henke sind jetzt hier, ich kann sie zu dir schicken …«

»Nein.«

»Warum denn nicht?«

»Ich bin ebenfalls gebissen worden und werde auch bald eine von denen sein. Ich versuche, so lange wie möglich durchzuhalten, aber ich weiß nicht, wie lange ich es kann.«

Eine neuerliche Welle des Schmerzes erfasst ihren Gaumen, worauf ihre Mundhöhle sich mit Speichel füllt und nach Blut schmeckt. Sie ertappt sich dabei, wie sie an ihren Zahnhälsen nach Blut saugt.

Dann löst sich einer ihrer Eckzähne. Sie spuckt ihn in ihre Hand und legt ihn auf den Nachttisch zwischen den Betten.

»Pia …«

Im Funkgerät beginnt es zu rauschen. Mika könnte Hunderte oder gar Tausende Meilen entfernt sein. Es würde keinen Unterschied machen. Alles, was sich außerhalb dieser Kabine befindet, ist jetzt für sie verloren.

»Was ist?«, fragt sie.

»Was soll ich tun? Im Maschinenraum antwortet niemand, und auf der Brücke auch nicht. Pär und Henke kommen nicht rein. Und Bosse ist tot. Pia, sie sagen, man hätte ihn regelrecht massakriert ...«

Aus dem Loch, in dem der Eckzahn gesteckt hat, dringt Blut. Ein kleines Rinnsal. Sie weiß genau, dass der Geschmack von Blut sie immer angeekelt hat. Doch plötzlich ist das nicht mehr der Fall. Das Verlangen nach mehr Menschenblut bereitet ihr fast körperliche Schmerzen.

»Pia?«, fleht Mika und klingt, als sei er den Tränen nahe. »Ich brauche dich hier.«

»Ich kann dir nicht mehr helfen. Ich glaube, dass ich gefährlich bin.«

»Natürlich bist du das nicht!«, schreit Mika.

»Ihr müsst Dan Appelgren finden. Und den kleinen Jungen, den er bei sich hatte, als ich ihn zuletzt gesehen habe ...«

Plötzlich gelingt es ihr, den Blick des Jungen zu deuten. Er hat sie wiedererkannt. Es war keine Neugier. Er hat sich gar nicht gefragt, wer sie wohl ist, sondern es längst begriffen.

»Das Kind gehört auch zu ihnen.«

»Pia, das klingt doch alles verdammt nochmal völlig irrsinnig.«

»Ich weiß. Aber du musst mir einfach glauben. Du trägst ab jetzt die Verantwortung für zwölfhundert Menschenleben.«

Sie friert und klappert mit den Zähnen, so dass sich noch mehr davon in ihrem Mund lockern.

»Und ihr dürft auf keinen Fall Tomas Thunman aus der Ausnüchterungszelle freilassen. Ich vermute, dass mit ihm alles angefangen hat. Wenn wir Glück haben, gibt es außer uns nicht noch mehr ...«

Aus dem Leichenhaufen auf dem anderen Bett ist ein kehliges Stöhnen zu hören. Sie schließt die Augen und versucht, sich gedanklich auf die Dinge zu konzentrieren, die sie womöglich übersehen hat.

»Ich habe eine Handtasche gefunden. Im Portemonnaie steckte ein Personalausweis. Die Frau, die hier übernachtet, heißt

Alexandra Andersson. Schau doch bitte nach, mit wem sie sich ihre Kabine teilt. Soweit ich es ihrem Gepäck zufolge beurteilen kann, ist es eine Frau. Sie kann sich ebenfalls angesteckt haben.«

»Pia, das ist doch alles ...«

»Und Raili war außerdem allein mit Dan«, fällt ihr plötzlich ein. »Sprich mit ihr und vergewissere dich, dass sie nicht auch gebissen wurde. Und ...«

Nicht anfangen zu weinen. *Nicht.*

»... und irgendwer muss ihr das mit Jarno erklären. Aber bitte nicht Pär. Vielleicht eher Andreas. Aber ich will nicht, dass sie herkommt. Versprich mir, dass du ihr nicht verrätst, wo Jarno ist. Falls er wieder lebendig wird ...«

Sie kann den Gedanken nicht zu Ende denken, da sie erneut von Schüttelfrost heimgesucht wird. Sie weiß, dass ihr nun nicht mehr viel Zeit bleibt, und zieht die Bettdecke über ihre Schultern hoch.

»Ich muss jetzt aufhören«, sagt sie. »Aber ihr schafft das schon. Mach einen Ausruf über Lautsprecher, damit die Leute zurück in ihre Kabinen gehen. Ruf im Club und im Starlight an und sag ihnen, dass sie schließen sollen. Und dann musst du so viele Leute vom Personal wie möglich in der Offiziersmesse oder wo auch immer zusammentrommeln, irgendwo, wo ihr euch einschließen und in Ruhe überlegen könnt, was zu tun ist ...«

Sie muss sich zwingen, weiterzusprechen.

»Und informiere alle über die Ansteckungsgefahr. Sie müssen es unbedingt erfahren. Du musst mir glauben. Es darf sich nicht weiter ausbreiten. Denk an Bosse. Denk daran, was mit ihm passiert ist.«

Im Leichenhaufen auf dem anderen Bett bewegt sich etwas.

Die ältere Frau rollt mit einem schweren Poltern zu Boden. Pia starrt sie in der wahnwitzigen Erwartung an, dass sie jeden Moment aufsteht.

Doch der alte Mann hat sie nur beiseitegeschoben, um sich bewegen zu können. Er ächzt angestrengt.

»Viel Glück«, sagt sie und schaltet ihr Funkgerät aus.

Dann steht sie auf und bewegt sich rückwärts in Richtung Schreibtisch, während sie beobachtet, wie sich der Mann hochkämpft. Sie streckt sich nach dem Haustelefon, dreht sich um und behält ihn dabei im Spiegel oberhalb des Schreibtisches im Blick, während sie die Nummer von Filips Kabine wählt.

Es klingelt ein Mal.

Zwei Mal.

Jetzt setzt sich der Mann mit einem lauten, klagenden Jammern auf.

Drei Mal.

»Hallo?«, meldet sich Calle in schläfrigem Tonfall.

Pia schießen die Tränen in die Augen. »Calle«, sagt sie. »Calle, ich bin's ...«

Von ihrem Gaumen strahlen die Schmerzen jetzt wie glühende Pfeile geradewegs in Richtung Stirn und Hinterkopf aus.

»Pia? Was ist los? Du klingst so merkwürdig.«

Sie betrachtet den dunklen Schatten, der sich neben dem Bett aufrichtet und mit dem Fuß gegen die Frauenleiche auf dem Boden stößt.

»Ich bin krank«, erklärt sie. »Du musst mir eine Sache versprechen ... Du musst ...«

»Pia? Pia, was ist denn bloß los?«

Sie holt Luft, doch ihre Lunge weitet sich nicht genügend, so dass sie nicht ausreichend Sauerstoff bekommt.

»Pia? Wo bist du denn? Sag es mir, dann komme ich und hol dich ab.«

»Ich bin auf Deck sechs, aber ich kann nicht ... Es ... es ist zu ... spät ...«

Jetzt hat sie begonnen zu hyperventilieren. Vor ihren Augen tanzen Lichtpunkte in der Dunkelheit. Sie hört, wie Calle aus dem Bett aufsteht.

»Versprich mir ...«, beginnt sie.

Inzwischen kann sie nur noch mit äußerster Mühe ihre Gedanken ordnen, und sie versucht, sich auf einen zweiten Anlauf zu konzentrieren.

»Irgendwas läuft gerade verdammt schief hier an Bord, und wenn du mich irgendwo entdeckst ...«

Im Spiegel sieht sie, wie der Mann einen Schritt auf sie zu macht. Sie tastet nach dem Feuerlöscher.

»Wenn du mich irgendwo entdeckst, lauf so weit weg von mir, wie du nur kannst«, erklärt sie.

»Wovon redest du da?«

Ihr Bewusstsein kämpft darum, der Dunkelheit zu entrinnen. Wie ein Ertrinkender, der mit der Nase ein letztes Mal die Wasseroberfläche erreicht.

»Ich hab dich lieb, Calle. Versprich es mir.«

Dann legt sie auf.

BALTIC CHARISMA

Lyras Pyjama ist vom Blut ihrer Eltern durchtränkt. Sie schleicht im Untergeschoss des Club Charisma an der Wand entlang. Auch wenn sie keinen Hunger mehr hat, verlangt es sie nach mehr. Sie fühlt sich geradezu magnetisch angezogen von diesem Ort, an dem so viele schwitzende Menschen vereint sind. Es ist dunkel und eng. Sie bleibt neben der Tanzfläche stehen und merkt, dass sich hier noch ein weiteres Wesen ihrer Art aufhält. Als sie die Tanzfläche absucht, entdeckt sie Dan sofort. Sie weiß, dass er ein Anführer ist. Doch darüber hinaus erregt noch etwas anderes ihre Aufmerksamkeit. Lyra richtet ihren Blick hinauf in Richtung der Balustrade im Obergeschoss. Irgendwer dort oben riecht noch etwas heißer als die anderen.

Im Obergeschoss des Club Charisma reicht eine Frau namens Victoria gerade dem Barmann ihre Kreditkarte. Sie lächelt Simeone zu, der ihr versichert, *We came to Sweden because we heard about the Swedish love boats*. Sie ist ganz vernarrt in seinen italienischen Akzent. Sie lacht und fragt ihn, ob hier auch alles seinen Erwartungen entspricht, woraufhin er antwortet, *I hope so.* Er hat seine Hand um ihre Taille gelegt, und durch den dünnen Stoff ihres Kleids hindurch brennen seine Fingerspitzen förmlich auf ihrer Haut. *Der Empfang streikt leider schon seit einer Weile,* sagt der Barmann, und Victoria schaut verwirrt in sein verlebtes, wettergegerbtes Gesicht, bis sie begreift, dass er das Kartenlesegerät meint. Sie wühlt in ihrem Portemonnaie und zieht ein paar zerknitterte Hunderter heraus. Simeones Hand ruht jetzt auf ihrem Bauch, von wo aus sich eine Hitze in ihrem ganzen Körper ausbreitet. Victoria legt ihre Hand darüber und verschränkt ihre Finger mit seinen. Das Blut in ihrem Körper gerät heftig in Wallung, so dass ihr der Schweiß aus den Poren dringt und sich wie ein dünner Film auf die Haut ihres Rückens legt. *Do you wanna go back to my place?* fragt sie. *It's very close, you know. That's the best thing about the love boats.* Er nickt. Sie nimmt einen letzten Schluck Bier und hofft, dass ihr Atem einigermaßen okay ist. *Let's go tell our friends we're leaving,* sagt sie. Dann gehen sie Hand in Hand auf die Treppe zu, die zur Tanzfläche hinunterführt. Die Leute stehen in Trauben am Geländer aus Messing und rauchfarbenem Glas. Ein Mann mittleren Alters zwängt sich an ihnen vorbei und ruft dem Barmann etwas zu. Victoria schnappt nur ein paar aus dem Zusammenhang gerissene Worte auf ... *rufen Sie ... Schlimmes passiert ...* Simeone fragt Victoria, was geschehen ist, doch sie schüttelt nur den Kopf. Dann erblickt sie ein Mädchen in einem blutüberströmten Pyjama, das die Treppe heraufkommt. Ihre Lippen sind mit eingetrocknetem Blut bedeckt. *Irgendjemand muss ihr den Mund blutig geschlagen haben.* Das Mädchen erreicht das Obergeschoss und wird vom Stroboskop über der Tanzfläche von hinten erleuchtet. *Sie braucht Hilfe.* Victoria lässt Simeones Hand los und stürzt auf das Mädchen zu. Einen Augenblick lang sieht Victoria das Gesicht des Mädchens aus nächster Nähe. Im nächsten Moment liegt sie rücklings auf dem Boden. Lyra hat sie umgestoßen. Ihre Haare kitzeln Victoria an der Nase. Das Vibrieren der Bässe von der Tanzfläche setzt sich über den Fußboden bis in ihren

Körper hinein fort. Dann passiert es. Als sich Lyras Zähne plötzlich durch die Haut an ihrem Hals hindurchbohren, wird sie von einem brennenden Schmerz erfasst. Irgendwo in ihrem Gewebe stoßen die Zähne des Mädchens aufeinander und reißen ein großes Stück Fleisch heraus. Victoria versucht zu schreien, doch ihr versagt die Stimme. Aus den Augenwinkeln sieht sie, wie eine Flüssigkeit in die Luft schießt wie Öl aus einer frisch angezapften Quelle, bis sie begreift, dass es Blut ist, ihr Blut. Überall um sie herum schreien die Menschen auf, doch Victoria bringt noch immer keinen einzigen Laut hervor, während sich die Zähne des Mädchens ihr zum zweiten Mal in den Hals bohren.

Unten auf der Tanzfläche spürt Dan, wie der Geruch von warmem Blut die Luft erfüllt. Er schaut hinauf zur Balustrade des Obergeschosses und hört die Schreie dort oben, auf die hier unten allerdings niemand reagiert. Alle tanzen weiter, während der Geruch von Angst stetig zunimmt. Fast alle Leute dort oben sind in Panik ausgebrochen. Ihre Herzen schlagen jetzt schneller, und er empfindet jede einzelne Sekunde, in der es ihm gelingt, sich zurückzuhalten, wie eine süße Qual. Dann sieht er einen Frauenkörper in einem dünnen Kleid gegen das Geländer prallen. Ihr Gesicht wird von hinten gegen das Glas gepresst, wodurch es missgebildet und platt erscheint. Er kann nur ein Auge sehen, das blind in die Lichter über der Tanzfläche starrt, während sich im Weiß des Augapfels die changierenden Farben widerspiegeln. Jetzt taucht oben am Geländer ein Mädchen in einem Seidenpyjama auf. Ein Mann versucht, es von hinten festzuhalten. Dan hört ihn etwas auf Italienisch rufen. Das Mädchen windet sich in seinem Griff, bis ihre Schulter aus dem Gelenk springt, woraufhin sie ihren Körper wie einen Flitzebogen spannt und die Zähne klappernd aufeinanderschlägt. Die Frau im dünnen Kleid ist blutüberströmt. Ihr Blut rinnt über die Kante des Fußbodens hinweg und tropft auf die Tanzfläche hinunter. Ein Mädel in einem beigefarbenen Spitzenkleid, das sich nur wenige Meter entfernt von Dan im Takt bewegt, hat einige klebrige Spritzer auf der Wange abbekommen, merkt es jedoch nicht und tanzt weiter, die Arme über dem Kopf ausgestreckt. *Blut.* Er braucht Blut. Kann nicht länger warten. Er stellt sich unter den Rand des Obergeschosses, den Kopf in den Nacken gelegt, den Mund weit aufgerissen, und spürt, wie die warmen, dicken Tropfen erst auf seinem Jochbein und schließlich auf seiner Zunge landen und dann geradewegs seine Kehle hinunterrinnen.

Das Mädel im Spitzenkleid schaut Dan an und begreift noch immer nicht, was geschieht. Dann blickt sie hoch zum Obergeschoss und sieht die Frau, die dort liegt. Sie schreit, streckt hilfesuchend einen Arm nach den Leuten aus, die am dichtesten daneben stehen. Irgendjemand ruft, *es ist Victoria es ist Victoria it's my friend oh my God Victoria.* Einige Leute deuten mit dem Finger auf Dan. Auf der Treppe ist das Poltern hektischer Schritte zu hören, als mehrere Leute versuchen, aus dem Obergeschoss zu fliehen. Jemand fällt von oben übers Geländer herunter und landet mitten in einem Kreis tanzender junger Mädchen. Er hört das Geräusch zerbrechender Knochen und laute Schreie, die sich im Raum fortpflanzen und mit denen aus dem Obergeschoss mischen. Dan kann dem Geruch nicht länger widerstehen. Er schließt die Augen und schnuppert in der Luft. Reißt wahllos einen von den erhitzten Körpern an sich, die gerade an ihm vorbeilaufen.

FILIP

Hinter der Theke des Starlight hat Filip gerade den Hörer aufgelegt. Er starrt noch eine halbe Sekunde darauf und versucht irgendwie zu begreifen, was er gehört hat.

Mika klang, als stünde er kurz vor einem Nervenzusammenbruch. Seine vor sich hin gestammelten Worte haben überhaupt keinen Sinn ergeben.

»An Bord kursiert irgendeine ansteckende Krankheit«, sagt er leise zu Marisol. »Wir müssen alle Gäste auffordern, in ihre Kabinen zu gehen, und dann ist Personalversammlung in der Offiziersmesse.«

Als er sich selbst die Worte aussprechen hört, kommt ihm das Ganze plötzlich realer vor.

»Und was für eine Krankheit soll das sein?«, fragt sie.

Sie wirkt nicht sonderlich bestürzt, was sich wiederum auf ihn beruhigend auswirkt. Wenn hier an Bord irgendwas ansteckend ist, dann allenfalls Mikas überzogene Reaktion. Ansonsten höchstwahrscheinlich gar nichts.

»Keine Ahnung«, antwortet er. »Es ist bestimmt nichts Schlimmes, aber wir müssen den Ausschank sofort beenden.«

»Na, damit werden wir uns bestimmt beliebt machen.«

Filip verlässt seinen Platz hinter der Theke. Einige Leute, die auf ihre Getränke warten, rufen ihm aufgebracht hinterher. Er macht einen großen Umweg um alle ausgestreckten Arme, die etwas von ihm wollen, und beschließt, nicht die Abkürzung über die Tanzfläche zu nehmen, sondern außen herum zu gehen. Vermeidet es auch, das Messinggeländer anzufassen. Er betrachtet all die benutzten Gläser auf den Tischen. Befinden sich womöglich Leute hier in der Bar, die sich schon angesteckt haben? Und wie steckt man sich eigentlich an? Marisol und er haben jede Menge Geld und Kreditkarten in den Fingern gehabt und die Hände der Gäste mit ihren Fingern gestreift. Plötzlich stößt eine Frau mit ihrer nackten verschwitzten Schulter gegen seinen Oberarm und hinterlässt einen feuchten Fleck auf dem Stoff seines Hemds.

Er erreicht die Seite der Bühne und betritt die kurze Treppe. *Ich will dich im Dunkeln bei mir haben*, singt Jenny. *Die Zeit bleibt stehen, wenn wir einander berühren.* Aber sie muss ihm angesehen haben, dass irgendetwas passiert ist, denn sie verstummt augenblicklich. Die Finger des Bassisten lösen sich von den Saiten. Der Rhythmus des Schlagzeugs wird langsamer und hört schließlich ganz auf. Buhrufe ertönen in der Bar. Jenny geht auf Filip zu und reicht ihm ihr Mikrophon, noch bevor er sie darum bittet.

Der Geräuschpegel im Raum kommt ihm ohne die Musik, die

sich wie ein Klangteppich über alles gelegt hat, plötzlich ohrenbetäubend vor.

»Es tut mir leid, aber ich muss die Party leider abbrechen, da wir gewisse technische Probleme hier an Bord haben«, erklärt er. »Doch der Kapitän hat mir versichert, dass sich niemand Sorgen zu machen braucht.«

Ihm wird bewusst, dass von irgendwoher außerhalb des Starlight laute Rufe und Schreie zu hören sind. Filip hält im Scheinwerferlicht schützend eine Hand über die Augen und sieht, dass die Gäste in der Bar unruhig werden. Ein lauter werdendes Gemurmel steigt zur Decke hinauf.

»Man hat mich gebeten, Sie aufzufordern, langsam und ruhig in Ihre Kabinen zurückzugehen. Es besteht kein Grund zur Beunruhigung. Wir werden Sie so bald wie möglich über alles Weitere informieren.«

»Was soll denn das, verflucht nochmal?«, ruft ein Mann von der Theke her. »Ich hab mir gerade ein Bier bestellt!«

»Ich auch!«, ruft ein Mädel aus der Gruppe, die alle Songs mitgesungen hat. »Darf man es denn wenigstens in die Kabine mitnehmen?«

»Sonst will ich mein Geld zurück!«, ruft der Mann an der Bar und erhält Beifall von mehreren Leuten im Raum.

Filip weiß nicht, was er darauf antworten soll. Den Regeln an Bord zufolge müsste er es verbieten, doch dann wäre ein regelrechter Aufruhr zu befürchten.

»Was ist denn eigentlich los?«, ruft eine Frau unmittelbar unterhalb der Bühne aus.

»Es handelt sich lediglich um eine Routinekontrolle«, erklärt Filip. »Sie brauchen sich keine Sorgen zu machen.«

Er ist noch nie gut darin gewesen zu lügen, und im heißen Licht der Scheinwerfer gelingt es ihm auch nicht gerade besser.

Plötzlich ruft irgendwo in der Nähe des Eingangs eine Frau um Hilfe. Im ganzen Raum ist zu spüren, wie sich alle Aufmerksamkeit auf sie richtet. Filip springt unverzüglich von der Bühne, und jetzt machen ihm die Leute bereitwillig Platz. Er sieht, wie manche von ihnen rasch ihre Gläser leeren, um sicherzugehen, dass ihnen wenigstens das nicht entgeht.

Jetzt schreien mehrere Menschen am Eingang auf. Aus den Augenwinkeln nimmt er wahr, dass Marisol über die Theke geklettert ist und gemeinsam mit ihm in Richtung der Frau läuft.

»Hilfe!«, ruft die Frau. »Helfen Sie mir doch! Sie verfolgen mich!«

Jetzt sieht er sie auch. Eine Frau mit kurzgeschnittenem Haar, das rotschwarz gefärbt ist. Die rechte Hälfte ihres Tops ist blutdurchtränkt. An der Innenseite ihres Arms fehlt ein großes Stück Fleisch. Ihr Gesicht glänzt vor Schweiß und Tränen. Dann sinkt sie schluchzend auf alle viere hinunter.

Die Leute geraten in Panik, und einige stürzen auf den Ausgang zu. Andere drängen weiter in den hinteren Bereich des Lokals hinein, während wieder andere näher gekommen sind, um das Geschehen zu beobachten.

Filip wird von Panik erfasst, als er sieht, dass sich Marisol neben der Frau hinkniet.

»Sie verfolgen mich!«, keucht die Frau.

»Wer denn?«, fragt Marisol, während Filip aufs Stahlgitter zustürzt.

»Die sind ja wohl nicht mehr ganz bei Trost!«, ruft der Umweltaktivist mit den blonden Dreads.

»Das darf doch nicht wahr sein«, flüstert seine Begleiterin.

Sie hebt den Arm, um auf etwas zu zeigen, und ihre Hand zittert dabei so stark, dass der Wein in ihrem Glas überschwappt.

CILLA

»… besteht kein Grund zur Panik. Wir arbeiten daran, das Problem so schnell wie möglich zu beheben …«

Die Lautstärke lässt die Membran des Lautsprechers oberhalb

von Cillas Kopf vibrieren. Sie erkennt die Stimme des Mannes von der Rezeption wieder. Ihm ist anzuhören, dass er Angst hat. Der Aufzug gibt einen dezenten Klingelton von sich, als er auf Deck sechs anhält. Cilla schaut ungeduldig auf die Türen und unternimmt einen hoffnungslosen Versuch, sie mit reiner Willenskraft zu öffnen.

Vielleicht sind Abbe und Lo ja längst wieder zurück in ihrer Kabine, schauen einen Film und stopfen sich mit Süßigkeiten voll. Bestimmt hat Linda sie gefunden.
Lieber Gott, bitte mach, dass es so ist.

Endlich öffnen sich die Aufzugtüren. Im Korridor sind ebenfalls Lautsprecher angebracht. Gerade wird die Durchsage auf Finnisch wiederholt. Cilla bewegt den Steuerknüppel auf ihrer Armlehne nach vorn, und der Rollstuhl fährt mit einem leisen Surren aus dem Aufzug hinaus. Im Korridor muss sie links abbiegen, doch vor ihr strömen die Menschenmassen die breiten Treppen hinunter und steuern beide Korridore gleichzeitig an, so dass ein unheimliches Gedränge entsteht und die Leute fast zu Fall kommen. Die Türen schließen sich hinter ihr, und sie hat kaum Platz, um ihren Rollstuhl zu manövrieren. Sie setzt ein kleines Stück zurück, bewegt den Steuerknüppel vor und fährt ein Stück schräg nach vorn, bewegt den Knüppel wieder in die andere Richtung und setzt erneut zurück. Muss die Prozedur mehrfach wiederholen.

Währenddessen ziehen vor ihrem geistigen Auge eine Reihe albtraumhafter Bilder vorbei. Abbe, der über Bord fällt und im kalten Meer unter der Wasseroberfläche verschwindet, wo er in die Strömungen um den Schiffsrumpf und den Sog der Schiffsschrauben gerät ...

Wie soll sie Albin nur beschützen können, wenn irgendetwas passiert?

Sie hat ihn ja nicht einmal zu Hause vor irgendetwas beschützen können. Und jetzt ist er verschwunden. Wie konnte sie nur annehmen, dass Abbe nichts merkt oder nichts begreift und ihr das Ganze nicht übelnimmt? Genau davor hat Linda sie jahrelang zu warnen versucht. Doch jetzt kann sie die Augen nicht länger davor verschließen. Natürlich begreift er alles. Ihr kleiner, kluger Junge. Aber wie soll sie ihm erklären, dass sie Mårten nicht verlassen kann? Er hat ihr damit gedroht, ihr Abbe wegzunehmen. Schließlich sieht jeder, dass sie sich nicht allein um ihr Kind kümmern kann. Sie kann ja nicht einmal mehr für sich selbst sorgen. Außerdem verschlechtert sich ihr Zustand zusehends. Früher oder später wird sie in einem Heim landen.

Während sie verzweifelt darum kämpft, das Ungetüm von Rollstuhl in die richtige Position zu bringen, droht ihr der Steuerknüppel aus der schweißnassen Hand zu gleiten. Keiner der anderen Passagiere nimmt Blickkontakt zu ihr auf, denn alle befürchten, dass sie sie um Hilfe bitten könnte.

Schließlich steht der Rollstuhl in der Richtung, in die sie fahren will, und sie wartet ungeduldig darauf, dass jemand sie durchlässt. Die meisten Leute blicken missmutig und genervt drein, weil man ihnen die Party verdorben hat, während andere sich unbekümmert unterhalten und lachen. Doch in einigen Gesichtern sieht Cilla auch Panik aufblitzen. Sie horchen gespannt auf die Lautsprecherdurchsagen und ermahnen die anderen, was völlig aussichtslos ist, zur Ruhe. Schließlich betätigt Cilla ihre Hupe, und der Rollstuhl gibt ein klägliches Tuten von sich. Daraufhin bleibt eine Frau in einem Kleid mit schottischem Karomuster und dazu passendem Haarband auf der untersten Treppenstufe stehen und lässt Cilla vorbei. Sie bedankt sich und kann den richtigen Korridor ansteuern, wo es ihr ohne Probleme gelingt, nach links abzubiegen.

Dann betätigt sie erneut die Hupe. Die Leute bewegen sich unendlich langsam und umständlich zur Seite, und sie würde am liebsten laut schreien, während sie ein ums andere Mal abbremsen muss. Drei übergewichtige Männer, die nebeneinander hergehen, merken erst spät, dass sie schon eine Weile im Schneckentempo direkt hinter ihnen herfährt, und stellen sich umständlich nebeneinander an die Wand, woraufhin sie Vollgas gibt und der Rollstuhl Fahrt aufnimmt.

Abbe. Abbe. Abbe.

Bitte, lieber Gott, mach, dass er jetzt in unserer oder Lindas Kabine ist.

Endlich kann sie kurz vorm Ende des Korridors die Kabinentüren 6510 und 6512 ausmachen.

Die Lautsprecherstimme spricht jetzt auf Englisch, wird aber plötzlich von lauten, schnellen Schritten und Schreien im Korridor hinter ihr übertönt.

In ihrem Körper breitet sich eine Eiseskälte aus. Zum ersten Mal hat Cilla Angst um ihr eigenes Leben. Wenn sie über Bord fallen würde, hätte sie keine Chance. Sie kann ja nicht einmal mehr schwimmen. Die Leute vor ihr im Korridor drehen sich um und beschleunigen ihre Schritte. Sie versucht, ihren Kopf zu drehen, doch er gehorcht ihr nicht.

»Was ist denn dort hinten los?«, ruft sie. »Kann mir jemand sagen, was hier passiert?«

Doch niemand antwortet ihr.

Ein Stück vor ihr wird eine Kabinentür von innen geöffnet. Ein Mann mit Doppelkinn und Stoppelhaaren tritt zögerlich auf den Korridor hinaus. Der Rolling-Stones-Mund auf seinem T-Shirt wird von seinem dicken Bauch in die Breite gezogen. Ihrem ersten Eindruck nach könnte er alles im Alter zwischen fünfundzwanzig und fünfundfünfzig sein.

»Was ist hier los?«, fragt Cilla ihn. »Ich kann mit meinem Rolli hier im Korridor nicht wenden … Was passiert da hinter mir?«

Der Mann zögert einen Augenblick. »Meine Frau wollte unbedingt oben bleiben und weitertanzen«, sagt er in breitem Småländisch und lacht bitter. »Wie jedes Mal.«

»Wissen Sie, was da los ist?«, fragt sie noch einmal, verzweifelt darum bemüht, ruhig zu bleiben.

»Wissen Sie es denn nicht?«

Sie schüttelt den Kopf.

Nein, ich weiß es nicht, ich weiß nicht, wo mein Sohn ist, und ich weiß auch nicht, ob außer Linda noch jemand anders nach ihm sucht, ich WEISS NICHT, WAS HIER EIGENTLICH LOS IST,

*und ich weiß nicht, warum wir überhaupt auf dieser Fähre sind
und geglaubt haben, dieser Ausflug wäre eine gute Idee*

»Ich hab es im Fernsehen gesehen«, erklärt er. »Sie wissen schon, es gibt Kameras auf der Tanzfläche ... Zuerst hab ich gedacht, dass sie einen Horrorfilm zeigen, aber ...« Seine Stimme erstirbt.

An diesem Ende des Korridors sind sie plötzlich nur noch zu zweit. Alle, die vor ihr hergerannt waren, sind jetzt in ihren Kabinen verschwunden. Sie hört Türen hinter sich zuknallen.

»Was ist?«, fragt sie. »Was haben Sie da gesehen?«

Doch er scheint sie nicht gehört zu haben. »Es muss sich um irgendein Gas oder so handeln. Die transportieren schließlich auch Atommüll auf den Fähren, wussten Sie das? Aber wer sagt uns, dass die nicht auch andere Dinge transportieren, von denen wir wohl nie erfahren werden?«

»Erzählen Sie mir, was Sie gesehen haben«, fleht Cilla ihn an. »Bitte. Mein Sohn ist verschwunden.«

Er blinzelt, als nähme er sie erst jetzt richtig wahr. Sein Blick ist voller Mitleid, was ihr mehr Angst einjagt als alles andere.

»Sie können nichts mehr für ihn tun«, erklärt der Mann. »Da oben schlachten sie sich gegenseitig ab.«

»Was?«

Ein ganzes Stück hinter sich hört sie einen Mann laut rufen, *beeilen Sie sich.* Dann hört sie weitere Türen zuknallen.

»Vielleicht ist da irgendeine militärische Waffe im Spiel«, meint der Mann. »Die haben keinerlei menschliche Züge mehr. Völlig wahnsinnig sind die.«

Cilla schüttelt verwirrt den Kopf und greift nach ihrem Steuerknüppel.

»Ich weiß nicht recht, ob ich raufgehen und nach ihr suchen soll«, sagt er. »Glauben Sie, dass man es sich selbst je verzeihen kann, wenn man es nicht tut?«

Sie schaut erneut zu ihm hoch und sieht seinen flehenden Blick. Weiß nicht, was sie ihm antworten und ob sie ihm ihre Meinung sagen soll.

Wenn sie selbst in der Lage wäre, zu gehen und ihre Hilfe anzubieten, würde sie die ganze Fähre von oben bis unten durchkämmen, bis sie Abbe gefunden hätte, egal, was da oben passiert. Und sie hätte es sich niemals verziehen, wenn sie sich mit weniger zufriedengegeben hätte.

Plötzlich wird ungefähr zehn Meter vor ihr eine Kabinentür mit einem lauten Krachen von innen aufgerissen. Der Mann zuckt zusammen und dreht seinen Kopf dorthin.

Eine Frau kommt in den Korridor hinausgestolpert. Es ist die Frau vom Sicherheitsdienst, die Albin und Lo vorhin zu ihnen in den Club Charisma gebracht hat. Aber ...

»Jetzt sind sie auch schon hier«, keucht der Mann.

Das ist nicht sie, ganz und gar nicht

Der Blick der Frau, der vorhin so freundlich und voller Wärme war, ist nun völlig ausdruckslos. Auf ihrem Gesicht und ihrer weißen Bluse, die am Kragen völlig zerrissen ist, sind jede Menge Blutspritzer zu sehen. Aus dem Knoten auf ihrem Kopf haben sich fast alle Haare gelöst, die ihr nun in wirren Locken über die Schultern fallen. Auf ihrer dunklen Hose mit Bügelfalten sind klebrige Flecken zu erkennen, und ihre Daumen sind rotbraun verfärbt, als hätte sie sie in Farbe getaucht.

Die Frau öffnet ihren Mund und schließt ihn wieder.

»Sorry«, sagt der Mann. »Sorry, sorry, aber ich kann nicht. Ich wünschte, ich könnte, aber ich kann einfach nicht ...«

Seine Stimme verschwindet abrupt, als er seine Kabinentür hinter sich zuknallt.

Die Frau macht einen Schritt auf Cilla zu. Ihr blutverklebtes Namensschild blitzt auf, und Cillas Blick wird dort hingezogen.

Pia? Fia? was spielt es schon für eine Rolle, sie ist es nicht, es ist eine andere

Die Tür zu ihrer und Mårtens Kabine befindet sich genau zwischen ihr und der Frau. Aber selbst wenn es ihr gelingen sollte, die Tür vor ihr zu erreichen und ihre Schlüsselkarte zu zücken ...

Würde sie mit dem Rolli auch schnell genug durch die schmale Öffnung hindurchgelangen?

Das Risiko kann sie nicht eingehen. Sie muss weg von hier. Cilla fummelt am Steuerknüppel ihres Rollstuhls herum und setzt zurück. Der Rollstuhl kracht hinter ihr gegen die Wand. Sie bewegt den Knüppel abrupt nach schräg vorn und wendet. »Mårten!«, ruft sie laut, als sie erneut zurücksetzt. »Mårten, hilf mir!«

Oder ist er jetzt womöglich auch einer von denen?

Der Gedanke trifft sie blitzartig, und ihre Panik explodiert wie ein Atompilz.

Eine ältere Frau ist hinter der Sicherheitsbeamtin aus der Kabine in den Korridor herausgekommen. Ihr schwerer Körper wogt unter ihrem Nachthemd hin und her, als sie sich nähert. Ihre Zähne schlagen in der Luft aufeinander.

schnapp, schnapp, schnapp

Cilla bewegt den Steuerknüppel, so weit sie kann, nach rechts vorn. Der Rollstuhl fährt in einer engen Kurve vor, und die metallene Fußstütze knallt gegen die Kabinentür direkt gegenüber. Sie setzt zurück und steuert nach links. Dann hört sie die Schritte schwerer Stiefel hinter sich auf dem Teppichboden, gefolgt von einem keuchenden Röcheln, das sie an ein Schnarchen erinnert, aber doch ganz anders klingt. Jede einzelne Nervenzelle in ihrem Nacken wappnet sich instinktiv gegen einen Angriff von hinten.

schnipp, schnipp, schnapp, und dann ist Cilla platt

Endlich gelingt es ihr, den Rollstuhl in die Richtung zu manövrieren, aus der sie gekommen ist. Als sie das Schaben von Fingernägeln unmittelbar hinter ihrem Kopf auf dem groben Stoff der Rückenlehne des Rollstuhls spürt, schiebt sie den Steuerknüppel abrupt nach vorn. Der Rolli saust los. Die Finger sind noch immer hinter ihr und versuchen, ihre kurzen Haare zu fassen zu bekommen. Doch dann nimmt der Rollstuhl mit einem heulenden Geräusch weiter Fahrt auf. Cilla beugt ihren Oberkörper auf dem dicken, ihren Maßen angepassten Sitzkissen vor.

Aus den Augenwinkeln sieht sie, wie eine Tür nach der anderen vorbeifliegt.

Weiter vorn im Korridor schreien die Leute panisch auf, als sie sehen, von wem sie verfolgt wird. Einige mühen sich mit ihren Schlüsselkarten ab und verschwinden schließlich hinter ihren Türen. Andere rennen zurück zum Treppenhaus oder verschanzen sich in den Seitenkorridoren, wo sie sich gegenseitig umschubsen und wegdrängeln. Doch alle haben eines gemeinsam. Keiner von ihnen versucht, ihr zu helfen.

Und sie kann sie gut verstehen. Sie hätte es genauso gemacht.

Lieber sie als ich.

schnapp, schnapp, schnapp

Cilla schreit auf. Sie schreit, weil es das Einzige ist, was sie tun kann.

Es ist nicht mehr weit, bis der Korridor an der Glasfront des Spa-Bereichs endet. Ihre Hand auf dem Steuerknüppel zögert nur einen kurzen Augenblick, bevor sie am Seitenkorridor mit den Treppen und Aufzügen vorbeidüst. Er ist voller Leute, die sie mit schreckerfüllten Blicken anstarren. Sie hätte sowieso keine Chance gehabt, sich dort hineinzumanövrieren.

Nur noch ein paar Meter. Der Schriftzug CHARISMA SPA & BEAUTY rast auf sie zu. Unmittelbar davor macht der Korridor eine Neunziggradbiegung nach rechts. In dieser Geschwindigkeit wird sie wohl kaum die Kurve kriegen.

Doch sie kann auch nicht einfach stehen bleiben und auf den Tod warten.

Sie wird alles tun, was in ihrer Macht steht, um zu überleben. Für Abbe.

FILIP

Das Rollgitter. Dieses verdammte Scheißgitter. Es klemmt schon wieder an derselben Stelle, einen Meter vom Boden entfernt. Überall im Starlight schreien und weinen Menschen. Wenn sie allerdings gesehen hätten, was Filip gerade eben mit ansehen musste, wäre die Panik noch viel größer.

»Erzählen Sie bitte nichts davon«, fleht er die Leute an, die am dichtesten bei ihm stehen, während er am Gitter zieht und zerrt. Sie schütteln die Köpfe. Ein paar von ihnen gehörten zu der Gruppe, die versucht hat, sich an den Jungs im Gang vorbeizustehlen. Jetzt sind die blutrünstigen Typen nur noch um die zehn Meter entfernt. Sie bewegen sich langsam, aber zielstrebig vorwärts. Sie sind nicht viel älter als Teenager. Zwei von ihnen wirken mit den Muskelpaketen, die sich unter ihren enganliegenden Shirts abzeichnen, ziemlich durchtrainiert. Der dritte hingegen ist klein und dick. Er trägt einen schwarzen Pulli mit irgendeinem idiotischen Slogan über Negerküsse drauf. Jedes Mal, wenn Filip am Gitter zieht, legen sie ihre Köpfe schräg und horchen auf. Hinter ihnen im Gang liegen schon vier Leute am Boden, die vergeblich versucht haben zu entkommen.

Filip kann noch immer nicht glauben, was er gerade gesehen hat. Aber er begreift nur allzu gut, was passieren wird, wenn es den Jungs gelingen sollte, hier ins Starlight einzudringen.

Er schiebt das Gitter wieder einige Zentimeter hoch und rüttelt daran, bevor er erneut versucht, es ganz hinunterzuziehen, doch es klemmt noch immer.

In einiger Entfernung hört er Schritte aus dem Obergeschoss. Irgendetwas muss oben im Club Charisma passiert sein.

Die blutigen Münder der Jungs öffnen und schließen sich, als schnappten sie in der Luft nach irgendetwas, um sich schneller vorwärtsbewegen zu können. Er fragt sich, wer von ihnen der jungen Frau den Arm aufgeschlitzt hat und ob sie außer denen draußen im Gang noch mehr Leute gebissen haben.

Er rüttelt ein weiteres Mal am Gitter und verursacht noch mehr Lärm. Die drei legen erneut die Köpfe schräg und bewegen sich dabei völlig synchron, wobei sie sich der Anwesenheit ihrer Freunde kaum bewusst zu sein scheinen.

Mika hat irgendetwas davon gefaselt, dass diejenigen, die sich angesteckt haben, gewalttätig werden.

Äußert sich diese ansteckende Krankheit etwa so?

Jetzt sind die Jungs ganz nah, nur noch wenige Meter entfernt. Ihre Blicke sind völlig ausdruckslos.

»Fuuuuuuck!«, schreit Filip und zerrt wieder am Gitter.

Endlich löst es sich und saust mit einem lauten Krachen zu Boden. Doch für ihn ist es das schönste Geräusch, das er je gehört hat. Er tritt einen Schritt zurück und merkt selbst, wie er nach Luft ringt.

Kaum eine Sekunde später gibt das Metall erneut scheppernde Geräusche von sich. Ihre Finger bohren sich durch die Löcher und krümmen sich krampfhaft, während sie ihre Gesichter gegen das Gitter pressen. Filip hört Schnuppergeräusche und das Aufeinanderschlagen von Zähnen.

Er dreht sich in Richtung der Bar um und versucht, den Lärm vom Gitter her auszublenden.

Die Frau liegt auf dem Rücken vor der Bar und hyperventiliert. Er fragt sich, ob sie womöglich unter Schock steht. Marisol hat sich mit einem Erste-Hilfe-Verbandskasten neben sie gekniet. Um sie herum liegen lauter aufgerissene Verpackungen von Desinfektionsmitteln sowie blutverschmierte zusammengeknüllte Servietten.

»Es tut so weh«, wimmert die Frau. »So weh …«

Hat sich die Frau etwa ebenfalls angesteckt? Und Marisol?

Er traut sich kaum, ihrem Blick zu begegnen, hat Angst, dass seine Gedanken ihm ins Gesicht geschrieben stehen.

»Ich habe die Wunde gesäubert, so gut es geht«, sagt Marisol zu der Frau. »Aber wir sollten sie noch zusätzlich mit Alkohol desinfizieren. Nur um sicherzugehen, dass wir auch wirklich alle Bakterien abgetötet haben.«

»Ist das wirklich nötig?«, fragt die Frau und schüttelt den Kopf, als würde sie intuitiv flehen, das nicht durchstehen zu müssen.

»Schaden kann es zumindest nicht. Sie sind doch einverstanden?«

Filip läuft zur Theke, beugt sich darüber und schnappt sich eine Flasche Koskenkorva.

»Es wird ziemlich weh tun«, erklärt Marisol der Frau, als er mit dem Schnaps zurück ist. »Aber ich glaube, dass es das Beste ist.«

»Könnte ich vorher einen Schluck davon trinken?«, fragt die Frau. »Nur als kleine Betäubung.«

Filip hält ihr den silberfarbenen Ausgießer an die Lippen und neigt die Flasche so weit, dass die Flüssigkeit herausläuft. Es kommt ihm vor, als gäbe er einem Säugling das Fläschchen.

Die Frau nickt, um ihm zu signalisieren, dass sie fertig ist, und er setzt die Flasche wieder ab. Sie schluckt den letzten Rest hinunter und muss husten.

»Dann also los«, sagt sie.

Marisol ergreift sanft, aber bestimmt ihren Arm und dreht ihn, bis die Wunde nach oben zeigt. Ein dünner, durchsichtiger Strahl rinnt aus der Flasche und benetzt die Wunde. Dabei spült er das frisch austretende Blut weg.

»Auaaaaah!«, ruft die Frau laut und zieht Filips Hand zu sich heran, die sie wie ein Schraubstock umschließt.

Vom Gitter her ertönt erneut Lärm. Die Frau wirft einen erschrockenen Blick dorthin.

»Sie können hier nicht reinkommen«, erklärt Filip.

Marisol stellt die Flasche ab und versichert der Frau, dass alles wieder gut werden und gleich jemand kommen wird, um sich weiter um sie zu kümmern. Dass sie sich keine Sorgen zu machen braucht.

Filip sagt nichts. Er nimmt die Kompressen aus dem Verbandskasten und breitet sie behutsam über dem verwundeten Arm der Frau aus, und Marisol wickelt die Mullbinde darum. Plötzlich dringt ganz tief aus der Kehle der Frau ein gurgelndes Geräusch. Sie schluckt und räuspert sich. Schluckt erneut. Als sie vor Schmerzen das Gesicht verzieht, sind ihre Zähne voller Blut.

»Sind Sie im Mund etwa auch verletzt?«, fragt Marisol. »Haben Sie sich vielleicht auf die Zunge gebissen?«

Die Frau schüttelt den Kopf und verzieht erneut das Gesicht. »Es tut so weh«, jammert sie.

»Jetzt ziehen sie endlich ab!«, ruft jemand vom Eingang aus.

Filip wirft einen Blick in Richtung des Gitters. Die Finger, die sich von außen durch die Löcher gebohrt hatten, sind verschwunden, was ihn jedoch keinesfalls beruhigt.

Er steht auf, geht darauf zu und sieht die Jungs in den Gang hinaus verschwinden. Er fragt sich, wohin sie wohl als Nächstes unterwegs sind.

Die ganze Situation kommt ihm plötzlich absurd vor, unwirklich geradezu. Ihm wird ganz schwindelig.

»Ich will hier raus!«, ruft eine Frau.

»Nicht, bevor wir nicht mehr darüber wissen, was verdammt nochmal hier abgeht«, sagt ein Mann mit dröhnender Bassstimme. »Was ist nur los mit diesen Halbstarken?«

»Ich muss sofort zurück in meine Kabine. Sie haben gesagt, wir sollen auf dem schnellsten Weg in unsere Kabinen gehen.«

»Hier drinnen sind wir doch verflucht nochmal sicher. Hören Sie denn die Schreie da draußen nicht?«

»Doch. Aber meine Kinder sind auch da draußen. Sie schaffen das nicht ohne mich …«

»Dann hätten Sie sie lieber nicht allein lassen sollen, um hierherzukommen und zu saufen!«

»Woher sollte ich denn verdammt nochmal wissen, dass so was passiert?«

Plötzlich reden alle wild durcheinander, und während einer versucht, den anderen zu übertönen, steigert sich die Lautstärke, als würde eine Flutwelle herandonnern.

Die Frau hat sich inzwischen auf die Seite gedreht und spuckt jetzt Blut. Ihr Jammern wird immer schwächer.

Marisol begegnet Filips Blick. Ihre Angst ist so offensichtlich, dass er wegschauen muss. Aus den Augenwinkeln heraus sieht er, dass sie der Frau beruhigend übers Haar streicht.

Als das Telefon hinter der Theke klingelt, läuft er darauf zu und reißt den Hörer an sich.

»Hallo?«, ruft er. »Mika, bist du das?«

»Nein, ich bin's.«

»Calle! Alles okay?«

Während ihm die Idiotie seiner Frage aufgeht, spürt er förmlich die Blicke der anderen Leute im Rücken.

»Was zum Teufel ist hier an Bord nur los?«, fragt Calle. »Das gesamte Personal versammelt sich gerade in der Messe, aber ich glaub nicht, dass irgendwer weiß, was auf dem Kahn wirklich abgeht. Mika hat irgendetwas von Ansteckungsgefahr gefaselt, aber ... das klingt doch total wahnsinnig.«

»Es *ist* total wahnsinnig«, bestätigt Filip leise und hält sich mit einem Finger das Ohr zu, um die lautstarken Diskussionen um sich herum auszublenden. »Wir haben hier eine Frau, die gebissen worden ist, Calle.«

»Gebissen?«

»Es ist, als wäre hier die Tollwut ausgebrochen oder so.«

Calle antwortet nicht. In der Leitung ist nur ein fernes Rauschen zu hören. Filip schluckt.

»Aber wir haben das Rollgitter hinter uns runtergezogen und dürften erst mal in Sicherheit sein.«

»Gut«, sagt Calle. »Zum Glück. Könnt ihr dort bleiben, bis Hilfe vom Festland kommt?«

»Ich hoffe es.«

»Ist Vincent bei euch?«

»Nein. Ich hab ihn nicht gesehen, seit du von hier weg bist.«

Calle verstummt erneut, und Filip kann sich vorstellen, was er gerade denkt. »Bleib, wo du bist«, sagt er. »Das ist das Beste, was du im Augenblick tun kannst.«

»Pia hat mich übrigens eben angerufen«, meint Calle. »Sie hat gesagt, dass ... dass ich so weit wie möglich weglaufen soll, wenn ich sie sehen sollte.«

Filip schließt die Augen und sieht Pia vor sich. Wie fröhlich sie vorhin noch war, als sie gemeinsam die Girlanden in der Suite aufgehängt hatten. Wo ist sie jetzt eigentlich?

Und *was* ist sie?

»Wenn sie es sagt ...«, entgegnet er und dreht sich halb zu der auf dem Boden liegenden Frau um. »Dann wird es wohl das Beste sein, wenn du dich daran hältst.«

CALLE

Calle wählt die Nummer der Suite. Das Freizeichen ertönt ein ums andere Mal. Ihm ist klar, dass Vincent nicht rangehen wird, aber er bringt es einfach nicht über sich, den Hörer aufzulegen.

Mikas Stimme ertönt über Lautsprecher. Seine Durchsage ist nur im Personalbereich zu hören, und er wiederholt gerade den Satz, dass sich alle Kollegen so schnell wie möglich in der Offiziersmesse einfinden sollen.

Wenn an Bord Feuer ausbricht oder die Charisma zu sinken droht, muss das Personal gruppenweise die ihnen zugewiesenen Notfall-Treffpunkte aufsuchen. Für alle Passagiere sind ausreichend Rettungsboote und -inseln vorhanden, und zur Sicherheit steht noch zusätzlicher Platz zur Verfügung. Doch wie geht man vor, wenn sich an Bord eine Seuche ausbreitet? Soweit Calle weiß, existieren für diesen Fall keine bestimmten Richtlinien.

Das Freizeichen ertönt noch immer.

Wo steckt Vincent nur, wenn nicht in der Suite?

MARIANNE

Marianne und Vincent sind von ihrem Tisch im McCharisma aufgestanden, nachdem der Barmann alle Gäste aufgefordert hat, sich in ihre Kabinen zu begeben. Gerade eben sind mindestens zehn Leute den Gang vor dem Pub entlanggerannt. Offenbar kamen sie aus diesem grässlichen Club auf dem Deck über ihnen. Mehrere von ihnen haben geschrien und wirkten völlig panisch. Aber was weiß Marianne schon? Sie hat noch nie begriffen, warum manche Leute unbedingt solchen Radau machen müssen, sobald sie etwas getrunken haben. In ihrem Inneren breitet sich

Unruhe aus, aber sie will nicht unangenehm auffallen, indem sie überreagiert.

Ihr Blick bleibt an einer dunkelhaarigen Frau hängen, die reglos im Gang steht. Sie hat ihre Augen geschlossen und sieht aus, als horche sie auf etwas. Irgendwie kommt sie ihr bekannt vor. Sie ist hübsch. Ihre Haare sind frisch gewaschen, und ihre Wangen haben einen natürlichen rosigen Ton. Zwischen all den Leuten mit Billigklamotten und stark geschminkten Gesichtern, die Marianne bislang an Bord gesehen hat, wirkt die Frau erstaunlich zeitlos. Sie scheint nicht richtig hierherzupassen. Marianne ist kurz davor, Vincent zu fragen, ob sie ihm auch aufgefallen ist. Aber sie schweigt lieber, denn sie will sich nicht blamieren.

»Glauben Sie, dass irgendetwas passiert ist?«, fragt Vincent.

»Keine Ahnung«, antwortet Marianne. »Mit irgendwelchen technischen Problemen möchte man ja auf hoher See lieber nicht konfrontiert werden.«

»Immer mit der Ruhe, Madame«, lallt ein älterer Mann, der allein an einem Tisch in der Nähe des Gangs sitzt. »Ich bin schon über hundert Mal mit dieser Fähre gefahren, und noch nie ist irgendwas passiert. Es ist viel gefährlicher, in ein Auto zu steigen.«

»Aber haben Sie denn die Schreie nicht gehört?«, fragt Vincent.

»Ach«, schnaubt der Alte. »Die Leute steigern sich so leicht in irgendwas rein.«

»Es tut mir leid«, sagt der Mann hinterm Tresen. »Aber ich muss Sie jetzt bitten, in Ihre Kabinen zu gehen. Es besteht kein Grund zur Sorge, aber ich muss darauf bestehen.«

Marianne dreht sich zu ihm um. Als sie seinem Blick begegnet, schaut er etwas zu abrupt weg.

Was auch immer geschehen mag, aber in ihre Kabine unter der Wasseroberfläche kann sie jetzt jedenfalls nicht zurück. Wenn die Fähre im Begriff ist zu sinken, will sie nicht da unten gefangen sein.

Sie schaut Vincent an und weiß, dass er gerade an seinen Freund denkt. Sie überlegt, ob es nicht unangemessen ist, ihn zu fragen.

»Ich möchte jetzt lieber nicht allein sein«, sagt sie.

»Ich auch nicht«, entgegnet er und steht auf. »Kommen Sie.« Als Marianne ein weiteres Mal in den Gang hinausschaut, ist die Frau, die dort stand, verschwunden.

BALTIC CHARISMA

Meine Damen und Herren. Wir möchten sämtliche Passagiere bitten, sich in ihre Kabinen zu begeben ... Mikas Stimme ertönt erneut aus den Lautsprechern im öffentlichen Bereich. Die Leute, die sich schon früh am Abend schlafen gelegt hatten, sind plötzlich hellwach und lauschen angespannt der Durchsage. ... *freundlich auffordern, sich ruhig und gesittet in Ihre Kabinen zu begeben ... das Personal dankt für Ihre Kooperation ...*

Die dunkelhaarige Frau geht den Gang entlang in Richtung Charisma Starlight und bleibt neben den Verletzten stehen, die auf dem Boden liegen. Ein Mann in grüner Hose und rotem Hemd schaut flehend zu ihr auf und sagt, *bitte, bitte, bitte helfen Sie mir, ich halt es nicht länger aus, ich kann nicht mehr.* Aus seinem Mund dringt Blut. Sie wirft einen Blick auf das Stahlgitter am Ende des Ganges und sieht die Menschen, die sich dahinter bewegen. Doch im Augenblick schaut keiner von ihnen in ihre Richtung. Sie ergreift mit einer Hand das Kinn des Mannes und legt die andere um seinen Nacken. Versichert ihm, dass alles gut werden wird, und drückt sein Kinn mit sanftem Druck nach unten, während sie ihm beruhigend zuredet. Dann zieht sie mit einer abrupten Bewegung seinen Nacken nach hinten, so dass sämtliche Gewebestrukturen zerreißen, die seine Halswirbel zusammengehalten haben. Daraufhin schließt sie ihm die Augen. Er wird sie nie wieder öffnen. Dann geht die Frau auf die anderen, am Boden liegenden Verletzten zu. Während sie sich vorarbeitet, hört sie die Schreie und das Getrampel der Leute auf dem Deck über ihr. Es sind so viele. Zu viele. In den Treppenhäusern im Heck breitet sich der Geruch von Angst aus. Schließlich wird ihr bewusst, dass die Katastrophe, vor der die Alten sie immer gewarnt hatten, nun eingetreten ist. Womöglich wird sie ungeahnte Konsequenzen haben. Die Frau kniet sich neben die letzte Person aus der verletzten Gruppe auf dem Boden. Ein junges Mädchen mit puppenhaftem Gesicht und lockigem Haar. Die Bisswunden an ihrem Hals sind bereits verheilt, ihre Verwandlung hat schon eingesetzt. Die Frau wirft erneut einen Blick in Richtung Gitter, bevor sie auch dem jungen Mädchen das Genick bricht. Sie betrachtet die Dahinsiechenden im Gang wie Kranke, die von einem Virus befallen wurden. Sie haben sich nicht nur angesteckt, nein, sie selbst sind nun die Krankheitserreger. Sie würden sich uneingeschränkt vermehren, sobald sie die Gelegenheit dazu erhielten. Doch sie muss dieser Vermehrung Einhalt gebieten, möglichst ohne ihrem Sohn dabei Schaden zuzufügen. Auch sie selbst muss letztlich der Verlockung widerstehen. Denn all die fliehenden, laut schreienden Menschen entfachen mit ihrem wallend heißen Blut ihren eigenen Hunger, obwohl sie gerade erst gegessen hat.

Im Club Charisma ist die Musik verstummt, doch das Stroboskop lässt weiterhin Lichtblitze über die Tanzfläche zucken, deren Parkett sich von all dem Blut und den menschlichen Eingeweiden dunkel verfärbt hat und glitschig geworden ist. Im großzügigen Eingangsbereich rempeln sich die Leute gegenseitig um, während sie mit allen Mitteln versuchen, die dichte Menschenmauer vor sich zu überwinden. Manche zerren an der Kleidung ihres Vordermannes, um über dessen Rücken zu klettern, um schneller voranzukommen. Doch es gibt auch einige, die hinein- anstatt herauswollen. Sie sind ebenso verzweifelt wie die anderen, doch sie werden von einer unermesslichen Gier getrieben. Als sie die vielfältigen Gerüche wahrnahmen, haben sie sich vom Rollgitter vor dem Starlight entfernt und stattdessen in die verzweifelte Menge schweißüberströmter Tanzender gestürzt. Dort schlitzen sie nun wahllos Haut und Fleisch auf und füllen ihre Münder mit Blut, doch ihr Hunger lässt sich nicht stillen. Manche der überhitzten Tänzer entkommen ihnen im Tumult und tauchen in der sich erbarmungslos vorwärtsschiebenden, um sich boxenden Menge unter oder werden mit Füßen zu Boden getreten. Einige, die endlich die Türen erreicht haben, überblicken das unbegreifliche Geschehen, dessen Grund und Ursache sie nicht benennen können, und versuchen, wieder zurück in die Bar zu gelangen. Doch die hinten Stehenden drängen mit aller Macht nach. Von der anderen Seite der Tanzfläche aus versuchen die Menschen, aufs Achterdeck hinauszufliehen, wo ein kleiner Junge mit rotem Kapuzenpulli mitten im Chaos flink hin und her läuft. Hier und da schlägt er im Gedrängel seine Zähne in die nackte Haut der Leute, wo sie Bisswunden an Armen und Händen hinterlassen. Die meisten merken es nicht einmal.

Dan Appelgren erblickt ein junges Paar, das versucht, sich hinter dem DJ-Pult zu verstecken. Die beiden klammern sich fest aneinander, während die Tränen ihnen die Wangen hinunterrinnen. Er zerrt das Mädchen hervor, dessen Augen vor Schreck erstarrt sind, während es wild den Kopf schüttelnd, *nein, nein, nein,* ruft. Dans gesamter Körper gerät in Wallung. Adam hat ihn davor gewarnt, zu viel Blut auf einmal zu trinken, und er versucht sich zurückzuhalten, was ihm aber schwerfällt, weil ihn die Einzigartigkeit der Menschen so fasziniert. Ihre Gefühle verstärken seinen Rausch noch, und er würde am liebsten nicht von ihnen ablassen, bis er sich jeweils ihr gesamtes Blut einverleibt hat. Sein Brustkorb krampft sich in einem Versuch zusammen, einen Herzschlag nachzuahmen. Sein Körper ist aufgedunsen, und die Ringe an seinen Fingern schneiden ihm tief ins Fleisch. Er zieht das Mädchen wie in einer Umarmung zu sich heran, zerreißt den Stoff ihres Ausschnitts und presst seine Hand fest auf ihre Brust. Er will, dass ihr Freund es sieht. Sie versucht, ihn wegzuschlagen, doch er durchtrennt mit seinen Zähnen einfach den fleischigen Muskel oberhalb ihres Schlüsselbeins und reißt ihn heraus, so dass ihr Arm aufhört herumzufuchteln und schlaff herabhängt.

Dann wirft er sie zur Seite und betrachtet ihren Freund, der keine Anstalten gemacht hat, ihr zu helfen, sondern sich im letzten Winkel verschanzt und die Augen geschlossen hat, als hoffe er darauf, dass Dan es nicht auch noch auf ihn abgesehen hat. Er schaut den jungen Mann grinsend an und muss daran denken, was die Zukunft für ihn bereithält. Dieses phantastische historische Ereignis, an dem er selbst teilhat. Hinter Dan stürzen plötzlich mehrere menschliche Körper aus dem Obergeschoss herunter.

Die Glaswand des Charisma Spa & Beauty ist zersplittert. Drinnen liegt ein umgekippter E-Rollstuhl auf der Seite am Boden. Im schwachen Lichtschein leuchten die Glassplitter wie blutbespritzte Diamanten auf. Pia hat sich einige Meter entfernt hinterm Empfangstresen zusammengekauert. Mit der Wange auf dem angenehm kühlen Boden ruhend, spürt sie die beruhigenden, vertrauten Vibrationen des Schiffes. Das Blut, das sie getrunken hat, verteilt sich im ganzen Körper, und sie ist rundum zufrieden. All ihre Gedanken sind verstummt. Hier können keine Stimmen mehr zu ihr vordringen.

CALLE

Er hat einen Umweg über die Offiziersmesse gemacht und wirft einen kurzen Blick hinein. Drinnen sieht es aus wie eh und je. Auf den karierten Tischdecken stehen die kaffeebefleckte Thermoskanne, Blumentöpfe mit Plastikpflanzen sowie Obstschalen und Körbe mit dem Brot vom Abend aus den Restaurants. Sogar dasselbe Brotmesser mit dem knallgelben Griff liegt auf dem Tisch. Doch so drückend hat er die Stimmung an Bord noch nie erlebt. Angst liegt in der Luft, und die wenigen, die sprechen, unterhalten sich mit leiser Stimme. Antti steht zusammen mit dem Manager Andreas direkt neben der Tür. Die beiden nicken ihm flüchtig zu. Calle fragt sich, wo Sophia wohl ist, sagt aber nichts. Keiner der Security-Leute und niemand von der Brücke ist zu sehen.

»Sämtliches Personal bitte sofort zur Offiziersmesse«, hört er Mika erneut über Lautsprecher ausrufen.

Calle meint, durch das Rauschen im Hintergrund hindurch Schreie zu hören.

»Das Meeting beginnt in wenigen Minuten. Unser Manager Andreas Dahlgren ist der Anwesende mit dem höchsten Rang und wird deshalb das Meeting leiten, es beginnt wie gesagt in wenigen Minuten.«

Ein kurzes Knacken in den Lautsprechern, dann wird es still. Calle eilt weiter und kommt am leeren Aufenthaltsraum vorbei, wo die Mattscheibe des Fernsehmonitors in gespenstischem Blau leuchtet. Geht weiter in Richtung Personaltreppenhaus, während ihm alle möglichen Gedanken durch den Kopf schießen. Wenn Andreas beim Meeting der Ranghöchste ist, bedeutet das, dass weder der Kapitän noch der Erste Steuermann oder der Erste Maschinist anwesend sein werden.

Diese Tatsache steigert seine Unruhe noch, vermittelt ihm jedoch auch eine gewisse Entschlossenheit. Er muss Vincent finden, wie auch immer. Und zwar möglichst bald.

Er stößt die Tür zum Treppenhaus auf. Während er die Treppen hinunterläuft, wird ihm plötzlich klar, dass er gar nicht genau weiß, wohin er unterwegs ist. Wo soll er nur anfangen zu suchen?

»Geht das Schiff etwa unter?«, ruft jemand, als er einen Treppenabsatz erreicht, und Calle zuckt erschrocken zusammen.

Wenige Stufen tiefer hockt eine erbärmliche Gestalt zusammengekauert auf dem Fußboden und schaut zu ihm auf.

»Sie müssen uns verflucht nochmal gehen lassen. Öffnen Sie doch endlich diese verdammten …«

Als der Mann an seinen Handschellen rüttelt, mit denen er ans Geländer gekettet ist, ertönt ein metallisches Klappern. Calle schluckt und weicht ein paar Schritte zurück, bis er mit dem Rücken gegen die breite Metalltür des Personalaufzugs stößt.

»Ich habe leider keinen Schlüssel dafür«, entgegnet er und hält seine Handflächen in einer entschuldigenden Geste hoch.

»Befreien Sie mich, verdammt nochmal!«

»Ich werde sehen, was ich tun kann«, sagt Calle.

Ein offensichtlich völlig leeres Versprechen. Der Mann wirft ihm einen hasserfüllten Blick zu, schweigt aber.

»So helfen Sie uns doch!«, ruft jemand etwas weiter unten im Treppenhaus, gefolgt von neuerlichem metallischen Geklapper.

Sind das hier etwa die Männer, wegen denen Pia überstürzt Filips Kabine verlassen musste?

Haben sie Pia womöglich bei ihrer Festnahme angesteckt?

»Tut mir leid«, entgegnet Calle.

Er wirft einen Blick auf die Stahltür, die zum öffentlichen Bereich führt. Er befindet sich gerade auf Deck neun und weiß plötzlich, was er tun muss, sobald er hinauskommt. Er wird aufs oberste Außendeck der Charisma hochlaufen und dort anfangen zu suchen, um sich dann systematisch bis nach unten vorzuarbeiten.

Er muss irgendein System verfolgen und sich daran halten. Er darf nicht die Kontrolle verlieren.

Calle drückt auf den Knopf neben der Tür, woraufhin das Schloss ein hohles Klicken von sich gibt. Er legt seine Hand auf die Türklinke und drückt sie, bevor ihm Zweifel kommen können, nach unten.

Es ist, als wäre er unvermittelt in ein Kriegsgebiet geraten.

Die Menschen, die vom Promenadendeck kommen, strömen in Scharen die Treppen hinunter. Einige von ihnen haben zerrissene, blutbesudelte Kleidung am Körper. Sie klammern sich aneinander fest oder boxen sich hemmungslos durch die Menge, um schneller voranzukommen. Manche versuchen verzweifelt, mit ihren Handys zu telefonieren. Andere wiederum benutzen sie, um das Geschehen zu filmen oder zu fotografieren. Sie lassen ihre Displays nicht aus den Augen, als könnten sie sich von all dem Chaos distanzieren, indem sie es auf dem Handy wie im Film verfolgen. An der Treppe steht ein Mann und weint lautlos.

Calle muss sich zusammenreißen. Er muss sich konzentrieren. Irgendwo in diesem Tumult auf einem der zehn Decks und diversen Außendecks befindet sich Vincent.

BALTIC CHARISMA

Der junge Wachmann klettert auf der steilen Feuerleiter an der Außenseite des Schiffsrumpfes in Richtung Kommandobrücke hinauf. Er hält eine Feuerwehraxt in der Hand. Sein Gesicht wird von Wind und Regen gepeitscht, der den Polyesterstoff seiner Uniform durchnässt, so dass er zu frieren beginnt. Die Panoramafenster der Brücke sind jetzt nur noch eine Armeslänge von ihm entfernt. Henke wirft einen Blick über die Schulter. Fünf Decks unter ihm steht sein Kollege Pär am Bug und versucht, einige Passagiere zu beruhigen, die panisch aufs Außendeck hinausgerannt sind. Ihre Schreie und ihr verzweifeltes Weinen werden vom Wind nach oben zu Henke getragen und vermischen sich mit den Rufen vom obersten Deck schräg über ihm. Er setzt seinen Fuß auf die nächste Sprosse, rutscht jedoch auf dem nassen Metall ab. Zieht sich mit den Armen hoch und wirft einen Blick auf die dunklen Fensterscheiben. Vor seinem geistigen Auge sieht er da drinnen bereits haufenweise Leichen liegen, die durch Schüsse übel zugerichtet wurden, und Terroristen, die mit Maschinengewehren bewaffnet sind. *Die Leute reden so viel über den 11 September, aber niemand kontrolliert verflucht nochmal die Reisetaschen der Passagiere, wenn sie an Bord gehen, so dass jeder x-Beliebige eine selbstgebastelte Bombe mit aufs Schiff nehmen könnte.* Er packt die Feuerwehraxt fester und holt ein paarmal tief Luft. Klettert eine Stufe höher und dann noch eine. Schaut über die Kante des Fensters hinweg und muss wegen des Regens erst einmal blinzeln. Dann erblickt er die Silhouetten der Leute, die sich drinnen im Dunkeln bewegen. Er erkennt Kapitän Berggren ohne Uniform kaum wieder. Seine Haare stehen wild vom Kopf ab, sein Oberhemd ist zerrissen, und sein Körper wirkt unter dem Netzunterhemd schlaff und untrainiert. *Jeglicher Würde beraubt.* Alle Anwesenden irren da drinnen planlos umher, ohne einander anzuschauen. *Was machen sie nur?* Henke würde sich gern die nassen Haare aus der Stirn streichen, um besser sehen zu können, doch er hat vollauf damit zu tun, sich mit der Axt in der Hand auf der Leiter zu halten. Dann erblickt er die zu Bruch gegangenen Bildschirme und die lose aus den Computern hängenden gekappten Kabel. Plötzlich rutscht er erneut mit einem Fuß von der nassen Metallsprosse ab, ein schrilles Quietschen ist zu hören, und beinahe lässt er die Axt fallen. Doch dann spürt er wieder Halt unter den Fußsohlen. Sein Herz pocht heftig. Henke wirft einen Blick auf das dunkle Meer und den Himmel hinter der Charisma, kann jedoch in der schwarzen Nacht keine weiteren Schiffe entdecken. *Als wären wir vom Radar verschwunden wie dieses geisterhafte Flugzeug ...* Plötzlich prallt irgendetwas von innen gegen die Scheibe. Er zuckt zusammen und richtet seinen Blick erneut darauf. Von der anderen Seite starrt ihn Berggren an, und seine Kollegen haben dicht hinter ihm aufgeschlossen. Sie durchbohren ihn förmlich mit wilden Blicken, die ihn an seine schlimmsten Albträume erinnern. Erneut vernimmt er einen dumpfen Schlag, als Berggren ein weiteres Mal mit der Stirn gegen die Innenseite des Glases prallt. Er lässt Henke nicht aus den Augen und blinzelt kein einziges Mal, während ihm das Blut die Stirn hinunterrinnt. Henke muss gegen das überwältigende Bedürfnis ankämpfen, einfach die Leitersprossen loszulassen und sich fallen zu lassen, um diesem Blick so schnell wie möglich zu entkommen. *Verfluchte Scheiße.* Er klettert langsam wieder nach unten und hat nur einen einzigen Gedanken. *Ich muss so schnell wie möglich von hier weg, und zwar um jeden Preis.*

Mika hat sich im Büro des Managers eingeschlossen und stellt gerade den Mikrophonständer beiseite. Es wird Zeit, dass er sich ebenfalls in die Offiziersmesse begibt. Er versucht, die stechenden Schmerzen in seinem Brustkorb zu ignorieren, und kontrolliert, ob auch alle Knöpfe seiner Uniform geschlossen sind. Doch dann hält er inne. Am liebsten würde er sich irgendwo verkriechen, wo er in einen Tiefschlaf fallen könnte und erst dann wieder aufwachen würde, wenn alles vorbei ist. Plötzlich gibt das Türschloss des Büros ein Piepen von sich, und Mika weicht erschrocken zurück. Er reagiert erleichtert, als er sieht, dass es nur eine der Putzfrauen ist, die hereinkommt. Sie sieht blass und mitgenommen aus und hat eine weitere Frau bei sich, die Mika nicht kennt. Eine Passagierin. Das verstößt eigentlich gegen die Regeln, doch er hat keine Zeit, hier herumzustehen und sich Gedanken darüber zu machen. Die Frau ist dunkelhaarig und trägt ein schwarzes Kleid mit einer weiten Strickjacke darüber. Sie sieht gut aus.

Die meisten Menschen haben sich jetzt in ihren Kabinen eingeschlossen. Einige von ihnen leiden unter Kopfschmerzen oder verspüren einen unangenehmen Druck im Gaumen. Entweder stehen sie gerade vorm Spiegel und betrachten ihre blutenden Münder, oder sie kauern sich in ihre Betten und schreien ihren Schmerz ins Kopfkissen. Manche von ihnen sind allein. Andere weinen gemeinsam mit ihren Freunden, umarmen ihre Kinder oder lassen sich von ihren Partnern trösten, die sich gemeinsam mit ihnen eingeschlossen haben. In einigen wenigen Kabinen befinden sich Passagiere, die überhaupt nichts von all den Ereignissen an Bord mitbekommen haben. Eine von ihnen ist die Frau, die auf Deck neun in ihrer mit Goldglitter bestäubten Bettwäsche tief und fest schläft. Wenn sie sich in ihrem Bett umdreht, rascheln ihre mit Haarspray eingesprühten Locken leise auf dem Kissen.

Im Charisma Starlight versucht Marisol, ihre Tränen vor den Gästen zu verbergen. Filip betrachtet die Frau auf dem Fußboden zwischen ihnen und fragt sich, wer sie wohl ist und ob jemand sie vermisst und bereits nach ihr sucht. Er bemüht sich, seine Angst vor Ansteckung zu verdrängen, und beugt sich über die Frau, um eine Mund-zu-Mund-Beatmung durchzuführen. Er nimmt den süßlichen Geruch des Blutes aus ihrem Mund wahr, der ihm Brechreiz verursacht. *Filip ...* sagt Jenny. *Lass es sein. Es ist schon zu spät. Siehst du es denn nicht?* Er hält inne. *Ich muss es wenigstens versuchen,* entgegnet er. Doch sie schüttelt den Kopf. *Hast du noch nie einen Zombiefilm gesehen?* Sie versucht zu lächeln, doch es reicht nur zu einer Grimasse. Sie schaut ihn eindringlich an. Filip richtet sich wieder auf. Die Stimmen um sie herum werden immer lauter. Die einen fordern, dass er das Rollgitter wieder hochfährt, während die anderen darauf bestehen, dass es geschlossen bleibt.

ALBIN

Er ist von den Schreien aufgewacht.

Lo hat seine Hand ergriffen. Und als er sieht, wie ängstlich sie dreinblickt, kommt es ihm vor, als würde er jetzt erst richtig wach werden.

»Abbe«, sagt sie, und ihre Stimme klingt ganz dünn und irgendwie weit weg.

An ihrem Versteck auf dem Außendeck laufen jede Menge Leute vorbei, allein oder in kleinen Gruppen. Die meisten von ihnen sind schick angezogen, doch es gibt auch manche, die nur Unterwäsche am Leib haben.

... verdammt, wo sollen wir nur hin ... habt ihr all das Blut gesehen ...

»Sinkt die Fähre etwa?«, flüstert er, während sich sein Magen schmerzhaft zusammenzieht.

Lo schüttelt den Kopf. »Ich glaub nicht«, antwortet sie. »Es muss irgendwas anderes sein.«

Doch er ist nicht ganz überzeugt, meint sogar zu spüren, wie sich das Schiff zur Seite neigt, und seine Hände suchen im Dunkeln intuitiv nach einem Halt. Er wirft einen Blick gen Himmel in Richtung der Regentropfen, die ein immer gleiches Muster auf dem schwarzen Hintergrund bilden, und muss an seine Mutter denken. Wenn das Wasser in die Korridore eindringen sollte, wird sie sich in ihrem Rollstuhl nicht mehr fortbewegen können. Er kann sich das nur allzu gut vorstellen und wünschte, er hätte diesen alten Film nie gesehen.

I'm the king of the world!

Du weißt, dass die Titanic gesunken ist, oder?

Als plötzlich ein Mann nur in Unterhose und T-Shirt vor ihnen auftaucht, drückt Lo seine Hand so fest, dass er meint, sie würde ihm die Fingerknöchel zerquetschen.

Der Mann geht vornübergebeugt an der Treppe vorbei, unter der Lo und er sich versteckt halten. Er hat die Arme vor dem Bauch verschränkt, so dass es aussieht, als trage er etwas Schweres vor sich her. Seine langen Haare verdecken sein Gesicht.

Irgendetwas stimmt mit dem Mann nicht. Er darf sie auf keinen Fall entdecken. Albin wünschte, sie könnten noch ein wenig weiter in die Ecke hineinkriechen, doch hinter sich spürt er die Begrenzung der kalten Stahlwand.

Der Mann stellt sich vornübergebeugt an die Reling. Er atmet schwer und schnaufend und blickt in die Dunkelheit, als suche er dort nach etwas. Eine Windbö erfasst seine Haare und bläst sie ihm aus dem Gesicht.

Doch sein Gesicht ist kaum noch vorhanden. Dort, wo eigentlich die Wange sein müsste, klafft bloß ein großes Loch. Als er beginnt, Selbstgespräche zu führen, bewegt sich seine Zunge darin.

Albin presst sich erschrocken die Hände vor den Mund, und Lo drückt sich fester an ihn. Dann legen sich die Haare des Mannes wieder über sein Gesicht, und Albin hat nur einen einzigen Wunsch: Was auch immer geschehen mag, Hauptsache, er muss so etwas nicht noch einmal sehen.

Er bemüht sich, nicht loszubrüllen. Versucht wirklich krampfhaft, einen Schrei zu unterdrücken. Aber dann dringt schließlich doch ein merkwürdiger Laut aus seiner Kehle.

Der Mann dreht seinen Kopf in ihre Richtung.

Hebt eine blutige Hand hoch.

Streckt den Zeigefinger in die Luft.

Hält ihn sich vor den Mund.

Psst.

Dann führt er seine Hand wieder zum Bauch.

Es ist, als würde die Zeit stehenbleiben.

Albin hört irgendwo an Deck Schreie, doch er kann seinen Blick einfach nicht von dem Mann losreißen, der reglos dasteht und bemüht ist, sich ebenso still zu verhalten wie sie. Plötzlich hat er keine Angst mehr vor dem Mann. Jetzt hat er eher Angst um ihn.

Kurz darauf kommt eine alte Frau im Nachthemd angeschlurft. Sie hebt ihre Füße kaum an. Ihre dünnen Nylonstrümpfe sind ihr bis auf die Knöchel hinuntergerutscht. Sie macht entsetzliche Klappergeräusche mit den Zähnen, woraufhin der Mann um Hilfe ruft. Doch er schaut nicht in Albins und Los Richtung. Er verrät sie nicht.

Die Frau zieht und zerrt an ihm, bis ihm das dicke Bündel, das er unter seinem T-Shirt vor sich hergetragen hat, aus den Händen gleitet. Ein Wust rotgefärbter, schlangenförmiger Wülste landet klatschend auf dem grüngestrichenen Boden. Er rutscht darauf aus, verheddert sich darin. Die Frau zieht ihn mit sich von der Reling weg in Richtung einer der Treppen zum Promenadendeck. Die roten Schlangen, die er hinter sich herschleift, hinterlassen schleimige Spuren auf dem Boden.

Aus Albins Kehle dringen weitere Laute. Wenn er sie noch länger unterdrückt, wird er jeden Moment explodieren.

Aber ihm bleibt nichts anders übrig. Er muss Lo gegenüber stark sein.

Und plötzlich gelingt es ihm wie auf Knopfdruck, sein Weinen zu unterdrücken. In seinem Kopf herrscht nun völlige Leere, als gebe es ihn gar nicht mehr. Das Einzige, was er deutlich spürt, sind die kalten Regentropfen, die in regelmäßigen Abständen von oben auf seine Wangen fallen.

Die roten, klebrigen Spuren des Mannes sind bereits vom Regen weggewaschen worden.

FILIP

Filip starrt auf den Monitor, der die Tanzfläche im Club Charisma zeigt. Er kann nicht begreifen, dass das Geschehen auf den Decks über ihm real ist. Es kommt ihm vor wie damals, als er die Twin Towers hat einstürzen sehen. Das Ganze erinnert ihn zu sehr an einen Film, den er schon tausendmal zuvor gesehen hat, aber zugleich ist es mit nichts vergleichbar, was er je in Wirklichkeit erlebt hat.

»Sie müssen mich hier rauslassen«, fleht ihn eine Frau an. »Meine Kinder sind allein in der Kabine. Was passiert, wenn sie aufwachen?« Sie redet schnell und ringt dabei mühsam nach Luft.

»Unsere Kinder sind auch allein«, sagt der Familienvater, der Filip schon früher am Abend aufgefallen ist, und er muss an die beiden Kleinkinder denken, die auf den Sesseln herumgehopst sind, und an das etwas ältere Mädchen mit den dicken Brillengläsern.

Er wirft einen Blick in Richtung Stahlgitter und hört die Schreie von draußen, die durchs Treppenhaus herunterdringen. Dann betrachtet er Marisol. Ihr Gesicht wirkt im Schein der Mattscheibe bleich und gespenstisch. Ihre Lippen bewegen sich rasch und lautlos, während sie mit den Fingern das kleine goldene Kruzifix umschließt, das an einer Kette um ihren Hals hängt.

»Nicht, bevor wir nicht Näheres wissen«, antwortet er. »Wir erwarten jeden Moment einen Anruf und ...«

»Sie haben selbst keine Kinder, oder?«, fragt der Mann in vorwurfsvollem Ton. »Wenn Sie welche hätten, würden Sie uns nämlich verstehen.«

»Hier sind Sie aber immer noch am sichersten«, versucht Filip, ihn zu überzeugen.

»Sicher?«, spuckt ein alter Mann mit weißem Vollbart verächtlich aus. »Das soll ja wohl ein Witz sein.«

Zustimmende Rufe und Gemurmel.

Filip wünschte, er wüsste, was richtig und was falsch ist. Mindestens alle vierzehn Tage muss das gesamte Personal an Bord an einem Sicherheitstraining teilnehmen, bei dem allen Teilnehmern eingebläut wird, wer für welchen Bereich verantwortlich ist. Er hat sich schon oft gefragt, wie die verschiedenen Mitarbeiter wohl tatsächlich im Falle einer Katastrophe reagieren würden. Einschließlich seiner selbst. Niemand weiß, wie man reagiert, wenn es wirklich ernst wird. Ihm hat regelrecht davor gegraut, was geschehen würde, wenn an Bord einmal Feuer ausbricht oder die Fähre sinkt. Doch diese Szenarien kommen ihm jetzt im Vergleich zu dem, was sich gerade vor seinen Augen abspielt, wie putzige Bagatellen vor.

»Hier kann jedenfalls keiner reinkommen«, erklärt er. »Und Sie werden Ihren Kindern allemal eine bessere Hilfe sein, wenn Sie überleben.«

»Aber wenn meine Kinder ganz allein auf dem Schiff herumlaufen und nach mir suchen?«, fragt die Frau mit dem schnaufenden Atem.

Sie scheint jeden Moment anzufangen zu hyperventilieren.

»Alle, die Kinder haben, können sie ja von hier aus in den Kabinen anrufen«, erklärt Jenny und schaut Filip an.

Er nickt ihr dankbar zu. Das hätte ihm natürlich auch selbst einfallen können. Wie durch ein Wunder kommt es angesichts der Frage, wer zuerst telefonieren darf, nicht zu einer Schlägerei. Jenny begleitet die Frau hinter die Theke und führt sie zum Wandtelefon.

»Wir müssen weg von hier«, sagt ein Mann. »Wir müssen zu den Rettungsbooten.«

»Man kann sie aber nicht zu Wasser lassen, solange die Fähre nicht angehalten hat«, erklärt Marisol.

»Und warum hält sie dann nicht an? Ist etwa niemand da, der sie steuert?«

Für einen Augenblick herrscht betretenes Schweigen. Nur das Vibrieren des Fußbodens und das leise Klirren der Gläser ist zu hören.

»Wir erwarten, dass jeden Moment Unterstützung vom Festland eintrifft«, sagt Filip und bemüht sich, überzeugend zu klingen. »Der Kapitän hat inzwischen bestimmt längst einen Notruf abgesetzt.«

»Ich muss unbedingt von diesem Schiff runter«, brummt der Schlagzeuger der Band und setzt sich mit beiden Händen vors Gesicht gepresst auf einen Tisch. »Ich muss von hier weg, lieber ertrinke ich, ich muss vom Schiff runter, ich muss runter …«

»Aber wie soll uns denn überhaupt jemand helfen?«, fragt der Mann mit dem weißen Rauschebart. »Wenn wir nicht einmal mit den Rettungsbooten ins Wasser kommen, wie soll denn jemand an Bord gelangen?«

»Mit Hubschraubern«, erklärt Marisol entschieden. »Das Beste, was wir jetzt tun können, ist Ruhe zu bewahren und nicht in Panik zu verfallen.«

Der Mann schüttelt zwar den Kopf, widerspricht aber nicht.

Der Umweltaktivist mit den Dreads steht von seinem Sessel auf und geht zielstrebig hinter die Theke. Er ist so mager, dass seine Beine in den enganliegenden schwarzen Jeans wie die eines Insekts aussehen. Marisol folgt ihm mit dem Blick.

»Entschuldigung, kann ich Ihnen irgendwie helfen?«, fragt sie.

»Kein Problem, das kriege ich schon allein hin«, antwortet der Mann und nimmt eine Flasche Famous Grouse aus dem Regal mit den Spirituosen. »Ich kippe mir jetzt erst mal einen hinter die Binde, und zwar auf Kosten der Reederei.«

Einige lachen, und Filip stellt mit Erstaunen fest, dass er selbst einer von ihnen ist. Die Frau, die gerade mit ihren Kindern telefoniert, bedeutet ihnen irritiert, leiser zu sein.

Plötzlich ertönt über ihnen ein Krachen. Das Lachen verstummt abrupt, und als Filip auf den Monitor schaut, sieht er, dass jemand oben im Club Charisma einen ganzen Stapel Stühle auf die Tanzfläche geschleudert hat.

Der Umweltaktivist zieht den Ausgießer von der Flasche und führt sie an die Lippen.

»Sie lebt!«, ruft da eine Frau neben Filip aus. »Sehen Sie nur!«

Er folgt verwirrt ihrem Blick und betrachtet die Frau, die auf dem Fußboden liegt. Ihre Augen sind weit aufgerissen, und ihr Mund öffnet und schließt sich.

»So helfen Sie ihr doch auf die Beine!«, ruft jemand.

Filip geht auf die Frau zu. Sie blinzelt ein paarmal und fixiert ihn dann mit dem Blick.

»Nein, fassen Sie sie lieber nicht an«, sagt ein anderer. »Wenn sie sich nun am Kopf verletzt hat ...«

»Sie ist aber doch gar nicht auf den Kopf gefallen, Sie Trottel.«

»Wir wissen doch überhaupt nicht, was für Verletzungen sie sich vielleicht schon vorher zugezogen hat!«

Filip blendet die Diskussion aus und hockt sich neben sie. »Wie geht es Ihnen?«, fragt er.

Die Frau blinzelt erneut.

»Nehmt euch lieber in Acht«, warnt Jenny. »Vielleicht ist sie jetzt auch eine von denen.«

Filip schaut sie an. Die Angst versetzt seinen Magen in Aufruhr.

»Wir können sie doch nicht einfach hier liegen lassen«, meint Marisol und kniet sich neben ihn. »Wir haben hier schließlich die Verantwortung.«

Marisol ergreift die Hand der Frau und tastet mit den Fingerspitzen nach ihrem Puls. Runzelt die Stirn. Befühlt vorsichtig ihren Hals.

Plötzlich fletscht die Frau die Zähne, die nun weiß glänzen.

Waren sie vorher auch schon so weiß?

»Jenny hat recht«, sagt er. »Nimm dich in Acht.«

Zu seinem Erstaunen weicht Marisol zurück.

»Ich finde ihren Puls nicht«, sagt sie leise. »Kannst du nicht noch einmal versuchen, Raili zu erreichen? Und bitte jemanden, ein Glas Wasser zu holen.«

Filip nickt und steht so rasch auf, dass ihm schwarz vor Augen wird. Er presst seine Hand gegen die Stirn und wartet, bis der Schwindel vorüber ist.

»Könnte ihr jemand ein Glas Wasser bringen?«, fragt er ohne Umschweife in den Raum hinein.

Ein paar Leute an der Bar tauschen Blicke aus. Schließlich geht der Umweltaktivist zum Wasserhahn und füllt ein Glas. Als er es auf den Tresen stellt, schwappt es über.

»Ich gehe damit nicht zu ihr«, sagt er entschieden.

Plötzlich schreit jemand hinter Filip auf, die Schreie vermehren sich und bilden einen dissonanten Chor, der geradewegs aus der Hölle zu kommen scheint.

Marisol

Er dreht sich um und sieht, wie sich die Finger der Frau zu Klauen gekrümmt und in Marisols Haaren vergraben haben, um ihren Kopf zu sich heranzuziehen.

Die Frau öffnet ihren Mund und ...

Sie ist genau wie die anderen auf der Tanzfläche ein Stockwerk höher

sie wurde gebissen, und jetzt ist sie eine von ihnen

»Hilfe!«, ruft Marisol. »So helft mir doch!«

Genau wie die Frau gerufen hat, als sie hier hereinkam

nachdem sie gebissen worden war

Die Zähne der Frau schlagen mit einem eisigen, klappernden Geräusch aufeinander. Sie versucht, ihren Kopf anzuheben, so dass sich eine Sehne an ihrem Hals wie ein Seil unter der Haut spannt.

Filip läuft zur Theke und reißt eine der Magnum-Champagnerflaschen an sich, die zur Deko dort steht.

Er sieht, wie sich ein paar Frauen abwenden. Sie haben begriffen, was er damit vorhat.

»Achtung!«, ruft er Marisol zu.

Er hockt sich auf den Boden neben die beiden Frauen und hält den Flaschenhals mit beiden Händen fest. Der blinde, starre Blick der Frau richtet sich auf ihn. Er schließt die Augen und hört sie mit den Zähnen klappern. Lässt die Flasche mit dem dicken Boden voran auf ihren Kopf niedersausen.

Der Schlag pflanzt sich in seinem Arm fort, und etwas Warmes spritzt ihm ins Gesicht.

»O mein Gott, o mein Gott«, flüstert jemand.

Ein Tropfen rinnt Filip über die Lippen. Wenn er jetzt die Zunge herausstrecken würde, könnte er Blut schmecken. Ihr Blut.

Ansteckungsgefahr. Ansteckungsgefahr.

Er öffnet die Augen wieder.

Der Mund der Frau ist jetzt nur noch ein einziger tiefer roter Krater. Ihr Unterkiefer hängt schlaff herunter und ruht auf ihrer Brust. Ihre Zunge bewegt sich noch ein paar Sekunden lang, bis sie ebenfalls schlaff wird. Ganz hinten in ihrem Rachen liegen ein paar kleine weiße Klümpchen, die aussehen wie Zähne. Ihre Oberlippe ist bis zur Nase hoch in zwei Hälften gespalten, doch ihre Zähne wirken mitten in dem blutüberströmten Gesicht völlig unversehrt.

Filip wirft die Flasche weg. Zieht den Lappen aus seiner Schürzentasche und wischt sich damit hektisch den Mund und das restliche Gesicht ab. Der Lappen färbt sich blutrot. Es kommt ihm vor, als würde ihr Blut durch seine Poren hindurch in seinen eigenen Blutkreislauf gelangen.

Marisol atmet flach und schnell. Sie kämpft mit den schlaffen Fingern der Frau und versucht, ihre Haare daraus zu befreien. Als Filip die andere Hand der Frau ergreift, erschaudert er. Sie fühlt sich an wie ein toter Vogel in den Verästelungen seines Nests. Er spreizt ihre Finger und versucht, Marisols Haare dazwischen zu entfernen.

»Schneid es ab«, flüstert Marisol. »Schneid einfach alles ab, Hauptsache, ich komme endlich von ihr los.«

Filip blickt erneut in das Gesicht der Frau, und ihm dreht sich der Magen um. Er konzentriert sich fieberhaft auf Marisols Haare, bis er endlich beide leblosen Hände herausgezogen hat.

»Komm«, sagt er und nimmt Marisol beim Arm.

Sie stehen gemeinsam auf. Erst jetzt wird ihm bewusst, wie still es um sie herum geworden ist.

»Ich glaube, jetzt brauch ich auch erst mal einen ordentlichen Drink«, murmelt Marisol mit einem Schniefen.

Filip geht hinter die Theke und schrubbt sich Gesicht und Hände mit der rauen Seite des Spülschwamms ab, auf die er

Spülmittel getan hat. Marisol nimmt die Famous-Grouse-Flasche von dem Umweltaktivisten entgegen und trinkt einen großen Schluck daraus. Sie hat keinerlei Bissspuren am Körper, zumindest soweit Filip es sehen kann. Sie stellt die Flasche wieder auf die Theke und wischt sich den Mund ab. Bindet ihre Haare zu einem Zopf zusammen. Jenny setzt sich auf den Barhocker neben ihr und streicht ihr beruhigend über den Rücken.

Das Reiben des Schwamms verursacht auf Filips Gesichtshaut und Lippen ein heißes Kribbeln. Er gießt etwas Wodka auf einen frischen Schwamm und betupft sich damit das Gesicht. Es fühlt sich an wie tausend glühende Nadelstiche.

Dann nimmt er einen tiefen Schluck aus der Flasche.

»Ist noch jemand hier drinnen heute Abend gebissen worden?«, fragt er und erhält nur Schweigen zur Antwort.

Die Leute werden unruhig und mustern verstohlen ihre Nachbarn.

»Glauben Sie etwa, irgendwer würde das zugeben?«, fragt der Umweltaktivist. »Um dann so zu enden wie die da auf dem Boden?«

»Ich musste es tun«, entgegnet Filip. »Das leuchtet Ihnen doch wohl ein, oder? Ich musste es tun. Sie haben ja selbst gesehen, was da oben passiert ...«

Er schluckt und deutet auf den Monitor, auf dem noch immer die Tanzfläche im Club Charisma und die erschrockenen Blicke der Gäste im Licht des Stroboskops zu sehen sind.

Wie soll er überzeugend auftreten, wenn er selbst keinen Deut mehr weiß als sie? Woher soll er beim Anblick des völlig zerschmetterten Gesichts der Frau wissen, ob er das Richtige getan hat?

Jenny nickt ihm fast unmerklich zu, woraufhin sich seine Atmung ein wenig beruhigt.

»Wir bemühen uns, jedem zu helfen, der gebissen worden ist«, erklärt Marisol. »Wenn es sich um eine Krankheit handelt, gibt es sicher auch ein Heilmittel dagegen ...«

»Aber nicht für sie«, wendet der Umweltaktivist ein und lacht höhnisch auf.

»... doch wir müssen alle Betroffenen aus Sicherheitsgründen einsperren. Es gibt einen Personalraum hinter der Bar ...«

»Sollten wir nicht lieber ihn einsperren?«, fragt der Aktivist und deutet auf Filip. »Er hat schließlich Blut abgekriegt. Woher sollen wir wissen, ob er sich nicht auch angesteckt hat?«

Die Hitze in Filips Gesicht weicht einer Eiseskälte. »Ich hab mich nicht angesteckt«, entgegnet er.

»Und woher wissen Sie das?«

»Ja, woher wissen Sie das?«, fragt die Frau, die hinterm Tresen gerade den Hörer aufgelegt hat. »Jeder von uns kann sich doch angesteckt haben, oder? Jeder Einzelne von uns. Großer Gott, wie sollen wir das nur überstehen?« Ihre Atemzüge verstärken sich wieder zu einem Schnaufen. Plötzlich nimmt Filip aus den Augenwinkeln eine Bewegung wahr, und sein Blick folgt ihr automatisch.

Die Frau auf dem Boden hat sich auf den Bauch gedreht und kommt gerade auf alle viere hoch. Die weißen Klümpchen fallen ihr aus dem Mund. Ihr Rücken krümmt sich. Einer ihrer pinkfarbenen Pumps ist ihr vom Fuß gerutscht. Sie schnuppert in der Luft. Ihre Zunge gleitet oberhalb des herabhängenden Unterkiefers hin und her, als wolle sie Witterung von etwas aufnehmen.

Jetzt kriecht die Frau über den Fußboden und schüttelt den Kopf, so dass ihr lose herunterhängender Kiefer vor- und zurückklappt. Dann zieht sie ihre gespaltene Oberlippe wie einen sich öffnenden roten Vorhang über die Zähne zurück.

Die Leute rennen auf den Ausgang zu. Ein lautes Klappern ertönt, als das Rollgitter an der üblichen Stelle hängen bleibt, und die Frau dreht ihren Kopf dorthin und legt ihn schräg.

Filip streckt sich aus einem Reflex heraus nach dem Alarmknopf, sieht jedoch sofort ein, dass es sinnlos ist.

Wer sollte ihnen denn zu Hilfe kommen?

Pia jedenfalls nicht. Pia ist verschwunden.

Als die Frau weiterkriecht, ertönen erneut Schreie. Die Mädels aus der Gang, die jeden Song mitgesungen haben, versuchen, ihr zu entkommen, doch die Hand der Frau schnellt blitzartig vor und packt sich ein Fußgelenk, woraufhin eines der Mädels vornüber auf den Bauch fällt. Die Frau zieht sie zu sich heran, und ihre obere Zahnreihe bohrt sich in die nackte Wade, wo sie tiefe, blutige Furchen hinterlässt. Filip meint sogar, das heftige Saugen und Lecken ihrer Zunge hören zu können.

Jenny gleitet von ihrem Stuhl hinunter und eilt auf die Frau zu. Verpasst ihr einen Tritt gegen den Schädel und trifft sie unmittelbar neben der Schläfe. Die Frau kippt zur Seite um, ohne jedoch vom Fußgelenk des Mädels abzulassen. Dann presst sie ihr Gesicht erneut auf die Wunde. Feuchte, saugende Geräusche sind zu hören, die fast etwas Erotisches an sich haben. Dann schaben ihre Schneidezähne an einem Knochen entlang. Die Schreie des Mädchens werden immer lauter.

Plötzlich bricht ein Damm in Filips Innerem. Ein Schutzwall, der ihn bis gerade eben in die glückliche Lage versetzt hatte, das Geschehen nicht an sein Innerstes heranzulassen. Doch jetzt entlädt sich seine gesamte Wut und setzt ungeahnte Kräfte in ihm frei.

Er nimmt ein Messer vom Schneidebrett und stürzt damit hinter der Bar hervor. Sein Herz schlägt jetzt so heftig, dass er meint, es würde jeden Moment aus dem Brustkorb hüpfen.

Als er wieder bei der Frau ist, hat Marisol ihr bereits einen weiteren Schlag mit der Magnumflasche versetzt. Die Frau schaut zur Flasche auf. Ein zäher Strang Blut rinnt von ihrer Zunge herab.

Marisol schlägt erneut mit der Flasche zu. Ein ums andere Mal. Mit jedem Schlag wird das Krachen zersplitternden Glases schwächer. Im Schädel der Frau hat sich ein tiefer Krater gebildet.

Das junge Mädel, das von ihr gebissen wurde, weint immer lauter. Sie streckt eine Hand nach ihren Freundinnen aus, die jedoch vor ihr zurückweichen.

Marisol lässt die Flasche mit einem dumpfen Krachen auf den Boden fallen.

Filip wird plötzlich bewusst, dass der Umweltaktivist ganz still geworden ist. Er öffnet gerade den Mund, aus dem Blut rinnt.

Erneut bricht Panik aus, die sich wie eine Schockwelle im ganzen Raum ausbreitet.

»Kommt«, sagt Filip zu Marisol und Jenny. »Wir müssen die Leute so schnell wie möglich hier rausbringen und zusehen, dass wir in die Offiziersmesse kommen.«

ALBIN

Lo drückt seine Hand und deutet mit einem Nicken in Richtung der Gruppe, die sich an der Reling versammelt hat. Sie haben einen der runden Container geöffnet. An einem der Schwenkkräne hängt eine Rettungsinsel, ein orangefarbenes Zelt mit schwarzem Boden, das im Wind hin und her schwankt.

Der Mann, der die Gruppe leitet, trägt eine Security-Uniform.

»Sollen wir zu denen rübergehen?«, fragt Lo ihn flüsternd.

»Ich weiß nicht.«

Er weiß es schon. Eigentlich will er ihr Versteck nicht verlassen, auch wenn es ein ziemlich schlechtes Versteck ist. Denn er hat viel zu große Angst.

»Da ist doch so ein Sicherheitsfuzzi dabei«, sagt sie. »Die haben doch bestimmt einen Plan.«

Er muss an seine Mutter und seinen Vater denken und fragt sich, wo sie jetzt wohl sind.

»Sollen wir nicht lieber noch warten?«

»Und wie lange noch? Wir müssen von der Fähre runter, Abbe.«

Er sieht ihr an, dass sie sich entschieden hat. Und nichts macht ihm mehr Angst als die Vorstellung, allein hierzubleiben.

»Um Mama, Cilla und Mårten wird sich ganz sicher auch jemand kümmern«, sagt Lo. »Und die würden bestimmt wollen, dass wir uns selbst helfen.«

Lo zieht an seiner Jacke, und er hat ihr nichts entgegenzusetzen. Er weiß, dass sie recht hat, und steht auf. Seine Beine sind taub geworden, und er muss sich an der Wand abstützen, um nicht umzufallen. Lo geht vor ihm her und erreicht den beleuchteten Bereich.

MADDE

Sie setzt sich schlaftrunken im Bett auf und weiß nicht, was sie geweckt hat. Falls sie irgendetwas geträumt hat, kann sie sich nicht mehr daran erinnern. Ihr Kopf schmerzt, und ihr Mund ist so trocken, dass ihr allein schon das Atmen weh tut. Sie schaut sich in der hellerleuchteten Kabine um. Auf dem Boden liegen haufenweise Kleidungsstücke herum, dazwischen Tüten vom Taxfree-Shop und Zandras kleine rosafarbene Lautsprecher. Auf dem Schreibtisch stehen Bierflaschen, daneben liegen mehrere Prospekte. Sie kann sich dunkel an ein lautes Poltern erinnern. Vielleicht hat sie ja doch geträumt. Sie legt sich wieder hin und lässt sich zurück in den Schlaf sinken …

Plötzlich schlägt irgendetwas laut gegen die Tür.

Madde wühlt sich aus ihrer Bettdecke heraus und stolpert beim Aufstehen über ihre eigenen Schuhe. Sie trägt noch immer das Kleid vom Abend, der dünne Stoff ist ganz durchgeschwitzt.

Sie sieht, wie die Türklinke von außen heruntergedrückt wird und dann mit einem metallischen Klicken wieder nach oben schnellt.

Ein erneuter Schlag gegen die Tür. Madde steht jetzt unmittelbar davor und starrt darauf, während sich der Nebel in ihrem Kopf etwas lichtet.

»Hallo?«, ruft sie. »Zandra? Bist du's?«

Der folgende Schlag lässt sie regelrecht zusammenzucken.

Es fühlt sich an, als würde ein kalter Windhauch über die dünne Schweißschicht auf ihrem Rücken streichen. Doch in diesem engen Kabuff ohne Fenster kann gar kein Wind gehen.

Dann hört sie ein langgezogenes, kehliges Stöhnen. Sie muss grinsen, da sie das Geräusch wiedererkennt. Zandra hat offenbar ihre Schlüsselkarte verloren oder ist zu betrunken, um sie benutzen zu können.

Genau in dem Moment, als Madde ihre Hand auf die Klinke zubewegt, wird die Tür mit einem lauten Knall aufgestoßen, und Zandra stolpert in die Kabine hinein.

»What the fuck!«, ruft Madde. »Verdammt, was machst du denn?«

Zandra schwankt mit dem ganzen Körper vor und zurück, als würden sie nur die Absätze ihrer High Heels aufrecht halten, die sich tief in den Teppichboden gebohrt haben. Ihr Blick ist glasig. Ihr Mund steht halb offen und wirkt schlaff. Ihre Haare sind völlig zerzaust und stehen in alle Richtungen ab.

Madde betrachtet erst den Türrahmen, dessen Holz auf Höhe des Schlosses abgesplittert ist, und dann Zandra. Sie seufzt. Zandra ist eindeutig zu betrunken für einen Anschiss.

Sie tritt beiseite, damit ihre beste Freundin hereinkommen kann, und streckt ihr einen helfenden Arm entgegen, als sie aus dem Gleichgewicht gerät.

»Dass du schon zurück bist«, sagt sie. »Du bist doch bestimmt noch gar nicht wieder trocken zwischen den Beinen.«

Zandras Augenbrauen schieben sich zusammen, und sie schaut Madde verständnislos an.

»Alles okay? Musst du kotzen?«

Sie schließt die Tür hinter Zandra, doch das Schloss ist völlig hinüber, und sie gleitet sofort wieder auf. Verdammt auch.

Zandra blinzelt und stöhnt irgendetwas Unverständliches vor sich hin. Doch ihr Mundgeruch spricht eine deutliche Sprache. Sie hat sich bereits übergeben. Madde beschließt, das Risiko einzugehen, sie gleich ins Bett anstatt erst zur Toilette zu bringen.

»Mann, du stinkst ja aus dem Mund, als ob da irgendein Tier drin krepiert wäre«, sagt Madde und kickt mit dem Fuß eine Dose Haarspray aus dem Weg.

Sie setzt Zandra neben sich aufs Bett. Madde beugt sich vor

und zieht ihr beide Schuhe aus. Unter einem ihrer Absätze klebt eine rosafarbene Feder, doch ihre Boa ist nirgends zu sehen. Madde richtet sich wieder auf und schaut Zandra erneut an. Begegnet ihrem völlig leeren Blick.

»Jetzt mal im Ernst. Geht's dir gut? Irgendwie siehst du nicht so aus.«

Zandra legt den Kopf schräg. Ein dünner Strang Speichel rinnt ihr aus dem Mundwinkel, wirkt im Schein der Deckenleuchte schwach rosafarben.

Madde spürt erneut den eiskalten, phantomartigen Windhauch auf ihrer Haut.

»Hast du irgendwas genommen?«, fragt Madde und schnipst vor Zandras Augen mit den Fingern. »Hat dieser Idiot dir etwa irgendwas in den Drink gemischt? Hallo?«

Sie legt einen Arm um Zandra, zieht ihn jedoch rasch wieder zurück, als sie spürt, dass er sich klebrig anfühlt.

Klebrig ist er, und ganz rot.

Jetzt ist Madde mit einem Schlag hellwach.

»Darf ich mal deinen Rücken sehen?«, fragt sie.

Zandra reagiert nicht, beugt jedoch gehorsam ihren Oberkörper vor, als Madde ihn leicht anstupst.

Ihre Kleidung ist aufgerissen und ihr Rücken voller blutiger Striemen, an denen der Stoff festklebt und steif geworden ist.

»Was ist denn passiert? Was haben sie mit dir gemacht? Du musst es mir sagen!«

Zandra sitzt noch immer vornübergebeugt da und schüttelt den Kopf. Ihre Gesichtszüge haben sich zu einer Fratze verzerrt, die Madde bei Zandra noch nie zuvor gesehen hat, die sie, genau genommen, noch nie bei irgendjemandem gesehen hat.

Madde wühlt in ihrer Bettwäsche und findet schließlich ihr Handy. Ihre Finger gleiten über das Display, sind vom Schweiß viel zu feucht. Sie wischt sich die Hände an ihrer Decke ab, und dann gelingt es ihr endlich, das Handy zu entsperren. Kein Empfang.

Sie bewegt sich widerwillig von Zandra weg und geht zum

Schreibtisch, wo sie den Hörer des Haustelefons abhebt. »Ich hole Hilfe.«

Sie wühlt zwischen den Werbeprospekten und Katalogen aus dem Taxfree-Shop, die über den Schreibtisch verteilt sind. Hält inne, als sie meint, irgendwo auf dem Korridor Schreie zu hören. Madde greift sich den dicksten Katalog und beginnt, von hinten darin zu blättern.

Irgendwo wird doch wohl stehen, welche Nummer sie wählen muss, um mit der Rezeption oder wenn möglich gleich mit der Krankenstation verbunden zu werden. Es gibt doch bestimmt eine Krankenstation an Bord. Irgendwo hat sie schließlich das grüne Zeichen mit dem weißen Kreuz darauf gesehen.

Doch sie kann nirgends eine Telefonnummer entdecken, nur Werbung für die verschiedenen Restaurants und Parfümreklame mit irgendwelchen Filmstars.

»Wir werden schon irgendjemanden finden«, sagt sie und wählt auf gut Glück eine Nummer. Null, neun, null. »Wir kriegen das schon hin. Notfalls gehe ich los und hol jemanden, der …«

Sie verstummt, als sie hinter sich ein feuchtes Röcheln hört. Sie dreht sich um. Zandra ist aufgestanden und macht ein paar Schritte auf Madde zu. Dabei verzieht sie vor Schmerzen das Gesicht.

Madde beeilt sich angesichts all der Sachen, die auf dem Boden herumliegen, ihr entgegenzukommen, und legt behutsam einen Arm um Zandra, um sie zu stützen.

Ich hätte sie vorhin, als ich besoffen war, nicht so anschnauzen sollen. Dann wäre es nie so weit gekommen.

»Wenn diese Jungs dir das angetan haben, werde ich sie verflucht nochmal umbringen«, sagt sie.

Zandras Hände bewegen sich langsam und eigenartig schlaff an Maddes Taille nach oben. Dann schnuppert sie an ihrem Ohr, so dass es kitzelt.

»Das verspreche ich dir«, sagt Madde. »Hast du gehört?«

Sie tritt einen Schritt zurück und schaut Zandra an. Ihr bleibt die Luft weg.

Zandras Blick ist plötzlich wieder klar. Sie starrt hinunter auf ihre eigenen Hände, die sich jetzt an Maddes Armen hinaufbewegen. Ihre Lippen öffnen sich und entblößen ihre Zähne.

Aber es sind nicht ihre Zähne
einer ihrer Schneidezähne steht schräg über dem anderen, ich
kenne diese Zähne schon seit der Grundschule und weiß ganz genau, wie sie aussehen. Das sind sie jedenfalls nicht
Zandras Hände wandern weiter hinauf über Maddes Schultern. Dann klettern ihre Fingerspitzen wie riesige Spinnenbeine über Maddes Gesicht.

»Hör auf!«, ruft Madde und schlägt sie weg.

Zandra blinzelt nicht einmal.

»Was haben sie nur mit dir gemacht?«, fragt Madde erneut mit einer Stimme, die mit jeder hervorgebrachten Silbe zu kippen droht.

Zandra hebt erneut die Hände. Ihre Finger krümmen sich zu Klauen und bohren sich in Maddes Schultern.

»Au!«, ruft sie. »Das tut weh!«

Zandra legt den Kopf schräg und berührt mit dem Finger den großen goldenen Ohrring in Maddes Ohr. Betrachtet ihn fasziniert. Ergreift ihn mit ihrem gekrümmten Finger. Madde spürt, wie ihr Ohrläppchen gedehnt wird.

»Hör auf!«, ruft sie und versucht, Zandras Handgelenk zu packen. »Nicht ziehen, nicht ziehen …«

Plötzlich brennt es in ihrem Ohr, als hätte es jemand angezündet.

»Aua, verdammt!«, schreit sie.

Zandra zieht ihre Hand zu sich zurück. Der Ohrring gleitet von ihrem Finger und fällt lautlos zu Boden.

Maddes Ohr brennt vor Schmerz, und warmes Blut rinnt seitlich an ihrem Hals hinunter.

Zandra betrachtet es und öffnet den Mund.

Marianne wird im Gedränge hin und her gestoßen. Vincent und sie hatten gehofft, dass der Menschenstrom, der sich durch den schmalen Gang schiebt, allmählich abnehmen würde, doch es kommen immer noch weitere Leute hinzu. Immer mehr Menschen, die vorwärtsstolpern und um ihr Leben rennen. Manche sind verletzt und übel zugerichtet.

Dann hören sie das Klappern eines Rollgitters weiter hinten bei der Bar, woraufhin sich eine noch größere Menschenmenge heranwälzt.

Marianne umschließt Vincents Hand fester. Lauter Fremde rempeln sie an. Aus den Augenwinkeln erblickt sie vorbeihuschende panische Gesichter. Überall rufen Leute nach ihren Freunden und Angehörigen.

Wie weit ist es denn noch? Irgendwo da vorn vorm Selbstbedienungsrestaurant müssen die breiten Treppen sein. Von dort muss es ihnen irgendwie gelingen, auf Deck neun hochzugelangen, wo die Kabine von Vincent und seinem Freund liegt. Plötzlich wird Marianne von einer Frau mit Blutspritzern im Haar zur Seite gestoßen und prallt geradewegs gegen den Rücken eines großgewachsenen Mannes. Sein Jackett riecht nach Zigarettenrauch und verschüttetem Bier. Jemand zwängt sich an ihr vorbei. Und plötzlich ist Vincents Hand verschwunden. Sie schaut in seine Richtung, kann ihn jedoch nirgends erblicken.

Hinter sich hört sie Schreie, und der Druck der Menge von dort verstärkt sich. Die Menschen schieben sich nun von allen Seiten auf sie zu und quetschen ihr den Brustkorb ein, so dass sie kaum noch Luft bekommt. Mitten im Tumult erblickt sie flüchtig das Schild über dem Eingang des Selbstbedienungsrestaurants. Als sie das Ende des schmalen Gangs erreicht, sieht sie schließlich die Treppen. Und obwohl hier viel mehr Platz ist, herrscht ein noch weit größeres Chaos, da alle Leute in unterschiedliche Richtungen unterwegs sind und einander rücksichtslos anrempeln. Unaufhörlich hört sie vor sich den hellen Ton der Aufzüge, *pling*, wie eine Klingel, die ununterbrochen betätigt wird. Sie sieht, wie sich die Aufzugtüren öffnen und wieder halb schließen, erneut öffnen und wieder halb schließen.

Hinter Marianne ertönen erneut Schreie. In der Menge breitet sich Panik aus, die sich auch auf sie überträgt, als hätten alle denselben hohen Adrenalinspiegel. Sie ist erstaunt über ihren eigenen Lebenswillen und ihre Sehnsucht danach, das Ganze heil zu überstehen. Plötzlich stürzt jemand neben ihr und fällt seitlich auf sie, so dass sie das Gleichgewicht verliert und mit zu Boden gerissen wird. Sie hält sich schützend die Hände über den Kopf und kauert sich in Embryohaltung zusammen. Um sie herum trampeln jede Menge Schuhe über den Boden. Jemand stolpert über ihren Körper und stößt mit dem Knie gegen ihre Schulter, während der Absatz eines Stiefels ihr Ohr streift. Sie versucht wieder aufzustehen, als sie plötzlich einen schweren Stoß im Nacken verspürt.

Unmittelbar neben ihr kommt noch jemand zu Fall. Ein Mann in ihrem Alter mit weißem Rauschebart und buschigen Augenbrauen, die wie Stahldrähte wirken. Er starrt sie mit weit aufgerissenen Augen verwirrt an. Ein junger Mann mit verfilzten blonden Rastalocken stürzt sich von hinten auf seinen Rücken, presst sein Gesicht zu Boden und reißt ihm mit den Zähnen ein großes Stück Fleisch aus dem Nacken. Dann spuckt er es aus und saugt sich an der Wunde fest. Das Ganze dauert nur eine halbe Sekunde.

Plötzlich greift ihr jemand von hinten unter die Arme und zieht sie hoch.

Vincent.

Marianne spürt, wie ihre Füße wieder auf dem Boden landen und er sie eng an seinen Körper gedrückt durchs Chaos schiebt.

Jetzt haben sie die Treppen erreicht. Das Dauerklingeln ist nun hinter ihnen zu hören. Auf den Stufen kommt ihnen stolpernd eine rothaarige Frau entgegen, die ein blutdurchtränktes Laken um den Körper geschlungen hat. Sie hält es krampfhaft über ihrem Oberkörper zusammen, und als sie an Marianne vorbeitaumelt, schaut sie sie an und ruft ihr etwas auf Finnisch zu.

»Nur ein Stockwerk höher«, sagt Vincent und schiebt sie weiter vorwärts.

Die Leute auf dem Weg nach unten rempeln sie an, doch *pling* Vincent hält sie mit beiden Händen um ihre *pling* Schultern fest. Sie dreht sich um und wirft einen Blick auf den *pling* Aufzug.

Auf dem Fußboden zwischen den Türen der Aufzüge liegt ein farbenfrohes Stoffbündel. Es erinnert sie an einen bekleideten Kinderarm. Doch vom Winkel her kann es eigentlich kein Arm sein.

Sie schaut rasch weg und erblickt plötzlich all die Menschen, die sich unten im Gang stehend an die Fensterscheiben drücken. Sie verharren reglos dort wie Statuen aus Fleisch und Blut. Ein paar von ihnen schauen sich um und scheinen darauf zu warten, dass jemand zu ihnen kommt und ihnen sagt, was sie tun sollen. Doch es kommt niemand.

Jetzt erreichen Marianne und Vincent den Treppenabsatz zwischen Deck acht und neun. Vincent geht schräg hinter ihr. Sie bewegen sich gegen den Strom, der von oben vor irgendetwas hinunterzufliehen scheint. Sie muss an die Finnin mit dem blutigen Laken denken. Vielleicht wollte sie sie ja vor etwas warnen.

»Wohin wollen die denn nur alle?«, fragt Marianne.

»Auf Deck neun gibt es nicht so viele Kabinen«, antwortet Vincent. »Die meisten liegen in den Stockwerken weiter unten.«

Sie muss an ihre eigene winzige Kabine unter der Wasseroberfläche mit dem nach Kloake stinkenden Korridor davor denken und mobilisiert plötzlich neue Kräfte in den Beinen.

Endlich erreichen sie Deck neun. Sie hört auf dem Deck über ihnen Glastüren zuschlagen, und ihr wird klar, dass die Leute, die nach unten fliehen, vom Promenadendeck kommen.

Vincent führt sie um die Treppe herum an einer Glaswand vorbei. Dahinter liegt ein leerer Konferenzraum, der an ein trostloses Terrarium erinnert.

»Unsere Kabine ist dort«, sagt Vincent und deutet geradewegs ins Labyrinth der Korridore vor ihnen. »Geradeaus, ganz hinten. Sehen Sie sie?«

Marianne nickt. Es ist kein besonders langer Korridor, und niemand ist zu sehen. Ganz hinten befindet sich eine Tür, die aussieht wie alle anderen auch.

Eine Tür, die sie hinter sich abschließen können.

MADDE

Zandra schnauft laut, während sich ihr Blick auf Maddes eingerissenes Ohrläppchen heftet. Madde mobilisiert ihre letzten Kräfte und stößt Zandra, so fest sie kann, von sich weg.

Zandra gerät aus dem Gleichgewicht. Ihre Füße kommen nicht hinterher und stolpern übereinander. Sie landet auf der Bettkante und rutscht von dort auf den Boden.

»Sorry«, sagt Madde. »Sorry, aber ich wusste mir echt nicht anders zu helfen.«

Das armselige Häufchen am Boden, das einmal ihre beste Freundin war, versucht wieder aufzustehen.

»Zandra, bitte. Ich weiß nicht, was mit dir passiert ist, aber ich geh jetzt los und hol Hilfe, okay? Dann wird bestimmt alles wieder gut.«

Madde bemüht sich, mit sanfter, beruhigender Stimme auf sie einzureden, und ahmt dabei Zandra selbst nach. Genauso klingt Zandra, wenn sie mit ihrer Tochter spricht.

Jetzt ist sie auf alle viere hochgekommen, kriecht auf Madde zu und streckt eine Hand nach ihr aus. Madde starrt auf die blutigen Striemen auf ihrem Rücken.

Was zum Teufel haben sie nur mit ihr gemacht?

Zandra stöhnt auf, und ihr Rücken krümmt sich krampfartig. Dann schießt eine Kaskade roter Flüssigkeit aus ihrem Mund über den Teppich und die auf dem Boden herumliegenden Kleidungsstücke und bespritzt Maddes nackte Füße und Beine.

Danach entspannt sich ihr Rücken wieder, sie fährt mit ihren Fingern durch die rote klebrige Masse und steckt sie dann in den Mund, um sie abzulecken.

Madde weicht zurück in Richtung Tür. Dabei tritt sie aus Versehen auf die Dose mit Haarspray, die unter ihrer Fußsohle ins Rollen gerät und sie aus dem Gleichgewicht bringt. Sie findet nirgends Halt, und als sie zu Boden fällt, schaut Zandra auf. Mit ihrer Zunge leckt sie sich noch immer eifrig die Finger ab.

»Zandra, bitte«, fleht Madde. »*Bitte*.«

Die Finger gleiten aus Zandras Mund heraus und glänzen jetzt feucht von Speichel und Blut, während sie weiter auf Madde zukriecht.

Madde tastet suchend um sich. Tritt schließlich nach Zandra und trifft mit einem Fuß ihre Schulter, doch Zandra kommt trotzdem immer näher. Ihre feuchten Finger gleiten schon über Maddes golden glitzernde Waden und kitzeln sie an der rechten Kniescheibe.

Maddes Hand umschließt krampfhaft die Haarspraydose. Dabei atmet sie schwer und keuchend, und irgendwo am Rande ihres Bewusstseins registriert sie, dass ihre Atemzüge die einzigen in der Kabine sind. Sie richtet die Düse auf Zandras Gesicht, das sich jetzt auf Höhe ihrer Taille befindet.

»Sorry«, flüstert Madde.

Die Spraywolke, die der Dose mit einem Zischen entweicht, riecht süßlich und blumig. Zandra heult laut und schrill auf und reibt sich heftig die Augen.

»Sorry«, sagt Madde erneut und weicht mit aufgestützten Armen in einer Art Krebsgang zwischen den herumliegenden Kleidungsstücken zurück.

Zandra nimmt ihre Hände wieder runter. Aus ihren Augen rinnen Tränen. Ihr Gesicht ist jetzt so verzerrt, dass Madde sie kaum wiedererkennt. Sie hat die Zähne gefletscht, diese neuen Zähne …

Das ist nicht Zandra, das ist nicht mehr Zandra

Madde sprüht ihr einen weiteren Stoß ins Gesicht, doch diesmal ist Zandra vorbereitet. Sie dreht sich weg und kneift die Augen zusammen. Der Geruch von Haarspray erfüllt die Kabine, und Madde muss husten. Sie weicht noch ein Stück weiter zurück, bis sie die Tür hinter ihrem Rücken spürt. Die Klinke befindet sich unmittelbar über ihrem Kopf. Sie versucht aufzustehen, doch Zandra packt ihren Fuß und zerrt daran.

Madde bekommt schließlich den Föhn zu fassen und knallt ihn Zandra ins Gesicht, wo er eine kleine Platzwunde auf der Stirn hinterlässt. Sie schlägt erneut zu, woraufhin die Kunststoffhülle zerbricht und Zandra ein Fauchen von sich gibt. Madde kommt auf die Füße, greift sich den rosafarbenen Lautsprecher und schleudert ihn in Zandras Richtung.

Doch Zandra gelingt es ebenfalls aufzustehen. Sie wird nicht aufgeben. Was auch immer mit ihr geschehen und aus ihr geworden ist, sie wird nicht von Madde ablassen, bevor dieser nicht ein ähnliches Schicksal widerfährt.

»Bitte, bitte, bitte …«, flüstert Madde, doch dann schnürt sich ihr vor lauter Panik die Kehle zu.

Endlich gelingt es ihr, die Tür zu öffnen und aus der Kabine zu entwischen. Sie zieht die Tür hinter sich zu. Die Tür, die sich nicht mehr richtig schließen lässt.

MARIANNE

Sie sind jetzt fast am Ende des Korridors angekommen. Nur noch zehn Meter.

Doch als sie irgendwo hinter sich eine Tür zuknallen hört, bleibt sie wie angewurzelt stehen. Dann folgen schnelle Schritte, die von den Wänden der Korridore widerhallen. Sie kann unmöglich ausmachen, woher sie kommen. Mariannes Nackenmuskeln sind so angespannt, dass sie weh tun.

Vincent ist neben ihr stehen geblieben.

Die Schritte scheinen näher zu kommen. Sie hört atemloses Keuchen.

Als jemand hinter ihr in den Korridor einbiegt, dreht sie sich automatisch um und erblickt eine korpulente blonde Frau in einem engen, durchsichtigen Kleid, das ihr kaum bis über den Schritt reicht. Sie starrt Marianne und Vincent mit wildem Blick an.

»Helfen Sie mir«, flüstert sie und läuft mit ihren blutbespritzten Beinen auf sie zu.

Eines ihrer Ohrläppchen ist in zwei blutende Teile gespalten. Als Marianne den großen goldenen Ohrring in ihrem anderen Ohr erblickt und begreift, was passiert ist, verspürt sie ein unangenehmes Ziehen im Bauch. In den letzten Minuten hat sie weitaus Schlimmeres gesehen. Unfassbare Dinge. Doch der Schmerz in diesem Ohrläppchen ist etwas, das sie sich vorstellen kann. Er kommt ihr real vor, und deshalb ist er in ihren Augen auch besonders furchtbar. Sie schüttelt den Kopf.

»Entschuldigung, ich heiße Madde, ich … Sie müssen mir helfen, jemanden zu finden …«, flüstert die Frau und zerrt an Mariannes Pulli. »Meine beste Freundin braucht Hilfe, irgendjemand muss sie mit Drogen vollgepumpt haben, oder … oder …«

»Es gibt niemanden, der ihr helfen kann«, entgegnet Vincent leise. »Jedenfalls nicht jetzt. Kommen Sie mit uns.«

Marianne schaut ihn an. Begreift er denn nicht, dass diese Madde vielleicht auch eine von *denen* ist?

»Nein! Ich muss unbedingt jemanden finden, der Zandra helfen kann«, jammert Madde.

Dann hören sie in einem der Korridore ganz in der Nähe schwere Schritte. Vor lauter Angst krampft sich Mariannes Magen zusammen.

»Auf dem Schiff laufen jede Menge verrückte Gestalten herum«, zischt sie. »Entweder Sie kommen jetzt mit uns, oder Sie lassen mich auf der Stelle los.«

Plötzlich taucht Zandra aus einem Seitenkorridor auf und starrt die drei mit geröteten Augen an.

Vincent zieht Marianne mit sich. Die Gestalt hinter ihnen stößt einen wilden Schrei aus, der in ihren sämtlichen Knochen widerzuhallen scheint. Marianne läuft los, ihre Hüften und Knie schmerzen. Madde klammert sich noch immer an ihren Pulli. Zeit und Raum scheinen sich aufzulösen, und der Korridor weitet sich vor ihnen wie in einem Albtraum.

Was läuft und läuft und kommt doch nicht ans Ziel?

Jetzt hört Marianne noch weitere Schritte hinter sich, mehrere Gestalten, die hergelockt worden sind. Vincent hat gerade die Kabinentür erreicht und fummelt hektisch mit der Schlüsselkarte herum. Versucht mehrmals vergeblich, sie in den Schlitz zu stecken, bis sie endlich hineingleitet. Doch nichts geschieht. Er rüttelt an der Türklinke. Noch immer verschlossen.

Madde reißt die Karte heraus, dreht sie um und steckt sie sofort wieder hinein. Gleich beim ersten Versuch piept das Schloss, und sie taumeln alle drei in die Kabine. Marianne hört, wie die Tür hinter ihnen ins Schloss fällt. Alles wird dunkel.

ALBIN

Die Rettungsinsel ist mit dem Kran über den Rand der Fähre gehievt worden. Niemand bemerkt Lo und ihn, als sie sich dem Halbkreis von Leuten nähern, die sich an der Reling versammelt haben. Der Security-Mann zieht an einer Leine und ruft einem der Passagiere, der am anderen Ende festhält, Anweisungen zu. Albin fragt sich, wie viele Personen wohl in der Insel Platz finden. Die meisten Leute tragen Schwimmwesten, aber nicht alle. Es fallen Begriffe wie Blut und Tod, und einige meinen, dass sie es nicht fassen können, was hier an Bord gerade passiert. Auch von psychischen Erkrankungen, Drogen und Monstern ist die Rede.

Er kann es nicht länger mit anhören. Will möglichst schnell von der Fähre runter. Am liebsten sofort. Lo hatte recht. Sie müssen sich beeilen. Weit unter ihnen sieht er die Schaumkronen auf der Wasseroberfläche tanzen. Irgendwo auf einem der Decks befinden sich seine Mutter und sein Vater, doch er darf jetzt nicht an sie denken. Nicht daran denken, wo sie sein könnten, oder daran, dass sie womöglich sterben müssen.

Zum Glück ist Lo bei ihm.

»Diese hier hat keinen Riemen, den man zwischen den Beinen befestigen kann«, sagt ein Mann, der sich eine Schwimmweste über den Kopf gezogen hat. »Sie wird mir vom Körper rutschen, sobald ich im Wasser lande. Ich muss eine andere bekommen!«

»Jetzt steigen Sie schon ein, wenn Sie mitwollen!«, brüllt der Security-Mann. »Höchstens fünfundzwanzig Personen.«

Lo packt Albin, und sie schieben sich in Richtung der Rettungsinsel vorwärts. Irgendjemand reicht ihnen Schwimmwesten.

Eine Frau steigt in die Rettungsinsel, woraufhin diese zu schwanken beginnt. Dann verschwindet sie unter dem orangefarbenen Dach.

»Von welchem Riemen sprechen Sie da?«, schreit jemand anderes. »Sie müssen mir mit diesem Mist helfen!«

Niemand antwortet. Albin schiebt seine Arme durch die Öffnungen der Schwimmweste und versucht zu begreifen, wie das Ganze funktioniert. Der Wachmann hilft einigen anderen Leuten, in die Rettungsinsel zu klettern, und jedes Mal beginnt sie zu schwanken. Wie ein Kokon voller Larven, der jeden Moment platzen kann. Albin wischt sich die Regentropfen von den Augenbrauen. Die Vibrationen des Schiffes pflanzen sich durch seine Fußsohlen nach oben fort und lassen ihm einen Schauer über den Rücken laufen.

Lo ist vor ihm in die Schlange geschlüpft und winkt ihm ungeduldig, ihr zu folgen.

»Sorgen Sie dafür, dass die beiden Kinder mitkommen!«, ruft ein Mann hinter Albin.

Als er Albin mit einem festen Griff um seine Schultern vorwärtsschiebt, treten tatsächlich mehrere Leute bereitwillig zur Seite.

Lo zeigt ihm, wie man den Riemen im Schritt befestigt, und er fragt sich, woher sie das weiß. Jetzt stehen sie fast unmittelbar vor der Rettungsinsel, und der Security-Mann erklärt ihnen, wo sie sich hinsetzen müssen. Einer rechts, einer links. Albin zählt die Leute vor ihnen. Lo und er haben einen Platz sicher, aber er möchte gern neben ihr sitzen. Als sie an der Reihe sind, schaut er den Security-Typen an. Auf seinem Namensschild steht HENRIK.

»Können wir als eine Person durchgehen?«, fragt Albin und ergreift Los Arm. »Damit wir zusammensitzen können?«

Henrik starrt ihn verständnislos an. Albin sieht ihm an, dass er mindestens genauso viel Angst hat wie er selbst.

»Jetzt mach schon!«, sagt er.

»Hallo!«, ruft plötzlich jemand. »Hallo, Sie können die Rettungsinsel nicht zu Wasser lassen!«

Der Security-Mann schaut in seine Richtung und muss angesichts des Regens und des Gegenlichts blinzeln.

»Was wissen Sie denn verdammt nochmal davon?«, fragt er.

»Ich hab mal hier an Bord gearbeitet. Und wenn ich es weiß, sollten Sie es eigentlich auch wissen. Sie wird umkippen, sobald sie auf der Wasseroberfläche aufschlägt.«

Albin schaut sich um und betrachtet den jungen Mann, der auf sie zukommt. Er hat einen kahlrasierten Schädel und trägt einen dunklen Bart.

»Ich bleib jedenfalls nicht hier an Bord«, entgegnet der Wachmann. »Ums Verrecken nicht.«

»Begreifen Sie denn nicht, dass Sie alle sterben werden?«, fragt der Typ.

Albin schaut Lo an. Der Security-Mann zieht eine Kurbel aus dem Kran hervor. Im Schein der Lampen glänzt sie silbern.

»Na und?«, sagt er. »Besser sterben als gefressen werden.«

Der junge Mann betrachtet fluchend die Rettungsinsel. Die in der Insel wartenden Menschen sitzen dicht nebeneinander, um sich zu wärmen.

»Steigen Sie aus!«, ruft er, um sich bei dem starken Wind bemerkbar zu machen. »Und zwar sofort! Sie müssen in Ihre Kabinen zurückgehen und dort warten!«

Niemand antwortet.

»Lo«, sagt Albin. »Wir bleiben lieber hier.«

Sie schüttelt den Kopf.

»Es ist nur zu Ihrer eigenen Sicherheit!«, ruft der Mann.

»Achtung!«, ruft Lo plötzlich.

Albin sieht einen glänzenden Bogen vor seinem Blickfeld kreisen, als würde fließendes Silber durch die Luft wirbeln. Der Mann schafft es nicht mehr, sich wegzudrehen, und die schwere Kurbel landet in seinem Gesicht. Das Geräusch, das sie dabei erzeugt, veranlasst Albin, sich rasch die Ohren zuzuhalten. Doch es ist bereits zu spät. Er hat es gehört und kann es weder ungeschehen machen noch einfach ausblenden. Das Blut sprudelt nur so aus der Nase des jungen Mannes. Er taumelt rücklings und fällt, versucht sich jedoch wieder vom Boden aufzurappeln.

Der Security-Mann geht auf ihn zu. Albin kann nur seinen breiten Rücken in der Uniform sehen. Sieht ihn die Kurbel hochreißen und sie mit voller Wucht nach unten schlagen. Als er sich von ihm abwendet, liegt der junge Mann mit blutüberströmtem Gesicht da. Er sieht aus wie tot.

»Wirklich nice! Sie verdammtes Arschloch!«, schreit Lo.

Der Wachmann wendet sich ihr zu, und Albin hält die Luft an. Doch er verzichtet darauf, ein weiteres Mal mit der Kurbel auszuholen.

»Wollt ihr jetzt mit oder nicht?«, fragt er.

Albin und Lo schütteln den Kopf, und der Mann winkt die letzten Passagiere in die Rettungsinsel, bevor er selbst hineinklettert. Sie schaukelt in ihrer Verankerung und senkt sich dann langsam hinunter in Richtung Wasser.

Lo läuft auf den jungen Mann zu, doch Albin kann den schweren Kokon einfach nicht aus den Augen lassen. Er nähert sich der Reling und hält sich am Geländer fest, als ihm schwindlig wird.

Fragt sich, ob sie dort drinnen wohl miteinander reden oder nur stumm warten. Wie viele von ihnen haben die Warnung des Mannes gehört? Hat jemand seine Meinung geändert und vorgehabt, wieder auszusteigen? Jetzt ist es jedenfalls zu spät.

Die Leinen knirschen.

Die Rettungsinsel senkt sich immer tiefer hinunter. Dann beginnt sie, auf der Gischt zu hüpfen, die um die Fähre herum aufspritzt, und er hört einen Knall, als die Reißleine gekappt wird. Die Insel prallt gegen den Schiffsrumpf und schlägt mehrere Purzelbäume rückwärts, so als wiege sie überhaupt nichts. Albin meint von unten Schreie zu hören, aber höchstwahrscheinlich ist das nur Einbildung. Er beugt sich so weit über die Reling vor, wie er nur kann, denn er muss einfach sehen, wie das Ganze ausgeht. Weit unten in der Tiefe sieht er plötzlich den schwarzen Boden der Insel in der weißen Gischt auftauchen.

Beinahe hätten Lo und er da drinnen gesessen.

Er umschließt die Reling noch fester mit den Händen und übergibt sich.

MADDE

Etwas Schweres schlägt von außen gegen die Tür. Zandra. Zandra, die nicht mehr Zandra ist. Sie will rein.

Sie wird nicht aufgeben.

Ein weiterer Schlag.

Madde hält sich die Ohren zu und beginnt, laut zu weinen. »Verdammt, was ist denn hier nur los?«

Die ältere Frau tätschelt ihr unbeholfen den Arm. Madde lässt ihre Hände wieder sinken. Den nächsten Schlag gegen die Tür spürt sie im ganzen Körper.

Dann geht das Licht an, und Madde sieht durch ihren Tränenschleier hindurch nur ein Glitzern.

»Kommen Sie«, sagt der Mann und geht weiter in die Kabine hinein, wo er noch mehr Lampen einschaltet.

Madde wischt sich die Tränen ab und blinzelt. Auf ihren Fingerspitzen zeichnen sich schwarze Streifen vom Mascara ab.

Sie folgt den beiden in einen großen Raum. Das Erste, was sie erblickt, sind rosafarbene Girlanden, die üppig von einem Treppengeländer herunterhängen. Die Kabine hat ein zusätzliches Geschoss. So hat sie sich die Suite vorgestellt, in der Dan Appelgren wohnt, doch diese hier ist noch exklusiver als in ihrer Phantasie. Sie ist nur wenige Meter von ihrer und Zandras Kabine entfernt, doch hier sieht die Charisma völlig anders aus, als Madde sie sonst kennt.

Auf dem Teppich unter ihren nackten Füßen liegen eingetrocknete, zertretene Rosenblätter.

Sie geht auf die Fenster zu und sieht vor sich die sanft zulaufende Spitze der Reling, die hell angestrahlt ist und sich vom tiefdunklen Hintergrund abhebt. Auf dem Deck dort unten rennen jede Menge Leute durcheinander. Zwei junge Mädchen haben sich auf einen älteren Mann gestürzt, dessen Gesicht gen Himmel gerichtet ist. Sein Mund steht offen, und seine Augen sind weit aufgerissen. Nur wenige Meter von ihm entfernt ist eine ältere Frau über die Reling geklettert. Sie schüttelt den Kopf und scheint zu weinen. Als sie sich an die äußerste Kante des Decks stellt, zerrt der Wind an ihrer Bluse. Mehrere Jungs, die Madde aus dem Club Charisma wiederzuerkennen glaubt, nähern sich ihr in einem Halbkreis. Dann lässt die Frau plötzlich das Geländer los und presst ihre Hände vors Gesicht. Sie lehnt sich zurück, und im nächsten Augenblick wird sie auch schon von der Nacht verschluckt.

Sie ist freiwillig gesprungen. Obwohl sie gewusst haben muss, dass sie sterben wird.

Neue Tränen schießen Madde in die Augen, doch sie kann ihren Blick einfach nicht vom Geschehen abwenden. In all dem Chaos an Deck taumelt eine Frau allein umher. Sie dreht sich um, und Madde erkennt sie sofort wieder. Statt ihres gewohnten Kostüms trägt sie ein Kleid, dessen feuchter Stoff an ihrem schmalen Körper klebt, und ihre Haare sind vom Regen lockig geworden. Ihre sonst so perfekte Maske aus Schminke ist zerronnen. Madde weiß, wie sie heißt, da sie ihr Namensschild schon oft gesehen hat. Sophia. Sie arbeitet im Taxfree-Shop.

Ein Mädchen, das bestimmt nicht älter als zehn ist, läuft an ihr vorbei, und Sophia reißt die Kleine an sich. Sie hebt den zappelnden Körper des Mädchens hoch und vergräbt ihr Gesicht in seinem Hals. Der Körper wird schlaff wie ein batteriebetriebenes Spielzeug, dessen Schalter umgelegt wurde.

Es sind so viele. Sie sind alle wie Zandra.

»Kommen Sie lieber her, und setzen Sie sich aufs Sofa«, sagt die Frau und führt sie dorthin.

»Was ist denn bloß los?«, presst Madde erneut hervor.

»Wir wissen es nicht«, antwortet der junge Mann. »Sie beißen wild um sich ... auf diese Weise scheint es sich zu verbreiten.«

Madde blickt starr auf ein Schälchen mit Geleeherzen auf dem Couchtisch und betastet vorsichtig ihr verletztes Ohrläppchen. Es brennt wie Feuer, sobald sie es auch nur leicht berührt.

»Die Zähne«, sagt sie. »Zandra hatte neue Zähne.«

Sie sieht, wie der Mann und seine Mutter einen Blick wechseln, während sie sich hinsetzt.

»Wie geht es Ihnen, meine Liebe?«, fragt die Frau und setzt sich neben sie. »Hat sie Ihnen weh getan?«

Die Frau sieht nett aus. Wie alt mag sie wohl sein? Ihre Haare sind glatt und rot gefärbt. Wann sind eigentlich diese grauen Omafrisuren mit Pudeldauerwelle von der Bildfläche verschwunden?

»Hat sie Sie etwa gebissen?«

»Nein«, antwortet Madde.

Ein neuerlicher Schlag von außen gegen die Tür. Madde folgt mit ihrem Blick den Treppenstufen nach oben. Wohin soll sie nur fliehen, wenn Zandra reinkommt?

»Tut mir leid, aber wir müssen Sie fragen«, sagt der Mann. »Sie haben eine Wunde am Ohr, die ...«

»Sie hat mir meinen Ohrring vom Ohr gerissen«, erklärt Madde. »Sie hat mich nicht gebissen.«

Plötzlich geht ihr etwas auf.

»Und Sie? Woher soll ich wissen, dass Sie und Ihre Mutter sich nicht jeden Augenblick in einen von denen da verwandeln?«

Die beiden wechseln wieder einen Blick.

»Wir sind auch nicht gebissen worden«, antwortet die Frau. »Und ich bin gar nicht seine Mutter.«

Madde schaut sie an und spürt, dass die Frau sie nicht anlügen würde. Sie beschließt, den beiden zu vertrauen. Was bleibt ihr auch anderes übrig?

»Ich will von hier weg«, sagt sie. »Ich will nach Hause. Ich will nicht länger hierbleiben.«

»Ich weiß«, sagt Vincent. »Aber hier sind wir zumindest sicher.«

Sie schaut ihn an und fragt lieber nicht, woher er das wissen will. Wie die beiden irgendeine Ahnung davon haben können, was sich an Bord abspielt.

CALLE

Er betastet seine Stirn, und als er die Wundränder am Haaransatz berührt, pflanzt sich der Schmerz bis hinunter in seine Fußsohlen fort.

Die beiden Kinder stehen vor ihm. Sie sehen ungefähr aus wie zwölf. Beide haben noch Kinderaugen, und beide haben große Angst, aber das Mädchen hat gelernt, sie zu verbergen. Zumindest versucht sie es.

Calle schafft es, sich aufzusetzen. Er kann nicht durch die Nase atmen, die sich völlig taub anfühlt und wie ein Ziegelstein mitten in seinem Gesicht klebt, und sein Mund ist voller Blut. Er schaut zum Schwenkkran hinauf. Die Rettungsinsel ist nicht mehr da.

»Was ist passiert?«, fragt er mit einer Stimme, die verwaschen und näselnd klingt. Er räuspert sich und spuckt aus.

»Sie sind verschwunden«, antwortet der Junge. »Sie ... sie sind alle verschwunden. Unter Wasser.«

Calle versucht aufzustehen, doch der Schwindel, der ihn packt, lässt die gesamte Fähre in Schieflage geraten. Er heftet seinen Blick auf die Dunkelheit jenseits der Reling. Die Ostsee ist an manchen Stellen über vierhundertfünfzig Meter tief, und die Wassertemperatur dürfte nicht weit über null Grad liegen.

Er muss an die Menschen denken, die in die Rettungsinsel gestiegen sind, und fragt sich, was wohl aus ihnen geworden ist. Ob ihre Körper womöglich ineinander verschlungen am Schiffsrumpf zerschellt sind. Aber er weiß nur, dass sie tot sind.

Wenn er doch nur früher gekommen wäre. Wenn er sich vor dem Schlag geduckt hätte. Wenn es ihm gelungen wäre, diesen Security-Typen aufzuhalten. Dann wären sie jetzt vielleicht noch am Leben.

Zumindest für eine Weile. Aber hat irgendwer hier an Bord überhaupt eine reelle Chance?

Er unterdrückt seine Angst und wendet sich den Kindern zu. Versucht, sich zusammenzureißen.

»Weißt du, was hier abgeht?«, fragt ihn das Mädchen.

Calle richtet seinen Blick auf mehrere vor sich hin stolpernde Gestalten weiter hinten auf dem Deck. Sind sie verletzt? Haben sie sich angesteckt? Er wünschte, er könnte ihr etwas Beruhigendes antworten. Etwas, an das die beiden glauben könnten. Für den Jungen wäre es wichtig. Doch als er das Mädchen betrachtet, weiß er, dass sie ihn durchschauen und ihm danach nicht mehr vertrauen würde.

»Nein«, antwortet er. »Eigentlich nicht. Die Leute sagen, dass irgendeine Seuche an Bord ausgebrochen ist, die die Passagiere ... verrückt werden lässt.«

Irgendwo vom Heck her ertönen wie zur Bestätigung Schreie.

»Was macht ihr eigentlich hier?«, fragt Calle. »Wo sind eure Eltern? Wisst ihr das?«

Der Junge schüttelt den Kopf.

»Wo liegt eure Kabine?«

»Auf Deck sechs«, antwortet der Junge. »Mein Vater ist bestimmt dort. Aber unsere Mütter suchen wahrscheinlich gerade nach uns. Wir hatten uns eigentlich … vor ihnen versteckt.«

Deck sechs. Von dem Deck aus hat Pia ihn angerufen. Calle hat keine Ahnung, wie es dort unten jetzt aussieht.

»Meine Mutter sitzt im Rollstuhl. Ohne fremde Hilfe kommt sie nicht zurecht.«

Der Junge bemüht sich, einen mutigen Eindruck zu machen. Calle muss wegschauen, um nicht loszuheulen. Er zwingt sich, auf die Füße zu kommen, und versucht, den Schmerz gedanklich zu überlisten. Er muss Vincent unbedingt finden. Darauf wird er sich jetzt konzentrieren. Er kennt die Statistik genau. Die Menschen, die eine Katastrophe überleben, tun es nur, weil sie buchstäblich über Leichen gehen. Diejenigen, die innehalten, um anderen zu helfen, überleben nicht.

Das Mädchen öffnet den Mund, um etwas zu sagen, als sie an einer der Treppen zum Promenadendeck erneut Schreie hören.

Eine ganze Gruppe Angesteckter hat zwei Männer mittleren Alters in Richtung Geländer gedrängt. Dann verschwinden die Männer aus seinem Blickfeld, und die Schreie verstummen abrupt.

»Schaut nicht hin«, sagt Calle.

Der Junge wendet rasch den Blick ab, doch das Mädchen starrt weiterhin in die Richtung.

Calle wird von Scham erfasst. Er kann die Kinder hier nicht einfach allein lassen. Doch er wird niemandem helfen können, solange er nicht klar denken kann. Deswegen muss er jegliche Gefühle ausblenden.

Er muss eins nach dem anderen angehen. Und nicht alles auf einmal wollen. Ansonsten wird er es kaum schaffen.

»Kommt«, sagt Calle. »Wir müssen von hier weg.«

»Aber wohin?«, fragt das Mädchen. »Sie sind doch überall.«

In Calles Schädel hämmert es unaufhörlich, doch es fühlt sich an, als würden die Schläge dumpfer werden und langsam abebben. Und jetzt weiß er auch, was er als Erstes tun muss. Danach kann er losgehen und weiter nach Vincent suchen.

»Nicht ganz«, entgegnet er. »Ich nehme euch mit in den Personalbereich. Dorthin können sie nicht.«

Er hofft es zumindest. Im Augenblick scheint es ihm jedenfalls die beste Alternative zu sein, die er ihnen zu bieten hat.

Die Augen des Mädchens verengen sich. »Und woher sollen wir wissen, dass du nicht auch einer von denen bist? Vielleicht willst du uns ja nur irgendwohin bringen, wo du uns in aller Ruhe auffuttern kannst.«

Der Junge schaut erst sie an und dann ihn. Ganz offensichtlich ist es das Mädchen, das Calle überzeugen muss.

»Diese Gestalten scheinen ja nicht gerade einen Plan zu haben, oder?«

Sie betrachtet Calle und zögert. »Okay«, sagt sie dann.

»Gut.«

Calle schaut in Richtung der Treppen auf der anderen Seite des obersten Decks. Dort sind im Augenblick keine Angesteckten zu sehen. Aber sie müssen sich beeilen.

Er nimmt die beiden an die Hand. Ihre Hände fühlen sich in seinen so klein an. Ihm wird bewusst, dass er ab jetzt die Verantwortung für die beiden Kinder hat.

FILIP

Die letzten Passagiere haben das Starlight verlassen, und Filip öffnet die Tür zum kleinen Personalraum hinter der Bar. Dort sieht noch alles normal aus. Die harten Holzstühle und die Wachstuchdecke auf dem Tisch, das Duralexglas in der Spüle, aus dem er vor Beginn seiner Schicht einen Kaffee getrunken hat. Marisol und die Jungs von der Band gehen vor ihm her und öffnen die Tür auf der anderen Seite des Raums, die weiter in den Personalbereich der Charisma hineinführt.

Jenny ist verschwunden. Die anderen haben sie auch nirgends entdecken können. Er kann sich nicht mehr daran erinnern, wann er sie zuletzt gesehen hat. Oder ist sie schon vorgelaufen? Bitte, fleht er innerlich. Hoffentlich sitzt sie schon in der Offiziersmesse.

Einen Augenblick lang ist er neidisch auf Marisol, die an Gott glaubt. Sie hat wenigstens jemanden, an den sie ihre Gebete richten kann.

Er bleibt im Türrahmen stehen und dreht sich noch einmal zur leeren Bar um. Hat das Gefühl, das Starlight zum allerletzten Mal zu sehen.

»Entschuldigung?«, ruft jemand, als er gerade die Tür hinter sich schließen will.

Filip zuckt zusammen und wirft erneut einen Blick in den Raum.

Ein sorgfältig gekämmter Mann in blauem Oberhemd ist in die Bar gekommen. Aus seinem Gesicht sind große Hautlappen herausgerissen, die in blutigen Fetzen über eines seiner Augen und seine Wange herunterhängen. Doch er wirkt völlig gelassen, als wäre es ihm gar nicht bewusst.

Filip muss schlucken. »Ja?«, antwortet er und ist selbst geschockt, wie neutral er klingt.

»Wissen Sie zufällig, ob wir wegen dieser Sache Verspätung haben?«, fragt der Mann.

Filip starrt ihn an.

»Ich habe nämlich morgen früh ein wichtiges Meeting in Åbo. Der Zeitplan war ohnehin etwas eng, und ich kann nur hoffen, dass unter diesen Umständen keine zusätzliche Verzögerung entsteht.«

Filip schüttelt den Kopf. »Ich weiß es nicht«, entgegnet er. »Tut mir leid. Ich … ich muss jetzt gehen, aber …«

Er betrachtet das Gesicht des Mannes. Er ist nicht mehr zu retten. Filip kann nichts für ihn tun, sosehr er es auch will.

Doch als er die Tür hinter sich geschlossen hat und den anderen folgt, wird er das Gefühl nicht los, dass er die Schuld an allem trägt, was dem Mann ab jetzt widerfährt. Als hätte er persönlich sein Todesurteil unterschrieben.

BALTIC CHARISMA

Der junge Mann, der vor einigen Jahren einmal hier an Bord gearbeitet hat, überquert zusammen mit den beiden Kindern das oberste Deck. Die Treppe hinunter zum Promenadendeck ist zu schmal, um zu dritt nebeneinanderzugehen, und er lässt ihre Hände los und läuft voran. Betrachtet das Chaos. Versucht auszumachen, wer zu den Angesteckten gehört, doch das ist unmöglich. Plötzlich entsteht unmittelbar hinter ihnen ein Tumult, und er dreht sich um und sieht mehrere Leute oberhalb der Treppe miteinander kollidieren. Er fasst die Kinder wieder an den Händen, und sie springen die letzten Treppenstufen hinunter. Dann zieht er sie dicht an sich heran und geht mit ihnen auf die Tür zu, die ins Innere der Fähre führt. *Haltet euch gut an mir fest*, sagt er.

Die Korridore der Charisma sind voller hin und her laufender Menschen. Überall liegen Leute herum. Tote und Sterbende; Frauen und Männer, die gerade wieder aufwachen. Manche der Neugeborenen haben viel zu viel gegessen. Sie liegen ganz still da, während ihre Körper damit beschäftigt sind, all das Blut zu verdauen, das sie verschlungen haben.

Hunderte und Aberhunderte von Menschen haben sich inzwischen in ihren Kabinen eingeschlossen und lauschen gebannt den Geräuschen aus den Korridoren davor. Einer von ihnen ist der einsame Mann namens Mårten. Er sitzt auf der Bettkante. Die Schreie seiner Ehefrau aus dem Korridor hallen noch immer in seinen Ohren wider. Die Gardinen sind zugezogen. In regelmäßigen Abständen steht er auf und geht zum Telefon. Wählt die Nummer der Kabine nebenan. Hört durch die Wand hindurch, wie dort das Telefon klingelt. Aber niemand nimmt ab.

CALLE

Bis zur Glastür sind es ungefähr zehn Meter. Wenn sie die erreicht haben, sind es nur noch wenige Schritte bis zu der unbeschrifteten Tür, die zum Personalbereich führt. Calle hat seinen Kopf nach unten geneigt und nimmt die Kinder erneut an die Hand. Ohne irgendeinem Entgegenkommenden in die Augen zu blicken, hält er heimlich nach Vincent Ausschau.

Über ihren Köpfen irgendwo auf dem obersten Deck schreit jemand laut auf. Hinter der Reling sieht er aus den Augenwinkeln etwas vorbeiflattern und stellt fest, dass es sich höchstwahrscheinlich um einen Menschen handelt, der über Bord gesprungen ist. Weitere Schreie ertönen hinter ihnen.

»Schaut nicht hin«, flüstert Calle ihnen und nicht zuletzt auch sich selbst zu.

Er würde den Anblick all der schreienden Menschen nicht ertragen. Er will sie sich nicht einmal mehr als Menschen vorstellen, denn dann würde alles eine allzu reale Dimension gewinnen. Dann wäre einfach zu offensichtlich, dass es auch ebenso gut ihn oder die Kinder hätte treffen können. Oder dass sie die Nächsten sein könnten. Dass es für Vincent womöglich schon zu spät ist.

Falls Vincent sich auf der Fähre überhaupt auf die Suche nach ihm gemacht hat, nachdem Calle verschwunden ist und sich vor ihm versteckt hat.

Calle konzentriert sich auf den Lichtschein im Inneren der Fähre. Nur noch fünf Meter. Noch drei.

Als sie die Glastür erreichen, drängen sie hinein ins Warme. Ein Stück weiter unten auf den Treppenstufen liegen mehrere

Leute auf dem Boden. Ein paar von ihnen bewegen sich. Calle lässt widerstrebend die Hände der Kinder los. Zückt Filips Zugangskarte, zieht sie durch den Kartenleser und reißt die Tür zum Personalbereich auf. Dann schiebt er die Kinder aus Angst, sie könnten jeden Moment von hinten gepackt werden, vor sich her in den Korridor und zieht rasch die Tür hinter sich zu. Als sie ins Schloss fällt, erfasst ihn eine Welle der Erleichterung. Das Mädchen schaut sich im graugestrichenen Korridor um. Hier drinnen ist es so still, dass man sich kaum vorstellen kann, was für ein Chaos draußen herrscht.

Calle fragt sich, ob er außer den Kindern vielleicht noch mehr Leute hätte mit hineinnehmen sollen, die er dadurch womöglich gerettet hätte. Doch er konnte ja nicht wissen, wer von ihnen sich schon angesteckt hat. Es hat keinen Sinn, jetzt darüber nachzugrübeln. Zumindest versucht er, sich das einzureden.

Er geht in die Hocke und schaut den beiden in die Augen.

»Hier sind Leute, die sich um euch kümmern können. Leute vom Personal, die an Bord arbeiten.«

»Solche wie der Security-Fritze, der dich k. o. geschlagen hat?«, fragt das Mädchen. »Die Leute, denen er geholfen hat, sind jetzt bestimmt auch superdankbar.«

»Kannst du denn nicht bei uns bleiben?«, fragt der Junge.

Calle holt tief Luft und versucht, seiner Rolle als gewissenhafter Erwachsener gerecht zu werden. Er schüttelt entschieden den Kopf. »Nein, ich muss nach jemandem suchen.«

»Und nach wem?«, fragt das Mädchen.

»Nach meinem Partner.«

Wenn er das nun überhaupt noch ist.

»Aber wir können doch mit dir kommen«, entgegnet der Junge. »Wir können dir helfen. Und du kannst uns helfen, unsere Eltern zu finden.«

»Es ist besser, wenn ihr hier wartet. Ich kann euch nicht mitnehmen. Ihr habt ja selbst gesehen, wie es da draußen aussieht. Aber wir können in euren Kabinen anrufen. Vielleicht sind sie ja schon längst dort.«

»Und wenn nicht?«, fragt der Junge verzweifelt.

»Dann verspreche ich euch, nach ihnen Ausschau zu halten.«

Sie schauen einander an.

»Wir gehen eins nach dem anderen an«, fügt er hinzu.

DAN

Er steht auf dem Achterdeck und blickt hinaus über ein Meer aus schwärzester Tinte unter einem endlosen Himmel aus Teer. Darin lassen sich Tausende Nuancen Schwarz ausmachen, deren Vielfältigkeit Dan noch nie zuvor aufgefallen ist.

In seinen Adern und den feinen Blutgefäßen in seinen Fingerspitzen brennt es, und sein Herzmuskel krampft sich schmerzhaft zusammen. Zu viel Blut. Es ist ihm einfach zu schwer gefallen, sich zurückzuhalten. Die großen Mengen an flüssigem Zellgewebe haben seinen Körper schwer und träge werden lassen. Sie haben sein Gehirn durchdrungen, sein krampfendes Herz überschwemmt und seinen Schwanz gefüllt, so dass er steif nach oben ragt und sich anfühlt, wie von tausend Nadelstichen traktiert.

Hinter sich hört er das Stöhnen und Wimmern der Leute im Club Charisma. Irgendjemand wiederholt ein ums andere Mal den Satz, *Ich werde sterben, bitte helfen Sie mir, sonst werde ich sterben.*

Doch er hört noch andere Geräusche. Die Schritte der Neugeborenen und ihre gequälten hungrigen und ängstlichen Schreie.

Er dreht sich um.

An Deck liegen haufenweise Gestalten auf dem Boden. Die Scheibe einer der Glastüren, die zum Untergeschoss des Clubs führt, ist zersplittert. Eine Frau liegt mit dem Gesicht nach unten auf dem Bauch. Die Glasscherben haben sich von ihrem Blut rot gefärbt. Sie atmet noch. Dan steigt über die reglosen Körper hinweg und stellt sich neben sie. Schiebt eine Schuhspitze unter ihr Kinn, hebt den Fuß leicht an und betrachtet ihr Profil. Unter der dicken Schicht Schminke erblickt er Pockennarben. Mit einem Auge sieht sie ihn starr durch den Regen hindurch an. Ihre Atemzüge werden immer rascher und flacher.

Dann stirbt sie. Sie hört einfach auf zu atmen. Ohne einen Laut erlöscht ihr Leben. Ihr Auge starrt ihn blind an. Die Regentropfen landen auf dem weißen Augapfel.

Zeit, das Deck zu verlassen. Dan steigt über weitere Körper hinweg. Eine Hand streckt sich nach seinem Hosenbein aus, und als er hinunterschaut, sieht er einen Mann mit derselben Pagenfrisur, die er selbst in den Neunzigern getragen hat, auf dem Boden liegen. Der Mund des Mannes öffnet sich weit. Er hat bereits mehrere Zähne verloren. Seine Finger umklammern Dans Hosenbein, und Dan tritt mit seinem Fuß nach ihm, um sich loszumachen.

Für einen Augenblick wird er von einem intensiven Unbehagen befallen. Die massenhaft herumliegenden Leiber sind ein herber Vorgeschmack darauf, was die noch unwissende Welt bald erwartet. All dieses Fleisch, dessen Haut mit Creme eingerieben, in grellen Farben geschminkt, parfümiert und in billige Klamotten gehüllt ist. Bald wird dieses Fleisch zu neuem Leben erwachen.

Jetzt gibt es kein Zurück mehr. Zum ersten Mal wird ihm das in vollem Umfang bewusst. Es ist ein Gefühl, als würde er mit dem Auto in Aquaplaning oder mit einem Flugzeug in starke Turbulenzen geraten. Wie im freien Fall, ohne dass er selbst eingreifen könnte.

Genauso plötzlich, wie das Gefühl gekommen ist, ist es auch schon wieder verschwunden. Geblieben ist nur der Schmerz in seinem Brustkorb und in den Adern, die sich unter seiner Haut hervorwölben. Doch auch der wird wieder vorübergehen.

Dan verflucht seine eigene Feigheit. Er war zeit seines Lebens der Underdog, so dass ihm seine neugewonnene Macht noch

Angst macht, aber jetzt ist er ein anderer geworden. Er ist nahezu unsterblich, unbesiegbar, er wird aufrecht stehen bleiben, während der Rest der Welt in Schutt und Asche zerfällt. Und er wird jede einzelne Sekunde davon genießen.

Als er auf der Backbordseite des Promenadendecks in den Windschatten kommt, verstummt der Wind abrupt, und der Geruch nach Blut, der nun nicht mehr fortgeblasen wird, nimmt an Intensität zu. Vor den Treppen zum obersten Promenadendeck, das sich bis zum Bug erstreckt, liegen weitere Leichen herum. Eine Frau hängt rücklings über der Reling. Ihre Wirbel sind offenbar gebrochen, so dass ihr Oberkörper beinahe zu einem L geformt ist. Sie ist gerade wieder aufgewacht. Die Zehenspitzen, die in ihren Pumps stecken, rutschen auf dem glatten Boden vor und zurück, während sie Halt sucht, um trotz des grotesken Winkels ihres Körpers wieder auf die Beine zu kommen.

Ein sonnengebräunter Mann in einem ärmellosen neonfarbenen Shirt wird von zwei Neugeborenen die Treppe hinuntergejagt. Er ruft um Hilfe und stürzt geradewegs auf Dan zu, als wäre der seine Rettung. Als die Neugeborenen ihn packen, geht sein Schrei in unzusammenhängend hervorgestoßene Vokale über. Sie reißen an seinen Armen und prügeln sich regelrecht um ihre Beute. Dem Mann gelingt es, sich zu befreien, und er schaut Dan erneut hilfesuchend an. Doch von ihm ist keine Hilfe zu erwarten. Im nächsten Moment springt der Mann über die Reling und verschwindet in der Dunkelheit. Einer der Neugeborenen klettert ihm ungeschickt hinterher und stürzt ihm nach in die Tiefe. Der andere bleibt stehen und dreht sich zu Dan um.

Dan geht weiter. Die Glastür, die ins Innere der Fähre führt, steht offen. Dan hört, wie der Neugeborene ihm folgt. Drinnen steht die Luft förmlich und flirrt von den Ausdünstungen der noch warmen Körper, die zuhauf vor dem Eingang zum Club Charisma liegen.

Er stapft die Treppe hinunter. Auf den Stufen kniet ein anderer Neugeborener auf allen vieren, ein älterer Mann, den Dan aus der Karaoke-Bar wiedererkennt. Der Körper, über den er sich gebeugt hat, atmet zwar noch, wird aber jeden Moment sterben. Seine khakifarbenen Hosen zucken über seinen von Krämpfen geplagten Beinen. Der Neugeborene schaut auf. Zwischen seinen halboffenen Lippen läuft ihm Blut aus dem Mund. Als Dan an ihm vorbeigeht, dreht er leicht den Kopf.

Unten angekommen, erreicht Dan den Gang auf Deck acht. Vor dem Starlight liegen noch mehr Leichen auf dem Boden herum. Als er sich umdreht, stehen der ältere Mann und der Neugeborene vom Promenadendeck da und betrachten ihn abwartend.

Plötzlich erwacht die Euphorie in ihm zu neuem Leben. Es ist genau so, wie Adam es geschildert hat. Er braucht einfach nur er selbst zu sein, damit sie ihm folgen. Für die Neugeborenen sind Adam und er natürliche Alphatiere. Sie sind die Rattenfänger, und die Charisma ist ihr Hameln.

Er hört den Atem all der Menschen, die sich versteckt haben und bemüht sind, keinen Laut von sich zu geben, um sich nicht zu verraten. Wie auch die von zwei älteren Leuten im Casino, die im selben Rhythmus atmen. Immer schneller und immer flacher. Er nimmt den Geruch von alten Menschen und altem Fleisch wahr. Von saurem Schweiß und Urin.

Die eine Person kommt ihm vom Geruch her bekannt vor. Er kann der Versuchung nicht widerstehen und wirft einen Blick ins Dunkel.

Unter dem Black-Jack-Tisch ragen zwei fette Waden hervor, deren Füße in altmodischen Halbschuhen stecken.

Dan geht darauf zu und hockt sich davor. Zieht den hohen Hocker des Croupiers heraus.

Die enge Kleidung der Alten ist vom Schweiß durchfeuchtet. Der Mann trägt jetzt keinen Pullunder mehr, und sein aus der Hose hängendes Oberhemd lässt seinen schmächtigen Oberkörper fast darin versinken. Sie hält seine rheumatische Hand in ihrer fleischigen Pranke fest umklammert.

Die beiden blinzeln angesichts der Dunkelheit panisch, während Dan sie ganz deutlich sieht.

»Nein, ist das nicht Birgitta aus Grycksbo?«, fragt Dan mit einem breiten Lächeln. »So haben Sie sich Ihre Rubinhochzeit aber ganz bestimmt nicht vorgestellt, oder?«

Er inszeniert eine glänzende Parodie des Dan Appelgren, der vor kurzem noch auf der Bühne gestanden hat, und kann ihre Erleichterung fast körperlich spüren.

»O mein Gott Jesus Christus im Himmel«, flüstert Birgitta in ihrem singenden Dalarna-Dialekt und schluchzt auf. »Wir haben schon befürchtet, Sie wären einer von denen.«

»Psst«, bedeutet Dan ihr und streckt ihr seine Hand hin. »Kommen Sie, dann bringe ich Sie in Ihre Kabine.«

Draußen auf dem Gang geraten die Neugeborenen begierig in Bewegung, und Birgitta schüttelt den Kopf.

»Aber sie sind doch überall«, flüstert sie.

»Keine Angst«, meint Dan beschwichtigend. »Ich habe alles unter Kontrolle.«

Birgitta schaut fragend ihren Mann an. Der Alte schüttelt den Kopf.

»Alles wird gut«, sagt Dan. »Die Rettungskräfte sind bereits unterwegs, und wir haben alle Kranken eingesperrt.«

»Aber wir haben gehört …«, beginnt Birgitta.

»Es ist vorbei. Kommen Sie. Hier können Sie ja nicht sitzen bleiben.«

»Sind Sie auch wirklich sicher?«, fragt der Mann, der, sofern das überhaupt möglich ist, einen noch breiteren Dialekt spricht als Birgitta. »Ist es tatsächlich vorbei?«

»Wir haben nämlich Dinge gesehen, die Sie uns nie und nimmer glauben würden«, sagt Birgitta und schluchzt erneut.

»Ich auch«, entgegnet Dan. »Ich auch, aber jetzt ist die Gefahr vorüber.«

Er muss sich zwingen, nicht laut loszulachen. Einer der Neugeborenen schlägt die Zähne aufeinander. Vor dem Starlight geraten die Menschenhaufen in Bewegung und geben feuchte, schmatzende und saugende Laute von sich. Doch Birgitta hört das alles offenbar nicht. Sie hat sich entschieden, ihm zu vertrauen.

Er bedeutet den beiden, unter dem Tisch hervorzukommen, und lächelt jetzt so breit, dass seine aufgeschwemmten Wangen ihm fast die Augen zukleben.

Dann ergreift Birgitta seine Hand.

Er hilft ihr auf die Beine und legt einen Arm um ihren kurzen, dicken Oberkörper. Birgitta beginnt zu weinen. Hält sich die Hände vors Gesicht und lehnt sich bei ihm an, während sie hinter ihren Fingern abgehackt schluchzt.

Der Alte krabbelt mühsam unterm Tisch hervor. In den Gelenken seines hinfälligen Körpers knirscht und knackt es, während er, sich mit einer Hand am Tischbein abstützend, aufsteht.

»Ich begreife überhaupt nicht, was geschehen ist«, sagt Birgitta. »Eben hatten wir noch so viel Spaß, und dann glich plötzlich alles einem Albtraum ... Wir haben solche Ängste ausgestanden ...«

»Ja, das verstehe ich«, säuselt Dan. »Es muss schrecklich gewesen sein. Aber Sie hatten zumindest einander.«

Birgitta nickt, und jetzt wird ihr ganzer Leib vom Weinen geschüttelt.

»Wenn Birgitta etwas zugestoßen wäre, hätte ich nicht mehr ein noch aus gewusst«, sagt ihr Mann und wischt sich die Augen trocken.

»Ja, das verstehe ich«, sagt Dan erneut. »Auch wenn ich selbst diese Art von inniger Liebe nie erleben durfte. Heutzutage wird sie schließlich nicht jedem zuteil.«

Dan drückt Birgittas massigen Körper fester an sich. Birgitta stockt mitten in einem Schluchzer.

»Sie würden ganz sicher alles für Birgitta tun, nicht wahr?«, fragt Dan, ohne den Alten aus den Augen zu lassen.

»Ja, natürlich.«

Birgitta windet sich in Dans Griff. Allmählich wird ihr in seinen Armen heiß. Eine weitere Wolke beißenden Schweißgeruchs steigt von ihr auf.

»Ja, Leute wie Sie haben gut reden. Aber würden Sie sich wirklich für sie aufopfern?«

»Lassen Sie mich bitte los«, bringt Birgitta stockend hervor.

»Dann gebe ich Ihnen jetzt die Möglichkeit, es mir zu beweisen«, fährt Dan fort. »Wenn Sie sie wirklich so sehr lieben, lasse ich Ihre Frau gehen und töte stattdessen Sie.«

»Lassen ... Sie ... mich ... los!«

Er umfasst sie noch fester, und aus ihrer Lunge entweicht der letzte Rest Sauerstoff mit einem kehligen Stöhnen. Sie wird ihm nicht entkommen.

»Was meinen Sie? Wie hätten Sie es gern?«

»Lassen Sie sie in Ruhe«, fleht der Alte, während ihm frische Tränen die Wangen hinunterrinnen.

»Ich habe keinen Hunger mehr«, sagt Dan, während sich Birgitta erneut aus seiner Umarmung zu winden versucht. »Es wird nicht gerade schnell vonstattengehen. Aber es wird weh tun. Mehr, als Sie sich vorstellen können. Sie haben allerdings noch eine Chance, dem Tod zu entkommen. Sie brauchen es nur zu sagen, dann nehme ich statt Ihnen die kleine Birgitta hier.«

Der Alte scheint zu zögern.

Sag es schon, denkt Dan. Los, sag es, du alter Scheißkerl.

»Nehmen Sie mich statt ihrer«, sagt er. »Sie verdammter Teufel.«

Dan hasst ihn. Er ist so verflucht verlogen.

Zeit, das Ganze zum Abschluss zu bringen. Aber er will die Alte gar nicht haben. Will sich nicht einmal vorstellen, den Geschmack ihrer Haut auf seinen Lippen zu spüren.

Er schließt seine Hände um ihren Hals und drückt so fest zu, wie er kann. Ihre Haut fühlt sich heiß und teigig an, und Birgittas große kugelrunde Augen drängen förmlich aus ihrem Schädel heraus. Dans Gesicht wird das Letzte sein, was sie sieht.

Unterdessen schlagen die spröden Hände des Alten gegen Dans Kopf, doch er spürt bloß ein leichtes Klopfen, das ihn an einen Schwarm kleiner pickender Vögel erinnert.

Dan ignoriert es einfach. Hier geht es ausschließlich um Birgitta und ihn selbst. Er befördert sie auf den grünen Filz des Black-Jack-Tisches. Jetzt ist es so weit. Der Augenblick, in dem sie begreift, dass es jeden Moment vorbei ist und sie sterben wird, und zwar, weil er es so will. Er ist bemüht, sich jede noch so winzige Veränderung in ihrer Miene einzuprägen, denn er weiß, dass er in Zukunft oft und mit Genuss daran zurückdenken wird.

Dann sorgt er dafür, dass sich der Neugeborene vom Promenadendeck um Birgittas Mann kümmert. Es ist rasch vorbei.

Als er auf den Gang hinaustritt, stehen weitere Neugeborene auf und folgen ihm.

Seine hungrige Armee. Seine leicht zu lenkenden Kinder. Seine Untertanen.

Adam steht vor dem Charisma Buffet und wartet schon auf ihn. Er macht eine Geste in Richtung all der Neugeborenen, die ihm gefolgt sind, und wirkt dabei ungeheuer selbstzufrieden.

Dans Körper wird von einem irritierten Ziehen erfasst.

Mag sein, dass alles mit Adam angefangen hat. Doch ohne Dan wäre ihm das Ganze nie so gut gelungen. Das hat er selbst zugegcbcn. Adam hatte nicht gewusst, wie sie die Charisma von der Umwelt abschotten und dabei ungestört vorgehen sollten. Und er hätte auch nicht gewusst, was sie als Nächstes tun müssen.

»Du hast zu viel gegessen«, sagt Adam. »Ich hab dich gewarnt. Du wirst krank werden.«

Dan spürt, wie die beiden Gruppen Neugeborener sie beobachten. Er fragt sich, wie viel sie wohl mitbekommen.

Braucht er Adam überhaupt noch? Muss er noch mehr lernen? Er hat nicht den Eindruck, und es kommt ihm vor, als würde er niemals mehr auch nur irgendwen brauchen.

»Mach dir um mich keine Sorgen«, sagt er. »Aber danke für dein Mitgefühl.«

»Mir geht es um unseren Plan. Kommst du eine Weile allein zurecht?«

»Warum denn nicht?«

»Also gut«, sagt Adam. »Dann werde ich unterdessen versuchen, meine Mutter zu finden.«

»Mach das.«

Du verfluchtes kleines Muttersöhnchen. Dich von ihr zu befreien war wohl längst nicht so leicht, wie du angenommen hast.

Er steht vor der Tür zum Personalbereich und zückt seine Zugangskarte. Doch seine Hand hält in der Luft über dem Kartenlesegerät inne.

Eine Duftwolke ist zu ihm vorgedrungen, und es ist unglaublich, wie bekannt ihm der Geruch vorkommt. Natürlich, es ist ihrer. Er hat es vorher nur nicht wahrgenommen.

Eine Muskelkontraktion in seinem Brustkorb befördert mehr Blut in seinen Körper und erhitzt seine Haut. Er wirft Adam erneut einen Blick zu.

»Ich müsste vorher allerdings noch kurz etwas erledigen.«

Adams glatte, jungenhafte Stirn runzelt sich. »Und das wäre?«

Scheiß drauf.

Er ist dem Zwerg keinerlei Rechenschaft schuldig. Falls sie in Zukunft noch weiter zusammenarbeiten sollten, hat Dan keineswegs vor, gleich von Anfang an die Rolle des Untergebenen einzunehmen. Wenn man einmal die Arschkarte gezogen hat, bekommt man sie immer wieder verpasst.

»Geh und such nach deiner Mama«, sagt er und steckt die Zugangskarte wieder zurück in seine Hosentasche.

Er schreitet auf die Herrentoiletten zu und schiebt bedächtig die Schwingtür auf. Die synthetischen Gerüche im Raum überwältigen ihn nahezu. Reinigungsmittel, billige Seife und nach Zitrone stinkende Duftspender in den Pissoirs. Doch *ihr* Geruch ist ebenso stark.

Die Sohlen seiner Schuhe klappern laut auf dem gefliesten Boden, und er weiß, dass sie ihn hören kann.

Hinter ihm schließen die Neugeborenen auf und schnuppern eifrig in der Luft. Einige von ihnen haben noch nichts gegessen. In den öffentlich zugänglichen Räumen wird der Nachschub an Blut allmählich knapp. Den meisten Leuten, die noch nicht gebissen worden sind, ist es gelungen, in ihre Kabinen zu fliehen. Doch Dan wird ihnen zu trinken geben. Hier drinnen wartet ein erster kleiner Appetizer auf sie.

In den Spiegeln über den Waschbecken erhascht er einen Blick auf sich selbst. Die vom vielen Blut geweiteten Äderchen in seinen Augen sind geplatzt und haben sie so rot gefärbt, dass es aussieht, als hätte er oberhalb der Wangen Schürfwunden.

Dan dreht sich zu der dünnen Tür vor einer der Toilettenkabinen um und hört, wie sie versucht, die Luft anzuhalten. Sie weiß, dass sie da drinnen gefangen ist. Chancenlos. Ihr Geruch wird mit jedem Herzschlag animalischer.

Er stellt sich vor die Kabine. So dicht, dass sie seine Schuhspitzen unter der Tür hervorlugen sieht.

Beim nächsten Luftholen dringt ein ersticktes Stöhnen aus ihrer Kehle.

Er genießt diesen Augenblick regelrecht.

Das hier nennt man ausgleichende göttliche Gerechtigkeit. Denn er ist jetzt sein eigener Gott.

ALBIN

Sie haben gerade die graue Stahltür am Ende des Korridors erreicht, als sie ein metallisches Quietschen im Treppenhaus hören. Albin kann nicht anders, er muss einen Blick hinunterwerfen.

Auf dem Treppenabsatz unter ihnen sitzt ein Mann, der mit Handschellen am Geländer festgekettet ist. Albin erblickt eine glänzende Glatze und einen breiten Rücken.

»Komm jetzt«, ruft Calle und zieht an seiner Hand.

»Ist das auch einer von denen?«

»Nein, ich hab vorhin mit ihm geredet.«

»Alle Leute da draußen waren vorhin auch noch normal«, wendet Lo ein und stellt sich neben Albin. »Und warum hat man ihn angekettet, wenn er total ungefährlich ist?«

»Manchmal machen sie das, wenn alle Ausnüchterungszellen belegt sind.«

»Darf man das denn?«, fragt Lo. »Das ist ja völlig krank.«

»Es ist nur zu ihrem eigenen Besten«, antwortet Calle, doch Albin merkt, dass er eigentlich ebenfalls ihrer Meinung ist. »Wenn sie hier reinkommen, hat er keine Chance, sich zu verteidigen«, entgegnet Lo. »Da sitzt er dann wie auf 'nem Präsentierteller. Nice.«

Albin wirft erneut einen Blick hinunter ins Treppenhaus. Der Mann legt seinen Kopf in den Nacken und schaut sie unvermittelt an.

»Da sind Sie ja!«, ruft der Mann. Es rasselt und quietscht, als er mit den Handschellen erneut am Geländer entlangschabt. »Haben Sie jetzt den Schlüssel dabei?«

»Nein, ich konnte keinen finden«, antwortet Calle.

Der Mann sagt kein Wort, und seine Schultern sinken herab. »Sie verdammter Scheißer«, ruft er plötzlich. »Was für eine Kacke. Soll ich etwa hier sitzen und tatenlos mit ansehen, wie der Kahn sinkt? Demnächst können Sie in allen Zeitungen lesen, wie man die Passagiere hier an Bord behandelt. Oder haben Sie es vielleicht sogar darauf abgesehen, dass ich ertrinke, damit niemand erfährt, dass …«

»Ich kann versuchen, jemanden mit einem Schlüssel aufzutreiben«, ruft Calle. »Aber das Schiff wird nicht sinken.«

»Irgendwas ist hier doch los. Ich hab über Lautsprecher gehört, dass Sie da oben eine Krisensitzung abhalten.«

»Sie brauchen sich keine Sorgen zu machen«, beschwichtigt Calle ihn.

Lo schaut Albin an. Sie wissen alle, dass es sich um eine gewaltige Lüge handelt.

»Kommt«, fordert Calle sie auf und legt ihnen die Hände auf die Schultern.

Doch Albin kann sich einfach nicht losreißen. Der Mann dort unten hat angefangen zu weinen.

»Lillemor hat mich gebeten, lieber nicht zu fahren«, sagt er so leise, dass Albin ihn kaum versteht. »Sie hat Angst vor Wasser, ist noch nie im Leben mit einer Fähre gefahren. Ich wünschte, sie wäre jetzt hier … Ist das nicht ziemlich egoistisch von mir?«

Albin schaut weg. Es kommt ihm vor, als würden die Wände des Schiffes sich auf sie zu bewegen. Gleich würden sie lebend zerquetscht werden.

»Wir werden nicht sinken«, sagt Calle noch einmal. »Machen Sie sich keine Sorgen.«

Diesmal lösen sich Albin und Lo vom Geländer und folgen ihm. Er öffnet die Stahltür, und sie werden unvermittelt mit lautem Stimmengewirr konfrontiert.

DAN

»Ich würde dir gern etwas zeigen«, sagt Dan.

Als er die Toilettentür eintrat, hat Jenny noch versucht zu fliehen. Was für ein lächerliches Unterfangen. Obwohl er fast den gesamten Türrahmen ausfüllte, wollte sie sich an ihm vorbeizwängen. Daraufhin hat er sie mit dem Kopf mehrfach gegen die Rückwand der Kabine gestoßen, bis sich ihre Augen nach hinten verdrehten.

Dann hat er kurz gewartet und ihr schließlich ein paar Ohrfeigen verpasst. Inzwischen ist ihr Blick wieder klarer geworden.

Sie muss es einfach sehen. Sie muss es begreifen. Denn genau das bezweckt er.

Die Neugeborenen, die ihm in die Herrentoilette gefolgt sind, schieben sich näher zu ihm heran. Schweigend und abwartend.

Dan hebt seine Hand zum Mund und schlägt die Zähne ins eigene Fleisch. Er beißt so fest zu, dass das Knacken seiner Handwurzelknochen von den Fliesen an den Wänden widerhallt. Blut füllt seinen Mund und rinnt ihm übers Kinn. Er saugt heftig an der Wunde. Leckt die Wundränder sauber, ohne sie aus den Augen zu lassen. Bietet ihr regelrecht eine Show.

»Warte, gleich wirst du es sehen«, sagt er und wischt sich das Kinn ab.

Jenny hat leise zu weinen begonnen, und jede einzelne vom Mascara gefärbte Träne ist ein Beweis dafür, dass er sie besiegt hat.

»Ich hätte dich nahezu unsterblich machen können«, sagt er. »Aber das habe ich nicht vor.«

Er packt ihr Kinn und zwingt sie, auf seinen Handrücken zu schauen, auf dem sich die Wundränder bereits wieder schließen. Seine Handwurzelknochen knirschen leicht, als sie sich unter dem Fleisch von selbst wieder ausrichten und zusammenwachsen. Doch sie begreift es nicht. Sie begreift gar nichts. Diese dämliche blöde Kuh.

»Siehst du es?«, fragt Dan. »Du hättest ein neuer, besserer Mensch werden können, genau wie ich. Dafür hättest du einfach nur ein wenig netter sein müssen.«

Wer von ihnen ist also hier der *Hasbeen*? Und wer hat jetzt die Macht darüber, nein zu sagen?

Er wird sie töten, und zwar so, dass sie nie wieder aufwacht. Adam hat ihm gezeigt, wie man das macht.

FILIP

Der Manager steht ganz vorn in der Offiziersmesse und redet so schnell, dass er fast über seine eigenen Worte stolpert. Er tut Filip leid. Die meisten hier drinnen kennen Andreas gut. Er trägt zwar die Verantwortung für alle Servicekräfte an Bord, doch niemand hat ihn je wirklich als Vorgesetzten betrachtet. Es ist unverkennbar, dass Andreas sich selbst auch nicht als einen ansieht. Aber jetzt ist er plötzlich der Ranghöchste.

Und noch immer weiß niemand, was eigentlich oben auf der Kommandobrücke oder unten im Maschinenraum vorgefallen ist.

Der Signalverstärker für Handys ist ausgefallen, der Funkkontakt abgebrochen, und es lässt sich auch keine Verbindung zu irgendwelchen Satelliten aufbauen. Digitaler Selektivruf und UKW sind ebenfalls defekt, selbst in den Rettungsbooten und -inseln. Es besteht also keine Möglichkeit, einen Notruf in Richtung Festland abzusetzen. Sie haben nicht einmal mehr Notraketen. Sind völlig von der Umwelt abgeschnitten.

Auf der Ostsee hört dich niemand schreien, denkt Filip und muss fast lachen, ein hysterisches, wahnsinniges Lachen, das hier natürlich völlig fehl am Platz ist.

Solange der Autopilot die Charisma auf ihrer einprogrammierten Route hält, wird kein Außenstehender irgendetwas ahnen. Solange genügend Treibstoff in den Tanks ist, können sie per Autopilot bis nach Åbo gelangen. Nach dem letzten einprogrammierten Peilpunkt wird der Autopilot den zuletzt gespeicherten Kurs einschlagen, und die Charisma wird vermutlich gegen die Kaimauer prallen oder auf Grund laufen.

»Wenn wir nahe genug am finnischen Festland sind, haben wir wieder Zugriff auf das normale Handynetz«, sagt Andreas. »Dann können wir die finnische Polizei oder das Militär kontaktieren und Hilfe anfordern ...«

»Aber bis dahin sind es ja noch mehrere Stunden«, wendet jemand ein. »Und was machen wir so lange?«

Filip schaut sich um. All die ihm vertrauten Gesichter sehen plötzlich so anders aus. Die Angst entstellt sie völlig und lässt sie nackt wirken. Doch plötzlich breitet sich eine ungeahnte Ruhe in ihm aus. Das Ganze ist zwar schlimmer, als er angenommen hat, sogar weitaus schlimmer, aber jetzt weiß er wenigstens, was Sache ist.

Wegen der vielen Leute, die sich in der Offiziersmesse drängen, ist die Luft im Raum stickig und feucht. Filip versucht, nicht daran zu denken, wer vom Personal fehlt. Und auch nicht, was mit ihnen geschehen ist. Doch den Gedanken daran, dass weder Pia noch Jarno anwesend sind, kann er einfach nicht ausblenden. Raili steht bleich und mit rotgeweinten Augen da. Marisol hat einen Arm um sie gelegt, doch sie scheint es nicht einmal zu merken, während sie ihren Ehering am Finger dreht.

Jenny ist noch immer nicht aufgetaucht.

Calle ist ebenfalls verschwunden. Das Bett in Filips Kabine war leer. Die Wodkaflasche fast ausgetrunken, doch ansonsten fehlte jede Spur von ihm. Wahrscheinlich ist er gerade dabei, auf der Suche nach seinem Partner die ganze Fähre zu durchkämmen. Ein idiotisches Unterfangen, aber Filip versteht ihn nur allzu gut. Er lässt seinen Blick weiter durch den Raum schweifen. Mika hat sich am vordersten Tisch auf einen Stuhl gesetzt. Er ist blass, und seine dünnen Haarsträhnen kleben ihm am Schädel.

Außer den Bediensteten befindet sich noch eine Handvoll Fremder im Raum. One-Night-Stands oder Angehörige. Er stellt fest, dass eine der Unbekannten die dunkelhaarige Frau ist, die ihm neben der Tanzfläche im Starlight aufgefallen ist. Sie hat ihre Hände in den Taschen ihrer weiten Strickjacke vergraben, wirkt jetzt aber jünger, irgendwie frischer. Wahrscheinlich hatten die Lichter des Stroboskops nur lange Schatten auf ihr Gesicht geworfen und es entstellt. Sie scheint die Einzige hier drinnen zu sein, die trotz Jacke nicht schwitzt. Ihr Blick ist hellwach und angespannt, aber sie behält die Contenance.

Lizette steht von ihrem Stuhl in der Mitte des Raumes auf. Sie ist die neue Wirtschafterin an Bord, die Chefin des Reinigungspersonals, und Filip hat sie noch nie in Alltagskleidung gesehen. Jetzt fährt sie sich mit der Hand durchs Haar, das wild in alle Richtungen absteht, und schaut sich um.

»Wir sind doch sicher hier«, sagt sie. »Ich habe jedenfalls vor, hierzubleiben wie viele andere auch, bis Hilfe von außen kommt. Ihr könnt uns nicht dazu zwingen …«

»Und die Passagiere?«, fragt einer der Köche. »Sollen wir die einfach im Stich lassen?«

»Genau«, sagt ein Mädel, die als Croupière im Casino arbeitet. »Es gehört doch zu unserem Job, alles dafür zu tun, dass …«

»Wir können aber nichts mehr für sie tun«, wendet Lizette ein und schwenkt die Arme wie eine Dirigentin, die ihrem Orchester bedeutet, leiser zu spielen. »Wir wissen ja noch nicht mal, was mit all diesen Leuten passiert ist.«

Die Anwesenden werfen einander unsichere Blicke zu. Keiner will der Erste sein, der ihr zustimmt.

»Wenn du lieber rausgehen willst, bitte«, sagt Lizette zur Croupière. »Aber niemand kann von uns verlangen, sich auf ein solches Selbstmordkommando zu begeben. Oder liege ich da vielleicht falsch?«

Sie schaut Andreas an und zieht mit einer übertriebenen Geste die Augenbrauen hoch. Diesmal ist murmelnde Zustimmung zu hören.

Sie haben es noch immer nicht ganz begriffen. Viele von ihnen waren auch noch gar nicht da draußen.

»Es gibt aber auch keine Garantie dafür, dass wir in diesem Raum hier sicher sind«, wendet Filip ein und wechselt einen Blick mit Marisol. »Einige Leute hier drinnen können sich ja angesteckt haben und wissen es vielleicht nur noch nicht.«

Wieder werfen die Frauen und Männer einander Blicke zu, die nun eine völlig andere Angst widerspiegeln.

Dann wird ihm die Tragweite seiner eigenen Worte bewusst.

Auf dem Rücken bricht ihm der Schweiß aus, der hinunterrinnt und von den Achselhöhlen unter dem Nylonstoff seines Hemds tropft. Sein Mund wird ganz trocken, und er fragt sich, ob dies womöglich erste Anzeichen für die Krankheit sind. Er betrachtet seine Kollegen. Mit vielen von ihnen lebt und arbeitet er schon seit mehreren Jahren gemeinsam hier an Bord.

Wenn ich mich angesteckt habe, werde ich dann auch auf die anderen losgehen?

Einen Augenblick lang herrscht Stille. Ihm wird bewusst, dass die Frau mit der Strickjacke aus dem Starlight ihn beobachtet. Weiß sie etwa mehr? Sieht sie ihm womöglich an, ob er sich angesteckt hat?

Er wagt es nicht, ihrem Blick zu begegnen.

»Eins wüsste ich aber zu gern«, sagt jemand. »Um was für eine Krankheit handelt es sich eigentlich, die all die Leute zu Psychopathen werden lässt?«

»Pia hat nur von Dan Appelgren gesprochen«, antwortet Mika.

»Sie hat angenommen, dass er angesteckt wurde … und er hat Zugang zu allen Bereichen hier an Bord, er weiß, wie alles funktioniert …«

»Habt ihr es denn immer noch nicht kapiert?«, meint Pär, der Wachmann. »Hier geht es nicht um irgendeinen Exschlagerstar, das hier ist knallharter Terrorismus. Das ist fucking IS. Sie haben uns von der Umwelt abgeschnitten und mit irgendwelchen verfluchten Milzbrandbakterien oder so was vergiftet, die sie in die Wassertanks geschmuggelt haben. Die stecken doch hinter dem Ganzen.«

»Immer mit der Ruhe«, sagt Andreas und wischt sich mit dem Hemdsärmel über die Stirn. »Panikmache hilft hier niemandem weiter.«

»Dafür ist es wohl schon etwas zu spät«, wendet Lizette ein.

Plötzlich legt jemand von hinten eine Hand auf Filips Schulter, und als er sich umdreht, steht Calle vor ihm. Mit einer tiefen Platzwunde auf der Stirn und einer dick angeschwollenen Nase, aber ansonsten wirkt er höchst lebendig.

Filip schlingt seine Arme um ihn. »Verdammt, was bin ich froh, dich zu sehen! Endlich mal 'ne gute Neuigkeit.«

»Ganz meinerseits«, sagt Calle.

Jetzt wird Filip gewahr, dass Calle zwei Kinder bei sich hat. Er erkennt die beiden wieder. Es sind der Junge und das Mädchen aus dem Starlight. Die beiden betrachten ihn schweigend, erkennen ihn offensichtlich ebenfalls. Aber sie haben sich verändert. Innerhalb nur weniger Stunden sind sie weitaus älter geworden.

Ihr Anblick lässt Filip nahezu die Fassung verlieren. Er verbirgt sein Gesicht hinter Calle und klopft ihm fest auf den Rücken, während er sich fragt, was die drei draußen an Deck wohl erlebt haben.

»Nicht gerade gute Neuigkeiten hier drinnen«, sagt Filip und senkt seine Stimme in der Hoffnung, dass die Kinder ihn nicht hören. »Wir können keinen Kontakt mehr zum Festland aufnehmen.«

Sie lassen einander los, und Calle schaut ihn an. Nickt.

»Ich muss unbedingt runter vom Schiff«, sagt eine Finnland-schwedin. »Ich hab jedenfalls nicht vor, auf einer dieser Schwe-denfähren zu sterben.«

Als einer der Kellner aus dem Poseidon versucht, ihre Hand zu ergreifen, schlägt sie sie weg.

»Solange die Charisma in voller Fahrt ist, kann man die Ret-tungsinseln nicht zu Wasser lassen«, erklärt Andreas. »Wir müss-ten die Geschwindigkeit bis auf zehn, zwölf Knoten runterfahren, um zumindest ein FRB runterlassen zu können, aber momentan sind wir bei mindestens achtzehn, neunzehn …«

»Wovon redest du da?«, fragt die Frau. »Was für ein verdamm-tes FRB?«

»Ein *Fast Rescue Boat*«, erklärt Andreas. »Sie …«

»Ich würde sowieso nicht mit irgendwelchen Passagieren zu-sammen in eine Rettungsinsel springen«, unterbricht ihn Lizette. »Man stelle sich nur vor, einer von denen verwandelt sich gerade, während man da unten auf dem Meer herumschaukelt.«

»Es muss aber doch möglich sein!«, meint die Finnlandschwe-din. »Man braucht doch nur …«

»Es funktioniert nicht«, erklärt Calle. »Vorhin haben schon ein paar versucht, eine Rettungsinsel zu Wasser zu lassen. Sie war voller Menschen. Einer von euren Security-Leuten war auch mit drin.«

Die Aufmerksamkeit des gesamten Raums richtet sich auf ihn. Filip schaut Pär an, den einzigen Wachmann hier in der Messe. Calle muss Henke gemeint haben.

»Calle hat noch versucht, ihn davon abzubringen«, sagt das Mädchen. »Aber der Security-Typ hat gesagt, dass er lieber ster-ben als gefressen werden will. Und dann hat er ihn k. o. geschla-gen.«

Filip betrachtet die Wunde auf Calles Stirn eingehender. Er kann sich nur schwer vorstellen, dass es tatsächlich stimmt, was Calle berichtet hat. Aber in dieser Nacht geschehen offenbar so einige unvorstellbare Dinge.

»Wir müssen unbedingt hoch auf die Brücke«, sagt Pär und

fährt sich mit der Hand über die Augen. »Und wir müssen die Fähre von diesen verfluchten Monstern säubern.«

»Es sind keine Monster«, wendet Raili ein. »Es geht hier um Menschen, die krank sind.«

»Wie kannst du so was sagen, wo sie doch deinen Mann getötet haben?«, fragt Pär.

Er scheint seine Äußerung umgehend zu bereuen, da ihm bewusst wird, dass er zu weit gegangen ist. Doch Raili betrachtet ihn nur ruhig.

»Ich bin dabei«, ruft Antti aus dem Taxfree-Shop euphorisch. »Wir säubern die Charisma von diesem Ungeziefer. Stampfen sie alle miteinander zu Brei und versuchen dann, irgendwie auf die Brücke zu gelangen.«

Filip schaut die beiden an.

Er fragt sich, ob sie womöglich gerade vom selben Gefühl befallen werden wie er vorhin im Starlight. Das Gefühl, dass alles, was gerade geschieht, nur ein Film ist. Leute wie Antti und Pär haben bestimmt ihr Leben lang davon geträumt, als Held in irgendeinem Actionthriller aufzutreten. Aber sie haben nicht begriffen, dass sie in diesem Film nicht die Hauptrolle spielen. Keiner von ihnen hier im Raum tut das. Stattdessen dreht sich alles um die Charisma.

ALBIN

Die Stimmen werden lauter, immer mehr Leute melden sich zu Wort. Im Raum wird es zunehmend heißer. Er schaut zu Calle hinauf, der seinem Kumpel, dem Barmann, gerade etwas zuflüstert.

Albin will nicht, dass Calle sie verlässt. Er versteht zwar, dass Calle nach seinem Partner suchen muss, aber er wünschte, es wäre nicht der Fall.

»Wir müssten die Fähre einfach versenken«, schlägt eine Frau vor. »Dann hält sie wenigstens an. Und dann hauen wir schnell ab.«

Calle und sein Freund drehen sich zu ihr um.

»Und jede Menge Menschen einfach so ertrinken lassen?«, fragt Calles Freund.

»Besser, es überleben einige wenige als gar keiner.«

Albin sieht im Augenwinkel, wie mehrere zustimmend nicken. Er muss an seine Mutter im Rollstuhl in den überfluteten Korridoren denken und hasst jeden Einzelnen von ihnen.

Plötzlich schlägt irgendwo außerhalb des Raums eine schwere Stahltür zu. Sie klingt genauso wie die, durch die er mit Lo und Calle zusammen den Personalbereich betreten hat.

»Und wer soll deiner Meinung nach entscheiden, welche Leute gerettet werden?«, fragt jemand nach.

»Frauen und Kinder zuerst, und ...«

»Ach, jetzt auf einmal, wo du doch sonst immer von Gleichberechtigung faselst?«, sagt der ältere Mann in der Security-Uniform.

Die Stimmen werden jetzt noch lauter, und alle reden durcheinander.

»Können wir nicht einfach den Sprit ablassen, um das Schiff zum Anhalten zu bringen?«

»Zu unsicher, das ist schwierig und braucht Zeit.«

»Wir könnten ja das Licht komplett ausschalten oder versuchen, Leuchtsignale auszusenden ... Wenn alle Lampen ausgehen, könnte die Besatzung einer anderen Fähre auf uns aufmerksam werden und kapieren, dass wir in Schwierigkeiten sind ...«

»Willst du etwa gemeinsam mit diesen Gestalten im Dunkeln rumirren?«

»Aber wir könnten doch runter in den Maschinenraum gehen und Wasser auf die Elektronik kippen. Wenn wir einen Shutdown herbeiführen ...«

»Ich kapier gar nicht, warum wir überhaupt darüber reden.

Wir müssen unbedingt auf die Brücke hoch, irgendwie dafür sorgen, dass wir da reinkommen, und unterwegs jeden, der um sich beißend herumrennt, zu Brei stampfen und …«

»Halt die Klappe, Antti«, ruft Calles Freund. »Du bist doch verflucht nochmal genauso blutrünstig wie die.«

Albin sieht, dass sich an seinem Hemd und seiner Weste unter den Achselhöhlen große Schweißflecken gebildet haben.

»Wir wissen nicht, was mit ihnen passiert ist«, fährt er fort. »Aber es sind immer noch Menschen. Kranke Menschen. Und sie brauchen Hilfe.«

»Glaubt ihr das wirklich?«, fragt jemand. »Ich glaube eigentlich eher, dass ihr alle hier Hilfe braucht.«

Mehrere Leute drehen sich um. Jemand schreit auf. Und obwohl Albin es eigentlich gar nicht will, dreht er sich ebenfalls automatisch nach hinten um.

Im Türrahmen steht Dan Appelgren. Doch er ist kaum wiederzuerkennen. Er wirkt aufgedunsen, und seine mit glasigem Blick vor sich hinstarrenden Augen sind blutrot.

Hinter ihm drängen massenweise Kranke nach, die in der Luft schnuppern und die Zähne aufeinanderschlagen. Doch sie bleiben hinter Dan stehen, als warteten sie auf etwas.

Albin schaut Lo an.

Es kommt ihm vor wie in den Sommerferien in Grisslehamn, als sie sich nachts gegruselt und gegenseitig erschreckt haben. Jetzt haben sie hinter den Vorhang geschaut. Jetzt weiß er, welche Monster sich die ganze Zeit dahinter versteckt hielten. Denn jetzt sind sie hier.

Als die Leute, die am dichtesten an der Tür sitzen, auf das andere Ende des Raumes zu rennen, sieht er Stühle umkippen, hört, wie sie mit lautem Poltern zu Boden fallen, und spürt, wie der Boden unter seinen Füßen erbebt.

Jemand stößt ein Gebet aus, *Vaterunserimhimmelgeheiligtwerdedeinname*, ganz schnell, als wolle er sichergehen, bis zum *Amen* zu gelangen, bevor es zu spät ist.

Ihr Herz pocht, obwohl sie fast reglos auf dem Sofa sitzt, schnell und heftig. Es fühlt sich an wie eine tickende Bombe, die jeden Moment explodieren kann. Zumindest sind jetzt keine Schläge gegen die Tür mehr zu hören.

»Und wenn wir untergehen?«, fragt Madde, die sich wieder vors Fenster gestellt hat.

»Das tun wir nicht«, antwortet Vincent und nimmt rasch einen Schluck Whisky.

»Und woher wissen Sie das?«, fragt Madde, und ihre Stimme gerät ins Stocken. »Vielleicht steht ja nicht einmal mehr jemand am Steuer.«

Marianne versucht, den Schwindel abzuwehren, der sie erfasst. Hier in der Suite, die größer ist als ihre gesamte Wohnung, war es ihr fast gelungen zu vergessen, dass sie nicht einmal festen Boden unter den Füßen haben. Doch plötzlich packt sie eine völlig irreale Angst. Es kommt ihr vor, als würde Madde, allein indem sie ständig davon spricht, eine weitere Katastrophe heraufbeschwören.

»Jetzt machen Sie aber mal halblang«, hört sie sich selbst sagen. »Halten Sie einfach die Klappe.«

Madde antwortet nicht. Auf ihrem Rücken glitzert es.

»Vielleicht sind wir ja schon längst tot«, sagt sie. »Und in der Hölle gelandet.«

»Also bitte«, sagt Marianne.

»Jedenfalls kommt es mir vor wie in der Hölle.«

»Kommen Sie, und setzen Sie sich«, fordert Vincent sie auf. »Sie müssen ja verrückt werden, wenn Sie da stehen bleiben und hinausschauen.«

»Ich glaube, ich werde so oder so verrückt, egal, was ich tue.«

Vincent nickt. »Vielleicht sollten Sie trotzdem nicht da stehen.

Wenn einer von denen Sie sieht, wird er womöglich noch hergelockt.«

Plötzlich scheinen die Ärmel an Mariannes Pulli zu schrumpfen und ihre Arme so stark einzuschnüren, dass sie nicht mehr
mit Blut versorgt werden. Die Härchen an ihrem Nacken richten
sich auf.

»Das glaube ich nicht«, entgegnet Madde. »Die sind ziemlich
mit sich selbst beschäftigt.«

»Jetzt gehen Sie doch endlich da weg«, zischt Marianne.

Vincent steht vom Sofa auf und stellt sich ebenfalls ans Fenster. Er lässt seinen Blick suchend über das Chaos dort unten
schweifen und hält Ausschau nach Calle.

Was würde er wohl tun, wenn er ihn sähe? Würde er die beiden
Frauen hier allein lassen? Ja, natürlich.

»Glauben Sie … glauben Sie, dass die selbst überhaupt kapieren, was sie da machen?«, fragt Madde und schaut ihn an. »Denn
Zandra, sie war, als ob … als ob es bei ihr da drinnen völlig leer
wäre.«

»Die werden anscheinend von irgendwelchen Instinkten geleitet«, meint Vincent.

Madde nickt langsam und schnieft. »Ich frage mich, warum
Zandra eigentlich in unsere Kabine gekommen ist«, sagt sie.
»Und warum sie es ausgerechnet auf mich abgesehen hat. Ob es
war, weil sie mich so mochte … oder so sehr hasste.«

»Warum sollte sie Sie hassen? Sie sind doch Freundinnen.«

»Aber wir haben uns gestritten, als wir uns zuletzt sahen. Es
war mein Fehler, ich hab mich blöd verhalten …«

Und dann beginnt sie zu weinen. Während ihr Körper vom
Schluchzen geschüttelt wird, blitzen die Glitzerpartikel auf ihrem
Rücken unter dem schwarzen durchsichtigen Stoff wie Sterne auf.

Marianne steht selbst kurz davor, in Tränen auszubrechen.
Sie sieht den beiden an, wie schmerzhaft es sein muss, eine gute
Freundin zu verlieren oder sich um den Mann zu sorgen, den
man liebt. Und dennoch ist sie neidisch auf den Schmerz, den
die anderen fühlen.

Die Erkenntnis dessen, wie einsam sie eigentlich ist, empfindet sie ebenfalls als eine Art Verlust. Welche Hoffnungen auch immer sie mit Göran verknüpft hat, es waren bloß Phantasien.

Sie wischt sich ihre feuchten Handflächen am Rock ab und fragt sich, ob sie vielleicht einen Brief an ihre Kinder schreiben und ihn in der Suite hinterlegen sollte. Ein Dokument, das mit etwas Glück vielleicht irgendwer findet, wenn alles vorbei ist – falls sie das Ganze nicht überlebt. Doch sie verwirft die Idee wieder. Das käme einer Kapitulation gleich. Außerdem wüsste sie sowieso nicht, was sie schreiben sollte.

Marianne steht vom Sofa auf. Geht auf Madde zu und nimmt sie in die Arme.

Madde lässt es widerspruchslos geschehen. Sie schluchzt und schnieft an ihrem verschwitzten Pulli.

»Ist ja gut«, sagt Marianne und zieht sie näher zu sich heran, wobei sie es sorgfältig vermeidet, aus dem Fenster zu schauen. »Ist schon gut, ist gut.«

»Ich will nur noch nach Hause«, schluchzt Madde.

»Ich auch«, pflichtet sie ihr bei. »Ausgerechnet ich, die ich meine Wohnung doch so hasse.«

Vincent stößt ein heiseres Geräusch aus, und sie ist sich nicht sicher, ob er lacht oder weint oder ob das überhaupt eine Rolle spielt.

DAN

Er stützt sich am Türrahmen ab. Ihm geht es nicht gut. Gar nicht gut. In seinen Adern vibriert es. Direkt nachdem er Jennys Blut hinuntergeschluckt hatte, hat es sich ihm im Magen umgedreht.

Wenn er nur mehr Zeit gehabt hätte. Dann hätte er sie sich für später aufgespart und die Vorfreude genießen können.

Doch die Neugeborenen hinter ihm sind noch immer hungrig und verzweifelt. Sie nehmen den Geruch von Blut jetzt aus nächster Nähe wahr.

Er schaut sich in der Offiziersmesse um. Dieser armselige Raum mit all den armseligen Leuten, die auf dem Schiff arbeiten. Sie klammern sich aneinander fest und schreien. Versuchen, sich dicht an die hintere Wand zu pressen, als würde sie das retten. Der Raum dampft förmlich von all ihren Gerüchen. Das ist besser als jeder Applaus, jeder Fick, alle Drogen, die er je probiert hat. Er wünschte, er könnte sie töten, jeden Einzelnen von ihnen. Doch dabei zuzuschauen ist fast genauso gut.

Wenn ihm nur nicht so schlecht wäre.

Sein Blick bleibt an den Idioten aus Jennys Band hängen. Sie haben ihn damals ausgelacht, obwohl er weitaus mehr Mösen und noch dazu geilere gesehen hat als sie alle zusammen. Und dieser Schnösel von Filip aus dem Starlight, der den Retter in der Not gespielt hat. Er hat sich bestimmt nur erhofft, sie selbst begrapschen zu dürfen.

Tu dir keinen Zwang an. Du brauchst sie dir nur zu holen. Einfach die Reste vom Toilettenboden abkratzen.

Neben Filip steht ein bärtiger Typ mit zwei Kindern. Dan erkennt den kleinen asiatischen Jungen wieder, der ihn mit seinem Handy fotografiert hat. Das Mädchen ist vielleicht ein paar Jahre älter als er, aber das ist schwer abzuschätzen.

Er schnuppert in der Luft und stellt fest, dass es ihre Duftspur war, der er von Alexandras Kabine aus gefolgt ist. Der erste Geruch, den er mit seinen neuen Sinnen wahrgenommen hat.

Erwachsen würde sie bestimmt einmal richtig sexy aussehen. In ihrem geschminkten Kindergesicht kann man es bereits erahnen. Er hofft, dass sie nach ihrem Tod wieder aufwacht. Dann würde sie ihre zierliche schmale Körperform behalten. Doch mit der Zeit würde sie genau wie Adam innerlich altern. Nun ja, das ließe sich nicht vermeiden.

»Tun Sie es nicht. Ich bitte Sie.«

Die Stimme, die diese Sätze ausspricht, ist sanft und melodisch und klingt so altmodisch, dass sie ihm fast gespenstisch vorkommt. Ein Echo aus einer vergangenen Zeit. Sie spricht genau wie Adam, und er weiß sofort, wer sie ist.

»Die Konsequenzen sind so viel weitreichender, als Sie sich vorstellen können«, sagt sie und tritt einen Schritt vor. Auch vom Aussehen her ähnelt sie Adam, trotz ihrer dunklen Haare. Dan lässt den Türrahmen los. Streckt den Rücken durch und versucht, sich nicht anmerken zu lassen, wie starke Schmerzen er hat.

»Ich kann es mir sehr wohl vorstellen«, antwortet er. »Deswegen tue ich es ja gerade.«

Sie schüttelt den Kopf. »Verschonen Sie wenigstens die Leute hier. Sie haben doch längst bekommen, was Sie wollen.«

Dan muss lachen. Er hat mitnichten bekommen, was er will. Das hier ist nämlich das Beste von allem. Die Krönung des Ganzen.

»Es ist wirklich rührend, dass Sie versuchen, sie zu retten«, sagt er. »Aber glauben Sie wirklich, dass einer von denen *Sie* retten würde, wenn er wüsste, was Sie für ein Geschöpf sind?«

Adams Mutter schaut sich um, und er sieht ihr an, dass er sie aus der Fassung gebracht hat. So einfach war das also. Er macht einen Schritt auf sie zu und schnuppert übertrieben, geradezu theatralisch in der Luft, damit sein Publikum, das ihn mit weit aufgerissenen Augen anstarrt, begreift, was Sache ist.

»Sie haben doch auch gegessen, seit Sie an Bord sind. Was, glauben Sie, denken die Leute denn von Ihnen?«

»Und was, glauben Sie, wird mein Sohn mit Ihnen machen, wenn er Sie nicht länger braucht?«, spuckt sie förmlich aus.

»Wir haben weitreichende Pläne, meine Liebe«, sagt Dan.

»Er hat sich so lange nach seiner Freiheit gesehnt. Meinen Sie, er wird sich noch einmal jemandem unterwerfen, jetzt, wo er sie endlich vor Augen hat?«

»Warum kämpfen Sie eigentlich gegen Ihre Triebe?«, fragt er. »Warum quälen Sie sich?«

»Ich kann widerstehen. Ich bin kein Tier.«

Dan schaut sie an und möchte nichts lieber, als sie augenblicklich zu töten, und zwar für immer. Adam würde es nie erfahren.

Doch im Augenblick ist er einfach zu schwach dazu.

Auch egal, redet er sich ein. Sie wird ihn ohnehin nicht stoppen können. Sie steht ganz allein da, während er eine ganze Armee hinter sich hat.

Er zieht sich zurück und stellt sich neben die Tür, woraufhin die Neugeborenen in die Messe hineinströmen.

Der Erste ist ein dürrer Kerl mit blonden Dreadlocks. Dan nimmt den Geruch von fettigem Haar und strengen käsigen Ausdünstungen wahr, als er in den Raum stürmt und die Braut an sich reißt, die im Casino arbeitet. Sie versucht, ihn mit ihren kleinen Fäusten wegzuschlagen. Der erste Strahl Blut aus ihrem Hals spritzt auf den Boden, der Rest landet im Mund des Typen mit den Dreads, als sich seine Lippen um die Wunde schließen.

ALBIN

Die Welt scheint stillzustehen, alles geschieht wie in Zeitlupe. Albin starrt auf all die Füße, die hineinstürmen. Füße in weißen Tennissocken, in High Heels mit laut klackernden Absätzen, nackte Füße mit pinkfarbenen Zehennägeln und welche in Stiefeln. Ein Turnschuh rutscht auf einer Blutlache aus. Die Frau, die unter dem Mann mit den Dreadlocks begraben liegt, ist kreidebleich geworden. Ihr Körper scheint kaum noch Blut zu enthalten.

Es gibt also doch Monster, und jetzt sind sie hier. Er kann nirgendwohin fliehen.

Im Raum breitet sich ein ekelhaft süßlicher Gestank aus. Er hört laute Schreie und immer wieder aufeinanderschlagende, klappernde Zähne – Zähne, die sich ins Fleisch der Menschen bohren. Das Poltern von Stühlen und Tischen, die umfallen oder umgestoßen werden, und Knochen, die brechen. All das Blut, das über den Fußboden und die Wände und sogar bis an die Decke hochspritzt, färbt den Raum rot. Der ältere Wachmann, der gerade eben noch gesprochen hat, windet sich jetzt auf dem Boden, wo er eine klebrige Spur hinterlässt. Und mitten im Raum steht die Frau, die versucht hat, Dan Appelgren Einhalt zu gebieten.

Dan steht hinten an der Tür und verfolgt das Horrorszenario mit seinen roten Augen und einem wahnsinnigen Grinsen im aufgedunsenen Gesicht.

Lo reißt Albin mit sich, ihre Lippen bewegen sich, und sie sagt irgendetwas davon, dass sie von hier wegmüssen. Aber begreift sie denn nicht?

»Es hat keinen Sinn«, entgegnet er. »Wir können hier nicht weg.«

Sie blinzelt ihn an. »Hör doch auf, Abbe. Du darfst jetzt nicht alles hinschmeißen.«

Er will ihr gerade antworten, als seine Füße plötzlich vom Boden abheben und in der Luft herumstrampeln. Irgendwer umschließt seine Rippen mit einem festen Griff, der sich wie ein Schraubstock anfühlt. Er nimmt den Geruch von Blut und Lippenstift wahr und erblickt aus den Augenwinkeln glänzende rosafarbene Lippen und eine Reihe blendend weißer Zähne, die ihn an Knochensplitter erinnern. Um ihre Haare hat die Frau ein buntes Tuch geschlungen. Sie presst ihren Mund auf seinen Nacken, er spürt ihre Zunge an seiner Haut und schreit auf.

Der Mann mit den Dreadlocks stürzt sich genau in dem Moment auf Calle, als der die Arme nach Albin ausstreckt. Los Schreie übertönen all die anderen, *lassmichloslassmichlosich-mussihmhelfen!*

Zähne. Zähne sind das Einzige, was er sieht. Sie schlagen dicht vor seinem Gesicht hart aufeinander. An den Rändern seines Blickfelds nimmt er einen Vorhang aus blutbesudelten Dreadlocks wahr. Der Körper über ihm ist so mager, dass Calle seine Knochen durch die Jacke hindurch spürt, während er versucht, den Mann von sich fernzuhalten.

Calle gelingt es, ihn wegzustoßen, so dass sie beide auf die Seite rollen. Dann gewinnt er die Oberhand und stützt sich auf ihn. Umfasst mit einer Hand seinen Hals und drückt zu. Doch der Mann reagiert nicht. Seine Zähne schlagen weiter aufeinander. Die Halsmuskeln arbeiten unter seiner Haut wie Nattern, die sich in einer Schlangengrube winden. Panisch packt er den Mann an seinen Dreads und stößt seinen Kopf nach hinten gegen den Boden. Wieder und wieder. Er weiß nicht, wie oft er die Prozedur wiederholt, aber er kann einfach nicht aufhören. Der Mann blinzelt nicht einmal, obwohl sich schon eine Blutlache unter seinem Nacken auszubreiten beginnt. Als Calle erneut seinen Kopf anhebt, rinnt eine graue glänzende Masse auf den Boden, und die Augen des Mannes verdrehen sich. Seine Zähne schlagen ein letztes Mal aufeinander, bevor sie erlahmen. Calle lässt ihn los und starrt auf die blutigen Klumpen, die einmal Gedanken, Erinnerungen und Gefühle enthalten haben.

Calle kommt auf unsicheren Beinen zum Stehen. Er wird von einem Würgereiz überwältigt, und sein Magen zieht sich krampfhaft zusammen, doch er muss sich nicht übergeben. Er schaut sich nach Albin um. Die Schreie in der Offiziersmesse werden wellenartig lauter und wieder leiser. Dann erblickt er Filip, der alle Hände voll zu tun hat, Lo im Zaum zu halten. Sie ruft laut Albins Namen, und er folgt ihrem Blick.

Die Frau mit dem Tuch um den Kopf liegt auf dem Boden. Das Brotmesser mit dem gelben Schaft steckt in ihrem Hals. Aus der Wunde schießt Blut, viel mehr Blut, als ihr Körper zu fassen scheint.

Wie wenn man eine Mücke zerquetscht, die gerade zugestochen hat.

Ihr Mund öffnet und schließt sich. Womöglich versucht sie zu schreien. Sie zieht an dem Messer, doch ihre Hand rutscht am blutigen Griff ab. Es steckt fest.

Zwischen den Halswirbeln? Großer Gott, zwischen den Wirbeln?

Dahinter erblickt Calle jetzt die Frau in Schwarz, die eben noch mit Dan Appelgren gesprochen hat. Sie hat sich Albin kurzerhand unter den Arm geklemmt. An ihrer Hand fehlen zwei Finger. Sie kommt auf Calle und Filip zu, und Calle merkt, dass die anderen Angesteckten sich von ihr fernhalten und sie ehrfürchtig anschauen.

»Beeilen Sie sich«, ruft sie. »Bevor sie den Jungen erneut angreift.«

Calle wirft einen Blick auf den Fußboden hinter ihr. Die Frau mit dem Tuch um den Kopf hat sich aufgesetzt und starrt Albin mit wildem Blick an.

Das ist doch unmöglich.

Aber Calle zögert nicht. »Komm«, sagt er und schaut Filip an.

Lo schüttelt den Kopf. »Sie ist eine von denen«, protestiert sie.

»Ich habe ihm doch gerade das Leben gerettet«, entgegnet die Frau und stellt Albin vor Calle wieder auf den Boden. »Sie müssen sich bewaffnen, wenn Sie die Kinder schützen wollen. Sie müssen das Herz oder das Gehirn zerstören.«

Er nickt stumm und wird sich plötzlich bewusst, dass das Chaos in der Messe allmählich nachlässt. Überall liegen Tote herum.

Er betrachtet das blutige Messer im Hals der Frau. Jetzt packt sie erneut den Griff, und die Schneide gibt ein schmatzendes Geräusch von sich, als sie aus ihrem Fleisch herausgleitet.

Sie müssen sich bewaffnen.

»Wir müssen in die Kombüse«, ruft er und schaut Filip an.

Die Frau steuert auf die Tür zu, wo Dan Appelgren zuvor gestanden hat, aber nun nicht mehr zu sehen ist. Calle nimmt Albin an die Hand und läuft ihr hinterher, wobei er sich vergewissert, dass Filip und Lo ihnen folgen. Ein paar Angesteckte nähern sich ihnen, zögern jedoch angesichts der Frau.

Sie haben Angst vor ihr. Und sie glauben, dass wir zu ihr gehören. Vielleicht haben sie ja recht.

Calle zieht Albin näher zu sich heran und hört Filip nach Marisol rufen.

»Wartet auf uns!«, schreit Mikas vertraute Stimme irgendwo hinter ihnen.

Sie gelangen hinaus in den Korridor. Auch hier ist Dan Appelgren nirgends zu sehen. Vor dem Aufenthaltsraum liegen ebenfalls mehrere Tote auf dem Boden. Calle bemüht sich, nicht hinzuschauen. Er will gar nicht wissen, ob es Leute sind, die er näher kennt, und steigt über eine Leiche hinweg.

Die Frau stößt die Stahltür zum Treppenhaus auf, und Calle hört Schreie vom Deck unter ihnen.

»Wir nehmen den Aufzug«, sagt Filip hinter ihm. »Er fährt direkt runter zur Kombüse.«

Calle wirft einen Blick auf die ungefähr zehn Meter entfernten leuchtend gelben Stahltüren und nickt.

»Beeilen Sie sich«, ruft die Frau erneut.

Sie wirkt irgendwie bekümmert. Als wolle sie um Verzeihung bitten, obwohl sie ihnen gerade das Leben gerettet hat.

Er wünschte, er verstünde, warum sie ihnen hilft und wer sie ist. Doch jetzt ist nicht der richtige Zeitpunkt, um sie zu fragen. Er wirft einen letzten Blick zurück in den Korridor, aus dem Antti und Mika hinter ihnen hergelaufen kommen. Sie werden von mehreren Angesteckten verfolgt.

Calle umschließt Albins Hand fester und rennt los. Unmittelbar neben der Treppe gerät er ins Stolpern, kann sich aber wieder fangen. Er rennt weiter und hört Filips, Marisols und Los Schritte hinter sich. Er stürzt auf den Aufzug zu und drückt frenetisch den aufleuchtenden Knopf, woraufhin sich die schwere Maschinerie hinter den Stahltüren behäbig in Gang setzt. Die Kinder schreien und klammern sich aneinander fest. Er drückt erneut den Knopf, obwohl er weiß, dass es nichts bewirkt, aber er muss einfach irgendetwas tun.

Antti drängelt sich an der dunkelhaarigen Frau vorbei und stößt sie dabei fast um. Mika ist nur wenige Schritte hinter ihm.

»Beeilt euch!«, ruft Filip. »Beeilt euch, verdammt!«

Calle wird bewusst, dass die Schreie weiter unten im Treppenhaus verstummt sind. Doch jetzt hört er Schritte. Langsame, aber sie kommen immer näher. Von unten.

Er betrachtet die Frau. Sie steht noch immer in der Tür und versperrt den Angesteckten, die hinter ihr auftauchen, den Weg. Dabei fletscht sie die Zähne, und als Calle ihr gelblich verfärbtes Gebiss sieht, kommt es ihm vor, als hätte ihm jemand einen Eimer eiskaltes Wasser über den Kopf geschüttet. Sie passen einfach nicht in ihr jugendliches Gesicht.

Die Aufzugtüren öffnen sich scheppernd, und Calle dreht sich rasch um, weil er befürchtet, drinnen weitere Angesteckte zu erblicken, die nur darauf warten, sich auf ihn zu stürzen.

Doch der Aufzug ist leer.

Calle stellt sich in die Tür, um sie am Schließen zu hindern. Marisol und Filip schieben die Kinder ganz nach hinten in die Ecke des Aufzugs.

Mehrere Angesteckte kommen die Treppe hoch. Erst drei. Dann fünf.

Antti rennt los und stürzt in den Aufzug, hält sich dabei die Hände schützend vors Gesicht, um nicht mit dem Kopf voran gegen die Rückwand zu knallen.

Mika hat noch ein paar Meter vor sich. Warum ist er nur so langsam? Fast genauso langsam wie die Angesteckten, die inzwischen die Treppe erklommen haben.

»Beeil dich!«, ruft Calle.

Er drückt fest auf den Knopf mit der Nummer acht. Lo hüpft angespannt auf der Stelle auf und ab, so dass der Aufzug ins Wanken gerät.

»Was glaubst du wohl, was ich versuche?«, entgegnet Mika atemlos.

»Fahren Sie los!«, ruft die Frau. »Fahren Sie ohne ihn!«

Doch Mika erreicht endlich den Aufzug, und Calle rückt ein Stück weiter nach hinten. Die Türen stehen für ein, zwei Sekunden still, und er schreit seinen Frust hinaus, bevor sie endlich langsam zugleiten.

Dann stellt er sich zu den anderen an die Rückwand.

Die Türen haben sich schon fast geschlossen, als sich ein mit Sommersprossen übersäter Arm mit einem breiten Goldarmband ums Handgelenk in den Spalt schiebt. Die Finger sind zu Klauen gekrümmt und tasten blind nach etwas, das sie greifen können. Ein Gesicht mit offenstehendem Mund presst sich gegen die Öffnung. Die Tür ruckelt und öffnet sich langsam wieder. Die Kinder schreien laut auf.

Calle nimmt vor dem Aufzug eine flüchtige Bewegung wahr, und die weite schwarze Strickjacke huscht durch sein Blickfeld. Dann verschwindet das Gesicht aus dem Türspalt. Von draußen ist ein gequältes Jammern zu hören, und Filip streckt den Arm aus und drückt erneut auf den Knopf.

Calles Puls dröhnt ihm regelrecht in den Ohren, während er auf die Tür starrt, die nun vollständig zugleitet. Erst als sie ganz geschlossen ist und sich der Aufzug nach unten in Bewegung setzt, merkt er, dass er die ganze Zeit die Luft angehalten hat.

MADDE

Madde wendet sich vom Fenster ab. Sie kann das Geschehen unten am Bug nicht länger mit ansehen.

Außerdem kann sie sich vor lauter Müdigkeit kaum noch auf den Beinen halten. Sie hat so viel geweint, dass sie sich völlig ausgelaugt und entkräftet fühlt. Schwer lässt sie sich aufs Sofa fallen. Am liebsten würde sie sich der Länge nach auf den weichen Polstern ausstrecken und nie wieder aufstehen.

Wenn Zandra mich nun doch in irgendeiner Form angesteckt hat? Bin ich vielleicht deswegen so müde? Als ihr dieser Gedanke kommt, bricht sie beinahe in Panik aus.

Marianne schaut sie verstohlen an, scheint ihre Gedanken lesen zu können. *Was würden die beiden tun, wenn sie der Überzeugung wären, dass ich mich angesteckt hätte? Mich höchstwahrscheinlich hinauswerfen. In den Korridor, zu den anderen.*

Sie blickt starr auf das Schälchen mit den Geleeherzen. Wenn sie nun auf dieser verfluchten Fähre sterben muss, was hat sie dann eigentlich im Leben zustande gebracht? Was hat sie an bedeutenden Dingen vollbracht? Ihre Eltern werden sie natürlich vermissen. Und ihr Bruder auch. Aber sie kennen sie gar nicht richtig. Nicht ihr wahres Ich.

Es gab niemanden, der sie besser kannte als Zandra. Und jetzt ist Zandra fort.

Ihre Augen schmerzen, doch es kommen keine weiteren Tränen. Wahrscheinlich sind sie versiegt. Madde zieht die Nase hoch und fährt sich mit dem Zeigefinger darunter entlang. Wirft einen Blick auf die Essecke. Darüber hängen Spiegel an der Decke. Sie beschleicht das Gefühl, dass auf diesem Tisch mehr gevögelt als daran gegessen wird.

Dann betrachtet sie die Girlanden, die am Treppengeländer hängen, und die Rosenblätter auf den Treppenstufen. Durch die Pfosten des Geländers im Obergeschoss hindurch erblickt sie ein großes Plakat oberhalb des Bettes. GLÜCKWUNSCH!

Jetzt kapiert sie, wie das Ganze zusammenhängt, und weiß nicht, ob sie angeekelt oder eher beeindruckt sein soll. Sie betrachtet die ältere Frau erneut. Sie muss reich sein. Und Vincent offenbar ziemlich verzweifelt.

Dann linst sie erneut zum Spiegel an der Decke.

»Haben Sie vor zu heiraten?«, fragt sie.

»Nein«, antwortet die Frau rasch. »Nein, keineswegs.«

»Und was feiern Sie dann?«, fragt Madde.

»Lange Geschichte«, sagt der Mann und wendet sich vom Fenster ab.

Seine Augen wirken aus der Entfernung dunkler. Er sieht verdammt gut aus. Zandra hätte sich sofort in ihn verguckt.

Zandra.

»Es ist ja nicht so, dass wir irgendwas Besonderes vorhätten«, meint Madde. »Ich würde gern ein wenig auf andere Gedanken kommen.«

Vincent setzt sich ihr direkt gegenüber in den Sessel.

»Mein Freund hat mir einen Antrag gemacht«, erklärt er.

Madde nickt, erleichtert darüber, sich nicht vorstellen zu müssen, wie Marianne und Vincent Sex miteinander haben.

»Und wo ist er jetzt?«

»Ich weiß es nicht«, antwortet Vincent mit einer Stimme, die einem Flüstern gleichkommt. »Er ist schon vorher verschwunden … Ich weiß nicht, was mit ihm ist.«

Vincent wirkt so traurig, dass sie ihre Frage umgehend bereut. Sie würde ihn gern etwas aufmuntern, doch er hat schließlich genau wie sie aus dem Fenster geschaut.

»Glückwunsch«, sagt sie. »Zu Ihrer geplanten Hochzeit, meine ich.«

Er lächelt, doch es ist das freudloseste Lächeln, das sie je gesehen hat.

»Ich hab ihn abgewiesen«, erklärt er.

»Und warum?« Die Frage rutscht ihr einfach so heraus. »Sorry«, fügt sie rasch hinzu. »Es geht mich überhaupt nichts an. Es ist nur so, dass …«

Diesmal gelingt es ihr, den Mund zu halten. *Es ist nur so, dass man Ihnen ansieht, dass Sie ihn lieben.*

»Ist schon okay. Aber ich weiß es nicht. Ich brauchte Bedenkzeit …« Er lacht auf. »Ich bin davon ausgegangen, dass uns noch jede Menge Zeit bleibt.«

»Sie konnten ja wohl kaum ahnen, dass die Leute hier an Bord anfangen würden, sich gegenseitig in Stücke zu reißen.«

»Bitte!«, beschwichtigt Marianne sie.

»Nein, natürlich nicht«, sagt Vincent und lacht erneut, während er seine Stirn auf die Hände stützt. »Ich sollte eigentlich nach ihm suchen«, meint er. »Er muss irgendwo da draußen sein.«

»Nein«, wendet Marianne ein. »Er wird schon herkommen, wenn er kann.«

»Genau, wenn er kann. Aber vielleicht braucht er Hilfe«, entgegnet Vincent.

»Und wenn Sie sich dabei gegenseitig verfehlen?«, meint Marianne. »Er würde bestimmt wollen, dass Sie hierbleiben.«

Sie schaut Madde an, als erwarte sie Zustimmung von ihr. Als hätte Madde irgendeine Ahnung oder wüsste irgendetwas über Vincents Freund.

»Ja, das denke ich auch«, sagt Madde. »Ich würde das zumindest wollen.«

Wenn sie jemanden von ganzem Herzen liebte, würde sie wollen, dass sich dieser Mensch an einem Ort befände, der so sicher wie möglich ist. An einem Ort, an dem sie ihn finden könnte.

Außerdem will sie nicht, dass Vincent sie und Marianne allein lässt.

CALLE

Sie stehen schweigend im Aufzug und schauen zu, wie die Türen aufgleiten. Jenseits des erleuchteten Rechtecks vor dem Aufzug breiten sich tiefe Schatten aus. Hier und dort leuchten grüne und orangefarbene Lichtpunkte. Kleine Lämpchen an den riesigen Küchenmaschinen.

Calle lauscht in die Dunkelheit, hört aber nur das Rauschen in den Lüftungskanälen. Er wirft Filip einen Blick zu.

Antti seufzt genervt und tritt aus dem Aufzug. Er setzt sich mit übertrieben geradem Rücken und seitlich leicht abstehenden

Armen in Bewegung. Dabei erinnert er an einen kleinen Kläffer, der versucht, groß und furchteinflößend zu erscheinen. Und bewirkt genau das Gegenteil.

Calle und die Kinder folgen ihm gemeinsam mit Marisol und Filip in die Kombüse. Mika ist der Letzte, der den Aufzug verlässt. Von der Decke her ist ein Klicken zu hören, und die Neonröhren leuchten auf. Antti steht neben den Lichtschaltern. Im grellen Licht sieht man deutlich, dass sein Gesicht hochrot, fast purpurfarben ist. Die riesigen Arbeitsflächen aus Edelstahl, die großen Öfen, die Grills, die Wärmeschränke und die Fritteusen glänzen. Alles ist blitzblank und gründlich gereinigt. Hätte es sich um eine gewöhnliche Fährfahrt gehandelt, würden demnächst schon die Vorbereitungen fürs Frühstück beginnen. An der Pinnwand neben den Spülmaschinen hängen Arbeitspläne und diverse Postkarten, die Mädels im Bikini an sonnigen Stränden zeigen. Neben der Pinnwand ist ein graues Wandtelefon installiert.

Vincent.

Wenn er nicht anruft, kann er sich wenigstens einreden, dass Vincent in der Suite ist. In Sicherheit. Wenn er dagegen anruft und Vincent nicht antwortet …

»Als Erstes müssen wir jede Menge Waffen auftreiben«, sagt Antti, während er mehrere Schubladen öffnet und wieder zuknallt.

Calle lässt vorsichtig Albins Hand los und geht in die kalte Küche. Unter einer der Arbeitsplatten zieht er eine Schublade heraus und erblickt darin fein säuberlich nebeneinander aufgereiht diverse Tranchier- und Küchenmesser.

»Hier gibt's massenweise davon«, erklärt er.

Marisol stellt sich vor die Arbeitsplatte direkt daneben und zieht mehrere Fleischäxte und einen Fleischklopfer hervor. Ihre Blicke begegnen sich, und Calle spürt instinktiv, dass er sie mag. Er reiht einige Messer vor sich auf und berührt prüfend die Schneiden. Sie sind frisch geschliffen und äußerst scharf. Er fragt sich, ob die großen automatisch die besten sind oder die kleinen nicht eher geschmeidiger in der Hand liegen. Und sollen die Kinder auch Messer bekommen?

»Kapierst du, was wir hier tun?«, fragt er.

Marisol schüttelt den Kopf. Sie lehnt sich gegen die Arbeitsplatte und wischt sich den Schweiß aus der Stirn.

»Ich hab unten auf der Fähre eine Frau erschlagen«, sagt sie. »Sie war eine von denen ... aber ich ...« Sie schluckt. »Ich weiß nicht, ob ich es noch einmal über mich bringe«, murmelt sie.

»Ich weiß. Ich meine, ich auch nicht.«

Er verdrängt die Gedanken an den Typ mit den Dreadlocks und die gräuliche Substanz, die aus seinem Hinterkopf geronnen ist.

Calle betrachtet die Messer, die er bereitgelegt hat. Plötzlich kommt ihm der Gedanke lächerlich vor, sie einzusetzen. Er schaut sich nach den Kindern um.

Lo kommt auf ihn zu und reicht ihm eine große Küchenschere. Albin steht einen halben Schritt hinter ihr. Sein Blick ist erschreckend leer, fast gläsern.

»Die hier dürfte ihren Zweck erfüllen«, sagt Lo.

Sie sieht noch so kindlich und zugleich schon so erwachsen aus.

Calle nickt. Er muss ihrem Blick ausweichen, als er die Schere entgegennimmt. Sie und Albin dürften eigentlich gar nicht hier sein. Sie müssten in ihren Betten zu Hause liegen und friedlich schlafen.

Er lässt seinen Blick über die Spülmaschinen, die Stapel von Geschirrkörben und die Hochdruckschläuche an den Wasserhähnen schweifen, die wie träge Schlangen über den Spülbecken hängen. Dann wirft er erneut einen Blick aufs Telefon. Er muss anrufen, und zwar möglichst bald. Doch vorher muss er erst noch seine Gedanken ordnen.

Plötzlich ertönt hinter ihm ein lautes Klirren und Krachen. Er fährt herum. Antti hat mehrere Schubladen auf einmal herausgezogen und sie auf dem Fußboden ausgeleert. Haufenweise Schneebesen, Pastalöffel und Kartoffelpressen liegen auf dem Boden verteilt.

»Verdammt, kannst du nicht etwas leiser sein?«, fragt Filip.

Antti schaut ihn an. Reißt eine weitere Schublade heraus und kippt den Inhalt demonstrativ aus.

»Ich versuche nur, effektiv zu arbeiten«, sagt er. »Vielleicht solltest du das auch mal ausprobieren.«

»Du lockst sie damit doch nur an«, erklärt Calle. »Kapierst du das denn nicht?«

Antti wirft ihm einen verächtlichen Blick zu.

»Halt die Klappe, du verfluchte Schwuchtel!«

»Nice«, sagt Lo leise zu Albin. »Können die nicht vielleicht doch herkommen und ihn aus dem Weg räumen?«

Calle hört es kaum. Als er Antti anschaut, rauscht ihm der Hass förmlich durch die Adern. Seine Abneigung gegen diesen Kerl ist so stark, dass er sich kaum selbst wiedererkennt.

Doch dann merkt er, dass es genau andersherum ist. Er kennt diesen Hass nur allzu gut. Als sie noch zusammengearbeitet haben, war er nur zu feige, es Antti zu sagen. Aber jetzt würde er ihn am liebsten zusammenschlagen. Ihm die Faust in seine hochrote Visage dreschen und danach einen Tritt mit dem Stiefel verpassen.

Der Hass tut ihm gut. Er brennt wie Feuer und vertreibt seine Angst. Vertreibt jegliche Gedanken an die Ansteckungsgefahr, an Vincent, Pia und die Kinder.

»Scheiße nochmal, Antti«, ruft Filip. »Du kannst dir deine blöden Machosprüche in den Arsch schieben.«

»Schieb sie lieber deinem Kumpel in den Arsch«, kontert Antti. »Das wird ihm bestimmt gefallen. Ja, eine Riesenscheiße ist das, da stimm ich dir zu. Scheiße, hier mit kleinen Kindern und Weibsbildern und der ganzen Korrektheitsmafia festzusitzen.«

»Ich kann nicht mehr«, schnauft Mika.

Calle hatte ihn schon fast vergessen. Er dreht sich um und sieht, dass er zusammengesunken auf dem Fußboden hockt, den Rücken an einen Wärmeschrank gelehnt.

»Und dann auch noch mit diesem Schisser da«, schnaubt Antti verächtlich.

»Ich wäre am liebsten ganz weit weg«, sagt Mika. »Warum muss das ausgerechnet mir passieren?«

»Dir?«, fragt Calle. »Du bist immerhin noch am Leben, im Unterschied zu allen anderen oben in der Messe und Pia und Jarno und den ganzen Passagieren, die …«

»Ich kapier nur nicht, was ich verbrochen haben soll und womit ich das hier verdiene.«

»Das hier hat ja wohl niemand verdient!« Filip schreit fast. »Wer hätte es deiner Meinung nach denn sonst verdient?«

Mika schaut ihn mit mürrischer Miene an, als wäre es verdammt ungerecht von Filip, ihm sein Selbstmitleid abzusprechen.

»Jetzt beruhigen wir uns alle erst mal wieder«, sagt Marisol. »Wir wissen ja nicht einmal, womit wir es hier zu tun haben.«

»Doch, ich weiß es«, sagt Lo. »Ich weiß, was es ist, aber ihr werdet es mir bestimmt nicht glauben.«

Calle dreht sich zu ihr um.

»Es sind Vampire«, erklärt sie.

»Lo …«

»Aber das sind sie. Kapiert ihr es denn nicht?«

»Wie gesagt, Weibsbilder und Kleinkinder«, brummt Antti vor sich hin.

»Erst hab ich gedacht, es wären Zombies«, fährt Lo fort. »Aber Zombies können weder denken noch sprechen. Ihr habt ihn ja gesehen, diesen Dan Appelgren, er konnte es, und trotzdem war er einer von denen. Und die Frau, die uns geholfen hat, auch.«

»Könnt ihr nicht dafür sorgen, dass dieses Balg die Klappe hält?«, fragt Antti. »Ich hab keine Lust, mir das Gequatsche einer pubertierenden Göre anzuhören, die zu viele Horrorfilme gesehen hat.«

Los Augen werden zu Schlitzen, als sie ihren Kopf in seine Richtung dreht.

»Dann versuch es doch mit einer anderen, *natürlichen* Erklärung«, fordert sie ihn auf. »Die ist bestimmt um Längen glaubwürdiger.«

Vampire.

Vielleicht sind das nur erste Anzeichen dafür, dass er gleich durchdreht, doch diese Erklärung erscheint ihm vollkommen einleuchtend. So verrückt es auch klingen mag, aber es erscheint ihm angesichts all der unlogischen Vorfälle hier auf der Charisma am logischsten.

Die Zähne, die Bisse, das Blut, all die Toten draußen an Deck. Das Chaos in der Offiziersmesse. Die Frau mit dem Messer im Hals, die noch am Griff herumgezerrt hat, während ihr das Blut aus dem Leib rann. Der Typ mit den Dreadlocks, der nicht eher Ruhe gab, bis sein Schädel völlig zerschmettert war.

All die Eindrücke aus der Offiziersmesse stürmen auf ihn ein, und sein Gehirn ist kurz davor zu kapitulieren. Seine Gedanken drohen zu entgleisen. Es ist, als wäre er in vollem Tempo bis an den Rand des Wahnsinns gerannt, um gerade noch in letzter Sekunde abzubremsen. Ihm wird schwindelig, aber er stürzt nicht in den Abgrund. Noch nicht.

Doch jetzt weiß er zumindest, dass sich der Abgrund vor ihm auftut. Nur darauf wartet, ihn zu verschlingen.

»Pia hat erwähnt, dass Dan einen kleinen Jungen bei sich hatte«, erklärt Mika. »Sie nahm an, dass der Junge auch einer von denen war.«

»Diese dunkelhaarige Frau hat Dan gegenüber irgendwas über ihren Sohn gesagt«, meint Lo aufgeregt und schaut Calle an.

»Aha«, sagt Antti und lacht theatralisch. »Das sagt ja alles. Also dann mal los. Hier muss es doch irgendwo Knoblauch geben. Oder sollen wir uns lieber hinsetzen und ein paar Holzpflöcke schnitzen?«

»Das sollten wir vielleicht tatsächlich tun«, erwidert Lo. »Sie hat gesagt, wir sollen ihr Herz oder ihr Gehirn zerstören.«

»Hier geht es aber um Terroristen«, sagt Antti und schaut sich um. »Oder glaubt hier etwa noch jemand an diese Ammenmärchen?«

Calle hält sich die Hände vors Gesicht. Dabei berührt er zufällig die Platzwunde an seiner Stirn, und der Schweiß von seinen Fingerspitzen brennt darin wie Feuer.

»Ich weiß nicht mehr, was ich glauben soll«, sagt Filip. »Außerdem spielt es doch sowieso keine Rolle, wie wir sie nennen. Die Frage ist eher, was wir jetzt tun sollen.«

Antti verpasst einer der Schubladen auf dem Boden einen kräftigen Tritt.

»Wir müssen unbedingt die Fähre anhalten, damit wir die Rettungsinseln zu Wasser lassen können«, sagt Marisol.

»Henke und Pär haben schon einmal versucht, auf die Brücke hochzugelangen, und sie ...«, beginnt Antti.

»Okay. Dann nehmen wir uns die Maschinen vor. Weiß jemand hier, wie man sie stoppt?«

Antti seufzt genervt. »Ganz einfach«, antwortet er fast widerwillig. »Man muss nur ein paar Eimer Wasser in den großen Sicherungskasten kippen. Dann hören die Pumpen auf zu arbeiten, und die Motoren bekommen weder Sprit, noch werden sie gekühlt.«

Sie schauen einander an.

»Gut«, sagt Marisol. »Dann haben wir einen Plan.«

Calle wirft einen Blick auf das Telefon neben der Pinnwand. Wenn sie es wirklich durchziehen wollen, muss er jetzt anrufen.

Eine weitere Gelegenheit werde ich höchstwahrscheinlich nicht erhalten.

Dieser Gedanke ist zu allumfassend, zu weitreichend. Er verdrängt ihn. Muss einen kühlen Kopf bewahren.

Er geht mit klopfendem Herzen auf das Telefon zu und hebt den Hörer ab. Drückt auf die fettverschmierten Tasten: 9.3.1.8.

Das Freizeichen ertönt. Ein Mal. Zwei Mal. Ein weiteres Mal.

»Hallo?«, ruft Vincent atemlos.

Die Kunststoffhülle des Hörers knackt, als Calle ihn fest umschließt.

»Ich bin's«, meldet er sich.

Er muss ganz langsam tief ein- und ausatmen, um nicht loszuheulen. Wenn er jetzt anfängt zu weinen, wird er den Abhang hinunterstürzen und ihn nicht wieder raufklettern können.

»Wo bist du?«, fragt Vincent mit belegter Stimme.

»Ich bin in der Kombüse«, antwortet Calle, und als Vincent nicht antwortet, fügt Calle hinzu: »In der Küche.«

»Alles okay?«

»Ja«, antwortet Calle. »Alles okay.«

In der Telefonleitung, die durchs ganze Schiff führt, knistert und rauscht es wie eine Erinnerung daran, dass das Gespräch jeden Moment zusammenbrechen kann.

»Und du?«, fragt Calle. »Wie geht's dir? Du bist doch nicht gebissen worden?«

»Nein«, antwortet Vincent.

Dieses kleine Wörtchen, das den großen Unterschied macht.

Calle wird von einer Welle der Erleichterung erfasst. Er droht nun doch jeden Moment in Tränen auszubrechen.

»Ich wünschte, du wärest jetzt hier«, sagt Vincent.

Calle schluckt und schluckt, um den Kloß in seinem Hals hinunterzuwürgen. Das Rauschen in der Leitung erscheint ihm auf einmal wie Wind in den Baumkronen oder ein fernes Flüstern.

»Ich auch«, bringt er hervor.

»Was geschieht mit den Leuten hier an Bord? Weißt du etwas?«

Vampire.

»Nein.«

»Bist du dort sicher, wo du dich gerade aufhältst?«

Ein paar Tränen rinnen an Calles Wangen hinunter. Sie fühlen sich heiß an.

»Wir werden jetzt versuchen, in den Maschinenraum zu gelangen und die Fähre anzuhalten. Dann können wir die Rettungsinseln zu Wasser lassen … und früher oder später wird irgendwer von außerhalb darauf aufmerksam, dass etwas nicht stimmt …«

Er verstummt. Plötzlich fällt ihm ein, dass sich mögliche Rettungskräfte ebenfalls in Gefahr begeben, wenn sie an Bord kommen.

Er lehnt sich gegen die Wand und versucht, sich wieder zu beruhigen. Sich nicht überwältigen zu lassen und auf eine Sache nach der anderen zu konzentrieren. Das ist die einzige Möglichkeit, nicht verrückt zu werden.

»Kannst du nicht einfach dort bleiben, wo du bist?«, fragt Vincent. »Bitte. Mir zuliebe.«

»Wir müssen es versuchen.«

Vincent antwortet nicht. Calle will nur, dass er irgendetwas sagt. Was auch immer, damit er sich für eine Weile an Vincents Stimme festhalten kann. Doch Vincent sagt nichts weiter.

»Bleib in der Suite. Versprich mir, sie nicht zu verlassen«, sagt Calle. »Wenn es uns nicht gelingt, das Schiff zu stoppen, komm ich so schnell wie möglich zu dir.«

»Ich warte hier«, sagt Vincent.

Mach das. Ich liebe dich. Pass auf dich auf.

»Wir sehen uns bald«, sagt er.

»Ja, wir sehen uns bald.«

Es klingt, als hätte Vincent angefangen zu weinen. Calle will nicht auflegen. Aber er murmelt ein Hejdå und zwingt sich dazu, den Hörer auf die Gabel zu legen.

»Albin? Lo?«, ruft er mit erstaunlich fester Stimme. »Kommt her, jetzt versuchen wir, eure Eltern anzurufen.«

Er wischt sich die letzten Tränen aus den Augen und wendet sich den anderen zu.

Filip hat inzwischen mehrere graue Putzeimer aus Plastik aufgetan und reißt gerade einen Streifen silbernes Klebeband von einer Rolle ab. Er hat ein Messer an einem langen Metallstab befestigt, der wie der Stiel eines Wischmopps aussieht.

»Hast du ihn erreicht?«, fragt Filip und schaut Calle an.

Calle nickt.

»Gut«, sagt Filip und hält den improvisierten Speer prüfend vor sich in die Luft.

Er wirkt so zufrieden, dass Calle lächeln muss.

Vincent ist in Sicherheit. Erst jetzt, als er das weiß, wird ihm bewusst, wie gefährlich nah er dran gewesen war, aufzugeben.

DAN

Adam wartet auf Deck acht bei den Spielautomaten auf ihn. Dan steigt über all die leblosen Körper hinweg, die im Gang vorm Poseidon liegen, und achtet sorgfältig darauf, wo er seine Füße hinsetzt. Während er vorbeigeht, hört er, wie sich einige von ihnen regen. Mehrere heben die Köpfe und folgen ihm mit dem Blick.

Er ist müde.

Wenn er das Spektakel in der Offiziersmesse doch nur hätte genießen können.

Aber zumindest haben ihn dort oben alle gesehen. Alle haben begriffen, dass er es war, der hinter allem steckt. Sobald sie wieder aufwachen, werden sie ihm gehorchen. Und wenn sie ihr Denkvermögen zurückerlangt haben, werden sie feststellen, dass sie ihr neues Leben ihm zu verdanken haben.

Er stellt sich neben Adam und schaut gemeinsam mit ihm aus dem Fenster. Am Horizont, wo das Meer in den Himmel übergeht, ahnt er bereits hellere Farbnuancen. Er fragt sich, ob er sie als normaler Mensch überhaupt hätte wahrnehmen können.

Ein neuer Morgen. Eine völlig neue Welt. Und noch niemand außerhalb der Charisma weiß etwas davon.

»Hat es geklappt?«, fragt Adam.

»Ja.«

Ihre sich im Fensterglas spiegelnden Silhouetten sind durchsichtig. Dans Gesicht ist aufgedunsen, und sein Hemd spannt über dem mit Blut gefüllten Körper. Er schaut weg und begegnet Adams Blick in der Scheibe. Muss daran denken, was seine Mutter zu ihm gesagt hat.

Adam wird sich nie wieder jemandem unterwerfen. Doch Dan hat es ebenfalls nicht vor. Vielleicht sollte er Adam hier und jetzt töten. Der neuen Welt ohne ihn entgegengehen und statt seiner eine Armee Neugeborener mitnehmen.

»Ich habe meine Mutter nicht gefunden«, sagt Adam. »Ich konnte noch nicht mal eine Spur ihres Geruchs aufnehmen.«

»Sie war aber da«, entgegnet Dan.

Adam wendet sich ihm zu, doch Dan schaut weiter aus dem Fenster. Das schwache Licht da draußen lässt das Wasser wie Quecksilber erscheinen.

»Sie hat einigen Leuten geholfen zu fliehen«, erklärt er.

»Und du hast ihr keinen Einhalt geboten?«, fragt Adam.

Dan presst die Kiefer aufeinander und betrachtet Adam. Es kommt ihm vor, als wäre es ein Leichtes, dem Kleinen das Genick zu brechen. Aber es wäre ein Fehler, sich von Adams knabenhafter Gestalt täuschen zu lassen. Dan muss noch warten, bis er sich wieder erholt hat.

»Und wem hat sie geholfen?«, fragt Adam.

»Nur ein paar Losern. Niemand Wichtigem. Und zwei Kindern.«

Das Blut in Dans Körper gerät leicht in Wallung, als ihm das blonde Mädchen in den Sinn kommt. Sie ist noch so jung und so frisch.

»Meine Mutter hat eine Schwäche für Kinder«, sagt Adam und presst seine schmalen, kindlichen Lippen aufeinander. »Können die Geflohenen für uns zum Problem werden?«

Dan schüttelt den Kopf. Was sollte ein Depp aus dem Taxfree-Shop schon ausrichten? Sie zu Tode parfümieren?

Adam setzt sich in die Fensternische, lässt die Beine herunterbaumeln und hämmert mit den Fersen seiner kleinen Schuhe gegen die Wand. Seine blauen Augen bohren sich in Dans.

»Bist du sicher?«, fragt er.

»Sie werden sowieso nicht weit kommen. Einer von ihnen verwandelt sich bald. Es kann nicht mehr lange dauern. Der wird sich schon um die anderen kümmern.«

Dan sieht Mikas verhasstes Gesicht bereits vor sich und stellt sich die neuen Zähne darin vor. Den schreckerfüllten Blick und den Hunger in seinen Augen. Doch es gelingt ihm nicht, irgendetwas dabei zu empfinden.

Hinter Dan gibt einer der Neugeborenen ein Grunzen von sich.

»Du solltest dich vielleicht besser auf all diejenigen konzentrieren, die nicht fliehen konnten«, meint Dan. Er fügt bewusst nicht *was mir zu verdanken ist* hinzu, denn er merkt selbst, wie genervt und abwehrend er klingt. »Es sind nur noch ein paar Stunden, und deine Mutter kann sowieso nichts mehr ausrichten.«

»Sie wird es aber versuchen«, entgegnet Adam, fast so, als dächte er laut.

»Dann musst du sie dir eben vorknöpfen«, sagt Dan.

Er will nicht länger darüber reden. Als er Adams Mutter in der Messe gegenüberstand, hat er ihr deutlich angesehen, dass sie ihn am liebsten getötet hätte.

Doch er hat seine neue Freiheit schließlich nicht gewonnen, um sie gleich wieder preiszugeben. Denn jetzt hätte er viel mehr zu verlieren. So viele weitere Jahre. So viele bessere Jahre.

»Verdammt nochmal, Adam, sei jetzt ein Mann«, fügt Dan hinzu. »Auch wenn du nicht wie einer aussiehst.«

Sie blicken einander in die Augen, und Adam schaut als Erster weg.

»Mach dir keine Sorgen um meine Mutter«, sagt er. »Ich werde mich um alles kümmern. Du hast recht. Genieß einfach das, was wir erreicht haben. Du hast gute Arbeit geleistet.«

Dan nickt. Er braucht Adams Bestätigung nicht, hat aber keine Lust, noch länger mit ihm zu diskutieren.

»Du musst ziemlich müde sein«, meint Adam.

Und Dan nickt erneut. Das ist er in der Tat. Todmüde.

»Du solltest dich in den restlichen Stunden bis zu unserer Ankunft ein wenig ausruhen«, sagt Adam. »Dann benötigst du nämlich neue Kraft. Denk an all das, was noch vor uns liegt. Das hier ist schließlich nur der Anfang.«

Dan nickt. Ja. Sich auszuruhen wäre genau das, was er jetzt braucht.

Und er weiß auch schon, wo. Er wird dorthin gehen, wo eigentlich schon immer sein rechtmäßiger Platz gewesen wäre.

Er wird in der ersten Reihe sitzen, wenn sie Finnland erreichen und die Welt an einem Tag zum Leben erwacht, der in ihrer langen Geschichte seinesgleichen sucht.

ALBIN

»Abbe«, sagt sein Vater. »Abbe, wo bist du denn?«

Er ist weder der böse noch der weinerliche Papa. Er klingt so, wie Albin ihn noch nie zuvor gehört hat. Wie ein kleines Kind. Als hätten sie miteinander getauscht, so dass Albin jetzt der Erwachsene ist.

Außerdem hat er getrunken. Und zwar so viel, dass er kaum zu verstehen ist.

Albin weiß nicht, warum er enttäuscht ist. Hatte er etwas anderes erwartet? Dass sein Vater der Papa aus den Märchen sein würde, die er selbst erfunden hatte, als Albin noch klein war? Der mutige Papa, der gegen Ungeheuer kämpft und alle Menschen vor ihnen rettet?

»Lo und ich sind mit ein paar anderen Leuten zusammen in der Kombüse«, erklärt Albin. »Dort, wo sie das Essen zubereiten.«

Ist es wirklich erst wenige Stunden her, seit sie zusammen im Restaurant gesessen und gegessen haben?

»Wo ist Cilla?«, fragt sein Vater. »Und Linda?«

»Ich weiß es nicht«, antwortet Albin und linst zu Lo rüber. »Sind sie denn nicht bei dir?«

Lo begreift sofort. Sie versucht, es sich nicht anmerken zu lassen, aber ihr Körper sackt völlig in sich zusammen, als hätte jemand eine unsichtbare Schnur kurzerhand abgeschnitten, die sie bis eben noch aufrecht gehalten hat.

»Nein, ich bin ganz allein hier«, antwortet sein Vater. »Warum seid ihr denn einfach verschwunden?«

413

Albin fingert am Telefonkabel herum und wickelt seinen Zeigefinger in die Spirale aus weichem grauen Kunststoff ein.

»Ich musste dringend etwas mit Mama besprechen«, erklärt er.

»Und warum bist du nicht zu mir gekommen? Ich war doch in der Kabine direkt nebenan!«

Das Kabel schnürt seine Fingerspitze ein, so dass sie sich dunkellila färbt.

»Keine Ahnung.«

»Nein, ich weiß es auch nicht«, sagt sein Vater.

Er beginnt zu weinen, und Albin hört ein ekliges sabberndes Schluchzen in der Leitung. Jetzt erkennt er ihn wieder.

»Ich würde ja zu dir kommen, wenn ich könnte«, sagt Albin. »Aber es geht nicht.«

Doch sobald er die Worte ausspricht, weiß er, dass er es nicht einmal versuchen würde. Denn er will auf keinen Fall gemeinsam mit seinem Vater in der Kabine eingeschlossen sein.

Er ist viel lieber mit Calle und den anderen hier zusammen.

»Dann sag mir doch wenigstens, wie ich zu dir kommen kann«, schnieft sein Vater.

Albin befreit seinen Finger wieder aus dem Gewirr des Kunststoffkabels. Er ist inzwischen ganz feucht vom Schweiß.

»Das geht nicht.«

»Aber ich werde hier noch verrückt.«

Du bist schon verrückt. Und ich will dich hier nicht sehen. Ich will auch nicht, dass Calle und die anderen dich sehen. Du würdest nur alles kaputtmachen.

»Ich muss jetzt auflegen. Sobald die Fähre anhält, komm hoch aufs Außendeck, wenn du kannst. Dort sind die Rettungsinseln.«

»Abbe, Abbe, leg nicht auf! Du weißt, dass ich dich mehr als alles andere auf der Welt liebe, ich muss …«

»Tut mir leid, Papa. Ich liebe dich auch.«

Albin muss sich auf die Zehenspitzen stellen, um den Hörer auflegen zu können. Er dreht sich zu Lo um, die ihn mit feuchten Augen anschaut.

»Sie sind nicht da«, sagt er, obwohl er weiß, dass es nicht nötig ist. »Und ich will auch nicht dorthin zurückgehen.«

Sie nickt stumm. »Hast du deine Eltern erreicht?«, ruft Calle. Albin schaut in seine Richtung. Plötzlich kommt ihm der Gedanke, dass Lo und er für Calle und die anderen vielleicht eher ein Klotz am Bein sind. Für diesen Antti ganz sicher, doch auf den hört wenigstens niemand. Aber Calle, Calle hat schließlich gesagt, dass er nicht ... Aber da war alles noch anders, oder?

»Nur meinen Vater«, antwortet er. »Wir würden lieber bei euch bleiben, bis wir meine und Los Mutter gefunden haben.«

»Wollt ihr denn nicht ...«, beginnt Calle. Doch er scheint zu verstehen, denn er verstummt abrupt und nickt.

Marisol hat sich mit einem von Filips improvisierten Speeren neben ihn und Lo gestellt und lächelt Albin warmherzig zu. »Klar, dass wir zusammenhalten«, beteuert sie.

»Wo habt ihr eure Eltern eigentlich zuletzt gesehen?«, fragt Filip von einer der Arbeitsflächen aus.

»Im Café«, antwortet Lo. »Danach müssen sie zur Rezeption gegangen sein, da über Lautsprecher eine Durchsage kam ...«

»Dann warst du es doch bestimmt, der mit ihnen gesprochen hat, Mika«, meint Filip. »Kannst du dich nicht an sie erinnern?«

Albin verflucht sich innerlich. Warum hat er nicht selbst daran gedacht? Er hat Mika doch wiedererkannt. Klar war er es, der mit seiner Mutter und Linda gesprochen hat.

»Meine Mutter sitzt im Rollstuhl«, erklärt er und geht auf den Mann zu, der auf dem Fußboden sitzt. »Und Tante Linda hat lange blonde Haare.«

Doch Mika antwortet nicht.

»Hallo?«, ruft Calle. »Hörst du schlecht?«

Keine Antwort. Jetzt sieht Albin, dass Mikas Augen offen sind und aussehen, als starrten sie geradewegs ins Leere.

»Mika?«, ruft Calle, geht auf ihn zu und hockt sich neben ihn. Er befühlt Mikas Halsbeuge.

»Verflucht, Calle!«, ruft Filip und kommt mit einem Speer auf seiner Schulter auf ihn zugelaufen. »Pass auf!«

»Ich kann seinen Puls nicht finden«, sagt Calle leise und schaut zu Filip hoch.

»Nice«, sagt Lo leise vor sich hin. »Echt nice!«

»Geh weg von ihm, Calle«, ruft Albin. »Bitte.«

Calle knöpft Mikas Jacke auf, so dass die Goldknöpfe daran aufblitzen, und öffnet sie.

Auf Höhe seines Brustkorbs ist das Hemd zerrissen. Darauf hat sich ein großer Blutfleck ausgebreitet. Calle schließt die Jacke wieder und wischt sich die Hände an seiner Jeans ab.

»Dieser verdammte Idiot. Warum hat er nichts gesagt?«

Marisol berührt Calle sanft an der Schulter, und endlich tritt er einige Schritte zurück, so dass er außer Reichweite von Mika ist. Er geht auf eine der Arbeitsplatten zu und öffnet die Schränke darunter.

»Und was machen wir jetzt?«, fragt Antti. »Ist er jetzt auch einer von denen?«

»Er wird einer von denen werden«, antwortet Lo.

»Sie hat recht«, meint Filip. »Die Frau im Starlight hat zuerst auch wie tot ausgesehen.«

Calle kommt mit einem Paar knallgelber Gummihandschuhe an den Händen zurück und geht erneut neben Mika in die Hocke.

Albin spürt, wie sich sein Magen immer stärker zusammenkrampft und schließlich zu einem dicken Wust aus Schlingen zusammenpresst, die ihn an die roten Wülste erinnern, die dem Mann mit den langen Haaren auf dem Außendeck der Fähre aus der Bauchhöhle gefallen sind.

Es spielt keine Rolle, welche Hautfarbe wir haben. Innendrin sehen wir alle gleich aus.

Das hat seine Mutter immer geantwortet, als er noch klein war und angefangen hat, Fragen zu stellen, warum sie beide so unterschiedlich aussehen. Er hat jedoch nie begriffen, was das eine mit dem anderen zu tun haben sollte.

Mama. Wo sie jetzt wohl ist?

Albins Mund füllt sich mit Speichel. Als er ihn hinunterschluckt, schmeckt er kalt und metallisch.

Calle drückt vorsichtig Mikas Kinn nach unten. Sein Mund öffnet sich, und Blut rinnt heraus.

Filip stellt sich direkt hinter Calle und hält den Stiel seines Mopps so, dass die Messerspitze geradewegs auf Mikas Gesicht gerichtet ist.

Albin kommt ein wenig näher. Er kann es einfach nicht lassen.

»Verfluchte Scheiße«, sagt Calle. »Schau mal hier.«

Die Zähne in Mikas Mund lösen sich aus dem Kiefer, sobald er sie auch nur berührt.

»Das reicht jetzt«, sagt Filip. »Geh lieber weg.«

»Warte.«

Calle legt Mikas Kopf in den Nacken, so dass ihm das Deckenlicht in den Mund leuchtet. In seiner Mundhöhle sind kleine weiße Punkte zu erkennen, die aus dem blutigen Zahnfleisch herausdringen.

»So läuft das also ab«, sagt Calle und steht auf.

»Er wird jeden Moment aufwachen«, sagt Marisol. »Wir müssen schnell weg von hier.«

In Albins Kopf taucht plötzlich eine Erinnerung auf. Ein Foto aus seinem Biologiebuch, das ihm tagelang nicht aus dem Sinn gegangen war. Ein Röntgenbild eines Kinderkopfes. Alle bleibenden Zähne steckten schon in sauber angelegten Reihen tief im Zahnfleisch, bereit, nachzuwachsen, sobald das Kind seine Milchzähne verloren hat.

Calle legt die Gummihandschuhe auf einer der Arbeitsplatten ab.

»Wir füllen jetzt die Eimer. Beeilt euch«, ruft er.

»Er bewegt sich!«, ruft Lo.

Der Mann am Boden beginnt zu blinzeln und verzieht das Gesicht zu einer Grimasse. In seinen Händen zuckt es unkontrolliert, so dass sie leicht gegen seine Oberschenkel stoßen. Sein Mund öffnet sich mit einer erstaunten Miene.

Albin wendet sich von ihm ab. Er versucht, etwas zu sagen, bringt aber keinen Laut hervor. Am liebsten will er wegrennen, weiß aber nicht, wohin. Lo rüttelt an seiner Schulter und ruft seinen Namen. Doch sie dringt nicht zu ihm durch. Niemand dringt zu ihm durch. Sein wahres Ich hat sich irgendwo tief in seinem Körper zusammengekauert und hält sich in einer Festung aus Fleisch und Blut versteckt.

Die anderen rufen einander Anweisungen zu und bewegen sich hektisch im Raum. Obwohl sich Los Gesicht ganz dicht neben seinem befindet, ist sie weit weg. Versucht sie, ihm zu bedeuten, dass er sich bewegen soll? Aber wie?

Plötzlich spürt er ein Brennen auf seiner Wange, die so weit entfernt ist, dass er sie nicht länger als seine eigene wahrnimmt, und ihm wird bewusst, dass Lo ihm eine Ohrfeige verpasst hat.

»Abbe«, ruft sie. »Was ist los mit dir?«

Er kann es ihr nicht erklären. Wenn er es täte, würde er seinen Schutzwall zerstören. Doch er will bleiben, wo er ist. Tief in seinem Inneren versteckt.

»Abbe, ich schaff das ohne dich nicht«, fleht sie. »Du musst wieder zurückkommen.«

Er schaut sie an.

»Hörst du mich überhaupt?«, fragt Lo. »Bitte. Brich mir jetzt nicht zusammen. Das können wir immer noch tun, wenn alles vorbei ist.«

Er spürt, wie sein Kopf stumm nickt, ihr zuliebe, denn ihr scheint etwas daran gelegen zu sein. Doch was meint sie mit vorbei? Es wird nie vorbei sein.

FILIP

Er zittert so stark, dass ihm fast der Moppstiel aus der Hand fällt. Er schaut zu Mika rüber, der gerade versucht aufzustehen, indem er sich mit dem Rücken am Wärmeschrank abstützt. Sein Gesicht verzerrt sich vor Schmerzen und wird zu einer grauenhaften Fratze.

»Töte ihn«, ruft Antti.

Filip schüttelt den Kopf. Wie soll er so etwas tun können? Es spielt keine Rolle, dass er Mika im Grunde wenig sympathisch fand. Sie haben immerhin mehr als fünfzehn Jahre zusammengearbeitet.

»Sonst wird er uns töten«, sagt Lo.

»Ich weiß!«, ruft er und hebt den Stiel so weit an, dass die Schneide des Messers vor Mikas Auge tanzt. »Ich weiß …«

Er schaut Marisol an. Ihr ganzer Körper ist stark angespannt, als bestünde er aus einem einzigen Muskel. Sprungbereit.

Mika kommt auf die Füße, und seine Hände gleiten zum Mund hoch. Dann beginnt er, seine Zähne einen nach dem anderen herauszufischen. Dabei schnieft er, als würde er weinen, doch seine Augen sind trocken.

»Verdammt«, hört Filip sich selbst sagen. »Wir pfeifen einfach drauf und hauen ab.«

»Wir müssen aber Wasser mitnehmen«, wendet Antti ein.

»Und warum machst du es nicht?«, faucht Filip. »*Du* wolltest doch alle zu Brei stampfen! Jetzt hast du die Gelegenheit!«

Antti antwortet nicht. Dieser feige Hund.

Filip wirft einen Blick in Richtung der Kinder. Das Mädchen hat sichtlich Angst, aber der Junge scheint geistig völlig weggetreten zu sein. Filip umfasst den Stiel fester und schließt die Augen. Öffnet sie wieder. Versucht, die Messerspitze waagerecht auszurichten. Die Schneide ist lang und schmal.

Als tief unten in Mikas Kehle ein Gurgeln ertönt, stößt Filip mit dem Stiel zu.

Das Messer gleitet weit in sein Auge hinein, bis die Spitze gegen die Innenseite des Schädels stößt. Mika heult auf und stößt dabei einen einzigen langen, schrillen Vokal aus, während Filip den Stiel des Mopps bewegt. Das Messer dreht sich in der Wunde und schabt über die Ränder seiner Augenhöhle, wo es das Fleisch ablöst. Als er die Schneide wieder herauszieht, ist sie ganz schleimig von Blut und rosafarbenen Gewebefetzen, und Mika sackt in sich zusammen wie ein Haufen Schmutzwäsche.

Wie tötet man ein Ungeheuer, ohne selbst zu einem zu werden? Der Satz dringt aus seinem Unterbewusstsein zu ihm, und er überlegt, ob er ihn irgendwo gelesen oder gehört hat.

Wie soll er mit dem, was er mit angesehen und selbst getan hat, nur weiterleben können?

BALTIC CHARISMA

In den öffentlichen Bereichen der Fähre befinden sich jetzt kaum noch Überlebende. Nur ganz wenigen ist es gelungen, ein Versteck auf den Außendecks, in entlegenen Korridoren oder den geschlossenen Restaurants zu finden, in die sie eingebrochen sind. Die Neugeborenen werden immer verzweifelter. Einige von ihnen haben ihr Erinnerungsvermögen schon wiedergewonnen. Sie können zwar nicht klar denken, aber mit Hilfe ihrer Instinkte gelangen sie in die Korridore, in denen ihre Kabinen liegen. Dort stemmen sie sich gegen die verschlossenen Türen und rütteln an Türklinken. Manche von ihnen werden von ihren Partnern hereingelassen, was wiederum weitere Neugeborene anlockt, die sich nähern und sich mit ihnen zusammen um die Beute prügeln. In anderen Kabinen ertönen die Schreie der Menschen, die sich schon vorher gemeinsam mit Angesteckten eingeschlossen hatten.

Die dunkelhaarige Frau muss kämpfen, um der Versuchung zu widerstehen. Den verlockenden Gerüchen. Sie ist von dem Vorfall in der Offiziersmesse noch immer erschüttert. Doch jetzt gibt es kein Zurück mehr. Sie hat aufgehört, nach ihrem Sohn zu suchen, hält sich stattdessen bewusst von ihm fern. Sorgt dafür, dass die Neugeborenen auf sie aufmerksam werden und ihr durch die Korridore hindurch folgen.

In der Offiziersmesse sind gerade einige von ihnen wieder auf die Beine gekommen. Sie schnuppern in der Luft, doch hier gibt es nichts mehr, was ihren Hunger stillen könnte. Sie brauchen lebendiges, pulsierendes Blut. Das ist das Einzige, was ihren Schmerz lindern kann. Ein Stück entfernt im Treppenhaus steht ein Mann auf allen vieren. Er hat eine Frau, die Lillemor heißt, doch im Augenblick erinnert er sich nicht an sie. Er zerrt an seiner Hand, die ans Treppengeländer gekettet ist. Muss unbedingt loskommen. Muss essen. Schließlich beißt er sich mit seinen neuen Zähnen ins Handgelenk, reißt ein großes Stück Fleisch heraus und spuckt es aus. Nagt sich durch die Knochen hindurch, bis an seinem Arm nur noch Sehnenfasern und Hautfetzen hängen. Er zieht und zerrt, so dass das Metall schrill quietscht. Gleich hat er sich befreit. Dann kann er sich auf die Jagd begeben. Das Blut rinnt aus seinem Arm über den Boden und tropft auf den Mann hinunter, der auf dem Treppenabsatz darunter liegt. Er ist noch nicht wieder aufgewacht. Doch seine neuen Zähne sind schon aus dem Kiefer gedrungen.

Die dunkelhaarige Frau hat von Deck fünf eine Gruppe Neugeborener mit ins enge Treppenhaus hinuntergenommen. Sie öffnet die Tür zum Autodeck mit einer Zugangskarte, die sie einem der Toten in der Messe abgenommen hat. Der starke Benzingeruch verschafft ihr Erleichterung, da er alle Gerüche überdeckt, gegen die sie sich wehren musste. Hier unten spürt man die Vibrationen der Fähre stärker. Die Ketten, mit denen die Lkws festgezurrt sind, klirren leise. Sie wirft einen Blick auf ihr Wohnmobil und tastet nach ihrem Medaillon. Muss an all das denken, was sie und ihr Sohn gemeinsam erlebt haben. An all die Jahre, die Lebenszeit, die sie anderen Menschen gestohlen haben. Der kleine Junge, den sie über alles geliebt hat, ist verschwunden. Sie begreift noch immer nicht, wie es dazu kommen konnte und wie er den Mann ausfindig gemacht hat, der hier an Bord arbeitet. Sie gelangt zu dem Schluss, dass die beiden das Ganze eiskalt geplant haben müssen, um ihr Vorhaben daraufhin zielstrebig und akribisch umzusetzen. Doch sie hat eingesehen, dass die Akribie ihres Sohnes zugleich ein Segen ist. Es verschafft ihr die Möglich-

keit, eine noch größere Katastrophe zu verhindern, ohne dass Au-
ßenstehende von dem Vorfall erfahren. Wenn ihr Sohn und sein
Kompagnon nicht so gewissenhaft dafür gesorgt hätten, jegliche
Kommunikation mit der Außenwelt zu unterbinden, würden sich
Fotos und Filme von Aberhunderten von Handys längst über die
ganze Welt verbreitet haben. Sie glaubt nicht länger daran, ihren
Sohn oder sich selbst retten zu können. Aber es besteht noch
immer eine Chance, die Welt außerhalb der Baltic Charisma zu
retten. Sie schließt die Tür hinter den Neugeborenen und steigt
die schmale Treppe wieder hinauf. Betritt erneut die öffentlichen
Räume der Fähre, um weitere von ihnen zu holen.

MADDE

Madde sitzt auf einem der gepolsterten Stühle am Esstisch
und trommelt, während sie aus dem Fenster schaut, mit ihren
Fingernägeln auf die Tischplatte. Der Himmel draußen ist heller geworden und färbt sich gerade von dunkelgrau zu einem
dumpfen Blau. Bald wird die Sonne aus dem Meer aufsteigen.
Am liebsten würde sie ihr zurufen, sie möge sich beeilen. Denn
die undurchdringliche Dunkelheit, durch die sie in den letzten
Stunden gefahren sind, kam ihr grenzenlos vor, als wäre die Zeit
stehengeblieben.

Irgendwo da draußen vor ihnen befindet sich Åbo. Sie ist
schon so oft mit der Charisma gefahren, ohne je den Hafen der
Stadt gesehen zu haben. Wenn die Fähre anlegte, hat sie immer
geschlafen.

»Könnten Sie damit aufhören?«, fragt Marianne. »Bitte.«

Madde trommelt noch ein wenig weiter, bevor ihre Hand
ruhig wird. Sie spürt die schwachen Vibrationen auf der Tischplatte unter ihren Fingerspitzen. Das Vibrieren der Motoren, die
Vincents Freund anhalten will.

Was geschieht eigentlich, wenn es misslingt?

»Sorry«, sagt sie und schaut Marianne an. »Ich war ...«

Doch ihr fällt nichts weiter zu sagen ein.

Marianne nickt. »Ich weiß«, sagt sie.

Vincent sitzt auf den Stufen der Wendeltreppe zum Obergeschoss, das Gesicht auf die Hände gestützt, und schaut ebenfalls aus dem Fenster.

»Unten am Bug ist inzwischen keiner mehr zu sehen«, sagt er. »Ich meine, keiner, der sich bewegt.«

Er sitzt reglos da, offensichtlich völlig angespannt. Sie kann es ihm nachfühlen. Wenn sich die Motoren abschalten, weiß er jedenfalls, dass sein Freund es zumindest bis dahin geschafft hat.

Madde legt ihre Hände auf die Stuhlkanten. Ihre feuchten Fingerspitzen haben Spuren auf der blanken Tischplatte hinterlassen, die langsam vor ihren Augen verblassen.

Will sie überhaupt, dass Hilfe eintrifft? Wird die Seuche sich dann nicht weiter ausbreiten, werden sich nicht alle anstecken, bis es weltweit so aussieht wie auf der Charisma?

Plötzlich will sie einfach nur aufstehen und rausgehen. Sich töten lassen.

Nicht länger warten müssen. Keine Angst mehr haben müssen. Dann wäre es wenigstens vorbei.

Madde steht auf und wirft einen Blick auf die Tür, die sie geradezu magnetisch anzieht.

Sie zwingt sich, stattdessen zum Sofa zu gehen. Dort setzt sie sich neben Marianne und verschränkt die Arme vor der Brust. Plötzlich fährt ihr ein Schauer über den Rücken.

Marianne versteht das falsch und zieht eine weinrote Decke unter ihrem Po hervor. Sie hat dieselbe Farbe wie der Teppichboden. Marianne legt sie Madde über die Schultern, und Madde zieht sie enger um sich. Dann nimmt sie die Beine vom Boden hoch und setzt sich in den Schneidersitz, so dass ihr Körper fast ganz damit bedeckt ist.

Dass eine so simple Geste so wohltuend sein kann. Die Tür verliert unterdessen etwas von ihrer Anziehungskraft.

»Sie haben noch gar nicht erzählt, ob da draußen jemand auf Sie wartet«, sagt sie und schaut Marianne fragend an.

»Ich bin allein gereist«, antwortet Marianne tonlos.

»Und, hatten Sie einen schönen Abend? Ich meine, bevor all das hier anfing?«

Marianne antwortet nicht, und Madde merkt auf einmal wieder, wie müde sie eigentlich ist.

»Er war zumindest ereignisreich«, sagt Marianne schließlich.

Madde kann sich ein Lächeln nicht verkneifen.

Ihre Augenlider werden immer schwerer. Es wäre so schön, jetzt einfach einzuschlafen und alles für eine Weile hinter sich zu lassen.

»Ich bin jedenfalls froh, dass wir uns gefunden haben«, murmelt sie.

Als Marianne nichts entgegnet, öffnet Madde die Augen wieder und sieht, wie sich die alte Frau ein paar Tränen von den Wangen wischt und den Kopf leicht in den Nacken legt.

Plötzlich ertönt an der Tür ein elektronisches Piepen. Ein wohlbekanntes Geräusch. Maddes Herz legt in ihrem Brustkorb förmlich einen Kavalierstart hin, und sie richtet sich schlagartig auf.

Dann hört sie, wie die Tür von außen geöffnet wird.

»Calle?«, ruft Vincent und rennt die Treppe hinunter, wobei er die Kurve so eng nimmt, dass er, wenn er sich nicht am Geländer festgehalten hätte, um ein Haar gestürzt wäre.

»Nein«, antwortet eine müde Stimme, bevor die Tür von innen geschlossen wird.

Vincent bleibt mitten im Zimmer wie angewurzelt stehen. Madde springt vom Sofa auf, die Decke noch immer um ihre Schultern gehüllt.

Sie betrachtet den Eindringling und versucht, das Ganze zusammenzubringen.

Ist er etwa meinetwegen hergekommen?

Nein, natürlich nicht, woher sollte er denn wissen, dass ich hier bin?

»Wie geht es Ihnen?«, fragt sie ihn und streicht sich die Haare aus der Stirn. »Alles okay?«

Auf der Kleidung des Mannes, der unlängst neben ihr auf der Bühne der Karaoke-Bar gestanden und über ihre Witze gelacht hat, zeichnen sich jede Menge eingetrockneter Blutspritzer ab. Sein anziehendes Gesicht ist aufgedunsen und wirkt völlig entstellt.

Er schaut sie an. Und sie begreift.

CALLE

Calle wirft einen Blick auf den steigenden Wasserpegel in dem grauen Putzeimer. Auf der Oberfläche wirbeln Krümel, Staub und ein benutztes Pflaster im Kreis herum. Obwohl er mehrere Jahre lang hier auf der Charisma gearbeitet hat, hat er nur eine vage Vorstellung davon, woher das Wasser aus den Wasserhähnen kommt. Irgendwo muss es riesige Tanks geben, damit der Vorrat an Trink- und Duschwasser sowie zur Essenszubereitung für Tausende von Menschen ausreicht.

Wasser, das übers Meer hin- und wieder zurückverfrachtet wird.

Er hängt den Schlauch an den Haken über der Spüle und hält einen Augenblick inne, während er auf die Schmutzpartikel starrt, die sich jetzt immer langsamer auf der Wasseroberfläche bewegen. Vor seinem geistigen Auge sieht er den blonden Mann mit den Dreadlocks.

Er hat einen Menschen getötet. Er hat getötet.

»Jetzt legen wir los«, sagt Filip.

Calle schaut verwirrt auf. Filip steht neben ihm und redet mit den Kindern, die auf eine der Arbeitsplatten hochgeklettert sind und nun Seite an Seite im Schneidersitz darauf hocken.

»Und danach machen wir uns auf den Weg zu den Rettungsinseln. Unterwegs lesen wir so viele Nichtangesteckte auf wie möglich, und dann hauen wir gemeinsam ab«, fährt er fort. »Nichts leichter als das. Es müsste jeden Moment hell werden, und wir sind nicht mehr weit entfernt von Finnland. Irgendwer da draußen wird schon auf uns aufmerksam werden.«

»Klar«, sagt Lo. »Nichts leichter als das.«

Albin sagt nichts. Er starrt mit leeren Augen vor sich hin.

»Und was sagst du dazu, Kleiner?«, fragt Filip.

Keine Antwort. Er wuschelt Albin kameradschaftlich mit der Hand durchs Haar und geht weiter. Calle sieht Filip an, wie müde und angsterfüllt er ist. Er fragt sich, wie er nur vergessen konnte, wie sehr er ihn mag, und muss an das Foto von ihnen beiden in Filips Kabine denken.

Filip kommt auf ihn zu, ergreift den Henkel des Putzeimers, und sie heben ihn gemeinsam aus dem Becken heraus auf den Fußboden. Dabei schwappt Wasser über den Rand und landet in Calles Stiefel.

Marisol stellt sich vor die Spüle. Irgendwo hat sie eine Feuerwehraxt aufgetrieben, die sie neben sich auf die Arbeitsfläche legt, während sie ebenfalls einen Eimer mit Wasser füllt.

»Ich bin froh, dass du Vincent erreicht hast«, sagt Filip. »Nicht dass ich 'ne Ahnung davon hätte, was zwischen euch vorgefallen ist, aber er scheint wirklich 'n guter Typ zu sein.«

»Ist er auch.«

Ihm wird bewusst, wie wenig er über Filips Leben weiß, während er ihn heute Abend völlig unvermittelt in sein privates Inferno hineingezogen hat. Es gibt so vieles, was Calle ihn fragen möchte. Später.

»Wenn ihr trotzdem heiratet, könnt ihr zumindest 'ne abgefahrene Story über deinen Heiratsantrag erzählen«, meint Filip, und Calle muss lachen.

»Haltet euren Kaffeeklatsch verdammt nochmal wann anders ab«, ruft Antti. »Und beeilt euch jetzt.«

Calle schaut in Richtung Aufzug. Er wird sie direkt hinunter ins schlagende Herz der Charisma befördern. Und sie werden es zum Verstummen bringen.

Genau das hat sie sich in ihrer Phantasie immer vorgestellt, allerdings durch die rosarote Brille hindurch betrachtet. Dan Appelgren kommt in der luxuriösen Suite auf sie zu, und *er will sie haben*. Die Zähne in seinem aufgedunsenen Gesicht schlagen bedächtig aufeinander.

»Das bist ja du«, sagt er. »Du hast doch zusammen mit dieser anderen Fotze diesen *Grease*-Song gesungen.«

Der Sinn seiner Worte dringt in ihr Bewusstsein, erschüttert sie bis ins Mark.

Dann wurde ihr bewusst, dass er gesprochen hat. Er ist zwar genau wie die anderen, aber er kann sprechen, während die anderen offenbar nicht mal in der Lage sind zu denken.

Sie weicht zurück und prallt gegen Vincent, der sie mit sich zur Treppe in Richtung Obergeschoss zieht. Aus den Augenwinkeln sieht sie, dass Marianne vom Sofa aufgesprungen ist und sich mit dem Rücken an die Wand hinterm Esstisch geschoben hat.

Madde und Vincent laufen rasch die Wendeltreppe hoch.

Als Dan einen Arm durch die Sprossen im Geländer schiebt und sie zu packen versucht, rascheln die Girlanden leise. Er erwischt ihr Fußgelenk, zerrt ruckartig daran. Sie kommt zu Fall, knallt mit dem Ellenbogen gegen die Kante einer Treppenstufe. Sie schreit laut auf und wird von einer Welle des Schmerzes erfasst. Doch es gelingt ihr, wieder auf die Füße zu kommen, während sie hört, wie sich Dan hinter ihr vom Fuß der Treppe her nähert.

Vincent brüllt: »Duck dich!«, und kurz darauf saust über ihrem Kopf eine Champagnerflasche vorbei. Sie trifft Dan am Kopf. Madde hört einen satten, dumpfen Schlag. Sie erreicht das Obergeschoss, doch als sie sich umdreht, sieht sie, wie er ihr die Treppe hinauffolgt.

»Verschwinden Sie!«, schreit sie.

Er fletscht die Zähne. In Maddes Augen sind sie viel zu weiß. *Ganz neu.*

»Ihr seid doch diejenigen, die hier nichts zu suchen haben«, entgegnet er und setzt seinen Fuß auf den Boden des Obergeschosses.

Vincent schleudert den Champagnerkübel aus Plexiglas nach Dan, doch dieses Geschoss verfehlt ihn und knallt mit einem lauten Poltern gegen die Wand hinter ihm. Vincent greift sich stattdessen ein Champagnerglas, zerschlägt es am Geländer und hält den Kelch vor sich wie einen Blumenstängel mit scharfkantigen glitzernden Blüten. Als Dan näher kommt, zielt er damit auf dessen Gesicht.

Doch Dan bekommt mit einer Hand Vincents Handgelenk zu packen und reißt mit der anderen an seinem Shirt, starrt ihm geradewegs in die Augen.

»Lassen Sie ihn los!«, kreischt Madde.

Seine Zähne, seine todbringenden Zähne befinden sich jetzt ganz dicht vor Vincents Gesicht.

Plötzlich holt Dan mit dem ganzen Körper Schwung und stößt Vincent übers Geländer.

Unten ist ein schwerer Aufprall zu hören, und irgendetwas Hartes, das zerbricht.

Marianne schreit auf. Was sieht sie da unten? Was ist passiert?

Madde weicht zurück, bis sie die Bettkante an ihren Kniekehlen spürt, und Dan wendet sich ihr mit einer Miene des Überdrusses zu, die sie anekelt. Ihn kümmert es offenbar nicht im Geringsten, was er gerade mit Vincent gemacht hat oder demnächst mit ihr vorhat. Sie ist anscheinend nur eine Sache, die erledigt werden muss. Langweilig, aber unumgänglich.

»Lassen Sie uns einfach gehen«, fleht sie und steigt aufs Bett, wo sie weiter in Richtung Kopfende zurückweicht. »Bitte. Wir werden auch nichts unternehmen.«

»Nichts unternehmen?«, fragt Dan und kommt näher. »Das ist ja ein verdammt großzügiges Angebot. Ihr könnt hier sowieso nicht das Geringste ausrichten. Hast du das etwa noch nicht kapiert?«

»Doch«, flüstert sie.

Sie weiß, dass er recht hat. Es ist einfach nur lächerlich, so zu tun, als wäre es nicht der Fall. Sie hat ihm nichts entgegenzusetzen und auch keine Drohung parat, so dass ihr gar nichts anderes übrigbleibt, als aufzugeben.

Er streckt seine Arme nach ihr aus und zerrt am dünnen Stoff ihres Kleids, so dass sie auf dem Bett auf die Knie fällt. Dann verpasst er ihr eine Backpfeife, die es in sich hat und ihr Ohrensausen verursacht. Als Dan sich auf sie wirft, raschelt die gestärkte Bettwäsche leise.

»Jetzt werden wir diese verdammte Fotze endlich abschlachten«, sagt er, und sein süßlich-muffiger Atem fühlt sich auf ihrer erhitzten Gesichtshaut kühl an.

Als er ihre Oberarme auf die Matratze drückt und sich auf ihren Bauch setzt, kneift sie die Augen zusammen. Sie spürt seine Gesäßmuskeln und die Innenseiten seiner Oberschenkel, die ihren Rumpf wie ein Schraubstock umschließen. Er ist so schwer und presst ihre Eingeweide dermaßen zusammen, dass es furchtbar weh tut, außerdem bekommt sie kaum noch Luft. Dann hört sie ihn die Zähne klappernd aufeinanderschlagen. Genau wie Zandra.

Allmählich wird ihr schwarz vor Augen. Sie sehnt die Dunkelheit herbei, heißt sie förmlich willkommen. Sie will es nicht bewusst miterleben, wenn er zubeißt.

Werde ich jetzt sterben?, denkt Madde. Wird mein Leben so banal enden?

Sie merkt es zunächst kaum, als der Druck auf ihrem Bauch plötzlich nachlässt und sich der Griff um ihre Arme löst, aber ihre Lungen beginnen sich sofort zu weiten und gierig Luft einzusaugen.

Dan hat sich vor dem Fußende des Bettes aufgerichtet und schüttelt sich. »Ich kann nicht mehr.«

Ist das etwa ein fauler Trick? Spielt er mit ihr?

Sie setzt sich auf und atmet tief ein, doch ihr Bauch tut höllisch weh. Sie hat Angst vor ihm, aber mindestens genauso viel Angst vor der Hoffnung, die in ihr aufkeimt.

»Ich bin müde«, sagt er. »Ich will einfach nur noch meine Ruhe haben. Irgendwer anders wird euch schon erwischen.«

Dann beugt er sich übers Treppengeländer und wirft einen Blick hinunter ins untere Geschoss.

»Habt ihr mich gehört?«, brüllt er. »Ich will einfach nur meine Ruhe haben!«

Er steht noch immer mit dem Rücken zu Madde am Geländer. Sie steht vom Bett auf; ihre Wange brennt, und der Bauch schmerzt fürchterlich. Langsam geht sie auf die Treppe zu, ohne Dan dabei aus den Augen zu lassen. Sie ist gefasst darauf, dass er sich jeden Moment zu ihr umdreht, auf sie zukommt und sie auslacht.

Ha, drauf reingefallen.

Doch er scheint sie nicht einmal mehr wahrzunehmen. Starrt unbeirrt auf das Fenster im unteren Geschoss.

Sie geht die Treppe hinunter, betrachtet dabei sein Profil. Er hat beinahe ein Doppelkinn, jegliche Konturen sind verschwunden.

»Macht die Tür hinter euch zu, wenn ihr geht«, sagt er tonlos.

Vincent liegt schräg unterhalb des Couchtisches auf der Seite. Er ist leichenblass im Gesicht. Marianne hockt neben ihm. Es scheint, als sei er gerade erst wieder zu sich gekommen. Von seinem Handgelenk rinnt Blut. Madde erblickt einen dünnen Knochensplitter, der durch die Haut nach außen gedrungen ist, und schaut rasch weg.

»Kommt«, ruft sie. »Beeilt euch.«

Schritte auf dem Boden im Obergeschoss. Als sie aufschaut, steht Dan nicht mehr am Geländer.

Sie wusste es. Er hat letztlich nur mit ihnen gespielt, wie eine Katze mit einer Maus. Hat ihnen suggeriert, dass sie noch einmal davonkommen, nur um danach …

Dann hört sie, wie er sich schwer aufs Bett fallen lässt.

Vincent kommt mit Mariannes Hilfe auf die Beine, und Madde

geht vor ihnen in Richtung Flur und presst ihr Ohr von innen gegen die Tür. Aus dem Korridor sind keine Geräusche zu hören. Von hier aus ist es zwar nicht weit bis zu den Rettungsinseln, doch wer weiß, was sie unterwegs erwartet?

Sie öffnet die Tür einen Spaltbreit und wirft einen Blick hinaus. Niemand zu sehen. Sie öffnet sie ganz und schaut in Richtung des seitlich abzweigenden Korridors, in dem Zandras und ihre Kabine liegt.

Marianne und Vincent kommen hinter ihr aus der Kabine. Marianne hält ein dünnes kariertes Halstuch in der Hand, das im Flur an der Garderobe gehangen haben muss. Nachdem sie die Tür hinter ihnen zugezogen hat, ergreift sie behutsam Vincents verletztes Handgelenk. Redet beruhigend auf ihn ein und drückt dann ruckartig zu. Ein Knacken, und Vincent stöhnt laut auf. Schweiß tritt ihm auf die Stirn, während Marianne das Halstuch um sein Handgelenk wickelt.

»Ich habe mal als Arzthelferin gearbeitet«, erklärt Marianne, als sie merkt, wie Madde sie ungläubig anstarrt. »Und davor war ich Krankenschwester.«

Madde wirft auf dem Korridor einen Blick nach rechts und links. Welche Richtung sollen sie zum Teufel nochmal nur einschlagen?

»Calle«, sagt Vincent. »Wenn Calle nun herkommt ...«

Marianne beginnt, in ihrer Handtasche zu wühlen, und zieht unvermittelt einen Lippenstift heraus. Madde erkennt die Marke und meint sich zu erinnern, dass ihre Oma dieselbe benutzte. Sie fragt sich, ob die Alte wohl gänzlich übergeschnappt ist. Will sie sich jetzt etwa schminken? Doch Marianne setzt den Stift an der Holztür an und beginnt, mit entschlossenen Bewegungen zu schreiben.

KALLE! NICHT ÖFFNEN!

Sie unterstreicht das Wort »nicht« mit dem Lippenstift mehrfach so fest, dass ein großes Stück abbricht. Daraufhin schmeißt sie auch den Rest weg. Vincent wirft ihr einen dankbaren Blick zu.

»Können wir denn vielleicht in Ihre Kabine gehen?«, fragt Marianne und schaut Madde an, die den Kopf schüttelt.

»Die Tür ist leider kaputt.«

Von irgendwoher ist ein Schrei zu hören, und weit entfernt geht eine Glasscheibe zu Bruch, was Madde am ganzen Körper eine Gänsehaut verursacht.

»Wir machen uns jetzt auf den Weg zu den Rettungsinseln«, sagt sie. »Auf den Außendecks scheinen nicht mehr so viele Leute zu sein.«

»Am Bug vielleicht nicht«, pflichtet Marianne ihr bei. »Aber wir haben ja keine Ahnung, wie es da oben sonst aussieht. Und außerdem ist es viel zu kalt. Ihr beiden habt ja kaum etwas am Leib.«

»Und wo liegt Ihre Kabine?«, fragt Madde.

»Ganz unten.«

»Auf Deck zwei?«

Madde hätte Marianne etwas mehr Stil zugetraut. Als Zandra und Madde zum ersten Mal ohne Eltern fuhren, hatten sie ebenfalls eine der billigsten Kabinen gebucht. Sie weiß also genau, wie es dort unten aussieht. Und wie es riecht.

»Aber ich kann nicht wieder da runtergehen«, sagt Marianne.

Madde schüttelt nur den Kopf. Wenn sie dort unten erst einmal gefangen sind, können sie nirgendwohin fliehen.

»Ihr müsst nach oben an Deck«, sagt Vincent. »Aber ich geh runter zum Autodeck.«

Marianne und Madde drehen sich gleichzeitig zu ihm um.

»Dort liegt der Maschinenraum. Und Calle ist auch da. Das nehme ich zumindest an. Und wenn es irgendetwas gibt, das ich für ihn tun kann …«

»Mit gebrochenem Handgelenk?«, fragt Madde und klingt weitaus schroffer als beabsichtigt.

Doch Vincent nickt nur.

»Ich will nur … ich will ihn nur finden.«

»Ich komme mit«, sagt Marianne. »Ich weiß sowieso nicht, wo ich sonst hinsoll.«

»Seid ihr denn völlig verrückt?«, entfährt es Madde. »Sollen wir wirklich runtergehen, jetzt, wo wir schon so nah bei den Rettungsinseln sind?«

Doch sie weiß bereits, dass sie den beiden folgen wird, denn sie hat schlicht und einfach keine bessere Alternative parat. Sie weiß nur, dass die schlechteste Lösung darin besteht, auch nur eine Sekunde länger zu zögern und hier stehen zu bleiben.

MARIANNE

Am oberen Ende der Treppe liegen zwei tote Frauen auf dem Boden. Marianne fragt sich, wer die beiden wohl waren und ob sie einander kannten. Wer von ihnen zuerst starb, und ob die andere es mit ansehen musste. Sie wendet sich ab. Tränen steigen ihr in die Augen, und sie unternimmt nichts, um sie aufzuhalten. Sie rinnen ihr übers Gesicht und tropfen herunter.

Unten auf den Treppenstufen liegen noch weitere Leichen.

Marianne weiß nicht, wie sie das Ganze durchstehen soll. Auf dem Schiff nach unten unterwegs zu sein läuft ihren Instinkten völlig zuwider. Es kommt ihr vor, als stiege sie in die innersten Höllenkreise hinab. Dennoch folgt sie Vincent und Madde. Stets bemüht, den Leichen mit dem Blick auszuweichen. Noch mehr Tote kann sie nicht ertragen. An manchen Stellen fühlt sich der Teppichboden unter ihren Schuhen nass an. Vollgesaugt mit Blut. Als Madde mit ihren nackten Füßen drauftritt, schluchzt sie auf.

Deck acht. In dem langen Gang, in dem man sie vorhin fast niedergetrampelt hätte, wenn Vincent nicht da gewesen wäre, liegen überall Leichen herum. Jetzt sind die Türen der Aufzüge geschlossen.

Vom Deck unter ihnen hört sie laute Schreie, zerberstende Glasscheiben und sich entfernende Schritte. Aber auch Jubelrufe, was vielleicht das Unheimlichste überhaupt ist. Wo kann es hier bitte einen Grund zu jubeln geben?

Schließlich gelangen sie hinunter auf Deck sieben. Im dunklen Taxfree-Shop sind die Scheiben eingeschlagen. Finstere Gestalten huschen dort drinnen herum. Marianne bleibt wie angewurzelt auf der Treppenstufe stehen.

Dort halten *die* sich also auf.

Doch plötzlich kommt eine Gruppe Männer mit den Armen voller Spirituosen und Zigarettenstangen aus dem Laden herausgestürmt, und Marianne erkennt einen von ihnen wieder. Es ist Görans Freund, und er heißt Sonny, wenn sie sich richtig erinnert.

»Marianne, du süßes Bonbon!«, ruft er ihr lallend zu. »Wo hast du denn Göran gelassen?«

Ihre Wangen beginnen zu glühen, als sie merkt, wie Vincent und Madde sie anschauen. Hinter ihm kommen noch mehr Plünderer mit ihrer Beute heraus. Einige haben sich Einkaufskörbe genommen und sie mit Süßigkeiten und Parfümflaschen vollgepackt. Und nicht zuletzt mit Alkohol. Immer Alkohol.

»Ich weiß es nicht«, antwortet sie. »Ich dachte, er wäre bei euch.«

»Aber er ist doch zu dir zurückgegangen!«

Marianne schaut ihn verständnislos an. »Wirklich?«

Sonny grinst übers ganze Gesicht. Jetzt sieht sie, dass er Blutspritzer auf seiner Hemdbrust hat. Ist er etwa gebissen worden? Oder einer von seinen Freunden?

»Komm doch mit uns«, fordert er sie auf und deutet mit seinem Daumen auf einen der anderen Männer, den Marianne noch nie gesehen hat. »Wir gehen in seine Kabine und besaufen uns sinnlos, bis dieser ganze Scheiß hier vorbei ist!«

»Nein«, wendet der Mann entschieden ein und wirft Marianne einen entschuldigenden Blick zu. »Nichts gegen Sie persönlich, aber ich weiß schließlich nicht, wer Sie sind. Diese Kerle hier habe ich immerhin schon … vorher kennengelernt.«

»Ich verstehe«, sagt Marianne.

Sie schaut Sonny an und will ihn nach Göran fragen, weiß aber nicht recht, wie sie es anstellen soll.

Einige Männer haben draußen vor dem Shop angefangen, sich um einen Stapel Schnupftabakdosen zu prügeln. Sie stürzen über zwei Leichen und raufen sich auf dem Boden weiter. Marianne muss an das Zitat von Sartre denken: Die Hölle, das sind die anderen. Dann sieht sie, dass sich mehrere Leichen auf dem Boden zu bewegen beginnen und zu neuem Leben erwachen.

Sie müssen unbedingt von hier weg. Vincent hat es ebenfalls gemerkt.

»Können wir eine Flasche von euch schnorren?«, fragt er. »Je stärker, desto besser.«

»Hol dir doch deinen eigenen Fusel«, antwortet einer der fremden Männer.

Doch Sonny reicht ihm eine Flasche Zitronenwodka.

»Danke«, sagt Vincent und nimmt sie mit seiner unverletzten Hand entgegen.

»Tja, mein kleines Marianne-Bonbon, dann sieht es wohl so aus, als müssten wir uns aus unseren jeweiligen Kabinen zuprosten«, meint Sonny.

»Wir haben nicht vor, den Schnaps zu trinken«, erklärt Vincent. »Wir funktionieren ihn eher zu 'nem Molotow-Cocktail um.«

»Smart«, sagt einer aus der Gruppe mit verhaltener Bewunderung. »Verdammt smart.«

»Hast du etwa vor, das Zeug anzuzünden?«, fragt Sonny, und sein Grinsen wird noch breiter. »Das nenne ich wahrhaftig Alkoholmissbrauch.«

Marianne schaut ihn an und denkt, dass Göran über seinen dämlichen Witz bestimmt gelacht hätte.

»Viel Glück«, sagt sie.

»Dir auch. Und wenn du Göran triffst, dann … pass gut auf ihn auf.«

Er zögert. Marianne schaut sich nervös um. Die Schlägerei auf dem Boden ist noch immer im Gange. Vor dem Shop lässt eine Frau aus Versehen eine Palette mit Bierdosen fallen, die in alle

Richtungen rollen. Der Lärm wird noch mehr von *denen* anlocken.

»Mach ich«, entgegnet Marianne.

»Göran ist ein feiner Kerl, ganz im Ernst«, sagt Sonny.

Sie nickt ihm zu und geht die Treppe weiter runter.

BALTIC CHARISMA

Dan Appelgren hat sich unter die Dusche gestellt. Das heiße Wasser lässt den Geruch des Blutes an seinem Körper wieder warm und feucht werden. Die rötliche Färbung des Wassers, das in den Abfluss hinunterwirbelt, wird immer schwächer. Er wäscht sich sorgfältig am ganzen Körper. Nachdem er sich übergeben musste, ist er nicht mehr ganz so aufgedunsen wie zuvor. Doch die Gedanken in seinem Kopf wollen einfach nicht zur Ruhe kommen. Sie wirbeln herum, jagen sich selbst und schlagen fortwährend Purzelbäume. Er presst sich die mit Seife eingeschäumten Hände gegen den Schädel. Es ist, als wäre dies die einzige Möglichkeit, ihn am Explodieren zu hindern. Dan kennt diesen Zustand, genauso fühlt es sich auch an, wenn man sich zu viel Koks reingezogen hat. *Es ist bald wieder vorbei, nur Geduld und die Ruhe bewahren.*

Die dunkelhaarige Frau steht in ihrem Wohnmobil und betrachtet die Fotos in ihrem Medaillon. Nach all den Jahren haben sie sich längst auf ihrer Netzhaut eingebrannt, in ihrem Herzen eingraviert. Sie braucht nur die Augen zu schließen, um sie sich in Erinnerung zu rufen. Dennoch bringt sie es nicht über sich, das Medaillon wieder zu schließen. Eine Reihe von Erinnerungen und Gefühlen stürmt auf sie ein, doch jetzt versucht sie zum ersten Mal nicht, sie zurückzuhalten, dieses allerletzte Mal. Ihr Sohn. Ihr Ehemann. Die Zeit davor. Bevor ihr Sohn krank wurde und bevor sie sich ihre Kontakte in spiritistischen Kreisen zunutze machte und einige Abtrünnige von der Theosophischen Gesellschaft ausfindig machen konnte, die sie an zwei der Alten weiterverwiesen. Geschöpfe, die nicht länger als Menschen durchgehen, geraten schnell in die Abhängigkeit von Helfern. Zu der Zeit war sie noch reich genug, um zu glauben, dass man für Geld alles kaufen könne. Und damals hatte sie recht gehabt. Die Alten gaben trotz Protesten nach, als sie ihnen alles Geld anbot, was sie besaß, und danach nahmen sie und ihr Mann ihren Sohn mit zu sich nach Hause in ihre Wohnung in Stockholm. Sie glaubten, alle nötigen Vorsichtsmaßnahmen getroffen zu haben, und wechselten einander damit ab, sich zum Aderlass mit einer Rasierklinge die Haut aufzuritzen. Aus den Tagen wurden Wochen, die in ihrer Wahrnehmung in einer Art Nebel zusammenflossen, denn sie litt, verursacht durch den Blutmangel, unter anhaltendem Schwindel, aber auch durch Angst und Schrecken, Sorge und Hoffnung. Ihr Sohn verlangte ständig mehr. Und er wurde immer gesünder, kräftiger. Er lebte gleichsam von dem, was ihre Körper ihm geben konnten, genau wie nur wenige Jahre zuvor, als sie ihn gestillt hatte. Als er allmählich wieder er selbst zu werden schien, kam es ihr wie ein Wunder vor. Schließlich gab sein Vater nach und löste die Riemen an seinem Bett. Die Frau redete sich ein, dass alles, was danach geschah, nicht die Schuld ihres Sohnes war. Sie hat ihm verziehen und stattdessen sich selbst die Schuld an allem gegeben. Er hatte sie schließlich nie darum gebeten, verwandelt zu werden. Sie war es, die diese Entscheidung für ihn getroffen hatte, und das hat wiederum er ihr nie verziehen. Sie vermisst den Mann auf dem Foto. Damals hatte sie das geliebte Gesicht mit einem Handtuch abgedeckt, bevor sie seinen Kopf vom Körper abtrennte. Eines Nachts, als der Gestank in der Wohnung unerträglich wurde und sich nicht mehr verheimlichen ließ, hat sie die blutleere Leiche in die Badewanne geschleift. Dort begann sie damit, sie in der Mitte zu teilen. Hat ihm Beine und Arme abgetrennt und sie in kleinere Stücke zerteilt. Damals glaubte sie noch an Gott und hatte Angst davor, was nach all dem, was sie ihrem Mann angetan hatte, wohl mit seiner Seele geschehen würde. Doch dort im Bad hat sie begriffen, dass die Hölle kein bestimmter Ort ist, kein Platz fern von der Erde, vom Leben. In den darauffolgenden Nächten schleppte sie säckeweise Fleischstücke sowie Steine zum Beschweren zum Nybrokai und warf sie ins Wasser. Und natürlich hat sie sich irgendwann bei ihrem Jungen angesteckt. Wahrscheinlich aus Nachlässigkeit, oder ließ sie es einfach geschehen? Sie weiß es nicht. Nach ihrer Verwandlung hat sich ihr Sohn um sie gekümmert und ihr zu essen gegeben. Zahlreiche Männer und Frauen klingelten an ihrer Wohnungstür, in der festen Überzeugung, dem armen Kind, das sich verlaufen hatte, wieder zurück nach Hause geholfen zu haben, während er ihre Hände mit festem Griff umschloss. Der Junge hat weitaus mehr Menschen nach Hause gebracht, als sie benötigten. Schon damals hatte ihm das Ganze viel zu gut gefallen. Für ihn war es nur ein Spiel, dessen er nie überdrüssig wurde. Genau davor hatten die Alten sie gewarnt. Und sie selbst hat sich früh dazu gezwungen gesehen, ihre Instinkte zu beherrschen, um ein Auge auf ihn haben zu können. Die Frau lässt das Medaillon wieder zuschnappen und geht auf die Essecke zu. Klappt eine der Sitzbänke hoch und holt darunter einen Eispickel hervor. Wiegt ihn in der Hand. Ihr und ihrem Sohn ist es gelungen, den Tod mehr als hundert Jahre lang zu überlisten. Bis zu diesem Augenblick. Sie muss an all die Mythen über Vampire denken, an die sie damals in einem anderen Leben vor langer Zeit einmal geglaubt hatte. All das, was sich letztendlich als Lügen und alter Aberglaube entpuppte. Es wäre so viel einfacher gewesen, wenn sie ihre Hoffnung auf die Sonne hätte richten können, die bald aufgeht. Aber durch Feuer könnten sie und die anderen auch sterben. Feuer reinigt und verzehrt zugleich. Und gleich danach kommt Wasser. Wasser, das tief genug ist, um alle Spuren auszulöschen. So muss es vonstattengehen. Sie schaut sich noch einmal im Wohnmobil um, bevor sie es verlässt. Es ist kein Ort, an dem ihre Erinnerungen hängen. Die Neugeborenen beobachten sie. Mehrere hundert Augenpaare, die ihr schweigend folgen, als sie an den Reihen der Autos entlanggeht.

Die Frau saugt gierig die Benzindämpfe ein, während sie hinter den Fensterscheiben der Autos alle möglichen Lebensspuren erblickt. Halbausgetrunkene Limoflaschen, Wolldecken, Süßigkeitenverpackungen. Neben einem blauen Nissan mit Maiblumen, die von innen auf die Heckscheibe geklebt sind, bleibt sie stehen. Umschließt den Eispickel mit beiden Händen. Sieht, wie einer der Neugeborenen vor einem silberfarbenen Auto stehen geblieben ist. Er starrt durch die Windschutzscheibe auf einen Kindersitz auf der Beifahrerseite. Vielleicht erinnert er sich an gewisse Dinge aus seinem vorherigen Leben. Womöglich ist es sein Auto und sein Kind. Die Frau muss an den Jungen und das Mädchen denken, die sie oben in der Offiziersmesse versucht hat zu retten. Höchstwahrscheinlich war es die letzte gute Tat in ihrem Leben, die ihnen allerdings nichts genützt hat. Sie sieht sich gezwungen, eine Katastrophe zu verursachen, um eine noch größere zu verhindern. Was sie jetzt tun muss, ist völlig unvorstellbar, aber zumindest muss sie danach nicht mehr damit leben. Wenn ihr Plan aufgeht, wird alles vorbei sein, sobald sie ihn umgesetzt hat. Sie wird so viele Neugeborene wie möglich mitnehmen. Die Neugeborenen, die ihr instinktiv bedingungsloses Vertrauen entgegenbringen. Die Frau zielt mit dem Eispickel auf den Kunststofftank unterm Auto. Hackt darauf ein, bis ein Loch entsteht und das Benzin mit einem Gluckern auf den Boden hinunterläuft. Dann geht sie weiter zum nächsten Auto.

Ein Deck über ihr steht Vincent im engen Treppenhaus neben dem Autodeck, löst das Halstuch von seinem Handgelenk und reißt mit Hilfe seiner Zähne einen Streifen davon ab. Er reicht ihn Madde, die einen Schluck Wodka trinkt, bevor sie den Stoffstreifen längs zusammenfaltet und ihn in die Flasche schiebt. *Macht man das so?*, fragt sie. *Ich glaube schon*, antwortet Vincent und reicht ihr ein Feuerzeug, während Marianne ihm dabei hilft, den Rest des Halstuchs wieder um sein Handgelenk zu wickeln.

Dan Appelgren stellt das Wasser ab und steigt aus der Dusche. Wischt den Dunst vom Spiegel. Als er sieht, dass sich die Konturen seiner Muskeln und Knochen allmählich wieder unter der

Gesichtshaut abzeichnen, geht es ihm sofort besser. *Bald werde ich wieder aussehen wie vorher. Und zwar für ziemlich lange Zeit. Auch ohne endlose Trainingsstunden im Fitnessstudio. In dieser Verfassung werde ich von jetzt an bleiben, genau wie Adam nie etwas anderes als ein Kleinkind mit Napoleon-Komplex sein wird.* Dan zieht sich die Kleidung an, die er sich aus einer Tasche in der Suite gegriffen hat. Jeans und ein dunkelblauer Strickpulli, der stark nach Weichspüler riecht. Er bringt seine Frisur in Form. Verlässt das Bad und stellt sich ans Fenster. Ganz hinten am Horizont erblickt er eine andere Fähre, von Åbo kommend.

Die Baltic Charisma ist nur noch eine knappe Stunde vom finnischen Schärenmeer entfernt.

ALBIN

Albin schlottert am ganzen Körper. Er hat seine Zunge zwischen die Zähne geschoben, damit sie nicht so laut aufeinanderklappern. Hier unten im Maschinenkontrollraum sind die Vibrationen der Motoren stärker zu spüren, und er weiß nicht mehr, welche Erschütterungen von seinem Körper und welche von der Fähre ausgehen.

An der Wand ist ein Foto von einer nackten Frau angepinnt. Sie hat eine Hand zwischen ihre Beine geschoben und spreizt mit den Fingern ihre Schamlippen, so dass man geradewegs in sie hineinsehen kann. Fast so, als wolle sie ihr Innerstes nach außen kehren. Doch eigentlich sind es die Männer dort auf dem Fußboden, denen genau das widerfahren ist. Ihre Eingeweide hängen außen an ihren Körpern herunter. Albin kann durch eine große Glasscheibe in die Maschinenhalle hineinschauen. Von dort aus starren ihn mehrere Gestalten in Blaumännern an. Sie wollen mit aller Gewalt zu ihnen rein, rammen ihre Köpfe wieder und wieder gegen die Scheibe. Sie haben sich schon alle die Stirn blutig geschlagen, und ihre Wunden hinterlassen klebrige Abdrücke auf dem Glas.

Albin schaut weg und versucht, sich darauf zu konzentrieren, ob man die Vibrationen auf der Wasseroberfläche in dem Eimer sehen kann, der ihr am nächsten steht. Doch Calle hebt ihn hoch, bevor Albin es herausgefunden hat.

Calle stellt sich vor die orangefarbenen Metallschränke, die mit jeder Menge leuchtender Knöpfe, kleinen Fenstern mit diversen Displays dahinter und verschlossenen Klappen versehen sind.

»Bist du bereit?«, fragt Calle und schaut Filip an, der seinen Eimer ebenfalls angehoben hat.

Lo linst zu Albin rüber. Er weiß, dass sie sich Sorgen um ihn macht. Er wünschte, er könnte sie beruhigen, doch er hat sich in seinem Inneren verschanzt. Und je länger sie ihn so anschaut, desto schwerer fällt es ihm, sich zu öffnen. Jeder ihrer Blicke erinnert ihn daran, wie seltsam er sich benimmt.

Filip schwingt seinen Eimer ein paarmal vor und zurück. Dann schießt das Wasser in einem glitzernden Bogen über die Schränke. Er wirft den Eimer weg, so dass er mit einem dumpfen Scheppern zu Boden fällt, und Albin linst aus einem reinen Reflex heraus zu den Gestalten am Boden rüber. Doch sie bewegen sich nicht. Calle und Marisol leeren ihre Eimer, auch Antti hebt seinen jetzt hoch. Wasser rinnt über den Boden und reicht fast bis an Albins Turnschuhe heran.

Plötzlich wird es stockdunkel im Raum. Das Hämmern der Köpfe gegen die Glasscheiben im Maschinenraum wird energischer, als wären die Gestalten auf der anderen Seite gieriger oder vielleicht auch unruhiger geworden.

Auch die Vibrationen verändern sich in der Dunkelheit.

»Abbe«, flüstert Lo mit tränenerstickter Stimme. »Abbe?«

Er bringt keine Antwort heraus.

»Alles in Ordnung, Kinder?«, fragt Filip. »Die Notbeleuchtung müsste sich jeden Moment einschalten. Ihr braucht keine Angst zu haben.«

Dabei klingt er selbst ängstlich, als er das ausspricht. Er glaubt, er könne Albin und Lo täuschen, nur weil sie noch Kinder sind, aber es gelingt ihm ja nicht einmal, sich selbst zu täuschen.

MADDE

Sie stehen absolut reglos im Treppenhaus und warten darauf, dass sich ihre Augen an die Dunkelheit gewöhnen. Nur das blassgrüne Licht der beleuchteten Schilder über den Notausgängen legt sich wie ein dünner Schleier über Wände und Boden. Durch die Stahltür hindurch, die sich eineinhalb Stockwerke über ihnen befindet, kann Madde draußen an Deck der Fähre Schritte hören. Sie versucht, sich ganz still zu verhalten, doch ihre eigenen Atemzüge irritieren sie. Bevor das Licht ausging, konnte sie auf dem Treppenabsatz unter ihnen die Tür zum Autodeck sehen. Von dort aus führt die Treppe weiter zu den unteren Decks.

Sie lauscht den Geräuschen der Motoren der Charisma. Haben sie sich verändert? Oder nicht? Sind sie nicht gerade leiser geworden?

»Hört ihr das auch?«, fragt sie flüsternd.

»Calle«, entgegnet Vincent. »Sie haben es geschafft.«

Ohne Vorwarnung geht das Licht wieder an, allerdings schwächer und flackernd. Irgendwo weiter unten im Treppenhaus wird eine Tür aufgestoßen, und Madde bleibt fast das Herz stehen. Sie meint, das Schlurfen nackter Füße auf dem PVC-Boden zu hören. Von wie weit unten kommt es?

»Können wir nicht lieber wieder nach oben an Deck gehen?«, fragt Madde. »Ich halt es hier unten nicht mehr aus. Ich pack das nicht.«

Sie will einfach nur weg von hier. Raus an die frische Luft. Egal wohin, Hauptsache weg.

Erneutes Schlurfen. Diesmal etwas lauter.

»Die ist höchstwahrscheinlich sowieso verschlossen«, sagt sie und deutet auf die Tür zum Autodeck.

»Ich will es auf jeden Fall versuchen«, entgegnet Vincent. »Calle muss jetzt dort sein. Aber ich kann verstehen, wenn ihr von hier wegwollt.«

Sie blickt auf Vincents verletztes Handgelenk und schaut Marianne an.

»Wir halten zusammen«, sagt sie. »Aber beeilen Sie sich.«

Sie tasten sich im flackernden Lichtschein weiter nach unten. Madde befühlt das Feuerzeug in ihrer Hand. Als sie auf dem Weg hinunter zum nächsten Treppenabsatz einen Schatten an der Wand wahrnimmt, rutscht es ihr fast aus den Fingern. Irgendjemand kommt ihnen entgegen. Sie flucht innerlich.

Die Gestalt da unten nähert sich schnaufend und wird schließlich an der Biegung der Treppe sichtbar. Der Mann hat langes Haar, das zu einem Pferdeschwanz zusammengebunden ist. Große Teile seines Gesichts fehlen. Krater, die mit spärlichem faltigen Narbengewebe bedeckt sind. Seine Nase ist verschwunden. Nur noch zwei Löcher führen geradewegs in seinen Schädel hinein. Sie spürt, wie Marianne erstarrt.

»Kommt, wir hauen ab«, sagte Madde. »Bitte! Wir laufen weg, wir müssen weglaufen.«

Die Augen des Mannes blitzen im flackernden Licht auf, das den Eindruck erweckt, als würde das Treppenhaus *atmen* ...

»Ja«, meint Vincent und zieht Marianne mit seiner gesunden Hand zu sich. »Kommen Sie.«

Doch Marianne rührt sich nicht vom Fleck und starrt den Mann bloß an.

Maddes Mutter war Jägerin, und früher gingen sie oft mit den Hunden im Wald spazieren. Sie hat Madde beigebracht, welche Pilze essbar sind, wie sie sich anhand der Sonneneinstrahlung auf den Baumstämmen orientieren kann und was sie tun muss, falls sie einem Bären begegnen sollte.

Du musst dich absolut still verhalten und ganz langsam zu-

rückweichen. Du darfst ihm nicht den Rücken zukehren und auch keine Schwäche zeigen. Ihm nicht in die Augen schauen. Nicht wegrennen.

Doch jetzt macht Madde das genaue Gegenteil von alldem. Sie schreit laut auf, dreht sich auf der Treppe abrupt um und rennt wieder hinauf.

MARIANNE

Marianne kann ihren Blick nicht von der Gestalt abwenden, die einmal Göran war. Er steht direkt vor der Tür zum Autodeck und schaut sie mit gequältem Blick an. Ein Teil von ihr will zu ihm eilen und ihn trösten, obwohl sie weiß, dass es gefährlich ist, da er nicht mehr er selbst ist und sie töten würde, sobald er die Gelegenheit dazu bekäme. Aber er leidet. Und sie kann es einfach nicht ertragen, dass er leiden muss.

»Verzeihung«, flüstert sie.

Es ist ihre Schuld, dass er jetzt einer von *denen* ist, denn er kam offenbar extra ihretwegen noch einmal hier herunter.

»Marianne«, sagt Vincent. »Wir müssen von hier weg.«

Plötzlich taucht hinter Göran eine Frau in einem blutbesudelten Kapuzenpulli auf. Die Worte **SEXY BITCH** glitzern in Strassbuchstaben über ihrer Brust. Als sie Marianne und Vincent erblickt, schlägt sie klappernd die Zähne aufeinander.

Göran setzt einen Fuß auf die Treppenstufe. Seine Blick ist jetzt völlig leer, nichts erinnert mehr an die schönen Augen, die sie auf der Tanzfläche angesehen haben. Als sie ihn anschaut, kommt es ihr vor, als wiche jegliche Kraft aus ihrem Körper.

»Kommen Sie«, mahnt Vincent.

»Laufen Sie los«, entgegnet sie. »Sie sind schneller als ich. Tun Sie es mir zuliebe.«

Sie meint es ernst. Madde hat genau das Richtige getan. Vincent soll nicht noch ein weiteres Mal sein Leben für sie riskieren. Er muss loslaufen und seinen Partner finden.

Sie möchte ihm für alles danken, was er für sie getan hat. Möchte ihm sagen, dass sie sich in seiner Gegenwart so lebendig gefühlt hat wie schon lange nicht mehr. So wertvoll. Und das genügt ihr.

Sie geht Göran auf der Treppe entgegen.

»Marianne, was tun Sie da?«, fragt Vincent und ergreift erneut ihren Arm, aber sie reißt sich los.

»Laufen Sie«, zischt sie. »Ich halte die beiden auf.«

Auf diese Art will sie sterben. Wenigstens einmal möchte sie stark und mutig sein. Und Vincent wird überleben. Ein einziger Mensch wird sie als die starke und mutige Marianne in Erinnerung behalten. Dann ist es nicht vergebens gewesen.

Doch Vincents Arm umfasst ihre Taille und zieht sie rücklings mit sich. Die ungewohnte Bewegung lässt ihre Knie und Hüften schmerzen.

Sie erreichen den Treppenabsatz. Noch eine weitere Treppe hinauf bis zur Stahltür, die hinaus auf Deck fünf führt. Es kommt ihr so unendlich weit weg vor, aber Vincent schiebt sie jetzt vor sich her und zwingt sie weiterzugehen.

»Warum tun Sie das?«, fragt sie. »Es ist doch allemal besser, wenn die mich kriegen, begreifen Sie das denn nicht?«

»Halten Sie die Klappe, und beeilen Sie sich!«, schreit Vincent hinter ihr, und sie kann die Panik in seiner Stimme hören.

Er wird sie nicht so leicht entkommen lassen, und sie setzt sein Leben aufs Spiel, indem sie versucht, ihn zu retten. Also zwingt sie sich, die letzten Kräfte in ihren Oberschenkelmuskeln zu mobilisieren, um schneller nach oben zu gelangen. Sie wirft einen Blick über die Schulter zurück. Göran erreicht gerade den Absatz, auf dem sie eben noch standen, und die Frau im Kapuzenpulli ist ihm dicht auf den Fersen. Hinter den beiden sind inzwischen zwei weitere Gestalten aufgetaucht. Männer in sportlichen Collegepullis.

Sie kommen immer näher.

»Lassen Sie mich los«, ächzt sie. »Laufen Sie, Vincent!«

Plötzlich öffnet sich die Stahltür oberhalb der Treppe, und Marianne weiß, dass jetzt alles vorbei ist, denn nun kommen von oben bestimmt noch mehr von *denen*, so dass sie hier auf der Treppe in der Falle sitzen. Die Silhouette einer Frau wird im Türrahmen sichtbar.

»Duckt euch!«

Maddes Stimme. Oberhalb von Mariannes Kopf saust eine Flamme durch die Luft und verschwindet hinter Vincents Rücken außer Sichtweite. Nur wenige Sekunden später wird das Treppenhaus vom Feuer erleuchtet. Sie sieht, wie es sich auf dem Treppenabsatz hinter Göran und den anderen an den Wänden entlang ausbreitet. Dann schlagen ihr die Hitze und der Geruch nach Alkohol, Zitrone und schmelzendem Kunststoff entgegen.

»Entschuldigung!«, ruft Madde. »Entschuldigung, dass ich einfach abgehauen bin!«

Göran und die anderen sind abrupt stehen geblieben und beäugen das Feuer. Die Kapuze am Pulli der Frau brennt. Sie schreit laut auf, als die Flammen auf ihre Haare übergreifen.

Plötzlich beginnt es zu regnen.

Regen? Wir sind aber doch drinnen.

Wasser. Wasser spritzt von der Decke herunter und wird sie ertränken.

Marianne wird von Panik erfasst. Hier unten wie eine Ratte in der Kloake zu ertrinken ist etwas völlig anderes, als von *denen* zerfleischt zu werden.

Ihr überhitztes Gehirn registriert das zischende Geräusch und begreift, dass das Wasser aus der Sprinkleranlage an der Decke kommt. Das Feuer ist schon fast wieder erloschen, und Göran richtet seinen Blick erneut auf Marianne und Vincent.

Der plötzliche Adrenalinschub verleiht ihr neue Kraft. Sie läuft unmittelbar vor Vincent die Treppe hoch, während Madde ungeduldig mit einer Hand an der Tür oben auf der Stelle hüpft, bereit, sie unmittelbar hinter ihnen zuzuschlagen. Jetzt sind es nur noch wenige Stufen …

Plötzlich wird das Treppenhaus von einem ohrenbetäubenden Heulen erfüllt. Es kommt aus dem Inneren der Fähre und klingt wie der Schrei eines angeschossenen Tiers.

Marianne erreicht den Treppenabsatz, auf dem Madde steht, und Vincent ist unmittelbar hinter ihr. Doch er wird von einem um sich beißenden Göran verfolgt, in dessen wildem Blick sich eine wahnsinnige Gier widerspiegelt.

Plötzlich kann sie Göran nicht mehr sehen. Das entsetzliche Heulen des Feueralarms ertönt erneut und mischt sich mit Vincents Schrei. Sein Mund steht weit offen, und seine Augen sind aufgerissen. Er schaut Marianne und Madde mit erstauntem Blick an, als begreife er nicht recht, was ihm gerade widerfährt. Genauso wenig, wie Marianne es begreift.

Sie will es nicht begreifen.

Vincent fällt auf den Bauch und wird die Treppe rückwärts wieder heruntergezogen. Sein Körper hüpft förmlich über die Kanten der Treppenstufen hinweg, während seine Hände an den glatten Wänden im Treppenhaus Halt suchen.

Göran hat seine Zähne unmittelbar über der Kante von Vincents Schuh in dessen Ferse gebohrt. Seine Kiefer arbeiten, während seine Zähne durch den Stoff der Socke dringen und ihm die Achillessehne abreißen. Vincent schreit ohne Unterlass, bis er unten auf dem Treppenabsatz angekommen ist, wo sich die Frau im Kapuzenpulli auf ihn stürzt. Dann verschwinden alle drei hinter der Biegung, während der Alarm ein weiteres Mal sein entsetzliches klagendes Heulen von sich gibt. Das Feuer ist jetzt ganz erloschen. Nur noch der übelriechende Rauch steigt in spärlichen bläulichen Schwaden vom feuchten PVC-Boden auf.

»Vincent!«, schreit Marianne.

Die beiden Männer in den sportlichen Pullis schauen zu ihr hoch und beginnen, erstaunlich rasch die Treppenstufen zu erklimmen.

Madde zieht sie aus dem Treppenhaus heraus und schlägt die Tür hinter ihr zu. Doch durch einen Spalt schiebt sich ein männlicher Unterarm im Pulliärmel. Tastet nach ihnen.

Madde wirft sich mit ihrem ganzen Gewicht gegen die Tür. Marianne hört das Geräusch zerbrechender Knochen, gefolgt von einem bestialischen Gebrüll. Dann wird der Arm schlaff, und sie öffnet die Tür wieder einen Spaltbreit, bis der Arm verschwindet. Auf der anderen Seite taumelt der Mann polternd die Treppe hinunter, und dann schlägt die Tür endgültig mit einem lauten Knall zu.

Erneut heult der Alarm in Mariannes Ohren schrill auf. Sie stehen wieder im Korridor auf Deck fünf, und Marianne sieht, dass mehrere Gestalten die breiten Treppen hinunterkommen.

BALTIC CHARISMA

Die Fähre gleitet jetzt immer langsamer über das Wasser der Ostsee.

Der ohrenbetäubende Feueralarm begleitet einen sterbenden Mann in die tiefe Finsternis. Man hat ihn in einen der schmalen Korridore unter dem Autodeck geschleift, und er spürt nicht mehr, wie die Neugeborenen an ihm ziehen und zerren und sich um sein Blut prügeln. Er hört nur ihr feuchtes Schmatzen und das Aufheulen des Feueralarms, wieder und wieder, aber jedes Mal klingt es schwächer in seinen Ohren.

Die Neugeborenen auf dem Autodeck werden angesichts des Alarms unruhig. Die dunkelhaarige Frau hat wahrgenommen, dass sich die Vibrationen des Bodens verändert haben, und weiß, dass sie sich jetzt beeilen muss. Beim Meeting oben in der Offiziersmesse hat das Personal darüber gesprochen. Wenn die Fähre anhält, können sie die Rettungsinseln zu Wasser lassen, und es würde bis zur Außenwelt vordringen, dass etwas passiert ist. Sie muss das hier unbedingt zu Ende bringen, bevor noch weitere Leute an Bord der Charisma kommen oder Angesteckte das Schiff verlassen.

Der Alarm hallt über die Tanzfläche und durch die Korridore, in denen die Notbeleuchtung an der Decke flackert. Er übertönt den Wind auf den Außendecks und ertönt in den Kabinen, in denen sich die Menschen verstecken. Einige von ihnen öffnen die Türen und schauen hinaus. Sie wollen wissen, was geschehen ist, und überlegen, was sie tun sollen. Andere stellen sich ans Fenster, suchen nach Anzeichen dafür, dass die Fähre womöglich sinkt.

Der Neugeborene, der einmal der Kapitän war, kratzt oben auf der Kommandobrücke an der Innenseite der versperrten Tür. Der Alarm schrillt den Neugeborenen in der Offiziersmesse in den Ohren. Weckt in ihnen Erinnerungsfetzen an ihr Leben an Bord, Gedanken, die sie in ihrem jetzigen Zustand nicht mehr ordnen können. Die Krankenschwester Raili hat das Brotmesser mit dem knallgelben Griff fest mit der Hand umschlossen und hackt mit der Spitze auf ihr Ohr ein. Sie dreht und wendet es im Gehörgang, bis sie das Heulen der Sirenen nicht mehr hört. Den Schmerz spürt sie kaum, er ist im Vergleich zu ihrem Heißhunger nicht der Rede wert.

Der Alarm weckt auch eine Neugeborene im Spa-Bereich. Sie liegt mit dem Gesicht nach unten im Whirlpool, und ihre Augen sind unter Wasser geöffnet. Sie hat Schmerzen, aber das ist sie nicht anders gewohnt. Es gelingt ihr, den Kopf über die glatte Wasseroberfläche anzuheben. Sie schaut sich nach der Ursache für das abscheuliche Geräusch um.

Adam steht ein Stück entfernt von ihr auf demselben Deck und betrachtet den Lageplan der Fähre. Er hat seine Handfläche aufs Mahagonifurnier an der Wand der Charisma gelegt und spürt, dass die Motoren verstummt sind. Dann fällt ihm ein, dass der Maschinenraum direkt neben dem Autodeck liegt. Der einzige Ort, an dem er noch nicht nach seiner Mutter gesucht hat. Er vermutet, dass sie es war, die die Motoren lahmgelegt hat, und fährt mit seinem kleinen Zeigefinger über den Weg auf dem Lageplan, den er nehmen muss, um zum Autodeck zu gelangen. Er will ihr die Beweggründe für sein Handeln begreiflich machen, ihr erklären, dass er es auch um ihretwillen getan hat. *Sie muss sich einfach von ihren althergebrachten Vorstellungen lösen.* Er zieht seine Zugangskarte aus der Tasche und geht auf die Treppe zu.

Der Erste, der sich an Bord der Fähre angesteckt hat, sitzt noch immer in seiner Ausnüchterungszelle auf dem Fußboden und presst sich die Hände auf die Ohren. Er schreit, um den Alarm zu übertönen. Die Gefangenen in den Zellen daneben sind ebenfalls aufgewacht. Sie rufen um Hilfe und hämmern mit den Fäusten gegen die Türen, doch niemand kommt.

In der Suite zerschlägt der ehemalige Popstar eine Lampe nach der anderen, da ihm das flackernde Licht in den Augen brennt. Das Heulen der Sirenen dröhnt ihm in den Ohren. Der Boden unter seinen Füßen hat inzwischen aufgehört zu vibrieren. Die Charisma wird Åbo also nicht erreichen, was ihm furchtbar ungerecht erscheint. Er ist überzeugt davon, dass diejenigen, die aus der Offiziersmesse geflohen sind, daran schuld sind. *Aber so war das alles nicht geplant.* Er hätte Adams Mutter doch töten sollen. Er hätte sie alle töten sollen. Der Alarm heult erneut auf und lässt seine Gedanken zersplittern.

Die Benzindämpfe wabern in der Luft über dem Autodeck. Die dunkelhaarige Frau arbeitet sich mit ihrem Eispickel jetzt immer rascher und zielstrebiger voran. Dabei spritzt Benzin auf ihr Kleid und hinunter auf den Boden, wo sich Lachen bilden. Als sie von der Seite her ein Loch in den Tank eines Lkws hackt, sprudelt Diesel heraus. Ein weiteres Aufheulen des Alarms. Sie kann das Geräusch kaum noch ertragen. Aber bald ist es vorbei. Bald ist alles vorbei.

»Ich bekomme keine Luft mehr«, keucht Marianne.»Ich bekomme keine Luft.«

Sie japst, ihr ist ganz schwindelig vom Sauerstoffmangel, und sie hängt sich schwer an Maddes Arm. Sosehr sie es auch versucht, aber es gelingt ihr nicht, genügend Sauerstoff in ihre Lunge hinunterzupressen, und sie weiß nicht mehr, ob es nur das Licht im Korridor ist, das flackert, oder ob sie jeden Moment in Ohnmacht fallen wird.

»Gleich sind wir da«, sagt Madde.

»Ich muss raus. Ich muss an die Luft.«

Plötzlich ist alles so anders. In den Pausen zwischen den Alarmsignalen ist es vollkommen still. Kein Vibrieren der Motoren unter ihren Füßen. Alles kommt ihr so irrsinnig vor, als würde die Erde aufhören, sich zu drehen.

Neben ihr weint Madde, und über ihre runden Wangen kullern dicke Tränen, aber Marianne kann nicht weinen. Sie schaut sich über die Schulter hinweg um, doch niemand scheint ihnen zu folgen. Auch die entstellten Gestalten auf dem Boden, an denen sie vorbeikommen, rühren sich noch nicht.

Hin und wieder wird eine Kabinentür von innen geöffnet, und Menschen schauen hinaus. Sie fragen Madde und Marianne, ob sie wissen, was passiert ist. Ob das Schiff womöglich sinkt oder ob an Bord Feuer ausgebrochen ist. Marianne sieht ihnen die Angst an, kann sie aber nicht beruhigen. Jeden Moment könnte auch ein anderer eine Tür öffnen oder aus einem der Seitenkorridore auftauchen. Bereit, Madde und sie zu töten, wie sie Vincent getötet haben. Und Göran, bevor er einer von *denen* wurde.

Endlich erreichen sie die Glastür am Ende des Korridors. Madde stößt sie auf, und der erste frische, kalte Luftzug kühlt Mariannes Gesicht. Sie bemüht sich, die Leichen, über die sie hinwegsteigen, nicht genauer anzuschauen, während Madde sie zur Reling führt. Versucht zu ignorieren, dass der Boden des Außendecks vor lauter Blut ganz klebrig ist, das erst vom Regen verdünnt und danach vom Wind wieder getrocknet wurde.

Sie stellen sich an den Bug, und Marianne richtet ihren Blick aufs Wasser. Auf die Wellen, die sich fortwährend auf sie zu bewegen. Jetzt hört sie, verglichen mit dem schäumenden Tosen am Abend, nur noch ein leises Plätschern gegen den Schiffsrumpf. Am Himmel bewegen sich die dunkelgrauen Wolkenschleier rasch über den heller werdenden Hintergrund. Wie ein Film in der falschen Geschwindigkeit. Endlich kann sie wieder richtig durchatmen und lässt den Sauerstoff ihre Lungen reinwaschen. Dabei wird ihr fast erneut schwindelig, während der Alarm ein weiteres Mal aufheult.

Madde zittert in ihrem durchsichtigen dünnen Kleid, und Marianne legt ihre Arme schützend um ihren weichen Körper und zieht ihn dicht an sich heran. Madde lehnt den Kopf an ihre Schultern und weint immer heftiger.

Sie hat noch mehr Angst als Marianne. Diese reißt sich nun zusammen, fast widerwillig und nur deshalb, weil es schlicht und einfach nötig ist. Es bringt ja nichts, wenn sie jetzt beide zusammenbrechen.

»Bald wird Hilfe vom Festland eintreffen«, sagt sie. »Irgendwer wird uns schon vom Schiff runterholen. Und wir sind bestimmt eher zu Hause, als wir es ahnen.«

»Entschuldigung«, schluchzt Madde. »Entschuldigung, dass ich einfach abgehauen bin. Ich hatte so große Angst und …«

Die Worte danach kann Marianne nicht mehr verstehen, aber sie streicht ihr beruhigend über den Rücken.

»… meine Schuld, dass Vincent tot ist!«, schluchzt Madde weiter.

»Nein«, entgegnet Marianne.

Sie schließt die Augen, doch dann sieht sie Vincents schmerzverzerrtes Gesicht auf der Treppe noch deutlicher. Also öffnet sie sie wieder und muss angesichts des starken Windes blinzeln.

»Es ist meine Schuld«, erklärt sie. »Er hat schon viel eher versucht, mich dazu zu bringen, wegzulaufen, aber ich … ich konnte einfach nicht.«

Sie hat gehofft, dass sie sich besser fühlen würde, wenn sie es laut ausspricht, doch genau das Gegenteil ist der Fall.

Es schnürt ihr wieder die Kehle zu.

»Aber wenn ich nicht abgehauen wäre …«, schnieft Madde an ihrem Hals. »Oder wenn ich wenigstens etwas früher wieder zurückgekommen wäre …«

»Es hätte keinen Unterschied gemacht. Und außerdem sind Sie ja zurückgekommen«, ruft Marianne, um ein neuerliches Alarmsignal zu übertönen. »Ich bin mir nicht sicher, ob ich so mutig gewesen wäre wie Sie.«

»Ich war nicht mutig. Es war einfach nur noch schlimmer, allein zu sein.«

»Hören Sie, es war nicht Ihre Schuld.«

Madde befreit sich aus ihrem Griff und wischt sich die Tränen ab, während sie tief Luft holt.

»Ihre aber auch nicht«, entgegnet sie, dreht sich um und hebt den Blick.

Im Licht der Laternen sieht sie fast hübsch aus.

Marianne dreht sich ebenfalls um und erkennt, wo Madde hinschaut. Hinter den Fenstern der Suite vier Decks über ihnen meint sie eine Bewegung erahnen zu können, doch in den Räumen brennt kein Licht, so dass sich der schwache Schein der Laternen in den Scheiben widerspiegelt.

»Alles ist seine Schuld«, sagt Madde. »Wenn wir dort oben geblieben wären, wären wir in Sicherheit gewesen. Oder zumindest sicherer.«

Marianne nickt.

»Wir müssen unbedingt runter von dieser verfluchten Fähre«, fährt Madde fort und wendet sich wieder Marianne zu. »Wir müssen nur irgendwie zu den Rettungsinseln gelangen.«

»Ja.«

Plötzlich glaubt Marianne, gedämpfte Schreie aus dem Inneren der Fähre zu hören. Doch ein weiteres Alarmsignal übertönt sie. Sie schaut Madde an, die jetzt mit dem Finger in dieselbe Richtung deutet.

»Sie sind hier«, sagt sie.

Marianne schaut durch die Glastür hinein, durch die sie gerade eben herausgekommen sind. Dahinter nähern sich ihnen mehrere Gestalten im Korridor. Ihr langsamer, zielstrebiger Gang ist unverkennbar.

Madde und sie laufen auf die andere Seite des Außendecks und werfen von dort einen Blick durch die Glastür. Doch auch in diesem Korridor bewegen sich mehrere von *denen* auf die Tür zu. Sie steuern das Außendeck an. Kommen näher.

»Shit«, ruft Madde. »Shit, wir können nirgends hin.«

Marianne schaut sich auf dem Außendeck um und betrachtet zum ersten Mal eingehend die Leichen, die zu ihren Füßen liegen. Direkt neben der Reling liegt ein ganzer Haufen Toter.

Der Gedanke ist so abstoßend, dass sie ihn sofort wieder verwirft. Doch dann schaut sie Madde an und begreift, dass sie es zumindest versuchen muss.

Der Alarm heult ein weiteres Mal auf, verstummt aber abrupt.

FILIP

Marisol und ihm ist es endlich gelungen, den Alarm auszuschalten. Sie stehen im Büro des Reedereimanagers und starren auf das Mikrophon, das vor ihnen steht. Filip muss an Mika denken und fragt sich, wie oft er es wohl in der Hand gehalten hat.

»Willst du es tun?«, fragt er.

Sie schüttelt den Kopf. »Ich weiß nicht, was ich sagen soll«, entgegnet sie.

»Ich auch nicht.«

In Wahrheit hat er Angst, dass seine Stimme ihn entlarven

wird. Er ist schrecklich erschöpft. Obwohl sie jetzt so nah dran sind, überwältigt ihn die Müdigkeit fast.

Sie müssen zu den Rettungsinseln. Sie müssen dort auf Hilfe warten. Aber dann?

Ich würde sowieso nicht mit irgendwelchen Passagieren zu-sammen in eine Rettungsinsel springen. Man stelle sich nur vor, einer von ihnen verwandelt sich gerade, während man da unten auf dem Meer herumschaukelt.

Er ist sich ja nicht einmal sicher, ob er sich nicht selbst ange-steckt hat. Seine linke Hand fährt automatisch hoch an seine Lip-pen, die bei der kleinsten Berührung brennen. Er hat sich doch ausgiebig das Gesicht geschrubbt, aber ...

»Wie geht es dir?«, fragt Marisol.

Er schüttelt ratlos den Kopf. »Ich weiß einfach nicht, wie ich es schaffen soll, so zu klingen ... als würde ich selbst daran glau-ben.«

»Weißt du was?« Sie legt ihm einen Arm um die Schultern. »Ich hab vor ein paar Tagen gekündigt.«

Filip fällt auf, dass es ihn nicht weiter überrascht. Hat er nicht gerade erst vorhin daran gedacht? Dass sie früher oder später von der Charisma verschwinden wird?

»Ich hatte vor, es dir während der heutigen Schicht zu sagen«, fügt sie hinzu und lächelt wehmütig.

Er versucht ebenfalls zu lächeln.

»Nach dieser Nacht werde ich mir höchstwahrscheinlich auch überlegen aufzuhören«, sagt er.

»Das wäre aber auch an der Zeit«, meint sie und lacht auf.

Dann wird sie wieder ernst und ergreift seine Hand.

»Ich bin übrigens schwanger. Deswegen hab ich es getan. Ich werde stattdessen im Café meiner Tante arbeiten.«

Filips Lächeln wird breiter. Und diesmal ist es echt.

»Ich hätte es längst kapieren müssen, oder?«, fragt er.

»Vermutlich ja.«

»Deswegen hast du also nach der Arbeit nie mehr ein Glas mit-getrunken.«

Marisol zuckt mit den Achseln und grinst.

»Du wirst eine super Mama werden«, sagt er. »Wenn man es schafft, nachts um drei mit den Gästen im Starlight fertig zu werden, übersteht man auch jede noch so heftige Trotzphase.«

»Kapierst du jetzt, warum wir das Ganze irgendwie meistern müssen? Wir beide? Ich möchte nämlich, dass du Patenonkel wirst.« Sie sagt es leichthin, wirkt dabei aber fast verlegen. »Falls mir irgendetwas zustoßen sollte, dann …«

»Dir wird nichts zustoßen«, unterbricht er sie.

Sie lässt seine Hand los und sieht aus, als wolle sie noch etwas sagen. Aber sie seufzt nur und nimmt das Mikrophon in die Hand. »Okay«, sagt sie. »Bringen wir es hinter uns.«

CALLE

Es war seine Idee herzukommen, um nach Hinweisen auf einen Brand an Bord zu suchen, was er aber sofort bereut, nachdem er die Tür des Büros geöffnet hat. Aber Albin und Lo reagieren kaum, und er fragt sich, wie all das hier wohl ihr Leben verändern wird.

Bosse hängt leblos auf seinem Stuhl. Irgendwer hat eine graue Fleecedecke über ihn geworfen, vermutlich Pär oder Henke. Auf Höhe seines Gesichts ist sie blutdurchtränkt. Seine Arme hängen schlaff an den Seiten herab, und seine gebeugten Finger berühren fast den Boden.

Calle ergreift vorsichtig von hinten die Rückenlehne. Versucht, die Leiche nicht zu berühren, während er den Stuhl zur Seite rollt. Der Stuhl fährt über ein Kabel und gerät ins Holpern, wodurch Bosses Kopf nach vorn fällt. Aber die Decke bleibt an Ort und Stelle liegen, zum Glück.

Antti geht auf den Schreibtisch zu und beginnt, auf der Tastatur des Computers wahllos irgendwelche Tasten zu drücken, während sich Calle im Raum nach dem Telefon umschaut. Er entdeckt es in einer Blutlache auf dem Fußboden, zertrümmert. Er flucht.

Auf den Bildschirmen wechseln die unterschiedlichen Kameraperspektiven einander rasch ab. Im Korridor über ihnen, auf Deck sechs, werfen mehrere Passagiere einen Blick aus ihren Kabinen. Ihre Gesichter wirken im schwachflackernden Schein der Notbeleuchtung gespenstisch blass. Wie viele von ihnen haben sich schon angesteckt? Und wie viele befinden sich noch in einem Übergangszustand und versuchen es wie Mika zu verbergen? Wie viele von ihnen haben es noch nicht einmal selbst begriffen?

Antti drückt noch weitere Tasten. Auf einem der Bildschirme können sie den Taxfree-Shop sehen. Die Glastüren am Eingang sind eingeschlagen. Drinnen herrscht ein völliges Durcheinander aus zerbrochenen Flaschen und weggeworfenen leeren Verpackungen, während draußen haufenweise Leichen auf dem Boden liegen.

Nun kommt schon, denkt Calle, als sie den Rezeptionstresen und die geschlossene Tür zum Büro des Reedereimanagers dahinter sehen, in dem sich Marisol und Filip gerade befinden müssten. Sagt doch etwas, damit ich weiß, dass mit euch alles in Ordnung ist.

Weitere Korridore auf den Bildschirmen. Hier und da stehen Kabinentüren sperrangelweit offen. Die Wände drum herum sind blutverschmiert. Auf Deck fünf bewegen sich ganz in der Nähe von Bosses Büro gerade mehrere Angesteckte auf den Bug zu. In einem Gang auf Deck acht stapfen ebenfalls einige von ihnen umher, aber wie es scheint, völlig planlos. Im Café haben sich mehrere Leute hinter zwei umgekippten Tischen verschanzt und versuchen offenbar gerade, einen verletzten Mann zu trösten, während auf Deck sieben in der Nähe des Hecks eine Gruppe von Leuten durch ein Labyrinth aus kurzen Korridoren gejagt wird. Auf den Glasscheiben rund um das Bällchenbecken sind jede Menge rote Spritzer zu sehen. Auch die Wände und der Boden vor der Karaoke-Bar sind blutbesudelt.

Doch er entdeckt weitaus weniger Angesteckte als erwartet. Was das Ganze allerdings nicht weniger unheimlich macht.

Wo sind sie nur?

Im Treppenhaus neben dem Autodeck ist auf Höhe eines Absatzes eine Wand versengt. Auf dem Fußboden davor liegt eine zu Bruch gegangene Wodkaflasche. Calle atmet erleichtert aus. Wenn es dieses Feuer war, das den Alarm ausgelöst hat, ist es also längst wieder erloschen.

Antti drückt weitere Tasten, so dass noch mehr Bilder vom Inneren der Fähre vor ihren Augen vorbeiziehen.

»Ansonsten kein weiteres Feuer, soweit ich sehen kann«, sagt er. »Verdammt auch, das hätte uns gerade noch gefehlt.«

Calle nickt.

»Kannst du den Korridor vor der Suite finden?«

Antti drückt diverse Tasten, während Calle das Geschehen auf den Bildschirmen zu verfolgen versucht. Dann erblickt er den Korridor auf der Steuerbordseite von Deck neun und die Tür mit der Nummer 9318.

»Dort!«, ruft er. »Bleib dort.«

Er schiebt sein Gesicht so dicht an den Bildschirm heran, bis er die elektrostatische Aufladung auf seiner Haut spüren kann.

KALLE! NICHT ÖFFNEN!

Das Wort »nicht« ist mehrfach unterstrichen. Calle blickt starr auf die Worte und die falsche Schreibweise seines Namens.

Das kann unmöglich Vincent geschrieben haben.

Dann vernimmt er ein dezentes Signal aus den Lautsprechern und hört, wie sich Marisol räuspert. Endlich.

»Liebe Passagiere«, sagt sie. »Gerade eben ist es uns gelungen, die Fähre anzuhalten, was zur Folge haben wird, dass die Besatzungen anderer Schiffe früher oder später darauf aufmerksam werden, dass wir hier an Bord ein Problem haben. Es dürfte also nicht mehr lange dauern. Wir befinden uns nur ungefähr eine Stunde vom finnischen Festland entfernt, und somit herrscht um uns herum reger Schiffsverkehr.«

Calle betrachtet die Leute, die sich auf Deck sechs im Korridor versammelt haben und gespannt der Durchsage lauschen. Einige von ihnen filmen die Lautsprecher mit ihren Handys oder richten die Kamera auf ihre eigenen Gesichter.

Doch keiner von ihnen ist Vincent. *Wo ist Vincent nur?*

»Wir wissen nicht genau, was heute Nacht hier an Bord vorgefallen ist«, fährt Marisol fort. »Wir können nur sagen, dass etliche Menschen Krankheitssymptome aufweisen, nachdem sie gebissen worden sind, doch wir wissen leider noch nicht, um welche Krankheit es sich handelt und warum sie gerade hier an Bord ausgebrochen ist. Wir vom Personal werden versuchen, uns umgehend aufs oberste Außendeck der Fähre zu begeben. Jetzt, wo das Schiff stillsteht, können die Rettungsinseln zu Wasser gelassen werden, so dass die Möglichkeit besteht, in den Inseln zu warten, bis Hilfe kommt. Wenn Sie sich in der Lage sehen, dort hinzukommen, ziehen Sie sich bitte etwas Warmes an, und begeben Sie sich unverzüglich aufs Außendeck. Falls dies nicht der Fall sein sollte, bleiben Sie in Ihrer Kabine oder an einem anderen sicheren Ort, an dem Sie sich einschließen können.«

Dann verstummt sie. Calle kann ihr Zögern fast hören. Antti neben ihm keucht schwer.

»Bedenken Sie bitte, dass große Ansteckungsgefahr besteht. Falls Familienmitglieder oder Freunde von Ihnen gebissen worden sind ... versuchen Sie möglichst nicht, ihnen zu helfen. Meiden Sie jeglichen Kontakt mit ihnen. Wir wissen, dass es furchtbar sein muss, aber ... nur so können Sie eine Ansteckung vermeiden und sicherstellen, dass Sie keine weiteren Personen anstecken.«

Pause. Er sieht, wie die kleine Gruppe auf Deck sechs zögert, bevor die meisten von ihnen wieder in ihre Kabinen zurückgehen.

»Wie auch immer Sie sich entscheiden, wir wünschen allen Passagieren viel Glück«, beendet Marisol die Durchsage, und aus den Lautsprechern ertönt ein leises Knacken.

Lo zupft vorsichtig an seinem Hemd.

»Was ist denn?«, fragt er.

Doch sie antwortet nicht. Schaut ihn nur stumm an und blickt dann auf den Bildschirm, der die Glaswand vor dem Spa-Bereich zeigt. Direkt hinter der zu Bruch gegangenen Scheibe liegt irgendein unförmiges Gefährt auf dem Boden. Er sieht, wie sich dahinter jemand ruckartig und stolpernd vorwärtsbewegt.

»Was ist denn damit …?«, fragt er.

Lo legt den Finger auf die Lippen und schaut vielsagend zu Albin rüber, der unbeirrt auf den Boden starrt. Calle verstummt. Schaut ein weiteres Mal auf den Bildschirm. Diesmal etwas genauer.

Dort drinnen liegt ein Rollstuhl auf der Seite.

Als er begreift, wer die stolpernde Gestalt ist, schluckt er. Er starrt die Silhouette von Albins Mutter so lange an, bis sie nur noch eine Ansammlung von Pixeln in unterschiedlichen Grautönen ist. Dann streckt er sich zur Computertastatur vor und drückt mehrere Tasten, so dass die Gestalt hinter der defekten Glasscheibe vom Bildschirm verschwindet. Antti wirft ihm einen kurzen Blick zu. Er hat es ebenfalls verstanden.

»Kommt«, sagt Calle. »Wir müssen jetzt hoch zu den Rettungsinseln und den Leuten helfen, die von hier wegwollen.«

Albin schaut zu ihm auf. In seinem Blick sind keinerlei Anzeichen dafür zu erkennen, dass er gemerkt hat, was sie vor ihm verheimlichen.

Sie betrachten noch einmal eingehend den Bildschirm, der den Korridor vor Bosses Büro zeigt. Im Augenblick scheint keiner der Angesteckten in der Nähe zu sein.

Antti öffnet die Tür einen Spaltbreit. Calle stellt sich hinter die Kinder und greift sich den Stiel des Mopps mit dem daran befestigten Messer. Er dreht sich ein letztes Mal zum Bildschirm um, auf dem Antti in Schwarzweiß aus der Tür des Büros hinausschaut.

Calles Blick schweift weiter über die verhüllte Gestalt auf dem Bürostuhl. Hat Bosse sich etwa gerade bewegt? Oder hing sein Kopf schon vorher in diese Richtung hinunter?

»Nun mach schon«, ruft er, woraufhin Antti ihm einen entnervten Blick zuwirft, bevor er das Büro verlässt.

Calle legt seine Hände schützend auf die Schultern der Kinder. Lo schaut ihn an, und ihre Lippen formen ein »Danke«.

»Alles wird gut«, flüstert er den beiden zu.

Antti bedeutet ihnen, still zu sein. Er ist mitten im Korridor mit hochrotem Kopf stehen geblieben und scheint zu lauschen. Das Messer in seiner Hand zittert.

Als Calle ebenfalls Schritte aus einem der Seitenkorridore näher kommen hört, spürt er, wie ihn Panik zu übermannen droht.

Irgendjemand kommt geradewegs in ihre Richtung gelaufen.

MADDE

Sie bemüht sich mit aller Kraft, nicht zu schlottern. Sie muss die Kälte, den Wind und ihre eigene Angst ignorieren. Muss sich stattdessen auf das leise Plätschern des Wassers gegen den Schiffsrumpf und das sanfte Schaukeln der Fähre konzentrieren.

Die Gestalten, die sich unbeholfen übers Außendeck bewegen, haben keinerlei Bedeutung, sie muss sie einfach ausblenden. Sie darf auch nicht darüber nachdenken, dass sich gerade ein Ellenbogen in ihre Hüfte bohrt. Dass ihr die Haare einer fremden Frau ins Gesicht gefallen sind und sie in der Nase kitzeln. Dass sich ein spitzer Absatz in ihren Knöchel hineinschiebt. Sie darf nicht daran denken, dass dieser Absatz an einem Schuh sitzt, in dem ein Fuß steckt, ein Fuß, der einer Leiche gehört.

Sie darf auch nicht an Zandra denken. Oder an Zandras Tochter, an Zandras Eltern. Schon gar nicht an Vincent.

Nein, sie darf überhaupt nicht nachdenken. Muss einzig darauf achtgeben, dass sie sich nicht bewegt, und sich totstellen.

Marianne und sie liegen in einem Mikado-Stäbchen gleichenden Haufen, der aus Leichen besteht. Das war Mariannes Idee. Sie hat die Leiche der langhaarigen Frau über ihre beiden Körper gezogen. Madde liegt mit dem Gesicht nach unten und mit der

Nase auf einem Strickpulli, der nach Rauch und altem Schweiß riecht. Marianne liegt neben ihr. Ihr Körper ist trotz des Windes heiß und stinkt nach mehreren Lagen Angstschweiß, abgestandenem Parfüm und Haarfärbemittel. Madde selbst duftet höchstwahrscheinlich auch nicht gerade nach einer blühenden Blumenwiese. Sie kann nur hoffen, dass ihre Ausdünstungen vom Wind hier am Bug verweht oder vom Leichengeruch um sie herum überdeckt werden.

Plötzlich meint sie, durch den Wind hindurch von hinten herannahende Schritte und aufeinanderschlagende Zähne zu hören. Sie kneift die Augen zusammen und versucht, die Luft anzuhalten.

Ihr Herz pocht laut, und jeder Pulsschlag verursacht einen dumpfen Schmerz in ihrem verletzten Ohrläppchen. Sie wünschte, sie hätte oben in der Suite nicht am Fenster gestanden und das Geschehen hier unten beobachtet. Denn jetzt weiß sie, wie die Menschen um sie herum gestorben sind, und kann sich nur allzu leicht ausmalen, was passieren wird, wenn die Gestalten Marianne und sie selbst entdecken.

Nicht daran denken, nicht daran denken.

Ein Schnuppern ist zu hören. Ein Stück entfernt, aber dennoch viel zu nah.

Erneut wird sie von Panik überwältigt. Sie würde am liebsten aufspringen, laut losbrüllen und sich mit diesen Gestalten prügeln. Oder ins eiskalte Wasser hinunterspringen und das Beste hoffen. Oder auch sich beißen lassen. Was auch immer, nur damit es endlich vorbei ist.

Doch das darf sie nicht, so verlockend es ihr auch erscheint. Denn damit würde sie Mariannes Leben aufs Spiel setzen. Außerdem haben sie es nicht bis hierher geschafft, um ausgerechnet jetzt, wo jeden Moment Hilfe naht, elendig zu sterben.

Verdammt auch. Sie werden es überstehen. Sie werden heil davonkommen und sich irgendwie zu den verfluchten Rettungsinseln auf dem obersten Deck durchschlagen. Darin ausharren, bis früher oder später Hilfe kommt. So oder ähnlich hat sich die Stimme über Lautsprecher ausgedrückt.

Sie werden überleben und von dieser beschissenen Fähre runterkommen. Sonst wäre Vincent völlig umsonst gestorben.

Die Schritte hinter ihnen entfernen sich wieder, aber sie hält noch immer die Luft an. Wagt kaum, es zu glauben.

Aber tatsächlich.

Sie verschwinden.

Madde atmet langsam aus und öffnet die Augen. Sie hat sie so fest zusammengekniffen, dass die Muskeln drum herum schmerzen. Das schwache graue Licht der Dämmerung dringt zwischen ihren Wimpern hindurch auf ihre Augäpfel.

Sie lauscht angespannt. Kann sich nicht sicher sein, ob nicht noch mehr von *denen* hier draußen herumlungern.

Dann bewegt sich Marianne neben ihr, und Madde dreht ihren Kopf leicht, um sie anzuschauen.

Marianne starrt mit weit aufgerissenen Augen zurück.

»Still liegen bleiben«, bedeutet sie ihr.

»Mach ich doch«, versucht Madde ihr zu signalisieren.

Plötzlich verspürt sie einen sanften Knuff in ihren Bauch.

Er kommt von der Gestalt unter ihr, die sich bewegt. Der Mann im ungewaschenen Pulli gibt ein Stöhnen von sich, das tief unten aus seinem Brustkorb dringt und unter Maddes Nasenspitze wie ein Donnergrollen anmutet. Er ist offenbar gerade dabei aufzuwachen.

CALLE

»Kommt«, flüstert Calle und schiebt die Kinder vor sich her. Sie erklimmen die ersten Stufen der breiten Treppe.

Plötzlich flattert in Calles Augenwinkeln irgendetwas vorbei.

Jemand schreit auf.

Alles geht blitzschnell und ist schon wieder vorüber, als Calle sich umdreht.

Ein Mann im Morgenmantel mit wildem Blick ist gerade mit Antti kollidiert. Jetzt stehen die beiden unmittelbar voreinander, und der Mann muss husten. Dabei spritzen feine Blutstropfen in Anttis Gesicht, woraufhin er angeekelt zurückweicht und sich mit seinem Hemdsärmel darüberwischt.

Die Hände des Mannes gleiten hinunter zu seinem Bauch. Dort, wo sein Morgenmantel einen Spaltbreit offen steht, ragt geradewegs der Griff von Anttis Messer heraus.

»Aber ... aber warum?«, keucht der Mann und sinkt auf die Knie, betrachtet seine blutigen Finger.

In der Hand hält er irgendeinen Schmuck. Bunte, auf Nähgarn aufgezogene Plastikperlen. Eine Kette, von einem Kind angefertigt. Calle wird maßlos übel.

»Er kann doch sprechen«, sagt Lo. »Er ist keiner von *denen*.«

»Sorry«, sagt Antti. »Sorry, verdammt auch, sorry ...«

Der Mann schaut wieder auf und umfasst den Messergriff. Als er versucht, an ihm zu ziehen, verzerrt sich sein ganzes Gesicht vor Schmerzen. Er lässt wieder los und beginnt, lautlos zu schluchzen. Calle sieht, wie jede Bewegung den Schmerz in seinem Bauch noch verstärkt.

»Was zum Teufel hast du gemacht, Antti?«, fragt er. »Was hast du verflucht nochmal getan?«

Er geht neben dem Mann in die Hocke, während ihm vage bewusst ist, dass sich aus den Korridoren in der Nähe mehrere Leute genähert haben, die das Geschehen gebannt verfolgen. Einige tragen bereits Mäntel und Jacken, während sich andere in Decken gehüllt haben.

»Er kam einfach auf mich zugerannt. Du hast es doch auch gesehen«, antwortet Antti. »Und ich hab geglaubt, dass er einer von *denen* war.«

»Stella«, flüstert der Mann und starrt Calle an, als wolle er sichergehen, dass der den Namen auch verstanden hat. »Stella ...«

»Wer ist Stella?«

Jetzt durchbohrt der Blick des Mannes Calle förmlich.

»Wir haben sie im Terminal gesehen, bevor wir an Bord gingen«, erklärt Lo. »Stella ist Ihre Tochter, oder? Sie hat meine Tante im Rollstuhl gesehen und geglaubt, dass sie in einem Kinderwagen sitzt.«

Der Mann nickt und verzieht erneut vor Schmerzen das Gesicht. Dann wird er so rasch bleich, dass Calle förmlich sieht, wie ihm das Blut aus den Wangen weicht.

»Sie ist vor mir aus der Kabine gelaufen, als ... meine Frau ...«

Sein Mund öffnet und schließt sich, doch es kommen keine weiteren Worte. Er hat Schwierigkeiten, sich auf den Knien zu halten, und Calle hilft ihm, sich auf den Rücken zu legen.

»Was ist mit Ihrer Frau?«, fragt Calle.

Der Mann schiebt den Ärmel seines Morgenmantels hoch.

Unterhalb des Ellenbogens wird eine tiefe Bisswunde sichtbar.

»Verdammt!«, ruft Antti. »Verdammt. Er hat sich angesteckt. Und ich hab sein Blut in meinem Gesicht! Dieser verfluchte Idiot!«

Calle schaut ihn an. Ihm fehlen die Worte.

»Halt die Klappe!«, schreit er schließlich.

»Es war nicht meine Schuld«, wehrt Antti sich. »Er wäre sowieso gestorben!«

»Aber das konntest du doch nicht wissen!«

Als Calle sich wieder zu dem Mann umdreht, hat dieser aufgehört zu atmen. Calle spürt innerlich, wie er erneut vor diesem Abgrund des Wahnsinns steht, diesmal mit vorgebeugtem Oberkörper, die Zehenspitzen über dem Rand.

Er starrt hinunter in den Abgrund, der drohend zurückstarrt.

»Ich hab doch gesagt, dass es nicht meine Schuld war«, jammert Antti.

Dann macht er im Korridor kehrt und rennt weg.

Calle schließt die Augen. Er muss unbedingt versuchen durchzuhalten, nur noch für kurze Zeit. Er darf Albin und Lo nicht spüren lassen, wie allumfassend seine Panik ist.

Der Mann unter ihr dreht sich und versetzt damit den gesamten Haufen aus menschlichen Mikado-Stäbchen in Bewegung. Der Schuhabsatz bohrt sich ihr noch tiefer in die Wade, wo er auf einen Nerv drückt. Madde hebt vorsichtig den Kopf.

Sie ist kurz davor, sich in die Hose zu machen.

Der Mann starrt sie mit wässrig blauen Augen und einem Blick an, der genauso animalisch ist wie Zandras, ebenso leer und zugleich zielstrebig. Sein Kopf nähert sich langsam ihrem Gesicht, wobei seine Zähne aufeinanderschlagen.

Madde stemmt sich mit ihren Händen gegen seinen Brustkorb und kommt auf alle viere hoch. Dabei rollt die langhaarige Frau, die über Marianne und ihr gelegen hat, auf den Boden hinunter. Madde weicht kriechend vor dem Mann zurück und stößt dabei mit dem Knie gegen ein Bein, spürt schließlich den eiskalten Boden unter ihren nackten Zehen, kommt endlich hoch.

Marianne liegt noch auf dem Boden und starrt den Mann mit panischem Blick an. Sein Kopf ist jetzt ganz nah an Mariannes Körper. Der Mann dreht ihn langsam, bis sich ihre Gesichter auf gleicher Höhe befinden. Er schnuppert in der Luft.

Dieses ekelhafte Schnuppern und dieses seltsame Zähneklappern! Madde hat die ständige Angst vor diesen Gestalten satt. Sie hasst sie. Und zwar unsäglich.

Sie wühlt in dem Leichenhaufen, bis sie Mariannes Ellenbogen zu fassen bekommt, und reißt sie hoch. Wirft einen Blick über die Schulter zurück, während Marianne versucht, das Gleichgewicht zu halten. Vor einer der Glastüren weiter hinten hat sich eine kleine Gruppe von *denen* versammelt, während diejenigen auf der anderen Seite des Außendecks verschwunden zu sein scheinen.

Der Mann setzt sich langsam auf und streckt seine Hände nach ihnen aus. Dabei schlägt er klappernd die Zähne aufeinander. Seine Mundwinkel hängen nach unten, und sein Anblick erinnert sie an einen verwöhnten Jungen, der vorm Süßigkeitenregal steht und schmollt, weil er nicht alles bekommt, worauf er zeigt.

Marianne beginnt zu wimmern, doch Madde legt den Finger auf die Lippen und deutet auf die kleine Ansammlung bei der Tür, die jeden Augenblick auf sie beide aufmerksam werden kann. Sie steuern auf die andere Glastür zu. Madde steigt über die Frau hinweg und rutscht auf ihren Haaren aus, als sie versehentlich darauftritt.

Plötzlich spürt sie, wie jemand ruckartig an ihrem Kleid zieht, und es gelingt ihr nur mit Mühe und Not, einen Schrei zu unterdrücken.

Sie dreht sich um, und der Mann starrt zu ihr hoch. Seine Hand umklammert fest den Saum und zieht und zerrt daran. Dabei berühren seine behaarten Finger ihren Oberschenkel. Sein rundes Gesicht hat sich inzwischen in eine Maske aus reiner Gier verwandelt.

Jetzt reicht es ihr. Nun hat sie endgültig die Nase voll.

Sie ist von Hass erfüllt, noch verstärkt durch den Wind, der laut heulend um ihren Körper herumwirbelt.

Madde versucht sich loszureißen, doch er lässt nicht locker. Sie kommt fast zu Fall, kann sich jedoch im letzten Moment an der Reling festhalten.

»Leck mich am Arsch, du altes Ekel«, zischt sie so leise, dass sich ihre Worte im Wind auflösen.

Jetzt hat die Gruppe sie entdeckt. Die Gestalten starren sie und Marianne mit leeren und zugleich brennenden Augen an.

Plötzlich steht Marianne neben ihr und verpasst dem Mann mit der Spitze ihre Schuhs einen Tritt ins Gesicht. Sie tritt erneut zu und trifft seinen Arm, so dass er Maddes Kleid loslässt.

Marianne tritt noch einmal fest zu, der Mann stürzt hintenüber, rollt über die Leichen hinweg und kommt auf dem Bauch zu liegen. Mit den Armen fuchtelnd, versucht er, wieder auf die Beine zu gelangen.

Jetzt beugt sich Madde zu ihm hinunter. Sie packt ihn an den Nackenhaaren, zerrt so fest daran, dass sie sie ihm fast ausreißt, und schleudert ihn mit dem Gesicht gegen die unterste Querstange der stählernen Reling, so dass das Metall zu singen beginnt. Dabei schreit sie ihre Wut geradewegs hinaus. Sie kann sich nicht mehr zurückhalten. Wozu auch? Die Gestalten haben sie doch sowieso längst entdeckt. Das hier tut sie für Zandra und Vincent, und für Zandras Tochter, die ihre Mutter nie näher kennenlernen und nie erfahren wird, was für ein großartiger Mensch sie war.

»Wir müssen weg von hier«, ruft Marianne, doch Madde hört nicht auf sie.

Stattdessen schlägt sie den Mann wieder und wieder mit dem Gesicht gegen die Reling, so dass das Metall von all dem Blut und den anderen Substanzen klebrig wird, die daran hinunterrinnen und über die Kante des Decks hinweg ins Wasser unter ihnen tropfen. Dann schmettert sie seinen Kopf ein weiteres Mal so fest sie kann dagegen, und erst als sein Körper völlig schlaff ist, lässt sie ihn los, so dass er zur Seite fällt und sie die blutige Masse zu sehen bekommt, die einmal sein Gesicht gewesen ist. Ein Profil, das inzwischen konkav ist. Erst dann weicht sie einen Schritt zurück.

Der Wind zaust ihr Haar, und sie streicht es sich aus dem Gesicht, während sie Marianne anschaut. Der Triumph lässt sie innerlich ein lautes Gebrüll anstimmen.

»Nun kommen Sie schon«, sagt Marianne, und erst jetzt wird Madde der Ernst in ihrer Stimme bewusst.

Sie dreht sich um und bekommt einen Schock. Die Zähne der Frau aus dem Haufen sind nur noch knapp eine Armeslänge von ihr entfernt. Doch Madde verspürt keine Angst. Sie ist noch zu berauscht von ihrer Tat und überzeugt davon, all diese Gestalten auf der Stelle eigenhändig umbringen zu können, eine nach der anderen oder womöglich sogar gleich mehrere auf einmal. Doch sie zwingt sich zur Besinnung. Das Gefährlichste wäre jetzt, die Gefahr zu unterschätzen.

Sie ergreift Mariannes Hand, läuft gemeinsam mit ihr auf die Glastür zu und reißt sie auf. Als sie Schritte hinter sich hört, schiebt sie Marianne rasch in den Korridor hinein.

Ohne das Heulen des Windes in den Ohren ist es im Inneren der Fähre beklemmend still. Die Luft fühlt sich auf Maddes heruntergekühlter Haut heiß an. Sie wirft einen Blick in den nach rechts abzweigenden Seitenkorridor direkt hinter der Tür. Dort stehen mehrere Gestalten herum und öffnen den Mund, als sie Marianne und Madde erblicken. Dann kommen sie näher.

Marianne und Madde beginnen zu laufen. Im nächsten Seitenkorridor befindet sich eine kurze, nach oben führende Treppe, doch Madde weiß nicht mehr genau, wo sie endet, außerdem ist sie einfach zu schmal, und Madde will nicht riskieren, zwischen zwei Gruppen von diesen Gestalten eingeschlossen zu werden. Als sie den Korridor passieren, erblickt sie einen jungen Mann mit Stoppelhaaren. Er hat sie schon vorher entdeckt. Sie läuft schneller, und während sie Marianne hinter sich herzieht, kann sie nur hoffen, dass die breiten Treppen frei zugänglich sind. Sie fragt sich, warum nicht viel mehr Leute zum obersten Außendeck unterwegs sind. Aber vielleicht verstecken sie sich lieber in ihren Kabinen. Sie selbst hätte es genauso gemacht.

Dann erreichen sie das Ende des Korridors. Madde bleibt abrupt stehen, als sie vor den breiten Treppen einen Mann in einem blutigen Morgenmantel auf dem Rücken liegen sieht. Neben ihm kniet ein weizenblondes Kind, das nur mit einem Höschen bekleidet ist. Seine Rückenwirbel zeichnen sich deutlich unter der Haut ab.

Marianne keucht vor Anstrengung.

»Hallo?«, ruft Madde und streckt ihre Hand nach dem Kind aus. Doch dann überlegt sie es sich anders und zieht sie rasch wieder zurück.

Was, wenn es auch eines von *denen* ist? Niemals würde sie diesem kleinen Körper ein Leid zufügen können. Das würde sie nicht über sich bringen.

Das Kind dreht sich zu ihr um.

Ein kleines Mädchen, das sie mit rotgeweinten Augen anschaut.

»Mein Papa wacht einfach nicht auf«, sagt es. »Er muss endlich aufwachen, damit wir uns vor Mama verstecken können.«

ALBIN

Während sie ein letztes Mal auf der Fähre nach oben unterwegs sind, linst er zu Lo rüber. Er hat das Gefühl, dass sie etwas vor ihm verbirgt. Vorher hat sie ihm die ganze Zeit über Seitenblicke zugeworfen, doch jetzt schaut sie ihn überhaupt nicht mehr an.

Calle hält seinen Speer vor den Körper, und sie erreichen Deck sechs. Aus den umliegenden Korridoren nähernd sich zögernd kleine Grüppchen verängstigter Leute und nicken ihnen zu, bevor sie ebenfalls weiter die Treppen hinaufgehen. Darunter befindet sich eine Frau mit Kurzhaarfrisur, die irgendetwas auf Finnisch vor sich hin murmelt. Zwei weitere Frauen kommen ihm bekannt vor, er hat sie am Abend gesehen, als er auf dem Weg zur Kabine war, um Lo zum Essen abzuholen.

Heute Abend werden wir Spaß haben, Mama. Verdammt viel Spaß!

Jetzt sehen sie aus wie Menschen auf Kriegsfotos. Albin fragt sich, ob er wohl ebenfalls so aussieht. Er wirft einen Blick in den Korridor, in dem ihre Kabine liegt. Sein Vater müsste die Lautsprecherdurchsage ebenfalls gehört haben. Was würde er jetzt für ihn empfinden, wenn er überhaupt in der Lage wäre, irgendetwas zu empfinden?

»Ich frag mich, wo Mama ist«, sagt Lo, während sie weiter in Richtung Deck sieben hochgehen. »Vielleicht war sie ja gemeinsam mit … mit Cilla unterwegs …«

Los Stimme ist so piepsig, und sie wirkt plötzlich so zart und klein.

»Morgen wollten wir übrigens zur Gesichtsbehandlung gehen«, sagt Lo. »Obwohl es ja eigentlich schon heute ist.«

Macht sie sich etwa genauso viele Sorgen um Linda, wie er sich um seine Mutter gemacht hat, bevor sein Inneres auf so seltsame Weise verstummt ist? Offenbar ja.

Warum hat sie die ganze Nacht lang nichts gesagt? Andererseits hätte es ihm auch so klarwerden müssen, auch wenn Lo nie so klingt, als bräuchte sie ihre Mutter oder würde sie auch nur sonderlich mögen. Das hat man ihr noch nie angemerkt. Nicht einmal als sie noch klein waren, wollte Lo von Linda getröstet werden, wenn sie sich weh getan hatte.

Eine der Gestalten auf dem Treppenabsatz streckt ihre Hand nach ihnen aus, und Albin sieht, wie Calle den Griff seines Speers fester umschließt. Sie gehen weiter nach oben in Richtung Deck acht.

»Auf jeden Fall sind Lindas Chancen größer als Mamas«, sagt er.

»Das ist nicht gesagt, nur weil sie laufen kann. Ich glaube, es ist eher genauso, wie ich es vorhin meinte«, entgegnet Lo, und es sieht aus, als würde sie jeden Moment anfangen zu weinen. »*Ach hoppla.* Da ist ja jemand, der an mir nagt ...«

Und plötzlich bleibt Lo einfach auf der Treppe stehen und bricht in Tränen aus. Sie zieht die Pulliärmel über ihre Hände hinunter und hält sie sich vors Gesicht. Ihr Rücken krümmt sich, und ihr ganzer Körper wird vom Schluchzen geschüttelt.

Albin legt behutsam seine Hand zwischen ihre Schulterblätter und weiß nicht, was er sagen soll.

»Komm.« Calles Stimme klingt belegt. »Nur noch zwei Stockwerke.«

Lo lässt ihre Hände wieder sinken. Ihr Gesicht ist rot gefleckt, aber sie weint nicht mehr. Albin nutzt die Gelegenheit, um sich wieder in sich selbst zurückzuziehen, wo nichts und niemand ihm etwas anhaben kann.

FILIP

Als Marisol und er Deck zehn erreichen, hält Filip den auf seiner Schulter liegenden provisorischen Speer fest umschlossen. Er wirft einen Seitenblick auf ein Pärchen, das sich gerade an ihnen vorbeizwängt. Sein Körper ist wie ein Flitzebogen gespannt. Angriffsbereit. In regelmäßigen Abständen sucht er Marisols Blick, um sicherzugehen, dass auch sie nirgends irgendwelche Angesteckten entdeckt hat.

Vor der Tür zum Promenadendeck liegt ein vollständiges Gebiss auf dem Boden, das von einer glänzenden Zahnspange zusammengehalten wird. Er schaut sich über die Schulter um. Calle und die Kinder sind noch immer nirgends zu sehen. Stattdessen kommen zwei Frauen die Treppe hinauf, die sich so ähnlich sehen, dass sie Schwestern sein müssen. Außerdem ein Mann im Anzug. Dahinter erkennt er eine blonde Frau mit kurzen Haaren aus der finnischen Konferenzrunde wieder, die früher am Abend im Starlight war. Sie hatte immer wieder Annäherungsversuche ihres Kollegen abgewiesen, eines Typen mit Babyface, der so betrunken war, dass Filip ernsthaft erwogen hatte, die Security-Leute zu rufen. Ihre Mascara ist großflächig über ihre Wangen verteilt. Doch er kann nirgends jemanden erblicken, der den Eindruck macht, als wäre er gebissen worden.

»Wo sind sie denn alle nur abgeblieben?«, fragt Marisol, und Filip begreift sofort, was sie meint.

Müssten all diese Menschen die Angesteckten nicht anlocken?

Marisol und er betreten das Promenadendeck von der Steuerbordseite her. Im Lauf der vergangenen Nacht müssen die Temperaturen stark gesunken sein. Der Wind kühlt den feuchten Stoff seines Nylonhemds ab und lässt es an seinem Körper kleben. Das Meer liegt geradezu unheimlich still vor ihnen. Unberührt von all dem, was an Bord geschehen ist.

Sie haben schon fast die Stahltreppe zum obersten Deck erreicht, als sie hinter sich Schreie hören. Filips Hand umschließt den Moppstiel fester, und er fährt herum.

»Da bist du ja!«, brüllt Dan Appelgren und stößt alle Leute beiseite, die ihm im Weg stehen.

Sein Körper wirkt nicht mehr ganz so aufgedunsen wie vorher, und er hat sich umgezogen. Er stiert Filip mit blutunterlaufenen Augen an und stürzt geradewegs auf ihn zu.

»Du spießiges Arschloch, verflucht nochmal, wie ich dich hasse!«

DAN

Er hat die Lautsprecherdurchsage gehört und kapiert, dass es die Señorita aus dem Starlight war, die gesprochen hat. Daraufhin ist er hergekommen, um dafür zu sorgen, dass es keinem einzigen von diesen Idioten gelingt, in die Rettungsinseln zu steigen. Natürlich hat er sofort bemerkt, dass sich viel zu wenige Neugeborene an Deck der Fähre befinden.

Irgendetwas stimmt nicht.

Und jetzt steht Filip hier mit einem lächerlichen kleinen Spielzeugspeer in der Hand, mit dem er vor sich herumfuchtelt.

»Marisol, lauf weg«, ruft er. Er spielt bis zuletzt den Helden.

Doch Marisol hört nicht auf ihn, scheint nicht auf ihr eigenes Wohl bedacht zu sein. Stattdessen kommt sie mit einer Feuerwehraxt in der Hand auf Dan zu. Ihre Halsschlagader pulsiert heftig, lässt die dünne Kette mit dem Kruzifix im Licht der Morgendämmerung mit jedem Schlag aufblitzen. Als die Schneide der Axt knapp an seinem Gesicht vorbeirauscht, duckt sich Dan geschickt weg. Sie holt erneut aus, doch er kommt ihr zuvor. Schlägt ihr mit der Faust ins Gesicht und spürt, wie ihr Nasenbein bricht. Dann reißt er ihr die Axt aus der Hand und wirft sie weg. Er hört die Leute hinter sich aufschreien.

»Dass irgendjemand die Fähre verlässt, kannst du vergessen«, sagt er und nimmt den Geruch des Blutes wahr, das ihr aus der Nase läuft.

Er begreift es sofort und grinst. Doch plötzlich verspürt er einen stechenden Schmerz oberhalb der Taille.

Er dreht sich um und sieht Filip, beide Hände um den Moppstiel geklammert, vor sich stehen. Die Klinge des Messers ist vollständig in seinen Körper eingedrungen und steckt irgendwo auf Höhe der untersten Rippen.

Obwohl der Schmerz stark ist, macht er ihm keine Angst. Im Gegenteil, er schärft nur seine Sinne und lässt alle Konturen klarer erscheinen. Diese lächerliche Stichwunde kann ihm nichts anhaben. Sie wird schnell wieder verheilen.

Filip zieht das Messer wieder aus seinem Körper heraus. Holt erneut aus, zielt auf Dans Brustkorb und verfehlt ihn um mehrere Zentimeter. Seine Panik verringert seine Konzentrationsfähigkeit, und er blickt hektisch zu Marisol rüber.

»Lauf weg, verdammt nochmal!«, ruft er und sticht erneut auf Dan ein.

Dan hält schützend eine Hand vor seinen Körper, und die Klinge gleitet geradewegs hindurch. Er schließt seine Finger darum, und sie durchbohrt seine Haut. Zeit, dem Ganzen ein Ende zu setzen. Er packt sich den Moppstiel, reißt Filip den Hobbyspeer aus der Hand und wirft ihn über Bord.

Filip hat sich jetzt zwischen Dan und Marisol gestellt. Zu dumm, zu fliehen oder es wenigstens zu versuchen.

Für Dan ist es ein Kinderspiel, ihn zu Boden zu ringen. Filip versucht sich zwar loszureißen, scheint aber schnell zu merken, dass er keine Chance hat. Die Leute hinter ihnen schreien laut.

Filips Panik lässt den Schweiß auf seiner Haut immer strenger riechen. Endlich. Endlich bekommt er, was er schon lange verdient hat.

»Ich bin richtig froh, dass du in der Offiziersmesse noch einmal davongekommen bist«, sagt Dan. »Da war ich nämlich zu müde, um mich dir zu widmen. Aber jetzt bin ich hellwach.«

Als Dan ihm mit den Zähnen ein großes Stück Fleisch aus dem Hals reißt, schreit Filip auf. Sein Blut ist heiß und verlockend. Dan spuckt es aus. Er begeht nicht noch ein weiteres Mal den Fehler, sich zu überfressen.

»Lauf weg!«, ruft Filip und versucht Blickkontakt zu Marisol aufzunehmen. »Ich bin erledigt, aber du musst den anderen helfen, du musst ...«

Als Dan erneut seine Zähne in Filips Hals gräbt und sie auf den zähen Knorpel seines Adamsapfels stoßen, versiegen seine Worte. Dan zerquetscht und zermalmt seinen Kehlkopf, bis Filips Schreie abrupt verstummen. Sein Blut spritzt in einer heißen, süßlich schmeckenden Fontäne geradewegs in Dans Mund hinein. Er hört Marisol weinen und die Menschenmenge hinter ihnen panisch aufschreien. Wirft einen Blick in Filips weit aufgerissene Augen.

Filip scheint zu wissen, dass er jetzt sterben wird.

Dan reißt ihm das Hemd auf und beißt ein Stück aus seinem Brustkorb heraus. Arbeitet sich bis zu seinem Herzen vor. Er hat vor, Filip vollkommen zu vernichten. Ihn auszulöschen.

CALLE

Draußen auf dem Promenadendeck ist offenbar irgendetwas passiert. Vor der Glastür hat sich eine Menschentraube gebildet. Mehrere Leute schluchzen panisch, und einige von ihnen versuchen, sich wieder ins Innere der Fähre hineinzuschieben. Ein Mann ruft laut, *wir müssen zurück in unsere Kabine, komm schon, Kerstin.* Andere bleiben stehen und recken die Hälse, um das Geschehen besser überblicken zu können.

Eine Windbö befördert kalte Luft von draußen herein. Calle verspürt plötzlich größere Angst, als er während der ganzen Nacht gehabt hat. Alles, was er von sich zu schieben versucht hat, holt ihn jetzt mit Macht wieder ein. All das, was passiert ist und noch passieren kann.

Wenn es ihnen überhaupt gelingen sollte, sich bis zu den Rettungsinseln durchzuschlagen, und Vincent nicht dort ist …

Als ihm zwei Frauen auf der Treppe entgegengerannt kommen, stoßen sie ihn fast um. Eine von ihnen sagt, *hast du gesehen, das war der Typ, der in der Bar gearbeitet hat, er war es doch, oder?*

Der eiskalte Wind fährt ihm durch Mark und Bein.

Albins Blick ist erneut völlig leer geworden. Das kurze Aufblitzen in seinen Augen vorhin auf der Treppe ist wieder erloschen. Doch sein Griff um Calles Hand fühlt sich erstaunlich fest an.

»Ich will nur kurz nachsehen, was draußen passiert ist«, sagt Calle. »Okay? Ich komme gleich wieder.«

Albins schmale Finger umschließen seine Hand nur noch fester.

Calle linst zu Lo rüber. »Könnt ihr hier warten?«, fragt er sie. »Nur ein paar Sekunden.«

Sie nickt.

»Ich bin sofort zurück«, verspricht er und macht sich aus Albins Griff los. »Seid vorsichtig.«

Er nimmt die letzten Treppenstufen nach oben und zwängt sich hinaus aufs Promenadendeck. Erkennt die Finnin aus der Tagungsgruppe vom Poseidon wieder. Die meisten Leute sind viel zu dünn angezogen. Ihre Gesichter sind blass und ihre Lippen jetzt schon blau angelaufen. Er umrundet eine Gruppe von Leuten, die eng beieinanderstehen und sich umarmen.

Albin hatte seine Hand so fest umschlossen, dass er seinen Griff noch immer wie eine unsichtbare Geisterhand in seiner spürt.

Die Menschenansammlung lichtet sich allmählich, und er sieht Marisol die Stahltreppe zum obersten Deck hinaufrennen.

Sie ist allein.

Plötzlich wird Calle alles klar.

Er zwängt sich das letzte Stück durch die Leute hindurch und erblickt als Erstes Dan Appelgren. Er trägt Vincents Pulli, den er sich im letzten Winter gekauft hat.

Die Feuerwehraxt, die Marisol aufgetrieben hatte, liegt unmittelbar zu Calles Füßen.

Nichts stimmt mehr. Ganz und gar nichts.

Dan Appelgren steht auf allen vieren über den Körper gebeugt, der auf dem Deck liegt. Und Calle denkt, dass Filip in seiner Arbeitskleidung doch bestimmt frieren muss, er trägt nur ein dünnes Hemd mit einer Weste darüber, und der Boden ist sicher eiskalt.

Aber dann setzt Calles Vernunft endlich wieder ein. Filip spürt die Kälte nicht mehr. Er spürt überhaupt nichts mehr. Es ist gar nicht Filip, der dort liegt. Es ist nur sein Körper, an dem Dan mit seinen Zähnen reißt und zerrt. Sein Kopf, der nickt und nach links und rechts rollt wie eine Blume mit abgebrochenem Stängel. Sein Blut. Aber nicht Filip.

Innerhalb eines Augenblicks sieht Calle alles ganz deutlich vor sich, und er wird innerlich und schließlich auch äußerlich ganz ruhig. Wenn Filip so etwas wie eine Seele hatte, ist sie jetzt nicht mehr da. Das, was Filip als Menschen ausgemacht hat, kann Dan Appelgren nie und nimmer zerstören.

Doch dann ist der Augenblick wieder vorbei, und Calle verliert das Gleichgewicht und sinkt hinunter auf die Knie.

Dan Appelgren schaut auf. Sein Gesicht ist voller Blut, es tropft ihm vom Kinn hinunter. Plötzlich richtet er seinen Blick auf irgendetwas hinter Calles Rücken, und er fletscht die Zähne. Doch er ist nicht mehr der selbstsichere Dan, der vorhin siegesgewiss die Offiziersmesse gestürmt hat.

Er hat Angst.

Calle dreht sich um und sieht, wie sie sich einen Weg durch die Menschenmenge bahnt. Ihre Bluse ist zerrissen und blutverschmiert. Die Haare haben sich aus dem Knoten gelöst, so dass die stumpfen Locken mit dem grauen Haaransatz im Wind flattern.

Wenn du mich irgendwo erblickst, lauf so weit weg von mir, wie du nur kannst.

Ich hab dich lieb, Calle. Versprich es mir.

Aber er kann nicht. Er kann sich nicht von der Stelle rühren.

Die meisten Menschen bleiben in ihren Kabinen und warten auf Hilfe von außen, wie es ihnen versprochen wurde. Alles in allem haben sich nur gut hundert unverletzte Personen in die Korridore hinausgewagt, von denen aus sie das Außendeck ganz oben auf der Fähre ansteuern.

Antti ist es gelungen, das *Fast Rescue Boat* zu Wasser zu lassen. Er wirft einen letzten Blick über die Schulter. Die Charisma ragt hoch über ihm auf. Vom Promenadendeck schallen Schreie herunter. Er düst los, so dass der Motor des kleinen Bootes und der Fahrtwind alle anderen Geräusche übertönen. Er bemüht sich, die Gedanken an die Kinder und alle anderen Leute an Bord auszublenden, und redet sich ein, ihnen einen Dienst zu erweisen. Er hat vor, in Richtung des finnischen Festlands zu fahren, und hofft, nahe genug heranzukommen, um sein Handy benutzen und Hilfe anfordern zu können. *Aber du hättest wenigstens die Kinder mitnehmen können*, denkt er. Dann gibt er noch mehr Gas.

Albins Vater hat seine Kabine verlassen. Er läuft durch den langen Korridor auf Deck sechs und stolpert über eine Leiche. Als er gerade zu den Treppen abbiegen will, hört er von dort Schreie. Er bleibt schwer atmend stehen, erblickt die zersplitterte Glaswand am Ende des Korridors und erkennt den Rollstuhl, der dahinter auf der Seite liegt, sofort wieder. Die Lämpchen neben dem Steuerknüppel leuchten schwach in der Dunkelheit. Ein Hinweis darauf, dass die Batterie fast leer ist. Doch seine Frau ist nirgends zu sehen.

Auf dem Autodeck ist der Benzingeruch jetzt so stark, dass Adam ganz schwindlig wird. Er überdeckt alle anderen Gerüche. Auch ihren. Aber er hört ihre Schritte, ihre Hiebe und Schläge, das Gluckern und Plätschern. Schließlich entdeckt er sie auf der Steuerbordseite in der Nähe des Bugs. Hunderte von Neugeborenen stehen in der Dunkelheit um sie herum versammelt. Sie werden unruhig, als sie ihn erblicken, schauen abwechselnd ihn und seine Mutter an. Ihr Kleid und die Ärmel ihrer Strickjacke sind durchnässt. Ihre Hände, die den Eispickel fest umschließen, glänzen von Benzin. Er begreift, was sie vorhat. *Mutter*, sagt er. *Das kannst du nicht tun. Damit wirst du sie alle töten. Die Menschen auch. Vor allem die Kinder.* Sie schaut ihn an. Im flackernden Licht wirken die Schatten in ihrem Gesicht länger. *Es ist besser so*, entgegnet sie. *Das weiß ich jetzt.* Er schüttelt den Kopf. *Du wirst auch mich töten*, sagt er und läuft auf sie zu. Er vergräbt sein Gesicht in ihrem Bauch und schlingt seine Arme um ihre Oberschenkel. *Hast du mich denn nicht mehr lieb?* Er versucht, zu klingen wie der kleine Junge, den sie so sehr liebt. Die Neugeborenen schauen ihnen schweigend zu, als erwarteten sie ein Zeichen, wer von beiden die Rolle des Anführers übernehmen wird. Er hat vor, sie alle aufs oberste Deck mitzunehmen. *Begreifst du denn nicht?*, fragt er seine Mutter und tritt einen Schritt zurück. *Dann können wir endlich frei sein. Die Alten werden überhaupt nicht verstehen, was geschehen ist, bevor es zu spät ist. Sie werden keinerlei Macht mehr über uns besitzen.* Sie schaut ihn schweigend an und schüttelt den Kopf. Doch er sieht ihr an, dass sie zögert. Ihr Griff um den Eispickel hat sich gelockert. Unter ihnen schwankt der Boden unmerklich. Er sucht nach den richtigen Worten. *Du brauchst keine Angst zu haben. Das hier ist der Anfang von etwas Neuem. Etwas viel Besserem. Die Menschen werden sich früher oder später sowieso gegenseitig umbringen. Wenn wir sie jetzt nicht dezimieren, wird die Menschheit nicht mehr lange existieren. Auf diese Weise bekommen vielleicht beide Seiten eine Chance, wir und sie.* Ihre Züge glätten sich. Jetzt, wo sich alles zugespitzt hat, hat er endlich das Gefühl, zu ihr durchzudringen. *Verstehst du denn nicht, dass ich das hier gemeinsam mit dir erleben möchte?*, drängt er sie. Sie beginnt zu weinen, was ihn schockiert, denn er hat sie schon lange nicht mehr weinen sehen. *Doch*, entgegnet sie. *Das verstehe ich.* Er nickt eifrig und streckt seine Hände hoch, damit sie ihn auf den Arm nehmen kann.

Die Neugeborenen stehen schweigend um sie herum, eine stumme Meute.

Die Frau schaut ihren geliebten Sohn an. Dann holt sie mit dem Eispickel aus und zertrümmert ihm mit einem einzigen Schlag den Schädel.

PIA

Dan. Er heißt Dan. Sie kennt ihn. Er ist wie sie. Aber sie mag ihn nicht.

Sie weiß zwar seinen Namen, aber an ihren eigenen erinnert sie sich nicht mehr.

Kalt. Es ist kalt hier. Sie erkennt alles wieder und fühlt sich wie zu Hause. Wie zu Hause, und doch ist alles anders. Zu still. Kein Vibrieren unter den Füßen. Das Meer ist so grau. Alles ist grau. Sie versucht, ihre Gedanken festzuhalten, doch sie werden vom Wind davongetragen. Dennoch geht es ihr jetzt besser. Nicht wie vorhin, als sie so hungrig war. Der Hunger brennt nicht mehr in ihrem Magen, und ihre Wunden sind verheilt.

Sie ist offenbar im Begriff aufzuwachen. Sie hat lange genug geträumt, es ist wertvolle Zeit verstrichen.

Sie verpasst ihm einen Tritt gegen den Kopf, und er fällt auf die Seite. Sie betrachtet ihn. Diesen Dan. Versucht, den Schleier zu zerreißen, der ihre Gedanken verhüllt. Er kommt auf alle viere hoch. Sie betrachtet seine verletzte Hand, die schon einmal verletzt gewesen ist. Irgendetwas mit der Hand ist wichtig. Und da war noch ein Kind. Hat Dan ein Kind? Nein. Das Kind ist sein Vater. Nein, das passt nicht zusammen. Mit ihm und dem Kind hat alles angefangen. Und sie wird dem Ganzen ein Ende setzen.

Sie wird ihm Einhalt gebieten. Das ist ihr Job. Deswegen ist sie hier. Das weiß sie.

Sie betrachtet die Leiche hinter Dan. Er hat jemanden getötet, aber nicht ausgesaugt. Den menschlichen Körper förmlich in Stücke gerissen und zerfetzt. Das Blut ist über den ganzen Boden verteilt. Erkaltet, tot. Sein Geruch kommt ihr irgendwie bekannt vor. Die Erinnerungen kehren zurück, aber sie bekommt sie nicht richtig zu fassen. Nur sein Name fällt ihr wieder ein. *Filip.* Sie weiß, dass er ihr wichtig ist. Sie hat ihn gemocht.

Sie verpasst Dan einen weiteren Tritt gegen den Kopf, und er prallt rückwärts auf den Boden. Doch er richtet sich wieder auf. Jetzt, wo er auf die Beine kommt, ist er größer als sie.

Er hasst sie ebenfalls, das spürt sie. Er jagt ihr Angst ein, aber er hat auch selbst Angst. Einer von ihnen muss sterben.

Er versucht, sie zu packen, doch sie schlägt seine Hände weg. Sie weiß genau, was sie tut. In einem anderen Leben hat sie es zumindest gewusst, und das muss ausreichen. Ihr Körper erinnert sich daran.

Ihr Knie schnellt empor und trifft ihn im Schritt. Sein Oberkörper krümmt sich. Daraufhin schnellt ihr anderes Knie hoch in sein Gesicht. Knochen zersplittern. Dann stürzt sie sich mit ihrem ganzen Gewicht auf seinen Körper, reißt ihn zu Boden.

Doch er ist stärker als sie und hält dagegen. Sie versucht, ihm ihre Zähne ins Fleisch zu schlagen, erwischt sein Ohr. Es fühlt sich kalt an in ihrem Mund. Sie beißt es ihm ab, spuckt es aus.

Doch dann stößt er sie um. Jetzt liegt sie auf dem Rücken, und er kniet über ihr. Er ist schwer. Sie versucht sich loszumachen, schafft es aber nicht.

»Du Fotze, du verfluchte Fotze.«

Er schmettert ihren Schädel gegen den Boden. Es tut weh. Er hasst sie. Er hasst alle.

Ihr Kopf schlägt erneut gegen den Boden, und irgendetwas darin zerbricht. In ihrem Schädel knirscht es.

Plötzlich zischt über ihrem Kopf irgendein Gegenstand durch die Luft. Dann hört sie ein feuchtes Klatschen. Dan blinzelt, aus seinen Fingern weicht jegliche Kraft. Blut tropft ihr ins Gesicht. Kaltes, totes Blut. Er blinzelt noch immer. Sie stößt ihn weg, wischt sich Blut aus den Augen.

Dann steht plötzlich ein Mann vor ihr. Er hat keine Haare auf dem Kopf. Stattdessen welche im Gesicht. Sie erkennt ihn wieder. Er ist ein Freund. Doch er schaut sie an, als hätte er Angst vor ihr. In der Hand hält er eine Feuerwehraxt, von der Blut herunterrinnt. Dann betrachtet sie Dan, an dessen Hals plötzlich ein zweiter Mund aufklafft. An der Seite, unmittelbar oberhalb seiner Schulter. Er ist verletzt, aber noch immer stark.

muss schnell sein

Sie stürzt sich auf ihn und bohrt ihre Finger in seinen Hals. Reißt den klaffenden Mund auf, der eben noch nicht da war. Dan schreit auf. Seine Zähne schlagen aufeinander, schnappen nach ihr. Schließlich ertastet sie die Säule aus harten glitschigen Knochen dort drinnen und umschließt sie fest. Er starrt sie an, versucht, etwas zu sagen. Doch sie will es nicht hören. Sie presst ihr Knie seitlich gegen seinen Hals und drückt zu, bis die Säule aus Knochen zerbricht.

Endlich wird Dan ganz still.

Sie lässt von ihm ab, schaut auf zu dem Mann mit den Haaren im Gesicht. Er hat eine Wunde auf der Stirn und weint. Das macht sie traurig.

Sie beide gehören zusammen. Er ist zwar nicht so wie sie, aber dennoch. Sie gehören zusammen. Sie liebt ihn.

»Pia?«, sagt er prüfend.

Ja, das ist ihr Name. Pia. Sie heißt Pia. Sie war einmal ein Mensch, und irgendwer hat ihr einen Namen gegeben.

Jetzt fällt ihr auch ein, wie er heißt.

Sie versucht, es zu sagen. Will ihm zeigen, dass sie es weiß. Doch ihre Lippen wollen ihr nicht gehorchen, und ihre Zunge ist geschwollen und fühlt sich seltsam an.

»Call … eeehhh.«

Er nickt und weint noch mehr. Sie betastet mit der Hand ihren Hinterkopf. Kein Loch zu spüren. Doch die harte Schicht ist zerbrochen. Unter der Haut bewegen sich die Knochenränder gegeneinander und lassen schmerzhafte Blitze vor ihren Augen tanzen.

Plötzlich kommen zwei Kinder angelaufen. Ein Junge und ein Mädchen. Sie hat sie irgendwo schon einmal gesehen, versucht sich zu erinnern. Das Mädchen hatte Angst, tat aber so, als sei es sauer auf irgendjemanden. Sie war so leicht zu durchschauen – Pia hat sich in ihr selbst wiedererkannt.

Da war auch noch eine Frau. Die Frau, deren Blut ihren Körper jetzt ausfüllt. Das Blut hat ihr die Schmerzen genommen. Doch ihr Hunger ist noch nicht gestillt, und die Kinder riechen so verlockend.

Sie muss gehen. Muss weg. Weg von ihnen. Will ihnen nichts antun.

Muss den anderen helfen.

Sie schaut Calle an. Er wird sich um die Kinder kümmern.

Sie deutet mit dem Finger in Richtung Treppe, kann sich aber nicht mehr daran erinnern, was dort oben ist. Sie müssen dorthin. Sie und all die anderen.

»Ja«, sagt er. »Wir müssen von hier weg.«

Von hier weg. Sie lässt die Worte auf sich wirken. Er meint offenbar irgendetwas jenseits des grauen Lichts, am Ende des Wassers.

Doch sie selbst geht nicht von hier weg.

Sie muss anderen helfen. Das ist ihr Job. Deswegen ist sie hier.

Sie hebt die Hand und bewegt sie auf Calles Gesicht zu. Er zuckt zusammen. Hat noch immer Angst vor ihr. Sie streicht über seine Wange. Der Bart unter ihren Fingerspitzen fühlt sich weich an.

Sie hofft, dass er findet, wonach er sucht. Irgendjemand liegt ihm am Herzen. Vor ihrem geistigen Auge sieht sie rosafarbene Papierstreifen und kann sie unter ihren Händen rascheln hören. Ein Treppengeländer. Calle war zwar nicht anwesend, aber dennoch war er irgendwie dabei.

Sie lässt ihre Hand wieder sinken.

Muss weg von hier. Weg von den Kindern.

Plötzlich ertönen von drinnen in der Nähe der Treppe Schreie. Dort muss sie hin.

Die Menschen weichen zurück, als sie an ihnen vorbeigeht.

Sie muss den Leuten helfen, nach draußen zu gelangen. Muss diejenigen töten, die versuchen, sie daran zu hindern.

CALLE

Auf dem oberen Außendeck gibt es nirgendwo Windschatten. Die Menschen, die sich vor den Rettungsinseln versammelt haben, frösteln im Wind. Es sind um die hundert Leute, schätzt Calle, und in der Gruppe, die ihm folgt, befinden sich noch einmal zwanzig bis dreißig.

Doch Vincent kann er nirgends entdecken.

Er hat Albin auf den Arm genommen, während Lo neben ihm herläuft. Pias Stimme hallt noch immer in seinen Ohren wider.

Call … eeehhh.

Jetzt kämpft er schon so lange darum, nicht die Kontrolle zu verlieren. Einzig die Kinder und sein Wille, ihnen gegenüber Stärke zu zeigen, bewahren ihn davor, wahnsinnig zu werden. Vielleicht sind ja letztlich sie diejenigen, die ihn retten, und nicht umgekehrt.

Marisol steht neben einem Schwenkkran und ruft mehreren Passagieren Anweisungen zu. Sie ziehen an den Leinen, um die Rettungsinsel übers Wasser hinauszubewegen. Dann läuft sie weiter zur nächsten Rettungsinsel. Sie ist leichenblass und scheint verbissen um Fassung zu ringen. Auf ihrer Oberlippe klebt eingetrocknetes Blut. Zwei junge Reinigungskräfte, die noch immer ihre Kittel tragen, teilen Wolldecken aus. Ein Kellner aus dem Poseidon hilft den Leuten beim Anlegen der Schwimmwesten.

Calle dreht sich im Wind einmal um sich selbst und schaut aufs Wasser hinaus. Nirgends Land in Sicht. Doch die Ostsee ist zumindest ruhig, und draußen ist es inzwischen hell. Nach all dem, was heute Nacht geschehen ist, hat die Welt ihnen eine helfende Hand gereicht.

Er stellt Albin wieder auf den Boden und nimmt Wolldecken für die Kinder und sich selbst entgegen. Er ist schon dankbar dafür, dass sie einigermaßen warm angezogen sind.

Wenn die beiden überleben, ist ihm zumindest etwas gelungen.

Sie müssen überleben.

Mittlerweile ist eine Schlägerei um die Schwimmwesten ausgebrochen. Der Kellner aus dem Poseidon versucht dazwischenzugehen und beteuert sichtlich nervös, dass genügend für alle vorhanden sind, doch niemand hört auf ihn. Calle kann den Gedanken nicht unterdrücken, dass es für Pia ein Klacks gewesen wäre, diesen Konflikt zu schlichten.

Call...eeehhh

In ihrer Gestalt sind untrüglich gewisse Züge der ihm vertrauten Pia aufgeblitzt.

In dieser Gestalt,

in dem Vampir,

in den sie sich verwandelt hat. Genau wie bei Dan Appelgren. Er konnte sprechen. Er konnte denken. Er war ein Monster, doch vielleicht war er das auch schon, bevor er sich angesteckt hat.

Es sind Vampire. Das sind sie. Kapiert ihr es denn nicht?

Er schaut Lo an und überlegt, ob es richtig war, Albin zu verschweigen, was mit seiner Mutter geschehen ist. Ist es möglich, all denen zu helfen, die sich angesteckt haben? Können sie sich wieder zurückverwandeln?

Hätte der Mann es gekonnt, den er in der Offiziersmesse getötet hat?

Calle zwingt sich, all diese Fragen auszublenden. Er muss stattdessen dafür sorgen, dass sie möglichst schnell von hier wegkommen.

»Ich gehe und helfe den anderen mit den Rettungsinseln«, sagt er und zieht die Wolldecke fester um Albins Körper. »Und ich möchte, dass ihr beiden in die erstbeste Rettungsinsel steigt, du und Lo.«

Der Junge reagiert kaum.

»Mama!«, ruft Lo plötzlich. »Da ist Mama!«

Zum ersten Mal schaut Albin auf. Lo läuft auf eine Gruppe von Menschen zu, die gerade aufs oberste Deck hinaufgekommen sind. Die Decke rutscht ihr von den Schultern und flattert im Wind davon. Eine Frau mit langen blonden Haaren breitet die Arme aus und läuft ihr entgegen, ruft ihr etwas zu.

Calle ergreift Albins Hand. Sie gehen gemeinsam zu Lo und ihrer Mutter hinüber, die sich nun in den Armen liegen. Calle kann ihre Gesichter nicht sehen, doch durch den Wind hindurch hört er, dass beide weinen.

MÅRTEN

Er nimmt einen Schluck aus der Flasche, schmeckt den Alkohol aber kaum noch. Als er den Spa-Bereich betritt, knirschen Glassplitter unter seinen Schuhsohlen. Ansonsten herrscht absolute Stille. Es riecht schwach nach Chlor sowie nach süßlichen und herb duftenden Massageölen. Vor ihm liegt der Empfangstresen mit einer Rückwand aus Glasbausteinen, durch die fahles graues Licht hereindringt. Offenbar befinden sich dahinter große Fenster. Mårten geht auf eine angelehnte Tür zu und passiert dabei eine Sitzgruppe. Auf dem Tisch davor steht eine Schale mit Wasser, in der Plastikblumen mit üppigen rosafarbenen Blüten treiben. In einem Zeitschriftengestell an der Wand stecken verschiedene Hochglanzmagazine, von deren Titelseiten ihn junge Frauen mit blendend weißen Zähnen anlachen. Sie haben die Köpfe in den Nacken geworfen und scheinen ihm mit den Blicken zu folgen, als er am Rollstuhl vorbeigeht.

Irgendwo im Inneren des Spa-Bereichs ist ein Plätschern zu hören.

Er wirft einen Blick durch die Tür. Dahinter liegt ein breiter Gang, der zu einem Pool führt. Hinter ihm befinden sich bodentiefe Panoramafenster. Die Laternen draußen leuchten schwach vor einem grauen Himmel, an dem die Wolkenberge rasch vorwärtsziehen. Als er sie mit dem Blick fixiert, kommt es ihm vor, als fliege die Fähre, obwohl sie jetzt still im Wasser liegt.

»Cilla?«, ruft er und nimmt einen weiteren Schluck aus seiner Flasche. »Bist du hier?«

Er betritt den Gang, und seine Schuhsohlen quietschen leicht auf dem rutschfesten Bodenbelag. Geht an den Türen der Umkleidekabinen vorbei. Passiert den Saunabereich sowie mehrere Behandlungsräume hinter Glas mit Massageliegen darin.

Jetzt erblickt er durch die Fenster hindurch die Spitze des Bugs, wo haufenweise Leichen herumliegen. Ein Mann in kornblumenblauer Windjacke schleppt sich auf den Unterarmen robbend vorwärts. Mårten nimmt einen weiteren Schluck.

»Cilla?«, ruft er. »Wo bist du?«

Das Lallen seiner betrunkenen Stimme hallt unvermittelt wider. Noch nie hat er sich einsamer gefühlt als in diesem Moment.

Im Pool schwappt das Wasser leicht über, und jetzt sieht er, dass es blassrot verfärbt ist. Ihm wird innerlich eiskalt, und er zwingt sich, einen Schritt näher zu treten, so dass er die Wasseroberfläche sehen kann. Sie ist mit roten Schlieren durchzogen, aber im Pool ist niemand zu sehen.

»Cilla?«

Er hört, wie sich auf dem Boden feucht klatschende Schritte nähern.

Mama. Jetzt ist sie hier.

Auf der anderen Seite des Pools taucht eine Hand tastend über der Wasseroberfläche auf und ergreift den Beckenrand. Dann wird Cillas Profil sichtbar, das sich als Zerrbild im Wasser widerspiegelt. Sie dreht den Kopf und schaut ihn unvermittelt mit leeren Augen an. In ihrem Nacken knirscht es laut, und von ihren kurzen Haaren tropft ihr Wasser ins Gesicht.

Sie stützt sich mit der Hand an der Poolkante ab und stellt sich vors Fenster. Ihr feuchter Pulli klebt an ihrem schmalen Oberkörper. Er kann nicht aufhören, auf ihre Beine zu starren, deren Konturen sich durch ihren triefend nassen Rock hindurch deutlich abzeichnen. Sie sind viel zu dünn, da sie schon lange nicht mehr auf ihnen gestanden hat. Ihre Oberschenkel berühren einander nicht, und ihre Kniegelenke sehen aus wie große Geschwulste.

Als Cilla einen Schritt auf ihn zumacht, klatscht der Stoff auf ihre Beine. Sie verliert kurz das Gleichgewicht, fällt jedoch nicht. Sie macht einen weiteren Schritt auf ihn zu.

Wie ist das nur möglich?

Ihr Gesicht hat sich zu einer schmerzhaften Grimasse verzogen, die ihm bekannt vorkommt. Er hat sie schon oft so gesehen, obwohl sie vor lauter übertriebener Tapferkeit immer versuchte, sie vor ihm zu verbergen. Doch im Augenblick scheint es ihr gar nicht bewusst zu sein. Gar nichts außer seiner Anwesenheit scheint ihr bewusst zu sein.

Was geht nur hinter diesen leeren Augen vor sich?

»Cilla?«, spricht er sie an.

Ein weiterer Schritt. Ihre Zähne schlagen klappernd aufeinander.

Mårten lässt vor Schreck die Flasche fallen, die mit einem dumpfen Knall auf dem rutschfesten Bodenbelag landet, über den Rand hinweghüpft und laut klirrend auf dem Fliesenboden weiterrollt. Cilla legt ihren Kopf schräg und schaut ihr irritiert nach.

In der Lautsprecherdurchsage haben sie erwähnt, dass man sich durch Bisse anstecken kann.

Sie hat sich offenbar angesteckt. Ist krank. Aber sie kann laufen. Wie kann das sein?

Obwohl nichts mehr so ist, wie es einmal war, erscheint es ihm, als hätte er sein ganzes Leben lang auf diesen Augenblick hingefiebert.

Cilla streckt sich ihm entgegen, und er ergreift ihre mageren Oberarme. Schüttelt ihren Oberkörper. Dabei schlackert ihr Kopf unkontrolliert vor und zurück, und es knirscht und knackt in ihrem Nacken. Als er sie, so fest er kann, wieder von sich wegstößt, hört er sich selbst laut aufschreien. Cilla gerät ins Stolpern und fällt rücklings um, wobei sie um ein Haar mit ihrem Nacken gegen die Poolkante knallt. Mårten hingegen wird ganz leicht ums Herz, als hätte er gerade eine schwere Last abgeworfen, die er sein ganzes Leben lang mit sich herumgeschleppt hat.

Er muss so schnell wie möglich weg von hier und versuchen, Abbe bei den Rettungsinseln ausfindig zu machen.

Von jetzt an wird er Abbe für sich allein haben.

Mårten macht kehrt und läuft zurück zur Wand aus Glasbausteinen. Hinter sich hört er schmatzende Schritte, *plitsch, platsch*, Cilla ist wieder auf die Beine gekommen. Er reißt die Tür auf und erreicht den Empfang.

Doch im Dunkel davor wimmelt es nur so von verdächtigen Gestalten. Als sie sich auf ihn zu bewegen, knirschen und knacken die Glassplitter auf dem Boden. Er hört das klappernde Geräusch ihrer Zähne. Und draußen auf dem Korridor folgen noch mehr von ihnen.

Er kann nirgendwohin.

plitsch, platsch

Die Lämpchen an Cillas Rollstuhl, den sie nun nicht mehr benötigt, sind erloschen.

Plötzlich legt sie von hinten die Arme um seinen Hals und presst sich mit ihrem ganzen Leib an ihn. Der Rücken seines T-Shirts wird feucht und kalt. Ihre Lippen berühren die Haut seines Nackens, und er spürt ihre Zähne darunter.

ALBIN

Das Meer ist grau und die Oberfläche stark gekräuselt, es erinnert an eine riesige Geröllhalde. Die ersten Rettungsinseln sind hinuntergelassen worden und schaukeln sanft auf den Wellen.

Linda weint noch immer und hält ihn und Lo fest an sich

gedrückt. Dennoch berühren sie einander kaum, weil ihre Schwimmwesten im Weg sind.

»Komm jetzt, Abbe«, sagt Linda schließlich und richtet sich auf. »Es wird Zeit.«

Doch er schüttelt den Kopf. Betrachtet die Rettungsinsel unmittelbar vor sich, die vom Schwenkkran herabhängt, und die Menschen, die er durch die Luke hindurch innerhalb der knallorangefarbenen Wände sitzen sehen kann. Einige von ihnen versuchen, mit ihren Handys zu telefonieren, doch niemand hat Empfang. Marisol fragt alle, die in die Insel steigen, ob sie gebissen worden sind. Doch woher soll sie wissen, dass die Leute nicht lügen, wenn sie nein sagen?

»Abbe«, ruft Lo. »Wir müssen los.«

Doch das Ganze erinnert ihn zu sehr an das vorige Mal, als sie versucht hat, ihn zu überreden, in eine Rettungsinsel zu steigen, und bestärkt ihn noch in seiner Entscheidung. Er schüttelt entschieden den Kopf.

»Nicht ohne Mama«, entgegnet er. »Und auch nicht ohne Calle.«

Calle beugt sich zu ihm hinunter, fasst ihn bei den Schultern und sucht seinen Blick.

»Ich bleibe noch und warte auf meinen Freund. Nur noch ganz kurz. Du musst jetzt in diese Insel steigen.«

»Und dann?«, fragt Albin und wirft einen Blick hinunter aufs Wasser. »Was geschieht dann?«

»Wenn sie Cilla und Mårten bis zum Abend nicht mehr finden sollten, kommst du mit zu uns nach Eskilstuna«, antwortet Linda. »Und dann warten wir dort gemeinsam, bis wir etwas von ihnen hören.«

»Und wenn wir nichts hören?«

»Dann bleibst du bei uns«, antwortet Linda. »Wir schaffen das schon. Bitte, Abbe, komm jetzt.«

Albin presst die Lippen aufeinander. Er bemerkt, wie seine Tante mit Calle einen Blick wechselt. Dann ruft Calle Marisol zu, dass sie die letzten Plätze in der Rettungsinsel mit anderen Passagieren besetzen und sie dann runterlassen kann. Und dass sie die nächste nehmen werden.

Plötzlich kommt eine rothaarige ältere Frau auf sie zu, und Albin schaut zu ihr auf. Sie sieht nett aus, scheint aber ziemlich nervös zu sein.

»Entschuldigung«, sagt sie. »Aber Sie heißen nicht zufällig Calle?«

»Doch«, antwortet er und richtet sich auf.

»Ich habe Ihren Ring gesehen«, erklärt die Frau. »Ich ... ich hab mir schon gedacht, dass Sie es sind.«

Irgendetwas flattert in seinen Augenwinkeln vorbei, und als Albin hinschaut, sieht er, dass es eine Fischmöwe ist. Sie bewegt ihre Schwingen und öffnet ihren Schnabel zu einem Schrei.

Wenn es hier Möwen gibt, kann es nicht mehr weit bis nach Finnland sein. Zumindest nimmt er das an.

»Weißt du was?«, sagt er zu Lo. »Früher glaubten die Menschen, dass Fischmöwen die Seelen verschollener Seemänner verkörpern.«

Die Möwe setzt sich unmittelbar neben ihm auf die Reling und schaut ihn mit schräg gelegtem Kopf unverwandt an. Der Wind streicht über ihr Federkleid, und sie öffnet erneut ihren Schnabel.

Calle hat hinter ihm angefangen zu weinen, und Albin begreift. Er weiß, dass es um den Mann geht, den Calle die ganze Zeit gesucht hat.

»Es tut mir so leid«, sagt die ältere Frau. »Es tut mir wirklich fürchterlich leid.«

Albin streckt seine Hand nach der Möwe aus, und sie schreit ein letztes Mal auf, bevor sie wegfliegt.

»Ich werde Ihnen alles erzählen«, sagt die Frau zu Calle. »Sobald wir von hier weg sind.«

Albin wendet sich Calle zu. Die Frau hat Calles Hände in ihre geschlossen und weint jetzt auch.

»Er hat Sie sehr geliebt«, sagt sie.

Albin will sagen, dass er weiß, wer diese Möwe gewesen sein

muss. Doch Calle würde das im Moment nicht verstehen. Er muss es sich für ein anderes Mal aufheben.

Jetzt wird es Zeit, die Fähre zu verlassen.

BALTIC CHARISMA

Die dunkelhaarige Frau sitzt auf dem vom Benzin feuchten Boden und drückt die Leiche ihres Sohnes an sich. Er fühlt sich so winzig an und verschwindet fast in ihren Armen. Es kommt ihr vor, als wäre er wieder ihr kleiner Junge. Wenn sie die Augen schließt und den starken Benzingeruch ausblendet, fühlt sie sich fast in die Zeit der vorigen Jahrhundertwende zurückversetzt, als er noch in ihren Armen eingeschlafen ist. Doch nun ist er für immer eingeschlafen. Sie öffnet widerstrebend die Augen und betrachtet durch die flimmernden Benzindämpfe hindurch die Neugeborenen. Dann zieht sie das kleine goldene Feuerzeug aus ihrer Jackentasche. Es klickt laut, als sie die Kappe öffnet. Eigentlich muss sie sich beeilen, aber sie hat Angst vor dem, was sie gleich tun muss. Viel größere Angst, als sie erwartet hat. Sie versucht sich einzureden, dass es nichts zur Sache tut, ob es einigen Menschen bereits gelungen ist, die Fähre zu verlassen, solange sie sich nicht angesteckt haben. Und dass es egal ist, ob sie Filme und Fotos bei sich tragen. Das Einzige, was die Nachwelt zu sehen bekommen wird, sind eine Menge Menschen, die ein unbegreifliches und gewalttätiges Verhalten an den Tag legen. Niemand wird der Wahrheit dahinter Glauben schenken. Jedenfalls nicht, wenn die Gestalten nach ihrer Verwandlung verschwunden sind. Die Menschheit ist äußerst geschickt darin, Erklärungen zu finden, die in ihr Weltbild passen. So etwas ist schon früher vorgekommen und wird auch in Zukunft vorkommen. Wenn nur ihr Plan jetzt aufgeht. Sie ist sich nicht sicher, was geschehen wird, wenn sie das Benzin in Brand gesteckt hat. Sie betrachtet die Neugeborenen und kann nur das Beste hoffen. Die Frau drückt ihren Jungen noch fester an sich und vergräbt die Nase in seinem Nacken, doch er riecht einzig und allein nach Tod. Sie versucht, all die schönen Erinnerungen heraufzubeschwören. Die kalten Winternächte in Russland vor dem großen Krieg. Die fünfziger Jahre mit all den gutaussehenden, aber mittellosen jungen Leuten, die auf der Jagd nach verbotenen Abenteuern an die Riviera gereist sind. Das Feuerwerk zur Jahrtausendwende, bei dem sie sich an die Geburt eines anderen Jahrhunderts erinnert fühlte. Sie küsst die runde Wange ihres Sohnes. Werden sie sich nach dem Tod wiedersehen? Die Spiritisten waren der Überzeugung, dass es ein Leben nach dem Tod gebe, aber sie und ihr Sohn haben schließlich schon einmal die Grenze des Todes überschritten. Was bleibt ihnen, wenn sie sie ein weiteres Mal passieren? Das kleine Rädchen am Feuerzeug setzt sich unter der Kuppe ihres Daumens in Bewegung und schlägt Funken. Die Flamme brennt hell und klar. Sie schließt erneut die Augen und wirft das Feuerzeug weg. Hört das Knistern der Flammen. Spürt ihre Wärme. Die Neugeborenen schreien panisch auf. Von nun an wird sie ihren Sohn nicht mehr loslassen. Das Feuer wird sie beide miteinander verschmelzen. Jetzt leckt es an ihrem benzindurchtränktem Kleid und verzehrt in einer einzigen Sekunde ihre Haare. Breitet sich auf ihrer Haut aus. Der Schmerz ist unerträglich, aber es wird bald vorbei sein. Sie riecht den Gestank von verbranntem Fleisch. Die Schreie der Neugeborenen werden immer schriller und lauter. Doch ihre eigenen Lippen und ihre Augen bleiben verschlossen.

Jetzt erreicht das Feuer einen Lkw mit finnischem Kennzeichen. Der Fahrer war eines der ersten Opfer an Bord. Im Laderaum befinden sich mehrere leere Acetylenflaschen, die die Spedition nicht deklariert hat. Olli selbst wusste nichts davon, und niemand hat die Ladung kontrolliert, als er an Bord fuhr.

Die Explosion erschüttert die gesamte Baltic Charisma und ist überall an den Wänden, Decken sowie auf den Böden zu spüren. Sie reißt ein Loch in den ohnehin schon maroden Bug. Der Riss weitet sich bis unter die Wasseroberfläche aus.

Das Flammenmeer breitet sich übers Autodeck aus, es lässt alle Kunststoffflächen schmelzen und verschlingt die Gardinen in einem Reisebus. Scheiben zerbersten, so stark ist die Hitze. Dann lodert das Feuer auch aus den weit aufgerissenen Mündern der Neugeborenen. Das Wasser, das jetzt aus der Sprinkleranlage rieselt, kann den Flammen keinen Einhalt gebieten. Sie breiten sich weiter in Richtung der Benzintanks und nicht zuletzt der Flüssiggasflaschen im Wohnmobil der dunkelhaarigen Frau aus. Die Rauchschwaden, die das Autodeck erfüllen, sind dicht und beißend.

Die Haut am Körper der Frau platzt durch die Hitze auf, das Fleisch darunter wirft Blasen und zischt. Die Gummisohlen unter den kleinen Schuhen ihres Sohnes sind bereits geschmolzen.

Unmittelbar nach der Explosion war es auf dem oberen Außendeck für einen Augenblick völlig still geworden, doch jetzt schreien alle panisch durcheinander.

Ins Innere der Fähre dringt immer mehr Wasser ein. Gerade strömt es in die Korridore von Deck zwei und hebt die sterblichen Überreste von Vincents Körper vom Boden an.

Die Leute, die die Explosion gehört und gespürt haben, fliehen überstürzt aus ihren Kabinen. Sie prügeln sich regelrecht darum, als Erste die Treppen zu erreichen. Bemüht, das Gleichgewicht zu halten, während sich der Fußboden unter ihnen ganz leicht zu neigen beginnt.

In der Bar im Charisma Starlight gleiten die Flaschen aus ihren Regalen. Der Mikrophonständer fällt von der Bühne, und die Gläser rutschen von den Tischen.

Im Taxfree-Shop fallen die übrigen Schnapsflaschen und Süßigkeitenpackungen aus den Regalen.

Je mehr sich die Charisma zur Seite neigt, desto mehr Wasser dringt in den Schiffsrumpf ein. Und je mehr Wasser eindringt, desto stärker wird die Schlagseite.

Die Menschen stolpern in den Korridoren voran und versuchen, sich an den Wänden abzustützen. Leichen rollen über die Teppichböden, rollen oben übers Außendeck, fallen ins

Wasser. Auf den Treppen klammern sich die Leute an den Messinggeländern fest. Einige stolpern und kommen zu Fall, andere werden von panischen Mitpassagieren umgestoßen, die sich auf dem Weg hinauf und nach draußen an ihnen vorbeizwängen.

MADDE

»Beeilen Sie sich!«, ruft Marianne, die schon in der letzten Rettungsinsel auf dieser Seite der Fähre sitzt.

Sie hält die kleine Stella, die sie in eine Wolldecke gehüllt hat, fest im Arm. Der Boden der Rettungsinsel lehnt am Schiffsrumpf. Sie müssen die Insel an der steil abfallenden Außenwand der Charisma entlang abseilen und können nur hoffen, dass sie unten beim Aufprall aufs Wasser nicht kentert.

Madde hält die Reling fest umklammert. Über ihre Schulter hinweg sieht sie, wie die Menschen, denen es mit letzter Kraft gelungen ist, aus dem Inneren der Fähre nach draußen zu gelangen, umgehend auf die andere Seite des Decks rutschen und dort gegen die Reling geschleudert werden. Einige von ihnen versuchen krampfhaft, sich auf dem spiegelglatten Boden bergauf zu kämpfen, um auf ihre Seite hinüberzugelangen. Andere haben irgendwo Schwimmwesten aufgetrieben und klettern über die Reling, von wo aus sie ins Wasser springen. Madde kann nur hoffen, dass sie nicht unters Schiff geraten, wenn es sich endgültig auf die Seite legt.

In der Rettungsinsel ist kaum noch Platz für Madde, doch Calle streckt ihr seine Hand entgegen. An seinem linken Ringfinger blitzt kurz der Ring auf, der exakt so aussieht wie Vincents.

Sie steigt über die Reling hinweg und setzt ihren Fuß innen neben das Seil, das als Schutz vor dem Herausfallen am Außenrand der Insel entlangläuft. Calles Hand hält sie fest umschlossen. Sie nickt ihm zu.

495

Die junge Frau, die in der Bar im Starlight arbeitet, kappt die Leinen, und sie gleiten hinunter. In der Rettungsinsel herrscht Totenstille. Madde versucht, sich darauf zu konzentrieren, im Sitzen das Gleichgewicht zu halten. Jetzt wird die stahlgraue Wasseroberfläche sichtbar, den Abstand kann sie nicht genau einschätzen.

Als sie frei in der Luft schweben, schließt Madde die Augen. Sie verspürt ein unangenehmes Ziehen im Magen. Die Wolldecke um ihre Schultern flattert im Wind davon.

Dann schlägt die Insel auf der Wasseroberfläche auf, und Maddes Körper wird ruckartig nach oben katapultiert. Sie fliegt durch die Luft und verspürt einen fürchterlichen Schmerz im Fußgelenk. Und plötzlich landet sie im Wasser. Die Kälte versetzt ihren Körper in einen Schockzustand, und sie bekommt Ohrensausen. Alles um sie herum ist dunkel, und das Wasser ist so kalt, dass ihr Gesicht sofort taub wird. Sie presst ihre Lippen aufeinander und schließt die Augen fest. Versucht zu schwimmen, weiß jedoch nicht mehr, wo oben und unten ist.

Endlich gelangt sie wieder an der Oberfläche. Sie hört die Schreie aus den anderen Rettungsinseln und hinter sich das Ächzen und Stöhnen der Charisma. Sie schiebt eine Reisetasche beiseite, die auf sie zu treibt, und erblickt ihre Rettungsinsel ein Stück entfernt auf dem Wasser, wo sie hin und her schaukelt. Marianne ruft ihr etwas zu, doch Madde kann sie nicht verstehen.

Sie versucht, Schwimmzüge zu machen, und kämpft sich trotz der Schmerzen in ihrem Fuß voran, doch in den auf und ab wippenden Wellen kommt sie kaum vorwärts. Irgendjemand auf der Insel sticht ein Paddel ins Wasser. Sie kneift die Augen zusammen. Rudern sie zu ihr heran? Oder haben sie etwa vor, sie hier zurückzulassen?

Wie viele Minuten bleiben ihr noch, bevor sie erfriert?

Madde schaut sich panisch um. Die Fähre scheint inzwischen noch stärkere Schlagseite zu haben und entblößt jetzt ihren gewaltigen Rumpf. Sie versucht, sich mit den Beinen fester abzustoßen, gerät aber mit dem Kopf immer wieder unter die Oberfläche und schluckt Wasser. Es gelingt ihr einfach nicht, den Abstand zur Charisma zu vergrößern. Der Sog der Fähre ist zu stark. Sie erinnert sich vage an das Phänomen der Sogwirkung, die sinkende Schiffe ausüben, und schnappt keuchend nach Luft. Die Kälte des Wassers betäubt ihr Fußgelenk und ersetzt den Schmerz durch ein dumpfes Pochen. Es kommt ihr vor, als würden ihre Lungen jeden Moment platzen. Doch allmählich nähert sie sich der Rettungsinsel.

Calle beugt sich über den Rand und streckt ihr sein Paddel entgegen.

Sie kann es zwar mit den Fingern berühren, doch es gelingt ihr nicht, es zu ergreifen.

Plötzlich spürt sie etwas an ihrem Fußgelenk.

Eiskalte Finger, die über ihre Haut gleiten.

Sie versucht, sie mit ihrem unverletzten Fuß wegzutreten, und spürt seidenweiche Haare zwischen ihren Zehen hindurchgleiten.

Eine von *denen*.

Sie schreit auf. Traut sich nicht, noch einmal zuzutreten, aus Angst, die Zähne der Gestalt zu berühren, die unter Wasser bestimmt wild aufeinanderschlagen. Zähne, die sie töten können. Oder in eine von *denen* verwandeln.

Dann berühren die Finger sie erneut. Jetzt umschließen sie ihr Fußgelenk und zerren daran. Ziehen sie unter die Wasseroberfläche.

Als sie schreit, füllt sich ihr Mund mit Wasser.

Sie atmen nicht, sie atmen nicht, es macht ihnen nichts aus, unter Wasser zu sein

Sie reißt ihren Fuß aus der schlüpfrigen Umklammerung los und erreicht wieder die Oberfläche. Doch jeden Moment kann die Hand wieder nach ihr schnappen. Sie hustet und ringt nach Luft.

Luft, die sie *nicht benötigen*

Diesmal bekommen die Leute oben auf der Rettungsinsel sie zu fassen. Mit einem festen Griff um ihre Oberarme gelingt es ihnen, sie hochzuziehen.

Sie tritt heftig mit den Beinen, um mitzuhelfen. Der Rand der Insel ist so hoch. So verdammt hoch. Die Hände unten im Wasser berühren jetzt ihre Fußsohle, und sie schreit laut auf, während sie beide Knie anzieht und versucht, mit ihrem unverletzten Fuß Halt an dem Seil zu finden. Die starken Arme ziehen sie noch ein Stück höher, bis sie schließlich in der Insel landet.

»Kann jemand etwas sehen?«, ruft sie. »Bin ich gebissen worden? Ich spüre nichts, bin ich gebissen worden?«

Die Insel bekommt abrupt Schlagseite, als mehrere Leute erschrocken zurückweichen. Die junge Frau aus dem Starlight schreit sie an.

Madde muss husten, während Marianne die Rückseite ihrer Beine inspiziert und ihr versichert, dass sie nirgends Bissspuren erkennen kann.

Madde wirft über die Schulter hinweg einen Blick zurück aufs Wasser, kann aber nirgends eine Gestalt erblicken. Sie weiß jedoch, dass sie unter der Wasseroberfläche lauern. Schaffen sie es etwa, auf die Rettungsinsel zu gelangen?

»Sie brauchen keinen Sauerstoff«, sagt sie. »Sie müssen unter Wasser nicht atmen.«

BALTIC CHARISMA

Die Neugeborenen fuchteln unter Wasser mit den Armen und treten mit den Beinen wild um sich, doch sie sind nicht schnell genug, um sich an der Oberfläche zu halten. Ihre offen stehenden Münder füllen sich mit eiskaltem Wasser und machen sie schwerer, wodurch sie immer weiter in die Tiefe hintergezogen werden.

Die Fähre hat sich inzwischen auf die Seite gelegt. Mittlerweile ist die Sonne herausgekommen und blitzt in den Fenstern auf der Backbordseite auf. Die Fenster weisen jetzt gen Himmel. Wände haben sich in Decken verwandelt, und Decken sind zu Wänden geworden. Auf der Steuerbordseite ist hinter den Scheiben nur noch Wasser. Mehrere hundert Meter tief. Vor den Fenstern treiben Leichen vorbei, einige davon mit offen stehenden Augen. Sie starren die Leute an, die hinausschauen. Wände haben sich in Böden verwandelt, und Böden sind zu Wänden geworden. Alles hat sich um neunzig Grad gedreht, und dennoch versuchen einige Menschen noch immer, sich aus ihren Kabinen herauszukämpfen und nach oben an Deck zu gelangen.

Die dunkelhaarige Frau und ihr Sohn sind inzwischen nur noch Asche und Knochensplitter, die sich im Strom des Wassers auflösen.

Der Wasserspiegel in der Fähre steigt jetzt rasch und füllt sämtliche Korridore.

In der Kombüse sind die Schranktüren aufgesprungen, und der gesamte Inhalt ist herausgeschleudert worden.

Im Poseidon wirbeln Gläser und weiße Leinentischdecken zusammen mit Stühlen auf der Wasseroberfläche herum.

Die langen Büfetttische im Charisma Buffet liegen umgekippt vor dem Eingang.

Als das Wasser die Generatoren erreicht, schalten sich die Notstromaggregate ab, und es wird dunkel an Bord.

Der Morgenmantel am Körper des Mannes mit dem Messer im Bauch wogt sanft im Wasser hin und her. Er treibt im Treppenhaus auf Deck fünf auf der Oberfläche und öffnet gerade die Augen.

Der Wunsch der Frau, die so oft gesagt hat, dass sie am liebsten auf der Fähre wohnen würde, ist in Erfüllung gegangen. Sie liegt im Gang auf Deck acht eingeklemmt unter einem Spielautomaten, der umgekippt und auf den Boden gefallen ist. Angesichts des steigenden Wasserspiegels schlägt sie klappernd die Zähne aufeinander.

Im Meer schreien die Menschen, die ins Wasser gesprungen oder gefallen sind, um Hilfe, doch niemand auf der letzten Rettungsinsel, die zu Wasser gelassen wurde, reagiert. Alle wissen, dass sie keinen Platz mehr haben und das Leben aller aufs Spiel setzen würden, wenn sie versuchten, auch nur eine weitere Person aufzunehmen.

Madde wirft einen Blick in Richtung der Fähre und fragt sich, wo Zandra und Vincent jetzt wohl sind. Dann hört sie von einer anderen Rettungsinsel her Schreie und lautes Platschen. Offenbar ist es einer der Gestalten gelungen, aufzutauchen und sich am Rand festzuklammern. Die schnappenden Zähne sind scharf genug, um ein Loch ins Gummi zu reißen. Die Leute an Bord schlagen mit einem Paddel auf sie ein. Madde muss sich abwenden.

Marianne schlottert nicht nur vor Kälte. Aus ihrem Körper weicht die Anspannung, es schüttelt sie richtiggehend. Stella zuliebe versucht sie sich jedoch unter Kontrolle zu behalten. Das Mädchen hat sich in ihre Arme geschmiegt und lutscht am Daumen. Marianne schaut Calle an, der auf der anderen Seite der Insel sitzt und paddelt. Ihre Blicke begegnen sich. Sie hat fest vor, ihm zu erzählen, wie Vincent ihr das Leben gerettet hat. Dass er ein Held war.

Dann weicht Calle ihrem Blick aus und richtet ihn auf die Charisma. Der Bug ragt inzwischen hoch aus dem Wasser heraus. Sobald sie unter die Wasseroberfläche sinkt, wird sie alles, was sich in ihrer Nähe befindet, mit sich in die Tiefe reißen. Marisol und er paddeln angestrengter. Seine Arme sind müde, und in der Wunde auf seiner Stirn pocht es, aber die körperliche Anstrengung tut ihm gut. Plötzlich muss sich ein junger Mann ohne Vorwarnung über den Rand der Rettungsinsel hinweg übergeben. *Ich habe mich nicht angesteckt,* erklärt er rasch und wischt sich den Mund ab. *Bin nur betrunken.* Woraufhin eine Frau auf Russisch flucht. Calle schießen alle möglichen Gedanken durch den Kopf. Sie müssen sich einen Plan zurechtlegen, um den Rettungskräften möglichst alle Informationen gebündelt übermitteln zu können. Er betrachtet die Leute um sich herum. Linda hält die beiden Kinder in den Armen und drückt ihnen Küsse auf den Scheitel. Auf einer anderen Rettungsinsel haben einige Frauen begonnen zu singen, um sich angesichts der Kälte wach zu halten. Calle ist immer eingetrichtert worden, dass nur diejenigen überleben, die im Katastrophenfall zuerst an sich selbst denken. Aber vielleicht stimmt das gar nicht. Dann verstummen die Gedanken in seinem Kopf für eine Weile und machen Platz für seine Gefühle. Er schaut erneut verstohlen zu Marianne hinüber und sieht, wie sie ihre Decke über Maddes Schultern legt, obwohl sie selbst am ganzen Körper schlottert. Auch wenn es nur eine ganz banale Geste ist, zeugt sie doch von maßloser Freundlichkeit, und Calle spürt plötzlich, wie froh er ist, dass Vincent bei ihr war. *Vincent ist tot.* Er versucht den Gedanken zuzulassen. *Vincent ist nicht mehr da. Er ist fort.* Er kann es kaum glauben, denn die Vorstellung, dass Vincent, einer der lebendigsten Menschen, die er kennt, nicht mehr existiert, erscheint ihm völlig absurd. Dennoch hofft er, dass Vincent tot ist. Besser so, als wenn er sich in einen von *denen* verwandelt hat.

Albin blinzelt im fahlen Sonnenlicht. Die Schreie aus dem Wasser nehmen ab, je mehr Leute ertrinken. Albin will einfach nur schlafen, doch er merkt, dass Linda besorgt um ihn ist. Je mehr Sorgen sie sich macht, desto mehr redet sie auf ihn ein. Jetzt sagt sie gerade, dass seine Eltern bestimmt überlebt haben und sich nun große Sorgen um ihn machen, aber sie sich alle bestimmt schon ganz bald wiedersehen werden. Er kann sich nicht auf ihre Worte konzentrieren, weil sie keinerlei Bedeutung für ihn haben. Ihm fallen erneut die Augen zu, während sich in seinem Körper die Müdigkeit ausbreitet und ihm wohlig warm wird. *Nicht einschlafen, Abbe, hörst du?*, sagt Linda, und er schaut widerstrebend zu ihr auf. *Du darfst jetzt nicht einschlafen, Abbe. Wenn du einschläfst, wirst du erfrieren.* Und er nickt, denn er weiß, dass sie recht hat. Doch angesichts des sanften Schaukelns der Rettungsinsel übermannt ihn der Schlaf fast. Das gleichmäßige Geräusch der ins Wasser eintauchenden Paddel ist so beruhigend. Aber dann spürt er direkt neben sich plötzlich Los Atem. *Mir ist gerade noch was zu den Vampiren eingefallen,* sagt sie. *Sie müssen doch am Ende völlig besoffen sein, wenn sie das ganze Blut der Betrunkenen intus haben.* Albin öffnet die Augen wieder. Los Worte haben ihn neugierig gemacht. *Ja,* entgegnet er. *Könnte sein, oder?* Plötzlich vernimmt er ein Knattern in der Luft. Ein Hubschrauber. Er ist noch weit entfernt, und Albin ist sich nicht ganz sicher, ob er sich nicht verhört hat, bis er merkt, dass die anderen ebenfalls aufschauen. Er schließt die Augen, um sich besser auf das Geräusch konzentrieren zu können, und spürt, wie sein Körper erneut schwer wird. Schwer und angenehm warm. Die Kälte macht ihm plötzlich nichts mehr aus. *Ich glaube, das kann eigentlich nicht sein,* sagt Madde. *Wenn man völlig blau ist, hat man ja so ungefähr den Promillegehalt einer Flasche Leichtbier im Blut. Und davon wird man ja wohl nicht betrunken.* Albin schaut auf. Er erkennt die Frau aus dem Terminal wieder. Sie zittert, und ihre Lippen sind ganz blau, als hätte sie Heidelbeeren gegessen. Ihre Freundin, der die Erdnüsse in den Ausschnitt gefallen sind, ist nicht bei ihr. *Brr, ich würde nie im Leben Blut trinken,* sagt Albin. Die Leute um ihn herum starren ihn an. *Aber du isst doch Blutwurst, oder?,* meint Lo. *Das ist ja fast das Gleiche wie Schorf auf 'ner Wunde.* Der junge Mann, der sich gerade übergeben hat, wirft ihnen böse Blicke zu. Albin muss kichern. *Also wirklich,* mahnt Linda. *Jetzt reicht's aber.* Doch als Albin gerade nicht hinschaut, schenkt sie Lo einen dankbaren Blick.

Das Knattern der Hubschrauber wird immer lauter, und jetzt kann er den ersten von ihnen bereits am Horizont ausmachen.

Die Charisma ragt inzwischen wie ein Turm aus dem Wasser auf, ihr Bug zeigt senkrecht nach oben. Dabei sinkt sie Meter für Meter im blassen Morgenlicht. Der weiße Vogel mit der Pfeife und der Kapitänsmütze befindet sich jetzt unmittelbar über der Wasseroberfläche.

Marisol ruht ihre schmerzenden Arme aus. Die Rettungsinsel hat jetzt einen gehörigen Abstand zur Charisma erreicht. Sie legt das Paddel neben sich in die Rettungsinsel. In ihrem Kopf hämmert es, und sie wünschte, sie hätte eine Wasserflasche bei sich. Die Schmerzen strahlen bis in ihren Gaumen aus. Sie fährt sich mit der Zunge über den Mund und schmeckt das auf ihrer Oberlippe eingetrocknete Blut. *Wie eklig.* Doch dann probiert sie es noch einmal, und es kommt ihr vor, als benötige das neue Leben in ihrem Bauch Blut. Mehr Blut.

Die Strömungen, die das Wasser um die sinkende Fähre herum aufwirbeln, verbiegen die Wände an Bord und bringen sie zum Einstürzen, lassen die Fenster zerbersten. Sie reißen Taschen, Kleidungsstücke und Zahnbürsten aus den Kabinen, die Leichen in den Korridoren und im Treppenhaus mit sich in die Tiefe.

Der letzte Rest Luft wird aus der Charisma herausgepresst und entweicht mit einem Dröhnen, das einem abschließenden schreckerfüllten Aufstöhnen gleicht.

Auch Pia kann gegen diese Kräfte nichts mehr ausrichten und wird wie im freien Fall von der Strömung mitgerissen. Kaltes Wasser dringt ihr in Nase und Mund und strömt ihr in den Magen, während sie ein letztes Mal das Tageslicht betrachtet, das von schräg oben aufs Wasser fällt. *Wunderschön.* Sie will nicht in die Dunkelheit hinunter. Will nicht verschwinden. Wirft abwechselnd einen Blick auf die hochaufragende Silhouette der Fähre, die wie ein gigantisches Seeungeheuer anmutet, und die anderen Gestalten neben ihren wild um sich tretenden Füßen. Einige von ihnen sind genau wie sie. Sie sinken tiefer, immer tiefer, und sie verschwindet gemeinsam mit ihnen in die Dunkelheit.

Der erste Mann, der sich an Bord angesteckt hat, kratzt an den Wänden seiner unter Wasser stehenden Zelle. Die Frau und die Männer in den Nachbarzellen sind schon ertrunken, aber er hat nicht so viel Glück wie sie.

Einige der Neugeborenen kriechen bereits über den Meeresboden. Ihre Augen sind geöffnet, und sie klappern und schnappen mit den Zähnen wie mit Scheren. Hier unten ist alles so anders. So dunkel. Auch die Geräusche sind leiser und die Gerüche schwächer. Doch zur Orientierung reichen sie ihnen aus. Sie kriechen voran und robben in Richtung Festland. Langsam, aber zielstrebig.

DANK DES AUTORS

Es gibt ein afrikanisches Sprichwort, welches besagt, dass es ein ganzes Dorf braucht, um ein Kind großzuziehen. Das gilt auch für dieses Buch. Ich möchte allen Freunden und Bekannten sowie allen anderen hilfsbereiten Menschen danken, die mich in unterschiedlichster Art und Weise unterstützt haben. Sie haben meine Fragen beantwortet, mein Manuskript gelesen, mir mittels Hinweisen aus ihren jeweiligen Fachgebieten weitergeholfen, sie haben Kontakte vermittelt und mich immer wieder angespornt, als mir Zweifel kamen, ›Die Überfahrt‹ zu einem Abschluss bringen zu können: Anna Andersson, Kim W. Andersson, Ludvig Andersson, Åsa Avdic, Helena Dahlgren, Gitte Ekdahl, Måns Elenius, Maria Ernestam, Varg Gyllander, Emma Hanfot, Rickard Henley, Karl Johnsson, Jenny Jägerfeld, Ulf Karlsson, Fredrik Karlström, Åsa Larsson, Patrick Lundberg, Jenny Milewski, Elisabeth Östnäs, Elias Palm, Alexander Rönnberg, Mia Skimmerstrand, Gustav Tegby und Maria Turtschaninoff – ein großes Dankeschön an euch alle.

Die achtzehn Monate, in denen ich an dem Roman ›Die Überfahrt‹ geschrieben habe, gehörten zu den ereignisreichsten in meinem Leben, im Guten wie im Schlechten. Es gibt drei Personen, denen ich ganz besonders danken möchte. Levan Akin, Sara Bergmark Elfgren und Anna Thunman Sköld – ihr wart meine Rettungsboote. Der Dank, den ich euch schulde, würde mindestens ein ganzes weiteres Buch füllen. Er gilt auch Pär Åhlander, dem ersten Leser meines Manuskripts, der das Cover genauso gestaltet hat, wie ich es haben wollte (nur besser), und gemeinsam mit mir auf der Fähre unterwegs war.

Ein Dankeschön auch an Kim Petersen, eine gute Freundin und geniale Konzeptkünstlerin, die die Illustration auf dem

Buchumschlag der schwedischen Ausgabe mit dem blutbesudelten Korridor der Charisma realisiert hat.

Ein Dankeschön ferner an meinen Vater, auf dessen Sofa ich sitzen und über den Manuskriptstapeln grübeln konnte, während er mich stets mit Kaffee und leckerem Essen versorgt hat.

Nicht zuletzt auch ein großes Dankeschön an Johan Ehn. Dich zu heiraten war eindeutig die beste Entscheidung meines Lebens. Danke, dass du diese achtzehn Monate mit der Baltic Charisma durchgestanden hast. (Außerdem bin ich unglaublich froh, dass du das Hörbuch eingelesen hast. Wer sonst hätte den Dialogen von Lo und Albin besser Leben einhauchen können?)

Darüber hinaus haben mich eine Reihe phantastischer Menschen bei der Recherche zum Leben hinter den Kulissen auf einer Fähre unterstützt. Alle haben geduldig meine unbedarften Fragen beantwortet und mich weitervermittelt, wenn sie selbst keine Antwort wussten. Mitunter haben sie mir sogar Fragen beantwortet, die ich aus Unwissenheit nicht selbst zu stellen vermocht hatte, sie haben meine ersten Manuskriptversionen gelesen und mich auf Sekundärliteratur verwiesen, um mir auf die Sprünge zu helfen. Die meisten dieser Heldinnen und Helden wollen anonym bleiben, bis auf zwei Ausnahmen: Matilda Tudor, die mir viele Anregungen zum gesellschaftlichen Umgang an Bord gegeben hat, und Sven-Bertil Carlsson, der mich mit technischen Details unterstützt und mit Sicherheit die meisten dummen Fragen abbekommen hat. Ich möchte darauf hinweisen, dass alle fehlerhaften Darstellungen voll und ganz von mir selbst verantwortet werden und sich entweder aus Versehen oder auch ganz bewusst in den Text eingeschlichen haben, um die Wirklichkeit ein wenig überspitzt darzustellen. Und nicht zuletzt möchte ich ebenfalls betonen, dass ich mich, wenn ich mich je wieder an Bord einer Fähre begeben sollte, nirgends sicherer fühlen würde als in ihren Händen.

Ein großes Dankeschön auch an meine Lektorin Susanna Romanus und meinen Redakteur Fredrik Andersson, der von Beginn an erfasst hat, was meine Absicht beim Schreiben war, und der mich auf dem Weg dorthin durch alle Untiefen gelotst hat. Vielen Dank auch an alle weiteren Mitarbeiter bei Norstedts.

Mein Dank gilt ebenfalls Lena Stjernström und den anderen Agenten der Grand Agency, meine Schwimmwesten auf stürmischer See.

Dieses Buch ist meiner Mutter gewidmet, die mir das Lesen beigebracht und meine schriftstellerischen Ambitionen immer unterstützt hat. Ich liebe dich.

ZITATE IM BUCH

Seite 50: Auszug aus *Livin' on a Prayer* von Child, D., Sambora, R., Bon Jovi, J. Universal Music, Sony / ATV

Seite 132: Auszug aus *Dancing Queen* von Ulvaeus, B., Andersson, B., Anderson, S., Universal Music

Seite 151/152: Auszug aus *You're the one that I want* von Farrar, J. Sony / ATV

Seite 167: Auszug aus *Islands in the stream* von Gibb, B., Gibb, M., Gibb, R. Universal Music, Warner / Chappell

Seite 189: Auszug aus *Torn* von Preven, A., Thornalley, P., Cutler, S. Universal Music, Sony / ATV (EMI Music)

Seite 239/240: Auszug aus *I wanna dance with somebody* von Merrill, G., Rubicam, S. Universal Music

TOR·ONLINE

Science Fiction. Fantasy. Und der ganze Rest.

© Lindsten & Nilsson

EIN INTERVIEW MIT MATS STRANDBERG

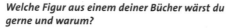 Tor Redaktion　　　　　HORROR | VAMPIRE | OSTSEEFÄHRE

Warum hast du dich dafür entschieden, Horror-geschichten zu schreiben?

Ganz ehrlich, und ich weiß, das klingt super abge-droschen, aber ich habe das Gefühl, der Horror hat sich für mich entschieden. Durch Stephen King bin ich mit zehn Jahren zu einem begeisterten Leser geworden, und seither liebe ich dieses Genre. Horror ist für mich ein wichtiges Ventil und die beste Form von Eskapismus, weil er wirklich meine volle Auf-merksamkeit fesselt.

Welche Figur aus einem deiner Bücher wärst du gerne und warum?

Das ist eine schwierige Frage, weil keine meiner Figuren ein besonders beneidenswertes Leben hat, haha. Sie müssen wirklich eine Menge durchmachen. Aber natürlich gibt es ein paar magische Kräfte aus der Engelfors-Trilogie, die ich gern hätte. Seit ich meinen ersten Superman-Film gesehen hab, habe ich mir immer gewünscht, fliegen zu können.

>>> weiter

Das ganze Interview gibt es auf:
www.TOR-ONLINE.de

fi 11-29599

Alexandra Oliva
Survive – Du bist allein
Thriller
416 Seiten. Klappenbroschur

Eine junge Frau allein in der Wildnis. Eigentlich sollte es nur ein Abenteuer werden. Doch aus diesem Albtraum wird niemand mehr erwachen.

In der wilden Gebirgsregion machen sie sich bereit: Zwölf Frauen und Männer wollen die Survival-Herausforderung bestehen. Nur einer kann gewinnen – wenn alle anderen aufgeben. Es ist alles nur eine Fernsehshow, doch dann geschieht, was keiner planen konnte: etwas Tödliches.

»Kompromisslos und heftig.«
Spiegel-Bestellerautor Justin Cronin

Das gesamte Programm gibt es unter
www.fischerverlage.de

fi 5-02473 / 1

Mark Roderick
Post Mortem – Tränen aus Blut
Thriller
Band 03142

Komm nach Hause … und räche dich an denen,
die uns getötet haben

Eine Familie verschwindet spurlos. Ein Mann stirbt durch zwei
Schüsse. Er war Reporter, einer großen Sache auf der Spur.
Seine zwei letzten Nachrichten sendet er an seinen Bruder
Avram Kuyper, einen skrupellosen Profi-Killer, und an Emilia
Ness, eine unbestechliche Interpol-Agentin. Avram soll ihn
und seine Familie rächen, Emilia den Fall vor Gericht bringen.
Beide sehen das Horror-Video, das ihnen jemand zuspielt.
Beide blicken direkt in den Schlund der Hölle. Wer ist diese
Bestie, die kein Gewissen hat und keine Grenzen kennt?

Das gesamte Programm gibt es unter
www.fischerverlage.de

fi 03142 / 1